WANG ZENGQI DE XIAOSHUO KE

汪曾祺的小说课

（上册）

汪曾祺—著　刘玉浦—编选

天津出版传媒集团
百花文艺出版社

图书在版编目（CIP）数据

汪曾祺的小说课：全二册 / 汪曾祺著；刘玉浦编选. -- 天津：百花文艺出版社，2023.6
ISBN 978-7-5306-8397-2

Ⅰ. ①汪… Ⅱ. ①汪… ②刘… Ⅲ. ①汪曾祺（1920-1997）—小说创作—创作方法 Ⅳ. ①I207.42

中国国家版本馆 CIP 数据核字(2023)第 060137 号

汪曾祺的小说课：全二册
WANG ZENGQI DE XIAOSHUO KE:QUAN ER CE
汪曾祺 著　　刘玉浦 编选

出 版 人：薛印胜
策　　划：刘玉浦
责任编辑：胡晓童
装帧设计：尚书堂
出版发行：百花文艺出版社
地址：天津市和平区西康路 35 号　　邮编：300051
电话传真：+86-22-23332651（发行部）
+86-22-23332656（总编室）
+86-22-23332478（邮购部）
网址：http://www.baihuawenyi.com
印刷：三河市京兰印务有限公司
开本：880 毫米×1230 毫米　1/32
字数：420 千字
印张：18.125
版次：2023 年 6 月第 1 版
印次：2023 年 6 月第 1 次印刷
定价：99.00 元

如有印装质量问题，请与三河市京兰印务有限公司联系调换
地址：河北省三河市泃阳镇兰各庄
电话：18033633987
邮编：065200

目录

245 《大淖记事》是怎样写出来的

也还会写到那里，涌出一些原来没有想到的细节，所谓“神来之笔”，比如我写道：“十一子微微听见一点儿声音，他睁了睁眼。巧云把一碗尿碱汤灌进了十一子的喉咙”之后，忽然写了一句：不知道为什么，她自己也尝了一口。这是我原来没有想到的，只是写到那里，出于感情的需要，我迫切地要写出这一句（写这一句时，我流了眼泪）。

251 《汪曾祺短篇小说选》自序

我也不喜欢太像小说的小说，即故事性很强的小说。故事性太强了，我觉得就不大真实。

我以为气氛即人物。一篇小说要在字里行间都浸透了人物。作品的风格，就是人物性格。

253 《汪曾祺自选集》自序

有人说，我的某些小说，比如《大淖记事》，稍微抻一抻就是一个中篇。我很奇怪：为什么要抻一抻呢？抻一抻，就会失去原来的完整、原来的匀称，就不是原来那个东西了。我以为一篇小说未产生前，即已有此小说的天生的形式在，好像宋儒所说的未有此事物，先有此事物的“天理”。

258 捡石子儿
——《中国当代作家选集丛书·汪曾祺》代序

小说是写给读者看的，不能故意跟读者为难，使读者读起来过于费劲儿，修辞立其诚，对读者要诚恳一些，尽可能地写得老实一些。

266 《矮纸集》题记

关于方法，我觉得有一个现实主义、一个浪漫主义，顶多再有一个现代主义，就够了。

随笔写下的生活

新笔记小说是近年出现的文学现象。以前不是没有过，但是写的人不是那样多，刊物上也不似现在这样频繁地出现，没有成为风气。这种现象产生的背景是什么？这说明什么“问题”？

我是写过一些这样的小说的，有些篇自己就加了总题或副题：笔记小说。但究竟什么是新笔记小说，我也说不上来。

要问新笔记小说是什么，不如先问问：小说是什么？这个问题问之小说家，大概十个有八个答不出。勉强地说，依我看，小说是一种生活的样式或生命的样式。那么新笔记小说可以说是随笔写下来的一种生活，一种生活或生命的样式。

中国古代的小说，大致有两个传统：唐人传奇和宋人笔记。唐人传奇本是“行卷”，是应试的举子投给当道看的，这样可以博取声名，“扩大影响”，使试官在阅卷前已经有个印象。因为要当道看得有趣，故情节曲折，引人入胜。又欲使当道欣赏其文才，故辞句多华丽丰赡。是有意为文。宋人笔记无此功利的目的，只是写给朋友看看，甚至是写给自己看的。《梦溪笔谈》云“所与谈者，唯笔砚耳”。是无意为文。故文笔多平实朴素，然而自有情致。假如用西方的文学概念来套，则唐人传奇是比较浪漫主义的，而宋人笔记则是比较现实主义的。新笔记小说所继承的，是宋人笔记的传统。

新笔记小说的作者大都有较多的生活阅历，经过几番折腾，见过严霜烈日，便于人生有所解悟，不复有那样炽热的激情了。相当多的新笔记小说的感情是平静的，如秋天，如秋水，叙事雍容温雅，渊渊汩汩，孙犁同志可为代表。孙犁同志有些小说几乎淡到没有什么东西，但是语简而情深，比如《亡人逸事》。这样的小说，是不会使人痛哭的，但是你的眼睛会有点潮湿。但也有些笔记小说的感情是相当强烈的，如张石山的《掏井》、王润滋的《三个渔人》。有不少笔记小说是写得滑稽突梯的，使读者读后哭笑不得。写"文化大革命"的笔记小说，被称为"新世说"者多如此。恽建新的《刘校长游街》写得很真实——同时又那样的荒谬。写"文化大革命"小景的小说，多如实，少夸张，然而这样的如实又显得好像极其夸张。这样的感情是所谓"冷隽"。这样，有些笔记小说就接近讽刺文学，带杂文意味。这在新笔记中占相当大的比重。这也是无可奈何的事。因为那是"无可奈何之日"。

笔记小说一般较少抒情，然而何立伟的《小城无故事》却是一首抒情诗。然而，你不能说这不是新笔记小说。阿成的《年关六赋》是风俗画。贾平凹的《游寺耳记》是小说吗？是"笔记小说"吗？这是一篇游记，一篇散文。然而"笔记"和"散文"从来就是"撕掳不开"的，笔记小说多半有点散文化。孙犁同志的小说在发表前有编辑问过他"您这是小说还是散文"？孙犁答曰："小说！小说！"我们要不要把《游寺耳记》从"新笔记小说"中开除出去？不一定吧。高晓声的《摆渡》是寓言。矫健的《圆环》可以说是一篇哲学论文。

如此说来，"新笔记小说"从内到外，初无定质，五花八门，无所不包了？

好像是这样。这也是"新笔记小说"的特点。"新笔记"的天地是非常广阔的。

“新笔记小说”很难界定。这是一个宽泛的、含混的概念。但是又不是“宽大无边”。作者和编者读者心目中有那么一种东西，有人愿意写，写就是了。有人愿意看，看就是了。

有一个也许叫人困惑的问题：新笔记小说和“主旋律”的关系。一般说来，大部分新笔记小说大概不能算是主旋律吧？不是主旋律，那么是什么？次旋律？亚旋律？它和主旋律的关系是什么？也不必管它吧。有人愿意写，写就是了。有人愿意看，看就是了。

思想·语言·结构

今天让我谈小说。没有系统，只是杂谈。杂谈也得大体有个范围，野马不能跑得太远。有个题目，是“思想·语言·结构”。

小说里最重要的是什么？我以为是思想。这不是理论书里所说的思想性、艺术性的思想。一般所说的思想性其实是政治性。思想是作者自己的思想，不是别人的思想，不是从哪本经典著作里引申出来的思想，是作家自己对生活的独特的感受，独特的思索和独特的感悟。思索是很重要的。我们接触到一个生活的片段，有所触动，这只是创作的最初的契因，对于这个生活片段的全部内涵，它的深层的意义还没有理解。感觉到的东西我们还不能理解它，只有理解了的东西才能更深地感觉它。我以为这是对的。理解不会一次完成，要经过反复多次的思索，一次比一次更深入地思索。一个作家和普通人的不同，无非是看得更深一点儿，想得更多一点儿。我有的小说重写了三四次。为什么要重写？因为我还没有挖掘到这个生活片段的更深、更广的意义。我写过一篇小说很短，大概也就是两千字吧，改写过三次。题目是《职业》。刘心武拿到稿子，说：“这样短的小说，为什么要用这样大的题目。”他看过之后，说：“是该用这么大的题目。”《职业》是个很大的题目。职业是对人的限制，对人的框定，意味着人的选择自由的失去，无限可能性的失去。这篇小说写的是一个十一二岁的孩子，正是学龄儿童，如果上学，该是小学五六年级。但是他没有上学。他过早地从事了职业，卖两种淡而无味的食品：椒盐饼子西洋糕。他挎一个腰圆形的木盒，一边走一边吆喝。他的吆喝是有腔有调的，谱出来是这样（这是我的小说里唯一带曲谱的）：

| 5 5 6 — — | 5 3 2 — — ||

椒盐饼子　　　西洋 糕

这条街（文林街）上有一些孩子，比卖椒盐饼子西洋糕的略小一点儿，他们都在上学。他们听见卖椒盐饼子西洋糕的孩子吆喝，就跟在身后摹仿他，但是把词儿改了，改成：

| 5 5 6 — — | 5 3 2— — ||

捏着 鼻 子 —— 吹洋号

卖椒盐饼子西洋糕的孩子并不生气，爱学就学去吧！

他走街串巷吆喝，一心一意做生意。他不是个孩子，是个小大人。

一天，他暂时离开了他的职业。他姥姥过生日，他跟老板请了半天假，到姥姥家去吃饭。他走进一条很深的巷子，两头看看没人，大声吆喝了一句："捏着鼻子——吹洋号！"

这是对自己的揶揄调侃。这孩子是有幽默感的。他的幽默是很苦的。凡幽默，都带一点儿苦味儿。

写到这里，主题似乎已经完成了。

写第四稿时我把内容扩展了一下，写了文林街上几种叫卖的声音。有一个收买旧衣烂衫的女人，嗓子非常脆亮，吆喝"有——旧衣烂衫找来卖！"一个贵州人卖一种叫化风丹的药："有人买贵州遵义板桥的化风丹？"每天傍晚，一个苍老的声音叫卖臭虫药、跳蚤药："壁虱药、虼蚤药。"苗族的女孩子卖杨梅、卖玉麦（即苞谷）粑粑。戴着小花帽，穿着扳尖的绣花布鞋，声音娇娇的。“卖杨梅——”“玉麦粑粑——”她们把山里的初秋带到了昆明的街头。

这些叫卖声成了卖椒盐饼子西洋糕的背景。

“椒盐饼子西洋糕！”

这样，内涵就更丰富，主题也深化了，从“失去童年的童年”延伸为“人世多苦辛”。

我写过一篇千字小说，《虐猫》，写“文化大革命”中的孩子。“文化大革命”把人的恶德全都暴露出来，人变得那么自私，残忍。孩子也受了影响。大人整天忙于斗争，你斗我，我斗你。孩子没有人管，他们就整天瞎玩儿。他们后来想出一种玩儿法，虐待猫，把猫的胡子剪了，在猫尾巴上拴一串鞭炮，点着了。他们想出一种奇怪的恶作剧，找四个西药瓶盖，翻过来，放进万能胶，把猫的四只脚焊在里头。猫一走，一滑，非常难受。最后想出一个简单的玩儿法，把猫从六楼上扔下来，摔死。这天他们又捉住一只大花猫，用绳子拴着拉回来。到了他们住的楼前，楼前围着一圈人：一个孩子的父亲从六楼上跳下来了，这几个孩子没有从六楼上把猫往下扔，他们把猫放了。

如果只写到这几个孩子用各种办法虐待猫，是从侧面写“文化大革命”对人性的破坏，是“伤痕文学”。写他们把猫放了，是人性的回归。我们这个民族还是有希望的。

想好了最后一笔，我才能动手写这篇小说，一千字的小说，我想了很长时间。

谈谈语言的四种特性：内容性、文化性、暗示性、流动性。

一般都把语言看成只是表现形式。语言不仅是形式，也是内容。语言和内容（思想）是同时存在，不可剥离的。语言不只是载体，是本体。斯大林说语言是思想的直接的现实，我以为是对的。思想和语言之间并没有中介。世界上没有没有思想的语言，也没有没有语言的思想。读者读一篇小说，首先被感染的是语言。我们不能说这张画画得不错，就是色彩和线条差一点儿；这支曲子不错，就是旋律和节奏差一点儿。我们也不能说这篇小说写得不错，就是语言差一点儿。这句话是不能成立的。可是我们常常听到这样的评论。语言不好，小说必然不好。语言的粗俗就是思想的粗俗，语言的鄙陋就是内容的鄙陋。想得好，才写得好。闻一多先生在《庄子》一文中说过："他的文字不仅是表现思想的工具，似乎也是一种目的。"我把它发展了一下：写小说就是写语言。

语言是一种文化现象。语言的后面都有文化的积淀。古人说"无一字无来历"，其实我们所用的语言都是有来历的，都是继承了古人的语言，或发展变化了古人的语言。如果说一种从来没有人说过的话，别人就没法懂。一个作家的语言表现了作家的全部文化素养。作家应该多读书。杜甫说："读书破万卷，下笔如有神。"是对的。除了书面文化，还有一种文化，民间口头文化。李季对信天游是很熟悉的。赵树理一个人能唱一出上党梆子，口念锣鼓、过门，手脚齐用使身段，还误不了唱。贾平凹对西北的地方戏知道得很多。我编过几年《民间文学》，深知民间文学是一个海洋，一个宝库。我在兰州认识一位诗人。兰州的民歌是"花儿"。花儿的形式很特别。中国的民歌（四句头山歌）是绝句，花儿的节拍却像词里的小令。花儿的比喻很丰富，押韵很精巧。这位诗人怀疑这是专业诗人的创作流传到民间去的。有一次他去参加一个花儿会，跟一对婆媳同船。这婆媳二人把这位诗人"唬背了"。她们一路上没有说一句散文，所有对话都是押韵的。

韵脚对民歌的歌手来说，不是镣铐，而是翅膀。这个媳妇到娘娘庙去求子。她跪下祷告，不是说送子娘娘，你给我一个孩子，我为你重修庙宇，再塑金身……只有三句话：

今年来了我是跟您要着哪，
明年来了我是手里抱着哪，
咯咯嘎嘎地笑着哪。

三句话把她的美好的愿望全都表现出来了，这真是最美的祷告词。这三句话不但押韵，而且押调。“要”“抱”“笑”都是去声。而且每句的句尾都是“着哪”。

民歌的想象是很奇特的。乐府诗《枯鱼过河泣》：

枯鱼过河泣，
何时悔复及。
作书与鲂鱮，
相教慎出入。

研究乐府诗的学者说：“汉人每有此奇想。”枯鱼（干鱼）怎么还能写信呢？

我读过一首广西民歌，想象也很“奇”，与此类似：

石榴花开朵朵红。
蝴蝶写信给蜜蜂，
蜘蛛结网拦了路，
水漫蓝桥路不通。

我曾经想一个问题：民歌都是抒情诗（情歌），有没有哲理诗？少，但是有。你们湖南邵阳有一首民歌，写插秧，湖南叫插田：

赤脚双双来插田，
低头看见水中天。
行行插得齐齐整，

退步原来是向前。

“低头看见水中天”，有禅味儿。“退步原来是向前”，是哲学的思辨。

民歌有些手法是很“现代”的。我在你们湖南桑植——贺老总的家乡，读到一首民歌：

姐的帕子白又白，

你给小郎分一截。

小郎拿到走夜路，

好比天上蛾眉月。

这种想象和王昌龄的《长信秋词》的“玉颜不及寒鸦色，犹带昭阳日影来”有相似处。

我读过一首傣族民歌，只有两句：

斧头砍过的再生树，

战争留下的孤儿。

两句，说了多少东西！这不是现代派的诗吗？一说起民歌，很多人都觉得很“土”，其实不然。

我觉得不熟悉民歌的作家不是好作家。

语言的美要看它传递了多少信息，暗示出文字以外的多少东西，平庸的语言一句话只是一句话，艺术的语言一句话说了好多句话。即所谓“言外之意”“弦外之音”。

朱庆余《近试上张水部》，本是刺探一下当前文风所尚，写的却是一个新嫁娘：

洞房昨夜停红烛，

待晓堂前拜舅姑，

妆罢低声问夫婿，

画眉深浅入时无？

这四句诗没有一句写到这个新嫁娘的长相，但是宋朝人（是洪迈？）就说这一定是一个绝色的美女。

崔颢的《长干曲》：

君家在何处，
妾住在横塘。
停舟暂借问，
或恐是同乡。

这四句诗明白如话，好像没有说什么东西，但是说出了很多很多东西。宋人（是苏辙？）说这首诗“墨光四射，无字处皆有字”。

中国画讲究“留白”“计白当黑”。小说也要“留白”，不能写得太满。十九世纪和二十世纪的作者和读者的关系变了。十九世纪的小说家是上帝，他什么都知道，比如巴尔扎克。读者是信徒，只有老老实实地听着。二十世纪的读者和作者是平等的，他的“参与意识”很强。他要参与创作。我相信接受美学。作品是作者和读者共同完成的。如果一篇小说把什么都说了，读者就会反感：你都说了，要我干什么？一篇小说要留有余地，留出大量的空白，让读者可以自由地思索、认同、判断、首肯。

要使小说语言有更多的暗示性，唯一的办法是尽量少写，能不写的就不写。不写的，让读者去写。古人说：“以己少少许，胜人多多许”，写少了，实际上是写多了，这是上算的事。——当然，这样稿费就会少了。——一个作家难道是为稿费活着的吗？

语言是活的，流动的。语言不是像盖房子似的，一块砖一块砖叠出来的。语言是树，是长出来的。树有树根、树干、树枝、树叶，但是是一个有机的整体。树的内部的汁液是流通的。一枝动，百枝摇。初学写字的人，是一个字一个字写出来的，书法家写字是一行一行地写出来的。中国书法讲究“行气”。王羲之的字被称为“一笔书”，不是说从头一个字到末一个字笔画都是连着的，而是说内部的气势是贯串的，写好每一个句子是重要的。福楼拜和契诃夫都说过，一个句子只有一个最好的说法，更重要的是处理好句与句之间的关系。你们湖南的评论家凌宇曾说：汪曾祺的语言很奇怪，拆开来看，都很平常，放在一起，就有一种韵味儿。我想谁的语言都是这样的，七宝楼台，拆下来不成片段。问题是怎样“放在一起”。清代的艺术评论家包世臣论王羲之和赵子昂的字，说赵字如士人入隘巷，彼此雍容揖让，而争先恐后，面形于色。王羲之的字如老翁携带幼孙，痛痒相关，顾盼有情。要使句与句、段与段产生“顾盼”。要养成一个习惯，想好一段，自己能够背下来，再写。不要写一句想一句。

中国人讲究“文气”，从《文心雕龙》到桐城派都讲这个东西。我觉得讲得最明白、最具体的，是韩愈。韩愈说：

> 气，水也；言，浮物也。水大而物之浮者大小毕浮。气之与言犹是也，气盛则言之短长与声之高下者皆宜。

后来的人把他这段话概括成四个字：“气盛言宜”。韩愈提出一个语言的标准：“宜”。“宜”，就是合适、准确。“宜”的具体标准是“言之短长”与“声之高下”。语言构造千变万化，其实也很简单：长句子和短句子互相搭配。“声之高下”指语言的声调，语言的音乐性。有人写一句诗，改了一个字，其实两个字的意思是一样的，为什么要改呢？另一个诗人明白：“为声俊耳”。要培养自己的“语感”，感觉到声俊不俊。中国语言有四声，构成中国语言特有的音乐性。一个写小说的人要懂得四声平仄，要读一点儿诗词，这样才能使自己的语言“俊”一点儿。

结构无定式。我曾经写过一篇谈小说的文章，说结构的精义是，随便。林斤澜很不满意，说：“我讲了一辈子结构，你却说‘随便’！”我后来补充了几个字：“苦心经营的随便。”斤澜说：“这还差不多。”我是不赞成把小说的结构规定出若干公式的：平行结构、交叉结构、攒珠式结构、橘瓣式结构……我认为有多少篇小说就有多少种结构方法。我的《大淖记事》发表后，有两种不同的意见。有人认为这篇小说的结构很不均衡。小说共五节，前三节都是写大淖这个地方的风土人情，没有人物，主要人物到第四节才出现。有人认为这篇小说的好处正在结构特别，我有的小说一上来就介绍人物，如《岁寒三友》。《复仇》用意识流结构，《天鹅之死》时空交错，去年发表的《小芳》却是完全的平铺直叙。我认为一篇小说的结构是这篇小说所表现的生活所决定的。生活的样式，就是小说的样式。

过去的中国文论不大讲“结构”，讲“章法”。桐城派认为章法最要紧的是断续和呼应。什么地方该切断，什么地方该延续；前后文怎样呼应。但是要看不出人为的痕迹。刘大櫆说：“彼知有所谓断续，不知有无断续之断续；彼知有所谓呼应，不知有无呼应之呼应。”章太炎论汪中的骈文：“起止自在，无首尾呼应之式。”这样的结构，中国人谓之“化”。苏东坡说：“大略如行云流水，初无定质，但常行于所当行，常止于所不可不止，文理自然，姿态横生。”（《答谢民师书》）文章写到这样，真是到了“随便”的境界。

小说的开头和结尾要写好。

古人云：“自古文章争一起。”孙犁同志说过：开头很重要，开头开好了，下面就可以头头是道。这是经验之谈。要写好第一段，第一段里的第一句。我写小说一般是“一遍稿”，但是开头总要废掉两三张稿纸。开头以峭拔为好。欧阳修的《醉翁亭记》原来的第一句是："滁之四周皆山。"起得比较平。后来改成"环滁皆山也"，就峭拔得多，领起了下边的气势。我写过一篇小说《徙》。这篇小说是写我的小学的国文老师的，他是小学校歌的歌词作者，我从小学校歌写起。原来的开头是：世界上曾经有过很多歌，都已经消失了。

我到海边转了转（这篇小说是在青岛对面的黄岛写的），回来换了一张稿纸，重新开头：很多歌消失了。

这样不但比较峭拔，而且有更深的感慨。

奉劝青年作家，不要轻易下笔，要"慎始"。

其次，要"善终"，写好结尾。

往往有这种情况，小说通篇写得不错，可是结尾平常，于是前功尽弃。结尾于"谋篇"时就要想好，至少大体想好。这样整个小说才有个走向，不至于写到哪里算哪里，成了没有脑线的风筝。

有各式各样结尾。

汤显祖评《董西厢》，说董很善于每一出的结尾。汤显祖认为《董西厢》的结尾有两种，一种是"煞尾"，一种是"度尾"，"煞尾""如骏马收缰，寸步不移"；"度尾"如"画舫笙歌，从远处来，过近处，又向远处去"。汤显祖不愧是大才子，他的评论很形象，很有诗意，我觉得结尾虽有多种，但不外是"煞尾"和"度尾"。

我已经讲得不少，占用了大家很多时间。谢谢！

生活·思想·技巧

——在张家口市小说创作座谈会上的发言

张家口在我的一生中是很难忘的一个地方。张家口是我的“流放”城市，我在这里度过了四个年头，对这个地方很有感情。去年我到伊犁去，那是林则徐发配的地方。林则徐离开伊犁时他不是悲哀，不是庆幸，而是留恋，临走时写了一首诗，其中两句我仍记得：“格登山色伊江水，回首依依勒马看。”我很能理解他的感情。张家口在我的写作生涯中，比较起作用，我的那本集子除了四篇是新中国成立前写的，新中国成立后写的十二篇中有七篇以张家口为背景，过了半数。五九年我写过一些小说，后来搞戏了，重新拿起笔写小说，还是从张家口开始的。有人说，你打成右派被流放，不引起你的怀恨，反而对党很有感情，这点是一些年轻人不理解的。我说，如果不是戴帽子下放劳动，就不会和群众这样接近。我们住在一个大炕上，虱子可以自由自在地从最西边的人身上爬到最东边的人身上。这一点儿也不夸张。这样可以真正了解群众，了解生活。另外看到中国历史是谁推动的，谁起支柱的作用。我觉得，倒了霉有好处，作为作家生活上坎坷曲折一些对生活理解，对人的看法，可以更深一些，经受了辛酸苦辣，悲欢离合，能真正感受到群众的疾苦和他们的想往。

文联给我寄去的刊物看了看，很高兴、欣慰。我那时在张家口，文学创作给我的感觉，有一种沙漠感；现在，一片繁荣，这说明大家做了大量的工作。我相信不久的将来，张家口文学还会有新的崛起。

现在随便谈谈吧，还是生活、思想、技巧这些问题。

首先说说作家主观、客观世界的关系。有一些年轻人说他们的小说不是表现客观世界，是表现自我。表现自我不是不可以，但不能认为表现自我的才是高级作品，表现客观事物的就是低级作品。这种提法，未免有些过分。作品有主观东西在内，通过主观世界来反映客观世界，客观世界本身不是作品。用个现代派的词儿，主观和客观“拥抱”这样说也可以。说“浸透”也可以。反正主客观是不可分开的。纯主观的文学作品是没有的。作品中既不可能有那种单纯思想性、纯理性的存在；也不可能有一种不是浸透了作者主观感情、主观色彩的作品。还是主观和客观的统一。完全写个人的内心活动，这样的作品也是有的。前几年时髦了一阵意识流。英国的意识流祖师爷乔伊斯，写他的内心活动。他长期过隐居生活，和外界没有接触。但这还是很少的。在我们的社会主义国家，生活是热烈丰富的。强调写自我的年轻人，让我们想起希腊的一个传说。有一个少年美男子，他整天在水边凝视自己的倒影，越看自己越美，结果跳水死了，水里长出一株花，叫水仙花，这位少年的名字叫纳绥色斯，后来的“自我恋”，就是用这个少年的名字命名的。年轻人如果整天凝视自己的倒影，认为自己最美，就像那棵水仙花。还是应观察客观世界。客观世界有很多美的东西。个人内心活动就是那么高雅、深奥？不一定。应该看到我们周围世界有很多美的、真实的东西。作家要有一双善于发现的眼睛，要比别人看到的多。对于很平常的东西，要能从中看到诗，对周围的事情充满兴趣。善于感受是作家应该具备的。作家永远保持对生活的新鲜感，保持对生活的惊奇。“多愁善感”，多愁不说，要善感。在某些地方要向孩子学习，要有童心，觉得生活“好玩儿”，对生活要有兴趣。一个诗人、小说家，应该保持自己对生活的热爱。

有人问我的《大淖记事》这样一些小说是怎样写出来的。我小时候上学，东瞧瞧、西瞧瞧，什么东西也愿意瞧。捏面人的也好，吹糖人也好，竹匠也好。还有铁匠打铁，怎么把一块铁打成一个镰刀，三敲两敲变了形。还有银匠，一小块银片，一会儿敲打成一个小罗汉。前年回家乡，我姐姐很奇怪，说：“过去那些事我都忘了，怎么你还记得？”有个亲戚请我喝酒，过去，他家开过布店，我可以把布店的整个格局，包括气氛、包括布店后头屏门上的一副对子背下来：“山缘有骨撑千古，海以能容纳百川。”背完他笑了说：“过了四十多年你还能记得那么清？”所以，对生活充满兴趣，一看就是有收获的。这就是生活，就是人的活动。

关于做不做笔记的问题，可能记就记，不可能记就不记。有个笔记本随时记着也好。有的想法和观察到的东西，暂时还没形成作品，记下来有好处。随记是很有用的，以后可以成为作品。有人也不记。我有一个本，但别人看不懂，有的记一个词儿，或做几个符号。一般来说，生活曾使你感动的东西不容易忘。前年回家乡，人们问我小时候是不是有个小本本，到处记，不然你怎么记那么清？我当时根本也没想写小说，那时很小，也没笔记本这些东西。但我靠我对这些周围世界有兴趣。一个冷淡、冷漠的人是不可能成为作家的。作家不是铁石心肠。一个作家的创作和他小时候的生活很有关系，小时候到处去玩儿，到处记忆，到处感受。我的老师曾说：到处去转、去走，他的心永远为新鲜的事物而跳动。作家有好眼睛会看，好耳朵会听，好鼻子会闻。比如，我那老师写过黄昏时甲虫的气味儿。谁闻过甲虫的气味儿呢？是有的。对生活充满兴趣，对颜色、声音、气息，要有深彻的情感。另外，语言、形象的记忆也很重要。形象储存在大脑中，大脑储存有许多信息。一个人物写得好，语言丰富，跟生活积累储藏有关系，那样才不至于枯燥没得说。这是作家的“特异功能”，要感受到别人不能感受到的生活气息。

下面说说美学情感的需要和社会效果。美学情感叫创作契因、创作冲动都可以。这是我的理解。生活触动你，你看了以后有所感，有所动，这东西很珍贵。我就《受戒》这篇作品谈谈这个问题。《受戒》中写了四十三年前一个梦，很多人问我，有的直截了当，有的绕弯：“你当过和尚吗？你怎么对那个生活这么熟悉？”以为我当过小和尚、我和小英子有过初恋，没那么回事。但是，我确实在小庙中住过半个月，整天和那些和尚生活在一起。我首先第一次知道，和尚也是人。原来只知道和尚会念经，做法事，他们平常怎么生活呢？那个小庙的和尚以念经为职业，平常也种地、打柴，有时也吃肉，而且，唱稍带色情的民歌。有的和尚也是结过婚的。和尚的生活也是人的生活。我那个小庙中，和尚把媳妇接到庙里住，的确是真的。在那里，从跟大英小英接触，真正感受到劳动人民的生活，他们从生理到情绪的发展是健康的，跟我们那些女同学、表姐、表妹受封建的资产阶级思想的教育，精神上带有某种畸形状态很不一样。小英子她这个少女比我们同阶级的少女更健康优美。正因为我有这些朦胧的感受，四十三年以后终于把它写出来了。我说，我要写，把它写得健康，有诗意。确实准备没地方发表，我自己“玩儿”。结果给我们剧院同志看了，他说很喜欢，心理又很矛盾，在一次会上谈创作思想混乱时说：还有人写这些东西。后来《北京文学》编辑听说，拿去看了。我说：要发是要担风险的。有人说：有这样的作家敢写，也要有这样的编辑敢发。我很自信，就是，我不是伤风败俗，而想激发年轻人向上的情绪，引导一种纯洁健康感情。所以，我是有自信心的。我有这个美学感情，有这个需要，生活打动了我。如果没有这个东西，没有打动你的东西，就很容易公式化。我写《大淖记事》也这样。我前年回家乡，我儿子也到那去看了说：哪有你写得那么美，完全是一摊臭水。的确变了，因为造纸厂的污水排到了那里。前年我回去，到大淖看了看，我说："哎呀！我的大淖变成这样了！"过去，我总在大淖边玩儿，生活非常熟。小锡匠的事有那么回事，没有我也造不出来。另外我把两个地方合起来写了。我家南边有一个地方叫越塘，有许多挑夫，我上小学、初中往来经过那里，我对挑夫是很熟悉的。过去对挑夫是看不起的。很苦，冬天住草房，冰柱挂老长。这些挑夫全靠劳力吃饭。《大淖记事》的结尾，巧云当挑夫去了。这不是巧云的事，是一个姓戴的人家，男人抬轿子，后来腿得了病，肿得像大象腿，抬不了轿子了，轿夫靠腿脚吃饭，一天不干活就吃不上饭。结果，原来很不起眼的轿夫老婆完全变了一个人，漂亮起来，利索起来，她出去当挑夫，把全家生活担了起来。我感觉到她了不起，很不简单，对她很钦佩。我说，美学情感，创作契因，就是一开始打动你的是什么。小锡匠为了爱情被人打死，也了不起；抬轿子老婆，一下变了，从内在到外表都变得很美。这些引起我对生活的向往，对这种妇女的钦佩，这是我把这些事搁了四十几年终于写成了这篇小说的动因。没有打动自己，怎能打动别人呢？

下面谈一下，对生活选择和舍弃问题。前面谈生活积累，储存，对形象的记忆，说明作家要有丰富的生活积累。你就那么一点材料，想写好一篇东西不容易。关于创作自由，不是决定于外在，而是决定于作者本人。不是政治气压低写不下去了，不在于批评家一时某种论调和政治风向。真正的创作自由，我认为是：可以挥洒自如，从心所欲，想怎么写就怎么写。生活丰富怎么写都行。海明威说："冰山之虽显得雄伟，是因为它在水面上只有七分之一"，七分之六在水里看不见。作家表现生活至多是你生活积累的七分之一。你写这篇东西，不但有关这篇作品的生活要熟悉，没有写进去的甚至无关的生活也应熟悉，只有这样才能从心所欲。我写了一些旧社会的东西。我并不是有很多新社会的题材不写而写旧社会。我今年六十三岁了，旧社会生活一半，新社会生活一半，在旧社会童年生活是我一切生活感觉最深的时候，另外，那种社会已经过去了，已经沉淀了，就更清楚了。新社会如果没有看得很清楚，没有感受到生活的深度，就写不好。我要写熟悉的、感受深的生活。从某个角度说，写新社会不像写旧社会那样随心所欲、任意挥洒。这不能勉强。我愿意写新社会，但不如对旧社会熟悉。如《七里茶坊》写的是现在，因为我熟悉，所以也愿意写。

生活要长期的积累，对生活观察和思考需要一定时间。有的生活也比较熟，但还没有扎根到实处，就是那真正动人的是什么。我写《七里茶坊》时想写一句"过年了，怎么也得让坝下人吃上一口肉"，当时还没找到，找了好多年。坝上赶牛人并没有真的说了这句话，他们是从行动中表现出来的，下大雪还从坝上赶牛下来，他们的行动说了这句话，嘴没说。这句朴素美丽的话，我想了很多年，我要找到这东西。对生活要用自己的头脑去思考，不是按政治条文套。《七里茶坊》这篇小说是不像小说的小说，看来散一些。契诃夫的《草原》也写得很散。有个读者读了《七里茶坊》来信说“这些普通的劳动者是我们民族的支柱”。我觉得他完全看懂了我的作品。我们民族经历了那么多苦难，包括大跃进，三年自然灾害，靠什么顶过来？是他们支撑着奋斗过来了。不论多困难，他们该淘粪还淘粪，该干活还干活。要从平凡的生活中挖掘提炼出思想意义。

选一个题材，写一个人物，对他的前前后后要很熟悉，很清楚。虽写的是片断，要有历史感。前几年有争议的一幅画，现在没问题了。罗中立画的，题目《父亲》，很多人看了掉眼泪。从这个形象能看到很多东西，我们父辈经过了怎样的坎坷、苦难、折磨，生活使他迟钝，近乎麻木了。但他的眼睛没有完全失去对生活的希望，对生活又那样执着真诚。画的是现在的片断，却看到了他的过去和将来。

高晓声写《李顺大造屋》《陈奂生上城》也是有历史的深度的。这两篇小说有争议，我说这并不是对我们社会主义抹黑。有人说，带一些阿Q遗迹，农民不带一点儿阿Q遗迹相当困难。现在写横断面较多，写纵断面较少，但都要从作品中看到历史的年轮。不能就事论事，这样不能深。

《米市上》写得很好，我很喜欢。这篇东西内容很简单，好处是写了米市上浓郁的生活气息，米市上各种人的活动。对生活熟悉，写出生活本身，生活本身就是艺术，并不只是人物的陪衬。而且语言好。我感到不满足的是卖米的宋世贵，他过去是干什么的，是农民，还是粮商？他这个人在米市上显然不是第一次去卖。他这个人对人情世故是很练达的，很有经验。他怎么形成的这样的性格特点，过去怎么做这个买卖，怎么做法？那个女孩，冒领皮夹子，他怎么一眼看出？那个丢皮夹子的人，是个相当讨厌的人，挺“油”的，他对这个人怎么想的？想到不一定都写出来，但你想到了人家就能感觉到。就是说那七分之六不是不存在。有时写短的东西，实际容量大，也可能比长的东西更长，有浓缩度，让观众、读者感受想象的东西更多。一个作家没有写出的要比写出的东西多得多，这样的作品才厚实，有琢磨头，不是平面的东西。有可琢磨的就必定是作者琢磨过的。

关于思想内涵问题。“四人帮”提主题要“明确”，现在不大有人这样提了。我想主题不要外露，包藏得越严越好。思想溶化在形象里。对我的作品有些评论，还没人说我的作品看不懂。也有的同志提出，说我在近年来写了些无主题小说。提这个问题的，我估计是个青年同志，可能他对无主题小说相当感兴趣。我说，我不知道什么叫无主题小说，我没听说过这个提法，这个提法是国产的还是外来的。只听说过无主调音乐，没听说过无主题小说。我的小说有主题，一般我不愿意说出来。高晓声反对人问他主题是什么，说：我要几句话说出来，何必写小说。我不那么绝对。我发表过一个很短的东西，叫《钓人的孩子》，另外还有两篇发表在《十月》和《文汇月刊》，很可能让人问你写的是什么？让我说，《钓人的孩子》的主题是：货币使人变成魔鬼。写的是抗日战争时昆明大西门外一个市集上，很多人想捡到钱发一个小小的横财。这时，地上掉了一张钞票，然后写到这张钞票可以扯多少布，在哪个牛肉馆吃一顿喝一顿，写了它的价值。有人弯腰捡，一捡钞票，飞了。原来铺子后有个小孩儿，在钞票上系了根黑线，谁捡，他一抻。上当的不止一个人。这孩子吃得很饱，长得很胖，长得很狡猾，我写道：这是一个小魔鬼，这不，主题已经点出来了。

我还写过一篇《珠子灯》。一个少爷，读了一些新东西，接受一些新思想。少奶奶出身于书香门第，她家里从小教她中国古典文学作品，很有文化，能背全部《诗经》，全部《西厢记》《长恨歌》。我们那里有个风俗，嫁姑娘第二年娘家送一套灯，挂在新房中。这灯按照姑娘家的财力、地位有所不同，有玻璃泡，必须有一个麒麟送子。还有一个主灯、用绿颜色的玻璃珠穿起来的八角宫灯。送灯的意思是希求多子。稍微有些钱的，城市的书香门第都讲究送灯，吹乐器，放鞭炮。后来少爷死了，临死遗言，不要守节。这事在少奶奶是根本不能想象的事。少爷死了以后，少奶奶对少爷生前遗物不能挪动一点儿地方，一封信放在抽屉中几十年也不能动，茶壶在哪，清清楚楚，一个旧印。少奶奶不改嫁，经常有病，躺在床上，能听到蜻蜓扇动翅膀的声音。还有一种声音，玻璃珠子断了线掉在地上单调的声音，后来她死了，这屋锁起来，可是从这间屋子里还经常听见玻璃珠子掉在地上的声音。我说，这篇小说的主题是：封建贞操观念的零落。我的小说有主题，而且我认为小说主题很重要。但主题不要让人一下看出来，一露了，就浅了，浅露、浅露，没有琢磨劲儿，不要这样，才能使作品思想深一些，广阔一些。

李笠翁讲“立主脑”，主题是主脑，主题和作品的关系，是脑线和风筝的关系，没有脑线风筝放不上去，没有主题作品飞不起来。但我们看的是风筝，不是脑线。主题是作品飞起来不可缺少的条件，又是作者思想必要的限制。没脑线，风筝不知飞到哪里去了。作品表现的思想是一定的思想，不可能包括一切。主题是作家自觉地对自己的限制，主题也就是限制。就如倒水要倒在杯子里，不能往桌子上倒，没个限制。主题不能一眼看出，但可以琢磨。内蒙古的民歌“鸟飞在天上，影子落在地上”，任何高超飘渺的思想都是有迹可求的。不要把主题看得太死，太窄。陶渊明的读书态度我赞成“好读书，不求甚解”，想的差不离儿就行。这是一方面。另外“每有会意，便欣然忘食”，这也是个乐趣。

《七里茶坊》那个读者来信说，这是我们民族的支柱，说到我心里去了。我就要说出这个东西，但不能由我说出来。小说自己不能点题。中国有句古话：逢人只说三分话，未可全抛一片心。这在做人上，是庸俗的处世哲学，写小说就应这样。都说了，读者会反感：你都说了，要我干吗？留下七成让他去琢磨。“话到嘴边留半句”，千万别都说了，一说露了，没嚼头了。侯宝林有个相声小段《买佛龛》，这是北京的风俗。在路上碰见一个小伙子，小伙子傻愣愣地问：“老太太您从哪买的佛龛？”老太太说：“小伙子，不能说买，得说‘请’。”“噢，老太太您多少钱‘请’的？”“他妈的，就这么个玩意儿，六毛！”说到这为止了，再说两句也可以，说老太太对钱心痛，把对佛龛的崇敬全忘了，这就没意思了。

大家大概都读过《万卡》这篇小说，万卡在外学徒很苦，老板打他，他想起了爷爷，买了纸、笔，给爷爷写信，完全是小孩儿的话，想起了乡下的生活，这里实在受不了了，爷爷快来接我，不然我要死了……最后在信封上写上：寄给乡下爷爷收。完了。要是我们的作家该说：万卡不知道爷爷是收不到这封信的，要不再加上一句：万卡是多么值得同情啊！

井绍云的《憨人轶事》写得很好，好处不说了。只说一下结尾。我觉得这篇小说如果写到这，姑娘给他一包东西……“他捏着湿透了的信纸，看见了上面的文字，那目光再也移动不得几乎呆了。春生同志：你对我提的那桩事，我反复考虑了，没有意见。若赵庆祥同志不嫌弃，请将这张相片转送给他，并请他回送一张。再谈……”下面有一句话“天！这是怎么回事？”我想到这就行了。而你下面又写了一大段话："憨五愣了片刻，恍然大悟……"到完，这段可以整个不要，这段是点题了。怎么回事让读者去琢磨，全说出来了，反而说白了。《王老耿赌气》这篇小说，王老耿工作上追求进度、奖金，不讲质量，然后又去洗澡，遇到老书记说心里话，老书记为他打通了思想，王老耿说："这回，反正就反正了，以后您瞧我的吧。"写到这就行了。下面又加了个"三个人爽朗的笑声在夜空回荡着"。这就没有余味儿了。《红楼梦》尤三姐有一句话："提着影戏人上场，好歹别戳破这层纸"，不要把这层纸捅破，捅破就没意思了。不用说就可以明白的话，千万不要把它点透，要让形象说话。

下面讲李笠翁说写作如缝衣，先将完整的料子剪碎，再将剪碎者凑成。每编一折，必须前顾几折，后顾几折，顾前者为了照应，顾后者便于埋伏。照应埋伏不只照应一人，埋伏一事，写这一折戏，凡是剧中有名之人、有关之事，所说之话，皆要想到。往前往后都要想想，有些细节、情节必须照应。祝凤潮的作品很懂这一点，如《夸富》中前后呼应写得好，他写了两个大嫂，一个立早章嫂，一个弓长张嫂。前面写"立早章嫂自嫁到章家没有下过一天地，风不吹日不晒，她又懂得打整，个头不高却难得保养得白白胖胖，眉眼不出众可也是细皮嫩肉，穿上件鲜鲜亮亮的的确良花褂子，谁也不能不承认她是姜家屯数一数二的漂亮人。张嫂和章嫂脚前脚后嫁到姜家屯，又都是三十五六岁，可看起来立早章嫂起码要比弓长张嫂嫩面个四五岁还多"。后面写到弓长张嫂也买了电视机，而且要包场电影给全村看。"张嫂看着一家大的小的都穿戴好了，她自己才穿才戴，才梳洗打整，打扮得哪哪儿都像个要出阁的样子。敢情一打扮出来她也不显老，她也不显丑，哼，比章嫂那可受看多了。"这样前后一对照，一呼应，就很鲜明了。写前边一定想到写后边。我发现我们一些作者写到后来往往把应该照应的重要的东西落了。

《豆腐二嫂》写得很好，前面有一段很动人。她听了闺女说过几句话，是很沉痛的，但后写豆腐二嫂嫁给石夯，大大派派的，她闺女什么态度？前面写到她闺女一句话刺激了豆腐二嫂，外面风言风语很多，可后来她闺女如何了？我说有两个办法，一个是不理她妈了；一个是她觉得妈这样做是对的，在大庭广众下叫石夯一声“爹”！

王颖同志写的《兰妮》，写了兰妮那双鞋，通过这个道具和她的衣着，把这个孩子山药蛋气写出来了，后来发现她品质很高贵，最后还应落在这双鞋上。大家一开始因这双鞋看不起她，后来认为她很高贵了，还应写出对那双鞋有个什么态度。

因为时间关系，今天就讲这些。本来还准备了另外一些问题，来不及讲了。因此这个发言从布局上讲，是很不匀称的。

发言里提到一些张家口市的作者的作品，所说意见未必恰当，仅供参考。

社会性·小说技巧

崔道怡：感谢两位老作家参加我们这个对话专栏。我有幸结识你们已有三十年了。两位老作家许多有影响的作品都发表在《人民文学》上。如林斤澜二十世纪五六十年代的《台湾姑娘》《山里红》《新生》，一直到新时期以来的《竹》《溪鳗》《李地》；汪曾祺六十年代的《羊舍一夕》《王全》……你们的作品被公认为是别有风格特色的，有人说林斤澜写的是“怪味小说”，有人说汪曾祺写的是“诗化散文化小说”。那么，这次对话就从小说的味儿谈起吧。

汪曾祺：我先谈谈作家的社会责任感问题。有人说我和斤澜的小说跟当前现实生活距离比较远，我觉得不是。我俩写作的社会责任感是比较自觉的。我常想作家到底是干什么的？在社会分工里属于哪一行？作家是从事精神生产的。他们就是不断地告诉读者自己对生活的理解、看法，要不断拿出自己比较新的思想感情。作家就是生产感情的，就是用感情去影响别人的。最近为了选集子，我看了自己全部的小说、散文。归纳了一下我所传导的感情，可分三种：一种属于忧伤，比方《职业》；另一种属于欢乐，比方《受戒》，体现了一种内在的对生活的欢乐；再有一种就是对生活中存在的有些不合理的现象发出比较温和的嘲讽。我的感情无非是忧伤、欢乐、嘲讽这三种。有些作品是这三种感情混合在一起的。

林斤澜：我解释你的作品不大用欢乐，而用愉悦。欢乐和愉悦是有区别的。欢乐对你的作品来说太强烈和外露了。

崔：汪老作品给我的感觉是温馨。

汪：我总的说来是个乐观主义者。我的生活信念是很朴素、很简单的。我认为人类是有希望的，中国是会好起来的。有的人曾提出，说我的作品不足之处是没有对这个世界进行拷问。我说，我不想对世界进行像陀思妥耶夫斯基式的严峻的拷问；我也不想对世界发出像卡夫卡那样的阴冷的怀疑。我对这个世界的感觉是比较温暖的。就是应该给人们以希望，而不是绝望。我的作品没有那种崇高的、悲壮的效果。我追求的不是深刻，而是和谐。但我不排斥、不否认对世界进行冷峻思考的作品，那是悲剧型的作品。我的作品基本上是喜剧型的。读者还是能看得明白的。有一位学化工的大学生看了我的《七里茶坊》后给我写了封信说："你写的那些人就是我们民族的支柱。"我要写的就是这个东西。下面我要谈谈林斤澜的小说，包括他的矮凳桥的系列小说。他的小说有一个贯穿性的主题，就是人，人的价值。他把人的价值更具体化到一点，就是"皮实"。林斤澜解释"皮实"，就是生命中的韧性。《矮凳桥》里他写了许多人物都是在证明自己存在的价值——"让你们晓得晓得我"。像《溪鳗》，就有两种主题：一是性主题，另一是道德主题。把性和道德交织在一起来碰一碰的作家据我知道的还不多。溪鳗是东方女性的道德观，她是心甘情愿也心安理得地作自我牺牲。李地是个母亲的形象。她在那么长期的、痛苦的、卑微的生活中寻找一种生活的快乐；在没有意义的生活中感觉出生活的意义。还有一篇我比较喜欢的是《小贩们》，写一群小孩子走南闯北做买卖，他们对生活充满了想象和向往，充满了青春气息。如果就是为了奔俩钱儿，孩子们就很俗气了。所以我说林斤澜的作品是爱国主义的。“皮实”是我们这个民族的品德，斤澜对我们这个民族是肯定的，有信心的。爱国主义不等于就是“打鬼子”，对民族的优秀品质加以肯定是更深的爱国主义。

林：作家是干什么的这个问题，我跟曾祺的想法差不多。我同意作家是感情的生产者的说法。去年底在《北京文学》召开的座谈会上，这个问题讨论不起来。会外有位年轻评论家对我说，这个问题只有像你们这个年纪的作家才去思考，你们有你们时代带来的框架，这个问题只有在你们的框架里才能提出来，意思是在别的框架里就不会提了。我听了这话没有想明白。我承认每一代作家是有不同的，包括知识结构也不一样。但每一代的作家总要考虑自己是干什么的。难道会有谁都不知道自己是干什么的“框架”？这个问题我自己也不是从来就清楚，我的答案也是经过好多次修改的。目前的答案是作家是管感情的。

我的许多作品发表在《人民文学》上。时间长了，我对自己的作品才有了比较清醒的认识。我的作品在读者中反响不大，比较冷清，也许这促使曾祺要写评论我的文章，他觉得太冷淡我了。我的作品读者面小，确是遗憾，是我的缺点。我希望我能抓住更多的读者。但是有一点，我还得走我自己的路，换个别的路我不会，我也不干。

汪：我的评论文章最后写了两句：“董解元说，冷淡清虚最难做。”结束语：“斤澜珍重。”

林：发表在《中国作家》上的《小贩们》，我自己比较喜欢这篇。小孩儿们一下子投入商品经济，出去做生意，劳动致富去了。你说我的作品不结合现实，我觉得我真结合。我已过六十的人了，还和年轻人一起去写商品经济，写跑单帮。但我并不打算在商品经济这个范围内解决什么问题，我也解决不了，而且真是外行。社会问题，政治问题，经济问题，作家都要关心，但它们不能直接作小说的主题。不管大小问题，拿到作家这儿开药方，或让作家瞧病，作家没这个本事。文学的主题，还应该是人的感情这部分。如果小说写出了些能感动读者的感情，让读者与作家一起思考，这样就行了。有的读者说看不懂我的作品。我不是不管你懂不懂，倒是很伤脑筋。可能是基本功的问题吧？比如文字、文理，文理不通，人家当然看不懂，那就得改进。要不是这样的问题，那不太好办了。有的读者读作品，跟小说里要这个，要那个，要这也没有，要那也没有，那这小说究竟写什么呢？这就要牵涉到小说的观念问题了。你要的东西，有时候也许我有，但我觉得不该是我拿的，有时候真没有，真拿不出来。有的人要不到他要的，就说“看不懂”。

崔：看不懂，作为编辑，我近两年时常碰到这个问题。有时我们发表了一篇作品，有读者就来问这是什么意思，要求作出解释。有些风味小说，是解释不清楚的。林斤澜的《李地》，写了李地的一生，三十多年的历史。进一步问这个人的一生有什么意思？三十多年历史说明了什么问题？我就难以一下回答得出了。我只能先感应其中味道，心灵受到冲击，或滋润，或介乎这两者之间，然后引起我去思索。

汪：人们都要求小说提出什么问题，或说明什么问题。有人问我《受戒》说明了什么？我自己也不知道，或是解释不清楚。“于其不知，盖阙如也。”另外，我也不同意有的人说我的小说是无主题。我的小说是有主题的。我可以用散文式的语言来说明我的主题。但我认为应该允许主题相对的不确定性和相对的未完成性。

崔：不确定性，未完成性，要是都告诉了读者，一览无余。

生活本身就有许多模糊性，不是什么都一清二楚的。

汪：作者也在思考，要是都告诉了读者，一览无余，那就没有什么思索的余地了。

崔：那么，我们可以过渡到第二个问题——小说的观念问题上去了。

汪：我谈一下横向借鉴和竖向继承，或者叫民族化问题。中国现代文学应该说是接受了些西方影响的，当然必须也必然借鉴了许多西方的东西。但一个国家的文学，一个民族的文学，有两个东西没法否定掉：一是你写的是这个国土上的人和事；二是得用这个民族的语言来表述。有些年轻作家借鉴西方作品，包括它的表现形式，这是无可非议的。但最根本的赖以思维的语言还得是中国的语言。作家必须精通本国的语言。西方现代主义作家他本人也是精通本国语言的。不能用汉语汉字来表达完全是西方的东西。现在在许多文艺理论批评中引进了自然科学的概念，包括数学概念和数学术语，我觉得这也是可以的。比如现在有个时髦的术语叫“坐标系”。坐标系总有两个轴——横坐标轴和竖坐标轴，然后才能决定你那个坐标的位置吧！但现在有些作家只有一个横坐标轴，而没有竖坐标轴，他一般只强调横向借鉴，因此他那个坐标位置是不稳定的。在横向比较的同时必须要继承中国的民族文学传统，不能把西方的那套完全搬过来，所以在讨论我的作品会上我加了一句话：回到现实主义，回到民族文化的传统。我读了王安忆的《小鲍庄》，觉得有一点很欣慰。我从这个作品里感受到了一种民族的气息，包括语言、对话、叙述都用了徐州地区的语言。我不是一个很顽固的老式传统的现实主义者，我自己受过一些西方文化的影响。民族文化应该吸收外来的影响，但目前则应该强调我们民族文学和传统。现在有些搞文艺理论的同志完全用西方的一套概念来解释中国的不但是传统而且是当代的文学现象，我以为不一定完全能解释清楚。中国人和西方人有许多概念是没法讲通的。李陀到德国去，他写了篇文章叫《意象的激流》。“意象”是什么？外国人怎么也弄不清楚。我在上海召开的汉学家会上对一些西方汉学家说，你要了解中国当代文学的语言，先要了解中国传统的语言论。我讲了一套韩愈的语言论，“气盛言宜”，他们听起来很新鲜。韩愈说：“气，水也；言，浮物也。水大而物之浮者大小毕浮。气之与言，犹是也。气盛则言之短长与声之高下者皆宜。”韩愈提出了三个很重要的观点：一是“气”，即作家的心理状态、精神状态。所谓“气盛”，就是思想充实，情绪饱满。其二，他提出一个语言的标准叫“宜”，即语言准确。其三，还提出“语之短长”和“声之高下”，即句子的长短和声调的高低。韩愈的语言论讲得很具体，并不虚无缥缈。我觉得年轻的作家应该学一学。

林：刚才曾祺讲了语言，我想讲讲情节。我们前辈讲小说要有几个要素。有的说三个，有的说四个，但是其中总有个故事情节。五十年代我开始写小说，不知为什么不大重视情节。现在的作家、评论家，有的主张情节，有的不大主张情节。主张情节的，认为小说的节奏与情节关联着。再有个说法，情节是“人物性格发展的历史”，这是名言了。还有说“情节是骨头架，语言是外衣”，等等，都是强调情节的重要。但另外一些作家像曾祺，他反对小说有戏剧性的情节。他认为戏剧性的情节把小说真的也写假了。他是捕戏的，他认为戏是戏，小说是小说。他的小说都没有完整的故事情节。即使有整的材料，他非得把他打碎，重新处理过。我觉得情节是小说几个要素中非常活跃的一个要素。我晚上看电视剧，有的电视剧真不行，但是有情节。小说也如此，大起大落的情节就能把你抓住，广大读者就吃这个。一般说小说的四要素：无非是主题、人物、情节、语言……但最容易抓住人的是情节。我是肯定情节的，我说它好。曾祺刚才说了语感，这东西不是谁都有，还有语感这种感觉的东西不一定能够“练”得出来。我觉得情节是可以“练”出来的，只要下了功夫以后还真能见成效，所以写小说的人如果走情节小说的路，这也不错，有的小说已经接近情节小说了，但又收住了，或许他怕那样格调就不高？我觉得可惜了。你不如再走下去，干脆就靠情节，就走畅销小说或叫通俗小说的路，比方大仲马的《基度山恩仇记》，就是情节小说，成为世界畅销书，如果现在有人能写出像《基度山恩仇记》这样抓住人的小说，那就很好了。可是有的作家，他不爱用情节，他不是这一路子的。作家各有各的气质，勉强不得。我现在考虑一个问题，情节那么好的一个手段，你不使它，那就得有差不离的好东西顶上去才行。曾祺的小说，它不是不要情节这个手段。它是不要外在情节而是要内在情节，或者叫作“情结”。有的人靠感觉来写小说。他必须是独特的感觉，不然就拿不住人。独特的感觉往往是变形的、变态的，而不是常态的。变形、变态这个东西不要反对。有人说变态是文学创作里必要的东西。有人说文学的杰作里的那些精采的细节往往是变态的。比如阿 Q，他脑袋上有个疤，他听见说“亮”不行，“光”不行，“灯”也过敏。实际上“灯”和他脑袋上的“疤”要拐好几个弯才到。这么过敏、多敏是变态；林黛玉更是变态，整天哭哭啼啼，小心眼儿，去葬花，葬花整个是变态的东西。一说到变形、变态就好像是邪门，我看不是！也不要一提到变形、变态就是外国的，我说的都是中国的。曾祺不喜欢外在的情节，或者是“情结”，把它弄那么散，但他的小说都有一个内在的情节，叫它“核”也行。《受戒》中有个二师兄，前后都没有出现，整天在屋子里、只有一次他拿着扇子出来乘了一会儿凉。这个人物与情节线索前后都挂不了钩，那么可不可以去掉呢？有一次我向他提及，他几乎不加思索地断然说“那不行！不行！”我理解那个二师兄虽然跟小说外在的情节线索挂不上钩，但他是“核”的一部分。生命或是生活的愉悦是《受戒》的“核”，那一片的愉悦是有层次的，二师兄只出来乘乘凉就回屋，这也是生命愉悦感的一个层次。如果把这些层次都去掉了，那就只剩下黑跟白了。

感情、感觉是内在的，还有一样叫感悟。感悟更哲理一点儿。对生活有悟性。有这些东西作为内在的线索，才能顶过情节的外在线索，如果你没有感情的、感觉的、感悟的东西，或是不够“数”，不够“份”，那么你不如不放弃外在的情节，不然太划不来了。

崔：你们谈到了三感：感觉、感情、感悟，很有见地。我理解你们两位的作品都属于悟性的小说。

林：感悟的小说，一般得有点哲理性。感悟小说最怕最忌讳什么？最怕你觉得悟到了什么东西，然后编排一个故事来图解。图解这个东西由来已久。图解一个政策，一个哲学命题，或者一个非常新鲜非常现代的观点。主题思想大不相同，论写作方法又是一条路子。从我和我的同辈的创作生涯中，吃图解的亏吃得最大。所谓“图解”，首先它是从概念出发。这个概念或是政策，或是理论，或是人生的哲理。从这儿出发，然后找些人和事把它演绎出来。小说的进展，就是概念演绎的进程，然后以概念结束。过去是图解政策概念，这个活儿我也干过。干多了这路活儿的作家，能不能来点新鲜的，就看能不能从这里闯出去，这可要舍得，要横下一条心。俗话说练拳容易改拳难。

汪：目前图解又有新发展，就是图解某种西方思潮。看了一本什么书，接受了某个新观点，然后想办法找点人物和故事去写，目的是宣传西方的他自己也不太懂的思想。这实际上也是一种主题先行。

我认为不图解就应该不是从概念出发，而是从生活经验出发，从本人不能忘怀的事情出发。比如《受戒》，写的是我四十三年前的初恋感情……

林：不要说下去了，都说到隐私了……

小说的思想和语言

有的作家、评论家问我，小说里边最重要的是什么？我说最重要的是思想。思想就是作家对生活的看法、感受和对生活的思索。我觉得，小说的形成当然首先得有生活。我比较同意老的提法："从生活出发。"但是，有了生活不等于可以写作品，更重要的是对这段生活经过比较长时间的思索，它到底有什么意义？写作要经过一个时期的酝酿或积淀，所谓酝酿和积淀，实际上就是思索的过程。有的人生活很丰富，但他并没有成为一个作家。我在内蒙认识一个同志，这个同志的生活真是丰富。他在抗日战争时期打过游击，年轻时候从内蒙到新疆拉过骆驼。他见多识广，而且会唱很多民歌。草原上的草有很多种，他都能认识。他对草的知识不亚于一个牧民。他是好饭量、好酒量、好口才，很能说话，说得很生动。他说过很多有关动物的故事，不像拉封丹写的寓言式的故事，是生活里的故事，关于羊的啰，狼的啰，母猪的啰，他可以说很多，但是他不会写作。为什么呢？因为他不善于思索。我觉得要形成一个作品，更重要的是对于你所接触的那段生活经过长时期的思索。有时候，我写作品很快，几乎不打草稿，一遍就成，但是我想的时间很长。我写过一篇很短的小说《虐猫》，大约九百字，从一个侧面反映"文化大革命"对人性的破坏，不但是大人你斗我、我斗你，连小孩子都非常残忍。我最后写了这几个孩子把猫放了，表示人性还有回归的希望。这个结尾是经过几年思索才落笔的。

我还写过一篇小说，是写我在昆明见到的一个小孩儿。那小孩儿未成年，应该是学龄儿童，可他已挣钱养家，因为他家生活很苦，他老挎一个椭圆形的木桶，卖椒盐饼子西洋糕。所谓椒盐饼子就是普通的发面饼子，里面和点椒盐，西洋糕就是发糕。他一边走一边吆喝卖，我几乎每天都听到他吆喝。他是有腔有调的："椒盐饼子西洋糕"，谱了出来就是"556——6532"。这篇小说我前后写了四次。结尾是，有一天，这孩子放假，他姥姥过生日，他上姥姥家去吃饭，衣服穿得干干净净的，新剃了头。他卖椒盐饼子西洋糕时，街上和他差不多年龄的上学的孩子都学着他唱，不过歌词给他改了："捏着鼻子吹洋号。"他跟孩子们也没法生气。放假那天，他走到一个胡同里头，回头看没有人，自己也捏着鼻子，大喝了一声："捏着鼻子吹洋号。"写了以后觉得不够丰满，我就把在昆明所接触的各种叫卖声、吆喝声，如卖壁虱药的、卖蚊香的、卖玉麦粑粑的、收破烂的，写了一长串，作为小孩儿的叫卖声的背景。这样写就比较丰满，主题就扩展了一些，变成：人世多苦辛。很多人活着都是很辛苦的，包括这个小孩儿，那么小他就被剥夺了读书、游戏的机会。

我的小说《受戒》，写的是四十三年前的一个梦，那篇小说的生活，是四十三年前接触到的。为什么隔了四十三年？隔了四十三年我反复思索，才比较清楚地认识我所接触的生活的意义。闻一多先生曾劝诫人，当你们写作欲望冲动很强的时候，最好不要写，让它冷却一下。所谓冷却一下，就是放一放，思索一下，再思索一下。现在我看了一些年轻作家的作品，觉得写得太匆忙，他还可以想得更多一些。

关于小说的主题问题

我在山东菏泽有一次讲话，讲完话之后有一个年轻的作家给我写过一个条子，说："汪曾祺同志，请您谈谈无主题小说。"他的意思很清楚，他以为我的小说是无主题的。我的小说不是无主题，我没有写过无主题小说。

我写过一组小说，其中一篇叫《珠子灯》，写的是姑娘出嫁第一年的元宵节，娘家得给她送一盏灯的习俗。这家少奶奶，娘家给她送的灯里有一盏是绿玻璃珠子穿起来的灯。这灯应该每年点一回，可她这盏灯就只点过一次，因为她丈夫很快就死了。我写她的玻璃珠子穿的灯有的地方脱线了，珠子就掉下来了，掉在地板上，她的女佣人去扫地，有时就可以扫出一些珠子，她也习惯了珠子散线时掉下来的声音。后来她死了，她的房子关起来，屋子里什么东西都没动，可在房门外有时候能听到珠子脱线嘀嘀嗒嗒地掉到地板上的声音。这写的就是封建贞操观念的零落。我的作品还是有主题的。

我觉得，没有主题，作品无法贯串，我曾打过一个比喻，主题就好像是风筝的脑线，作品就是风筝。没有脑线，风筝放不上去，脑线剪断，风筝就不知飞到哪去了。脑线既是帮助作品飞起来的重要因素，同时又给作品一定的制约。好像我们倒杯酒，你只能倒在酒杯里，不能往玻璃板上倒，倒在玻璃板上怎么喝？无主题就有点像把酒倒在玻璃板上。当然，有些主题确实不大容易说得清楚。人家问高晓声他小说的主题是什么？他说："我要能把主题告诉你，何必写小说，我就把主题写给你就行了。"

综观一些作家的作品，大致总有一个贯串性的主题。比如契诃夫，写了那么多短篇小说，他也有一个贯串性的主题，这个贯串性的主题就是“反庸俗”。高尔基说，契诃夫好像站在路边微笑着对走过的人说：“你们可不能再这样生活下去了。”这就是他总结的契诃夫整个小说的贯串性主题。鲁迅作品贯串性的主题很清楚，即“揭示社会的病痛，引起疗救的注意”。我的老师沈从文先生，他作品的贯串性主题是“民族品德的发现和重造”。

另外，跟思想主题有关系的就是作家的使命感、社会责任感，或者作品的社会功能。没有社会功能，他的小说能激发人什么？我是意识到作家的社会责任感的。有人说：我就是写我自己的，不管自己的作品在社会上起什么作用。我认为这是不负责任的。作品产生的作用往往是不一样的，有的比较直接，有的比较间接，有的比较明显，有的比较隐晦。有的作品确实能让人当场看了比较激动，有所行动。比如解放区农村上演《白毛女》，人们看了非常气愤，当时报名参军，上前线打敌人，给白毛女报仇。这个作用当然就很直接。但有很多小说从接受心理学来说，起的作用不是那么太直接，就好像中国的古话“潜移默化”。一个作品给人的思想情绪总会有影响，要不就是积极的，要不就是消极的。一个作品如果使人觉得活着还是比较有意义的，人还是很美、很富于诗意的，能够使人产生一种健康向上的力量，它的影响就是积极的。尽管这是不大容易看得清楚的，这也是一种社会效果。我觉得，文学作品对人的影响就好像杜甫写的《春夜喜雨》一样，“随风潜入夜，润物细无声。”好像一场小小的春雨似的，我说我的作品对人的灵魂起一点儿滋润的作用。

我很同意法国存在主义者加缪的说法，他说任何小说都是“形象化了的哲学”。比较好的作品里面总有一定哲学意味，不过层次深浅不一样。但总得有作者自己独到的思想。如果说，一个作者有什么独特的风格，我说首先是他有独特的思想。但是，有的作品主题不那么明显，而有的主题可以比较明显，比较单纯。现代小说的主题一般都不那么单纯。应允许主题的复杂性、丰富性、多层次性，或者说主题可以有它的模糊性、相对的不确定性，甚至还有相对的未完成性。一个作品写完后，主题并没有完全完成。我们所解释的主题，往往是解释者自己的认识，未必是作家自己的反映。有人说“有一千个读者就有一千个哈姆雷特”，而这一千个读者所解释的哈姆雷特都有它的道理，你要莎士比亚本人解释，他大概也说不大清楚。所以说主题有它一定的模糊性。林斤澜有一次讲话，说人家说他的小说看不明白，他说，我自己还不明白，怎么能叫你明白？确实有这种情况，一个作者写完了以后，自己也不大明白。为什么说不确定性呢？你这样写也可以，那样写也行。主题的解释不能有个标准答案，愿怎么理解就怎么理解。但是有一点，必须有你自己独到的理解，有一点儿你自己感到比较新鲜的理解。《红楼梦》的主题是什么？现在也是众说纷纭。有的说是四大家族的兴衰史，有的说是钗黛恋爱的悲剧，你叫曹雪芹自己来回答《红楼梦》的主题是什么，他也可能不及格。

下面讲语言问题。

我觉得小说以及其他文学作品，语言是非常重要的。我这几年讲语言比较多，人家说你对语言的重要性强调过多，走到极致了，也许是这样。我认为小说本来就是语言的艺术，就像绘画，是线条和色彩的艺术。音乐，是旋律和节奏的艺术。有人说这篇小说不错，就是语言差点，我认为这话是不能成立的。就好像说这幅画画得不错，就是色彩和线条差一点儿；这个曲子还可以，就是旋律和节奏差一点儿这种话不能成立一样。我认为，语言不好，这个小说肯定不好。

关于语言，我认为应该注意它的四种特性：内容性、文化性、暗示性、流动性。

语言的内容性

过去，我们一般说语言是表现的工具或者手段。不止于此，我认为语言就是内容。大概中国比较早提出这问题的是闻一多先生。他在年轻时写过一篇关于《庄子》的文章，有一句话大致意思是：“他的文字不只是表现思想的工具，似乎本身就是目的。”我认为，语言和内容是同时依存的，不可剥离的，不能把作品的语言和它所要表现的内容撕开，就好像吃橘子，语言是个橘子皮，把皮剥了吃里边的瓤。我认为语言和内容的关系不是橘子皮和橘子瓤的关系，它是密不可分的，是同时存在的。马克思在论语言问题时说：“语言是思想的直接的现实。”我觉得马克思这话说得很好。从思想到语言，当中没有一个间隔，没有说思想当中经过一个什么东西然后形成语言，它不是这样，因此你要理解一个作家的思想，唯一的途径是语言。你要能感受到他的语言，才能感受到他的思想。我曾经有一句说到极致的话，“写小说就是写语言。”

语言的文化性

语言本身是一个文化现象，任何语言的后面都有深浅不同的文化的积淀。你看一篇小说，要测定一个作家文化素养的高低，首先是看他的语言怎么样，他在语言上是不是让人感觉到有比较丰富的文化积淀。有些青年作家不大愿读中国的古典作品，我说句不大恭敬的话，他的作品为什么语言不好，就是他作品后面文化积淀太少，几乎就是普通的大白话。作家不读书是不行的。

语言文化的来源，一个是中国的古典作品，还有一个是民间文化，民歌、民间故事，特别是民歌。因为我编了几年民间文学，我大概读了上万首民歌，我很佩服，我觉得中国民间文学真是一个宝库。我在兰州时遇到一位诗人，这个诗人觉得“花儿”（甘肃、宁夏一带的民歌）的比喻那么多，那么好，特别是花儿的押韵，押得非常巧，非常妙，他对此产生怀疑：这是不是农民的创作？他觉得可能是诗人的创作流传到民间了，后来他改变了看法。有一次，他同一对婆媳乘一条船去参加“花儿会”，这婆媳二人一路上谈话，没有讲一句散文，全是押韵的。到了花儿会娘娘庙，媳妇还没有孩子，去求子，跪下来祷告。祷告一般无非是“送子娘娘给我一个孩子，生了之后我给你重修庙宇再塑金身”。这个媳妇不然，她只说三句话，她说：“今年来了，我是给您要着哪；明年来了，我是手里抱着哪，咯咯嘎嘎地笑着哪。”这个祷告词，我觉得太漂亮了，不但押韵而且押调，我非常佩服。所以，我劝你们引导你们的学生，一个是多读一些中国古典作品，另外读一点儿民间文学。这样使自己的语言，有较多的文化素养。

语言的暗示性、流动性这方面的问题，我在《写作》1990 年第 7 期上已经讲过，重复的内容就不再说了，只是对语言的流动性作一点儿补充。

我觉得研究语言首先应从字句入手，遣词造句，更重要的是研究字与字之间的关系，句与句之间的关系，段与段之间的关系。好的语言是不能拆开的，拆开了它就没有生命了。好的书法家写字，不是一个一个地写出来的，不是像小学生临帖，也不像一般不高明的书法家写字，一个一个地写出来。他是一行一行地写出来，一篇一篇地写出来的。中国人写字讲究行气，“字怕挂”，因为它没有行气。王献之写字是一笔书，不是说真的是一笔，而是指一篇字一气贯穿，所以他的字可以形成一种“气”。气就是内在的运动。写文章就要讲究“文气”。“文气说”大概从《文心雕龙》起，一直讲到桐城派，我觉得是很有道理的。讲“文气说”讲得比较具体，比较容易懂，也比较深刻的是韩愈。他打个比喻说：“气水也，言浮物也，水大而物之浮者大小毕浮。气盛则言之短长与声之高下者皆宜。”我认为韩愈讲得很有科学道理，他在这段话中提出了三个观点。首先，韩愈提出语言跟作者精神状态的关系，他说“气盛”，照我的理解是作家的思想充实，精力饱满。很疲倦的时候写不出好东西。你心里觉得很不带劲儿，准写不出来好东西。很好的精神状态，气才能盛。另外，他提出语言的标准问题。“宜”就是合适、准确。世界上很多的大作家认为语言的唯一的标准就是准确。伏尔泰说过，契诃夫也说过，他们说一句话只有一个最好的说法。最后，韩愈认为，中国语言在准确之外还有一个具体的标准：“言之短长与声之高下。”这“言之短长”啊，我认为韩愈说了个最老实的话。语言要来要去的奥妙，还不是长句子跟短句子怎么搭配？有人说我的小说都是用的短句子，其实我有时也用长句子。就看这个长句子和短句子怎么安排。“声之高下”是中国语言的特点，即声调，平上去入，北方话就是阴阳上去。我认为中国语言有两大特点是外国语言所没有的：一个是对仗，一个就是四声。郭沫若一次参加世界和平理事会，约翰逊主教说郭沫若讲话很奇怪，好像唱歌一样。外国人讲话没有平上去入四声，大体上相当于中国的两个调，上声和去声。外国语不像中国语，阴平调那么高，去声调那么低。很多国家都没有这种语言。你听日本话，特别是中国电影里拍的日本人讲话，声调都是平的，我觉得现在的年轻人不大注意语言的音乐美，语言的音乐美跟“声之高下”是很有关系的。“声之高下”其实道理很简单，就是“前有浮声，后有切响”，最基本的东西就是平声和仄声交替使用。你要是不注意，那就很难听了。

我在京剧团工作时，有一个老演员对我说，有一出老戏，老旦的一句词儿没法唱：“你不该在外面散淡浪荡。”“在外面散淡浪荡”，连着七个去声字，他说这个怎么安腔呢？还有一个例子，过去的样板戏《智取威虎山》里有一句词儿，杨子荣“打虎上山”唱的，原来是“迎来春天换人间”，后来毛主席给改了，把“春天”改成“春色”。为什么要改呢？当然“春色”要比“春天”具体，这是一；另外这完全出于诗人对声音的敏感。你想，如果是“迎来春天换人间”，基本上是平声字。“迎来”“春天”“人间”，就一个“换”字是去声，如果安上腔是飘的，都是高音区，怎么唱呢？没法唱。换个“色”呢，把整个的音扳下来了，平衡了。平仄的关系就是平仄产生矛盾，然后推动语言的声韵。外国没有这个东西，但是外国也有类似中国的双声叠韵。太多的韵母相似的音也不好听。高尔基就曾经批评一个人的作品，他说：“你这篇作品用‘S’这个音太多了，好像是蛇叫。”这证明外国人也有音韵感。中国既然有这个语言特点，那么就应该了解、掌握、利用它。所以我建议你们在对学生讲创作时，也让他们读一点儿、会一点儿，而且讲一点儿平仄声的道理，来训练他们的语感。语言学上有个词儿叫语感，语言感觉，语言好就是这个作家的语感好；语言不好，这个作家的语感也不好。

文学语言杂谈

我今天讲的题目叫《文学语言杂谈》，或者文学语言 ABC。都是一些非常粗浅的、常识性的问题。有这么几个小题目，第一个是语言的重要性，第二个是语言的标准，第三个是语言和作家气质的关系，第四个题目是一个作品的语言，特别是小说的语言要和这篇小说所表现的生活、所表现的人物相适应，要协调，这里面我可能讲一点儿关于语言对作品的，或对主题的暗示性的问题。第五个小题目是一个作品的语言基调，这里面可能还讲一点儿关于小说的开头或结尾的问题。第六个问题是关于中国语言的一些特点。第七个问题就是学习语言，随时随地地学习语言。就这么七个题目，但是每个小题目下面只有几句话。

第一个所谓语言的重要性的问题，本来不需要讲的，大家都知道。文学、特别是小说，它首先是个语言的艺术。关于文学的要素，一般说起来，包括三个要素：语言、人物、情节，这种概括好像是一般的。大家都公认语言是第一要素，因为文学就是语言的艺术，它跟音乐和绘画不一样。离开语言就没有文学。但是这个语言、我们所说的文学语言，是在生活基础上经过作者加工的艺术，并不是每个能说中国话的都能写作品。所以我首先要说艺术语言是在生活基础上经过加工的。另外，我有一个看法，过去都认为语言是文学的特别是小说的重要的手段、技巧，或者基本功，但是我觉得这不仅是形式的问题、技巧的问题，语言它本身不是一个作品的外在的东西，而是这个作品的主题。如果说语言只是一个技巧或只是手段，那么它就只是个外在的东西。我的老师闻一多先生在他很年轻的时候写过一篇关于庄子的文章，题目就叫《庄子》。他说过，庄子的文字（因为那个时候，二三十年代，大家还不喜欢用语言这个词儿，都还用文字）不只是一种技巧，一种手段，看来本身也是一种目的。那就是说语言跟你所要表达的内容就融为一体的、不可剥离的。没有一种语言它不表达内容或思想，也没有一种思想或内容不通过语言来表达。因为各种不同门类的艺术有不同的表现手段或工具。比如音乐，我们一般说音乐靠什么表现呢？它靠旋律靠节奏。绘画靠什么表现呢？靠色彩靠线条。那么文学呢？它就是靠语言，它没有其他另外手段。我们现在有一种很奇怪的说法，说这篇小说写得不错，就是语言差一点儿，我个人认为这句话是不能成立的。你不可能说这个曲子作得不错，就是旋律跟节奏差一点儿，没有这个说法。或者说这个画画得不错，就是色彩跟线条差一点儿，不能这样说。认识一个作者、接触一个作者，首先是看他的语言，因为一个作品跟读者产生关系，作为传导的东西就是语言。为此我经过比较长时期的思考和实践。我写作时间很早，二十几岁就开始写作了，一九四〇年我就开始发表作品了，但当中间断了很长一段时间，后来我越来越感到语言的重要性。你们年轻的作者，我觉得首先得在语言上下功夫。

第二个问题我讲讲语言标准。什么样的语言是好的，什么样的语言是不好的。这个，我还得回过头来说一遍，就是语言的重要性的问题。现在不但是中国，而且是世界上研究文学的人开始十分注意这个问题。现在国外有文体学、文章学。我们中国的文艺评论家开始用科学的态度来研究语言问题，但是还不很普遍。

我觉得，我们文学评论理论要开展文体学、文章学。

现在回答第二个问题，什么是好的语言，什么是差的语言，只有一个标准，就是准确。无论是中国的作家、外国的作家、包括契诃夫这样的作家曾经说过，好的语言就是准确的语言。大概有几位欧洲的作家，包括福楼拜这样的作家都说过这样的话：每一句话只有一个最好的说法，作为一个作者来说，你就是要找到那个最好的说法。文学语言，无论从外国到中国是有变化有发展的。我觉得从二十世纪以后，文学语言发展的趋势是趋于简单，就是普普通通的语言，简简单单的话。我们都知道，文学语言上有很多大师，比如说屠格涅夫的语言，他的语言很讲究，很精致，但是现在看起来，世界上使用屠格涅夫式的那种非常细致的描写人物，或者是景物的语言的作家不是很多的。英国有个专门写海洋小说的作家，叫康拉德，他的那个句子结构是很长的。这样的作家可能还有，但是较少，从契诃夫以后，语言越来越趋于简单、普通。比如海明威的小说，他的语言就非常简单。句子很短，而每个句子的结构都是属于单句，没有那么复杂的句式结构。所以我认为，年轻的同志不要以为写文学作品就得把那个句子写得很长，跟普通人说话不一样，不要这样写，就是用普普通通的话，人人都能说的话。但是，要在平平常常的、人人都能说的，好似平淡的语言里边能够写出味儿。要是写出的都没味儿，都是平常简单的、没味儿，那就不行，难就难在这个地方。准确，就是把你对周围世界、对那个人的观察和感受，找到那个最合适的词儿表达出来。这种语言，有时候是所谓人人都能说的，但是别人没有这样写过的。你比如说鲁迅写的小说《高老夫子》。它里边的高老夫子这个人是很无聊的人，他到一个女子学校去教书，人人劝他不必去，但是他后来发表感慨，他说："我辈正经人，确乎犯不上酱在一起。”酱，就是那个腌酱菜的酱。南方腌酱菜，什么萝卜、黄瓜、莴苣什么的，一块儿放在酱缸里、酱在一起。他这个词儿，“酱在一起”，肯定是个绍兴话。但是谁也没有把绍兴那个“酱在一起”的词儿写进文学作品里边去过，用“混在一起”，或跟他们同流合污，或用北京话说，“跟他们一块儿掺合”，都没那么准确。“酱在一起”，味儿都一样，色儿都一样。你看起来这个话很普通，绍兴人都懂，你们云南人可能不懂，但绍兴人懂什么叫酱在一起。你们云南人泡酸菜，什么东西都酸在一起，都是一个味儿，一个色儿。比如说我那个老师（你们云南人都知道我是沈从文先生的学生）他那个《湘行散记》里有一篇散文，当中说：“我就独自一人坐在灌满凉风的船舱里。”这个“灌”字也是很普通的，但是沈先生用的这个字是把他的感觉都写出来了。“充满凉风”，或是“刮满凉风”都不对，就是“灌”满凉风，这个船舱好像整个都是灌满凉风的船舱。所以语言要准确，要用普普通通的、大家都能说的话，但是别人没有写过这样的字，这个是不大容易的。中国人中有人说写诗要做到这种境界：“看似寻常最奇崛，成如容易却艰辛。”你看着普普通通好像笔一下就来，这个可不大容易。你找到那个准确语言就好像是“众里寻他千百度，蓦然回首，那人却在灯火阑珊处”。

第三个问题。我讲讲语言跟作家的气质的关系。一个作家的语言跟他本人的气质是有很大关系的。法国有个理论家，叫布封，他说过，“风格即人”，现在有人或者把它翻译成：风格即人格，也可以，但是我觉得不如“风格即人”那么简练，那么准确。不同的作家有不同的语言风格，这是不能勉强的。中国的文人里边历来把文学的风格，或者也可以说语言的风格分为两大类。按照桐城派的说法就是阳刚与阴柔，按照词家的说法就是豪放与婉约，我觉得这两者虽然有所区别，但大体上还是一致的，就是一个比较粗豪的，一个比较细腻的，这个东西不能勉强。因此我认为，一个作家，经过一段实践要认识自己的气质，我属哪一种气质，哪种类型。如苏东坡他写“大江东去”那是豪放派。你们比较年轻的同志，要认识自己的气质，违反自己的气质写另外一种风格的语言，那是很痛苦的事情。我就有过这个痛苦的经历。我曾经在所谓的样板团里待过十年，写过样板戏，在那个江青直接领导下搞过剧本。她就提出来要“大江东去”，不要“小桥流水”。哎呀，我就是“小桥流水”，我不能“大江东去”，硬要我这个写小桥流水的来写大江东去，我只好跟他们喊那种假大空的豪言壮语，喊了十年，真是累得慌。一个作家要认识自己的气质，其实也很简单，就是你愿意看哪一路作家的作品。你这个气质的形成，当然有各种因素，但是与你所接近的、你所喜爱、所读的哪一路作家的作品很有关系。我受的影响比较多的，中国作家一个是鲁迅，一个是我那老师沈从文，外国作家是契诃夫，另外，还有一个你们不大熟悉的西班牙作家阿左林。另外，中国的传统的文学作品我也读了，也不能说是很多吧，读了一些。从《诗经》《楚辞》一直读下来，但是我觉得我受影响比较深的是归有光，归有光的全部作品，大概剩下来的有影响的不过就是三篇，就是《项脊轩志》《先妣事略》《寒花葬志》。大概就是这三篇对我影响比较大。所以我觉得一个作家的语言风格跟作家本人的气质很有关系，而他本人气质的形成又与他爱读的小说、爱读的作品有一定的关系。你们不要说什么作品评价最高，或什么作品风行一时、什么作品得到什么奖，我才读什么作品，这恐怕不一定划得来，你还是读你所喜欢的作品，说白了就是那种作品好像就是你所写出来的，或者那个作家好像是我一样，这样你才能形成自己独特的风格、独特的语言，也就是每个作家从语言上说来有他的个性。

第四个问题，这个作家的语言虽然要有他自己独特的个性，还应该对他表现的不同的生活、不同的人物采取不同的语言风格。你看看鲁迅的作品，他的作品语言风格，一看就可以看出是鲁迅的作品，但是鲁迅的语言风格也不是一样的。比如他写《社戏》、写《故乡》，包括写《祝福》吧，他对他笔下所写的人物是充满了温情，又充满了一种苍凉感或者悲凉感，但是他写《高老夫子》，特别写那四铭，鲁迅使用的语言是相当尖刻，甚至是恶毒的，因为他对这些人是深恶痛绝，特别是对四铭那种人非常讨厌，所以他用的语言不完全是一样的。对每一个作品，跟你所写的人物，跟生活要协调。比如，我写过一篇短篇小说，叫《徙》，迁徙的徙，那是写小学五六年级到初中三年级时我的一个语文（当时叫国文）老师，基本上是为他立传。我在写我的那个国文老师时，因为他教我们的是文言文，所以在写那篇小说中用了一些文言文的词句。我写他怎么教我们书，怎么怎么讲，怎么怎么教，他有什么主要的一些思想，这一段的结尾用了一句文言文："呜呼，先生之泽远矣。"后来我写他死了，因为我一开头就写他是我们小学的校歌的歌词作者，我写他死了完全是文言文的，我写的是："墓草萋萋，落照昏黄，歌声犹在，斯人邈矣。"这歌声还在，可这个人没有了。这种语言，只能用在写教过我的那个老师的小说里边，只有这样，跟那个人才合拍才协调。又比如我写《受戒》，就不能用这种语言。因为《受戒》是写小和尚和村姑恋爱的故事，你用这种语言是格格不入的。所以，一个作品里的叙述语言，不要完全是你那个作家本身、你的那种特别是带学生腔的语言，你一定要体察那个人物对周围世界的感受，然后你用他对周围世界感觉的语言去写他的感觉。有位年轻作家给我看过一篇小说，那小说写得还不错，他写的是他童年时代小学时跟他同桌的一个女同学的事，当然，这个小学生嘛也可以回忆，但是他形容这个女同学长得很“纤秀”。我一看就觉得不对，因为小孩子没有“纤秀”这个词儿，没有纤秀这种概念。可以说长得很好看，长得小小巧巧的，秀秀气气的，都可以，但“纤秀”是不行的。绝对不要用一般报纸、特别是广播员的语言来写小说。什么“绚丽多彩”，我劝你们千万不要用这种词儿来写小说，因为这种词儿是没有任何具体感觉的。什么叫“绚丽”？我到现在也不知道哪样叫“绚丽”嘛。

下面我讲第五个问题，就是在你写一个作品之前，必须掌握这篇作品的语言基调。

写作品好比写字，你不能一句一句去写，而要通篇想想，找到这篇作品的语言基调。写字、书法，不是一个字一个字写，一个横幅也好，一个单条也好。它不只是一个一个字摆在那儿，它有个内在的联系，内在的运动，除讲究间架结构之外，还讲究“间行”，讲行气，要“谋篇”，整篇是一个什么气势，这一点很重要。写作品一定要找到这篇作品的语言基调。有位作家有次在构思一篇小说，半夜里去敲一位评论家的门，他说我找不到这篇小说的调子。我觉得他说得很对，如果找到这篇作品的调子就可以很顺利地写下去。你们在构思作品时，不要说我大体上把故事想好了就行了，你得在语言上找到作品的基调。关于基调——由于个人的写作习惯不一样而不同。我的写作习惯从头至尾概想，从开头一句到最后一句都想，但人人不一定是这样。我这样有个好处，可以不至于跑野马，可以顺理成章。还有很重要一点就是开头。孙犁同志说过，一篇小说开头开好了，以后就会是头头是道，这是经验之谈。所以你们不要轻易地下笔，一定要想得很成熟了，从哪一句开头，开头是定调子，要特别慎重地对待你写的第一句话。你看中国的很多古典文学作家写的开头都非常漂亮。你们大家都熟悉的欧阳修的《醉翁亭记》，原来《醉翁亭记》的原稿是“滁之四面皆山”，后来他觉得这句子写得太弱，改成一句“环滁皆山也”这一下就把整个《醉翁亭记》的调子定下来了。我可以给你们我自己的一点儿经验，就是刚才提到的那篇纪念我那国文老师的小说。原来的开头那是在青岛对岸的那个黄岛写的，因为他是我们那个小学的校歌的作者，我一开头“世界上曾经有过很多歌，都已经消失了”，我出去转了一下，觉得不满意，回来就改成一句“很多歌消失了”。下边写就比较顺畅了。

另外，写文章、写小说，哪儿起、哪儿顿、哪儿停、哪儿落，都得注意。中国人对文章之道，特别是写散文，我认为那是世界无比的。除了开头事先要想好外，还要注意我这篇作品最后落到什么地方、怎么收拾，不能说写完了，写到哪儿算哪儿，那不行。我觉得汤显祖批《董西厢》有一个很精辟的见解。他说结尾不外乎是两种，一种叫作“煞尾”，一种叫作“度尾”。汤显祖这个词儿用得很美。他说煞尾好像“骏马收缰，寸步不离”，咔！就截住了。“度”就好像“画舫笙歌，从远处来，过近处，又向远处去”。写得多好，汤显祖真不愧是个大作家。

第六个简单说说中国语言的一些特点。年轻的同志要了解一下中国语言的一些特点。中国语言跟世界上的一些语言比较一下有什么特点？一个，中国语言是表意的，是象形文字，看到图像就能产生理解和想象。另外，中国语言还有个很大的特点，就是语言都是“单音缀”，一字一声，它不是几个音节构成一个字。中国语言有很多花样，都跟这个单音节有很大关系。另外，与很多国家的语言比较起来，中国语言有不同的调值，每一个字都有一定的调值，就是阴、阳、上、去，或叫四声。这构成了中国语言的音乐感，这种音乐感是西欧的或其他别的国家的语言所不能代替的。我听搞语言的老同志说，调值不同的语言除中国话之外，只有古代的梵文、梵语，就是古印度语。我们搞世界和平运动时，郭沫若出国讲话，有个主教说郭沫若讲话好像唱歌似的。为什么，就是因为中国语言有个平上去入，高低悬殊。而英语只有两个调，接近我们中国的阳平和上声，没有阴平，所以听外国人说话很平。总之，这里面有很多学问，尽管写小说，也得注意声调的变化，才能造成作品的音乐美。举个最简单的例子。你们都知道所谓样板戏《智取威虎山》，原来有句唱词“迎来春天换人间”，毛主席给它改了一个字：“迎来春色换人间。”为什么要改这个字，当然春色比春天要具体，更重要的我觉得是因为声调的关系。“迎来春天换人间”除了“换”字外其他都是平声字——都飘在上边。所以毛主席改它一个字就把整个声音都扳过来了，就带来了语言上很大的稳定感。

所以，我劝你们写小说的同志，写诗的更不用说了，一定要研究一下中国的四声，而且学习写一点儿旧诗旧词，要经过这种语言锻炼。另外，中国语言还有个很大特点，就是对仗，这个东西国外是没有的。我有一篇小说，就是刚才介绍的那篇《受戒》，我看了法文本和英文本的翻译本，其中我用了四个对联，他无法翻译，翻译家的办法非常简单：把对联全删掉了，因为他无法翻译。写小说要学用一点儿对仗，不一定很工整。学一点儿对仗语言是很有好处的，可以摆脱一般的语法逻辑的捆绑，能够造成语言上的对比和连续，而且能造成语意上较大的跨度。我写过一篇小说，写一个庙，庙的大殿外有两棵大白果树，即银杏树，我写银杏树的变化："夏天，一地浓荫；秋天，满阶黄叶。"这就比用完全散文化的语言省了很多事，而且表达了很多东西。所以我劝你们青年同志，初学写作的同志，不要只看当代作家的作品、只看翻译的作品，一定要看看我们自己的古典作品，古典散文，古典诗词，包括散曲，而且自己锻炼写一写，丰富我们中国人的特有的语感。没有语感的或者语感迟钝的作品不会写得很美。

最后一个问题：语言要随时随地的学习。一个作家应该对语言充满兴趣。到处去听听，到处去看看，看看有什么好语言。可能你们在座的有的是写小说的，有的是写散文的，不妨，或者也应该看看、读读中国的戏曲和民歌，特别是民歌。我是搞了几年民间文学的，我觉得民间文学是个了不起的海洋，了不得的宝库。中国古代民歌、乐府，不管是汉代乐府、南朝乐府，是很了不起的。这些民歌、乐府有很多奇想。比方说汉朝有一首民歌，叫作《枯鱼过河泣》，枯鱼就是干了的鱼吧，"枯鱼过河泣，何时悔复及，作书与鲂鱮，相教慎出入。"这很奇怪，一个干了的鱼，它还有什么感受。这鱼都干了，它还在那儿哭，不但哭，它还写信，鱼怎么能写信呢？在现代民歌中，我发现有类似这样的一种奇想。有一首广西民歌，一开头就是个起兴的句子："石榴花开朵朵红，蝴蝶写信给蜜蜂，蜘蛛结网拦了路，水漫阳桥路不通。"这是一首情诗。意思是：你可别来了，咱们有各种干扰，各种阻碍。这很奇怪。另外，我搞了几年民间文学，曾经思考过一个问题：民歌中有没有哲理诗。我开始认为民歌一般都是抒情诗，但后来我发现了一首湖南民歌，写插秧的。湖南人管插秧叫插田。这四句诗开始打破了我的怀疑。民歌中哲理诗较少，但还是有的。它写的是插秧："赤脚双双来插田，低头看见水中天（天在上头，低头看见水中天了，很有点哲学意味儿），行行插得齐齐整,(这句没什么) 退步原来是向前。” 插秧往后，实际上是向前，就好像我们现在某些政策好像往回退了一步，又回到包产到户，实际上是向前。

关于小说语言（札记）

语言是本质的东西

“他的文字不仅是表现思想的工具，似乎也是一种目的。”（闻一多《庄子》）

语言不只是技巧，不只是形式。小说的语言不是纯粹外部的东西。语言和内容是同时存在的，不可剥离的。

语言决定于作家的气质。“气以实志，志以定言，吐纳英华，莫非情性。”（《文心雕龙·体性》）鲁迅有鲁迅的语言，废名有废名的语言，沈从文有沈从文的语言，孙犁有孙犁的语言……何立伟有何立伟的语言，阿城有阿城的语言。我们的理论批评，谈作品的多，谈作家的少，谈作家气质的少。“颂其诗，读其书，不知其人可乎？”（《孟子·万章章句下》）理论批评家的任务，首先在知人。要从总体上把握住一个作家的性格，才能分析他的全部作品。什么是接近一个作家的可靠的途径？——语言。

小说作者的语言是他的人格的一部分。语言体现小说作者对生活的基本的态度。

从小说家的角度看：文如其人；从评论家的角度看：人如其文。

成熟的作者大都有比较稳定的语言风格，但又往往能“文备众体”，写不同的题材用不同的语言。作者对不同的生活，不同的人、事的不同的感情，可以从他的语言的色调上感觉出来。鲁迅对祥林嫂寄予深刻的同情，对于高尔础、四铭是深恶痛绝的。《祝福》和《肥皂》的语调是很不相同的。探索一个作家作品的思想内涵，观察他的倾向性，首先必须掌握他的叙述的语调。《文心雕龙·知音》篇说："夫缀文者情动而辞发，观文者披文以入情。沿波讨源，虽幽必显。世远莫见其面，觇文辄见其心。"一个作品吸引读者（评论者），使读者产生同感的，首先是作者的语言。

研究创作的内部规律，探索作者的思维方式、心理结构，不能不玩味作者的语言。是的，"玩味"。

从众和脱俗

外国的研究者爱统计作家所用的词汇。莎士比亚用了多少词汇，托尔斯泰用了多少词汇，屠格涅夫用了多少词汇。似乎词汇用得越多，这个作家的语言越丰富，还有人编过某一作家的字典。我没有见过这种统计和字典，不能评论它的科学意义，但是我觉得在中国这样做是相当困难的。中国字的歧义很多，语词的组合又很复杂。如果编一本中国文学字典（且不说某一作家的字典），粗略了，意思不大；要精当可读，那是要费很大功夫的。

现代中国小说家的语言趋向于简洁平常。他们力求使自己的语言接近生活语言，少事雕琢，不尚辞藻。现在没有人用唐人小说的语言写作。很少人用梅里美式的语言、屠格涅夫式的语言写作。用徐志摩式的"浓得化不开"的语言写小说的人也极少。小说作者要求自己的语言能产生具体的实感，以区别于其他的书面语言，比如报纸语言、广播语言。我们经常在广播里听到一句话："绚丽多彩"，"绚丽"到底是什么样子呢？这样的语言为小说作者所不取。中国的书面语言有多用双音词的趋势。但是生活语言还保留很多单音的词。避开一般书面语言的双音词，采择口语里的单音词，此是从众，亦是脱俗之一法。如鲁迅的《采薇》：

> 他愈嚼，就愈皱眉，直着脖子咽了几咽，倒哇的一声吐出来了，诉苦似的看着叔齐道：
>
> "苦……粗……"
>
> 这时候，叔齐真好像落在深潭里，什么希望也没有了。抖抖的也拗了一角，咀嚼起来，可真也毫没有可吃的样子：苦……粗……

"苦……粗……"到了广播电台的编辑的手里，大概会提笔改成"苦涩……粗糙……"那么，全完了！鲁迅的特有的温和的讽刺、鲁迅的幽默感，全都完了！

从众和脱俗是一回事。

小说家的语言的独特处不在他能用别人不用的词儿，而在在别人也用的词里赋以别人想不到的意蕴（他们不去想，只是抄）。

张戒《诗话》："古诗：'白杨多悲风，萧萧愁杀人'，萧萧两字处处可用，然惟坟墓之间，白杨悲风尤为至切，所以为奇。"

鲁迅用字至切，然所用多为常人语也。《高老夫子》：

> 我没有再教下去的意思。女学堂真不知要闹成什么样子。我辈正经人，确乎犯不上酱在一起……

"酱在一起"大概是绍兴土话。但是非常准确。

《祝福》：

> 他是我的本家，比我长一辈，应该称之曰"四叔"，是一个讲理学的老监生。但比先前并没有什么大改变，单是老了些，但也还未留胡子，一见面是寒暄，寒暄之后说我"胖

了”，说我胖了之后即大骂其新党。但我知道，这并非借题在骂我：因为他所骂的还是康有为。但是，谈话总是不投机的了，于是不多久，我便一个人剩在书房里。

假如要编一本鲁迅字典，这个“剩”字将怎样注释呢？除了注明出处（把我前引的一段抄上去），标出绍兴话的读音之外，大概只有这样写：

“剩”是余下的意思。有一种说不出来的孤寂无聊之感，仿佛被这世界所遗弃，孑然地存在着了。而且连四叔何时离去的，也都未觉察，可见四叔既不以鲁迅为意，鲁迅也对四叔并不挽留，确实是不投机的了。四叔似乎已经走了一会儿了，鲁迅方发现只有自己一个人剩在那里。这不是鲁迅的世界，鲁迅只有走。

这样的注释，行吗？推敲推敲，也许行。

小说家在下一个字的时候，总得有许多“言外之意”。“看似寻常最奇崛，成如容易却艰辛”，凡是真正意识到小说是语言的艺术的，都深知其中的甘苦。姜白石说：“人所常言，我寡言之；人所难言，我易言之，自不俗。”说得不错。一个小说作家在写每一句话时，都要像第一次学会说这句话。中国的画家说“画到生时是熟时”，作画须由生入熟，再由熟入生。语言写到“生”时，才会有味儿。语言要流畅，但不能“熟”。援笔即来，就会是“大路活”。

现代小说作家所留心的，不止于“用字”，他们更注意的是语言的神气。

神气·音节·字句

“文气论”是中国文论的一个源远流长的重要的范畴。

韩愈提出“气盛言宜”：“气，水也；言，浮物也。水大而物之浮者大小毕浮。气之与言，犹是也。气盛则言之短长与声之高下者皆宜。”他所谓“气盛”，我们似可理解为作者的思想充实，情绪饱满。他第一次提出作者的心理状态与表达的语言的关系。

桐城派把“文气论”阐说得很具体。他们所说的“文气”，实际上是语言的内在的节奏，语言的流动感。“文气”是一个精微的概念，但不是不可捉摸。桐城派解释得很实在。刘大櫆认为为文之能事分为三个步骤：一神气，“文字是最精处也”；二音节，“文之稍粗处也”；三字句，“文之最粗处也”。桐城派很注重字句。论文章，重字句，似乎有点卑之勿甚高论，但桐城派老老实实地承认这是文章的根本。刘大櫆说：“近人论文不知有所谓音节者，至语以字句，则必笑为末事。此论似高实谬。作文若字句安顿不妙，岂复有文字乎？”他们所说的“字句”，说的是字句的声音，不是它的意义。刘大櫆认为：“盖音节者，神气之迹也；字句者，音节之矩也。神气不可见，于音节见之；音节无可准，以字句准之。”“凡行文多寡短长，抑扬高下，无一定之律，而有一定之妙，可以意会，而不可以言传。学者求神气而得之于音节，求音节而得之于字句，则思过半矣。”如何以字句准音节？他说得非常具体。“一句之中或多一字，或少一字；一句之中或用平声，或用仄声；同一平字仄字，或用阴平阳平上声去声入声，则音节迥异。”

这样重视字句的声音，以为这是文学语言的精髓，是中国文论的一个很独特的见解。别的国家的文艺学里也有涉及语言的声音的，但都没有提到这样的高度，也说不到这样的精辟。这种见解，桐城派以前就有。韩愈所说的“气盛言宜”，“言宜”就包括“言之长短”和“声之高下”。不过到了桐城派就更清楚地意识到这一点，发挥得也更完备了。

二十年代、三十年代的作家是很注意字句的。看看他们的原稿，特别是改动的地方，是会对我们很有启发的。有些改动，看来不改也过得去，但改了之后，确实好得多。《鲁迅全集》第二卷卷首影印了一页《眉间尺》的手稿，末行有一句：

> 他跨下床，借着月光走向门背后，摸到钻火家伙，点上松明，向水瓮里一照。

细看手稿，“走向”原来是“走到”；“摸到”原来是“摸着”。捉摸一下，改了之后，比原来的好。特别是“摸到”比“摸着”好得多。

传统的语言论对我们今天仍然是有用的。我们使用语言时，所注意的无非是两点：一是长短，一是高下。语言之道，说起来复杂，其实也很简单。不过运用之妙，可就存乎一心了。不是懂得简单的道理，就能写得出好语言的。

“积字成句，积句成章，积章成篇。合而读之，音节见矣；歌而咏之，神气出矣。”一篇小说，要有一个贯串全篇的节奏，但是首先要写好每一句话。

有一些青年作家意识到了语言的声音的重要性。所谓“可读性”，首先要悦耳。

小说语言的诗化

意境说也是中国文艺理论的重要范畴，它的影响，它的生命力不下于文气说。意境说最初只应用于诗歌，后来波及了小说。废名说过："我写小说同唐人写绝句一样。"何立伟的一些小说也近似唐人绝句。所谓"唐人绝句"，就是不着重写人物，写故事，而着重写意境，写印象，写感觉。物我同一，作者的主体意识很强。这就使传统的小说观念发生了很大的变化，使小说和诗变得难解难分。这种小说被称为诗化小说。这种小说的语言也就不能不发生变化。这种语言，可以称之为诗化的小说语言——因为它毕竟和诗还不一样。所谓诗化小说的语言，即不同于传统小说的纯散文的语言。这种语言，句与句之间的跨度较大，往往超越了逻辑，超越了合乎一般语法的句式（比如动宾结构）。比如：

> 老白粗茶淡饭，怡然自得。化纸之后，关门独坐。门外长流水，日长如小年。(《故人往事·收字纸的老人》)

如果用逻辑紧严，合乎语法的散文写，也是可以的，但不易产生如此恬淡的意境。

强调作者的主体意识，同时又充分信赖读者的感受能力，愿意和读者共同完成对某种生活的准确印象，有时作者只是罗列一些事物的表象，单摆浮搁，稍加组织，不置可否，由读者自己去完成画面，注入情感。"鸡声茅店月，人迹板桥霜。""枯藤老树昏鸦，小桥流水人家，古道西风瘦马。"这种超越理智，诉诸直觉的语言，已经被现代小说广泛应用。如：

> 抗日战争时期，昆明小西门外。
>
> 米市，菜市，肉市。柴驮子，炭驮子。马粪。粗细瓷碗，砂锅铁锅。焖鸡米线，烧饵块。金钱片腿，牛干巴。炒菜的油烟，炸辣子的呛人的气味儿。红黄蓝白黑，酸甜苦辣咸。(《钓人的孩子》)

这不是作者在语言上耍花招，因为生活就是这样的。如果写得文从理顺，全都“成句”，就不忠实了。语言的一个标准是：诉诸直觉，忠于生活。

文言和白话的界限是不好画的。“一路秋山红叶，老圃黄花，不觉到了济南地界”，是文言，还是白话？只要我们说的是中国话，恐怕就摆脱不了一定的文言的句子。

中国语言还有一个世界各国语言没有的格式，是对仗。对仗，就是思想上、形象上、色彩上的联属和对比。我们总得承认联属和对比是一项美学法则。这在中国语言里发挥到了极致。我们今天写小说，两句之间不必，也不可能在平仄、虚实上都搞得铢两悉称，但是对比关系不该排斥。

……罗汉堂外面，有两棵很大的白果树，有几百年了。夏天，一地浓荫。冬天，满阶黄叶。

如果不用对仗，怎样能表达时序的变易，产生需要的意境呢？

中国现代小说的语言和中国画，特别是唐宋以后的文人画的关系是非常密切的。中国文人画是写意的。现代中国小说也是写意的多。文人画讲究“笔墨情趣”，就是说“笔墨”本身是目的。物象是次要的。这就回到我们最初谈到的一个命题：“他的文字不仅是表现思想的工具，似乎也是一种目的。”

现代小说的语言往往超出现象，进入哲理，对生活作较高度的概括。

小说语言的哲理性，往往接受了外来的影响。

每个人带着一生的历史，半个月的哀乐，在街上走。（《钓人的孩子》）

这样的语言是从哪里来的？大概是《巴黎之烦恼》。

关于文学的语言问题

——在大足县业余作者座谈会上的讲话

一、语言在文学创作中占极其重要的位置。

语言是文学的手段，文学是语言的艺术，或者说语言是文学的第一要素。要搞语文教学或文学创作，首要问题就是语言问题。文章写不好，就谈不上搞文学。极而言之，语言本身是艺术。音乐只有一个旋律构不成一首乐曲，但一句话就可以成为一首诗。“满城风雨近重阳”就是一首诗。

二、文学创作语言是书面语言，是视觉语言，是供人看的，不是供人听的。有的作品看起来效果好，听起来效果就不一定好。鲁迅的小说《高老夫子》，写高尔础在给学生上了课之后，走进植物园时，“他大吃一惊，至于《中国历史教科书》也失手落在地上了，因为脑壳上突然遭了什么东西的一击。他倒退两步，定睛看时，一枝夭斜的树枝横在他面前，已被他的头撞得树叶都微微发抖。他赶紧弯腰去拾书本，书旁边竖着一块木牌，上面写着——

桑 桑　科

”。

这段描写用视觉看可笑，特别是“桑，桑科”很有味儿，但念起来听就念不出味道，效果就差。柯仲平写的“人在冰上走，水在冰下流”写得很有意境。单听就不易产生好的效果，看就容易产生意境。汉字除字音还有字形，然后才产生字义。这同外国语言不一样，外国语言无字形，都由字母拼音构成。外国诗通过朗诵就能表达思想感情。中国诗通过字形，唤起一定视觉，然后引起想象，进入意境。

作家创作语言不完全是口语，而是在口语基础上创作的艺术语言。老舍等作家是用北京话创作的，但不完全是北京话口语，而是采用北京语言的语汇、词儿和那股味儿，它比口语简练得多。它是在北京话的基础上，创作了各自的艺术语言。

三、文学语言标准。

文学语言的标准首要一个，就是准确。契诃夫说过："每句话只有一个最好的说法。"对语言要选择，比较，然后找到能最准确表达自己感情和思想的语言。怎样才能达到准确呢？就是要通过艰苦的学习。学习是多方面的。首先是在生活里学习，向群众学习。年青时，多从作品中学习语言。年岁稍大一点儿，在同群众长期接触中，有了一点儿生活，发现群众的语言很美，很生动，非常准确，而富有哲理。我曾在张家口农村里住过几年。有一次在大车队劳动，参加生活会时，群众在批评大车队队长有英雄主义时说："一个人再能挡不住四堵墙。旗杆再高，还得要两块石头夹住。"这很生动、准确，很美。对事不要简单化，北京人有这样一种说法："有枣没枣打三竿"，"你知道哪块云彩有雨？"这说得多好。向生活学习，向群众学习很广泛，只要留心，就能随时随地学到很好的语言。这些语言并能使你折服。有一次我在北京西单，宣传车在广播："横穿马路，不要低头猛跑"，这简直简练、准确到极点。北京有条街的墙报上有一个标题："残菜剩饭，必须回锅煮开再吃"。这些宣传车，墙报上的语言，它使人一看就明白，一听就清楚。这样的语言，就是好语言。

北京有的接生婆在墙上写着广告语“轻车快马，吉祥姥姥”，很有诗意，很形象。有个铺子写着：“出售新藤椅，修理旧藤床”，修理钥匙店写：“照配钥匙，立等可取”，洗澡堂写：“各照衣帽”。这些都是用最少的字，用最精练的语言，清楚、准确地把意想表达出来。都值得我们学习。

其次是从书本里学习语言。我们要读较多的古典和现代的作品。我们有的同志只读当代的同辈作家的作品，这不够。还要多读点古代作品，古代散文，多背点古诗词。不然写出的作品语言就没有味儿。我们汉语的特点，一是对仗，就是对对子。汉语一个字一个音节，我们往往利用这个特点以对仗，对偶方式，使语言美。我们写小说或散文，不一定像做对子、写律诗那样对得很工整，但用不很严格的对仗语言，可以产生特殊的效果。我的老师写有两句：“有桃花处必有人家，有人家处必可沽酒。”有一位写船上工会：“地方像茶馆不卖茶，不像烟馆可以抽烟”，虽然对得不工整，但这是对仗关系产生了特殊的效果。有的古诗词则对得很绝，如李商隐写的《马嵬》有两句“此日六军同驻马，当时七夕笑牵牛”。二是声调，或叫四声。这是外国语言没有的。这使中国语言具有特有的音乐性。古诗词特别讲究平仄，现代汉语也要平仄交替使用，才能使语言有音乐美。如《智取威虎山》有一句：“迎来春天换人间”，毛主席改为“迎来春色换人间”，一字之改，除春色比春天更具体形象外，还有声律的需要。如用“天”，全句只有一个“换”是仄声字，不好听；改为“色”就多一个仄声字，全句就好听了。双声叠韵用得好有美感，但用得不好，也不好听，没有美感。如《沙家浜》“看小船，穿云破雾渐无踪影”句中的“船”“穿”声韵相同，用在一起，不好唱。后改为“看小船，破雾穿云渐无踪影”就好唱了。要懂声调，我们就要多读一点儿古文，而且要读些骈体文。

第三，向多种艺术形式学习。我们要向民间文学学习，向民歌、戏曲学习。民间文学语言值得我们学习，有些语言是我们想不到的。古代民歌，如：汉乐府里的《枯鱼过河泣》想象非常丰富奇特，鱼干了怎能写信给别的鱼呢？这是一个在旅途中落难人的心情写照。广西有一首民歌，也用同一样的表现形式："蝴蝶写信给蜜蜂，蜘蛛结网拦了路，水漫蓝桥路不通。"民歌以抒情为主，但有的也富有哲理。湖南有一首哲理性民歌是写插秧的"赤脚双双来插田，低头看见水中天，行行插的齐齐整，退步原来是向前。""低头看见水中天""退步原来是向前"就是深刻的哲理。白族民歌："斧头砍过的再生树，战争留下的孤儿。"意义很丰富。四川民歌也有很多优美的语言。有的中国作家不研究中国民歌，是很大的遗憾。

中国戏曲也有很多好东西。京剧《打渔杀家》中萧恩和桂英过江杀李时，在离家时，桂英打开门出去，桂英叫："爹爹请转"，萧问"何事"，桂英说，"门还没有上锁哩！"萧说："这门关也罢，不关也罢！"桂英说："不关门，还有重要家具。"萧说："人都不要了，还要什么家具！"桂英："不要了！"如果小说的对话能写成这样，就是高级的语言。川剧文学性很高，也要向川剧学语言。

总之，语言要学习，要向群众学习，向生活学习，向作品学习，不但要向现代作品学习，还要向古代作品学习，要向其他文学形式学习。

学习语言要达到什么目的呢？就是要培养我们的语感。要训练我们的语言敏感。我们要随时随地注意别人的语言，训练自己的语感。我在北京电车上听到一个幼儿园的小孩儿反复念："山上有个洞，洞里有个碗，碗里有块肉，你吃了，我尝了，我的故事讲完了。”好像他越念越愉快，这是什么原因呢？原来前三句是重叠，念起来有美感。后三句有三个“了”，是阳平，有音乐感。所以这个小孩儿反复念是美的享受。我们平时就要特别注意音乐美。

关于语言的独创性。青年人感到语言平淡，总爱搞点花花草草，那是无用的。所谓独创，就是把普通的大家都能说的语言，在你的作品里，灌注上新的意思。屠格涅夫“大树庄重地倒下”把大树人格化了，这“庄重”就用得独特。鲁迅在《药》里写夏妈为夏瑜上坟时，有这样的描写，“微风早已停息了；枯草支支直立，有如铜丝。一丝发抖的声音，在空气中愈颤愈细，细到没有，周围便都是死一般静。”鲁迅把“枯草”“铜丝”连在一起用，用“铜丝”形容“枯草”，用得准确而独特，为别人所无。又如，“红杏枝头春意闹”的“闹”字用得准确、生动、独到。我们说语言的独创性，不是离奇、生造，而是别人想说能说，但没有说或说不出来，你把它准确地说出来，别人一看，你把他的意思说出来了，并且感到新鲜、准确，独特，这就是独创性。

中国作家的语言意识

中国作家现在很重视语言。不少作家充分意识到语言的重要性。语言不只是一种形式，一种手段，应该提到内容的高度来认识。最初提到这个问题的是闻一多先生。他在很年轻的时候，写过一篇《庄子》，说他的文字（即语言）已经不只是一种形式、一种手段，本身即是目的（大意）。我认为这是说得很对的。语言不是外部的东西。它是和内容（思想）同时存在，不可剥离的。语言不能像橘子皮一样，可以剥下来，扔掉。世界上没有没有语言的思想，也没有没有思想的语言。往往有这样的说法：这篇小说写得不错，就是语言差一点儿。我认为这种说法是不能成立的。我们不能说这首曲子不错，就是旋律和节奏差一点儿；这张画画得不错，就是色彩和线条差一点儿。我们也不能说：这篇小说不错，就是语言差一点儿；语言是小说的本体，不是附加的，可有可无的。从这个意义上说，写小说就是写语言。小说使读者受到感染，小说的魅力之所在，首先是小说的语言。小说的语言是浸透了内容的，浸透了作者的思想的。我们有时看一篇小说，看了三行，就看不下去了，因为语言太粗糙。语言的粗糙就是内容的粗糙。

语言是一种文化现象。语言的后面是有文化的。胡适提出"白话文"，提出"八不主义"。他的"八不"都是消极的，不要这样，不要那样，没有积极的东西，"要"怎样。他忽略了一种东西：语言的艺术性。结果，他的“白话文”成了“大白话”。他的诗：

两个黄蝴蝶，

双双飞上天……

实在是一种没有文化的语言。相反的，鲁迅，虽然说过要上下四方寻找一种最黑最黑的咒语，来咒骂反对白话文的人，但是他在一本书的后记里写的“时大夜弥天、璧月澄照，饕蚊遥叹，余在广州”就很难说这是白话文。我们的语言都是继承了前人，在前人语言的基础上演变、蜕化出来的。很难找到一种语言，是前人完全没有讲过的。那样就会成为一种很奇怪的，别人无法懂得的语言。古人说“无一字无来历”，是有道理的，语言是一种文化积淀。语言的文化积淀越是深厚，语言的含蕴就越丰富。比如毛泽东写给柳亚子的诗：

三十一年还旧国，

落花时节又逢君。

单看字面，“落花时节”就是落花的时节。但是读过一点儿旧诗的人，就会知道这是从杜甫的《江南逢李龟年》里来的：

岐王宅里寻常见，

崔九堂前几度闻，

正是江南好风景，

落花时节又逢君。

“落花时节”就含有久别重逢的意思。毛泽东在写这句诗的时候未必想到杜甫的诗，但杜甫的诗他肯定是熟悉的。此情此景，杜诗的成句就会油然从笔下流出。我还是相信杜甫所说的“读书破万卷，下笔如有神”。多读一点儿古人的书，方不致“书到用时方恨少”。

这可以说是“书面文化”。另外一种文化是民间的，口头文化。有些作家没有受过完整的教育。战争年代，有些作家不能读到较多的书。有的作家是农民出身。但是他们非常熟悉口头文学。比如赵树理、李季。赵树理是一个农村才子，他能在庙会上一个人唱一台戏——唱、表演、用嘴奏“过门”，念“锣经”，一样不误。他的小说受民间戏曲和评书很大的影响（赵树理是非常可爱的人。他死于“文化大革命”。我十分怀念他）。李季的叙事诗《王贵与李香香》是用陕北“信天游”的形式写的。孙犁说他的语言受了他的母亲和妻子的影响。她们一定非常熟悉民间语言，而且是很熟悉民歌、民间故事的。中国的民歌是一个宝库，非常丰富，我曾经想一个问题：中国民歌有没有哲理诗？——民歌一般都是抒情诗，情歌。我读过一首湖南民歌，是写插秧的：

赤脚双双来插田，
低头看见水中天。
行行插得齐齐整，
退步原来是向前。

这应该说是一首哲理诗。“退步原来是向前”可以用来说明中国目前的一些经济政策。从“人民公社”退到“包产到户”，这不是“向前”了吗？我在兰州遇到过一位青年诗人，他怀疑甘肃、宁夏的民歌“花儿”可能是诗人的创作流传到民间去的，那样善于用比喻、押韵押得那样精巧。有一回他去参加一个“花儿会”（当地有这样的习惯，大家聚集在一起唱几天“花儿”），和一对婆媳同船。这婆媳二人把他“唬背”了：她们一路上没有说一句散文，——所有的对话都是押韵的。媳妇到一个娘娘庙去求子，她跪下来祷告，不是说：送子娘娘，您给我一个孩子，我给您重修庙宇，再塑金身……而是：

今年来了，我是跟您要着哪，

明年来了，我是手里抱着哪，

咯咯嘎嘎地笑着哪！

这是我听到过的祷告词里最美的一个。我编过几年《民间文学》，得益匪浅。我甚至觉得，不读民歌，是不能成为一个好作家的。

有一首著名的唐诗《新嫁娘》：

洞房昨夜停红烛，

待晓堂前拜舅姑。

妆罢低声问夫婿，

画眉深浅入时无？

这首诗没有说这位新嫁娘长得好看不好看，但是宋朝人的诗话里已经指出：这一定是一个绝色的美女。这首诗制造了一种气氛，让你感觉到她的美。

另一首有名的唐诗：

君家在何处？

妾住在横塘。

停舟暂借问，

或恐是同乡。

看起来平平常常，明白如话，但是短短二十个字里写出了很多东西。宋人说这首诗“墨光四射，无字处皆有字”。这说得实在是非常的好。

语言的美，不在语言本身，不在字面上所表现的意思，而在语言暗示出多少东西，传达了多少信息，即让读者感觉、“想见”的情景有多广阔，古人所谓“言外之意”“弦外之音”，是有道理的。

国内有一位评论家评论我的作品，说汪曾祺的语言很怪，拆开来每一句都是平平常常的话，放在一起，就有点味道。我想任何人的语言都是这样。每句话都是警句，那是会叫人受不了的。语言不是一句一句写出来，“加”在一起的。语言不能像盖房子一样，一块砖一块砖垒起来。那样就会成为“堆砌”。语言的美不在一句一句的话，而在话与话之间的关系。包世臣论王羲之的字，说单看一个一个的字，并不怎么好看，但是字的各部分，字与字之间“如老翁携带幼孙，顾盼有情，痛痒相关”。中国人写字讲究“行气”。语言是处处相通，有内在的联系的。语言像树，树干树叶、汁液流转，一枝摇了百枝摇，它是“活”的。

“文气”是中国文论特有的概念。从《文心雕龙》到“桐城派”一直都讲这个东西。我觉得讲得最好、最具体的是韩愈。他说：

> 气，水也；言，浮物也。水大而物之浮者大小毕浮。气之与言犹是也，气盛则言之短长与声之高下者皆宜。

后来的人把他的理论概括成“气盛言宜”四个字。我觉得他提出了三个很重要的观点。他所谓“气盛”，照我的理解，即作者情绪饱满，思想充实。我认为他是第一个提出作者的精神状态和语言的关系的人。一个人精神好的时候往往会才华横溢，妙语如珠；倦疲的时候往往词不达意。他提出一个语言的标准：宜。即合适，准确。世界上有不少作家都说过“每一句话只有一个最好的说法”，比如福楼拜。韩愈则把“宜”更具体化为“言之短长”与“声之高下”。语言的奥秘，说穿了不过是长句子与短句子的搭配。一泻千里，戛然而止，画舫笙歌，骏马收缰，可长则长，能短则短，运用之妙，存乎一心。中国语言的一个特点是有“四声”。“声之高下”不但造成一种音乐美，而且直接影响到意义。不但写诗，就是写散文，写小说，也要注意语调。语调的构成，和“四声”是很有关系的。

中国人很爱用水来作文章的比喻。韩愈说过，苏东坡说“吾文如万斛源泉，不择地涌出”“但行于所当行，止于所不可不止”。流动的水，是语言最好的形象。中国人说“行文”，是很好的说法。语言，是内在地运行着的。缺乏内在的运动，这样的语言就会没有生气，就会呆板。

中国当代作家意识到语言的重要性的，现在多起来了。中国的文学理论家正在开始建立中国的“文体学”“文章学”。这是极好的事。这样会使中国的文学创作提高到一个更新的水平。

谢谢！

揉面
——谈语言运用

语言是艺术

语言本身是艺术，不只是工具。

写小说用的语言，文学的语言，不是口头语言，而是书面语言；是视觉的语言，不是听觉的语言。有的作家的语言离开口语较远，比如鲁迅；有的作家的语言比较接近口语，比如老舍。即使是老舍，我们可以说他的语言接近口语，甚至是口语化，但不能说他用口语写作，他用的是经过加工的口语。老舍是北京人，他的小说里用了很多北京话。陈建功、林斤澜、中杰英的小说里也用了不少北京话。但是他们并不是用北京话写作。他们只是吸取了北京话的词汇，尤其是北京人说话的神气、劲头儿、味儿。他们在北京人说话的基础上创造了各自的艺术语言。

小说是写给人看的，不是写给人听的。

外国人有给自己的亲友读自己的作品的习惯。普希金给老保姆读过诗。屠格涅夫给托尔斯泰读过自己的小说。效果不知如何。中国字不是拼音文字。中国的有文化的人，与其说是用汉语思维，不如说是用汉字思维。汉字的同音字又非常多。因此，很多中国作品不太宜于朗诵。

比如鲁迅的《高老夫子》：

> 他大吃一惊，至于连《中国历史教科书》也失手落在地上了，因为脑壳上突然遭了什么东西的一击。他倒退两步，定睛看时，一枝夭斜的树枝横在他面前，已被他的头撞得树叶都微微发抖。他赶紧弯腰去拾书本，书旁边竖着一块木牌，上面写道——
>
> | 桑 |
> |---|
> | 桑　科 |
>
> 。

看小说看到这里，谁都忍不住失声一笑。如果单是听，是觉不出那么可笑的。

有的诗是专门写来朗诵的。但是有的朗诵诗阅读的效果比耳听还更好一些。比如柯仲平的诗：

> 人在冰上走，
> 水在冰下流……

这写得很美。但是听朗诵的都是识字的，并且大都是有一定的诗的素养的，他们还是把听觉转化成视觉的（人的感觉是相通的），实际还是在想象中看到了那几个字。如果叫一个不识字的，没有文学素养的普通农民来听，大概不会感受到那样的意境，那样浓厚的诗意。“老妪都解”不难，叫老妪都能欣赏就不那么容易。“离离原上草”，老妪未必都能击节。

我是不太赞成电台朗诵诗和小说的，尤其是配了乐。我觉得这常常限制了甚至损伤了原作的意境。听这种朗诵总觉得是隔着袜子挠痒痒，很不过瘾，不若直接看书痛快。

文学作品的语言和口语最大的不同是精练。高尔基说契诃夫可以用一个字说了很多意思。这在说话时很难办到，而且也不必要。过于简练，甚至使人听不明白。张寿臣的单口相声，看印出来的本子，会觉得很啰嗦，但是说相声就得那么说，才明白。反之，老舍的小说也不能当相声来说。

其次还有字的颜色、形象、声音。

中国字原来是象形文字，它包含形、音、义三个部分。形、音，是会对义产生影响的。中国人习惯于望“文”生义。“浩瀚”必非小水，“涓涓”定是细流。木玄虚的《海赋》里用了许多三点水的字，许多摹拟水的声音的词儿，这有点近于魔道。但是中国字有这些特点，是不能不注意的。

说小说的语言是视觉语言，不是说它没有声音。前已说过，人的感觉是相通的。声音美是语言美的很重要的因素。一个有文学修养的人，对文字训练有素的人，是会直接从字上“看”出它的声音的。中国语言因为有“调”，即“四声”，所以特别富于音乐性。一个搞文字的人，不能不讲一点儿声音之道。“前有浮声，则后有切响”，沈约把语言声音的规律概括得很扼要。简单地说，就是平仄声要交错使用。一句话都是平声或都是仄声，一顺边，是很难听的。京剧《智取威虎山》里有一句唱词，原来是“迎来春天换人间”，毛主席给改了一个字，把“天”字改成“色”字。有一点儿旧诗词训练的人都会知道，除“色”字更具体之外，全句声音上要好听得多。原来全句六个平声字，声音太飘，改一个声音沉重的“色”字，一下子就扳过来了。写小说不比写诗词，不能有那样严的格律，但不能不追求语言的声音美，要训练自己的耳朵。一个写小说的人，如果学写一点儿旧诗、曲艺、戏曲的唱词，是有好处的。

外国话没有四声，但有类似中国的双声叠韵。高尔基曾批评一个作家的作品，说他用“咝”音的字太多，很难听。

中国语言里还有对仗这个东西。

中国旧诗用五七言，而文章中多用四六字句。骈体文固然是这样，骈四俪六；就是散文也是这样。尤其是四字句。四字句多，几乎成了汉语的一个特色。没有一篇文章找不出大量的四字句。如果有意避免四字句，便会形成一种非常奇特的拗体。适当地运用一些四字句，可以造成文章的稳定感。

我们现在写作时所用的语言，绝大部分是前人已经用过，在文章里写过的。有的语言，如果知道它的来历，便会产生联想，使这一句话有更丰富的意义。比如毛主席的诗句："落花时节读华章"，如果不知出处，"落花时节"，就只是落花的时节。如果读过杜甫的诗："岐王宅里寻常见，崔九堂前几度闻，正是江南好风景，落花时节又逢君"，就会知道"落花时节"就包含着久别重逢的意思，就可产生联想。《沙家浜》里有两句唱词："垒起七星灶，铜壶煮三江"，是从苏东坡的诗"大瓢贮月归春瓮，小杓分江入夜瓶"脱胎出来的。我们许多的语言，自觉或不自觉地，都是从前人的语言中脱胎而出的。如果平日留心，积学有素，就会如有源之水，触处成文。否则就会下笔枯窘，想要用一个词句，一时却找它不出。

语言是要磨炼，要学的。

怎样学习语言？——随时随地。

首先是向群众学习。

我在张家口听见一个饲养员批评一个有点个人英雄主义的组长："一个人再能，当不了四堵墙。旗杆再高，还得有两块石头夹着。"我觉得这是很好的语言。

我刚到北京京剧团不久，听见一个同志说："有枣没枣打三竿，你知道哪块云彩里有雨啊？"我觉得这也是很好的语言。

一次，我回乡，听家乡人谈过去运河的水位很高，说是站在河堤上可以"踢水洗脚"，我觉得这非常生动。

我在电车上听见一个幼儿园的孩子念一首大概是孩子们自己

编的儿歌：

山上有个洞，
洞里有个碗，
碗里有块肉，
你吃了，我尝了，
我的故事讲完了！

他翻来覆去地念，分明从这种语言的游戏里得到很大的快乐。我反复地听着，也能感受到他的快乐。我觉得这首几乎是没有意义的儿歌的音节很美。我也捉摸出中国语言除押韵之外还可以押调。“尝”“完”并不押韵，但是同是阳平，放在一起，产生一种很好玩儿的音乐感。

《礼记》的《月令》写得很美。

各地的“九九歌”是非常好的诗。

只要你留心，在大街上，在电车上，从人们的谈话中，从广告招贴上，你每天都能学到几句很好的语言。

其次是读书。

我要劝告青年作者，趁现在还年轻，多背几篇古文，背几首诗词，熟读一些现代作家的作品。即使是看外国的翻译作品，也注意它的语言。我是从契诃夫、海明威、萨洛扬的语言中学到一些东西的。

读一点儿戏曲、曲艺、民歌。

我在《说说唱唱》当编辑的时候，看到一篇来稿，一个小戏，人物是一个小炉匠，上场念了两句对子：

风吹一炉火，
锤打万点金。

我觉得很美。

一九四七年，我在上海翻看一本老戏考，有一段滩簧，一个旦角上场唱了一句：

春风弹动半天霞。

我大为惊异：这是李贺的诗！

二十多年前，看到一首傣族的民歌，只有两句，至今忘记不了：

斧头砍过的再生树，

战争留下的孤儿。

巴甫连柯有一句名言：“作家是用手思索的。”得不断地写，才能扪触到语言。老舍先生告诉过我，说他有得写，没得写，每天至少要写五百字。有一次我和他一同开会，有一位同志作了一个冗长而空洞的发言，老舍先生似听不听，他在一张纸上把几个人的姓名连缀在一起，编了一副对联：

伏园焦菊隐

老舍黄药眠

一个作家应该从语言中得到快乐，正像电车上那个念儿歌的孩子一样。

董其昌见一个书家写一个便条也很用心，问他为什么这样，这位书家说：“即此便是练字。”作家应该随时锻炼自己的语言，写一封信，一个便条，甚至是一个检查，也要力求语言准确合度。

鲁迅的书信，日记，都是好文章。

语言学中有一个术语，叫作“语感”。作家要锻炼自己对于语言的感觉。

王安石曾见一个青年诗人写的诗，绝句，写的是在宫廷中值班，很欣赏。其中的第三句是：“日长奏罢长杨赋”，王安石给改了一下，变成“日长奏赋长杨罢”，且说：“诗家语必此等乃健”。为什么这样一改就“健”了呢？写小说的，不必写“日长奏赋长杨罢”这样的句子，但要能体会如何便“健”。要能体会峭拔、委婉、流丽、安详、沉痛……

建议青年作家研究研究老作家的手稿，捉摸他为什么改两个字，为什么要把那两个字颠倒一下。

“如鱼饮水，冷暖自知”，语言艺术有时是可以意会，难于言传的。

揉　面

使用语言，譬如揉面。面要揉到了，才软熟，筋道，有劲儿。水和面粉本来是两不相干的，多揉揉，水和面的分子就发生了变化。写作也是这样，下笔之前，要把语言在手里反复抟弄。我的习惯是，打好腹稿。我写京剧剧本，一段唱词，二十来句，我是想得每一句都能背下来，才落笔的。写小说，要把全篇大体想好。怎样开头，怎样结尾，都想好。在写每一段之间，我是想得几乎能背下来，才写的（写的时候自然会又有些变化）。写出后，如果不满意，我就把原稿扔在一边，重新写过。我不习惯在原稿上涂改。在原稿上涂改，我觉得很别扭，思路纷杂，文气不贯。

曾见一些青年同志写作，写一句，想一句。我觉得这样写出来的语言往往是松的，散的，不成“个儿”，没有咬劲儿。

有一位评论家说我的语言有点特别，拆开来看，每一句都很平淡，放在一起，就有点味道。我想谁的语言不是这样？拆开来，不都是平平常常的话？

中国人写字，除了笔法，还讲究“行气”。包世臣说王羲之的字，看起来大大小小，单看一个字，也不见怎么好，放在一起，字的笔画之间，字与字之间，就如“老翁携举幼孙，顾盼有情，痛痒相关”。安排语言，也是这样。一个词，一个词；一句，一句；痛痒相关，互相映带，才能姿势横生，气韵生动。

中国人写文章讲究“文气”，这是很有道理的。

自铸新词

托尔斯泰称赞过这样的语言：“菌子已经没有了，但是菌子的气味儿留在空气里。”以为这写得很美。好像是屠格涅夫曾经这样描写一棵大树被伐倒：“大树叹息着，庄重地倒下了。”这写得非常真实。“庄重”，真好！我们来写，也许会写出“慢慢地倒下”“沉重地倒下”，写不出“庄重”。鲁迅的《药》这样描写枯草：“枯草支支直立，有如铜丝。”大概还没有一个人用“铜丝”来形容过稀疏瘦硬的秋草。《高老夫子》里有这样几句话：“我没有再教下去的意思。女学堂真不知道要闹成什么样子。我辈正经人，确乎犯不上酱在一起……”“酱在一起”，真是妙绝（高老夫子是绍兴人。如果写的是北京人，就只能说“犯不上一块儿掺和”，那味道可就差远了）。

我的老师沈从文在《边城》里两次写翠翠拉船，所用字眼不一样。一次是：

> 有时过渡的是从川东过茶峒的小牛，是羊群，是新娘子的花轿，翠翠必争着作渡船夫，站在船头，懒懒的攀引缆索，让船缓缓地过去。

又一次：

> 翠翠斜睨了客人一眼，见客人正盯着她，便把脸背过去，抿着嘴儿，不声不响，很自负地拉着那条横缆。

“懒懒的”“很自负的”，都是很平常的字眼，但是没有人这样用过。要知道盯着翠翠的客人是翠翠所喜欢的傩送二老，于是“很自负的”四个字在这里就有了很多很深的意思了。

我曾在一篇小说里描写过火车的灯光：“车窗蜜黄色的灯光连续地映在果园东边的树墙子上，一方块，一方块，川流不息地追赶着”；在另一篇小说里描写过夜里的马：“正在安静地、严肃地咀嚼着草料”，自以为写得很贴切。“追赶”“严肃”都不是新鲜字眼，但是它表达了我自己在生活中捕捉到的印象。

一个作家要养成一种习惯，时时观察生活，并把自己的印象用清晰的、明确的语言表达出来。写下来也可以。不写下来，就记住（真正用自己的眼睛观察到的印象是不易忘记的）。记忆里保存了这种经用语言固定住的印象多了，写作时就会从笔端流出，不觉吃力。

语言的独创，不是去杜撰一些“谁也不懂的形容词之类”。好的语言都是平平常常的，人人能懂，并且也可能说得出来的语言——只是他没有说出来。人人心中所有，笔下所无。“红杏枝头春意闹”“满宫明月梨花白”都是这样。“闹”字、“白”字，有什么稀奇呢？然而，未经人道。

写小说不比写散文诗，语言不必那样精致。但是好的小说里总要有一点儿散文诗。

语言要和人物贴近

我初学写小说时喜欢把人物的对话写得很漂亮，有诗意，有哲理，有时甚至很“玄”。沈从文先生对我说：“你这是两个聪明脑壳打架！”他的意思是说这不像真人说的话。托尔斯泰说过：“人是不能用警句交谈的。”

尼采的“苏鲁支语录”是一个哲人的独白。纪伯伦的《先知》讲的是一些箴言。这都不是人物的对话。《朱子语类》是讲道经，谈学问的，倒是谈得很自然，很亲切，没有那么多道学气，像一个活人说的话。我劝青年同志不妨看看这本书，从里面可以学习语言。

《史记》里用口语记述了很多人的对话，很生动。“夥颐，涉之为王沉沉者！”写出了陈涉的乡人乍见皇宫时的惊叹（“夥颐”历来的注家解释不一，我以为这就是一个状声的感叹词，用现在的字写出来就是：“嗬咦！”）。《世说新语》里记录了很多人的对话，寥寥数语，风度宛然。张岱记两个老者去逛一处林园，婆娑其间，一老者说：“真是蓬莱仙境了也！”另一个老者说：“箇边哪有这样！”生动之至，而且一听就是绍兴话。《聊斋志异·翩翩》写两个少妇对话：“一日，有少妇笑入！曰：‘翩翩小鬼头快活死！薛姑子好梦几时做得？’女迎笑曰：‘花城娘子，贵趾久弗涉，今日西南风紧，吹送来也——小哥子抱得未？’曰：‘又一小婢子。’女笑曰：‘花娘子瓦窑哉！——那弗将来？’曰：‘方呜之，睡却矣。’”这对话是用文言文写的，但是神态跃然纸上。

写对话就应该这样，普普通通，家长里短，有一点儿人物性格、神态，不能有多少深文大义。——写戏稍稍不同，戏剧的对话有时可以“提高”一点儿，可以讲一点儿“字儿话”，大篇大论，讲一点儿哲理，甚至可以说格言。

可是现在不少青年同志写小说时，也像我初学写作时一样，喜欢让人物讲一些他不可能讲的话，而且用了很多辞藻。有的小说写农民，讲的却是城里的大学生讲的话——大学生也未必那样讲话。

不单是对话，就是叙述、描写的语言，也要和所写的人物“靠”。

我最近看了一个青年作家写的小说，小说用的是第一人称，小说中的“我”是一个才入小学的孩子，写的是“我”的一个同桌的女同学，这未尝不可。但是这个“我”对他的小同学的印象却是：“她长得很纤秀”。这是不可能的。小学生的语言里不可能有这个词儿。

有的小说，是写农村的。对话是农民的语言，叙述却是知识分子的语言，叙述和对话脱节。

小说里所描写的景物，不但要是作者眼中所见，而且要是所写的人物的眼中所见。对景物的感受，得是人物的感受。不能离开人物，单写作者自己的感受。作者得设身处地，和人物感同身受。小说的颜色、声音、形象、气氛，得和所写的人物水乳交融，浑然一体。就是说，小说的每一个字，都渗透了人物。写景，就是写人。

契诃夫曾听一个农民描写海，说：“海是大的。”这很美。一个农民眼中的海也就是这样。如果在写农民的小说中，有海，说海是如何苍茫、浩瀚、蔚蓝……统统都不对。我曾经坐火车经过张家口坝上草原，有几里地，开满了手掌大的蓝色的马兰花，我觉得真是到了一个童话的世界。我后来写一个孩子坐牛车通过这片地，本是顺理成章，可以写成：他觉得到了一个童话的世界。但是我不能这样写，因为这个孩子是个农村的孩子，他没有念过书，在他的语言里没有“童话”这样的概念。我只能写：他好像在一个梦里。我写一个从山里来的放羊的孩子看一个农业科学研究所的温室，温室里冬天也结黄瓜，结西红柿：西红柿那样红，黄瓜那样绿，好像上了颜色一样。我只能这样写。“好像上了颜色一样”，这就是这个放羊娃的感受。如果稍为写得华丽一点儿，就不真实。

有的作者有鲜明的个人风格，可以不用署名，一看就知是某人的作品。但是他的各篇作品的风格又不一样。作者的语言风格每因所写的人物、题材而异。契诃夫写《万卡》和写《草原》《黑修士》所用的语言是很不相同的。作者所写的题材愈广泛，他的风格也是愈易多样。

我写《徙》里用了一些文言的句子，如“呜呼，先生之泽远矣”“墓草萋萋，落照昏黄，歌声犹在，先生邈矣”。因为写的是一个旧社会的国文教员。写《受戒》《大淖记事》，就不能用这样的语言。

作者对所写的人物的感情、态度，决定一篇小说的调子，也就是风格。鲁迅写《故乡》《伤逝》和《高老夫子》《肥皂》的感情很不一样。对闰土、涓生有深浅不同的同情，而对高尔础、四铭则是不同的厌恶。因此，调子也不同。高晓声写《拣珍珠》和《陈奂生上城》的调子不同，王蒙的《说客盈门》和《风筝飘带》几乎不像是一个人写的。我写的《受戒》《大淖记事》，抒情的成分多一些，因为我很喜爱所写的人；《异秉》里的人物很可笑，也很可悲悯，所以文体上也就亦庄亦谐。

我觉得一篇小说的开头很难，难的是定全篇的调子。如果对人物的感情、态度把握住了，调子定准了，下面就会写得很顺畅。如果对人物的感情、态度把握不稳，心里没底，或是有什么顾虑，往往就会觉得手生荆棘，有时会半途而废。

作者对所写的人、事，总是有个态度，有感情的。在外国叫做“倾向性”，在中国叫作“褒贬”。但是作者的态度、感情不能跳出故事去单独表现，只能融化在叙述和描写之中，流露于字里行间，这叫作“春秋笔法”。

正如恩格斯所说：“倾向性不要特别地说出。”

学话常谈

惊人与平淡

杜甫诗云“语不惊人死不休”，宋人论诗，常说“造语平淡”。究竟是惊人好，还是平淡好？

平淡好。

但是平淡不易。

平淡不是从头平淡，平淡到底。这样的语言不是平淡，而是“寡”。山西人说一件事、一个人、一句话没有意思，就说：“看那寡的！”

宋人所说的平淡可以说是“第二次的平淡”。

苏东坡尝有书与其侄云：

> 大凡为文，当使气象峥嵘，五色绚烂。渐老渐熟，乃造平淡。

葛立方《韵语阳秋》云：

> 大抵欲造平淡，当自绚丽中来，然后可造平淡之境。落其华芬，然后可造平淡之境。

平淡是苦思冥想的结果。欧阳修《六一诗话》说：

> （梅）圣俞平生苦于吟咏，以闲远古淡为意，故其构思极艰。

《韵语阳秋》引梅圣俞和晏相诗云：

因今适性情，稍欲到平淡。苦词未圆熟，刺口剧菱芡。

言到平淡处甚难也。

运用语言，要有取舍，不能拿起笔来就写。姜白石云：

人所易言，我寡言之。人所难言，我易言之，自不俗。

作诗文要知躲避。有些话不说。有些话不像别人那样说。至于把难说的话容易地说出，举重若轻，不觉吃力，这更是功夫。苏东坡作《病鹤》诗，有句“三尺长胫□瘦躯”，抄本缺第五字，几位诗人都来补这个字。后来找来旧本，这个字是“搁”，大家都佩服。杜甫有一句诗“身轻一鸟□”，刻本末一字模糊不清，几位诗人猜这是什么字。有说是“飞”，有说是“落”……后来见到善本，乃是“身轻一鸟过”，大家也都佩服。苏东坡的“搁”字写病鹤，确是很能状其神态，但总有点“做”，终觉吃力，不似杜诗“过”字之轻松自然，若不经意，而下字极准。

平淡而有味儿，材料、功夫都要到家。四川菜里的“开水白菜”，汤清可以注砚，但是并不真是开水煮的白菜，用的是鸡汤。

方　言

作家要对语言有特殊的兴趣，对各地方言都有兴趣，能感受、欣赏方言之美，方言的妙处。

上海话不是最有表现力的方言，但是有些上海话是不能代替的。比如“辣辣两记耳光！”这只是用上海方音读出来才有劲儿。曾在报纸上读一纸短文，谈泡饭，说有两个远洋轮上的水手，想念上海，想念上海的泡饭，说回上海首先要“杀杀搏搏吃两碗泡饭！”“杀杀搏搏”说得真是过瘾。

有一个关于苏州人的笑话，说两位苏州人吵了架，几至动武，一位说：“阿要把傢两记耳光搭搭？”用小菜佐酒，叫作“搭搭”。打人还要征求对方的同意，这句话真正是“吴侬软语”，很能表现苏州人的特点。当然，这是个夸张的笑话，苏州人虽“软”，不会软到这个样子。

有苏州人、杭州人、绍兴人和一位扬州人到一个庙里，看到“四大金刚”，各说了一句有本乡特点的话，扬州人念了四句诗：

四大金刚不出奇，
里头是草外头是泥。
你不要夸你个子大，
你敢跟我洗澡去！

这首诗很有扬州的生活特点。扬州人早上皮包水（上茶馆吃茶），晚上“水包皮”（下澡塘洗澡）。四大金刚当然不敢洗澡去，那就会泡烂了。这里的“去”须用扬州方音，读如kì。

写有地方特点的小说、散文，应适当地用一点儿本地方言。我写《七里茶坊》，里面引用黑板报上的顺口溜：“天寒地冻百不咋，心里装着全天下”，“百不咋”就是张家口一带的话。《黄油烙饼》里有这样几句：“这车的样子真可笑，车轱辘是两个木头饼子，还不怎么圆，骨鲁鲁，骨鲁鲁，往前滚。”这里的“骨鲁鲁”要用张家口坝上口音读，“骨”字读入声。如用北京音读，即少韵味。

幽　默

《梦溪笔谈》载：

关中无螃蟹。元丰中，予在陕西，闻秦州人家收得一干蟹，土人怖其形状，以为怪物，每人家有病疟者，则借去挂门户上，往往遂差。不但人不识，鬼亦不识也。

过去以为生疟疾是疟鬼作祟，故云。“不但人不识，鬼亦不识也”，说得非常幽默。这句话如译为口语，味道就差一些了，只能用笔记体的比较通俗的文言写。有人说中国无幽默，噫，是何言欤！宋人笔记，如《梦溪笔谈》《容斋随笔》，有不少是写得很幽默的。

幽默要轻轻淡淡，使人忍俊不禁，不能存心使人发笑，如北京人所说“胳肢人”。

谈幽默

《容斋随笔》[1]载：关中无螃蟹。有人收得干蟹一只，有生疟疾的，就借去挂在门上，疟鬼（旧以为疟疾是疟鬼作祟）见了，不知是什么东西，就吓得退走了。《笔谈》云："不但人不识，鬼亦不识。"沈存中此语极幽默。

元宵节，司马温公的夫人要出去看灯，温公不同意，说自己家里有灯，何必到外面去看。夫人云："兼欲看人。"温公云："某是鬼耶？"司马温公胡搅蛮缠，很可爱。我一直以为司马先生是个很古怪的人，没想到他还挺会幽默。想来温公的家庭生活是挺有趣的。

齐白石曾为荣宝斋画笺纸，一朵淡蓝的牵牛花，几片叶子，题了两行字："梅畹华家牵牛花碗大，人谓外人种也，余画其最小者"。此老极风趣幽默。寻常画家，哪得有此。此是齐白石较寻常画家高处。

小时候看《济公传》：县官王老爷派两个轿夫抬着一乘轿子去接济公到衙门里来给太夫人看病。济公说他坐不来轿子，从来不坐轿子，他要自己走了去。轿夫说："你不坐，我们回去没法交代。"济公说："那这样，你们把轿底打掉，你们在外面抬，我在里面走。"轿夫只得依他。两个轿夫抬着空轿，轿子下面露着

① 《容斋随笔》应为《梦溪笔谈》。——编者注

济公两只穿了破鞋的脚，合着轿夫的节奏拍嗒拍嗒地走着。实在叫人发噱。济公很幽默，编写《济公传》的民间艺人很幽默。

什么是幽默？

人世间有许多事，想一想，觉得很有意思。有时一个人坐着，想一想，觉得很有意思，会噗噗笑出声来。把这样的事记下来或说出来，便挺幽默。

《辞海》“幽默”条云：

> 英文 humour 的音译。通过影射、讽喻、双关等修辞手法，在善意的微笑中，揭露生活中乖讹和不通情理之处。

这话说得太死了。只有“在善意的微笑中”却是可以同意的。富于幽默感的人大都存有善意，常在微笑中。左派恶人，不懂幽默。

谈风格

一个人的风格是和他的气质有关系的。布封说过：“风格即人。”中国也有“文如其人”的说法。人和人是不一样的。趋舍不同，静躁异趣。杜甫不能为李白的飘逸，李白也不能为杜甫的沉郁。苏东坡的词宜关西大汉执铁绰板唱“大江东去”，柳耆卿的词宜十三四女郎持红牙板唱“今宵酒醒何处，杨柳岸晓风残月”。中国的词大别为豪放与婉约两派。其他文体大体也可以这样划分。不知从什么时候起，因为什么，豪放派占了上风。茅盾同志曾经很感慨地说：现在很少人写婉约的文章了。十年浩劫，没有人提起风格这个词儿。我在“样板团”工作过。江青规定：“要写‘大江东去’，不要‘小桥流水’！”我是个只会写“小桥流水”的人，也只好跟着唱了十年空空洞洞的豪言壮语。三中全会以后，我才又重新开始发表小说，我觉得我可以按照我自己的样子写小说了。三中全会以后，文艺形势空前大好的标志之一，是出现了很多不同风格的作品。这一点是“十七年”所不能比拟的。那时作品的风格比较单一。茅盾同志发出感慨，正是在那样的时候。一个人要使自己的作品有风格，要能认识自己、发现自己，并且，应该不客气地说，欣赏自己。“我与我周旋久，宁作我。”一个人很少愿意自己是另外一个人的。一个人不能说自己写得最好，老子天下第一。但是就这个题材，这样的写法，以我为最好，只有我能这样写。我和我比，我第一！一个随人俯仰，毫无个性的人是不能成为一个作家的。

其次，要形成个人的风格，读和自己气质相近的书。也就是说，读自己喜欢的书，对自己口味的书。我不太主张一个作家有系统地读书。作家应该博学，一般的名著都应该看看。但是作家不是评论家，更不是文学史家。我们不能按照中外文学史循序渐进，一本一本地读那么多书，更不能按照文学史的定论客观地决定自己的爱恶。我主张抓到什么就读什么，读得下去就一连气读一阵，读不下去就抛在一边。屈原的代表作是《离骚》，我直到现在还是比较喜欢《九歌》。李、杜是大家，他们的诗我也读了一些，但是在大学的时候，我有一阵偏爱王维。后来又读了一阵温飞卿、李商隐。诗何必盛唐。我觉得龚定盦的态度很好："我于论诗恕中晚，略工感慨即名家。"有一个人说得更为坦率："一种风情吾最爱，六朝人物晚唐诗。"有何不可。一个人的兴趣有时会随年龄、境遇发生变化。我在大学时很看不起元人小令，认为浅薄无聊。后来因为工作关系，读了一些，才发现其中的淋漓沉痛处。巴尔扎克很伟大，可是我就是不能用社会学的观点读他的《人间喜剧》。托尔斯泰的《战争与和平》，我是到近四十岁时，因为成了右派，才在劳动改造的过程中硬着头皮读完了的。孙犁同志说他喜欢屠格涅夫的长篇，不喜欢他的短篇；我则正好相反。我认为都可以。作家读书，允许有偏爱。作家所偏爱的作品往往会影响他的气质，成为他的个性的一部分。契诃夫说过：告诉我你读的是什么书，我就可知道你是一个怎样的人。作家读书，实际上是读另外一个自己所写的作品。法朗士在《生活文学》第一卷的序言里说过："为了真诚坦白，批评家应该说：'先生们，关于莎士比亚，关于拉辛，我所讲的就是我自己'"。作家更是这样。

一个作家在谈论别的作家时，谈的常常是他自己。“六经注我”，中国的古人早就说过。一个作家读很多书，但是真正影响到他的风格的，往往只有不多的作家，不多的作品。有人问我受哪些作家影响比较深，我想了想：古人里是归有光，中国现代作家是鲁迅、沈从文、废名，外国作家是契诃夫和阿左林。

我曾经在一次讲话中说到归有光善于以清淡的文笔写平常的人事。这个意思其实古人早就说过。黄梨洲《文案》卷三《张节母叶孺人墓志铭》云：

> 予读震川文之为女妇者，一往情深，每以一二细事见之，使人欲涕。盖古今来事无巨细，唯此可歌可泣之精神，长留天壤。

姚鼐《与陈硕士》尺牍云：

> 归震川能于不要紧之题，说不要紧之语，却自风韵疏淡，此乃是于太史公深有会处，此境又非石士所易到耳。

王锡爵《归公墓志铭》说归文“无意于感人，而欢愉惨恻之思，溢于言表”。连被归有光诋为“庸妄巨子”的王世贞在晚年也说他“不事雕饰而自有风味”(《归太仆赞序》)。这些话都说得非常中肯。归有光的名文有《先妣事略》《项脊轩志》《寒花葬志》等篇。我受到影响的也只是这几篇。归有光在思想上是正统派，我对他的那些谈学论道的大文实在不感兴趣。我曾想：一个思想迂腐的正统派，怎么能写出那样富于人情味儿的优美的抒情散文呢？这问题我一直还没有想明白。归有光自称他的文章出于欧阳修。读《泷冈阡表》，可以知道《先妣事略》这样的文章的渊源。但是归有光比欧阳修写得更平易，更自然。他真是做到“无意为文”，写得像谈家常话似的。他的结构“随事曲折”，若无结构。他的语言更接近口语，叙述语言与人物语言衔接处若无痕迹。他的《项脊轩志》的结尾："庭有枇杷树，吾妻死之年所手植也，今已亭亭如盖矣！"

平淡中包含几许惨恻，悠然不尽，是中国古文里的一个有名的结尾。使我更为惊奇的是前面的："吾妻归宁，述诸小妹语曰：'闻姊家有阁子，且何谓阁子也？'"话没有说完，就写到这里。想来归有光的夫人还要向小妹解释何谓阁子的，然而，不写了。写出了，有何意味？写了半句，而闺阁姊妹之间闲话神情遂如画出。这种照生活那样去写生活，是很值得我们今天写小说时参考的。我觉得归有光是和现代创作方法最能相通，最有现代味儿的一位中国古代作家。我认为他的观察生活和表现生活的方法很有点像契诃夫。我曾说归有光是中国的契诃夫，并非怪论。

中国现代作家的作品我读得比较熟的是鲁迅。我在下放劳动期间曾发愿将鲁迅的小说和散文像金圣叹批《水浒》那样，逐句逐段地加以批注。搞了两篇，因故未竟其事。中国五十年代以前的短篇小说作家不受鲁迅的影响的，几乎没有。近年来研究鲁迅的谈鲁迅的思想的较多，谈艺术技巧的少。现在有些年轻人已经读不懂鲁迅的书，不知鲁迅的作品好在哪里了。看来宣传艺术家鲁迅，还是我们的责任。这一课必须补上。

我是沈从文先生的学生。

废名这个名字现在几乎没有人知道了。国内出版的中国现代文学史没有一本提到他。这实在是一个真正很有特点的作家。他在当时的读者就不是很多，但是他的作品曾经对相当多的三十年代、四十年代的青年作家，至少是北方的青年作家，产生过颇深的影响。这种影响现在看不到了，但是它并未消失。它像一股泉水，在地下流动着。也许有一天，会汩汩地流到地面上来的。他的作品不多，一共大概写了六本小说，都很薄。他后来受了佛教思想的影响，作品中有见道之言，很不好懂。《莫须有先生传》就有点令人莫名其妙，到了《莫须有先生坐飞机以后》就不知所云了。但是他早期的小说，《桥》《枣》《桃园》和《竹林的故事》，写得真是很美。他把晚唐诗的超越理性，直写感觉的象征手法移到小说里来了。他用写诗的办法写小说，他的小说实际上是诗。他的小说不注重写人物，也几乎没有故事。《竹林的故事》算是长篇，叫作“故事”，实无故事，只是几个孩子每天生活的记录。他不写故事，写意境。但是他的小说是感人的，使人得到一种不同寻常的感动。因为他对于小儿女是那样富于同情心。他用儿童一样明亮而敏感的眼睛观察周围世界，用儿童一样简单而准确的笔墨来记录。他的小说是天真的，具有天真的美。因为他善于捕捉儿童的飘忽不定的思想和情绪，他运用了意识流。他的意识流是从生活里发现的，不是从外国的理论或作品里搬来的。有人说他的小说很像弗吉尼亚·伍尔芙，他说他没有看过伍尔芙的作品。后来找来看看，自己也觉得果然很像。这是一个很有趣的现象。身在不同的国度，素无接触，为什么两个作家会找到同样的方法呢？因为他追随流动的意识，因此他的行文也和别人不一样。周作人曾说废名是一个讲究文章之美的小说家。又说他的行文好比一溪流水，遇到一片草叶，都要去抚摸一下，然后又汪汪地向前流去。这说得实在非常好。

我讲了半天废名，你也许会在心里说：你说的是你自己吧？我跟废名不一样（我们的世界观首先不同）。但是我确实受过他的影响，现在还能看得出来。

契诃夫开创了短篇小说的新纪元。他在世界范围内使“小说观”发生了很大的变化，从重情节、编故事发展为写生活、按照生活的样子写生活，从戏剧化的结构发展为散文化的结构。于是才有了真正的短篇小说，现代的短篇小说。托尔斯泰最初很看不惯契诃夫的小说。他说契诃夫是一个很怪的作家，他好像把文字随便地丢来丢去，就成了一篇小说了。托尔斯泰的话说得非常好。随便地把文字丢来丢去，这正是现代小说的特点。

“阿左林是古怪的”（这是他自己的一篇小品的题目）。他是一个沉思的、回忆的、静观的作家。他特别善长于描写安静，描写在安静的回忆中的人物的心理的潜微的变化。他的小说的戏剧性是觉察不出来的戏剧性。他的“意识流”是明澈的，覆盖着清凉的阴影，不是芜杂的、纷乱的。热情的恬淡；入世的隐逸。阿左林笔下的西班牙是一个古旧的西班牙，真正的西班牙。

以上，我老实交待了我曾经接受过的影响，未必准确。至于这些影响怎样形成了我的风格（假如说我有自己的风格），那是说不清楚的。人是复杂的，不能用化学的定性分析方法分析清楚。但是研究一个作家的风格，研究一下他所曾接受的影响是有好处的。如果你想学习一个作家的风格，最好不要直接学习他本人，还是学习他所师承的前辈。你要认老师，还得先见见太老师。一祖三宗，渊源有自。这样才不至流于照猫画虎，邯郸学步。

一个作家形成自己的风格大体要经过三个阶段：一、摹仿；二、摆脱；三、自成一家。初学写作者，几乎无一例外，要经过摹仿的阶段。我年轻时写作学沈先生，连他的文白杂糅的语言也学。我的《汪曾祺小说选》第一篇《复仇》，就有摹仿西方现代派的方法的痕迹。后来岁数大了一点儿，到了“而立之年”了吧，我就竭力想摆脱我所受的各种影响，尽量使自己的作品不同于别人。郭小川同志在“文化大革命”后期有一次碰到我，说：“你说过的一句话，我到现在还记得。”我问他是什么话，他说：“你说过：凡是别人那样写过的，我就决不再那样写！”我想想，是说过。那还是“反右”以前的事了。我现在不说这个话了。我现在岁数大了，已经无意于使自己的作品像谁，也无意使自己的作品不像谁了。别人是怎样写的，我已经模糊了，我只知道自己这样的写法，只会这样写了。我觉得怎样写合适，就怎样写。我现在看作品，已经很少从形成自己的风格这样的角度去看了。对于曾经影响过我的作家的作品，近几年我也很少再看。然而：

菌子已经没有了，但是菌子的气味儿留在空气里。

影响，是仍然存在的。一个人也不能老是一个风格，只有一种风格。风格，往往是因为所写的题材不同而有差异的。或庄，或谐；或比较抒情，或尖刻冷峻。但是又看得出还是一个人的手笔。一方面，文备众体，另一方面又自成一家。

传 神

看过一则杂记，唐朝有两个大画家，一个好像是韩干，另外一个我忘了，二人齐名，难分高下。有一次，皇帝——应该是玄宗了——命令他们俩同时给一个皇子画像。画成了，皇帝拿到宫里请皇后看，问哪一张画得像。皇后说："都像。这一张更像。——那一张只画出皇子的外貌，这一张画出了皇子的潇洒从容的神情。"于是二人之优劣遂定。哪一张更像呢？好像是韩干以外的那一位的一张。这个故事，对于写小说是很有启发的。

小说是写人的。写人，有时免不了要给人物画像。但是写小说不比画画，用语言文字描绘人物的形貌，不如用线条颜色表现得那样真切。十九世纪的小说流行摹写人物的肖像，写得很细致，但是不易使读者留下深刻的印象。但是用语言文字捕捉人物的神情——传神，是比较容易办到的，有时能比用颜色线条表现得更鲜明。中国画讲究"形神兼备"，对于写小说来说，传神比写形象更为重要。

我的老师沈从文写《边城》里的翠翠乖觉明慧，并没有过多地刻画其外形，只是捕捉住了翠翠的神气：

> 翠翠在风日里长养着，把皮肤变得黑黑的，触目为青山绿水，一对眸子清明如水晶。自然既长养她且教育她，为人天真活泼，处处俨然如一只小兽物。人又那么乖，如山头黄麂一样，从不想到残忍事情，从不发愁，从不动气。平时在

渡船上遇陌生人对她有所注意时，便把光光的眼睛瞅着那陌生人，作成随时皆可举步逃入深山的神气，但明白了人无机心后，就又从从容容地在水边玩耍了。

鲁迅先生说过：有人说，画一个人最好是画他的眼睛。传神，离不开画眼睛。

《祝福》两次写到祥林嫂的眼睛：

她不是鲁镇人。有一年的冬初，四叔家里要换女工，做中人的卫老婆子带她进来了，头上扎着白头绳，乌裙，蓝夹袄，月白背心，年纪大约二十六七，脸色青黄，但两颊却还是红的。卫老婆子叫她祥林嫂，说是自己母家的邻舍，死了当家人，所以出来做工了。四叔皱了皱眉，四婶已经知道了他的意思，是在讨厌她是一个寡妇。但看她模样还周正，手脚都壮大，又只是顺着眼，不开一句口，很像一个安分耐劳的人，便不管四叔的皱眉，将她留下了。

我这回在鲁镇所见的人们中，改变之大，可以说无过于她的了：五年前的花白的头发，即今已经全白，全不像四十上下的人；脸上瘦削不堪，黄中带黑，而且消尽了先前悲哀的神色，仿佛是木刻似的；只有那眼珠间或一轮，还可以表示她是一个活物。

“顺着眼”，大概是绍兴方言；“间或一轮”，现在也不大用了，但意思是可以懂得的，神情可以想见。这“顺”着的眼和间或一轮的眼珠，写出了祥林嫂的神情和她的悲惨的遭遇。

我在几篇小说里用过画眼睛的方法：

两个女儿，长得跟她娘像一个模子里脱出来的。眼睛长得尤其像，白眼珠鸭蛋青，黑眼珠棋子黑，定神时如清水，闪动时像星星。浑身上下，头是头，脚是脚。头发滑滴滴的，衣服格挣挣的。——这里的风俗，十五六岁的姑娘就都梳上头了。这两个丫头，这一头的好头发！通红的发根，雪白的簪子！娘女三个去赶集，一集的人都朝她们望。(《受戒》)

巧云十五岁，长成了一朵花。身材、脸盘都像妈。瓜子脸，一边有一个很深的酒窝。眉毛黑如鸦翅，长入鬓角。眼角有点吊，是一双凤眼。睫毛很长，因此显得眼睛经常眯唏着；忽然回头，睁得大大的，带点吃惊而专注的神情，好像听到远处有人叫她似的。(《大淖记事》)

对于异常漂亮的女人，有时从正面，直接地描写很困难；或者已经写了，还嫌不足，中国的和外国的古代的诗人，便不约而同地想出另外一种聪明的办法，即换一个角度，不是描写她本人，而是间接地，描写看到她的别人的反映，从别人的欣赏、倾慕来反衬出她的美。希腊史诗《伊里亚特》里的海伦皇后是一个绝世的美人，但是荷马在描写她的美时，没有形容她的面貌肢体，只是用相当篇幅描写了看到她的几位老人的惊愕。汉代乐府《陌上桑》描写罗敷，也是用的这种方法：

行者见罗敷，下担捋髭须。
少年见罗敷，脱帽著帩头。
耕者忘其犁，锄者忘其锄。
来归相怨怒，但坐观罗敷。

这种方法，不能使人产生具体的印象，但却可以唤起读者无边的想象。他没有看到这个美人是如何的美，但是他想得出她一定非常的美。这样的写法是虚的，但是读者的感受是实的。

这种方法，至少已经有了两千多年的历史了，但是现代的作家还在用着。赵树理《小二黑结婚》写小芹，就用过这种方法（我手边无树理同志这篇小说，不能具引）。我在《大淖记事》里写巧云，也用了这种方法：

……她在门外的两棵树杈之间结网，在淖边平地上织席，就有一些少年人装着有事的样子来来去去。她上街买东西，甭管是买肉，买菜，打油，打酒，撕布，量头绳，买梳头油、雪花膏，买石碱、浆块，同样的钱，她买回来，分量都比别人多，东西都比别人的好。这个奥秘早被大娘、大婶们发现，她们就托她买东西。只要巧云一上街，都挎了好几个竹篮，回来时压得两个胳臂酸疼酸疼。泰山庙唱戏，人家都是自己扛了板凳去，巧云散着手就去了。一去了，总有人给她找一个得看的好座。台上的戏唱得正热闹，但是没有多少人叫好。因为好些人不是在看戏，是看她。

前引《受戒》里的"娘女三个去赶集，一集的人都朝她们望"，用的也是这方法，只是繁简不同。

这些方法古已有之，应该说是陈旧的方法了，但是运用得好，却可以使之有新意，使人产生新鲜感。方法是不难理解的，也是不难掌握的，但是运用起来，却有不同。运用得好，使人觉得自自然然，很妥帖，很舒服，不露痕迹。虽然有法，恰似无法，用了技巧，却显不出技巧，好像是天生的一段文字，本来就该像这样写。用得不好，就会显得卖弄做作，笨拙生硬，使人像吃馒头时嚼出一块没有蒸熟的生面疙瘩。

这些写神情、画眼睛，从观赏者的角度反映出人的姿媚，都只是方法，是"用"，而不是"体"。"体"，是生活。没有丰富的生活积累，只是知道这些方法，还是写不出好作品的。反之，生活丰富了，对于这些方法，也就容易掌握，容易运用自如。

不过，作为初学写作者，知道这些方法，并且有意识地作一些练习，学习用几句话捉住一个人的神情，描绘若干双眼睛，尝试从别人的反映来写人，是有好处的。这可以锻炼自己的艺术感觉，并且这也是积累生活的验方。生活和艺术感是互相渗透，互为影响的。

说　短

短，是现代小说的特征之一。

短，是出于对读者的尊重。

现代小说是忙书，不是闲书。现代小说不是在花园里读的，不是在书斋里读的。现代小说的读者不是有钱的老妇人，躺在樱桃花的阴影里，由陪伴女郎读给她听。不是文人雅士，明窗净几，竹韵茶烟。现代小说的读者是工人、学生、干部。他们读小说都是抓空儿。他们在码头上、候车室里、集体宿舍、小饭馆里读小说，一面读小说，一面抓起一个芝麻烧饼或者汉堡包（看也不看）送进嘴里，同时思索着生活。现代小说要符合现代生活方式，现代生活的节奏。现代小说是快餐，是芝麻烧饼或汉堡包。当然，要做得好吃一些。

小说写得长，主要原因是情节过于曲折。现代小说不要太多的情节。

以前人读小说是想知道一些他不知道的生活，或者世界上根本不存在的生活。他要读的不是生活，而是故事，或者还加上作者华丽的文笔。现代的读者是严肃的。他们有时也要读读大仲马的小说，但是只是看看玩玩儿，谁也不相信他编造的那一套。现代读者要求的是真实，想读的是生活，生活本身。现代读者不能容忍编造。一个作者的责任只是把你看到的、想过的一点儿生活诚实地告诉读者。你相信，这一点儿生活读者也是知道的，并且他也是完全可以写出来的。作者的责任只是用你自己的方式，尽量把这一点儿生活说得有意思一些。现代小说的作者和读者之间的界线逐渐在泯除。作者和读者的地位是平等的。最好不要想到我写小说，你看。而是，咱们来谈谈生活。生活，是没有多少情节的。

小说长，另一个原因是描写过多。

屠格涅夫的风景描写很优美。但那是屠格涅夫式的风景，屠格涅夫眼中的风景，不是人物所感受到的风景。屠格涅夫所写的是没落的俄罗斯贵族，他们的感觉和屠格涅夫有相通之处，所以把这些人物放在屠格涅夫式的风景之中还不“格生”。写现代人，现代的中国人，就不能用这种写景方式，不能脱离人物来写景。小说中的景最好是人物眼中之景，心中之景。至少景与人要协调。现代小说写景，只要是：“天黑下来了……”“雾很大……”“树叶都落光了……”，就够了。

巴尔扎克长于刻画人物，画了很多人物肖像，作了许多很长很生动的人物性格描写。这种方式不适用于现代小说。这种方式对读者带有很大的强迫性，逼得人只能按照巴尔扎克的方式观察生活。现代读者是自由的，他不愿听人驱使，他要用自己的眼睛看生活，你只要扼要地跟他谈一个人，一件事，不要过多地描写。作者最好客观一点儿，尽量闪在一边，让人物自己去行动，让读者自己接近人物。

我不大喜欢“性格”这个词。一说“性格”就总意味着一个奇异独特的人。现代小说写的只是平常的“人”。

小说长，还有一个原因是对话多。

有些小说让人物作长篇对话，有思想、有学问，成了坐而论道或相对谈诗，而且所用的语言都很规整，这在生活里是没有的。生活里有谁这样谈话，别人将会回过头来看着他们，心想：这几位是怎么了？

对话要少，要自然。对话只是平常的说话，只是于平常中却有韵味。对话，要像一串结得很好的果子。

对话要和叙述语言衔接，就像果子在树叶里。

长，还因为议论和抒情太多。

我并不一般地反对在小说里发议论，但议论必须很富于机智。带有讽刺性的小说常有议论，所谓嬉笑怒骂，皆成文章。

抒情，不要流于感伤。一篇短篇小说，有一句抒情诗就足够了。抒情就像菜里的味精一样，不能多放。

长还有一个原因是句子长，句子太规整。写小说要像说话，要有语态。说话，不可能每一个句子都很规整，主语、谓语、附加语全都齐备，像教科书上的语言。教科书的语言是呆板的语言。要使语言生动，要把句子尽量写得短，能切开就切开，这样的语言才明确。平常说话没有说挺老长的句子的。能省略的部分都省掉。我在《异秉》中写陈相公一天的生活，碾药就写“碾药”。裁纸就写“裁纸”，两个字就算一句。因为生活里叙述一件事就是这样叙述的。如果把句子写齐全了，就会成为：“他生活里的另一个项目是碾药”，“他生活里的又一个项目是裁纸”，那多啰唆！——而且，让人感到你这个人说话像做文章（你和读者的距离立刻就拉远了）。写小说决不能做文章，所用的语言必须是活的，就像聊天说话一样。

现代小说的语言大都是很简短的。从这个意义来说，我觉得海明威比曹雪芹离我更近一些。

鲁迅的教导是非常有益的：竭力将可有可无的字句删去。

我写《徙》，原来是这样开头的：

世界上曾经有过很多歌，都已经消失了。

我出去散了一会儿步，改成了：

很多歌消失了。

我牺牲了一些字，赢得的是文体的峻洁。

短，才有风格。现代小说的风格，几乎就等于：短。

短，也是为了自己。

说“怪”

我写过一篇小说《金冬心》，对这位公认为扬州八怪里的一号人物颇有微辞。我觉得这是一个装模作样，矫情欺世，似放达而实精明的人。这大概有一点儿受了周作人的影响。我认为他的清高实际上是卖给盐商的古彝器上的铜绿，这一点大概也不错。我不喜欢他的卢仝体的怪诗。但那篇《金冬心》只是小说，不是对金冬心的全面评价。我对金冬心的另一面是非常喜欢的。我对他的从“天发神谶碑”变出来的美术字式的四方的楷字和横宽竖细的漆书是很喜欢的。对他的“疏能走马，密不容针”的梅花，也是很喜欢的。我在故宫博物院见过他画的一个扇面，万顷荷花，只是用笔横点了数不清的绿色的点子，竖点了数不清的漆红的点子，荷叶荷花，皆不成形，而境界阔大，印象真切。我当时叹服：这真是一个绝顶聪明的人！

我不想评定金冬心，只是想说说什么叫“怪”。很简单，怪就是充分表现个性，别出心裁，有独创性。

我希望扬州的写小说的同志能够继承八怪传统的这一方面，尽量和别人不一样。

扬州有一位大文体家，汪中。对汪容甫的文章，有不少人有极精到的见解。我很欣赏章太炎的评语，他说汪容甫的骈文“起止自在，无首尾呼应之式”（大意）。呼应，是小说的起码的要求。打破呼应，是更高的要求。小说不应有“式”——模式。

写　景

写景实不易。

郦道元《三峡》：

> 自三峡七百里中，两岸连山，略无阙处。重岩叠嶂，隐天蔽日。自非亭午夜分，不见曦月。

我曾三过三峡，想写写对三峡的印象，但是无从措手，只写了一首绝句，开头说“三过三峡未有诗，只余惊愕拙言辞”，然而郦道元用了极短的几句话，就把三峡全写出来了，非常真切，如在目前，真是大手笔！

柳宗元《至小丘西小石潭记》：

> 潭中鱼可百许头，皆若空游无所依。日光下澈，影布石上，佁然不动；俶尔远逝，往来翕忽，似与游者相乐。

这写的是鱼，实际上写的是水。鱼之游动如此，则水之清澈可知。这种借鱼写水的手法，为后来许多诗文所效法，而首创者实为柳宗元。

苏轼《记承天寺夜游》：

> 庭下如积水空明，水中藻荇交横，盖竹柏影也。

这写的是月色，但不见月字。写此景，不说出是何景，只写出对景的感觉，这是中国的传统方法。自来写月色者，以东坡此文写得最美。

姚鼐《登泰山记》：

……道中迷雾冰滑，磴几不可登。及既上，苍山负雪，明烛天南，望晚日照城郭，汶水、徂徕如画，而半山居雾若带然。

中国人写诗文都讲究“炼”字，用“未经人道语”，但炼字不可露痕迹，要自然，好像不是炼出来的，“自下得不觉”。姚文“负”字、“烛”字、“居”字都是这样。“居”字下得尤好。

写散文，多读几篇古文有好处。

谈谈风俗画

有几位评论家都说，我的小说里有风俗画。这一点是我原来没有意识到的。经他们一说，我想想倒是有的。有一位文学界的前辈曾对我说："你那种写法是风俗画的写法"，并说这种写法很难。风俗画的写法是怎样一种写法？这种写法难吗？我不知道。有人干脆说我是一个风俗画作家……

我是很爱看风俗画的。十七世纪荷兰学派的画，日本的浮世绘，我都爱看。中国的风俗画的传统很久远了。汉代的很多画像石刻、画像砖都画（刻）了迎宾、饮宴、耍杂技——倒立、弄丸、弄飞刀……有名的说书俑，滑稽中带点愚蠢，憨态可掬，看了使人不忘。晋唐的画以宗教画、宫廷画为大宗。但这当中也不是没有风俗画，敦煌壁画中的杰作《张义潮出巡图》就是。墓葬中的笔致粗率天真的壁画，也多涉及当时的风俗。宋代风俗画似乎特别的流行，《清明上河图》是一个突出的例子。我看这幅画，能够一看看半天。我很想在清明那天到汴河上去玩玩儿，那一定是非常好玩儿的。南宋的画家也多画风俗。我从马远的《踏歌图》知道"踏歌"是怎么回事，从而增加了对"桃花潭水深千尺，不及汪伦送我情"的理解。这种"踏歌"的遗风，似乎现在朝鲜还有。我也很爱李嵩、苏汉臣的《货郎图》，它让我知道南宋的货郎担上有那么多卖给小孩子们的玩意儿，真是琳琅满目，都蛮有意思。元明的风俗画我所知甚少。清朝罗两峰的《鬼趣图》可以算是风俗画。幸好这时兴起了年画。杨柳青、桃花坞的年画大部分都是风俗画，连不画人物只画动物的也都是，如《老鼠嫁女》。我很喜欢这张画，如鲁迅先生所说，所有俨然穿着人的衣冠的鼠类，都尖头尖脑的非常有趣。陈师曾等人都画过北京市井的生活。风俗画的雕塑大师是泥人张。他的《钟馗嫁妹》《大出丧》，是近代风俗画的不朽的名作。

我也爱看讲风俗的书。从《荆楚岁时记》直到清朝人写的《一岁货声》之类的书都爱翻翻。还是上初中的时候，一年暑假，我在祖父的尘封的书架上发现了一套巾箱本木活字聚珍版的丛书，里面有一册《岭表录异》，我就很有兴趣地看起来。后来又看了《岭外代答》。从此就对讲地理的书、游记，产生了一种嗜好。不过我最有兴趣的是讲风俗民情的部分，其次是物产，尤其是吃食。对山川疆域，我看不进去，也记不住。宋元人笔记中有许多是记风俗的，《梦溪笔谈》《容斋随笔》里有不少条记各地民俗，都写得很有趣。明末的张岱特长于记述风物节令，如记西湖七月半、泰山进香，以及为祈雨而赛水浒人物，都极生动。虽然难免有鲁迅先生所说的夸张之处，但是绘形绘声，详细而不琐碎，实在很教人向往。我也很爱读各地的竹枝词，尤其爱读作者自己在题目下面或句间所加的注解。这些注解常比本文更有情致。我放在手边经常看看的一本书是古典文学出版社出的《东京梦华录》(外四种——《都城纪胜》《西湖老人繁胜录》《梦粱录》《武林旧事》)，这样把记两宋风俗的书汇为一册，于翻检上极便，是值得感谢的，只是断句断错的地方太多。这也难怪，有一位历史学家就说过《东京梦华录》是一本难读的书。因为对当时的情形和语言不明白，所以不好断句。

我对风俗有兴趣，是因为我觉得它很美。我曾经在一篇文章里说过："我以为风俗是一个民族集体创作的生活的抒情诗。"(《〈大淖记事〉是怎样写出来的》)这是一句随便说说的话，没有任何学术意义。但也不是一点儿道理没有。我以为，风俗，不论是自然形成的，还是包含一定的人为的成分（如自上而下的推行），都反映了一个民族对生活的挚爱，对"活着"所感到的欢悦。他们把生活中的诗情用一定的外部的形式固定下来，并且相互交流，融为一体。风俗中保留一个民族的常绿的童心，并对这种童心加以圣化。风俗使一个民族永不衰老。风俗是民族感情的重要的组成部分。斯大林把民族感情列为民族的要素之一。民族感情是抽象的，看不见摸不着，但它确实存在着。民族感情常常体现在风俗中。风俗，是具体的。一种风俗对维系民族感情的作用是不可估量的，如那达慕、刁羊、麦西来甫、三月街……

所谓风俗，主要指仪式和节日。仪式即"礼"。礼这个东西，未可厚非。据说辜鸿铭把中国的"礼"翻译成英语时，译为"生活的艺术"。这传闻不知是否可靠，但却很有意思。礼是具有艺术性的，很好玩儿的，假如我们抛开其中迷信和封建的内核，单看它的形式。礼，包括婚礼和丧礼。很多外国的和中国少数民族的民间舞蹈常常以"×× 人的婚礼"作题目，那是在真实的婚礼的基础上加工而成的。结婚，对一个少女来说，意味着迈进新的生活，同时也意味着向过去的一切告别了。因此，这一类的舞蹈大都既有喜悦，又有悲哀，混合着复杂的感情，其动人处，也在此。中国西南几个民族都有"哭嫁"的习俗。临嫁的姑娘要把要好的姊妹约来哭（唱）一夜甚至几夜。那歌词大都是充满了真情，很美的。我小时候最爱参加丧礼，不管是亲戚家还是自己家的。我喜欢那种平常没有的"当大事"的肃穆的气氛，所有的人好像一下子都变得高雅起来，多情起来了，大家都像在演戏，在扮演一种角色，很认真地扮演着。我喜欢“六七开吊”，那是戏的顶点。我们那里开吊那天都要“点主”。点主，就是在亡人的牌位上加一点。白木的牌位上事先写好了某某人之“神王”，要在王字上加一点，这才成了“神主”，点主不是随随便便点的，很隆重。要请一位有功名的老辈人来点。点主的人就位后，礼生喝道：“凝神，——想象，请加墨主！”点主人用一枝新墨笔在“王”字上点一点；然后，再：“凝神，——想象，请加朱主！”点主人再用朱笔点一点，把原来的墨点盖住。这样，一个人的魂灵就进了这块牌位了。“凝神——想象”，这实在很有点抒情的意味，也很有戏剧性。我小时看点主，很受感动，至今印象犹深。

至于节日，那更不用说了。试想一下，如果没有那样多的节，我们的童年将是多么贫乏，多么缺乏光彩呀。日本人对传统的节日非常重视。多么现代化的大企业，到了盂兰盆节这一天，也要停产放假，举行集体的游乐活动。这对于培养和增强民族的自信，无疑是会有好处的。

风俗，仪式和节日，是历史的产物，它必然是要消亡的。谁也不会提出恢复所有的传统的风俗，但是把它们记录下来，给现在的和将来的人看看，是有着各方面的意义的。我很希望中国民俗学会能编出两本书，一本《中国婚丧礼俗》，一本《中国的节日》。现在着手，还来得及。否则，到了“礼失而求诸野”，要到穷乡僻壤去访问搜集，就费事了。

为什么要在小说里写进风俗画？前已说过，我这样做原是无意的。只是因为我的相当一部分小说是写我的家乡的，写小城的生活，平常的人事，每天都在发生，举目可见的小小悲欢，这样，写进一点儿风俗，便是很自然的事了。“人情”和“风土”原是紧密关联的。写一点儿风俗画，对增加作品的生活气息、乡土气息，是有帮助的。风俗画和乡土文学有着血缘关系，虽然二者不是一回事。很难设想一部富于民族色彩的作品而一点儿不涉及风俗。鲁迅的《故乡》《社戏》，包括《祝福》，是风俗画的典范。《朝花夕拾》每篇都洋溢着罗汉豆的清香。沈从文的《边城》如果不是几次写到端午节赛龙船，便不会有那样浓郁的色彩。“风俗画小说”，在一般人的概念里，不是一个贬词。

风俗画小说的文体几乎都是朴素的。风俗本身是自自然然的。记述风俗的书原来不过是聊资谈助，大都是随笔记之，不事雕饰。幽兰居士孟元老《东京梦华录序》云：“此语言鄙俚，不以文饰者，盖欲上下通晓耳，观者幸详焉。”用华丽的文笔记风俗的人好像还很少。同样，风俗画小说所记述的生活也多是比较平实的，一般不太注重强烈的戏剧化的情节。写风俗而又富于浪漫主义的戏剧性的情节的，似乎只有梅里美一人。但他所写的往往是异乡的奇俗（如世代复仇），而且通常是不把梅里美列在风俗画作家范围内的。风俗画小说，在本质上是现实主义的。

记风俗多少有点怀旧，但那是故国神游，带抒情性，但并不流于伤感。风俗画给予人的是慰藉，不是悲苦。就我所见过的风俗画作品来看，调子一般不是低沉的。小说里写风俗，目的还是写人。不是为写风俗而写风俗，那样就不是小说，而是风俗志了。风俗和人的关系，大体有这样三种：

一种是以风俗作为人的背景。

一种是把风俗和人结合在一起，风俗成为人的活动和心理的契机。比如：

> 去年元夜时，
> 花市灯如昼，
> 月上柳梢头，

人约黄昏后。

又如苏北民歌《探妹》：

正月里探妹正月正，
我带小妹子看花灯，
看灯是假的，
妹子呀，试试你的心。

《边城》几次写端午节赛龙船，和翠翠的情绪的发育和感情的变化是紧紧扣在一起的，并且是情节发展不可缺少的纽带。

也有时，看起来是写风俗，实际上是在写人。我的小说里写风俗占篇幅最长的大概是《岁寒三友》里描写放焰火的一段。因为这篇小说见到的人不是很多，我把这一段抄录在下面：

这天天气特别好。万里无云，一天皓月。阴城的正中，立起一个四丈多高的架子。有人早早吃了晚饭，就扛了板凳来等着了。各种卖小吃的都来了。卖牛肉高粱酒的、卖回卤豆腐干的，卖五香花生米的、芝麻灌香糖的，卖豆腐脑的，卖煮荸荠的，还有卖河鲜——卖紫皮鲜菱角和新剥鸡头米的……到处是“气死风”的四角玻璃灯，到处是白蒙蒙的热气、香喷喷的茴香八角气味儿。人们寻亲访友，说短道长，来来往往，亲亲热热，阴城的草都被踏倒了。人们的鞋底也叫秋草的浓汁磨得滑溜溜的。

忽然，上万双眼睛一齐朝着一个方向看。人们的眼睛一会儿睁大，一会儿眯细；人们的嘴一会儿张开，一会儿又合上；一阵阵叫喊，一阵阵欢笑，一阵阵掌声。——陶虎臣点着了焰火了。

（中间还有一段具体描写几种焰火，文长不录）

……火光炎炎，逐渐消隐，这时才听到人们呼唤：

“二丫头，回家咧！”

“四儿，你在哪儿哪？”

“奶奶，等等我，我鞋掉了！”

人们摸摸板凳，才知道：呀，露水下来了。

这里写的是风俗，没有一笔写人物。但是我自己知道笔笔都著意写人，写的是焰火的制造者陶虎臣。我是有意在表现人们看焰火时的欢乐热闹气氛中表现生活一度上升时期陶虎臣的愉快心情，表现用自己的劳作为人们提供欢乐，并于别人的欢乐中感到欣慰的一个善良人的品格的。这一点，在小说里明写出来，是也可以的，但是我故意不写，我把陶虎臣隐去了，让他消融在欢乐的人群之中。我想读者如果感觉到看焰火的热闹和欢乐，也就会感觉到陶虎臣这个人。人在其中，却无觅处。

写风俗，不能离开人，不能和人物脱节，不能和故事情节游离。写风俗不能留连忘返，收不到人物的身上。

风俗画小说是有局限性的。一是风俗画小说往往只就人事的外部加以描写，较少刻画人物的内心世界，不大作心理描写，因此人物的典型性较差。二是，风俗画一般是清新浅易的，不大能够概括十分深刻的社会生活内容，缺乏历史的厚度，也达不到史诗一样的恢宏的气魄。因此，风俗画小说常常不能代表一个时代的文学创作的主流。这一点，风俗画小说作者应该有自知之明，不要因为自己的作品没有受到重视而气愤。

因此，我希望自己，也希望别人，不要只是写风俗画。并且，在写风俗画小说时也要有所突破，向生活的深度和广度掘进和开拓。

对仗·平仄

英文《中国文学》翻译了我的小说《受戒》。事前我就为译者想：这篇东西是很难翻的。《受戒》这个词儿英文里大概没有，翻译家把题目改了，改成“一个小和尚的恋爱故事”，这不免有点叫人啼笑皆非。小说里有四副对联，这怎么翻？样书寄到，拆开来看看正文，这位翻译家对对联采取了一个干净绝妙的办法：全部删掉。我所见到的这篇小说的几个译本对对联大都只翻一个意思，不保留格式。只有德文译文看得出是一副对联：上下两句的字数一样，很整齐。这位德文译者真是下了功夫！但就是这样，也还是形似而已，不是真正的对联。

对联是中国特有的艺术形式。对联的前提是必须是单音缀（或节）的语言，一字、一音、一意。西方的语言都是多音节的，“对”不起来。

与对仗有关的是中国话（主要指汉语）有“调”。据说古梵语有调，其他国家的语言都没有鲜明的音高调值差别。郭沫若参加世界和平理事会，约翰逊主教就觉得郭说话好像在唱歌，就是因为郭老的语言有高低调值。中国人觉得老外说话都是平的，外国人学说中国话最“玩不转”的便是“调”。

对联的上下联相同位置的字音要相反，上联此位置的字是平声，则下联此位置之字必须是仄声。两联的意思一般是一开一阖，一正一反，相辅相成。或两联意境均大，如“大漠孤烟直，长河落日圆”；或两句都小，如“细雨鱼儿出，微风燕子斜”。有些对句极工巧，而内涵深远，如李商隐“此日六军同驻马，当年七夕笑牵牛”。有“无情对”，只是字面相对，意思上并无联系，如我的小说《受戒》中的一副对联：

一花一世界，

三藐三菩提。

“三藐三菩提”的“三”并非幺二三的三，这不是数字是梵语汇音。有“流水对”，上一句和下一句一气贯穿，如同流水，似乎没有对，如“三十一年还旧国，落花时节读华章”。“流水对”最难写，毛泽东这一联极有功力。

由于有对仗、平仄，就形成中国话的特有的语言美，特有的音乐感。有人写诗，两个字意思差不多，用这个字、不用那个字，只是“为声俊耳”（此语出处失记）。作为一个当代作家应该注意培养语言的审美感觉，语言的音乐感，能感受哪个字“响”，哪个字不“响”。

我们今天写散文或小说，不必那么严格地讲对仗，讲平仄，但知道其中道理，使笔下有丰富的语感，是有好处的。我写小说《幽冥钟》，写一座古寺的罗汉堂外有两棵银杏树，已是数百年物，“夏天，一地浓阴。冬天，满阶黄叶”。如果完全不讲对仗，不讲平仄，就不能产生古旧荒凉的意境。

短篇小说的本质

——在解鞋带和刷牙的时候之四

我们必须暂时稍微与世界隔离，不老甩不开我们是生活在怎样一个国度里这个意识，这就是说，假定我们有一个地方，有一种空气，容许并有利于我们说这个题目。不必要在一个水滨，一个虚廊，竹韵花影；就像这儿，现在，我们有可坐的桌子凳子，有可以起来走两步的空当儿，有一点儿随便，有说或不说的自由；没有个智慧超人，得意无言的家伙，脸上不动，连狡诡的眯眼也不给一个的在哪儿听着；没有个真正的小说家，像托老头子那样的人会声势凌人的闯进来；而且我们不是在“此处不是讲话之地”的大街上高谈阔论；这也就够了。我们的话都是草稿的草稿，只提出，不论断，几乎每一句前面都应加一句：假定我们可以这样说。我们所说的大半是平时思索的结果，也可能是从未想过，临时触起，信口开河。我想这是常有的事，要说的都没有说，尽招架了些不知从哪儿斜刺里杀出来的程咬金。有时又常话到嘴边，咽了下去；说了一半，或因思绪散断，或者觉得看来很要紧的意见原来毫不相干，全无道理，接不下去了。这都挺自然，不勉强，正要的是如此。我们是一些喜欢读，也多少读过一点儿，甚至想动笔，或已经试写了一阵子小说的人，可是千万别把我们的谈话弄得很职业气。我们不大中意那种玩儿票的派头，可是业余的身份是我们遭遇困难时的解脱藉口。不知为不知，我们没有责任搜索枯肠，找话支吾。我们说了的不是讲义，充其量是一条一条的札记，不必弄得四平八稳，分量平均，首尾相应，具一格局。好了，我们已经很不受拘束，放心说话吧。声音大，小，平缓，带舞台动作，发点脾气，骂骂人，一切随心所欲，悉听尊便。

在这许多方便之下，我呈出我的一份。

无庸讳言，大家心照，所有的话全是为了说的人自己而说的。唱大鼓的走上来，“学徒我今儿个伺候诸位一段大西厢”。唱到得意处，得意的仍是他自己。听唱的李大爹，王二爷也听得颇得意，他们得意的也是他们自己。我觉得李大爹王二爷实际也会唱得极好，甚至可能比台上人更唱得好，只是他们没有唱罢了。李大爹王二爷自小学了茶叶店糕饼店生意，他们注定了要搞旗枪明前，上素黑芝麻，他们没有学大鼓。没有学，可是懂。他摸得到顿、拨、沉、落、迴、扭、煞诸种差之毫厘失之千里的那么点个妙处。所以李大爹王二爷是来听他们自己唱，不，简直听他们自己整个儿的人来了。台上那段大西厢不过是他们的替身，或一部分的影子。李大爹看了一眼王二爷，头微微一点，王二爷看了一眼李大爹，头也那么一点。他们的意思是“是了！”在这一点上劳伦斯的“为我自己”，克罗齐的传达说，我都觉得有道理。——阿，别瞪我，我只是借此而说明我现在要说的话是一个甚么性质。这，也是我对小说作者与读者间的关系的一个看法。这等一下大概还会再提起。真是，所有的要说恐怕都只是可以连在一处的道白而已。

时下的许多小说实在不能令人满意！

教我们写作的一位先生几乎每年给他的学生出一个题目：一个理想的短篇小说。——我当时写了三千字，不知说了些甚么东西；现在想重新交一次卷，虽然还一样不知会说些甚么东西。——可见，他大概也颇觉得许多小说不顶合乎理想。所以不顶理想，因为一般小说都好像有那么一个“标准”：

一般小说太像个小说了，因而不十分是一个小说。

悬定一个尺度，很难。小说的种类将不下于人格；而且照理两者的数量（假如可以计算）应当恰恰相等；鉴别小说，也如同品藻人物一样的不可具说。但我们也可以像看人一样的看小说，凭全面的，综合的印象，凭直觉。我们心平气和，体贴入微的看完一篇东西，我们说：这是小说，或者不是小说。有时候我们说的是这够或不够是一个小说。这跟前一句话全一样，够即是，不够的不是。在这一点上，小说的读者，你不必客气，你自然先假定自己是“够了”。哎，不必客气，这个够了并不是什么了不起的事情。不够，你还看什么小说呢！

那个时候，我因为要交卷，不得不找出一个“理想”的时候，正是卞之琳先生把《亨利第三》《军旗手的爱与死》翻过来的时候，手边正好有一本，抓着就是，我好像蹩了一点儿气，在课堂上大叫：“一个理想的短篇小说应当是像《亨利第三》与《军旗手的爱与死》那样的！”

现在我的意思仍然如此，我愿意维持原来的那点感情，不过觉得需要加以补充。

我们看过的若干短篇小说，有些只是一个长篇小说的大纲，一个作者因为时间不够，事情忙，或者懒，有一堆材料，他大概组织分布了一下，有时甚至连组织分布都不干，马马虎虎的即照单抄出来交了货，我们只看到有几个人，在那里，做了什么事，说话了，动作了，走了，去了，死了。有时作者觉得这太不像小说，（就是这个倒霉的觉得害了他！）小说不能单是一串流水账，于是怎么样呢？描写了把那个人从头到脚的像裁缝师傅记出手下摆那么记一记，清楚是清楚了，可是我们本来心里可能有的浑然印象反教他挤掉了。我们只落得一堆零碎料子，多高的额头，多大的鼻子，长腿或短腿；外八字还是内八字脚，……这些“部分”彼此不粘不靠，不起作用，不相干。还有更不相干的，是那些连篇累牍的环境渲染。有时候我们看那段发生在秋天的黄昏的情节，并不是一定不能发生在春天的早晨。在进行演变上，落叶，溪水，夕阳，歌声，蟋蟀，当然风马牛不相及。这是七巧板那么拼出来的，是人为的，外加的，生造的，不融合的。他没有把这些东西当着是从故事中分泌出来，为故事的一个契机，一分必不可少的成分。他的文字不是他要说的那个东西本身。自然主义用在许多人手里成了一个最不自然的主义。这些人为主义而牺牲了。有些，说得周详缜密结构紧严，力量不懈，交代干净，不浪费笔墨也不偷工减料，文字时间与故事时间合了拍，把读者引上了路，觉得舒服得很；可是也只好算长篇小说之一章，很好的一章而已。更多的小说，比较鲜明生动，我以为把它收入中篇小说，较为佳适。再有一种则是“标准的”短篇小说。标准的短篇小说不是理想的短篇小说，也不能令我们满意。

我们的谈话行将进入一个比较枯糙困难的阶段，我们怕不能摆脱习惯的衍讲方式。我们尽量想避开让我们踏脚，也致我们疲惫的抽象名词，但事实上不易办到。先歇一歇力，在一块不大平滑的石头上坐一坐；给短篇小说来讲一个定义：不用麻烦拣选，反正我们掉一掉身子马上就来。中学教科书上写着，短篇小说是：

用最经济的文学手腕，描写事实中最精采的一段或一面。

我们且暂时义务的为这两句话作一注释。或者六经注我，靠它的帮忙说话。

我们不得已而用比喻，扣槃扪烛，求其大概。伍尔芙夫人以在火车中与白朗宁太太同了一段路的几位先生的不同感情冲动譬象几种不同的写小说法，我们现在单摘取同车一事来说明小说与其人物的关系。设想一位作者，我们称他为 × 先生，在某处与白朗宁太太一齐上了车，火车是小说，车门一关，汽笛拉动，车开了，小说起了头。× 先生有墨水两瓶，钢笔尖二盒，一箱子纸，四磅烟草，白朗宁太太有的是全部生活。× 先生收心放志，集中精神，松开领子，咬起大烟斗，白朗宁太太开始现身说法，开始表演。我们设想火车轨道经行之地是白朗宁太太的生活，这一列车随处可停，可左可右，可进可退，给 × 先生以诸方便，他可以得到他所需要的白朗宁太太生活中任何场景节目。白朗宁太太生来有个责任，即被写在小说里，她不厌烦，不掩饰省略，妥妥实实回答 × 先生一切问话。好了，除去吃饭睡觉等不可不要的动作之外，白朗宁太太一生尽在此中，× 先生也颇累了，他们点点头，下车，分别。小说完成！

先生，你觉得这是可能的吗？

有人说历史这个东西就是历史而已，既不是科学，也算不得是艺术。我们埋葬了一部分小说，也很可以在它们的墓碑上刻这样两句话。而且历史究竟还是历史，若干小说常不是科学，不是艺术，也不成其为小说。

长篇小说的本质，也是它的守护神，是因果。但我们很少看到一本长篇小说从千百种可能之中挑选出一个，一个一个连编起来，这其间有什么是必然，有决定性的。人的一生是散漫的，不很连贯，充满偶然，千头万绪，兔起鹘落，从来没有一个人每一秒钟相当于小说的一段，一句，一字，一标点，或一空格，而长篇小说首先得悍然不顾这个情形。结构，这是一个长篇最紧要的部分，而且简直是小说的全部，但那根本是个不合理的东西。我们知道一个小说不是天成的，是编排连缀出来的，我所怀疑的是一个作者的精神是否能够照顾得过来，特别是他的记忆力是不是能够写到第十五章时还清清楚楚对他在第三章中所说的话的分量和速度有个印象？整本小说是否一气呵成天衣无缝，增一分则太长，减一分则太短，不能倒置，翻覆，简直是那样便是那样，毫无商量余地了？

从来也没有一个音乐家想写一个连续演奏十小时以上的乐章吧，（读《战争与和平》一遍需要多少时候？）而我们的小说家，想做不可能的事。看他们把一厚册一厚册的原稿销毁，一次一次的重写，我们寒心那是多苦的事。有几个人，他们是一种英雄式的人，自人中走出，与大家不同，他们不是为生活而写，简直活着就为的是写他的小说，他全部时间入于海，海是小说，居然做到离理想不远了。第一个忘不了的是狠辣的陀思妥耶夫斯基。他像是一咬牙就没有松开过。可是我们承认他的小说是一种很伟大的东西，却不一定是亲切的东西。什么样的人是陀思妥耶夫斯基的合适读者？

应是科学家。

我宁愿通过工具的艰难，放下又拿起，翻到后面又倒回前头，随便挑一节，抄两句，不求甚解，自以为是，什么时候，悠然见南山，飞鸟相与还，以我之所有向他所描画的对照对照那么读一遍《尤利西斯》去。

小说与人生之间不能描画一个等号。

于是有中篇小说。

如果读长篇小说的时间是阴冷的冬夜，那么中篇小说是宜于在秋天下午。一本中篇正好陪我们过五六点钟，连阅读带整个人受影响作用，引起潜移默化所需的时间。

一个长篇的作者自己在他的小说中生活过一遭，他命使读者的便是绝对的入乎其内。一个长篇常常长到跟人生一样的长，（这跟我们前面一段有些话并不相冲突，）可以说是另外一个人生，尽可以跟我们这一个完全一样，但□□是另外一个。（不是一段，一面，）我们必须放开我们自己的恩怨憎喜，宗教饮食，被拉了上去，关上门，靠窗坐定，随那节车子带我们到那里去旅行。作者作向导，山山水水他都熟习，而假定我们一无所知。我们只有也必须死心塌地的作个素人。我们应当视而不见，听而不闻，食而不知其味；应当醉于书中的酒，字里的香，我们说：哦，这是玫瑰，多美，这是山，好大呀！好像我们从来没有见过一座山，不知道玫瑰是甚么东西。——可是一般人不是那么容易的死于生活，活于书本，不会一直入彀。有比较体贴，近人情，会说话的可爱的人就为了我们而写另外一种性质的书，叫作中篇小说。（Once upon a time）他自自然然地谈起来了。他跟我们抵掌促膝，不高不可攀，耳提指图，他说得流利，委婉，不疾不徐，轻重得当，不口吃，不上气不接下气，他用志不纷，胸有成竹。他才说了十多分钟，我们已经觉得：他说得真好。我们入神了，颔首了，暖然似春，凄然似秋了，毫不反抗地给出他向我们要的感动。有话则长，无话则短，他知道他是在说一个故事。花开两朵，各表一枝，分即全，一切一切，他不弄得过分麻烦冗重。有时他插一点儿闲话，聊点儿别的；他更带着一堆画片，一张一张拍得光线强弱，距离远近都对了的照相，他一边说故事，一边指点我们看。这些纪念品不一定是绘摄的大场面，有时也许一片阳光，一堆倒影，破风上一角残蚀的浮雕，唱歌的树，嘴上生花的人，……我们也明知他提起这话目的何在，但他对于那些小玩意儿确具真情，有眼光，而且趣味与我们相投，但听他说说这些即颇过瘾了。我们最中意的是他要我们跟他合作。他空出许多地方，留出足够的时间，让读者自己说。他不一个劲儿讲演，他也听。来一杯咖啡吗，我们的中篇小说家？

如果长篇小说的作者与读者的地位是前后，中篇是对面，则短篇小说的作者是请他的读者并排着起坐行走的。

常听到短篇小说的作者劝他的熟人："你也写么，我相信你可以写得很好。没有什么了不起的，花一点儿时间，多试验几种方法，不怕费事，找到你觉得那么着写合适的形式，你就写，不会不成功的。凭你那个脑子，那点了解人事的深度，生活的广度，对于文字的精敏感觉，还有那一分真挚深沉的爱，你早就该着笔了。"短篇小说家从来就把我们当着跟他一样的人，跟他生活在同一世界之中，对于他所写的那回事的前前后后也知道得一样仔细真切。我们与他之间只是为不为，没有能不能的差异。短篇小说的作者是假设他的读者都是短篇小说家的。

唯其如此，他才能挑出事实中最精彩的一段或一面，来描写。

也许有人天生是个短篇小说家，他只要动笔，得来全不费功夫，他一小从老祖母，从疯瘫的师爷，从鸦片铺上、茶馆里，码头旁边，耳濡目染，不知不觉之中领会了许多方法；他的窗口开得好，一片又一片的材料本身剪裁得好好的在那儿，他略一凝眸，翩翩已得；交出去，印出来，大家传诵了，街谈巷议，"这才真是我们所需要的，从头到尾，每一个字是短篇小说！"而我们的作者倚在他的窗口悠然下看：这些人扰攘些甚么，甚么事大惊小怪的？风吹得他身轻神爽，也许他想到一条河边走走，听听修桥工人唱那种忧郁而雄浑的歌去；而在他转身想带着他的烟盒子时，窗下一个读者议论他的小说，激动的高叹声吸引了他，他看了一眼，想：甚么叫小说吗，问我，我可不知道，你那个瘦瓜瓜的后脑，微高的左肩，正是我需要的，我要把你写下来，你就是小说，傻小子，你为甚么不问问你自己？他不出去了。坐下，抽上两枝烟，到天黑肚饥时一篇小说也已经写了五分之四，好了，晚饭一吃，一天过去，他的新小说也完成了；但大多数的小说作者都得经过一个比较长时期的试验。他明白，他必须“找到了自己的方法”，必须用他自己的方法来写，他才站得住，他得在浩如烟海的文学作品，在也一样浩如烟海的短篇小说之中，为他自己的篇什觅得一个位置。天知道那是多么荒时废日的事情！

世上尽有从来不看小说的诗人，但一个写短篇小说的人能全然不管前此与当代的诗歌吗？一个小说家即使不是彻头彻尾的诗人，至少也是半仙之分，部分的诗人，也许他有时会懊悔他当初为什么不一直推敲韵脚，部署抑扬，飞上枝头变凤凰，什么一念教他拣定现在卑微的工作的？他羡慕戏剧家的规矩，也向往散文作者的自在，甚至跟他相去不远的长篇中篇小说家他也嫉妒。威严，对于威严的敬重；优美的风度，对于优美风度的友爱，他全不能有，得不着。短篇小说的作者所希望的是给他的劳绩一个说得过去的地位。他希望报纸的排字工人不要把他的东西拆得东一块西一块的，不要随便给它分栏，加什么花边，不要当中挖了一方嵌一个与它毫不相干的木刻漫画，不要在一行的头上来一个吓人的惊叹号，不要在他的文章下面补两句嘉言语录，名人轶事，还有错字不太多，字体稍为清楚一点儿；……对于一个杂志的编辑他很想求求他一个稍为公平一点儿的篇幅，他希望天地头留着大些，前头能空出两页不印最好。……他不是难伺候，闹脾气，他是为了他的文章命运而争。他以为他的小说的形式即是他要表达的那个东西本身，不能随便玷辱它，而且一个短篇没有写出的比写出来的要多得多，需要足够的空间，好让读者自己从从容容来抒写。对于较长篇幅的文章，一般读者有读它的心理准备，他心甘情愿的让出时间，留下闲豫，来接受一些东西。只要披沙拣金，往往见宝，即为足矣。他们深切地感到那份力量，领得那种智巧。而他们读短篇小说则都是誓翦灭此而后朝食，你不难想象一个读者如何恶狠狠地抓过一篇短篇小说，一边嚼着他的火腿面包，一边狼吞虎咽地看下去，忽然拍案而起，“混蛋，这是什么平淡无奇的东西！”他骂的是他的咖啡，但小说遭了殃，他叭了一下扔了，挤起左眼看了那个可怜的题目，又来了一句，“什么东西！”好了，他要是看进去两句那就怪。一个短篇小说作者简直非把它弄得灿若舒锦，无处不佳不可！小说作者可又还不能像一个高大强壮的猪眼厨师傅两手撑在腰上大吼：“就是这样，爱吃不吃！”即是真的从头到尾都是心血，你从那里得到青眼？

这位残暴的午茶餐客如果也想，他想的是：这是什么玩意儿，谁写不出来，我也……真的，他还不屑于写这种东西！我们原说过，只要他肯，他未始不可以写短篇小说。我们不能怪他，第一他生活太忙，太乱，而且受到许多像那位猪眼大师傅的气，他想借小说来忘去他的生活，或者真的生活一下，短篇似乎不能满足他；第二，他相当有文学修养，他看过许多诗，戏剧，散文，他还更看过那么多那么多的小说，再不要看这一篇。一个短篇小说作家，你该怎么办？

短篇小说能够一脉相承的存在下来，应当归功于代有所出的人才，不断给它新的素质，不断变易其面目，推广，加深它。日光之下无新事，就看你如何以故为新，如何看，如何捞网捕捉，如何留住过眼烟云，如何有心中的佛，花上的天堂。文学革命初期以“创作”称短篇小说，是的，你要创作。你不应抄袭别人，要叫你有你的，有不同于别人的；且不能抄袭自己，你不能叫这一篇是那一篇的副本，得每一篇是每一篇的样子，每一篇小说有它应当有的形式，风格。简直的，你不能写出任何一个世界上已经有过的句子。你得突破，超出，稍偏颇于那个“标准”。这是老话，但需要我们不断地用各种声音提起。

我们宁可一个短篇小说像诗，像散文，像戏，什么也不像也行，可是不愿意它太像个小说，那只有注定它的死灭。我们那种旧小说，那种标准的短篇小说，必然将是个历史上的东西。许多本来可以写的在小说里的东西老早老早就有另外方式代替了去。比如电影，简直老小说中的大部分，而且是最要紧的部分，它全能代劳，而且比较更准确，有声有形，证诸耳目，直接得多。念小说已成了一个过时的娱乐，一种古怪固执的癖好了。此世纪中的诗，戏，甚至散文，都已显然与前一世纪异趣，而我们的小说仍是十八世纪的方法，真不可解。一切全因制度的变而变了，小说动得那么懒，什么道理。

我们耳熟了“现代音乐”“现代绘画”“现代塑刻”“现代建筑”“现代服装”“现代烹调术”，可是“现代小说”在我们这儿远是个不太流行的名词。唉！“小说的保守性”，是个值得一作的毕业论文题目；本来小说这东西一向是跟在后面老成持重的走的。但走得如此之慢，特别是在东方一个又很大又很小的国度中简直一步也不动，是颇可诧异的现象。多打开几面窗子吧，这里的空气实在该换一换，闷得受不了了。

多打开几面窗子吧！只要是吹的，不管是什么风。

也好，没有人重视短篇小说，因此它也从来没有一个严格的画界，我们可以从别的部门搬两块石头来垫一垫基脚。要紧的是要它改一改样子再说。从戏剧里，尤其是新一点儿的戏里我们可以得到一点儿活泼，尖深，顽皮，作态。(一切在真与纯之上的相反相成的东西。)萧伯纳·皮兰德娄从小说中偷去的，我们得讨一点儿回来。至于戏的原有长处，节奏清显，擒纵利落，起伏明灭，了然在心，则许多小说中早已暗暗地放进去了。小说之离不开诗，更是昭然若揭的。一个小说家才真是个谪仙人，他一念红尘，堕落人间，他不断体验由泥淖至青云之间的挣扎，深知人在凡庸，卑微，罪恶之中不死去者，端因还承认有个天上，相信有许多更好的东西不是一句谎话，人所要的，是诗。一个真正的小说家的气质也是一个诗人。就这两方面说,《亨利第三》与《军旗手的爱与死》，是一个理想的型范。我不觉得我的话有什么夸张之处。那两篇东西所缺少的，也许是一点儿散文的美，散文的广度，一点儿“大块噫气其名为风”的那种遇到什么都抚摸一下，随时会留连片刻，参差荇菜，左右缭之，喜欢到亭边小道上张张望望的，不衫不履，落帽风前，振衣高岗的气派，缺少点儿开头我要求的一点随意说话的自然。

泰戈尔告诉罗曼·罗兰他要学画了，他觉得有些东西文字表达不出来，只有颜色线条胜任；勃罗斯忒在他的书里忽然来了一段五线谱，任何一个写作的人必都同情，不是同情，是赞同他们。我们设想将来有一种新艺术，能够包容一切，但不复是一切本来形象，又与电影全然不同的，那东西的名字是短篇小说。这不知什么时候才办得到，也许永远办不到。至少我们希望短篇小说能够吸收诗，戏剧，散文一切长处，而仍旧是一个它应当是的东西，一个短篇小说。

我们前面既说过一个短篇小说的作者假定他的读者都是短篇

小说家，假定读者对于他所依附而写的那回事情的前前后后清楚得跟他自己一样，假定读者跟他平肩并排，所以“事”的本身在短篇小说中的地位行将越来越不重要。一个画家在一个乡下人面前画一棵树，他告诉他“我画的是那棵树”。乡下人一面奇怪树已经直端端生在那儿了，画它干什么？一面看了又看，觉得这位先生实在不大会画，画得简直不像。一会儿画家来了个朋友，也是一个画家。画家之一画，画家之二看，两人一句话不说。也许有时他们互相看一眼，微微一点头，犹如李大爹王二爷听大鼓，眼睛里一句话：“是了！”问画家到底画的甚么，他该回答的是：“我画那个画。”真正的小说家也是，不是为写那件事，他只是写小说。——我们已经听到好多声音，“不懂，不懂！”其实他懂的，他装着不懂。毕加索给我们举了一个例。他用同一“对象”画了三张画，第一张人像个人，狗像条狗；第二张不顶像了，不过还大体认得出来；第三张，简直不知道是什么东西了。人应当最能够从第三张得到“快乐”，不过常识每每把人谋害在第一张之前。小说也许不该像第三张，但至少该往第二张上走一走吧？很久以前，有人提出“纯诗”的理想，纪德说过他要写“纯小说”；虽未能至，心向往之。我们希望短篇小说能向“纯”的方向作去，虽然这里所说的“纯”与纪德所提出的好像不一样。严格说来，短篇小说者，是在一定时间，一定空间之内，利用一定工具制作出来的一种比较轻巧的艺术，一个短篇小说家是一种语言的艺术家。——我看出有人颇不耐烦了，他心里泛起了一阵酸，许多过了时的标准口号在他耳根雷鸣，他随便抓得一块砖头，“唯美主义”，要往我脑袋上砸。

听我告诉你一个秘密，我有个朋友，是个航空员，他凭一股热气，放下一切，去学开飞机，百战归来，同班毕业的已经所剩无几了；我问他你在天上是否不断地想起民族的仇恨？他非常严肃地说：“当你从事于某一工作时，不可想一切无关的事。我的手在驾驶盘上，我只想如何把得它稳当，准确。我只集中精神于转弯，抬起，俯降。我的眼睛看着前头云雾山头。我不能分心于外物，否则一定出毛病。——有一回 C 的信上说了我几句话，教我放不下来，我一翅飞到芷江上空，差点儿没跟她那几句一齐摔下去！”小说家在安排他的小说时他也不能想得太多，他得沉酣于他的工作。他只知道如何能不颠不簸，不滞不滑，求其所安，不摔下来跌死了。一个小说家有什么样的责任，这是另外一个题目，有机会不妨讨论讨论。今天到此为止，我们再总结一句：一个短篇小说，是一种思索方式，一种情感形态，是人类智慧的一种模样。

或者：一个短篇小说是一个短篇小说，不多，也不少。

小说笔谈

语　言

在西单听见交通安全宣传车播出："横穿马路不要低头猛跑"，我觉得这是很好的语言。在校尉营一派出所外宣传夏令卫生的墙报上看到一句话："残菜剩饭必须回锅见开再吃"，我觉得这也是很好的语言。这样的语言真是可以悬之国门，不能增减一字。

语言的目的是使人一看就明白，一听就记住。语言的唯一标准，是准确。

北京的店铺，过去都用八个字标明其特点。有的刻在匾上，有的用黑漆漆在店面两旁的粉墙上，都非常贴切。"尘飞白雪，品重红绫"，这是点心铺。"味珍鸡蹠，香渍豚蹄"是桂香村。煤铺的门额上写着"乌金墨玉，石火光恒"，很美。八面槽有一家"老娘"（接生婆）的门口写的是："轻车快马，吉祥姥姥"，这是诗。

店铺的告白，往往写得非常醒目。如"照配钥匙，立等可取"。在西四看见一家，门口写着："出售新藤椅，修理旧棕床"，很好。过去的澡堂，一进门就看见四个大字："各照衣帽"，真是简到不能再简。

《世说新语》全书的语言都很讲究。

同样的话，这样说，那样说，多几个字，少几个字，味道便不同。张岱记他的一个亲戚的话：“你张氏兄弟真是奇。肉只是吃，不知好吃不好吃；酒只是不吃，不知会吃不会吃。”有一个人把这几句话略改了几个字，张岱便斥之为“伧父”。

一个写小说的人得训练自己的“语感”。

要辨别得出，什么语言是无味的。

结　构

戏剧的结构像建筑，小说的结构像树。

戏剧的结构是比较外在的、理智的。写戏总要有介绍人物，矛盾冲突、高潮（写戏一般都要先有提纲，并且要经过讨论），多少是强迫读者（观众）接受这些东西的。戏剧是愚弄。

小说不是这样。一棵树是不会事先想到怎样长一个枝子，一片叶子，再长的。它就是这样长出来了。然而这一个枝子，这一片叶子，这样长，又都是有道理的。从来没有两个树枝、两片树叶是长在一个空间的。

小说的结构是更内在的，更自然的。

我想用另外一个概念代替“结构”——节奏。

中国过去讲“文气”，很有道理。什么是“文气”？我以为是内在的节奏。“血脉流通”“气韵生动”，说得都很好。

小说的结构是更精细，更复杂，更无迹可求的。

苏东坡说：“但常行于所当行，止于所不可不止”，说的是结构。

章太炎《菿汉微言》论汪容甫的骈体文，“起止自在，无首尾呼应之式”。写小说者，正当如此。

小说的结构的特点，是：随便。

叙事与抒情

现在的年轻人写小说是有点爱发议论。夹叙夹议，或者离开故事单独抒情。这种议论和抒情有时是可有可无的。

法朗士专爱在小说里发议论。他的一些小说是以议论为主的，故事无关重要。他不过借一个故事来发表一通牵涉到某一方面的社会问题的大议论。但是法朗士的议论很精彩，很警辟，很深刻。法朗士是哲学家。我们不是。我们发不出很高深的议论。因此，不宜多发。

倾向性不要特别地说出。

一件事可以这样叙述，也可以那样叙述。怎样叙述，都有倾向性。可以是超然的、客观的，尖刻的、嘲讽的（比如鲁迅的《肥皂》《高老夫子》），也可以是寄予深切的同情的（比如《祝福》《伤逝》）。

董解元《西厢记》写张生和莺莺分别："马儿登程，坐车儿归舍；马儿往西行，坐车儿往东拽：两口儿一步儿离得远如一步也！"这是叙事。但这里流露出董解元对张生和莺莺的恋爱的态度，充满了感情。"一步儿离得远如一步也"，何等痛切。作者如无深情，便不能写得如此痛切。

在叙事中抒情，用抒情的笔触叙事。

怎样表现倾向性？中国的古话说得好：字里行间。

悠闲和精细

写小说就是要把一件平平淡淡的事说得很有情致（世界上哪有许多惊心动魄的事呢）。同样一件事，一个人可以说得娓娓动听，使人如同身临其境；另一个人也许说得索然无味。

《董西厢》是用韵文写的，但是你简直感觉不出是押了韵的。董解元把韵文运用得如此熟练，比用散文还要流畅自如，细致入微，神情毕肖。

写张生问店二哥蒲州有什么可以散心处，店二哥介绍了普救寺：

> 店都知，说一和，道：“国家修造了数载余过，其间盖造的非小可，想天宫上光景，赛他不过。说谎后，小人图什么？普天之下，更没两座。”张生当时听说破，道：“譬如闲走，与你看去则箇。”

张生与店二哥的对话，语气神情，都非常贴切。“说谎后，小人图什么”，活脱是一个二哥的口吻。

写张生游览了普救寺，前面铺叙了许多景物，最后写：

> 张生觑了，失声地道：“果然好！”频频地稽首。欲待问是何年建，见梁文上明写着：“垂拱二年修。”

这真是神来之笔。“垂拱二年修”，“修”字押得非常稳。这一句把张生的思想活动，神情，动态，全写出来了。——换一个写法就可能很呆板。

要把一件事说得有滋有味，得要慢慢地说，不能着急，这样才能体察人情物理，审词定气，从而提神醒脑，引人入胜。急于要告诉人一件什么事，还想告诉人这件事当中包含的道理，面红耳赤，是不会使人留下印象的。

张岱记柳敬亭说武松打虎，武松到酒店里，謈的一声，店中的空酒坛都嗡嗡作响，说他“闲中著色，细微至此”。

唯悠闲才能精细。

不要着急。

董解元《西厢记》与其说是戏曲，不如说是小说。人民文学出版社出版的《董西厢》的《前言》里说：“它的组织形式和它采取的艺术手法，为后来的戏曲，小说开阔了蹊径”，是很有见识的话。从小说的角度来看，《董西厢》的许多细致处远胜于许多话本。它的许多方法，到现在对我们还有用，看起来还很“新”。

风格和时尚

齐白石在他的一本画集的前面题了四句诗：“冷艳如雪箇，来京不值钱。此翁无肝胆，空负一千年。”他后来创出了红花黑叶一派，他的画被买主——首先是那些壁悬名人字画的大饭庄，所接受了。

于非闇开始的画也是吴昌硕式的大写意的。后来张大千告诉他：“现在画吴昌硕式的人这样多，你几时才能出头？”他建议于非闇改画院体的工笔画。于非闇于是改画勾勒重彩。于非闇的画也被北京的市民接受了。

扬州八怪的知音是当时的盐商。

我不以为盐商是不懂艺术的。

艺术是要卖钱的，是要被人们欣赏、接受的。

红花黑叶、勾勒重彩、扬州八怪，一时成为风尚。实际上决定一时风尚的是买主。画家的风格不能脱离欣赏者的趣味太远。

小说也是这样。就是像卡夫卡那样的作家，如果他的小说没有一个人欣赏，他的作品是不会存在的。

但是一个作家的风格总得走在时尚前面一点儿，他的风格才有可能转而成为时尚。

追随时尚的作家，就会为时尚所抛弃。

小说创作随谈

我的讲话，自己可以事先作个评价，八个大字，叫作“空空洞洞，乱七八糟”。从北京来的时候，没有作思想准备，走得很匆忙，到长沙后，编辑部的同志才说要我作个发言，谈谈自己的创作。如果我早知道有这么个节目，准备一下，可能会好一些，现在已没有时间准备了。在创作上，我是个“两栖类动物”，搞搞戏曲，也搞搞小说创作。我写小说的资历应该说是比较长的，一九四〇年就发表小说了。新中国成立以前出了个集子，但是后来中断了很久。新中国成立后，我搞了相当长时间的编辑工作。编过《北京文艺》，编过《说说唱唱》，编过《民间文学》。到六十年代初，才偶尔写几篇小说，之后一直没写，写剧本去了，前后中断了二十多年。一直到一九七九年，在一些同志，就是北京的几个老朋友，特别是林斤澜、邓友梅他们的鼓励、支持和责怪下，我才又开始写了一些。第三次起步的时间是比较晚的。因为我长期脱离文学工作，而且我现在的职务还是在剧团里，所以对文学方面的情况很不了解，作品也看得很少，不了解情况，我说的话跟当前文学界的情况很可能是脱节的。

首先谈生活问题。文学是反映生活的，所以作者必须有深厚的生活基础。前几年我听到一种我不大理解的理论，说文学不是反映生活，而是表现我对生活的看法。我不大懂其中区别何在。对生活的看法也不能离开生活本身嘛，你不能单独写你对生活的看法呀！我还是认为文学必须反映生活，必须从生活出发。一个作家当然会对生活有看法，但客体不能没有。作为主体，观察生活的人，没有生活本身，那总不行吧？什么叫“创作自由”？我认为这个“创作自由”不只是说政治尺度的宽窄，容许写什么，不容许写什么。我认为要获得创作自由，有一个前提，那就是一个作家对生活要非常熟悉，熟悉得可以随心所欲，可以挥洒自如，那才有了真正的创作自由了。你有那么多生活可以让你想象、虚构、概括集中，这样你也就有了创作自由了。而且你也有了创作自信。我深信我写的东西都是真实的，不是捏造的，生活就是那样。一个作家不但要熟悉你所写的那个题材本身的生活，也要熟悉跟你这个题材有关的生活，还要熟悉与你这次所写的题材无关的生活。一句话，各种生活你都要去熟悉。海明威这句话我很欣赏：“冰山之所以雄伟，就因为它露在水面上的只有七分之一。”在构思时，材料比写出来的多得多。你要有可以舍弃的本钱，不能手里只有五百块钱，却要买六百块钱的东西，你起码得有一千块钱，只买五百块钱的东西，你才会感到从容。鲁迅说：“宁可把一个短篇小说压缩成一个 Sketch（速写），千万不要把一个 Sketch 拉成一个短篇小说。”有人说我的一些小说，比如《大淖记事》，浪费了材料，你稍微抻一抻就变成中篇了。我说我不抻，我就是这样。拉长了干什么呀？我要表达的东西那一万二千字就够了。作品写短有个好处，就是作品的实际容量比抻长了要大，你没写出的生活并不是浪费，读者是可以感觉得到的。读者感觉到这个作品很饱满，那个作品很单薄，就是因为作者的生活底子不同，反映在作品里的分量也就不同。生活只有那么一点儿，又要拉得很长，其结果只有一途，就是瞎编。瞎编和虚构不是一回事。瞎编是你根本不知道那个生活。我在《光明日报》上发表过一篇很短的文章，叫作《说短》。我主张宁可把长文章写短了，不可把短文章抻长了。这是上算的事情。因为你作品总的分量还是在那儿，压缩了的文章的感人力量会更强一些。写小说很重要的一点就是要懂得舍弃。

第二谈谈思想问题。一个作家当然要有自己的思想。作家所创作的形象没有一个不是浸透了作家自己的思想的，完全客观的形象是不可能有的。但这个思想必须是你自己的思想，你自己从生活里头直接得到的想法。也就是说你对你所写的那个生活、那个人、那个事件的态度，要具体化为你的感情，不能是个概念的东西。当然我们的思想应该是在马克思主义、毛泽东思想的指导之下，但是你不能把马克思的某一句话，或是某一个政策条文，拿来当作你的思想。那个是引导、指导你思想的东西，而不是你本人的思想。作家写作品，常有最初触发他的东西，有原始的冲动，用文学理论教科书上的话来说，就是创作的契因。这是从哪里来的？是你看了生活以后有所感，有所动，有了些想法的结果。可能你的想法还是朦胧的，但是真切的、真实的。这一点是很重要的。我为什么写《受戒》？我看到那些和尚、那些村姑，感觉到他们的感情是纯洁的、高贵的、健康的，比我生活圈中的人，要更优美些。按现在的话说就是对劳动人民的情操有了理解，因此我想写出它来。最初写时我没打算发表，当时发表这种小说的可能性也不太大。要不是《北京文学》的李清泉同志，根本不可能发表。在一个谈创作思想问题的会上，有人知道我写了这样一篇小说，还把它作为一种文艺动态来汇报。但我就是有这个创作的欲望、冲动，想表现表现这样一些人。我给它取个说法，叫“满足我自己美学感情的需要”。人家说：“你没打算发表，写它干什么？”我说：“我自己想写，我写出来留着自己玩儿。”我把自己对生活的看法表现出来了，我觉得要有这个追求。《大淖记事》是怎样写出来的？我小时候就知道，有一个小锡匠和一个水上保安队的情妇发生恋爱关系，叫水上保安队的兵把他打死过去，后来拿尿碱把他救活了。我那时才十六岁，还没有什么“优美的感情、高尚的情操”这么一些概念，但他们这些人对爱情执着的态度给了我很深的感触，朦朦胧胧地觉得，他为了爱情打死了都干。写巧云的模特儿是另外一个人，不是她，我把她挪到这儿来了，这是常有的事。我们家巷子口是挑夫集中的地方，还有一些轿夫。有一个姓黄的轿夫，他的姓我现在还记得，他突然得了血丝虫病，就是象腿病。腿那么粗，抬轿是靠腿脚吃饭的，腿搞成那个样子，就完了！怎么生活下去呢？他有个老婆，不很起眼，头发黄黄的，衣服也不整齐，也不是很精神的，我每天上学都看见她。过两天，我再看见她时，咦，变了个样儿！头发梳得光光的，衣服也穿得很整齐，她去当挑夫去了。用现在的话说，是勇敢地担负起全家生活的担子。当时我很惊奇，或者说我很佩服。这种最初激动你，刺激你的那个东西很重要。没有那个东西，你写出的东西很可能是从概念出发的。对生活的看法，对人和事的看法，最后要具体化为你对这些人的感情，不能单是概念的，理念的东西。单有那个东西恐怕不行。你的这种感情，这种倾向性，这种思想，是不是要在作品中表现出来？据我了解大概有三种态度。一种是极力把自己的思想、感情说出来。有时候正面地发些议论，作者跳出来说话，表明我对这个事情是什么什么看法。这个也不是不可以。还有一种是不动声色，只是把这个事儿，表面上很平静地说出来，海明威就是这样。海明威写《老人与海》，他并不在里面表态。还有一种，是取前面二者而折衷，是折衷主义。我就是这种态度。我觉得作者的态度、感情是要表现出来的，但是不能自己站出来说，只能在你的叙述之中，在你的描写里面，把你的感情、你的思想溶化进去，在字里行间让读者感觉到你的感情，你的思想。

第三谈谈结构技巧问题。我在大学里跟沈从文先生学了几门课。沈先生不会讲话，加上一口湘西凤凰腔，很不好懂。他没有说出什么大道理，只是讲了些很普通的经验。他讲了一句话，对我的整个写作是很有指导作用的，但当时我们有些同学不理解他的话。他翻来覆去地说要“贴到人物来写”，要“紧紧地贴到人物来写”。有同学说“这是什么意思”？以我的理解，一个是他对人物很重视。我觉得在小说里，人物是主要的，或者是主导的，其他各个部分是次要的，是派生的。当然也有些小说不写人物，有些写动物，但那实际上还是写人物；有些着重写事件；还有的小说甚至也没人物也没事件，就是写一种气氛，那当然也可以，我过去也试验过。但是，我觉得，大量的小说还是以人物为主，其他部分如景物描写等等，都还是从人物中派生出来的。现在谈我的第二点理解。当然，我对沈先生这话的理解，可能是“歪批《三国》”，完全讲错了的。我认为沈先生这句话的第二层意思是指作者和人物的关系问题。作者对人物是站在居高临下的态度，还是和人物站在平等地位的态度？我觉得应该和人物平等。当然，讽刺小说要除外，那一般是居高临下的。因为那种作品的人物是讽刺的对象，不能和他站在平等的地位。但对正面人物是要有感情的。沈先生说他对农民、士兵、手工业者怀着“不可言说的温爱”。我很欣赏“温爱”这两个字。他没有用“热爱”而用“温爱”，表明与人物稍微有点距离。即使写坏人，写批判的人物，也要和他站在比较平等的地位，写坏人也要写的是可以理解的，甚至还可以有一点儿“同情”。这样这个坏人才是一个活人，才是深刻的人物。作家在构思和写作的过程中，大部分时间要和人物融为一体。我说大部分时间，不是全过程，有时要离开一些，但大部分时间要和人物“贴”得很紧，人物的哀乐就是你的哀乐。不管叙述也好，描写也好，每句话都应从你的肺腑中流出，也就是从人物的肺腑中流出。这样紧紧地“贴”着人物，你才会写得真切，而且才可能在写作中出现“神来之笔”。我的习惯是先打腹稿，腹稿打得很成熟后，再坐下来写。但就是这样，写的时候也还是有些东西是原来没想到的。比如《大淖记事》写十一子被打死了，巧云拿来一碗尿碱汤，在他耳边说：“十一子，十一子，你喝了！”十一子睁开眼，她把尿碱汤灌了进去。我写到这儿，不由自主地加了一句：“不知道为什么，她自己也尝了一口。”我写这一句时是流了眼泪的，就是我“贴”到了人物，我感到了人物的感情，知道她一定会这样做。这个细节是事先没有想到的。当然人物是你创造的，但当人物在你心里活起来之后，你就得随时跟着他。王蒙说小说有两种，一种是贴着人物写，一种是不贴着人物写（他的这篇谈话我没有看到，是听别人说的）。当然不贴着人物写也是可以的。有的小说主要不是在写人物，它是借题发挥，借人物发议论。比如法朗士的小说，他写卖菜的小贩骂警察，就是这么点事。他也没有详细地写小贩怎么着，他拉开发了一大通议论，实际是通过卖菜的小事件发挥对资产阶级虚伪的法制的批判。但大部分小说是写人物的，还是贴着人物写比较好。第三，沈先生所谓“贴到人物写”，我的理解，就是写其他部分都要附丽于人物。比如说写风景也不能与人物无关。风景就是人物活动的环境，同时也是人物对周围环境的感觉。风景是人物眼中的风景，大部分时候要用人物的眼睛去看风景，用人物的耳朵去听声音，用人物的感觉去感觉周围的事件。你写秋天，写一个农民，只能是农民感觉的秋天，不能用写大学生感觉的秋天来写农民眼里的秋天。这种情况是有的，就是游离出去了，环境描写与人物相脱节，相游离。如果贴着人物写景物，那么不直接写人物也是写人物。我曾经有一句没有解释清楚的话，我认为“气氛即人物”，讲明白一点儿，即是全篇每一个地方都应浸透人物的色彩。叙述语言应该尽量与人物靠近，不能完全是你自己的语言。对话当然必须切合人物的身份，不能让农民讲大学生的话。对话最好平淡一些，简单一些，就是普通人说的日常话，不要企图在对话里赋予很多的诗意，很多哲理。托尔斯泰有句名言：“人是不能用警句交谈的。”有些青年人给我寄来的稿子里，大家都在说警句，生活要真那样，受得了吗？年轻时我也那么干过，我写两个知识分子，自己觉得好像写得很漂亮。可是我的老师沈从文看后却说：“你这不是两个人在对话，是两个聪明脑壳在打架。”我事后想，觉得也有道理，即使是知识分子也不能老是用警句交谈啊。写小说尤其要注意这一点，它与写戏剧不一样。戏剧可以允许人物说一点儿警句，比如莎士比亚写“活着还是不活，这是个问题……”放在小说里就不行。另外戏剧人物可以长篇大论，生活中的人物却不可能长篇大论。李笠翁有句名言很有道理，他说：“写诗文不可写尽，有十分只能说出二三分。”这个见解很精辟。写戏不行，有十分就得写出十分，因为它不是思索的艺术，不能说我看着看着可以掩卷深思，掩卷深思这场就过去了！我写过一篇很短的小说，写一个孩子，在口外坝上，坐在牛车上，好几里地都是马兰花。这花湖南好像没有，像蝴蝶花似的，淡紫蓝色，花开得很大。我写这个孩子的感觉，也就是我自己的亲身感觉。我曾经坐过这样的牛车，我当时的感觉好像真是到了一个童话的世界。但我写这个孩子就不能用这句话，因为孩子是河北省农村没上过学的孩子，他根本不知道何为童话。如果我写他想“真是在一个童话里”，那就蛮不真实了。我只好写他觉得好像在一个梦里，这还差不多。我在一个作品里写一个放羊的孩子，到农业科学研究所去参观温室。他没见过温室，是个山里的孩子。他很惊奇，很有兴趣，把它叫“暖房”。暖房里冬天也结黄瓜，也结西红柿。我要写他对黄瓜、西红柿是什么感觉。如果我写他觉得黄瓜、西红柿都长得很鲜艳，那完了！山里孩子的嘴里是不会说“鲜艳”两字的。我琢磨他的感觉，黄瓜那样绿，西红柿那样红，“好像上了颜色一样”。我觉得这样的叙述语言跟人物比较“贴”。我发现有些作品写对话时还像个农民，但描写的时候就跟人物脱节了，这就不能说“贴”住了人物。

另外谈谈语言的问题。我的老师沈从文告诉我，语言只有一个标准，就是准确。一句话要找一个最好的说法，用朴素的语言加以表达。当然也有华丽的语言，但我觉得一般地说，特别是现代小说，语言是越来越朴素，越来越简单。比如海明威的小说，都是写的很简单的事情，句子很短。

下面再讲讲结构问题。结构是多种多样的，没有个成法。大体上有两种结构，一种是较严谨的结构，一种是较松散的结构。莫泊桑的结构比较严谨，契诃夫的结构就比较松散。我是倾向于松散的。我主张按照生活本身的形式来结构作品。有的人说中国结构的特点是有头有尾，从头说到尾。我觉得不一定，用比较跳动的手法也完全可以。我很欣赏苏辙（大概是苏辙）对白居易的评价。他说白居易“拙于记事，寸步不离，犹恐失之”。乍听这种说法会很奇怪，白居易是有名的善于写叙事诗的，苏辙却说他“拙于记事”。其实苏辙的话是有道理的，因为白居易“寸步不离”，对事儿一步不敢离开，“犹恐失之”，生怕把事儿写丢了，这样的写法必定是费力不讨好的。苏辙还说杜甫的《丽人行》是高明的杰作。他说《丽人行》同样是写杨贵妃的，然而却“……似百金战马，注坡蓦涧，如履平地”。也就是用打乱了的、跳动的结构。我是主张搞民族形式的，但是说民族形式就是有头有尾，那不一定对。我欣赏中国的一个说法，叫作“文气”，我觉得这是比结构更精微，更内在的一个概念。什么叫文气？我的解释就是内在的节奏。“桐城派”提出，所谓文气就是文章应该怎么起，怎么落，怎么断，怎么连，怎么顿等等这样一些东西，讲究这些东西，文章内在的节奏感就很强。清代的叶燮讲诗讲得很好，说如泰山出云，泰山不会先想好了，我先出哪儿，后出哪儿，没有这套，它是自然冒出来的。这就是说文章有内在的规律，要写得自然。我觉得如果掌握了“文气”，比讲结构更容易形成风格。文章内在的各部分之间的有机联系是非常重要的。有的文章看起来很死板，有些看起来很活。这个“活”，就是内在的有机联系，不要单纯地讲表面的整齐、对称、呼应。

最后谈谈作者的修养问题。在北京有个年轻同志问我：“你的修养是怎么形成的？”我告诉他：“古今中外、乱七八糟。”我说你应该广泛地汲收。写小说的除了看小说，还要多看点别的东西。要读点民歌，读点戏剧，这里头有很多好东西，值得我们搞小说创作的人学习。我的话说得太多了，瞎说一气，很多地方是我的一家之言！

小说技巧常谈

成语·乡谈·四字句

春节前与林斤澜同去看沈从文先生。座间谈起一位青年作家的小说，沈先生说："他爱用成语写景，这不行。写景不能用成语。"这真是一针见血的经验之谈。写景是为了写人，不能一般化。必须状难状之景，如在目前，这样才能为人物设置一个特殊的环境，使读者能感触到人物所生存的世界。用成语写景，必然是似是而非，模模糊糊，因而也就是可有可无，衬托不出人物。《西游记》爱写景，常于"但见"之后，写一段骈四俪六的通俗小赋，对仗工整，声调铿锵，但多是"四时不谢之花，八节常春之草"一类的陈词套语，读者看到这里大都跳了过去，因为没有特点。

由沈先生的话使我连带想到，不但写景，就是描写人物，也不宜多用成语。旧小说多用成语描写人物的外貌，如"面如重枣""面如锅底""豹头环眼""虎背熊腰"，给人的印象是"差不多"。评书里有许多"赞"，如"美人赞"，无非是"柳叶眉、杏核眼，樱桃小口一点点"。刘金定是这样，樊梨花也是这样。《红楼梦》写凤姐极生动，但多于其口角言谈，声音笑貌中得之，至于写她出场时的"亮相"，说她"两弯柳叶吊梢眉，一双丹凤三角眼"，形象实在不大美，也不准确，就是因为受了评书的"赞"

的影响，用了成语。

看来凡属描写，无论写景写人，都不宜用成语。

至于叙述语言，则不妨适当地使用一点儿成语。盖叙述是交代过程，来龙去脉，读者可能想见，稍用成语，能够节省笔墨。但也不宜多用。满篇都是成语，容易有市井气，有伤文体的庄重。

听说欧阳山同志劝广东的青年作家都到北京住几年，广东作家都要过语言关。孙犁同志说老舍在语言上得天独厚。这都是实情话。北京的作家在语言上占了很大的便宜。

大概从明朝起，北京话就成了“官话”。中国自有白话小说，用的就是官话。“三言”“二拍”的编著者，冯梦龙是苏州人，凌濛初是浙江乌程（即吴兴）人，但文中用吴语甚少。冯梦龙偶尔在对话中用一点儿吴语，如“直待两脚壁立直，那时不关我事得”（《滕大尹鬼断家私》）。凌濛初的叙述语言中偶有吴语词汇，如“不匡”（即苏州话里的“弗壳张”，想不到的意思）。《儒林外史》里有安徽话，《西游记》里淮安土语颇多（如“不当人子”）。但是这些小说大体都是用全国通行的官话写的。《红楼梦》是用地道的北京话写的。《红楼梦》对中国现代文学语言的形成，有着不可估量的影响。

有了官话文学，“白话文”的出现就是水到渠成的事，白话文运动的策源地在北京。五四时期许多外省籍的作家都是用普通话即官话写作的。有的是有意识地用北京话写作的。闻一多先生的《飞毛腿》就是用纯粹的北京口语写成的。朱自清先生晚年写的随笔，北京味儿也颇浓。

咱们现在都用普通话写作。普通话是以北方话作为基础方言，吸收别处方言的有用成分，以北京音为标准音的。“北方话”包括的范围很广，但是事实上北京话却是北方话的核心，也就是说是普通话的核心。北京话也是一种方言。普通话也仍然带有方言色彩。张奚若先生在当教育部长时作了一次报告，指出“普通话”是普遍通行的话，不是寻常的普普通通的话。就是说，不是没有个性，没有特点，没有地方色彩的话。普通话不是全国语言的最大公约数，不是把词汇压缩到最低程度，因而是缺乏艺术表现力的蒸馏水式的语言。普通话也有其生长的土壤，它的根扎在北京。要精通一种语言，最好是到那个地方住一阵子。欧阳山同志的忠告，是有道理的。

不能到北京，那就只好从书面语言去学，从作品学，那怎么说也是隔了一层。

吸收别处方言的有用成分，别处方言，首先是作家的家乡话。一个人最熟悉，理解最深，最能懂得其传神妙处的，还是自己的家乡话，即“母舌”。有些地区的作家比较占便宜，比如云、贵、川的作家。云、贵、川的话属西南官话，也算在“北方话”之内。这样他们就可以用家乡话写作，既有乡土气息，又易为外方人所懂，也可以说是“得天独厚”。沙汀、艾芜、何士光、周克芹都是这样。有的名物，各地歧异甚大，我以为不必强求统一。比如何士光的《种包谷的老人》，如果改成《种玉米的老人》，读者就会以为这是写的华北的故事。有些地方语词，只能以声音传情，很难望文生义，就有点麻烦。我的家乡（我的家乡属苏北官话区）把一个人穿衣服干净，整齐，挺括，有样子，叫作“格挣挣的”。我在写《受戒》时想用这个词儿，踌躇了很久。后来发现山西话里也有这个说法，并在元曲里也发现“格挣”这个词儿，才放心地用了。有些地方话不属“北方话”，比如吴语、粤语、闽南语、闽北语，就更加麻烦了。有些不得不用，无法代替的语词，最好加一点儿注解。高晓声小说中用了“投煞青鱼”，我到现在还不知道这究竟是什么意思。

作家最好多懂几种方言。有时为了加强地方色彩，作者不得不刻苦地学习这个地方的话。周立波是湖南益阳人，平常说话，乡音未改，《暴风骤雨》里却用了很多东北土话。旧小说里写一个人聪明伶俐，见多识广，每说他“能打各省乡谈”，比如浪子燕青。能多掌握几种方言，也是作家生活知识比较丰富的标志。

听说有些中青年作家非常反对用四字句，说是一看到四字句就讨厌。这使我有点觉得奇怪。

中国语言里本来就有许多四字句，不妨说四字句多是中国语言的特点之一。

我是主张适当地用一点儿四字句的。理由是：一、可以使文章有点中国味儿。二、经过锤炼的四字句往往比自然状态的口语更为简洁，更能传神。若干年前，偶读张恨水的一本小说，写几个政客在妓院里磋商政局，其中一人，“闭目抽烟，烟灰自落”。老谋深算，不动声色，只此八字，完全画出。三、连用四字句，可以把句与句之间的连词、介词，甚至主语都省掉，把有转折、多层次的几件事贯在一起，造成一种明快流畅的节奏。如：“乃瞻衡宇，载欣载奔。僮仆欢迎，稚子候门。三径就荒，松菊犹存。携幼入室，有酒盈樽。”（陶渊明《归去来兮辞》）。

反对用四字句，我想有两方面的原因。一方面是作者习惯于用外来的，即“洋”一点儿的方式叙述，四字句与这种叙述方式格格不入。一方面是觉得滥用四字句，容易使文体滑俗，带评书气。如果是第二种，我觉得可以同情。我并不主张用说评书的语言写小说。如果用一种“别体”，有意地用评书体甚至相声体来写小说，那另当别论。但是评书和相声与现代小说毕竟不是一回事。

呼　应

我曾在一篇谈小说创作的短文中提到章太炎论汪容甫的骈文，“起止自在，无首尾呼应之式”，表示很欣赏。汪容甫能把骈体文写得那样“自在”，行云流水，不讲起承转合那一套，读起来很有生气，不像一般四六文那样呆板，确实很不容易。但这是指行文布局，不是说小说的情节和细节的安排。小说的情节和细节，是要有呼应的。

李笠翁论戏曲讲究“密针线”，讲究照应和埋伏。《闲情偶寄》有一段说得好：

> 编戏有如缝衣，其初则以完全者剪碎，其后又以剪碎者凑成。剪碎易，凑成难。凑成之工，全在针线紧密。一节偶疏，全篇之破绽出矣。每编一折，必须前顾数折，后顾数折。顾前者欲其照映，顾后者便于埋伏。照映、埋伏，不止照映一人，埋伏一事，凡是剧中有名之人，关涉之事，与前此后此所说之话，节节俱要想到。

我是习惯于打好腹稿的。但一篇较长的小说，如超过一万字，总不能从头至尾每一个字都想好，有一个总体构思之后，总得一边写一边想。写的时候要往前想几段，往后想几段，不能写这段只想这段。有埋伏，有呼应，这样才能使各段之间互相沟通，成为一体，否则就成了拼盘或北京人过年吃的杂拌儿。譬如一弯流水，曲折流去，不断向前，又时时回顾，才能生动多姿。一边写一边想，顾前顾后，会写出一些原来没有想到的细节，或使原来想到但还不够鲜明的细节鲜明起来。我写《八千岁》，写了他允许儿子养几只鸽子，他自己有时也去看看鸽子，原来只是想写他也是个人，对生活的兴趣并未泯灭，但他在被八舅太爷敲了一笔竹杠，到赵厨房去参观满汉全席，赵厨房说鸽蛋燕窝里鸽蛋不够，他说了一句："你要鸽子蛋，我那里有"，都是事前没有想到的。只是觉得他的处境又可怜又可笑，才信手拈来，写了这样一笔。他平日自奉甚薄，饮食粗粝，老吃"草炉烧饼"，遭了变故，后来吃得好一点儿，我是想到的。但让他吃什么，却还没有想好。直到写到快结束时，我才想起在他的儿子把照例的"晚茶"——两个烧饼拿来时，他把烧饼往桌上一拍，大声说："给我去叫一碗三鲜面！"边写边想，前后照顾，可以情文相生，时出新意。

埋伏和照应是要惨淡经营的，但也不能过分地刻意求之。埋伏处要能轻轻一笔，若不经意。照应处要顺理成章，水到渠成。要使读者看不出斧凿痕迹，只觉得自自然然，完完整整，如一丛花，如一棵菜。虽由人力，却似天成。如果使人看出来这里是埋伏，这里是照应，便成死症。

含　藏

"逢人只说三分话，未可全抛一片心"，这是一种庸俗的处世哲学。写小说却必须这样。李笠翁云，作诗文不可说尽，十分只说得二三分。都说出来，就没有意思了。

侯宝林有一个相声小段《买佛龛》。一个老太太买了一个祭灶用的佛龛，一个小伙子问她："老太太，您这佛龛是哪儿买的？"——"嗨，小伙子，这不能说买，得说'请'！"——"那您是多少钱'请'的？"——"嗐！这么个玩意儿——六毛！"听众都笑了。这就够了。如果侯宝林"评讲"一番，说老太太一提到钱，心疼，就把对佛龛的敬意给忘了，那还有什么意思呢？话全说白了，没个捉摸头了。契诃夫写《万卡》，万卡给爷爷写了一封很长的信，诉说他的悲惨的生活，写完了，写信封，信封上写道："寄给乡下的爷爷收。"如果契诃夫写出：万卡不知道，这封信爷爷是不会收到的，那这篇小说的感人力量就大大削弱了，契诃夫也就不是契诃夫了。

我写《异秉》，写到大家听到王二的"大小解分清"的异秉后，陈相公不见了，"原来陈相公在厕所里。这是陶先生发现的。他一头走进厕所，发现陈相公已经蹲在那里。本来，这时候都不是他们俩解大手的时候"。一位评论家在一次讨论会上，说他看到这里，过了半天，才大笑出来。如果我说破了他们是想试试自己能不能做到"大小解分清"，就不会有这样的效果。如果再发一通议论，说："他们竟然把生活的希望寄托在这样的微不足道的，可笑的生理特征上，庸俗而又可悲悯的小市民呀！"那就更完了。

"话到嘴边留半句"，在一点就破的地方，偏偏不要去点。在"裉节儿"上，"七寸三分"的地方，一定要"留"得住。尤三姐有言："提着影戏人儿上场，好歹别戳破这层纸儿。"把作者的立意点出来，主题倒是清楚了，但也就使主题受到局限，而且意味也就索然了。

小说不宜点题。

小说的散文化

散文化似乎是世界小说的一种（不是唯一的）趋势。屠格涅夫的《猎人笔记》有些篇近似散文。《白净草原》尤其是这样。都德的《磨坊文札》也如此。他们有意用“日记”“文札”来作为文集的标题，表示这里面所收的各篇，不是传统的严格意义上的小说。契诃夫有些小说写得很轻松随便。《恐惧》实在不大像小说，像一篇杂记。阿左林的许多小说称之为散文也未尝不可，但他自己是认为那是小说的。——有些完全不能称为小说的东西，则命之为“小品”，比如《阿左林先生是古怪的》。萨洛扬的带有自传色彩的小说，是具有文学性的回忆录。鲁迅的《故乡》写得很不集中。《社戏》是小说吗？但是鲁迅并没有把它收在专收散文的《朝花夕拾》里，而是收在小说集里的。废名的《竹林的故事》可以说是具有连续性的散文诗。萧红的《呼兰河传》全无故事。沈从文的《长河》是一部很奇怪的长篇小说。它没有大起大落，大开大阖，没有强烈的戏剧性，没有高峰，没有悬念，只是平平静静，慢慢地向前流着，就像这部小说所写的流水一样。这是一部散文化的长篇小说。大概传统的，严格意义上的小说有一点儿像山，而散文化的小说则像水。

散文化的小说一般不写重大题材。在散文化小说作者的眼里，题材无所谓大小。他们所关注的往往是小事，生活的一角落，一片段。即使有重大题材，他们也会把它大事化小。散文化的小说不大能容纳过于严肃的，严峻的思想。这一类小说的作者大都是性情温和的人，他们不想对这个世界作陀思妥耶夫斯基式的拷问和卡夫卡式的阴冷的怀疑。许多严酷的现实，经过散文化的处理，就会失去原有的硬度。鲁迅是个性格复杂的人。一方面，他是一个孤独、悲愤的斗士，同时又极富柔情。《故乡》《社戏》里有一种说不出来的惆怅和凄凉，如同秋水黄昏。沈从文企图在《长河》里“把最近二十年来当地农民性格灵魂被时代大力压扁扭曲失去原有的素朴所表现的式样，加以解剖及描绘”，这是一个十分严肃的，使人痛苦的思想。他“唯恐作品和读者对面，给读者也只是一个痛苦印象”，所以“特意加上一点儿牧歌的谐趣”。事实上《长河》的抒情成分大大冲淡了那种痛苦思想。散文化小说的作者大都是抒情诗人。散文化小说是抒情诗，不是史诗。散文化小说的美是阴柔之美，不是阳刚之美。是喜剧的美，不是悲剧的美。散文化小说是清澈的矿泉，不是苦药。它的作用是滋润，不是治疗。这样说，当然是相对的。

散文化的小说不过分地刻画人物。他们不大理解，也不大理会典型论。海明威说：不存在典型，典型是说谎。这话听起来也许有点刺耳，但是在解释得不准确的典型论的影响之下，确实有些作家造出了一批鲜明、突出，然而虚假的人物形象。要求一个人物像一团海绵一样吸进那样多的社会内容，是很困难的。透过一个人物看出一个时代，这只是评论家分析出来的，小说作者事前是没有想到的。事前想到，大概这篇小说也就写不出来了。小说作者只是看到一个人，觉得怪有意思，想写写他，就写了。如此而已。散文化小说作者通常不对人物进行概括。看过一千个医生，才能写出一个医生，这种创作方法恐怕谁也没有当真实行过。散文化小说作者只是画一朵两朵玫瑰花，不想把一堆玫瑰花，放进蒸锅，提出玫瑰香精。当然，他画的玫瑰是经过选择的，要能入画。散文化小说的人物不具有雕塑性，特别不具有米开朗琪罗那样的把精神扩及到肌肉的力度。它也不是伦布朗的油画。它只是一些 Sketch，最多是列宾的钢笔淡彩。散文化小说的人像要求神似。轻轻几笔，神完气足。《世说新语》，堪称范本。散文化的小说大都不是心理小说。这样的小说不去挖掘人的心理深层结构，散文化小说的作者不喜欢“挖掘”这个词儿。人有甚么权利去挖掘人的心呢？人心是封闭的。那就让它封闭着吧。

散文化小说的最明显的外部特征是结构松散。只要比较一下莫泊桑和契诃夫的小说，就可以看出两者在结构上的异趣。莫泊桑，还有欧·亨利，耍了一辈子结构，但是他们显得很笨，他们实际上是被结构耍了。他们的小说人为的痕迹很重。倒是契诃夫，他好像完全不考虑结构，写得轻轻松松，随随便便，潇潇洒洒。他超出了结构，于是结构更多样。章太炎论汪中的骈文“起止自在，无首尾呼应之式”。打破定式，是散文化小说结构的特点。魏叔子论文云：“人知所谓伏应而不知无所谓伏应者，伏应之至也；人知所谓断续而不知无所谓断续者，断续之至也。”（《陆悬圃文序》）古今中外作品的结构，不外是伏应和断续。超出伏应、断续，便在结构上得到大解放。苏东坡所说的“常行于所当行，常止于不可不止”，是散文化小说作者自觉遵循的结构原则。

喔，还有情节。情节，那没有甚么。

有一些散文化的小说所写的常常只是一种意境。《白净草原》写了多少事呢？《竹林的故事》写的只是几个孩子对于他们的小天地的感受，是一篇他们的富有诗意的生活的“流水”（中国的往日的店铺把逐日随手所记账目叫作“流水”，这是一个很好的词汇）。《长河》的《秋（动中有静）》写的只是一群过渡人无目的、无条理的闲话，但是那么亲切，那么富有生活气息。沈从文创造了一种寂寞和凄凉的意境，一片秋光。某些散文化小说也许可称之为“安静的艺术”。《白净草原》《秋（动中有静）》，这从题目上就可以看得出来。阿左林所写的修道院是静静的。声音、颜色、气味儿，都是静静的。日光和影子是静静的。人的动作、神情是静静的。墙上的长春藤也是静静的。散文化小说往往都有点怀旧的调子。甚至有点隐逸的意味。这有甚么不好呢？我不认为这样一些小说所产生的影响是消极的。这样的小说的作者是爱生活的，他们对生活的态度是执着的。他们没有忘记窗外的喧嚣而躁动的尘世。

散文化小说的作者十分潜心于语言。他们深知，除了语言，小说就不存在。他们希望自己的语言雅致、精确、平易。他们让他们对于生活的态度于字里行间自自然然地流出，照现在西方所流行的一种说法是：注意语言对于主题的暗示性。他们不把倾向性“特别地说出”。散文化小说的作者不是先知，不是圣哲，不是无所不知的上帝，不是富于煽动性的演说家。他们是读者的朋友。因此，他们自己不拘束，也希望读者不受拘束。

散文化的小说曾给小说的观念带来一点儿新的变化。

小说陈言

抓住特点

杨慎《升庵诗话》卷四《劣唐诗》："学诗者动辄言唐诗，便以为好，不思唐人有极恶劣者。"他举了一些劣诗，如"莫将闲话当闲话，往往事从闲话生"，这真是"下净优人口中语"。但他又举"水牛浮鼻渡，沙鸟点头行"，以为这也是劣诗，我却未敢同意。水牛浮鼻而渡，这是江南水乡随时可见到的景象，许多画家都画过。但是写在诗里却是唯一的一次。"沙鸟点头行"尤为观察入微。这一定不是野鸭子那样的水鸟，水鸟走起来是一摇一摆的。这是长腿的沙鸟。只有长腿鸟"行"起来才是一步一点头。这不是劣诗。这也许不算好诗，但是是很好的小说语言，因为一下子抓住了特点。

写景、状物，都应该抓住特点。写人尤当如此。宋朝有一个皇帝，要接见一个从外省调进京的官，他怕自己认不出这个官（同时被接见的还有别的人），问一个大臣，这个官长得什么模样。大臣回答："这个人很好认，他长得是个西字脸。"第二天接见，皇帝一直忍不住笑。一个人长得一个西字脸是很好笑的。我们不但可以想见此人的脸型，还仿佛看见他的眉眼。这位大臣很能抓住人的特点。鲁迅写高老夫子的步态，"像木匠牵着的钻子，一扇一扇地直走"，此公形象，如在目前。因为有特点。

虚 构

小说就是虚构。

纪晓岚对蒲松龄《聊斋》多虚构很不以为然：

> 小说既述见闻，即属叙事，不比戏场关目，随意装点。……今嬿昵之词，媟狎之态，细微曲折，摹绘如生，使出自言，似无此理，使出作者代言，则何从而见闻，又所未解也。

这位纪文达公（纪晓岚谥号）真是一个迂夫子。他以为小说都得是纪实，不能“装点”。照他的看法，“嬿昵之词，媟狎之态”都不能有。如果把这些全去掉，《聊斋》还有什么呢？

不但小说，就是历史，也不能事事有据。《史记》写陈涉称王后，乡人入宫去见他，惊叹道：“夥颐！涉之为王沉沉者！”写得很生动。但是，司马迁从何处听来？项羽要烹了刘邦的老爹，刘邦答话：“吾翁即若翁，必欲烹若翁，则幸分我一杯羹。”刘季的无赖嘴脸如画。但是我颇怀疑，这是历史还是小说？历来的历史家都反对历史里有小说家言，正足以说明这是很难避免的。因为修史的史臣都是文学家，他们是本能地要求把文章写得生动一些的。历史材料总不会那样齐全，凡有缺漏处，史臣总要加以补充。补充，即是有虚构，有想象。这样本纪、列传才较完整，否则，干巴嗤咧，“断烂朝报”。

但是，虚构要有生活根据，要合乎情理，嘉庆二十三年，涪陵冯镇峦远村氏《读〈聊斋〉杂说》云：

> 昔人谓：莫易于说鬼，莫难于说虎。鬼无伦次，虎有性情也。说鬼到说不来处，可以意为补接；若说虎到说不来处，大段著力不得。予谓不然。说鬼亦要有伦次，说鬼亦要

得性情。谚语有之："说谎亦须说得圆"，此即性情伦次之谓也。试观《聊斋》说鬼狐，即以人事之伦次，百物之性情说之。说得极圆，不出情理之外；说来极巧，恰在人人意愿之中。虽其间亦有意为补接，凭空捏造处，亦有大段吃力处，然却喜其不甚露痕迹牵强之形，故所以能令人人首肯也。

这说得不错。

"虚构"即是说谎，但要说得圆。我们曾照江青的指示，写一个戏：八路军派一个干部，进入蒙古草原，发动王府的奴隶，反抗日本侵略者和附逆的王爷（这是没有发生过，不可能发生的事）。这位干部怎样能取得牧民的信任呢？蒙古草原缺盐。盐湖都叫日本人控制起来了。一个蒙奸装一袋盐到了一个"浩特"，要卖给牧民。这盐是下了毒的。正在紧急关头，八路军的干部飞马赶到，说："这盐不能吃！"他把蒙奸带来的盐抓了一把，放在一个碗里，加了水，给一条狗喝了。狗伸伸四条腿，死了。下面的情节可以想象：八路军干部揭露蒙奸的阴谋，并将自己带来的盐分给牧民，牧民感动，高呼："共产党万岁！"这个剧本提纲念给演员听后，一个演员提出"大牲口喂盐，有给狗喝盐水的吗？狗肯喝吗？就是喝，台上怎么表演？哪里去找这样一个狗演员？"这不是虚构，而是胡说八道。因为，无此情理。

《阿Q正传》整个儿是虚构的。但是阿Q有原型。阿Q在被判刑的供状上画了一个圆圈，竭力想画得圆，这情节于可笑中令人深深悲痛。竭力想把圈画得圆，这当然是虚构，是鲁迅的想象。但是不识字的愚民不会在一切需要画押的文书上画押，只能画一个圆圈（或画一个"十"字）却是千真万确的。这一点，不是任意虚构。因此，真实。

干　净

扬州说书艺人授徒，在家中设高桌（过去扬州说书都是坐在高桌后面），据案教学生，每天只教二十句。学生每天就说这二十句，反复说，要说得“如同刀切水洗的一般”。“刀切水洗”，指的是口齿清楚，同时也包含叙事干净，不拖泥带水。

过去说文章，常说简练。“简练”一词，近年不大有人提，为一些青年作者和评论家所厌闻。他们以为“简练”意味简单、粗略、浅。那么，咱们换一个说法：干净。“干净”不等于不细致。

张岱《陶庵梦忆·柳敬亭说书》：“余听其说‘景阳冈武松打虎’白文，与本传大异。其描写刻画，微入毫发，然又找截干净，并不唠叨。”说书总要有许多枝杈，北方评书艺人称长篇评书为“蔓子活”，如瓜牵蔓。但不论牵出去多远，最后还能“找”回来，来龙去脉，清清楚楚。扬州王少堂说《水浒》，“武十回”“宋十回”“卢十回”，一回是一回，有起有落，有放有收。

因为参加“飞马奖”的评选，我读了一些长篇小说，一些作品给我一个印象，是：芜杂。

芜杂的原因之一，是材料太多，什么都往里搁，以为这样才“丰富”，结果是拥挤不堪，人物、事件、情景，不能从容展开。

第二是作者竭力要表现哲学意蕴。这大概是受了西方现代主义的影响和青年评论家的怂恿（以为这样才“深刻”）。作者对自己要表现的哲学似懂非懂，弄得读者也云苫雾罩。我不相信，中国一下子出了这么多的哲学家。我深感目前的文艺理论家不是在谈文艺，而是在谈他们自己也不太懂的哲学，大家心里都明白，这种“哲学”是抄来的。我不反对文学作品中的哲学，但是文学作品主要是写生活。只能由生活到哲学，不能由哲学到生活。

第三是语言不讲究，啰嗦，拖沓。

重读《丧钟为谁而鸣》，觉得海明威的叙述是非常干净的。他没有想表现什么“思想”，他只是写生活。

我希望更多地看到这样的小说：明明白白，清清楚楚，干干净净。

中国戏曲和小说的血缘关系

自从布莱希特以后，世界戏剧分作了两大类。一类是戏剧的戏剧，一类是叙事诗式的戏剧。布莱希特带来了戏剧观念的革命。布莱希特的戏剧观可能受了中国戏曲的影响。元杂剧是个很怪的东西。除了全剧一个人唱到底，还把任何生活一概切成四段（四出）。或许，元杂剧的作者认为生活本身就是天然地按照四分法的逻辑进行的，这也许有道理。四是一个神秘的数字。元杂剧的分“出”，和十九世纪西方戏剧的分“幕”不尽相同，但有暗合之处（古典西方戏剧大都是四幕）。但是自从传奇兴起，中国的剧作者的戏剧观点、思想方式，发生了很大的变化，同时带来结构方式的变化。传奇的作者意识到生活的连续性、流动性，不能人为地切做四块，于是由大段落改为小段落，由“出”改为“折”。西方古典戏剧的结构像山，中国戏曲的结构像水。这种滔滔不绝的结构自明代至近代一直没有改变。这样的结构更近乎是叙事诗式的，或者更直截了当地说：是小说式的。中国的演义小说改编为戏曲极其方便，因为结构方法相近。

中国戏曲的时空处理极其自由，尤其是空间，空间是随着人走的，一场戏里可以同时表不同的空间（中国剧作家不知道所谓三一律，因此不存在打破三一律的问题）。《打渔杀家》里萧恩去出首告状，被县官吕子秋打了四十大板，轰出了县衙。他的女儿桂英在家里等他。上场唱了四句：

老爹爹清晨起前去出首，

倒叫我桂英儿挂在心头。

将身儿坐至在草堂等候，

等候了爹爹回细问根由。

在每一句之后听到后台的声音："一十,二十,三十,四十，赶了出去！"这声音表现的是萧恩在公堂上挨打。一个在江那边，一个在江这边，一个在公堂上，一个在家里，这"一十,二十"怎么能听得到？谁听见的？《一匹布》是一出极其特别的、带荒诞性的"玩笑剧"。李天龙的未婚妻死了，丈人有言，等李天龙续娶时，把女儿的四季衣裳和陪嫁银子二百两给他。李天龙家贫，无力娶妻，张古董愿意把妻子沈赛花借给他，好去领取钱物，声明不能过夜。不想李天龙、沈赛花被老丈人的儿子强留住下了。张古董一看天晚了，赶往城里，到了瓮城里，两边的城门都关了，憋在瓮城里过了一夜。舞台上一边是老丈人家，李天龙、沈赛花各怀心事；一边是瓮城，张古董一个人心急火燎，咕咕哝哝。奇怪的是两边的事不但同时发生，而且两处人物的心理还能互相感应，又加上一个毫不相干，和张古董同时被关在瓮城里的一个名叫"四合老店"的南方口音的老头儿跟着一块儿瞎打岔，这场戏遂饶奇趣。这种表现同时发生在不同空间的事件的方法，可以说是对生活的全方位观察。

中国戏曲，不很重视冲突。有一个时期，有一种说法，戏剧就是冲突，没有冲突不成其为戏剧。中国戏曲，从整出看，当然是有冲突的，但是各场并不都有冲突。《牡丹亭·游园》只是写了杜丽娘的一派春情，什么冲突也没有。《长生殿·闻铃·哭象》也只是唐明皇一个人在抒发感情。《琵琶记·吃糠》只是赵五娘因为糠和米的分离联想到她和蔡伯喈的遭际，痛哭了一场。《描容》是一首感人肺腑的抒情诗，赵五娘并没有和什么人冲突。这些著名的折子，在西方的古典戏剧家看来，是很难构成一场戏的。这种不假冲突，直接地抒画人物的心理、感情、情绪的构思，是小说的，非戏剧的。

戏剧是强化的艺术，小说是入微的艺术。戏剧一般是靠大动作刻画人物的，不太注重细节的描写。中国的戏曲强化得尤其厉害。锣鼓是强化的有力的辅助手段。但是中国戏曲又往往能容纳极精微的细节。《打渔杀家》萧恩决定过江杀人，桂英要跟随前去，临出门时，有这样几句对白："开门哪！""爹爹呀请转！这门还未曾上锁呢。""这门哝！——关也罢，不关也罢！""里面还有许多动用家具呢。""傻孩子呀，门都不要了，要家具则甚哪！""不要了？喂噫……""不省事的冤家呀！……"

从戏剧情节角度看，这几句话可有可无。但是剧作者（也算是演员）却抓住了这一细节，表现出桂英的不懂事和失路英雄准备弃家出走的悲怆心情，增加了这出戏的悲剧性。

《武家坡》里，薛平贵在窑外述说了往事，王宝钏确信是自己的丈夫回来了，开门相见：

王宝钏（唱）：
开开窑门重相见，
我丈夫哪有五绺髯？
薛平贵（唱）：
少年子弟江湖走，
红粉佳人两鬓斑。
三姐不信菱花照，
不似当年在彩楼前。
王宝钏（唱）：

寒窑哪有菱花镜?

薛平贵(白):

水盆里面——

王宝钏(接唱):

水盆里面照容颜。

(夹白):老了!

(接唱):

老了老了真老了,

十八年老了我王宝钏!

水盆照影,是一个非常精彩的细节。王宝钏穷得置不起一面镜子,她茹苦含辛,也无心对镜照影。今日在水盆里一照:老了!“十八年老了我王宝钏”,千古一哭!

这种“闲中著色”,涉笔成情,手法不是戏剧的,是小说的。

有些艺术品类,如电影、话剧,宣布要与文学离婚,是有道理的。这些艺术形式绝对不能成为文学的附庸,对话的奴仆。但是戏曲,问题不同。因为中国戏曲与文学——小说,有割不断的血缘关系。戏曲和文学不是要离婚,而是要复婚。中国戏曲的问题,是表演对于文学太负心了!

戏曲和小说杂谈

一、戏曲和小说的社会功能

据说周总理曾在广州会议上提出，文艺有四大功能：第一是教育作用，第二是认识作用，第三是美感作用，第四是娱乐作用。听说在美学界有一种理论，认为不存在这四种功能，只存在一种功能，只存在审美作用。我不了解这种理论，我还是同意文艺有这四种功能。

但是，我觉得长期以来，比较片面地强调了文艺的教育作用，而比较忽视文艺的认识作用。我怎么想起这个问题呢？是从《玉堂春》想起的，从苏三想起的。来这里之前，林斤澜等几位同志到山西去了一趟，到了洪洞县。林斤澜对我说，洪洞县的苏三监狱拆掉了，是“文化大革命”中拆的，说这是统治阶级压迫劳动人民的工具，不能留。林斤澜说，很可惜，这是全国仅有的一个明朝监狱，现在没有了。我见过这个监狱。这个县没有其他名胜古迹，主要是苏三监狱。据说，苏三就是关在这个监狱里，在这个县大堂上过堂。这可能是真的，也可能是附会出来的。苏三这样一个人物，为什么被洪洞县的人那么纪念？全国许多人知道山西有个洪洞县，是因为有了《玉堂春》这个戏，不少人会唱几句“苏三离了洪洞县，将身来在大街前”。《玉堂春》这个戏是很有特色的，是一出家喻户晓、脍炙人口的名剧。这出戏，编得不错。其中精彩的，经常唱的是“起解”和“玉堂春”。平常说的“玉堂春”是指“三堂会审”。用全剧的剧名，作为其中一折的剧目，就说明这是这出戏的“戏核”。这一折的艺术处理是非常特殊的。舞台处理是大手笔。整个一场戏，没什么舞台调度，就是上边三个问官：王金龙、红袍、蓝袍，下边是苏三唱。三个问官没什么太大的动作，苏三也基本上是跪着唱。她唱的内容都是前边演过的。这里的唱，把全部的内容重复地叙述了一遍。重复，这是编剧本的大忌。《玉堂春》走了一条险路，这个戏，表面看起来很平静，上边坐着，下边跪着，上边问，下边唱。这是很难的，表演也难，它没什么动作，但它的人物内心的矛盾冲突是很强烈的，而且层次很清楚，几经起伏，节节升高，以至达到感情的高峰。由于人物内心冲突很强烈，把观众吸引住了，从而感染了观众，使观众认识了《玉堂春》那个时代。就是那样一个时代，玉堂春被无辜弄到监狱里。我想，《玉堂春》这个戏有什么教育作用？很难说。能说我们今天要向苏三学习吗？学什么？顶多说学她对爱情的忠贞，但是这也很勉强。主要是个认识作用，现在我们来认识几百年前的明朝社会，这是个很好的资料。因此，我想，我们许多传统剧目，到今天仍能存在，以后还能存在，主要是因为它有一定的认识作用。我想，如果我们对过去的时代没有较深的认识，那就不可能对今天的时代产生真挚的感情。所以，认识作用是不可忽视的。

从作家的创作和观众接受的程序来看，也是认识作用在前，教育作用在后，一个作者写一个作品，不管它是反映现实生活，还是反映历史生活，一开始总是被生活中的现象所感动，然后才能意识到现象里面包含的意义。一个作家首先是观察了生活，理解了生活，在这基础上塑造形象；在这形象活起来之后，才会意识到这形象所具有的、所可能产生的道德力量和思想力量。一个读者或一个观众，看作品或看戏，他首先接受感染的也是人物的形象，是作者反映的生活，是生活现象。把这些东西记在心里，下一步，才可能使他对美好事物进行追求，或对丑恶事物予以否定。从作者产生作品的程序和读者接受作品的程序，一般是认识在前，教育在后。但是，教育作用有时被强调到或简单化到一点：向戏中的某个人物学习。我不否认号召读者向作品中塑造的英雄人物学习，但是，一般说这个教育作用是个复杂的过程。我们的作品如果只是强调教育作用，会导致题材的狭窄化，因为有些题材确实教育作用不大，但认识作用很深。比如，邓友梅的《那五》，它的教育作用在哪里？也可能读了之后引起我们的警觉，我们的青年人不要学习八旗子弟。这是间接的得到的理念上的认识。但是，真正从作品中得到的，是对那个时代，那个八旗，那些人物，那个生活的认识，他们是怎样堕落下去的。《茶馆》是中国旧时代的生活画面。我的那些作品《受戒》《大淖记事》，不能说一点儿教育作用也没有；这些作品存在的意义，主要是让人认识那个时代。如果说它们有点教育作用的话，就是教育青年追求纯洁的、朴实的爱情。刚发表时，有人问我：你小说的主题是什么？我说是“思无邪”。但是，我主要是想让现在的青年认识认识那个时代。如果我们允许教育意义不是很强，但认识意义比较深的作品可以写的话，那么，我们的写作天地就比较宽一些。比如某个题材，很有典型意义，写出来能让人认识生活的某个角落，或某个时代的某个生活侧面，但是如果非强调要写教育作用大的，那么这个题材就完了。另外，为了避免在戏剧方面的一些武断，也应该提倡一下文艺的认识作用。比如，《起解》有人把一句念白给改了，原来是苏三说“待我辞别狱神也好赶路”，改为“待我辞别辞别也好赶路”，大概说狱神有迷信色彩吧，可是这样一改，辞别就没有对象了。再如，“三堂会审”的词儿，有好些剧团就把它改了，苏三唱的“头一次开怀是哪一个，十六岁开怀是那王公子”。现在把“开怀”改为“订情”，觉得“开怀”这个词儿不好听。“开怀”这词儿，是妓院的习惯用语，改成“订情”，那么苏三第一次订情，第二次订情，老是和人订情，这样苏三就成了不贞的人了，爱情不专一了。还有苏三唱的在关王庙与王金龙相会，“不顾腌臜怀中抱，在那神案底下叙叙旧情”，有的认为这两句不好，干脆删掉了。这是苏三这个妓女表达爱情的方式。作为一个妓女做到这样很不容易啊。这样一些词儿，使我们看到当时妓院的生活。可是，这样一改，的确是净化了，很“卫生”，也就没什么意思了。有些人对古典名著也是随便改。比如，《赵盼儿风月救风尘》，我看了几个改本，把赵盼儿改得一点儿妓女的痕迹也没有了，赵盼儿成了“高大全”了，非常仗义。赵盼儿是什么人？关汉卿写得很明白，赵盼儿“风月救风尘”，她用那妓女的手段救了一个落难的人。离开了妓女的身份，这个戏就不存在。所以，我想，强调一下认识作用，对某些同志或可改变一下那种粗暴的做法，也不至于把人物的精神境界无限制地硬拔高。

二、戏曲与小说的异同

它们的相同之处都是反映生活，塑造人物，都是语言的艺术。与音乐绘画不同，音乐靠旋律、节奏，绘画靠色彩、线条。可是戏曲与小说又确实是两种不同的艺术形式。第一从形式上看，小说可以有叙述语言，作者可以出来讲话，戏曲则不行。小说作者可以把自己的思想感情、态度通过叙述语言表达出来，而戏曲只有通过人物的语言和行动来表现，作者不能出来讲话。小说的风格主要表现在它的叙述语言上，而不是人物的对话，而戏曲要写出风格是很难的。第二，戏剧包括戏曲，是强调的，而小说，特别是现代小说是不能强调的，它不用强调这个手法。小说越像生活本身的形式越好。生活本身是较平淡的，有时是错乱的。小说的形式与生活的形式越接近越好。小说中的对话与戏剧台词不是一回事。小说的对话越平常，越和普通人说话一样越好，不能有深文大义。托尔斯泰有一句话，人是不能用警句交谈的。这话是很精彩的。小说的对话，一般不要用带哲理性的语言，或具有诗意的语言。否则，就不像真人说的话。年青时，我就犯过这个毛病，总想把对话写得美一点儿，深一点儿，有点哲理，有点诗意。我让老师沈从文看，他说，你这两个人物的对话是两个聪明脑袋在打架。戏剧则是可以的，戏剧人物的语言太平淡了不行。它比生活更高一点儿，离生活更远一点儿。这样说不一定恰当。我想，小说对生活是一度概括，戏剧是二度概括，戏曲是三度概括，高度概括。如果用戏剧的概念写小说，搞什么悬念，危机，高潮，写出的小说准不像样。小说贵淡雅，戏剧贵凝练；小说要分散，戏剧要集中。戏剧不能完全像生活，说白了，戏剧是可以编造的。当然，人物是不能瞎编造的。有些小说，浪漫主义小说，有时也带有戏剧性情节，如雨果的小说。他的小说情节性强，而且带戏剧性，改成戏、电影是很方便的。但是，一般小说，特别是现代小说，不太重视情节。有人反对小说中带有戏剧性情节。我也这样主张。如果你的题材带有戏剧性，你就写戏得了，何必写小说呢？一般说，戏还是重情节、重戏剧性的，当然有的不，如肖伯纳的戏就没多少戏剧性。

有的同志容易把小说与戏剧搞混了。有人用写戏的方法写小说。也有同志写戏用写小说的办法，这样写出来的戏就比较平淡。

三、中国戏曲的特点

1. 中国戏曲是高度综合的艺术。表现手段，在现在世界戏剧中是最多的，唱、念、做、打。在外国，一个戏中，同时用这么多手段，是没有的。外国戏剧家到中国来看戏，就说，你们中国的演员真是了不起。我们演歌剧的，不重视表演；重视表演的，就不重视唱。

2. 中国的戏曲是自成体系的。上海的黄佐临同志说，世界的戏剧有三大体系，一是斯坦尼斯拉夫斯基体系，一是德国布莱希特的体系，另外一个是中国的体系，或称梅兰芳体系。中国体系与布莱希特体系较接近，布莱希特说，他的体系的形成是受中国戏剧的影响。他说，他让观众意识到，我写的是戏，不是生活。舞台上演的是戏，不是生活本身。我不让你相信这是生活本身。另外，他不像斯坦尼要求演员进入角色，搞第一自我，第二自我。他要求演员清醒地意识到，我是个演员，我要表演这个人物。中国的表演程式化很厉害，演员很意识到自己怎样表演，怎样发声，怎样动作才美。不要求演员跟着人物走。中国观众看戏，不是完全掉进戏里，当然有些戏，特别是看苦戏，有些人是掉进戏里的。特别是一些老太太，台上演苦戏，她在台下一把鼻涕一把泪地哭。一般说，中国演悲剧，也不要求你那么感动。它要求你保留着欣赏态度。有人说，中国的京剧不感动人，我说，你埋怨错了，它不要求你感动。它的美学过程不一样。我在四川看过一个戏，写两个奸臣在吵架，一个说，你混蛋，另一个说，你混蛋。两个人吵得不可开交，这时，帮腔的唱："你俩都混蛋哪！"这就把观众的批评，直接由帮腔的人唱出来了。这表现了中国戏曲的很大特点。

3. 中国的戏曲有独特的手法。它可以容纳进小说的成分，即所谓"闲文"，它不是直接与戏剧情节有关系的东西，但对表现人物有帮助。比如《四进士》，在第三场中，宋士杰琢磨着回家后如何向干女儿杨素贞说，杨素贞又会怎样说法。回家后父女一对话，果然不出所料。当杨素贞刚说一句"我不是你的亲生女儿"，这时，周信芳加了一句："来了！"这两个字很是精彩：我等着她说的，果然说出来了。宋士杰说："我早知道你有这两句话了。"这一段，作为一个小过场，把宋士杰这个人对人情世故的练达表现得非常清楚。再比如《打渔杀家》，萧恩决定过江杀吕子秋一家。萧恩出门，桂英说："爹爹请转。"萧恩说："儿啊，何事？""这门还未曾上锁呢。""这门么关也罢，不关也罢。"桂英说："里边还有许多动用的家具呢。"萧恩说："傻孩子啊，这门都不关了，还要家具做甚。"桂英不明白，说："不要了？"萧恩说："不省事的冤家！"这一细节，写桂英的不懂事，以及萧恩的压抑、悲愤、要报仇的老英雄的悲壮心理，就在这简单的对话中表现了出来。我们现在写戏的人没有这个功夫。京剧不容易表现生活，生活化的东西是不太多的。我们也有荒诞派的东西，如《一匹布》，故事荒唐，表现手法独特。

我们的戏曲也有缺点，历史故事，历史人物，特别是人物雷同化。年轻人看不上劲儿，感到不满足，一个原因就是人物简单化，缺乏复杂的丰富的充满矛盾的性格。这是历史的局限。其实，外国的东西，在中古以前的东西，也没有这么复杂的性格，如《十日谈》《堂·吉诃德》。我们现在创作要向外国学习借鉴。

但是中国的戏剧是独树一帜的。现在的欧洲、美洲的许多戏剧家认为，戏剧的出路在中国。走中国戏曲的路子。对于我们戏曲的一些缺点，在创作时要注意避免。

四、小说的情节与细节呼应

李渔谈编戏有一段话，话不难懂，但很有道理。他说："编戏有如缝衣，其初则以完全者剪碎，其后又以剪碎者凑成。剪碎易，凑成难。凑成之工，全在针线紧密；一节偶疏，全篇之破绽出矣。每编一折，必须前顾数折，后顾数折。顾前者，欲其照映；顾后者，便于埋伏。照应埋伏，不止照应一人，埋伏一事，凡是此剧中有名之人，关涉之事，与前此后此所说之话，节节俱要想到。宁使想到而不用，勿使有用而忽之。"照应、埋伏的关键是前思后想，要有总体构思。有的同志写小说，写这一段就只想这一段，这不行。写这一段时，往前想几段，看哪里需要照应；往后想几段，看是否应该埋伏。我们一般写小说，往往很难从头至尾想得很周全。我有打腹稿的习惯，特别是短的。要往前想想，往后想想，不这样，写出来的小说就像个拼盘。埋伏，要埋伏得叫人看不出来，不露痕迹。照应应该是水到渠成。

五、主题的含藏

李渔讲到"立主脑"。为什么叫主脑？我想到风筝上有一根脑线。有了这根脑线，风筝才飘起来。但是让人看到的是风筝的那个形象，而不是那根脑线。中国有句俗话，叫"逢人只说三分话，未可全抛一片心"。在做人上这是庸俗的哲学，而写小说却是可以这样的。李渔说写诗文不可把话说尽，有十分只说二三分，如果全说出来就没意思了。虽没有写出来，但要使读者感觉得到。侯宝林说《买佛龛》，老太太买来佛龛，小伙子问“多少钱买的？”老太太说：“不能说买，要说‘请’。”“多少钱请的？”“唉，这么个玩意儿，六毛！”不再往下说了。如果说破了，说老太太一提到钱，心痛了，就忘了对佛龛的敬意。这就说白了。也就没有“嚼头”了。我们的作者往往把话说破了。再如契诃夫的《万卡》，最后是，寄给乡下的爷爷收。到这就完了。如果后边再加上：万卡不知道，他的爷爷是不会收到的。这就“白”了。也就不是契诃夫的《万卡》了。不说，更深刻；说破了，它感人的艺术效果就被削弱了许多。中国还有句话说“话到嘴边留半句”。点题的话，想说时你要忍着，留着，别把它说出来，像《红楼梦》中尤三姐说的一句话，“提着影戏人儿上场，好歹别戳破这层纸儿。”

我觉得小说一般不要点题。

使这个世界更诗化

关于文学的社会职能有不同的说法。中国古代十分强调文艺的教育作用。古代把演剧叫作“高台教化”，即在高高的舞台上对人民进行形象的教育，宣扬封建伦理道德——忠、孝、节、义。三四十年代以后，马克思主义理论家认为文艺的功能首先在教育，对读者和观众进行政治教育，要求文艺作品塑造可供群众学习的英雄模范人物。有人不同意这种看法，认为文艺不存在教育作用，只存在审美作用。我认为文艺的教育作用是存在的，但不是那样的直接，那样“立竿见影”。让一些“苦大仇深”的农民，看一出戏，立刻热血沸腾，当场要求报名参军，上前线打鬼子，可能性不大（不是绝对不可能），而且这也不是文艺作品应尽的职责。文艺的教育作用只能是曲折的，潜在的，像杜甫的诗《春夜喜雨》所说，“随风潜入夜，润物细无声”，使读者（观众）于不知不觉中受到影响。我觉得一个作家的作品总要使读者受到影响，这样或那样的影响。一个作品写完了，放在抽屉里，是作家个人的事。拿出来发表，就是一个社会现象。我认为作家的责任是给读者以喜悦，让读者感觉到活着是美的，有诗意的，生活是可欣赏的。这样他就会觉得自己也应该活得更好一些，更高尚一些，更优美一些，更有诗意一些。小说应该使人在文化素养上有所提高。小说的作用是使这个世界更诗化。

这样说起来，文艺的教育作用和审美作用就可以一致起来，善和美就可以得到统一。

因此，我觉得文艺应该写美，写美的事物。鲁迅曾经说，画家可以画花，画水果，但是不能画毛毛虫，画大便。丑的东西总是使人不愉快的。前几年有一些青年小说家热衷于写丑，写得淋漓尽致，而且提出一个不知从哪里来的奇怪的口号："审丑作用"，以为这样才是现代主义。我作为一个七十四岁的作家，对此实在不能理解。

美，首先是人的精神的美、性格的美、人性美。中国对于性善、性恶，长期以来，争论不休。比较占上风的还是性善说。我们小时候读启蒙的教科书《三字经》，开头第一句话便是"人之初，性本善"。性善的标准是保持孩子一样纯洁的心，保持对人、对物的同情，即"童心""赤子之心"。孟子说："大人者不失其赤子之心者也。"

人性有恶的一面。"文化大革命"把一些人的恶德发展到了极致，因此有人提出"人性的回归"。

有一些青年作家以为文艺应该表现恶，表现善是虚伪的。他愿意表现恶，就由他表现吧，谁也不能干涉。

其次是人的形貌的美。

小说不同于绘画，不能具体地表现一个人的外貌，但小说有自己的优势，写作家的主体印象。鲁迅以为写一个人，最好写他的眼睛。中国人惯用"秋水"写女人眼睛的清澈。"巧笑倩兮，美目盼兮"是写美女的名句。

小说和绘画的另一不同处，即可以写人的体态。中国写美女，说她"烟视媚行"。古诗《孔雀东南飞》写焦仲卿妻"珊珊作细步，精妙世无双"，这比写女人的肢体要聪明得多。

不具体写美女，而用暗示的方法使读者产生美的想象，是高明的方法。唐代的诗人朱庆余写新嫁娘：

洞房昨夜停红烛，待晓堂前拜舅姑。

妆罢低声问夫婿，画眉深浅入时无？

宋代的评论家说：此诗不言美丽，然味其辞义，非绝色女子不足以当之。

有两句诗：

行到中庭数花朵，蜻蜓飞上玉搔头。

也让人想象到，这是一个很美的女人。

有时不直接写女人的美，而从看到她的人的反应中显出她的美。汉代乐府《陌上桑》写罗敷之美：

行者见罗敷，下担捋髭须。少年见罗敷，脱帽著帩头。

耕者忘其犁，锄者忘其锄。来归相怨怒，但坐观罗敷。

这种方法和《伊里亚特》写海伦王后的美很相似。

中国人对自然美有一种独特的敏感。

郦道元《三峡》：

自三峡七百里中，两岸连山，略无阙处；重岩叠嶂，隐天蔽日，自非亭午夜分，不见曦月。

短短的几句话，就把三峡风景全写出来了。这样高度的概括，真是大手笔！

柳宗元《至小丘西小石潭记》：

潭中鱼可百许头，皆若空游无所依。日光下澈，影布石上，佁然不动；俶尔远逝，往来翕忽，似与游者相乐。

通过鱼影，写出水的清澈，这种方法为后来许多诗人所效法，而首创者实为柳宗元。

苏轼《记承天寺夜游》：

庭下如积水空明，水中藻荇交横，盖竹柏影也。

这写的是月色，但没有写出月字。

古人要求写自然能做到“状难写之景如在目前”，作为一个中国作家，应该学习、继承这个传统。

关于小小说

希腊人对于“诗铭”的要求是：

诗铭像蜜蜂。

一要蜜，

二要刺，

三要小身体。

这要求也可以移之于小小说，一篇好的小小说应该同时具备：有蜜，即有诗意；有刺，即有所讽喻；当然，还要短小精致。

《都城纪胜》论说书云：“最畏小说人，盖小说者能以一朝一代故事顷刻间提破。”“提破”不知究竟当作何解释，但望文生义，大概就是提醒点破的意思。唯其能于“顷刻间提破”，所以“可畏”。小小说正应该这样，几句话就点出一种道理，如张岱记柳敬亭说书“找截干净，并不唠叨”。

有一幅宋人小画，只于尺幅中画一宫门，一宫女早起出门倒垃圾，倒的全是荔枝、桂圆、鸭脚（即百果）之类的皮壳。完全没有画灯火笙歌，但是宫苑生活的豪华闲逸都表现出来了。小小说也当这样。一般地说，小小说只能反映生活的一个侧面，但要让人想象出生活的全盘。写小小说，要留出大量空白。能不说的，尽量删去。

昔人云："忙中不及作草，家贫难办素食。"有人以为草字是匆匆忙忙地写出来的，没有时间，就潦潦草草写上几行。其实不是这样，无论是章草、狂草，都必须在心气平和，好整以暇时动笔，才能一气呵成，疏密有致。白石老人题画曰："心闲气静时一挥"，只有心闲气静，才能一挥而就。意大利的莱奥纳尔多·夏侠在小说《白天的猫头鹰》附记中说："'请你们原谅，这封信长了点儿'，伟大的十八世纪的一个法国男人（或女人）写道，因为我没有时间把它写得短些。"这是经验之谈。冗长芜杂往往由于匆忙粗率。素菜是不好办的。一般人家，炒个肉丝什么的，不算什么。真要炒出一盘好素菜，可困难。要极好的鲜菜，要好配料——冬笋、松菌、核桃仁、百果、山药……要好刀功，好火候。一篇好的小小说要像几行神完气足的草书，一盘生鲜碧绿的素菜。

小小说是什么？

小小说原来就有。外国也有小小说。但是中国近年来小小说特别流行，读者面很广，于是小小说就成了一个值得注意的新事物，“小小说”也就在事实上形成一个新的概念。小小说是什么？这个概念包含一些什么内容？探索一下这个问题，将有助于小小说创作的发展。

小小说的流行，不只是因为现在的生活节奏快，人们生活紧张，缺少闲豫的读书时间。如果是这样，那么长篇小说就没有人看了。更重要的原因恐怕是读者对文学形式的要求更多了。他们要求有新的品种、新的样式、新的口味儿。承认这一点，小小说才能真正在文学大宴中占到一个席位，小小说的作者才能有自己独特的追求。

小小说不就是小的小说。小，不只是它的外部特征。小小说仍然可以看作是短篇小说的一个分支，但它又是短篇小说的边缘。短篇小说的一般素质，小小说是应该具备的。小小说和短篇小说在本质上既相近，又有所区别。大体上说，短篇小说散文的成分更多一些，而小小说则应有更多的诗的成分。小小说是短篇小说和诗杂交出来的一个新的品种。它不能有叙事诗那样的恢宏，也不如抒情诗有那样强的音乐性。它可以说是用散文写得比叙事诗更为空灵，较抒情诗更具情节性的那么一种东西。它又不是散文诗，因为它毕竟还是小说。小小说是四不像。因此它才有意思，才好玩儿，才叫人喜欢。

小小说是小的。小的就是小的。从里到外都是小的。“小中见大”，是评论家随便说说的，有一点儿小小说创作经验的人都知道这在事实上是办不到的。谁也没有真的从一滴水里看见过大海。大形势、大问题、大题材，都是小小说所不能容纳的。要求小小说有广阔厚重的历史感，概括一个时代，这等于强迫一头毛驴去拉一列火车。小小说作者所发现、所思索、所表现的只能是生活的一个小小的片段。这个片段是别人没有表现过、没有思索过、没有发现过的。最重要的是发现。发现，必然就伴随着思索，同时也就比较容易地自然地找到合适的表现形式。文学本来都是发现。但是小小说的作者需要更有“具眼”，因为引起小小说作者注意的，往往是平常人易于忽略的小事。这件小事得是天生来的一块小小说的材料。这样的材料并非俯拾皆是，随手一抓就能抓得到的。小小说的材料的获得往往带有偶然性，邂逅相逢，不期而遇。并且，往往要储存一段时间，作者才能大致弄清楚这件小事的意义。写小小说确实需要一点儿“禅机”。

小小说不大可能有十分深刻的思想，也不宜于有很深刻的思想。小小说可以有一点儿哲理，但不能在里面进行严肃的哲学的思辨（中篇小说、长篇小说可以）。小小说的特点是思想清浅。半亩方塘，一弯溪水，浅而不露。小小说应当有一定程度的朦胧性。朦胧不是手法，而是作者的思想本来就不是十分清楚。有那么一点儿意思，但是并不透彻。“此中有真意，欲辨已忘言。”世界上没有一个人真正对世界了解得十分彻底而且全面，他只能了解他所感知的那一部分世界。海明威说十九世纪的小说家自以为是上帝，他什么都知道。巴尔扎克就认为他什么都知道，读者只需听他说。于是读者就成了听什么是什么的老实人，而他自己也就说了许多他其实并不知道的东西。所谓含蓄，并不是作者知道许多东西，故意不多说，他只是不说他还不怎么知道的东西。小小说的作者应该很诚恳地向读者表示：关于这件小事，它的意义，我到现在，还只能想到这个程度。一篇小小说发表了，创作过程并未结束。作者还可以继续想下去，读者也愿意和作者一起继续想下去。这样，读者才能既得到欣赏的快感，也得到思考的快感。追求，就是还没有达到。追求是作者的事，也是读者的事。小小说不需要过多的热情，甚至不要热情。大喊大叫，指手划脚，是会叫读者厌烦的。小小说的作者对于他所发现的生活片段，最好超然一些，保持一个旁观者的态度，尽可能地不动声色。小小说总是有个态度的，但是要尽量收敛。可以对一个人表示欣赏，但不能夸成一朵花；可以对一件事加以讽刺，但不辛辣。小小说作者需要的是：聪明、安静、亲切。

小小说是一串鲜樱桃，一枝带露的白兰花，本色天然，充盈完美。小小说不是压缩饼干、脱水蔬菜，不能把一个短篇小说拧干了水分，紧压在一个小小的篇幅里，变成一篇小小说。——当然也没有人干这种划不来的傻事。小小说不能写得很干，很紧，很局促。越是篇幅有限，越要从容不迫。小小说自成一体，别是一功。小小说是斗方、册页、扇面儿。斗方、册页、扇面的画法和中堂、长卷的画法是不一样的。布局、用笔、用墨、设色，都不大一样。长江万里图很难缩写在一个小横披里。宋人有在纨扇上画龙舟竞渡图、仙山楼阁图的。用笔虽极工细，但是一定留出很大的空白，不能挤得满满的。空白，是小小说的特点。可以说，小小说是空白的艺术。中国画讲究“计白当黑”。包世臣论书，以为应使“字之上下左右皆有字”。因为注意“留白”，小小说的天地便很宽余了。所谓“留白”，简单直截地说，就是少写。

小小说不是删削而成的。删得太狠的小说是可以看得出来的，往往不顺，不和谐，不“圆”。应该在写的时候就控制住自己的笔，每琢磨一句，都要想一想：这一句是不是可以不写？尽量少写，写下来的便都是必要的，一句是一句。那些没有写下来的仍然是存在的，存在于每一句的“上下左右”。这样才能做到句有余味，篇有余意。

小幅画尤其要讲究“笔墨情趣”。小小说需要精选的语言。古人论诗云，七言绝句如二十八个贤人，著一个屠酤不得。写小小说也应如此。小小说最好不要有评书气、相声气，不要用一种半文不白的轻佻的文体。小小说当有幽默感，但不是游戏文章。小小说不宜用奇僻险怪的句子，如宋人所说的“恶硬语”。小小说的语言要朴素、平易，但有韵致。

虽不能至，心向往之。

漫话作家的责任感

作家当然应该有责任感，但是如何评判作家的责任感则值得好好研究。

我觉得分析一个作家的文学创作主张，不应该以他在某一个会上说过某一句话作为标准，而应该看他全部作品。甚至即使他说自己不考虑社会责任感，照样可能是有社会责任感的。不能从简单的一句话中看待一个作家的整个创作主张和整个人生态度。

比如阿城说过他写小说就是为了满足自我，对这样一句话可以作各种引申，可以引申出他没有责任感，也可以引申出他有很强烈的社会责任感。这就要看他的作品到底反映了些什么。

一个作家的作品，一旦发表出来就成为一种社会事实，就会产生社会影响。你的作品写成后，锁在抽屉里是属于自己的，发表出来就成了社会现象，当然也就会对读者产生这样那样的影响。这种影响，发表前你也许不能完全准确估计到，但是大体上还是有一个估计的。

现在对于责任感的理解可能有两种，一种所谓的责任感就是古代的“代圣贤立言”，也就是说别人的话，说别人想说而没有说出来的话，替别人说话。这就是揣摩上意，发意称旨，就是皇上嘴里还没有出来呢，我就琢磨着他要说什么。还有一种责任感，是作家表达自己对社会的感受，是出自自己真诚的思索。我赞成后一种责任感。

一个作品产生的社会效果，往往不是出自作家的主观意识，而是受社会环境的影响。像抗日战争中，没有“白毛女”也会出现别的戏，鼓励大家参军打鬼子去，因为当时有这样的社会环境。所以我觉得，应当研究一部重要作品到底是怎样产生作用的，产生了什么作用。作家的责任感应该是独特的，与其他人有所不同。我最近读了巴西总统写的一首诗，写的是渔民出海时亲人等他的心情。诗写得很好。我觉得他虽然是总统，但是写诗的时候不是总统，是诗人，是用诗人的眼睛看待世界，表达自己的感受。他当总统时是总统，不当总统时是诗人，不能用当总统的责任感写诗，也不能用写诗的办法治理国家。两者不是一回事。作家的责任感是在作品中体现出来的，而不应该游离于作品之外。你在写作时，所要考虑的就是把作品写好，不可能先想你该有怎样的社会责任感，这样的作品很难成功。我曾经问过一个空军飞行员，上天的时候是不是想到对国家对民族的责任。他说我不能想，我一想就要被敌人打下来了。我只能想怎样瞄准对手，把他打下来。写小说也是一样，如写不好，就像飞机驾驶员就要被揍下来一样。

现在一些人主张文学应该更多反映社会问题，更多干预生活，这种看法值得探讨。最早提出“问题小说”的是赵树理，他也写过一些这类作品，像《地权》就是解决土地问题的。但是恰恰就是他自己的不少小说，也无法放到“问题小说”里面，比如《手》，比如《富贵》，而往往就是这样一些小说比所谓的“问题小说”的艺术生命力要强。过去不少作家包括老舍这样的作家都受到这种影响，总想在作品中直接反映社会变化，配合运动需要，以为这就是责任感。老舍《茶馆》的结尾原来不是这样，他打算把王利发写成当上了人民代表。后来焦菊隐对他说，你就是第一幕好，你就照着第一幕写吧。老舍说，那咱们就“配合”不上了。如果真“配合”上了，《茶馆》也就不是《茶馆》了。现在，一些人所说的社会责任感，和那时的“配合”其实是一样的。

作家想要更多地干预生活，从自己的能力来说也很难做到。道理很明显，一个作家所能表现的只能是他所感知的那部分世界，总是有局限的。如果整个世界都要表现，不就成了全知全能的上帝了吗？好比一个大夫，不可能内科、外科、儿科、妇科都干，而且都干得很好。只能专攻一行。如果你只割瘤子，你就把那个瘤子割好了，不就行了？简单地说，这就是卖什么吆喝什么。搞文学的就把文学搞好。

还有一种情况，就是一些人总愿意给文学作品赋予更多的功能，结果使你写的东西产生的社会效果和你所想的完全不是一回事。比如，我写过一篇小说《皮凤三楦房子》，是讽刺性的。写的是故乡高邮一个叫高大头的人有办法，居然在九平方米的地皮上盖起了三十六平方米的房子。写的是这个过程。高大头确有一个原型，但我写的是小说，是因为对这个事情感兴趣，并没有想到会产生什么效果。没想到小说一发表，当地政府马上决定给这个“高大头”解决房子，说汪老在小说里都写了这件事了，而且“高大头”现在还成了我们县里的政协委员。他的女儿是模范个体户，介绍时就说她是汪老小说中那个高大头的女儿。这种效果是我完全没有想到的，也是完全不希望的。实际上，我们老家的人把文学看成一种政治工具了。我不想让文学作品承担这样的功能。后来，这个“高大头”给我写来很长的一封信，还寄来了材料，希望我写小说的续篇，我说我写不了。因为我想不出还能写些什么。我希望，让文学回到文学本身。

一个作家如果真诚地反映出所了解的世界，他就尽到了自己的责任。

关于作家和创作

我写的东西很少，看的也不多，而且没有理论，不善于逻辑思维，亦无经验可言，与你们不同的一点就是岁数大一些。中国古人说一个人没出息在于“以年长人”，我只剩下了“以年长人”，因而今天只是随便漫谈。

第一个问题，作家要认清自己是什么样的作家，具备什么样的气质。法国的一位汉学家访问我时说：我首先问你一个你自己很难回答的问题，你觉得你在中国文学上的位置如何？我们先撇开这个话题扯点别的。当时我问翻译要不要请这个法国人到家里吃顿饭，翻译说他很愿意到中国人家里吃饭。结果我亲自给他做了菜。法国人口味儿清淡，不吃猪肉，家里虽然有大虾，但法国海味儿很多，他不会感兴趣，给他吃牛排和鸡就更不行了。于是我琢磨了几个菜，非常简单，且不影响与他谈话。这几个菜之一是煮毛豆，把毛豆与花椒、大料、盐放在水里一煮；再一个是炒豆芽菜；还有一个是茶叶蛋。再说主食，吃面包不行，法国的面包是世界最好的，米饭也不会喜欢，结果我给他炒了一盆福建米粉，又做了碗汤。他连着说：“好吃，好吃。”抓起毛豆连皮整个儿往嘴里塞，法国人知道怎样吃大豆，但不知道毛豆的这种吃法。我问他在法国有没有炒豆芽菜，他说在中国饭店见过，他吃过，但我炒得更有些特点。其实我的豆芽菜很简单，炒时搁几粒花椒，炒完后把花椒去掉，起锅时喷点儿醋，所以很脆，不是咕嘟咕嘟煮出来的。鸡蛋全世界都有，但用茶叶煮鸡蛋他没吃过。炒米粉他也没吃过。另外我给他做了个汤。他不吃猪肉，我说我非得让你吃点，猪肉汤是用福建的燕皮丸做的。燕皮是把猪肉捣成泥掺点淀粉炭成的，像馄饨皮，里面包上精致的馅，他以为是馄饨，连说好吃。所以，让外国人能够欣赏，得是粗东西。这位法国汉学家说了个笑话，说世界有四大天堂、四大地狱，四大天堂之一是中国的饭菜，之二是美国的工资，之三是日本的女人，之四是英国的住房；反过来，四大地狱是：日本的住房，美国的女人，英国的饭食，中国的工资。所以，我必须给他做地道的中国玩意儿。也有人说，中国文学要走向世界必须有地道的中国味儿，跟中国菜似的。我为什么要给他做中国的家常菜呢？写作也一样，不但要有中国味儿，还得是家常的。家常菜也要做得很细致、很讲究。我做的那碗汤除了燕丸外还放了口蘑，但汤做好后我把口蘑捞出去了，只留下口蘑的香味儿鲜味儿。写作品也一样，要写得有中国味儿，且是普普通通的家常味，但制作时要很精致讲究，叫人看不出是讲究出来的。我喜欢琢磨做菜，有人称我是美食家。写作和做菜往往能够联系起来。那位法国汉学家问："你自己觉得你在中国文学中的位置是什么？"这个问题很难回答，我说了两点："首先我不是一个大作家，我的气质决定了我不能成为大作家。"我觉得作家有两类，一类写大作品，如托尔斯泰、巴尔扎克、福楼拜；另一类如契诃夫，他的小说基本上是短篇，有个西班牙作家叫阿左林，阿左林也写长篇，但他的长篇就像一篇篇的散文。所以，每个人概括生活的方法，是有所不同的。

作家应该读什么样的作品？我认为很简单，读与自己气质比较接近的作家的作品，文学史家应该全面完整，评论家可以有偏爱，但不可过度。一个作家，不单有偏爱，而且必须有偏爱。我承认你的作品很伟大，但我就是不喜欢。托尔斯泰的主要作品我都读过，倒是比较喜欢他的不太重要的作品，如《高加索的人》等。《战争与和平》从上大学开始，看了几次没看完，直到戴上右派帽子，下去劳动改造，想想得带几本经典的书，于是带两本《战争与和平》，好不容易看完了。巴尔扎克的东西了不得，百科全书，但我只是礼貌性地读他的作品。作家看东西可以抓起来就看，看不下去就丢一边。这样才可能形成你自己的风格，风格总是一些与你相近的作家对你施加影响，它不是平白无故形成的，总是受了某些作家的影响加上你自己的东西，形成独特的风格。完全不受人影响，独立自主地形成了一种风格，这不容易。在外国作家中，始终给我较大影响的是契诃夫，另外一个是西班牙作家阿左林。法国作家中给我一定影响的是波特莱尔。苏联作家安东诺夫、舒克申的作品，我比较喜欢。一个作家要形成自己的风格，一方面要博览，另一方面要有偏爱，拥有自己所喜爱的作家。中国明朝散文家归有光对我影响极大，我并未读过他的全部作品。这是个很矛盾的人，一方面有正统的儒家思想，另一方面又有很醇厚的人情味，他写人事写得很平淡。他的散文自成一格。他的散文《项脊轩志》《寒花葬志》《先妣事略》给了我很深的影响。我认为归有光是中国的契诃夫。平平淡淡的叙述，平平淡淡的人事，在他笔下很有味儿。如《项脊轩志》中写项脊轩，又叫南阖子，文中有："吾妻归宁，述诸小妹语曰：'闻姊家有阁子，且何谓阁子也？'"他没有解释什么是阁子，仅记录了这句问。《项脊轩志》的结尾很动人，但写得极平淡，"庭有枇杷树，吾妻死之年所手植也，今已亭亭如盖矣。"这个结尾相当动人。所以，我倾向于作家读那些与自己的气质相接近的作品。"我与我周旋久，宁做我。”

第二个问题是一个作家应该具备什么素质。首先要对生活充满惊奇感，充满兴趣，包括吃东西，听方言，当然最重要的是对人的兴趣。我写过一篇杂文，题目是《口味、耳音与兴趣》。有一次，遇一位中年妇女买牛肉，她问：“牛肉怎么吃？”周围的人都很惊奇。她说：“我们家从来不吃牛羊肉。”“那你干吗买牛肉？”她说：“我的孩子大了，他们要到外地去，我要让他们习惯习惯。”这位母亲用心良苦，于是我给她讲了牛肉的各种做法。一个作家如果这也不吃那也不吃，口味儿单调可不是好事情。还要学会听各地的方言，作家要走南闯北，不一定要会说，但一定会听，对各地的语言都有兴趣。周立波是湖南人，但他写的《暴风骤雨》从对话到叙述语言充满了东北味儿。熟悉了较多的方言，容易丰富你自己的语感；熟悉了那个地方的语言，才能了解那个地方的艺术的妙处。作家对生活要充满兴趣，这种兴趣得从小培养。建议你们读读《从文自传》，他自称为顽童自传，我说他是美的教育，告诉人们怎样从小认识美、认识生活、认识生活的美。如这一段记述：“学校在北门，我出的是西门，又进南门，再绕城大街一直走去，在南门河滩方面我还可看一阵杀牛，机会好时，恰好看到那头老实可怜的畜牲放倒的情形，因为每天可以看一点点，杀牛的手续与牛内脏的位置不久也就被我完全弄清楚了。再过去一点儿，是边街，有织席子的铺子，每天任何时间皆有几个老人坐在门口的小凳子上，用厚背的钢刀破篾，有两个小孩子蹲在地上织席子，（我对这行手艺所明白的种种，现在说来似乎比写字还在行。）……”这种随处流连是一个作家很重要的一个条件。有人问：你怎么成为作家了？我回答了四个大字：东张西望！我小时候就极爱东张西望。对生活要有惊奇感，很冷漠地看不行。一个作家应该有一对好眼睛、一双好耳朵、一只好鼻子，能看到、听到、闻到别人不大注意的东西。沈从文老师说他的心永远要为一种新鲜的颜色、新鲜的气味儿而动。作家对色彩、声音、气味儿的感觉应该比别人更敏锐更精细些。沈老师在好几篇小说中写到了对黄昏的感觉：黄昏的颜色、各种声音、黄昏时草的气味儿、花的气味儿，甚至甲虫的气味儿。简单地说，这些感受来自观察、专注的观察，从观察中看出生活的美，生活的诗意。我小时候，常常在街上看打小罗汉、做竹器等，至今记忆犹新。当时有户人家的漆门上的蓝色对子“山似有骨撑千古，海经能容纳百川”，不知不觉被我记住了。我写家乡的小说《大淖记事》，家乡人说写得很像。有人就问我弟弟：“你大哥小时候是不是拿笔记本到处记？”他们都奇怪我对小时候的事儿记得那么清楚。我说，第一，我没想着要当个作家；第二，那时候的纸是粗麻毛边纸，用毛笔写字、怎么记呀？为什么能记住呢？就是因为我比较细心地、专注地观察过这些东西，而且是很有兴趣地观察。一个作家对生活现象要敏感，另外还应该培养形象记忆，不要拿笔记本记，那个形象就存在于你的大脑皮层中，形象的记忆储存多了，要写什么就可随时调动出来。当然，我说过，最重要的是对人的兴趣，有的人说的话，你一辈子忘不了。最近我发了一篇《安乐居》，写到一个上海老头，这个老头到小铺去喝酒，这个铺子喝一两，那个铺子喝一两。有人问他，他说：“我们喝酒的人，好像天上飞着的一只鸟，小酒店好像地上长的一棵树，鸟见了树总要落一落的。”他用上海话回答，很妙，翻成普通话就没意思了。作家不单是为了写东西而感受生活，问题是能否在生活中发掘和感受到东西。也不要求你一天到晚都去感觉。作家犹如假寐的狗，在迷迷糊糊的状态中，听到一点儿声音就突然惊醒。如果一个作家觉着生活本身没意思，活着就别当什么作家。对生活的浓厚兴趣是作家的职业病。阿城有一段时间去做生意，我问他做得怎么样，他说咱干不了那事，我问为什么，他说我跟人谈合同时，谈着谈着便观察起他来了。我说：你行，你能当个小说家。作为一个作家，最起码的条件就是对生活充满兴趣。

创作能否教，能否学，这是个世界性的争论问题，也牵扯到文学院的办学方针问题，多数人认为创作不能教，我大学时的一个老师说过：大学不承担培养作家的任务，作家不是大学里培养出来的，作家是社会培养的。这话有一定道理。也有人说创作可以教。其实教是可以教的，问题在于怎样教，什么样的人来教。如果把创作方法搞成干巴巴的理论性的东西，那接受不了，靠讲授学会创作是不可能的。按沈从文先生的观点说，不是讲在前，写在后。而是写在前，讲在后。你先写出来，然后再就你的作品谈些问题。沈先生曾教过我三门课，一门是《各体文习作》，一门是《创作实习》，还有一门《中国小说史》。前两门课程名称就很有意思，一个是习作、一个实习。沈老师翻来覆去地讲一句话：要贴着人物来写。据我理解，小说里最重要的是人物，人物是小说里主要的和主导的东西，其他部分都是次要的或者说派生的。环境与气氛既是作者所感受到的，也必须是作品中人物所可能感受到的，景与人要交融在一起，写景实际也就是写人，或者说这个景是人物的心灵所放射出来的。所以，气氛即人物，因为气氛浸透了人物。你所写的景是人物所感受到了，因而景是人物的一部分。写景包括叙述语言都受所写人物制约。有些大学生写农民，对话是农民味儿的，叙述语言则与农民不搭界，与人物便不够和谐。有一位青年作家以第一人称手法写一个小学生看他的女同学长得很纤秀。这不对，孩子没这种感觉，这个人物便假了。我有篇小说写一个山里的孩子到农业科学研究所当一个小羊倌，他的奶哥带他去温室看看，当时是冬天，他看到温室里许多作物感到很惊奇，大冬天温室里长着黄瓜、西红柿！“黄瓜这样绿，西红柿这样红，好像上了颜色一样。”完全是孩子的感觉。如果他说很鲜艳，那就不对了。我还写到一个孩子经过一片草原，草原上盛开着一大片马兰花，开得手掌般大，有好几里，我当时经过这片草原时感觉进入了童话世界，但写这个孩子则不能用“他仿佛走进了童话”，因为这孩子是河北农村的，没有多少文化，根本不知道什么是童话。所以我只好放弃童话的感觉，写他仿佛在做梦，这是孩子有可能感觉到的，这种叙述语言比较接近孩子的感觉。所以我觉得议论部分、抒情部分，属于作者主观感受上的东西，一定要和所写人物协调。我年轻时候写人物对话总希望把对话写得美一点儿，抒情一点儿，带有一定的哲理，觉得平平常常的日常对话没意思。沈先生批评了我，他说：“你这个不是人物对话，是两个聪明脑壳打架，大家都说聪明话，平常人说话没这么说的。”因而，我有一个经验，小说对话一定要写得平平常常，普普通通，很日常化，但还很有味儿。随便把什么话记下来做为小说的对话也不行。托尔斯泰说：“人是不能用警句交谈的。”此话说得非常好！如若火车站候车室等车的人都在说警句，不免让人感到他们神经有问题。贴到人物来写最基本的就是作家的思想感情与人物的感情要贴切要一致，要能感同身受。作家的感情不能离开人物的感情。当然，作家与人物有三种关系：一种是仰视，属于高、大、全，英雄概念的；另一种是俯视的；还有一种是平等的。我认为作家与人物要采取平等态度。你不要有意去歌颂他，也不要有意去批判他，你只要理解他，才可能把人物写得亲切。一般来说，作家的感情应该与人物贴得很紧。也有人认为作家应该超脱开人物，这也是可以的。但就我自己来说，如果不贴着人物来写，便觉得笔下飘了，浮了，人物不一定是自己想写的人物了。而且，贴近人物容易有神来之笔，事先并未想到，由于你与人物共甘苦、同哀乐，构思中没想到的一些东西自然涌现了。我写小说的习惯是想到几乎能够背出来的程度再提笔。贴紧人物便会得到事先没想到的动人的东西。我写《大淖记事》中的小锡匠与挑夫的女儿要好，挑夫的女儿被一个地方武装的号长霸占，指使他的弟兄把小锡匠打死，但小锡匠没有死透，老锡匠使用尿碱来救他。小锡匠牙关紧闭，挑夫的女儿就在耳边说：十一子，你把它喝了吧。小锡匠便开了牙关。

一般说来，小说是语言的艺术，就好像音乐是旋律和节奏的艺术，绘画是色彩和线条的艺术。我觉得这种说法很奇怪，说这篇小说写得很好，就是语言不行。语言不好，小说怎么能写得出彩呢？就好像说这个曲子不错，就是旋律不好，节奏不好，这是讲不通的。说这幅画很好，就是色彩不好，线条不好。离开了色彩和线条哪还有画？离开了节奏和旋律哪有音乐呢？我对语言有一心得，语言是本质的东西，语言不只是工具、技巧、形式。若干年前，闻一多先生写了篇文章叫《庄子》，其中说："庄子的文字不单是表现思想的工具，似乎也是一种目的。"我觉得很对，文字就是目的。小说的语言不纯粹是外部的东西，语言和内容是同时存在，不可剥离的。我认为，语言就是内容，这可能绝对了一些。另外，作家的语言首先决定于作家的气质。有什么样的气质就有什么样的语言。一个作家的语言是他风格的一部分，法国的布封早就说过"风格即人"。或者还可以说，作家的语言也就是作家对生活的基本态度，一个作家的语言是别人不能代替的。鲁迅和周作人是哥俩，但语言绝不一样。有些人的作品可以不署名，一看就知道。语言的特色一方面决定于作家的气质，另一方面决定于作家对于不同的人事的态度。鲁迅写《故乡》《祝福》是一种语言，写《肥皂》《高老夫子》又是一种语言。前一种是因为鲁迅对所写人、人事的态度。语言里很重要的是它的叙述语调，你用什么调子写这个人、这件事，就可看出作家对此人此事此种生活的态度。语言不在词藻，而在于调子。对人物的褒贬不在于他用了什么样的定语，而在于字里行间流露出的情感倾向。作家的倾向性就表现在他的语言里。中国的说法是褒贬，外国的说法是倾向性。褒贬不落在词句上，而在笔调上。中国的春秋笔法很好，它对人事不加褒贬，却有倾向性。《左传》中的《郑伯克段于鄢》，本是哥俩打仗，他们之间本没什么一定的谁是谁非。《史记》中叙述项羽与刘邦的语调截然不同。所以，我认为要探索一个作家的思想内涵，观察它的倾向性，首先必须掌握它的叙述语调。探索作家创作的内部规律、思维方式、心理结构，不能不琢磨作家的语言。鲁迅《故事新编》中的《采薇》写吃松针面，“他愈嚼，就愈皱眉，直着脖子咽了几咽，倒哇的一声吐出来了，诉苦似的看着叔齐道：‘苦……粗……’。这时候，叔齐真好像落在深潭里，什么希望也没有了。抖抖的也拗了一角，咀嚼起来，可真也毫没有可吃的样子；苦……粗……”如果把“苦”“粗”改成“苦涩”“粗糙”，那么鲁迅的温和的讽刺，鲁迅的幽默就全没了。所以，从众和脱俗看似矛盾其实是一回事。语言的独特不在于用别人不用的词儿，而在于他能在别人也用的词儿中赋予别人所想不到的意蕴。诗话中有谈到古诗：“白杨多悲风，萧萧愁煞人。”“萧萧”两字处处可用，用在此处则最佳。鲁迅所用的字人们也都用，但却用不出那味儿来。如鲁迅《祝福》中写鲁四老爷一见面便“是寒暄，寒暄之后说我‘胖了’，说我胖了之后即大骂其新党。但我知道，这并非借题在骂我……但是，谈话总也不投机，于是不多久，我便一个人剩在书房里”。“剩”字很一般，但用得贴切、出众。沈先生的文章中有：“独自一人，坐在灌满了凉风的船头。”“灌”字用得很好，又比如他写一个水手看人家打牌，说他“镶”在那里，太准确贴切了。语言是应该有独创性，但不能独创到别人不懂的地步，语言极重要的是要用字准。苏东坡写病鹤道：“三尺长胫搁瘦躯”，这个“搁”字一下子就显出了生病的仙鹤。屠格涅夫的语言也相当准确，写伐木，“大树缓慢地庄重地……”“庄重地”用得极妙，包含很多意思在内，融注了感情，这种语言是精到的。我写马吃夜草，琢磨了很久才写下：“马在安静地、严肃地吃草料。”用词不必求怪，写出人人心中皆有、笔下却无的句子来就好。

还要注意吸收群众普普通通的语言，如若你留心，一天至少能搜集到三句好的语言。语言为什么美，首先在于能听懂，而且能记住。有一次宣传交通安全的广播车传出这样的话：横穿马路，不要低头猛跑。此话相当简练准确，而且形象。还有一次看到一个派出所宣传夏令卫生，只有一句话，很简单，但很准确，“残菜剩饭必须回锅见开再吃。”此句中一个字也不能改动。街上修钥匙的贴了这样一张条：“照配钥匙，立等可取。”简练到极点。语言要讲艺术性，给人一种美感，同时要产生实际作用。西四牌楼附近有个铺子边贴了张纸条写道：“出售新藤椅，修理旧棕床。”这就很讲艺术性，平仄不很规整，但还是对仗的。我在张家口劳动时，群众批评一个有英雄主义的人说：“一个人再能当不了四堵墙，旗杆再高还得两块石头夹住。”这话非概念化，但极有哲理。在宁夏时有位朋友去参加“花儿会”，在路上发现一对婆媳一路上的对话都是诗，都是押韵的。媳妇到娘娘庙去求子，跪下来祷告词极棒。她说："今年来，我是跟您要着；明年来，我是手里抱着，咯咯嘎嘎地笑着。"我的朋友说："我还没听过世界上这么美丽的祷告词。"所以，群众语言是非常丰富的，要注意从群众语言中吸取营养。另外，还要向过去的作品学习，古文这一课还是应该补上；其次，还应该同民间文学学习，学一点儿民歌。不读若干首民歌，当不好作家。学习民歌对我的写作极有好处。这是我的由衷之言，特别是它们影响了我的语言和叙述方法。我学习的民歌主要是抒情性的，有时便想，民歌中有哲理诗吗？后来碰上一首，是写插秧的："赤脚双双来插田，低头看见水中天。行行插得齐齐整，退步原来是向前。"再其次，也要读一点儿严肃文学以外的东西。如戏曲等，那里面往往有许多对写小说有启发的东西。

传统文化对中国当代文学创作的影响

前几年，有几位中国的青年评论家认为：五四是中国文化的断裂。从表面现象看，是这样。五四运动，出于革命的要求，提倡新文化，反对旧文化。那时的主将提出，“打倒孔家店”，“欢迎赛先生、德先生”。他们用很大的热情诅咒“选学妖孽，桐城谬种”。鲁迅就劝过青年少看中国书。但往深里看一看，五四并不是什么断裂。这些“文化革命”的主将大都是旧学根底很深的。这只要问问琉璃厂旧书店的掌柜的和伙计就可以知道，主将们是买他们的旧书的主要主顾！中国的新文学一开始确实受了西方的影响，小说和新诗的形式都是从外国移植进来的。但是在引进外来形式的同时，中国新文学一开始就没有脱离传统文化的影响。

鲁迅对中国古典文学，特别是中古文学，有很深的研究。他曾经讲授过汉文学史，校订过《嵇康集》。他写的《魏晋风度及文章与药及酒之关系》，至今还是任何一本中古文学史必须引用的文章。鲁迅可以用地道的魏晋风格给人写碑。他的用白话文写的小说、散文里，也不难找出魏晋文风的痕迹。我很希望有人能写出一篇大文章：《论魏晋文学对鲁迅作品的影响》。鲁迅还搜集过汉代石刻画像，整理过会稽郡的历史文献，自己掏钱在南京的佛经流通处刻了一本《百喻经》，和郑振铎合选过《北平笺谱》。这些，对他的文学创作都是有间接的作用的。

闻一多是把西洋诗的格律首先引进中国的开一代风气的诗人，但是他在大学里讲授的是《诗经》《楚辞》《庄子》《唐诗》。他大概是最早用比较文学的方法讲中国古典文学的一个人。我在大学里听他讲过唐诗，他就用后印象派的画和晚唐绝句相比较。闻先生原来是学画的，他一直仍是画家。他同时又是写金文的书法家，刻图章的金石家。他的诗文也都有金石味儿——好像用刻刀刻出来的。

郭沫若是一个通才。他写诗，也写过小说，写了一大堆剧本；翻译过《浮士德》。但他又是历史学家、考古学家。他是第一个用新的观点研究先秦诸子思想的学者，是从史实、章句到文学价值全面地研究《楚辞》的大家，他对甲骨文、金文的研究超越了前人，成为一代权威。他的书法自成一体，全国到处的名胜古迹楼台亭馆，都可以看到他的才气纵横的大字。他的诗明显地受了李白的影响。

沈从文在中国现代作家里是一个很奇特的例子。他只读过小学，当了几年兵，一个土头土脑的乡下人，冒冒失失地从边远落后的湘西跑到文化古城北京，想用一枝笔挣到一点儿“可以消化消化”的东西，可是他连标点符号都不会用。他在一种文化饥饿的状态中，贪婪地吞食了大量的知识——读了很多书。他最初拥有的书，是一本司马迁的《史记》。他反复读这本书。直到晚年，对其中许多章节还记得。他的小说的行文简洁而精确处，得力于《史记》者，实不少。也像鲁迅一样，他读了很多魏晋时代的诗文。他晚年写旧诗，风格近似阮籍的《咏怀》。他读过不少佛经，曾从《法苑珠林》中辑录出一些故事，重新改写成《月下小景》。他的一些小说富于东方浪漫主义的色彩，跟《法苑珠林》有一定关系。他的独特的文体，他自己说是“文白夹杂”，即把中古时期的规整的书面语言和近代的带有乡土气息的口语糅合在一处，我以为受了《世说新语》以及《法苑珠林》这样的翻译佛经的文体的影响颇大。而他的描写风景的概括性和鲜明性，可以直接上溯到郦道元的《水经注》。他一九四九年以后忽然中断了文学创作，转到文物研究方面来。许多外国朋友，包括中国的青年作家，都觉得这是不可理解的，几乎是神秘的转折。尤其难于理解的是，他在不长的时间中对文物研究搞出那样大的成就，写出许多著作，包括像《中国服饰研究》这样的开山之作的巨著。我，作为他的学生，觉得这并不是完全不可理解。沈先生从年轻时候就对一切美的东西具有近似痴迷的兴趣，他对书画、陶瓷、漆器、丝绸、刺绣有着渊博的知识。这些，使他在写小说、散文时得到启发，而他对写作的精细耐心，也正像一个手工艺匠师对待他的制品一样。

四十年代是战争年代，有一批作家是从农村成长起来的。他们没有受过完整正规的学校教育，但是他们得到农民文化的丰富的滋养，他们的作品受了民歌、民间戏曲和民间说书很大的影响，如赵树理、李季。赵树理是一个农村才子，多才多艺。他在农村集市上能够一个人演一台戏，他唱、演、做身段，并用口拉过门、打锣鼓，非常热闹。他写的小说近似评书。李季用陕北“信天游”形式写了优秀的叙事诗。他们所接受的是另一种形态的文化传统。尽管是另一种形态的，但应该说仍旧是中国的文化传统。

在战争的环境中，书籍是很难得到的。有些作家在土改时从地主家中弄到半套《康熙字典》或残缺不全的《聊斋志异》，就觉得如获至宝。孙犁就是这样一位作家。孙犁的小说清新淡雅，在表现农村和战争题材的小说里别具一格（他嗜书若命）。他晚年写的小说越发趋于平淡，用完全白描的手法勾画一点儿平常的人事，有时简直分不清这是小说还是散文，显然受了中国的“笔记”很大的影响，被评论家称之为“笔记体小说”。

另一个也被评论家认为写“笔记体小说”的作家是汪曾祺。我的小说受了明代散文作家归有光颇深的影响。黄宗羲说：“予读震川文之为女妇者，一往情深，每以一二细事见之，使人欲涕。”他的散文写得很平淡，很亲切，好像只是说一些家常话。我的小说很少写戏剧性的情节，结构松散，有的评论家说这是散文化的小说。

五十年代的青年作家读俄罗斯和苏联翻译作品及五四以来的作家的作品比较多，旧书读得比较少。但也不尽如此。宗璞从小受到古典文学的熏陶，她的作品让人想起宋代女词人李清照。

六十年代才真是文化的断裂。

七十年代由于文化对外开放，西方的各种文艺思潮和各种流派的作品涌进中国，这一代的青年作家热衷于阅读这些理论和作品，并且吮吸到自己的创作之中。

八十年代的青年作家有一部分忽然对中国传统文化激发出巨大的热情。有几年在大学生中间掀起了一阵“老庄热”，有的青年作家甚至对佛学中的禅宗产生兴趣。比如现在美国的阿城。前几年有一些青年作家提出文学“寻根”。“寻根”是一个相当模糊的概念，谁也没有说明白它的含义。但是大家有一种朦朦胧胧的向往，追寻好像已经消逝的中国古文化。我个人认为这种倾向是好的。

近年还出现“文化小说”的提法，这也是相当模糊的概念。所谓“文化小说”，据我的观察，不外是：1. 小说注意描写中国的风俗，把人物放置在一定的风俗画环境中活动；2. 表现了当代中国的普通人的心理结构中潜在的传统文化的影响——比如老庄的顺乎自然的恬静境界，孔子的“仁恕”思想。

无论“寻根文学”或“文化小说”的作者，都更充分地意识到语言的重要性。他们认识到语言不仅是手段，其本身便是目的。他们认识到语言的哲学的、心理的意蕴，认识到语言的文化性。语言是一种文化现象。语言的后面都有文化。正如中国古代的文论家所说：凡无字处皆有字。文学语言的辐射范围不只是字典上所注释的那样。语言后面所潜伏的文化的深度，是语言优次的标准，同时也是检验一个作品民族化程度的标准，也是一个作品是否真正能够感染读者的重要契因。比如毛泽东写给柳亚子的诗：

> 饮茶粤海未能忘，
> 索句渝州叶正黄。
> 三十一年还旧国，
> 落花时节读华章……

单看字面，“落花时节”就是落花的时节，但是如果读过杜甫逢李龟年的诗：

> 岐王宅里寻常见，
> 崔九堂前几度闻。
> 正是江南好风景，
> 落花时节又逢君。

就知道“落花时节”包含着久别重逢的意思。

因此，我认为当代中国作家，应该尽量多读一点儿中国古典文学。

中国的当代文学含蕴着传统的文化，这才成为当代的中国文学。正如现代化的中国里面有古代的中国。如果只有现代化，没有古代中国，那么中国就不成其为中国。

美学感情的需要和社会效果

按说我写作的时间不是很短了，今年我六十二岁，开始写作才二十岁。我的写作断断续续，大学时写了点东西，新中国成立前几年写了一些小说，出过一本集子。新中国成立后做编辑工作，没写什么。“反右”前写了点散文，六二、六三年写了点小说，又搁下十几年。七九年到八一年写了二十来篇短篇小说，大部分反映的是新中国成立以前的生活，是我十六七岁以前在生活中捕捉的印象。我十六岁离开老家，十九岁在昆明西南联大上大学。我为什么要写反映我十六岁前的生活的小说呢？我想，第一个原因，就是现在的气候很好。三中全会以后，思想解放深入人心，文艺呈现了蓬勃旺盛的景象，形势很好。形势好的标志，是创作题材和表现方法多样化，思想艺术都比较新鲜。一些青年同志在思想和艺术上追求探索的精神使我很感动，在这样的气候感召下，在一些同志的鼓励和督促下，我又开始写作。一个人的创作不能不受社会条件的影响和制约，不可能是孤立的现象。这是一。第二个原因，是我的世界观比较成熟了。一个人到了我这样的年龄，一般说世界观已经成熟了。我年轻时写的那些作品，思想是迷惘的。在西南联大时，我接受了各式各样的思想影响，读的书很乱，读了不少西方现代派作品。我在大学一二年级写的那些东西，很不好懂，它们都没有保留下来。比如那时我写的一首诗中有这样一句：“所有的西边都是东边的西边。”这是什么东西呢？这是观念的游戏。我和许多青年人一样，搞创作，是从写诗起步的。一开始总喜欢追求新奇的、抽象的、晦涩的意境，有点“朦胧”。我们的同学中有人称我为“写那种别人不懂，他自己也不懂的诗的人”。大学二年级以后，受了西班牙作家阿左林的影响，写了一些很轻淡的小品文。有一个时期很喜爱A.纪德的作品，成天挟着一本纪德的书坐茶馆。那时萨特的书已经介绍进来了，我也读了一两本关于存在主义的书。虽然似懂不懂，但是思想上是受了影响的。离开学校后，不得不正视现实，对现实进行一些自己的思考。但是因为没有正确的思想作指导，我的世界观是混乱的。新中国成立前一二年，我的作品是寂寞和苦闷的产物，对生活的态度是：无可奈何。作品中流露出揶揄，嘲讽，甚至是玩世不恭。新中国成立后三十多年来，接受了党的教育，接受了马列主义思想，新中国成立前思想中的那些乱七八糟的东西基本没有了。新中国成立后我的生活道路也给了我很深的教育，不平坦的生活道路对我个人来说也不是没有好处的。经过长久的学习和磨炼，我的人生观比较稳定，比较清楚了，因此对过去的生活看得比较真切了。人到晚年，往往喜欢回忆童年和青年时期的生活。但是，你用什么观点去观察和表现它呢？用比较明净的世界观，才能看出过去生活中的美和诗意。一个人的世界观不能永远混乱下去，短期可以，长期是不行的。听说萨特的存在主义在我们青年中相当有影响，当然可能跟我们年轻时所受的影响有所不同，有些地方使我感到陌生，有些地方似曾相识。我感到还是马克思主义好些，因为它能解决我们生活中所碰到的问题。

我写《受戒》的冲动是很偶然的，有天早晨，我忽然想起这篇作品中所表现的那段生活。这段生活当然不是我的生活。不少同志问我，你是不是当过和尚？我没有当过和尚。不过我曾在和尚庙里住过半年多。作品中那几个和尚的生活不是我造出来的。作品中姓赵的那一家，在实际生活中确实有那么一家。这家人给我的印象很深。当时我的年龄正是作品中小和尚的那个年龄。我感到作品中小英子那个农村女孩子情绪的发育是正常的、健康的，感情没有被扭曲。这种生活，这种生活样式，在当时是美好的，因此我想把它写出来。想起来了，我就写了。写之前，我跟个别同志谈过，他们感到很奇怪：你为什么要写这个作品？写它有什么意义？再说到哪里去发表呢？我说，我要写，写了自己玩儿；我要把它写得很健康，很美，很有诗意。这就叫美学感情的需要吧。创作应该有这种感情需要。我写《大淖记事》也是这样的。大淖这个地方离那时我的家不远，我几乎天天去玩儿。我写的那些挑夫，不住在大淖，住在另一个地方，叫越塘。那些挑夫不是穿长衫念子曰的人，他们的是非标准、伦理道德观念跟我周围的人不一样，他们是更高尚的人，虽然他们比较粗野，越塘边住着一个姓戴的轿夫，得了象腿病（血丝虫病）。一个抬轿的得了这种病，就完了。他的老婆本是个头发蓬乱的普通女人，从来没有出头露面。丈夫得了这种病，她毅然出来当了“挑夫”，把头发梳得光光的，人变得很干净利落，也漂亮了。我觉得她很高贵。《大淖记事》最后巧云的形象，是从这个轿夫的老婆身上汲取的。小时候我听到过一个小锡匠的恋爱史。这个小锡匠曾被人打死过去，用尿碱救活了，这些都是真的。锡匠们挑着担子去游行，这也是我亲眼见到的。写了《受戒》以后，我忽然想起这件事，并且非要把它表现出来不可，一定要把这样一些具有特殊风貌的劳动者写出来，把他们的情绪、情操、生活态度写出来，写得更美、更富于诗意。没有地方发表，写出来自己玩儿，这就是美学感情的需要。接着就发生了第二个问题，这样的东西有什么作用？周总理在广州会议上说过，文学有四个功能：教育作用，认识作用，美感作用，娱乐作用。有人说，你的这些作品写得很美，美感作用是有的；认识作用也有，可以了解当时劳动人民的道德情操；娱乐作用也是有的，有点幽默感，用北京话说很“逗”，看完了，使人会心一笑；教育作用谈不上。对这种说法，我一半同意，一半不同意。说我的这些东西一点儿教育作用没有，我不大服气。完全没有教育作用只有美感作用的作品是很少的，除非是纯粹的唯美主义的作品。写作品应该想到对读者起什么样的心理上的作用。我要运用普通朴实的语言把生活写得很美，很健康，富于诗意，这同时也就是我要想达到的效果。虽然我的作品所反映的生活跟现实没有直接关系，跟四化没有直接关系。我想把生活中真实的东西、美好的东西、人的美、人的诗意告诉人们，使人们的心灵得到滋润，增强对生活的信心、信念。我的世界观的变化，其中也包含这个因素：欢乐。我觉得我作品的情绪是向上的、欢乐的，不是低沉的，跟新中国成立前的作品不一样。生活是美好的，有前途的，生活应该是快乐的，这就是我所要达到的效果。我写旧社会少男少女健康、优美的爱情生活，这也是有感而发的，有什么感呢？我感到现在有些青年在爱情婚姻上有物质化、庸俗化的倾向，有的青年什么都要，就是不要纯洁的爱情。我并不是很有意识地要针对时弊写作品来振聋发聩，但确是有感而发的。以前，我写作品从不考虑社会效果，发表作品寄托个人小小的哀乐，得到二三师友的欣赏，也就满足了。这几年我感到效果问题是个很严肃的问题。原来我以为我的作品的读者面很窄，现在听说并不完全这样，有些年轻人，包括一些青年工人和农村干部也在看我的作品，这对我是很新奇的事，我感到很惶恐。我的作品到底给了别人一点儿什么呢？对人家的心灵起什么作用呢？一个作品发表后，不是起积极作用，就是消极作用，不是提高人的精神境界，就是使人迷惘、颓丧，总会有这样那样的作用。我感到写作不是闹着玩儿的事，就像列宁所指出的那样，作者就是这样写，读者就是那样读，用四川的话说，没有这么“撇脱”。我的作品反映的是新中国成立前的生活，对当前的现实有多大的影响，很难说，但我有个朴素的古典的中国式的想法，就是作品要有益于世道人心。过去有人说，文章千古事，得失寸心知。得失首先是社会的得失。作者写作时对自己的作品的效果不可能估计得十分准确，但你总应有个良好的写作愿望。有些作者不愿谈社会效果，我是要考虑这个问题的。一个作品写出来放着，是个人的事情；发表了，就是社会现象。作者要有“良心”，要对读者负责。当然也有这样的可能，作者对自己作品的思想内涵考虑得多了，会带来概念化、思想大于形象的问题。但我认为，只要你忠于自己的美感需要，不去图解当前的某种口号，不是无动于衷，这个问题是可以避免的。

回到现实主义，回到民族传统

——一次作家作品讨论会上的发言

我愿意悄悄写东西，悄悄发表，不大愿意为人所注意。二十几岁起，我就没怎么读文学理论方面的书了，已经不习惯用理论用语表达思想。我对自己很不了解，现在也还在考虑我算不算作家？从开始写作到现在，写的小说大概不超过四十篇，怎么能算作家呢？

下面，谈几点感想。

关于评论家与作家的关系。昨天，我去玉渊潭散步，一点儿风都没有，湖水很平静，树的倒影显得比树本身还清楚，我想，这就是作家与评论家的关系。对于作家的作品，评论家比作家看得还清楚，评论是镜子，而且多少是凸镜，作家的面貌是被放大了的，评论家应当帮助作家认识自己，把作家还不很明确的东西说得更明确。明确就意味着局限。一个作家明确了一些东西，就必须在此基础上，去寻找他还不明确的东西，模糊的东西。这就是开拓。评论家的作用就是不断推动作家去探索，去追求。评论家对作家来说是不可缺少的。

关于主流与非主流的问题。这是我自己提出来的，用的是一般的习惯的概念。比如蒋子龙的作品对时代发生直接的作用，一般的看法，这当然是主流。我反映四十年代生活，不可否认它有美感作用，认识作用，也有间接的教育作用。我不希望我这一类作品太多，我也希望多写一点儿反映现实的作品。为什么我反映旧社会的作品比较多，反映当代的比较少？我现在六十多岁了，旧社会三十年，新社会三十年。过去是定型的生活，看得比较准；现在变动很大，一些看法不一定抓得很准。一个人写作时要有创作自由，“创作自由”不是指政策的宽严，政治气候的冷暖；指的是作家自己想象的自由，虚构的自由，概括集中的自由。对我来说，对旧社会怎样想象概括都可以，对新生活还未达到这种自由的地步。比如，社会主义新人，如果你看到了，可以随心所欲挥洒自如，怎样写都行，可惜在我的生活里接触到这样的人不多。我写的人大都有原型，这就有个问题，褒了贬了都不好办。我现在写的旧社会的人物的原型，大都是死掉了的，怎么写都行。当然，我也要发现新的人，做新的努力。当然，有些新生活，我也只好暂时搁搁再写。对新生活我还达不到挥洒自如的程度。

今天评论有许多新的论点引起我深思。比如季红真同志说，我写的旧知识分子有传统的道家思想，过去我没听到过这个意见，值得我深思。又说，我对他们同情较多，批评较少，这些知识分子都有出世思想，她的说法是否正确，我不敢说。但这是一个新的研究角度。从传统的文化思想来分析小说人物，这是一个新的方法，很值得探索。在中国，不仅是知识分子，就是劳动人民身上也有中国传统的文化思想，有些人尽管没有读过老子、庄子的书，但可能有老庄的影响。一个真正有中国色彩的人物，与中国的传统文化是不能分开的。比如我写的《皮凤三楦房子》，高大头、皮凤三用滑稽玩世的办法对付不合理的事情，这些形象，可以一直上溯到东方朔。我对这样的研究角度很感兴趣。

有人说，用习惯的西方文学概念套我是套不上的。我这几年是比较注意传统文学的继承问题。我自小接触的两个老师对我的小说是很有影响的。中国传统的文论、画论是很有影响的。我初中有个老师，教我归有光的文章。归有光用清淡的文笔写平常的人情，对我是有影响的。另一个老师每天让我读一篇“桐城派”的文章，“桐城派”是中国古文集大成者，不能完全打倒。他们讲文气贯通，注意文章怎样起怎样落，是有一套的。中国散文在世界上是独特的。“气韵生动”是文章内在的规律性的东西。庄子是大诗人、大散文家，说我的结构受他一些影响，我是同意的。又比如，李卓吾的“为文无法”，怎么写都行，我也是同意的。应当研究中国作品中的规律性的东西，用来解释中国作品，甚至可以用来解释外国作品。就拿画论来说，外国的印象派的画是很符合中国的画论的。传统的文艺理论是很高明的，年轻人只从翻译小说、现代小说学习写小说，忽视中国的传统的文艺理论，是太可惜了。我最喜欢读画论、读游记。讲文学史的同志能不能把文学史与当代创作联系起来讲，不要谈当代就是当代，谈古代就是古代。

现实主义问题。有人说我是新现实主义，这问题我说不清，我给自己提出的要求是回到现实主义、回到民族传统。我也接受过外国文学的影响，包括“意识流”的作品的影响，就是现在的某些作品也有外国文学影响的蛛丝马迹。但是，总的来说，我还是要回到现实主义，回到民族传统。这种现实主义是容纳各种流派的现实主义；这种民族传统是对外来文化的精华兼收并蓄的民族传统，路子应当更宽一些。

回到现实主义，回到民族传统

——在新疆一次文学座谈会上的发言

我想在这个总题目之下谈三个问题：一个是生活和创作的关系；第二是美学感情的需要和社会效果的问题；最后谈谈现实主义和民族传统。我这个人很不善于逻辑思维，用中国古人说法就是不能持论，不善于说带理性的话，因此，只能谈一点儿个人的体会和感受。

最近几年，我写了一些小说，引起了读者的注意，有的同志就问："哪儿冒出了一个汪曾祺来啦？"其实，我开始写作的年代比较远了，从四十年代就写短篇小说。新中国成立以后长期搞编辑工作，搞编辑是不大容易写东西的，所以我长时期也没写什么东西。五七年前写过一点儿散文，六二年又写了几篇小说，以后搞戏曲，编京剧，也就再没写小说。我所以又拿起笔来写小说，都是一些同志鼓励、督促、鞭策、责骂的结果。如邓友梅同志、林斤澜同志，都是骂得最厉害的。除此之外，三中全会以后那种温暖的政治气候，也是感召我重新写小说的重要因素。在很多同志写了很多小说，写了很多很好的小说之后，我的思想解放了以后，才有可能重新拿起笔来。

我的小说的题材跟别人的不大一样，我写的小说很大一部分是反映旧社会生活的。去年，北京出版社出了我的一个集子，那个集子收了十六篇小说，写新中国成立以后题材的大概有七八篇，其余的都是写新中国成立前的生活。这种情况在目前中国作家里是不多的。我为什么要这样，为什么新中国成立以后的题材写得比较少，新中国成立以前的写得较多呢？原因很简单，就是我虽然一生中有一半时间是生活在新中国成立后，但是我比较熟、比较吃得透的，还是新中国成立前的那段生活。我比较年轻的时候，十几岁那个时候的生活经验，在我的印象里还是比较新鲜、比较深刻、比较吃得准的。对新中国成立以后的生活，我不是认识得那样深刻，还没有熟悉到能够从心所欲，挥洒自如。也就是说，我还没能做到自己很有自信地虚构和想象。小说总是要有些原型和原材料，但我们还是要补充一些东西，这些东西往往都是虚构的，想象的。如果你对生活相当熟悉，你就可以从心所欲地去虚构，去想象，而且你怎么虚构、怎么想象都是合适的，都是你所想要写的那个人的事，那个时代的事。你对这个生活要非常熟悉，熟悉到除了你所要写的那个题材的本身外还要熟悉和这个题材有关的许多生活。这样，你就随时都可以抓一点儿生活过来补充到你所写的题材里面，补充到你的人物身上，而且你自己也相信，我所写的这个细节或情节就是那个人的，尽管这个人在生活里并没有那回子事情。所谓“创作自由”，我以为就是虚构的自由，想象的自由。

我为什么写新中国成立以前的题材比较多呢？因为我在家乡的那个小城里边，和我现在所写的那些人物基本上都是朝夕相处的。去年，我回了一趟家乡。乡亲们说我写的反映家乡的小说很像，对我弟弟说：“你大哥是不是小时候就带着个笔记本到处记，要不，他怎么对过去的事情记得那么清楚呢？”我说没有。我那个时候才十几岁，上初中，还没有想到将来我会要写东西，也没有拿个笔记本到处记的习惯，我完全凭着自己的印象。我写的一篇小说中的主人公的儿子，他跟我儿子说，你爸爸小说里写的我爸爸，百分之八十是真的。其实，也不完全是这样，那小说里也有很多是虚构的。我觉得不需要讲很多大道理，一定要非常熟悉生活，熟悉到你把它抓过来就可以放到作品里去应用，这样才会得心应手。海明威有一句话，我觉得很有道理。他说，冰山显得雄伟就是因为它浮在水面上只有七分之一，而七分之六在水里，眼睛是看不见的。一个作家所要表现的生活的厚度要比你写出来的多得多，有很多东西虽然没有写进作品，但它是你作品的基础。作家一定要真正地熟悉生活，深刻地理解生活，广泛地积累生活，否则，就不容易写得真实、形象、深刻。现在，有些人往往说，我这个作品写不下去了，下去补充一点儿材料，补充一点儿细节。我觉得这样急来抱佛脚的办法恐怕不行。

第二个问题，关于美学感情的需要和社会效果。这个问题要说的是，你为什么要写这篇作品，你的创作冲动是从哪儿来的。这里，我想谈谈自己的作品。我的《受戒》写的是一个小和尚和一个村姑的恋爱故事。有的同志比较婉转地问我，你怎么会有那样的生活？那意思就是，你是不是当过和尚？我为什么要写这个作品呢？我在一个和尚庙里住过半年，对和尚庙里的生活是很熟悉的，那时我只有十五六岁，我就觉得这些和尚也是人，和尚的生活也是一种人的生活，而且我熟悉那个大英子、小英子一家。她们跟我很熟，她们那种没有受过扭曲的开朗、健康的性格，给我很深刻的印象。我当时朦朦胧胧地觉得，她们的生活是美的，比我那个生活圈子里的人更健康、更美。所以，多年来我始终存在着这个印象，四十三年了。我终于把它写出来了。那篇小说发表的时候，我有一篇很短的后记，这个后记引来一些麻烦，我说是哪一年、哪一月、哪一天，我写的是四十三年前的一个梦。这就让人感到，好像这里面有我自己的一段恋爱史似的。其实没有。我四十三年前很年轻，年龄也应该说是正在初恋的年龄，对恋爱倒是有着一种朦胧的向往。《大淖记事》写的是一个小锡匠跟一个挑夫的女儿的恋爱。有人很奇怪，说你这个老头怎么写了好几篇恋爱题材的小说呢？我小时候，在我家乡，有一个小锡匠因为爱情被一个地方水上保安队的当兵的打死了，后来这个小锡匠被用尿桶里的尿碱救活了。记得我还跑到那个出事地点去看，没见着人，只有几个尿桶摆在那儿。我就跑到我所写的那个巧云家里去看，也没看见那个巧云什么样子，但我无端地感觉着她一定很美。当时我还不懂得什么优美的情操之类的词儿，但我觉得这些人的生活里面有他真实的东西，美的东西。当时我对这些人有一种向往，向往他们那样的人，他们那样的生活。我写的巧云、挑夫，本来不是在大淖那个地方，是在一个叫越塘的地方。这个地方，有很多挑夫，也有一些轿夫。记得那时有一个轿夫姓戴，得了一种病，叫血吸虫病，是腿上的毛病。轿夫是靠腿脚混饭吃的，他得了那种病，等于他的生活就完了。他的老婆看起来很不起眼，头发黄黄的，衣服也不齐整，人也不精神。但丈夫得了病以后，过了几天，她就好像忽然变了一个人，变得很精干，人好像也精神焕发，变得漂亮了。她去当挑夫去了，把一家人的生活勇敢地担当起来了。当时这个劳动妇女引起了我很大的惊奇，觉得这个人不简单，很令人敬佩。因此，我就把她的这个品质移到了巧云的身上。

我上面举的例子主要想说明，一个作家在写他接触到的那段生活的时候，往往是被一种向往，一种惊奇打动着的。生活里有使你激动，使你向往，使你感到惊奇的东西，你才能捕捉到生活本身的意义。这个一般就叫作创作的契机吧。创作一开始萌芽的那个东西是怎么来的，这点非常重要。生活里一定有某些东西使你感动过，你才能把它写得比较感人。生活材料是容易得到的，但是从生活里面捕捉到美的、诗意的东西就不那么容易了。就是说，你为什么要提笔写这个作品，首先是要满足你自己的某种感情的需要，或者用个带点学术味儿的名词，就是美学感情的需要，要去表达这种东西，要去表达这种感情。我觉得，一个作品写出来后，在你的案头的时候是你个人的事情，发表出来就是一个社会现象了，因此，我们不能不考虑社会效果。有的同志对社会效果很反感，但我觉得还是要考虑到这个问题。我跟有些同志说过，我希望我的作品能使大家有美的感受，能够感受到一种健康的、诗意的、向上东西。所以，我有一个很朴素的、古典的说法，就是写一个作品总要有益于世道人心，不管从哪方面说，你总不能让人读了你的作品之后产生消极、悲观、颓废、灰暗的情绪。

一般地说，文艺具有四大功能，即认识作用，美感作用，娱乐作用，教育作用。有的同志认为我的小说对于前三个方面没有多大问题，至于教育作用，就谈不上了。我不能同意这种说法。我认为，一个作品，不是有积极的作用就是有消极的作用，完全属于中性的作品很难设想。教育作用有的直接一些，有的间接一些。我的愿望是希望我的作品能使读者，特别是年轻的读者在情操上有一些洗涤作用，或者照亚里士多德的说法，是“净化”作用也可以，总之是要使得人们的精神境界有所提高吧。当然，你说我写这些作品是不是有感而发的呢？我写这些年轻人的纯洁的、健康的、优美的爱情，就是有感于现在某些年轻人在恋爱、婚姻问题上的庸俗化和物质化的倾向。但也不可能有谁读了我的小说，就会树立比较正确的恋爱观了，就不追求那种物质的或者比较庸俗的恋爱观了，这种效果是很难达到的。然而，我还是希望我的小说能给人一些美的启发，美的诱导。所以，我觉得写一个作品，不能不考虑它发表以后产生的社会客观效果。

有一个问题，一直在我脑子里转了很久，就是作品怎样对“四化”起作用。有些作品直接描写战斗在“四化”第一线的社会主义新人，这样的作品为“四化”服务是没有问题的，也是很需要的。但是，有的作品并不一定这样。比如有些作品写的是历史题材，就不能说它是直接服务于“四化”的。我听到过一个负责同志的讲话，他说，写当前现实的，写近百年历史的，写革命斗争的，写历史题材的，只要能引导人们精神向上，就都是为“四化”服务的。我觉得这个尺度是放宽得多了。如果所有作品都要直接写“四化”，我的那些小说就无法存在了，你让我怎么强词夺理，我也不能说我写一个小和尚的恋爱跟“四化”有什么关系。

下面再谈谈“回到现实主义，回到民族传统”。我为什么用“回到”这两个字呢？因为我这个人曾经不是搞现实主义，搞民族传统的。我四十年代的几个朋友，他们对我现在的作品感到很奇怪，说你原来是相当洋的，现在怎么搞起这种小说，甚至搞起京剧来了呢？我过去有些作品确实受了一些西方的影响，而且某些地方受了些西方现代派的影响。我的短篇小说集的第一篇《复仇》，是一九四四年写的，那是带着比较浓厚的洋味儿的，有相当多的意识流。

我过去读过的一些意识流的作品，一般都写得很美，而现在有些搞意识流的，它那个意识的流动就不是那么美，不是那么有诗意。意识流这个东西无论如何是作家所设想的那个人物意识的流动，不是当真的一个人，他的意识就是这么流，你又没有钻到他肚子去看过，无非是你设想的那个流动。我不赞成专门去搞意识流，你在作品里可以有一点儿，整篇从头到尾搞意识流就不一定有什么道理了。我现在的作品，还是有一点儿意识流的东西。比如《大淖记事》里的巧云被奸污之后，她起来飘飘忽忽地想了一些事情，想起了母亲，远在天边的母亲，母亲给她在点一点眉心红；想起她小时候去看人家新娘子，新娘子穿的粉红色绣花鞋；想起她手划破了，十一子给她吮指头上的血，她想那血一定是咸的，思绪都是不衔接的。我的目的是表现她失去童贞之后的痛苦心情，但是以一种优美的方式来表现的。意识流这个东西，我觉得用一点儿可以，比较多也可以，但是通篇搞我是不大赞成的。

接受西方外来的东西，没有什么不对，但是要立足于本民族的东西。越是有本民族的特点的东西才越是有世界意义。吸收西方的东西，吸收西方的影响是完全可以的，但你要让人瞧不出来。要是让人一看你完全学外国的东西便不好了。你学了一点儿外国的东西，还要让人感觉是中国的东西。我去年在《北京文学》发表了一篇叫《徙》的小说，写一个小学教员给一个小学作了一支校歌，教员后来死了，孩子们还唱这支校歌。我就写孩子们在唱校歌时的情景：每到集会的时候，孩子们就拼足了气力，用玻璃一样脆亮的童声，高唱这支歌，好像屋上的瓦片和树上的树叶都在唱。这不是本民族的东西，带着点洋味儿。我觉得，你把外国的东西弄到中国来，放到作品里边，可以是一些其他的非现实主义的流派，但你还得以现实主义为基础。一味是摹仿，一味是向人家外国人学，那确实如毛泽东同志所说的，是没有出息的文学家。吸收古典的、中国的民族的东西，或者是外来的东西，都是必要的，但最后都要变成你自己的东西，不管是吸收外来的形式、外来的影响、古典的民族传统，最后都要形成你个人的风格。有的同志问我，你看不看外国作家的作品？他以为我是不看外国作品的。我的回答是恰恰相反。我现在看得比较多的是外国作品，但是写的东西我认为还是中国味儿的。

我主张回到现实主义，回到民族传统。但是，这种现实主义是要能够容纳其他很多流派的现实主义，这种民族传统是能够吸收一切东方和西方影响的民族传统。如果你能巧妙地吸收外来的影响，就可以丰富你的作品的民族特色。中国最辉煌的文化是汉朝和唐朝，它吸收了很多外国的东西，如绘画、音乐等，变成了中国的东西。我觉得应该大量地吸收，广泛地吸收，但是得有个基础。打个比方，就好像是拿一块海绵去吸收人家的水分，而不是拿水去吸收人家的水，得有个自己的东西，或本体，其他东西才有依附。总之，搞现实主义的东西，搞民族传统的东西，但又不排斥其他非现实主义流派的影响，不排斥外来的影响，这是我给我自己定的奋斗目标，但我现在并没能办到，只能算是我经历了几十年文学创作历程之后得出的经验体会吧！

美在众人反映中
——老学闲抄

用文字来为人物画像，是吃力不讨好的事情。中外小说里的人物肖像都不精彩。中国通俗演义的“美人赞”都是套话。即《红楼梦》亦不能免。《红楼梦》写凤姐，极生动，但写其出场时之相貌：“一双丹凤三角眼，两弯柳叶吊梢眉”，实在不美。一种办法是写其神情意态。《古诗为焦仲卿妻作》具体地写了焦仲卿妻的容貌装饰，给人印象不深，但“纤纤作细步，精妙世无双”却使人不忘。“行到中庭数花朵，蜻蜓飞上玉搔头”，不写容貌如何，而其人之美自见。另一种办法，是不直接写本人，而写别人看到后的反映，使观者产生无边的想象。希腊史诗《伊里亚特》里的海伦皇后是一个绝世的美人，她的美貌至引起一场战争，但这样的绝色是无法用语言描绘的，荷马在叙述时没有形容她的面貌肢体，只是用相当多的篇幅描述了看到海伦的几位老人的惊愕。用的就是这种办法。汉代乐府《陌上桑》写罗敷之美：

行者见罗敷，下担捋髭须。
少年见罗敷，脱帽著帩头。
耕者忘其犁，锄者忘其锄。
来归相怨怒，但坐观罗敷。

用的也是这种办法，虽然还不免有点喜剧化，不那么诚实（《陌上桑》本身是一个喜剧，是娱乐性的唱段）。

释迦牟尼是一个美男子，威仪具足，非常能摄人。诸经都载他具三十二“相”，七十（或八十）种“好”，《释迦谱》对三十二“相”有详细具体的记载，从他的脚后跟一直写到眼睛的颜色。但是只觉其繁琐啰嗦，不让人产生美感。七十种“好”我还未见到都是什么，如有，只有更加啰嗦。《佛本行经·瓶沙王问事品》（宋凉州沙门释宝云译），写释迦牟尼入王舍城，写得很铺张（佛经描叙往往不厌其烦），没有用这种开清单的办法。正是从众人的反映中写出释迦牟尼之美，摘引如下：

…………

见太子体相，功德耀巍巍。

所服寂灭衣，色应清净行。

人民皆愕然，扰动怀欢喜。

熟观菩萨形，眼睛如系著。

聚观是菩萨，其心无厌极。

宿世功德备，众相悉具足。

犹如妙芙蓉，杂色千种藕。

众人往自观，如蜂集莲华。

…………

抱上婴孩儿，口皆放母乳。

熟视观菩萨，忘不还求乳。

举城中人民，皆共竞叹誉。

这写得实在很生动。“众人往自观，如蜂集莲华”，比喻极新鲜。尤其动人的是：“抱上婴孩儿，口皆放母乳，熟视观菩萨，忘不还求乳”，真是亏他想得出！这不但是美，而且有神秘感。在世界文学中，我还没见到过写婴孩对于美的感应有如此者！

这种方法至少已有两千年的历史，是一个老方法了。但是方法无新旧，问题是一要运用得巧妙自然，不落痕迹，不能让人一眼就看出这是从什么地方学来的；二是方法，要以生活和想象做基础的。上述婴儿为美所吸引，没有生活中得来的印象和活泼的想象，是写不出来的。我们在当代作品中还时常可以看到这种方法的灵活运用，不绝如缕。

致陆琳

这篇小说有生活。语言也不错，有后套的特点。缺点是：

一、感情不够深沉。老魏福、老李耿以及周围的人，都是很可悲悯的。他们对生活的想法，他们的生死观，他们的心态，都是使人震颤的。这是一些生活在贫穷、落后、封闭的土地上的“土人”。写好了，可以向人们指出：这就是中国。写的时候，越冷静越好，不要把感情露出来，甚至可以有点调侃。

二、结构太乱。主要人物应是魏福，李耿只是个陪衬，不能平分秋色。建议把这两个人分开写。先写李耿，后写魏福，叙述和众人对魏福的议论要分清，不要一会儿叙述，一会儿又写众人的议论。先写魏福的死，再回叙魏福的一生，最后再写他的喜丧的场面。

材料要筛选一下。每一细节，都要有作用，都能表现出这个人。比如李耿要卖鹰膀子、吃猫肉，本来都是挺有意思的，现在只是说了两件事，没有写出李耿这个人。

注意分段。什么地方切开，要产生“意义”，造成全文的节奏，于节奏中出感情。

建议你看看李锐的小说，看看他的叙述的冷和内在的悲凉。

我事忙，没有时间仔细地分析你的小说，只能说一点儿笼统的印象。

汪曾祺

道是无情却有情

同志们希望我们谈谈文艺形势，这个问题我说不出什么来。我对文艺界的情况很隔膜。我是写京剧剧本的，写小说不是本职工作。我觉得文艺形势是好的。党的三中全会以来，我觉得文艺形势空前的好。我这不是听了什么领导同志的意见，也没有作过调查研究，只是我个人的切身感受。形势好，是说大家思想解放了，题材广阔了，各种流派都允许出现了。拿我来说，我的一些作品，比如你们比较熟悉的《受戒》《大淖记事》……写旧社会的小和尚和村姑的恋爱，写一个小锡匠和一个挑夫的女儿的恋爱，不用说十年浩劫，就是“十七年”，这样的作品都是不会出现的。没有地方会发表，我自己也不会写。写了，有地方发表，有人读，这跟以前很不一样了嘛。有人问起关于《受戒》的争议的情况。我没有听到什么争议。只有《作品与争鸣》上发表过国东的一篇《莫名其妙的捧场》。这篇文章主要是批评那些“捧场”的人的。其中也批评了我的小说，说这里的一首民歌“不堪入目”。我觉得对一篇作品有不同的看法，是正常的。不同的意见，这算不得是有“争议”。“争议”一般都指作品有带有倾向性的问题。这篇小说好像还没有人拿来当作有倾向性的问题的作品批评过。大家关心“争议”，说明对文艺情况很敏感。有人问《文艺报》和《时代的报告》争论的背景，这个问题我实在一无所知。“十六年”这个提法，很多同志不同意，我也不同意。

我的小说有一点和别人不大一样，写旧社会的多。去年我出了一本小说选，十六篇，九篇是写旧社会的，七篇是写新中国成立后的。以后又发表了十来篇，只有两篇是写新社会的。有人问我是不是回避现实生活中的矛盾。我没有回避矛盾的意思。第一，我也还写了一些反映新社会的生活的小说。第二，这是不得已。我对旧社会比较熟悉，对新社会不那么熟悉。我今年六十二岁，前三十年生活在旧社会，后三十年生活在新社会，按说熟悉的程度应该差不多，可是我就是对旧社会还是比较熟悉些，吃得透一些。对新社会的生活，我还没有熟悉到可以从心所欲，挥洒自如。一个作家对生活没有熟悉到可以从心所欲、挥洒自如的程度，就不能取得真正的创作的自由。所谓创作的自由，就是可以自由地想象，自由地虚构。你的想象、虚构都是符合于生活的。一个作家所写的人和事常常有一点儿影子，但不可能就照那点影子原封不动地写出来，总要补充一点儿东西，要虚构，要想象。虚构和想象的根据，是生活。不但要熟悉你所写的那个题材，熟悉与那个题材有关的生活，还要熟悉与那个题材无关的生活。你要对某个时代、某个地区、某种范围的生活熟悉到可以随手抓来就放在小说里，很贴切，很真实。海明威说：冰山所以显得雄伟，因为它浮出水面的只有七分之一,七分之六在海里。一个作家在小说里写出来的生活只有七分之一，没有写出来的是七分之六。没有七分之六，就没有七分之一。

生活是第一位的。有生活，就可以头头是道，横写竖写都行；没有生活，就会捉襟见肘，或者，瞎编。

有的青年同志说他也想写写旧社会，我看可以不必。你才二三十岁，你对旧社会不熟悉。而且，我们当然应该多写新社会，写社会主义新人。

要不要有思想，有主题？当然要有。我不同意无主题论。有人说我的小说说不出主题是什么，我自己是心中有数的。比如《岁寒三友》的主题是什么？“涸辙之鲋，相濡以沫。”一个作者必须有思想，有自己的思想。我们要学习马克思主义、毛泽东思想，但是不能用马克思或毛泽东的话，或某一项政策条文，代替自己的思想。一个作者对于生活，对于生活中的某种人或事，总得有自己的看法。作者在观察生活、塑造形象的过程中，总是要伴随自己的思想的。作者的思想不可能脱离形象。同样，也不可能有一种不是浸透了作者思想单独存在的形象。

所谓思想，我以为即是作者自己所发现的生活中的美和诗意，作者自己体察到的生活的意义。我写新社会的题材比较少，是因为我还没有较多地发现新的生活中的美和诗意。所谓不熟悉，就是自己没有找到生活的美和诗意。社会主义新人，就是一种社会主义的新的“人”，人的身上的新的美，新的诗意。必须是自己确实发现了，看到，感受到的。也就是说，确实使自己感动过的。要找到人身上的珠玉，人身上的金子。不是概念的，也不是夸饰的。不是自己并没有感动过，而在作品里作出受了感动的样子。比如，我在剧团生活了二十年，应该是比较熟悉的。有的同志建议我写写剧团演员，写写他们的心灵美。我是想写的，但一直还没有写，因为我还没有找到美的心灵。有人说：你可以写写老演员怎样为了社会主义的艺术事业培养新的一代；可以写写年轻人怎样刻苦练功，为了演好英雄人物……我谢谢这些同志的好心，但是我不能写，因为我没有真正地看到。我要再找找，找到人的心的珠玉，心的黄金。

作品的主题，作者的思想，在一个作品里必须具体化为对于所写的人物的态度、感情。

对于人或事的态度、感情，大概有这么三种表达方式。一种是“特别地说出”。作者唯恐别人不理解，在叙述、描写中拼命加进一些感情色彩很重的字样，甚至跳出事件外面，自己加以评述、抒情、发议论。一种是尽可能地不动声色。许多西方现代小说的作者就尽量不表示对于所写的人、事的态度，非常冷静。比如海明威。我是主张作者的态度是要让读者感觉到的，但是只能“流露”，不能“特别地说出”。作者的感情、态度最好溶化在叙述、描写之中，隐隐约约，存在于字里行间。“东边日出西边雨，道是无晴却有晴。”

信口说了这些，请大家指正。

文章千古事，得失寸心知

——《清明》杂志文学座谈会纪要

谈到文学与现实、与政治的关系，有人说我远离政治，我还不承认。我为什么不承认呢？任何作家写任何作品，无不和当时的政治有关。有的好像没有直接写政治，好像没有反映现实，但所表现的情绪和心态却是有关的。比如我写《受戒》，和政治有什么关系？我说可有关系了，和十一届三中全会有关系。没有十一届三中全会，就没有《受戒》那样的作品。当时思想解放，要是在"十七年"里就根本没法解释。当时我写出来了，有人就很奇怪：你写这东西干什么？谁给你发表？结果《北京文学》主编李清泉对它很感兴趣，拿去后也不通过编辑，第二期就发。大家都在十一届三中全会那种一片春风的时候，才可能有我这样的作品。所以我感到文学繁荣，必须首先要有一个好的大的气候。要把文学搞好，首先要把政治、经济搞好，才能达到《岳阳楼记》里所谓的政通人和。只有具备政通人和的气候，才能有文学的繁荣。这是一点。另外是气质问题，作为一个写作的人，大家都要认识自己，我是一个什么样的人。所以刚才叶全新让我写几个字，我写了《晋书》上的那句话："我与我周旋久，宁作我。"我和我过了一辈子，我还做我，所以大家写作的时候，不要管当时的行情如何，风气怎么样，你自己按照你自己的去写，不能勉强。我受过勉强的罪，因为我曾经有十年搞样板戏的历史。我是在“旗手”直接领导下搞的。她主张要大江东去，不要小桥流水。我说这完了，我只会小桥流水，不会大江东去。我当然不反对那些大江东去，阳刚之美的东西，也不妨小桥流水。茅盾若干年前就说过，我们文坛上有一种风格的作品多年不见了，就是婉约派的作品，可是一个时期以来，“婉约”是不能提的。包括女同志都是金刚式的。真要是金刚式的当然也很好，但不要勉强。文学的社会功能大家扯了很久，有人认为我是不主张文学有这种功能的。我说你们这是对我很大的误解，我很主张文学也有社会功能，但这种社会功能不能太急功近利。说写一个工厂改革的作品，大家都按照它那样去改革一个工厂，这不可能。有人说针砭时弊，我说靠文学来改革社会，是一个很间接的东西，不可能像打针吃药。我这儿发烧了，两片阿司匹林马上就好，我很欣赏杜甫的两句诗：“随风潜入夜，润物细无声。”像你们那个清明雨似的。当然来两下倾盆大雨也可以，一般还是小雨知时节，慢慢浸润。我想只要有这点善良的愿望，不是为了其他乱七八糟的目的去写就好。社会效果，如有些纪实性作品可能更直接些。但文学更多的是潜在的、内在的东西。我觉得大家可以按照自己的气质去写。作家认识自己的气质有一个办法。你喜欢看哪一路作品，往往你就是那一路气质。我爱看的基本上是契诃夫的小说，归有光的散文这一路子。巴尔扎克和我不是一码事。我不能写巴尔扎克式的作品，或者肖洛霍夫式的东西。个人有个人的气质，不能强求自己去做另外一个人。《清明》有自己的特色，也不一定要去追求轰动效应。我看你们这个会标清清雅雅的、淡淡的，天蓝色的底子上有几个绿色的字，不是通用的大红底子加黄字，就有特色。这种色调就很好。

我感到一个作者最重要的是要有自己的语感。感觉到这种语言是好的才能写出好的语言。梅兰芳善于辨别精粗美恶。有些人没有语感。他不知道什么语言是美的，什么语言是不美的，那就没办法了。

蓝得岂有此理。你不可能想象，世界上竟有这样的蓝，比蓝墨水还要蓝，真怪了！因为它水深达四十米，所以特别蓝。

上海人有办法，叫爱得一塌糊涂。

我的目的不是写蜻蜓，而是写医生，造成一个很淡泊宁静的生活环境，这是他的性格所在。

我们推年轻人不怕过头。怕只怕缺少一种钟爱。徐悲鸿赞赏齐白石，有些话是很过头的，但他说他没有说错。

一个主编一年里边，如果真正有把握地推出两个作家。

李清泉在那几年里边，他比较得意的就是推出两个作品：一个是方之的《内奸》，第二个就是敝人的《受戒》。他自己认为这是他编辑工作的得意之笔。我补充一点，最重要的是第一印象，初读的那个印象非常重要，外国人说的first impression，第一印象能不能抓住你，吸引你，更重要的是第一句。第一句你看他怎么开头。欧阳修《醉翁亭记》第一句："环滁皆山也。"奇了！第一句就成了千古名句。文章的语调语式全有了。

有些很知名的作家，他呀，认为编辑是他的助手。稿子有些字不会写，他空着。标点他弄不清，一路逗点。他认为改标点、补空缺，这是编辑的事。

刚才老林说到我替别人改稿子问题。我也当过几年编辑。编辑和作者之间的关系，不管用什么词儿吧，叫帮助、培养、扶持，都是一个意思。编辑需要不需要，可以不可以帮作者改稿，就是刚才老周说的那个问题。我那时在《北京文艺》，自然来稿很多，几乎很大部分稿件都经过编辑部的加工，包括你们这里的老总。赵树理编刊物的时候，主要靠自然来稿，到发稿时候都发愁，有时候就只好自己动手。赵树理有一个绝处逢生法，实在不行了就把稿子都拿来看。陈登科《活人塘》就是这样出来的。不是什么乱七八糟的东西都可以改出来的。《活人塘》本身就有许多闪光的东西，不是别人可以加上去的。改稿的困难是，改完后不能让人看出是你汪曾祺的稿子，不能改成你的风格。要按照他那个风格改一遍。对，我模仿他们的风格改一遍，语言也是他的。我为什么肯动手改呢？因为他有生活，不是硬编出来的，有真情实感。我看了半天，我如果给他提意见，说你这个小说哪地方是多余的，可以去掉，那么信就要写得很长，而且他也不一定能理解。这样不好，怎么着才叫好了呢？所以这时候我干脆给你再写一遍，你自个去对照。有些作者在临界线以下，一般地提提意见，他出不来，我觉得与其我给你写很长很长的信，不如我给你来一遍。往往带学生就得这样，我受过我的老师沈从文的影响。沈从文对学生稿子大量地修改，但他从不取而代之。世界上对创作能不能教，有截然不同的两种态度。美国有一个很有名的教创作的，他写了一部很厚的书，认为创作可以教。但教创作你不能光讲怎样结构，怎样安排语言，怎样制造气氛，怎样写对话，那就完了。不如实实在在，你这个玩意儿让我写是这么个写法，你瞧瞧看是不是比你强点？这样他能悟出很多东西。我说难的就是还是他的东西，或者说，比他自己还像他自己的东西。这点是很难的。有些作者在编辑帮助之下成名了，地位很高了，可师傅领进门，一脚踢出门的也有。但真诚地帮助作者的编辑吧，一般也不指望有什么报酬，顶多提溜两瓶酒就足够了。这个事情还是值得做的。我很同意。《清明》还要继续走这种……沙里淘金，或者还有其他更形象更诗意的说法吧。我同意这样，但也不能完全代替他。对，揠苗助长得太厉害了也不行。

我没看过。但我觉得可以算中篇，或者前面加上一个附加语，别具一格的中篇。实际上这种弄法也是有的。比如说《纽约奇谈》，五个故事，用大礼服穿起来，每个故事都有大礼服。

我那天和老相说过，国外文学概念中没有中篇这个概念，只有短故事和小说，short story 和 novel 这两个概念。中篇这两年我们兴起来了，成为带有一种中国色彩的特殊的文体。我觉得中国的中篇确有它的特色。沈从文的《边城》，这肯定不是长篇，也不是短篇。梅里美有的小说也不能叫作长篇。我们国土上盛行中篇，所谓中篇意识吧，也可以探索一下。我只有短篇意识，没有其他意识。有些中篇是长篇压短了，愣挤在一起，或把一个短篇拉长了，这不叫中篇。我那个《大淖记事》，很多人说可惜了，只写一万六千字，稍为长点，撑一撑就是中篇。我说我那个是短篇意识，撑出去就不是我那回事了。

关于《受戒》

我没有当过和尚。

我的家乡有很多大大小小的庙。我的家乡没有多少名胜风景。我们小时候经常去玩儿的地方，便是这些庙。我们去看佛像。看释迦牟尼，和他两旁的侍者（有一个侍者岁数很大了，还老那么站着，我常为他不平）。看降龙罗汉、伏虎罗汉、长眉罗汉。看释迦牟尼的背后塑在墙壁上的“海水观音”。观音站在一个鳌鱼的头上，四周都是卷着漩涡的海水。我没有见过海，却从这一壁泥塑上听到了大海的声音。一个中小城市的寺庙，实际上就是一个美术馆。它同时又是一所公园。庙里大都有广庭、大树、高楼。我到现在还记得走上吱吱作响的楼梯，踏着尘土上印着清晰的黄鼠狼足迹的楼板时心里的轻微的紧张，记得凭栏一望后的畅快。

我写的那个善因寺是有的。我读初中时，天天从寺边经过。寺里放戒，一天去看几回。

我小时就认识一些和尚。我曾到一个人迹罕到的小庙里，去看过一个戒行严苦的老和尚。他年轻时曾在香炉里烧掉自己的两个指头，自号八指头陀。我见过一些阔和尚，那些大庙里的方丈。他们大都衣履讲究（讲究到令人难以相信），相貌堂堂，谈吐不俗，比县里的许多绅士还显得更有文化。事实上他们就是这个县的文化人。我写的那个石桥是有那么一个人的（名字我给他改了）。他能写能画，画法任伯年，书学吴昌硕，都很有可观。我们还常常走过门外，去看他那个小老婆。长得像一穗兰花。

我也认识一些以念经为职业的普通的和尚。我们家常做法事。我因为是长子，常在法事的开头和当中被叫去磕头；法事完了，在他们脱下袈裟，互道辛苦之后（头一次听见他们互相道“辛苦”，我颇为感动，原来和尚之间也很讲人情，不是那样冷淡），陪他们一起喝粥或者吃挂面。这样我就有机会看怎样布置道场，翻看他们的经卷，听他们敲击法器，对着经本一句一句地听正座唱“叹骷髅”（据说这一段唱词是苏东坡写的）。

我认为和尚也是一种人，他们的生活也是一种生活，凡作为人的七情六欲，他们皆不缺少，只是表现方式不同而已。

一个偶然的机会，我在一个乡下的小庵里住了几个月，就住在小说里所写的“一花一世界”那几间小屋里。庵名我已经忘记了，反正不叫菩提庵。菩提庵是我因为小门上有那样一副对联而给它起的。“一花一世界”，我并不大懂，只是朦朦胧胧地感到一种哲学的美。我那时也就是明海那样的年龄，十七八岁，能懂什么呢。

庵里的人，和他们的日常生活，也就是我所写的那样。明海是没有的。倒是有一个小和尚，人相当蠢，和明海不一样。至于当家和尚拍着板教小和尚念经，则是我亲眼得见。

这个庄是叫庵赵庄。小英子的一家，如我所写的那样。这一家，人特别的勤劳，房屋、用具特别的整齐干净，小英子眉眼的明秀，性格的开放爽朗，身体姿态的优美和健康，都使我留下难忘的印象，和我在城里所见的女孩子不一样。她的全身，都发散着一种青春的气息。

我一直想写写在这小庙里所见到的生活，一直没有写。

怎么会在四十三年之后，在我已经六十岁的时候，忽然会写出这样一篇东西来呢？这是说不明白的。要说明一个作者怎样孕育一篇作品，就像要说明一棵树是怎样开出花来的一样的困难。

理智地想一下，因由也是有一些的。

一是在这以前，我曾经忽然心血来潮，想起我在三十二年前写的，久已遗失的一篇旧作《异秉》，提笔重写了一遍。写后，想：是谁规定过，新中国成立前的生活不能反映呢？既然历史小说都可以写，为什么写写旧社会就不行呢？今天的人，对于今天的生活所过来的那个旧的生活，就不需要再认识认识吗？旧社会的悲哀和苦趣，以及旧社会也不是没有的欢乐，不能给今天的人一点儿什么吗？这样，我就渐渐回忆起四十三年前的一些旧梦。当然，今天来写旧生活，和我当时的感情不一样，正如同我重写过的《异秉》和三十二年前所写的感情也一定不会一样。四十多年前的事，我是用一个八十年代的人的感情来写的。《受戒》的产生，是我这样一个八十年代的中国人的各种感情的一个总和。

二是前几个月，因为我的老师沈从文要编他的小说集，我又一次比较集中、比较系统地读了他的小说。我认为，他的小说，他的小说里的人物，特别是他笔下的那些农村的少女，三三、夭夭、翠翠，是推动我产生小英子这样一个形象的一种很潜在的因素。这一点，是我后来才意识到的。在写作过程中，一点儿也没有察觉，大概是有关系的。我是沈先生的学生。我曾问过自己：这篇小说像什么？我觉得，有点像《边城》。

三是受了百花齐放的气候的感召。

试想一想：不用说十年浩劫，就是“十七年”，我会写出这样一篇东西吗？写出了，会有地方发表吗？发表了，会有人没有顾虑地表示他喜欢这篇作品吗？都不可能的。那么，我就觉得，我们的文艺的情况真是好了，人们的思想比前一阵解放得多了。百花齐放，蔚然成风，使人感到温暖。虽然风的形成是曲曲折折的（这种曲折的过程我不大了解），也许还会乍暖还寒？但是我想不会。我为此，为我们这个国家，感到高兴。

这篇小说写的是什么？我在大体上有了一个设想之后，曾和个别同志谈过。“你为什么要写这样一篇东西呢？”当时我没有回答，只是带着一点儿激动说：“我要写！我一定要把它写得很美，很健康，很有诗意！”写成后，我说：“我写的是美，是健康的人性。”美，人性，是任何时候都需要的。

人们都说，文艺有三种作用：教育作用、美感作用和认识作用。是的。我承认有的作品有更深刻或更明显的教育意义。但是我希望不要把美感作用和教育作用截然分开甚至对立起来，不要把教育作用看得太狭窄（我历来不赞成单纯娱乐性的文艺这种提法），那样就会导致题材的单调。美感作用同时也是一种教育作用。美育嘛。这两年重提美育，我认为是很有必要的。这是医治民族的创伤、提高青年品德的一个很重要的措施。我们的青年应该生活得更充实，更优美，更高尚。我甚至相信，一个真正能欣赏齐白石和柴可夫斯基的青年，不大会成为一个打砸抢分子。

我的作品的内在的情绪是欢乐的。我们有过各种创伤，但是我们今天应该快乐。一个作家，有责任给予人们一份快乐，尤其是今天（请不要误会，我并不反对写悲惨的故事）。我在写出这个作品之后，原本也是有顾虑的。我说过：发表这样的作品是需要勇气的。但是我到底还是拿出来了，我还有一点儿自信。我相信我的作品是健康的，是引人向上的，是可以增加人对于生活的信心的，这至少是我的希望。

也许会适得其反。

我们当然是需要有战斗性的，描写具有丰富的人性的现代英雄的，深刻而尖锐地揭示社会的病痛并引起疗救的注意的悲壮、宏伟的作品。悲剧总要比喜剧更高一些。我的作品不是，也不可能成为主流。

我从来没有说过关于自己作品的话。一个不长的短篇，也没有多少可说的话。《小说选刊》的编者要我写几句关于《受戒》的话，我就写了这样一些。写得不短，而且那样的直率，大概我的性格在变。

很多人的性格都在变。这好。

《职业》自赏

作家在谈到自己的作品时总要谦虚一番，很少称为“自赏”的。这又何必。庄子云：“如鱼饮水，冷暖自知。”一个人写作时有过什么激动，在作品里倾注了什么样的感情，是不是表达了想要表达的东西，是不是恰到好处，可以“提刀却立，四顾踌躕”，这只有作家自己感受最深。那么“自赏”一下，有何不可？

有不少人问我：“你自己最满意的小说是哪几篇？”这倒很难回答。我只能老实说：大部分都比较满意。“哪一篇最满意？”一般都以为《受戒》《大淖记事》是我的“代表作”，似乎已有定评，但我的回答出乎一些人的意外：《职业》。

山西的评论家兼小说家李国涛，说我最好的小说是《职业》。有一位在新疆教古典文学的教授说他每读《职业》的结尾都要流泪。这使我觉得很欣慰。

《职业》是一篇旧作，近半个世纪中，我曾经把它改写过三次，直至八十年代，又写了一次，才算定稿。

为什么我要把这篇短短的小说（我很反对“小小说”这种提法）不厌其烦地一再改写呢？

第四稿交给《人民文学》后，刘心武说：“为什么这样短的小说用这样大的题目？”他读了原稿，说：“是得用这样大的题目。”

职业是对人的框定，是对人的生活无限可能的限制，是对自由的取消。一个人从事某种职业，就会死在这个职业里，他的衣食住行，他的思想，全都是职业化了的。

小说中那个卖“椒盐饼子西洋糕”的孩子是一个真人。我在昆明的文林街每天可以看到他。我最初只是对他有点怜悯：一个十一二岁的孩子，“学龄儿童”，却过早地从事职业，为了养家。他的童年是没有童年的童年，他在暂时摆脱他的职业时高喊了一声街上的孩子摹仿他的叫卖声，是一种自我调侃，一种浸透苦趣的自我调侃。同时，这也是对于被限制的生活的抗议。

第四稿我增写了一些别的叫卖，作为这个卖椒盐饼子西洋糕的叫卖声音的背景。有的脆亮，有的苍老，也有卖杨梅和玉麦粑粑的苗族女孩子娇嫩的声音。这样是为了注入更多的生活气息。这样，小说的主题就比原来拓宽了，也深化了。从童年的失去，扩展成为：

人世多苦辛。

《大淖记事》是怎样写出来的

一个作品写出来了，作者要说的话都说了。为什么要写这个作品，这个作品是怎么写出来的，都在里面。再说，也无非是重复，或者说些题外之言。但是有些读者愿意看作者谈自己的作品的文章——回想一下，我年轻时也喜欢读这样的文章，以为比读评论更有意思，也更实惠，因此，我还是来写一点儿。

大淖是有那么一个地方的。不过，我敢说，这个地方是由我给它正了名的。去年我回到阔别了四十余年的家乡，见到一位初中时期教过我国文的张老师，他还问我："你这个'淖'字是怎样考证出来的？"我们小时做作文、记日记，常常要提到这个地方，而苦于不知道该怎样写。一般都写作"大脑"，我怀疑之久矣。这地方跟人的大脑有什么关系呢？后来到了张家口坝上，才恍然大悟：这个字原来应该这样写！坝上把大大小小的一片水都叫作"淖儿"。这是蒙古话。坝上蒙古人多，很多地名都是蒙古话。后来到内蒙走过不少叫作"淖儿"的地方，越发证实了我的发现。我的家乡话没有儿化字，所以径称之为淖。至于"大"，是状语。"大淖"是一半汉语，一半蒙语，两结合。我为什么念念不忘地要去考证这个字，为什么在知道淖字应该怎么写的时候，心里觉得很高兴呢？是因为我很久以前就想写写大淖这地方的事。如果写成"大脑"，在感情上是很不舒服的——三十多年前我写的一篇小说里提到大淖这个地方，为了躲开这个"脑"

字，只好另外改变了一个说法。

我去年回乡，当然要到大淖去看看。我一个人去走了几次。大淖已经几乎完全变样了。一个造纸厂把废水排到这里，淖里是一片铁锈颜色的浊流。我的家人告诉我，我写的那个沙洲现在是一个种鸭场。我对着一片红砖的建筑（我的家乡过去不用红砖，都是青砖），看了一会儿。不过我走过一些依河而筑的不整齐的矮小房屋，一些才可通人的曲巷，觉得还能看到一些当年的痕迹。甚至某一家门前的空气特别清凉，这感觉，和我四十年前走过时也还是一样。

我的一些写旧日家乡的小说发表后，我的乡人问过我的弟弟："你大哥是不是从小带一个本本，到处记？——要不他为什么能记得那么清楚呢？"我当然没有一个小本本。我那时才十几岁，根本没有想到过我日后会写小说。便是现在，我也没有记笔记的习惯。我的笔记本上除了随手抄录一些所看杂书的片断材料外，只偶尔记下一两句只有我自己看得懂的话——一点儿印象。有时只有一个单独的词儿。

小时候记得的事是不容易忘记的。

我从小喜欢到处走，东看看，西看看（这一点和我的老师沈从文有点像）。放学回来。一路上有很多东西可看。路过银匠店，我走进去看老银匠在模子上敲打半天，敲出一个用来钉在小孩儿的虎头帽上的小罗汉。路过画匠店，我歪着脑袋看他们画"家神菩萨"或玻璃油画福禄寿三星。路过竹厂，看竹匠把竹子一头劈成几岔，在火上烤弯，做成一张一张草箢子……多少年来，我还记得从我的家到小学的一路每家店铺、人家的样子。去年回乡，一个亲戚请我喝酒，我还能清清楚楚把他家原来的布店的店堂里的格局描绘出来，背得出白色的屏门上用蓝漆写的一副对子。这使他大为惊奇，连说："是的是的。"也许是这种东看看西看看的习惯，使我后来成了一个"作家"。

我经常去"看"的地方之一，是大淖。

大淖的景物，大体就是像我所写的那样。居住在大淖附近的人，看了我的小说，都说"写得很像"。当然，我多少把它美化了一点儿。比如大淖的东边有许多粪缸（巧云家的门外就有一口很大的粪缸），我写它干什么呢？我这样美化一下，我的家乡人是同意的。我并没有有闻必录，是有所选择的。大淖岸上有一块比通常的碾盘还要大得多的扁圆石头，人们说是"星"——陨石，因与故事无关，我也割爱了（去年回乡，这个"星"已经不知搬到哪里去了）。如果写这个星，就必然要生出好些文章。因为它目标很大，引人注目，结果又与人事毫不相干，岂非"冤"了读者一下？

小锡匠那回事是有的。像我这个年龄的人都还记得。我那时还在上小学，听说一个小锡匠因为和一个保安队的兵的"人"要好，被保安队打死了，后来用尿碱救过来了。我跑到出事地点去看，只看见几只尿桶。这地方是平常日子也总有几只尿桶放在那里的，为了集尿，也为了方便行人。我去看了那个"巧云"（我不知道她的真名叫什么），门半掩着，里面很黑，床上坐着一个年轻女人，我没有看清她的模样，只是无端地觉得她很美。过了两天，就看见锡匠们在大街上游行。这些，都给我留下很深的印象，使我很向往。我当时还很小，但我的向往是真实的。我当时还不懂"高尚的品质、优美的情操"这一套，我有的只是一点儿向往。这点向往是朦胧的，但也是强烈的。这点向往在我的心里存留了四十多年，终于促使我写了这篇小说。

大淖的东头不大像我所写的一样。真实生活里的巧云的父亲也不是挑夫。挑夫聚居的地方不在大淖而在越塘。越塘就在我家的巷子的尽头。我上小学、初中时每天早晨、傍晚都要经过那里。星期天，去钓鱼。暑假时，挟了一个画夹子去写生。这地方我非常熟。挑夫的生活就像我所写的那样。街里的人对挑夫是看不起的，称之为“挑箩把担”的。便是现在，也还有这个说法。但是我真的从小没有对他们轻视过。

越塘边有一个姓戴的轿夫，得了血丝虫病——象腿病。抬轿子的得了这种最不该得的病，就算完了，往后的日子还怎么过呢？他的老婆，我每天都看见，原来是个有点邋遢的女人，头发黄黄的，很少有梳得整齐的时候，她大概身体不太好，总不大有精神。丈夫得了这种病，她怎么办呢？有一天我看见她，真是焕然一新！她完全变成了另外一个人，头发梳得光光的，衣服很整齐，显得很挺拔，很精神。尤其使我惊奇的，是她原来还挺好看。她当了挑夫了！一百五十斤的担子挑起来嚓嚓地走，和别的男女挑夫走在一列，比谁也不弱。

这个女人使我很惊奇。经过四十多年，神差鬼使，终于使我把她的品行性格移到我原来所知甚少的巧云身上（挑夫们因此也就搬了家）。这样，原来比较模糊的巧云的形象就比较充实，比较丰满了。

这样，一篇小说就酝酿成熟了。我的向往和惊奇也就有了着落。至于这篇小说是怎样写出来的，那真是说不清，只能说是神差鬼使，像鲁迅所说“思想中有了鬼似的”。我只是坐在沙发里东想想，西想想，想了几天，一切就比较明确起来了，所需用的语言、节奏也就自然形成了。一篇小说已经有在那里，我只要把它抄出来就行了。但是写出来的契因，还是那点向往和那点惊奇。我以为没有那么一点儿东西是不行的。

各人的写作习惯不一样。有人是一边写一边想，几经改删，然后成篇。我是想得相当成熟了，一气写成。当然在写的过程中对原来所想的还会有所取舍，如刘彦和所说：“殆乎篇成，半折心始。”也还会写到那里，涌出一些原来没有想到的细节，所谓“神来之笔”，比如我写道：“十一子微微听见一点儿声音，他睁了睁眼。巧云把一碗尿碱汤灌进了十一子的喉咙”之后，忽然写了一句：

“不知道为什么，她自己也尝了一口。”

这是我原来没有想到的。只是写到那里，出于感情的需要，我迫切地要写出这一句（写这一句时，我流了眼泪）。我的老师沈从文教我们写作，常说“要贴到人物来写”，很多人不懂他这句话。我的这一个细节也许可以给沈先生的话作一注脚。在写作过程中要随时紧紧贴着人物，用自己的心，自己的全部感情。什么时候自己的感情贴不住人物，大概人物也就会“走”了，飘了，不具体了。

几个评论家都说我是一个风俗画作家。我自己原来没有想过。我是很爱看风俗画。十六七世纪的荷兰画派的画，日本的浮世绘，中国的货郎图、踏歌图……我都爱看。讲风俗的书，《荆梦岁时记》《东京梦华录》《一岁货声》……我都爱看。我也爱读竹枝词。我以为风俗是一个民族集体创作的生活抒情诗。我的小说里有些风俗画成分，是很自然的。但是不能为写风俗而写风俗。作为小说，写风俗是为了写人。有些风俗，与人的关系不大，尽管它本身很美，也不宜多写。比如大淖这地方放过荷灯，那是很美的。纸制的荷花，当中安一段浸了桐油的纸捻，点着了，七月十五的夜晚，放到水里，慢慢地漂着，经久不息，又凄凉又热闹，看的人疑似离开真实生活而进入一种飘渺的梦境。

但是我没有把它写入《记事》——除非我换一个写法，把巧云和十一子的悲喜和放荷灯结合起来，成为故事不可缺少的部分，像沈先生在《边城》里所写的划龙船一样。这本是不待言的事，但我看了一些青年作家写风俗的小说，往往与人物关系不大，所以在这里说一句。

对这篇小说的结构，有两种不同的意见。一种以为前面（不是直接写人物的部分）写得太多，有比例失重之感。另一种意见，以为这篇小说的特点正在其结构，前面写了三节，都是记风土人情，第四节才出现人物。我于此有说焉。我这样写，自己是意识到的。所以一开头着重写环境，是因为“这里的一切和街里不一样”，“这里的人也不一样。他们的生活，他们的风俗，他们的是非标准、伦理道德观念和街里的穿长衣念过‘子曰’的人完全不同”。只有在这样的环境里，才有可能出现这样的人和事。有个青年作家说：“题目是《大淖记事》，不是《巧云和十一子的故事》，可以这样写。”我倾向同意她的意见。

我的小说的结构并不都是这样的。比如《岁寒三友》，开门见山，上来就写人。我以为短篇小说的结构可以是各式各样的。如果结构都差不多，那也就不成其为结构了。

《汪曾祺短篇小说选》自序

近年来有人称我为老作家了，这对我是新鲜事。老则老矣，已经六十一岁；说是作家，则还很不够。我多年来不觉得我是个作家。我写得太少了。

我写小说，是断断续续，一阵一阵的。开始写作的时间倒是颇早的。第一篇作品大约是一九四〇年发表的。那是沈从文先生所开“各体文习作”课上的作业，经沈先生介绍出去的。大学时期所写，都已散失。此集中所收的第一篇《复仇》，可作为那一时期的一个代表，虽然写成时我已经离开大学了。一九四六、一九四七年在上海，写了一些，编成一本《邂逅集》。此集的前四篇即选自《邂逅集》。这次编集时都作了一些修改，但基本上保留了原貌。新中国成立后长期担任编辑，未写作。一九五七年偶然写了一点儿散文和散文诗。一九六一年写了《羊舍一夕》。因为少年儿童出版社约我出一个小集子（听说是萧也牧同志所建议），我又接着写了两篇。一九七九年到一九八一年写得多一些，这都是几个老朋友怂恿的结果。没有他们的鼓励、催迫，甚至责备，我也许就不会再写小说了。深情厚谊，良可感念，于此谢之。

我的一些小说不大像小说，或者根本就不是小说。有些只是人物素描。我不善于讲故事。我也不喜欢太像小说的小说。即故事性很强的小说。故事性太强了，我觉得就不大真实。我的初期的小说，只是相当客观地记录对一些人的印象，对我所未见的，不了解的，不去以意为之作过多的补充。后来稍稍展开一些，有较多的虚构，也有一点点情节。

有人说我的小说跟散文很难区别，是的。我年轻时曾想打破小说、散文和诗的界限。《复仇》就是这种意图的一个实践。后来在形式上排除了诗，不分行了，散文的成分是一直明显地存在着的。所谓散文，即不是直接写人物的部分。不直接写人物的性格、心理、活动。有时只是一点儿气氛。但我以为气氛即人物。一篇小说要在字里行间都浸透了人物。作品的风格，就是人物性格。

我的小说的另一个特点是：散。这倒是有意为之。我不喜欢布局严谨的小说，主张信马由缰，为文无法。苏轼说："大略如行云流水，初无定质，但常行于所当行，常止于所不可不止。文理自然，姿态横生。"(《答谢民师书》)；又说："吾文如万斛泉源，不择地而出，在平地滔滔汩汩，虽一日千里无难。及其与山石曲折，随物赋形而不可知也。"(《文说》）虽不能至，心向往之。

我的小说的题材，大都是不期然而遇，因此我把第一个集子定名为"邂逅"。因此，我的创作无计划可言。今后写什么，一点儿不知道。但如果身体还好，总还能再写一点儿吧。恐怕也还是断断续续，一阵一阵的。

是为序。

《汪曾祺自选集》自序

承漓江出版社的好意，约我出一个自选集。我略加考虑，欣然同意了。因为，一则我出过的书市面上已经售缺，好些读者来信问哪里可以买到，有一个新的选集，可以满足他们的要求；二则，把不同体裁的作品集中在一起，对想要较全面地了解我的读者和研究者方便一些，省得到处去搜罗。

自选集包括少量的诗，不多的散文，主要的还是短篇小说。评论文章未收入，因为前些时刚刚编了一本《晚翠文谈》，交给了浙江文艺出版社，手里没有存稿。

我年轻时写过诗，后来很长时间没有写。我对于诗只有一点儿很简单的想法。一个是希望能吸收中国传统诗歌的影响（新诗本身是外来形式，自然要吸收外国的——西方的影响）。一个是最好要讲一点儿韵律。诗的语言总要有一点儿音乐性，这样才便于记诵，不能和散文完全一样。

我的散文大都是记叙文。间发议论，也是夹叙夹议。我写不了像伏尔泰、叔本华那样闪烁着智慧的论著，也写不了蒙田那样渊博而优美的谈论人生哲理的长篇散文。我也很少写纯粹的抒情散文。我觉得散文的感情要适当克制。感情过于洋溢，就像老年人写情书一样，自己有点不好意思。我读了一些散文，觉得有点感伤主义。我的散文大概继承了一点儿明清散文和五四散文的传统。有些篇可以看出张岱和龚定盦的痕迹。

我只写短篇小说，因为我只会写短篇小说。或者说，我只熟悉这样一种对生活的思维方式。我没有写过长篇，因为我不知道长篇小说为何物。长篇小说当然不是篇幅很长的小说，也不是说它有繁复的人和事，有纵深感，是一个具有历史性的长卷……这些等等。我觉得长篇小说是另外一种东西。什么时候我摸得着长篇小说是什么东西，我也许会试试，我没有写过中篇（外国没有“中篇”这个概念）。我的小说最长的一篇大约是一万七千字。有人说，我的某些小说，比如《大淖记事》稍微抻一抻就是一个中篇。我很奇怪：为什么要抻一抻呢？抻一抻，就会失去原来的完整，原来的匀称，就不是原来那个东西了。我以为一篇小说未产生前，即已有此小说的天生的形式在，好像宋儒所说的未有此事物，先有此事物的“天理”。我以为一篇小说是不能随便抻长或缩短的。就像一个苹果，既不能把它压小一点儿，也不能把它泡得更大一点儿。压小了，泡大了，都不成其为一个苹果。宋玉说东邻之处子，增之一分则太长，减之一分则太短，施朱则太赤，敷粉则太白，说的虽然绝对了一些，但是每个作者都应当希望自己的作品修短相宜，浓淡适度。当他写出了一个作品，自己觉得：嘿，这正是我希望写成的那样，他就可以觉得无憾。一个作家能得到的最大的快感，无非是这点无憾，如庄子所说：“提刀而立，为之四顾，为之踌躇满志。”否则，一个作家当作家，当个什么劲儿呢？

我的小说的背景是：我的家乡高邮、昆明、上海、北京、张家口。因为我在这几个地方住过。我在家乡生活到十九岁，在昆明住了七年，上海住了一年多，以后一直住在北京——当中到张家口沙岭子劳动了四个年头。我的以这些不同地方为背景的小说，大都受了一些这些地方的影响，风土人情；语言——包括叙述语言，都有一点儿这些地方的特点。但我不专用这一地方的语言写这一地方的人事。我不太同意“乡土文学”的提法。我不认为我写的是乡土文学。有些同志所主张的乡土文学，他们心目中的对立面实际上是现代主义，我不排斥现代主义。

我写的人物大都有原型。移花接木，把一个人的特点安在另一个人的身上，这种情况是有的。也偶尔“杂取种种人”，把几个人的特点集中到一个人的身上。但多以一个人为主。当然不是照搬原型。把生活里的某个人原封不动地写到纸上，这种情况是很少的。对于我所写的人，会有我的看法，我的角度，为了表达我的一点儿什么“意思”，会有所夸大，有所削减，有所改变，会加入我的假设，我的想象，这就是现在通常所说的主体意识。但我的主体意识总还是和某一活人的影子相粘附的。完全从理念出发，虚构出一个或几个人物来，我还没有这样干过。

重看我的作品时，我有一点儿奇怪的感觉：一个人为什么要成为一个作家呢？这多半是偶然的，不是自己选择的。不像是木匠或医生，一个人拜师学木匠手艺，后来就当木匠；读了医科大学，毕业了就当医生。木匠打家具，盖房子；医生给人看病。这都是实实在在的事。作家算干什么的呢？我干了这一行，最初只是对文学有一点儿爱好，爱读读文学作品——这种人多了去了！后来学着写了一点儿作品，发表了，但是我很长时期并不意识到我是一个“作家”。现在我已经得到社会承认，再说我不是作家，就显得矫情了。这样我就不得不慎重地考虑考虑：作家在社会分工里是干什么的？我觉得作家就是要不断地拿出自己对生活的看法，拿出自己的思想、感情——特别是感情的那么一种人。作家是感情的生产者。那么，检查一下，我的作品所包含的是什么样的感情？我自己觉得：我的一部分作品的感情是忧伤，比如《职业》《幽冥钟》；一部分作品则有一种内在的欢乐，比如《受戒》《大淖记事》；一部分作品则由于对命运的无可奈何转化出一种常有苦味儿的嘲谑，比如《云致秋行状》《异秉》。在有些作品里这三者是混合在一起的，比较复杂。但是总起来说，我是一个乐观主义者。对于生活，我的朴素的信念是：人类是有希望的，中国是会好起来的。我自觉地想要对读者产生一点儿影响的，也正是这点朴素的信念。我的作品不是悲剧。我的作品缺乏崇高的、悲壮的美。我所追求的不是深刻，而是和谐。这是一个作家的气质所决定的，不能勉强。

重看旧作，常常会觉得：我怎么会写出这样一篇作品来的？——现在叫我来写，写不出来了。我的女儿曾经问我："你还能写出一篇《受戒》吗？"我说："写不出来了。"一个人写出某一篇作品，是外在的、内在的各种原因造成的。我是相信创作是有内部规律的。我们的评论界过去很不重视创作的内部规律，创作被看作是单纯的社会现象，其结果是导致创作缺乏个性。有人把政治的、社会的因素都看成是内部规律，那么，还有什么是外部规律呢？这实际上是抹煞内部规律。一个人写成一篇作品，是有一定的机缘的。过了这个村，没有这个店。为了让人看出我的创作的思想脉络，各辑的作品的编排，大体仍以写作（发表）的时间先后为序。

严格地说，这个集子很难说是"自选集"。"自选集"应该是从大量的作品里选出自己认为比较满意的。我不能做到这一点。一则是我的作品数量本来就少，挑得严了，就更会所剩无几；二则，我对自己的作品无偏爱。有一位外国的汉学家发给我一张调查表，其中一栏是："你认为自己最具有代表性的作品是哪几篇"，我实在不知道如何填。我的自选集不是选出了多少篇，而是从我的作品里剔除了一些篇。这不像农民田间选种，倒有点像老太太择菜。老太太择菜是很宽容的，往往把择掉的黄叶、枯梗拿起来再看看，觉得凑合着还能吃，于是又搁回到好菜的一堆里。常言说：拣到篮里的都是菜，我的自选集就有一点儿是这样。

捡石子儿

——《中国当代作家选集丛书·汪曾祺》代序

承人民文学出版社的好意，要出我一本选集，我很高兴。我出过的几本书，印数都很少，书店里买不到。很多人到我这里来要。我的存书陆续送人，所剩无几，已经见了缸底了。有一本新书，可以送送人。当然，还可以有一点儿稿费。

一本二十多万字的书，好像总得有一篇序什么的，不然就太秃了，因此，写几句。都是与本书有关的，不准备扯得太远。

都是些平平常常的话。

我以前外出，喜欢捡一些石头子儿。在海边，在火山湖畔，在沙滩上、沙漠上，倒是精心挑选的，当时觉得很新鲜。但是带回来之后看看，就失去了新鲜感，都没有多大意思。后来，我的孙女拿去过家家了。剩几颗，压水仙头。最后，都不知下落，没有了。也并不可惜。我的这篇代序里的话也就像那些石头子儿，没有什么保留价值。

关于空灵和平实

我的一些作品是写得颇为空灵的，比如《复仇》《昙花·鹤和鬼火》《天鹅之死》。空灵不等于脱离现实。《复仇》是现实生活的折射。这是一篇寓言性的小说。只要联系一九四四年前后的中国的现实生活背景，不难寻出这篇小说的寓意。我国台湾佛光出版社把这篇小说选入《佛教小说选》，我起初很纳闷。去年读了一点儿佛经，发现我写这篇小说是不很自觉地受了佛教的“冤亲平等”思想的影响的。但是，最后两个仇人共同开凿山路，则是我对中国乃至人类所寄予的希望。我写《天鹅之死》，是对现实生活有很深的沉痛感的。《汪曾祺自选集》的这篇小说后面有两行附注：

一九八〇年十二月二十九日清晨

一九八七年六月七日校，泪不能禁。

我的感情是真实的。一些写我的文章每每爱写我如何恬淡、潇洒、飘逸，我简直成了半仙！你们如果跟我接触得较多，便知道我不是一个不食人间烟火的人。

在一次北京作协组织的我的作品座谈会上，最后，我作了一个简短的发言，题目是《回到现实主义，回到民族传统》，这可以说是我的文学主张。我说我所说的“现实主义”是能容纳各种流派的现实主义。现实主义不应该排斥、拒绝非现实主义。现实主义的作品，或多或少，都要掺进一点儿非现实主义的成分。这样的现实主义才能接收一点儿新的血液，获得生机。否则现实主义就会干枯，老化，乃至死亡。但是，我的作品的本体，是现实主义的。我对生活的态度是执著的。我不认为生活本身是荒谬的。不认为世间无一可取，亦无一可言。我所用的方法，尤其是语言，是平易的，较易为读者接受的。我的小说基本上是直叙。偶有穿插，但还是脉络分明的。我不想把事件程序弄得很乱。有这个必要吗？我不大运用时空交错。我认为小说是第三人称的艺术。我认为小说如果出现“你”，只能是接受对象，不能作为人物。“我”作为读者，和作品总是有个距离的。不管怎么投入，总不能变成小说中本来应该用“他”来称呼的人物，感觉到他的感觉。这样的做法不但使读者眼花缭乱，而且阻碍读者进入作品。至少是我，对这样的写法是反感的。有这个必要吗？小说是写给读者看的，不能故意跟读者为难，使读者读起来过于费劲儿。修辞立其诚，对读者要诚恳一些，尽可能地写得老实一些。

但是，我最近写的一篇小说《小芳》引起了我对我的写作方法的一番思索。

《中国作家》有位编辑约我写一篇小说，写完了，我在电话里告诉他：“这篇小说写得非常平实。”我的女儿看了，说她不喜欢。“一点儿才华没有！这不像是你写的！”我也不知道我怎么会写出这样一篇如此平铺直叙的小说。我负气地说：“我就是要写得没有一点儿才华！”但是我禁不住要想一想：我七十一岁了，写了这样平实的小说，这说明了什么？是不是我在写作方法上发生了某些变化？以后，我的小说将会是什么样子的？

想了几天，似乎有所开悟（这些问题过去也不是没有想过）：作品的空灵、平实，是现实主义，还是非现实主义，决定于作品所表现的生活。生活的样子，就是作品的样子。一种生活，只能有一种写法。《天鹅之死》的跳芭蕾舞的演员白蕤和天鹅，本来是两条线，只能交织着写。《小芳》里的小芳，是一个真人，我只能直叙其事。虚构、想象、夸张，我觉得都是不应该的，好像都对不起这个小保姆。一种生活，用一种方法写，这样，一个作家的作品才能多样化。我想我以后再写小说，不会都像《小芳》那样。都是那样，就说明确实是老了。

关于民族传统和外来影响

我的写作受过一些什么影响？古今中外，乱七八糟。

我在大学念的是中文系，但是课余时间看的多是中国的当代文学作品和外国文学的译本。俄国的、东欧的、英国的、法国的、美国的、西班牙的。如果不看这些外国作品，我不会成为作家。

我对一种说法很反感，说年轻人盲目学习西方，赶时髦。说西方有什么新的学说，新的方法，他们就赶快摹仿。说有些东西西方已经过时了，他们还当着宝贝捡起来，比如意识流。有些青年作家摹仿西方，这有什么不好呢？我们年轻时还不都是这样过来的？有些方法，不是那样容易过时的，比如意识流。意识流是对古典现实主义一次重大的突破。普鲁斯特的作品现在也还有人看。指责年轻人的权威是在维护文学的正统，还是维护什么别的东西，大家心里明白。

有一种说法我不理解：越是民族的，就越是世界的。虽然这话最初大概是鲁迅说的。这在逻辑上讲不通。现在抬出这样的理论的中老年作家的意思我倒是懂得的。他们具有强烈的排他性，排斥外来的影响，排斥受外来影响较大的青年作家，以为自己的作品是最民族的，也是最世界的，是最好的，别的，都不行。

钱钟书先生提出一个说法："打通"。他说他这些年所做的工作，主要是打通。他所说的打通指的是中西文学之间的打通。我很欣赏打通说，中国当代文学和西方文学需要打通，不应该设障。

另一种打通是当代文学与古典文学（民族传统）之间的打通。毋庸讳言，中国当代文学和古典文学之间是相当隔阂的。这有两方面的原因。一方面，当代作家对古典文学重视得不够；另一方面，研究、教授古典文学的先生又极少考虑古典文学对当代创作的作用——推动当代创作，应该是研究、教学古典文学的最终目的。

还有一种打通，是当代文学、古典文学和民间文学之间的打通。我曾在湖南桑植读到一首民歌：

> 姐的帕子白又白，
> 你给小郎分一截。
> 小郎拿到走夜路，
> 好比天上峨眉月。

不知道为什么，我当时立刻想到王昌龄的《长信秋词》：

> 玉颜不及寒鸦色，
> 犹带昭阳日影来。

两者设想的超迈，有其相通处。这样的民歌，我想对于当代诗歌，乃至小说、散文的写作应该是有影响的。

《阿诗玛》说："吃饭，饭不到肉里；喝水，水不到血里。"我们读了西方文学、古典文学、民间文学，当然不能确指这进入哪一块肉，变成哪一滴血，但是多方吸收，总是好的。

我对古典、西方、民间都不很通。但是我以为，一个当代中国作家，应该是一个文学的通人。

关于笔记体小说

我的一些小说，在投寄刊物时自己就标明是笔记小说。笔记体小说是近年出来的文学现象。我好像成了这种文体的倡导者之一。但是我对笔记体小说的概念并不清楚。

中国古代小说有两个传统，唐人传奇和宋人笔记。唐人传奇本多是投之当道的“行卷”。因为要使当道者看得有趣，故情节曲折，引人入胜；又因为要使当道者赏识其才华，故文辞美丽。是有意为文。宋人笔记无此功利的目的，多是写给朋友们看看的，聊助谈资。有的甚至是写给自己看的。《梦溪笔谈》云“所与谈者，唯笔砚耳”。是无意为文。因此写得清淡自然，但，自有情致。我曾在一篇序言里说过我喜欢宋人笔记胜于唐人传奇，以此。

两种传统，绵延不绝，《阅微草堂笔记》可以说是继承了笔记传统，《聊斋志异》则是传奇、笔记兼而有之。纪晓岚对蒲松龄很不满意，指责他：

“今燕昵之词、媟狎之态，细微曲折，摹绘如生。使出自言，似无此理；使出作者代言，则何从而闻见之？”

这问题其实很好回答：想象。

一般认为，所写之事是目击或亲闻的，是笔记，想象成分稍多者，即不是。这也有理。

按照这个标准，则我的《桥边小说三篇》的《茶干》是笔记小说；《詹大胖子》不完全是，张蕴之到王文蕙屋里去，并非我亲眼得见；《幽冥钟》更不是，地狱里的女鬼听到幽冥钟声，看到一个一个淡金色的光圈，我怎么能看到呢？这完全是想象，是诗。

我觉得这样的区分没有多大意思。

凡是不以情节胜，比较简短，文字淡雅而有意境的小说，不妨都称之为笔记体小说。

我并不主张有人专写笔记体小说，只写笔记体小说。也不认为这是最好的小说文体。只是有那么一小块生活，适合或只够写成笔记体小说，便写成笔记体，而已。我并没有“倡导”过什么。

关于中国魔幻小说

我看了几篇拉丁美洲的魔幻小说，第一个感想是：人家是把这样的东西也叫作小说的；第二个感想是：这样的小说中国原来就有过。所不同的是拉丁美洲的魔幻小说是当代作品，中国的魔幻小说是古代作品。我于是想改写一些中国古代魔幻小说，注入当代意识，使它成为新的东西。

中国是一个魔幻小说的大国，从六朝志怪到《聊斋》，乃至《夜雨秋灯录》，真是浩如烟海，可资改造的材料是很多的。改写魔幻小说，至少可以开拓一个新的写作领域。

有人会问：改写魔幻小说有什么意义？我们也可以反问一句：你所说的“意义”是什么意义？

关于本书体例

我以前出的几本书，在编排上都是以作品写作或发表的时间先后为序的。这回不这样，我把作品大体上归了归类。小说部分以地方背景分。我生活过的地方是：江苏高邮、昆明、北京、张家口。小说也就把以这几个地方为背景的归在一起。有些篇不能确指其背景是什么地方，就只好单独放着，如《复仇》《小芳》。散文部分是这样分的：记人的，写风景的，和人生杂论。

这样的编排说不上有什么道理，只是为了一般读者阅读的方便。这对研究者可能造成一些困难。我不大赞成用“系年”的方法研究一个作者。我活了一辈子，我是一条整鱼（还是活的），不要把我切成头、尾、中段。何况，我是不值得“研究”的。“研究”这个词儿很可怕。

《矮纸集》题记

小说集的编法不外两种。一种是以作品发表（成集）的先后为序；一种是以主题大体相近的归类。我这回想换一个编法：以作品所写到的地方背景，也就是我生活过的地方分组。编完了，发现我写得最多的还是我的故乡高邮，其次是北京，其次是昆明和张家口。我在上海住过近两年，只留下一篇《星期天》。在武汉住过一年，一篇也没有留下。作品的产生与写作的环境是分不开的。

这部小说集选写高邮的二十篇，写昆明的四篇，写上海的一篇，写北京的八篇，写张家口的三篇，共计三十六篇，依序编排。

陆放翁诗云："矮纸斜行闲作草，晴窗细乳戏分茶。"我很喜欢这两句诗，因名此集为《矮纸集》。"闲作草""戏分茶"，是一种闲适的生活。有一位作家把我的作品归于"闲适类"，我不能辞其咎。但我并不总是很闲适，有时甚至是愤慨的，如《天鹅之死》。明眼人不难体会到。

关于方法，我觉得有一个现实主义、一个浪漫主义，顶多再有一个现代主义，就够了。有人提出"新写实""新状态""后现代"，花样翻新，使人眼花缭乱。我觉得写小说首先得把文章写通。文字不通，疙里疙瘩，总是使人不舒服。搞这个主义，那个主义，让人觉得是在那里蒙事，或者如北京人所说"耍花活"，不足取。

《晚饭花集》自序

一九八一年下半年至一九八三年下半年所写的短篇小说都在这里了。

集名《晚饭花集》，是因为集中有一组以《晚饭花》为题目的小说。不是因为我对这一组小说特别喜欢，而是觉得其他各篇的题目用作集名都不太合适。我对自己写出的作品都还喜欢，无偏爱。读过我的作品的熟人，有人说他喜欢哪一两篇，不喜欢哪一两篇；另一个人的意见也许正好相反。他们问我自己的看法，我常常是笑而不答。

我对晚饭花这种花并不怎么欣赏。我没有从它身上发现过“香远益清”“出淤泥而不染”之类的品德，也绝对到不了“不可一日无此君”的地步。这是一种很低贱的花，比牵牛花、凤仙花以及北京人叫作“死不了”的草花还要低贱。凤仙花、“死不了”，间或还有卖的，谁见过花市上卖过晚饭花？这种花公园里不种，画家不画，诗人不题咏。它的缺点一是无姿态，二是叶子太多，铺铺拉拉，重重叠叠，乱乱哄哄地一大堆。颜色又是浓绿的。就算是需要进行光合作用，取得养分，也用不着生出这样多的叶子呀，这真是一种毫无节制的浪费！三是花形还好玩儿，但也不算美，一个长柄的小喇叭。颜色以深胭脂红的为多，也有白的和黄的。这种花很易串种。黄花、白花的瓣上往往有不规则的红色细条纹。花多，且细碎。这种花用“村”“俗”来形容，都不为过。最恰当的还是北京人爱用的一个字："怯"。北京人称晚饭花为野茉莉，实在是抬举它了。它跟茉莉可以说毫不相干，也一定不会是属于同一科，枝、叶、花形都不相似。把它和茉莉拉扯在一起，可能是因为它有一点儿淡淡的清香——然而也不像茉莉的气味儿。只有一个"野"字它倒是当之无愧的。它是几乎不用种的，随便丢几粒种子到土里，它就会赫然地长出了一大丛。结了籽，落进土中，第二年就会长出更大的几丛，只要有一点儿空地，全给你占得满满的，一点儿也不客气。它不怕旱，不怕涝，不用浇水，不用施肥，不得病，也没见它生过虫。这算是什么花呢？然而不是花又是什么呢？你总不能说它是庄稼，是蔬菜，是药材。虽然吴其濬说它的种子的黑皮里有一囊白粉，可食；叶可为蔬，如马兰头；俚医用其根治吐血，但我没有见到有人吃过，服用过。那就还算它是一种花吧。

我的小说和晚饭花无相似处，但其无足珍贵则同。

我的对于晚饭花还有一点儿好感，是和我的童年的记忆有关系的。我家的荒废的后园的一个旧花台上长着一丛晚饭花。晚饭以后，我常常到废园里捉蜻蜓，一捉能捉几十只。选两只放在帐子里让它吃蚊子（我没见过蜻蜓吃蚊子，但我相信它是吃的），其余的装在一个大鸟笼里，第二天一早又把它们全放了。我在别的花木枝头捉，也在晚饭花上捉。因此我的眼睛里每天都有晚饭花。看到晚饭花，我就觉得一天的酷暑过去了，凉意暗暗地从草丛里生了出来，身上的痱子也不痒了，很舒服；有时也会想到又过了一天，小小年纪，也感到一点儿惆怅，很淡很淡的惆怅。而且觉得有点寂寞，白菊花茶一样的寂寞。

我的儿子曾问我："《晚饭花》里的李小龙是你自己吧？"我说："是的。"我就像李小龙一样，喜欢随处留连，东张西望。我所写的人物都像王玉英一样，是我每天要看的一幅画。这些画幅吸引着我，使我对生活产生兴趣，使我的心柔软而充实。而当我所倾心的画中人遭到命运的不公平的播弄时，我也像李小龙那样觉得很气愤。便是现在，我也还常常为一些与我无关的事而发出带孩子气的气愤。这种倾心和气愤，大概就是我自己称之为抒情现实主义的心理基础。

这一集，从形式上看，如果说有什么特点，是有一些以三个小短篇为一组的小说。数了数，竟有六组。这些小短篇的组合，有的有点外部的或内部的联系。比如《故里三陈》写的三个人都姓陈;《钓人的孩子》所写的都是与钱有关的小故事。有的则没有联系，不能构成“组曲”，如《小说三篇》，其实可以各自成篇。至于为什么总是三篇为一组，也没有什么道理，只是因一篇太单，两篇还不足，三篇才够“一卖”。“事不过三”，三请诸葛亮，三戏白牡丹，都是三。一二三，才够意思。

我写短小说，一是中国本有用极简的笔墨摹写人事的传统，《世说新语》是突出的代表。其后不绝如缕。我爱读宋人的笔记甚于唐人传奇。《梦溪笔谈》《容斋随笔》记人事部分我都很喜欢。归有光的《寒花葬志》、龚定盦的《记王隐君》，我觉得都可当小说看。

第二是我过去就写过一些记人事的短文。当时是当作散文诗来写的。这一集中的有些篇，如《钓人的孩子》《职业》《求雨》，就还有点散文诗的味道。散文诗和小说的分界处只有一道篱笆，并无墙壁（阿左林和废名的某些小说实际上是散文诗）。我一直以为短篇小说应该有一点儿散文诗的成分。把散文、诗编入小说集，并非自我作古，我看到有些外国作家就这样办过。

第三，这和作者的气质有关，倪云林一辈子只能画平远小景，他不能像范宽一样气势雄豪，也不能像王蒙一样烟云满纸。我也爱看金碧山水和工笔重彩人物，但我画不来。我的调色碟里没有颜色，只有墨，从渴墨焦墨到浅得像清水一样的淡墨。有一次以矮纸尺幅画初春野树，觉得需要一点儿绿，我就挤了一点儿菠菜汁在上面。我的小说也像我的画一样，逸笔草草，不求形似。又我的小说往往是应刊物的急索，短稿较易承命。书被催成墨未浓，殊难计其工拙。

这一集里的小说和《汪曾祺短篇小说选》（北京出版社一九八二年出版），在思想上和方法上有些什么不同？很难说。几年的工夫，很难看出一个作者的作品有多少明显的变化。到了我这样的年龄，很难像青年作家一样会产生飞跃。我不像毕加索那样多变。不过比较而言，也可以说出一些。

从思想情绪上说，前一集更明朗欢快一些。那一集小说明显地受了三中全会的间接影响。三中全会一开，全国人民思想解放，情绪活跃，我的一些作品（如《受戒》《大淖记事》）的调子是很轻快的。现在到了扎扎实实建设社会主义的时候了，现在是为经济的全面起飞作准备的阶段，人们都由欢欣鼓舞转向深思。我也不例外，小说的内容渐趋沉着。如果说前一集的小说较多抒情性，这一集则较多哲理性。我的作品和政治结合得不紧，但我这个人并不脱离政治。我的感怀寄托是和当前社会政治背景息息相关的。必须先论世，然后可以知人。离开了大的政治社会背景来分析作家个人的思想，是说不清楚的。我想，这是唯物主义的方法。当然，说不同，只是相对而言。如果把这一集的小说编入上一集，或把上一集的编入这一集，皆无不可。大体上，这两集都可以说是一个不乏热情，还算善良的中国作家八十年代初期的思想的记录。

在文风上，我是更有意识地写得平淡的。但我不能一味地平淡。一味平淡，就会流于枯瘦。枯瘦是衰老的迹象。我还不太服老。我愿意把平淡和奇崛结合起来。我的语言一般是流畅自然的，但时时会跳出一两个奇句、古句、拗句，甚至有点像是外国作家写出来的带洋味儿的句子。老夫聊发少年狂，诸君其能许我乎？另一点是，我是更有意识地吸收民族传统的，在叙述方法上有时简直有点像旧小说，但是有时忽然来一点儿现代派的手法，意象、比喻，都是从外国移来的。这一点和前一点其实是一回事。奇，往往就有点洋。但是，我追求的是和谐。我希望融奇崛于平淡，纳外来于传统，能把它们揉在一起。奇和洋为了“醒脾”，但不能瞧着扎眼，“硌生”。

我已经六十三岁，执笔为文，不免有“晚了”之感，但思想好像还灵活，希望能抓紧时间，再写出一点。曾为友人画冬日菊花，题诗一首：

> 新沏清茶饭后烟，
> 自搔短发负晴暄。
> 枝头残菊开还好，
> 留得秋光过小年。

愿以自勉，且慰我的同代人。

如果继续写下去，应该写出一点儿更深刻，更有分量的东西。

是为序。

自报家门

——为“熊猫丛书”《汪曾祺小说选》作

京剧的角色出台，大都有一段相当长的独白，向观众介绍自己的历史，最近遇到什么事，他将要干什么，叫作“自报家门”。过去西方戏剧很少用这种办法。西方戏剧的第一幕往往是介绍人物，通过别人之口互相介绍出剧中人。这实在很费事。中国的“自报家门”省事得多。我采取这种办法，也是为了图省事，省得麻烦别人。

法国安妮·居里安（Annie Curien）女士打算翻译我的小说。她从波士顿要到另一个城市去，已经订好了飞机票，听说我要到波士顿，特意把机票退了，好跟我见一面。她谈了对我的小说的印象，谈得很聪明。有一点是别的评论家没有提过，我自己也从来没有意识到的。她说我很多小说里都有水。《大淖记事》是这样。《受戒》写水虽不多，但充满了水的感觉。我想了想，真是这样。这是很自然的。我的家乡是一个水乡。江苏北部一个不大的城市，高邮。在运河的旁边。运河西边，是高邮湖。城的地势低，据说运河的河底和城墙垛子一般高。我们小时候到运河堤上去玩儿，可以俯瞰堤下人家的屋顶。因此，常常闹水灾。县境内有很多河道。出城到乡镇，大都是坐船。农民几乎家家都有船。水不但于不自觉中成了我的一些小说的背景，并且也影响了我的小说的风格。水有时是汹涌澎湃的，但我们那里的水平常总是柔软的，平和的，静静地流着。

我是1920年生的。3月5日。按阴历算，那天正好是正月十五，元宵节。这是一个吉祥的日子。中国一直很重视这个节日，到现在还是这样。到了这天，家家吃“元宵”，南北皆然。沾了这个光，我每年的生日都不会忘记。

我的家庭是一个旧式的地主家庭。房屋、家具、习俗，都很旧。整所住宅，只有一处叫作“花厅”的三大间是明亮的，因为朝南的一溜大窗户是安玻璃的。其余的屋子的窗格上都糊的是白纸。一直到我读高中时，晚上有的屋里点的还是豆油灯。这在全城（除了乡下）大概找不出几家。

我的祖父是清朝末科的“拔贡”。这是略高于“秀才”的功名。据说要八股文写得特别好，才能被选为“拔贡”。他有相当多的田产，大概有两三千亩田，还开着两家药店，一家布店，但是生活却很俭省。他爱喝一点儿酒，酒菜不过是一个咸鸭蛋，而且一个咸鸭蛋能喝两顿酒。喝了酒有时就一个人在屋里大声背唐诗。他同时又是一个免费为人医治眼疾的眼科医生。我们家看眼科是祖传的。在孙辈里他比较喜欢我。他让我闻他的鼻烟。有一回我不停地打嗝，他忽然把我叫到跟前，问我他吩咐我做的事做好了没有。我想了半天：他吩咐过我做什么事呀？我使劲儿地想。他哈哈大笑：“嗝不打了吧！”他说这是治打嗝的最好的办法。他教过我读《论语》，还教我写过初步的八股文，说如果在清朝，我完全可以中一个秀才（那年我才十三岁）。他赏给我一块紫色的端砚，好几本很名贵的原拓本字帖。一个封建家庭的祖父对于孙子的偏爱，也仅能表现到这个程度。

我的生母姓杨。杨家是本县的大族。在我三岁时，她就故去了。她得的是肺病，早就一个人住在一间偏屋里，和家人隔离了。她不让人把我抱去见她。因此我对她全无印象。我只能从她的遗像（据说画得很像）上知道她是什么样子。另外我从父亲的画室里翻出一摞她生前写的大楷，字写得很清秀。由此我知道我的母亲是读过书的。她嫁给我父亲后还能每天写一张大字，可见她还过着一种闺秀式的生活，不为柴米操心。

我父亲是我所知道的一个最聪明的人，多才多艺。他不但金石书画皆通，而且是一个擅长单杠的体操运动员，一名足球健将。他还练过中国的武术。他有一间画室，为了用色准确，裱糊得“四白落地”。他后来不常作画，以“懒”出名。他的画室里堆积了很多求画人送来的宣纸，上面都贴了一个红签：“敬求法绘，赐呼 ××”。我的继母有时提醒：“这几张纸，你该给人家画画了。”父亲看看红签，说：“这人已经死了。”每逢春秋佳日，天气晴和，他就打开画室作画。我非常喜欢站在旁边看他画：对着宣纸端详半天，先用笔杆的一头或大拇指指甲在纸上划几道，决定布局，然后画花头、枝干、布叶、勾筋。画成了，再看看，收拾一遍；题字；盖章；用摁钉钉在板壁上，再反复看看。他年轻时曾画过工笔的菊花，能辨别、表现很多菊花品种。因为他是阴历九月生的，在中国，习惯把九月叫作菊月，所以对菊花特别有感情。后来就放笔作写意花卉了。他的画，照我看是很有功力的。可惜局处在一个小县城里，未能浪游万里，多睹大家真迹，又未曾学诗，题识多用成句，只成“一方之士”，声名传得不远。很可惜！他学过很多乐器，笙箫管笛，琵琶、古琴都会。他的胡琴拉得很好。几乎所有的中国乐器我们家都有过，包括唢呐、海笛。我吹过的箫和笛子是我一生中见过的最好的箫笛。他的手很巧，心很细。我母亲的冥衣（中国人相信人死了，在另一个世界——阴间还要生活，故用纸糊制了生活用物烧了，使死者可以

"冥中收用"，统称冥器）是他亲手糊的。他选购了各种研花的色纸，糊了很多套，四季衣裳，单夹皮棉，应有尽有。"裘皮"剪得极细，和真的一样，还能分出"羊皮""狐皮"。他会糊风筝。有一年糊了一个蜈蚣——这是风筝最难糊的一种，带着儿女到麦田里去放。蜈蚣在天上矫夭摆动，跟活的一样。这是我永远不能忘记的一天。他放蜈蚣用的是胡琴的"老弦"。用琴弦放风筝，我还未见过第二人。他养过鸟、养过蟋蟀。他用钻石刀把玻璃裁成小片，再用胶水一片一片逗拢粘固，做成小船、小亭子、八面玲珑绣球，在里面养金铃子——一种金色的小昆虫，磨翅发声如金铃。我父亲真是一个聪明人。如果我还不算太笨，大概跟我从父亲那里接受的遗传因子有点关系。我的审美意识的形成，跟我从小看他作画有关。

我父亲是个随便的人，比较有同情心，能平等待人。我十几岁时就和他对座饮酒，一起抽烟。他说："我们是多年父子成兄弟。"他的这种脾气也传给了我。不但影响了我和家人子女、朋友后辈的关系，而且影响了我对我所写的人物的态度以及对读者的态度。

我的小学和初中是在本县读的。

小学在一座佛寺的旁边，原来即是佛寺的一部分。我几乎每天放学都要到佛寺里逛一逛，看看哼哈二将、四大天王、释迦牟尼、迦叶阿难、十八罗汉、南海观音。这些佛像塑得很生动。这是我的雕塑艺术馆。

从我家到小学要经过一条大街，一条曲曲弯弯的巷子。我放学回家喜欢东看看，西看看，看看那些店铺、手工作坊：布店、酱园、杂货店、爆仗店、烧饼店、卖石灰麻刀的铺子、染坊……我到银匠店里去看银匠在一个模子上錾出一个小罗汉，到竹器厂看师傅怎样把一根竹竿做成筢草的筢子，到车匠店看车匠用硬木车旋出各种形状的器物，看灯笼铺糊灯笼……百看不厌。有人问我是怎样成为一个作家的，我说这跟我从小喜欢东看看西看看有关。这些店铺、这些手艺人使我深受感动，使我闻嗅到一种辛苦、笃实、轻甜、微苦的生活气息。这一路的印象深深注入了我的记忆，我的小说有很多篇写的便是这座封闭的，褪色的小城的人事。

初中原是一个道观，还保留着一个放生鱼池，池上有飞梁（石桥），一座原来供奉吕洞宾（八仙之一）的小楼和一座小亭子，亭子四周长满了紫竹（竹竿深紫色）。这种竹子别处少见。学校后面有小河，河边开着野蔷薇。学校挨近东门，出东门是杀人的刑场。我每天沿着城东的护城河上学、回家，看柳树，看麦田，看河水。

我自小学五年级至初中毕业，教国文的都是一位姓高的先生。高先生很有学问。他很喜欢我。我的作文几乎每次都是“甲上”（A+）。在他所授古文中，我受影响最深的是明朝大散文家归有光的几篇代表作。归有光以轻淡的文笔写平常的人物，亲切而凄婉。这和我的气质很相近。我现在的小说里还时时回响着归有光的余韵。

我读的高中是江阴的南菁中学。这是一座创立很早的学校，至今已有百余年历史。这个学校注重数理化，轻视文史。但我买了一部词学丛书，课余常用毛笔抄宋词，既练了书法，也略窥了词意。词大都是抒情的，多写离别，这和少年人每易有的无端感伤情绪易于相合。到现在我的小说里还常有一点儿隐隐约约的哀愁。

读了高中二年级，日本人占领了江南，江北危急。我随祖父、父亲在离城稍远的一个村庄的小庙里避难。在庙里大概住了半年。我在《受戒》里写了和尚的生活。这篇作品引起注意，不少人问我当过和尚没有。我没有当过和尚。在这座小庙里我除了带了准备考大学的教科书，只带了两本书，一本《沈从文小说选》，一本屠格涅夫的《猎人笔记》。说得夸张一点儿，可以说这两本书定了我的终身。这使我对文学形成比较稳定的兴趣，并且对我的风格产生深远的影响。我父亲也看了沈从文的小说，说："小说也是可以这样写的？"我的小说也有人说是不像小说，其来有自。

1939 年，我从上海经（中国）香港、越南到昆明考大学。到昆明，得了一场恶性疟疾，住进了医院。这是我一生第一次住院，也是唯一的一次。高烧超过四十度。护士给我注射了强心针，我问她："要不要写遗书？"我刚刚能喝一碗蛋花汤，晃晃悠悠进了考场。考完了，一点儿把握没有。天保佑，发了榜，我居然考中了第一志愿：西南联大中国文学系！

我成不了语言文字学家。我对古文字有兴趣的只是它的美术价值——字形。我一直没有学会国际音标。我不会成为文学史研究者或文学理论专家，我上课很少记笔记，并且时常缺课。我只能从兴趣出发，随心所欲，乱七八糟地看一些书，白天在茶馆里，夜晚在系图书馆。于是，我只能成为一个作家了。

不能说我在投考志愿书上填了西南联大中国文学系是冲着沈从文去的，我当时有点恍恍惚惚，缺乏任何强烈的意志。但是"沈从文"是对我很有吸引力的，我在填表前是想到过的。

沈先生一共开过三门课："各体文习作""创作实习""中国小说史"，我都选了。沈先生很欣赏我。我不但是他的入室弟子，可以说是得意高足。

沈先生实在不大会讲课。讲话声音小，湘西口音很重，很不好懂。他讲课没有讲义，不成系统，只是即兴的漫谈。他教创作，反反复复，经常讲的一句话是：要贴到人物来写。很多学生都不大理解这是什么意思。我是理解的。照我的理解，他的意思是：在小说里，人物是主要的，主导的，其余的都是次要的，派生的。作者的心要和人物贴近，富同情，共哀乐。什么时候作者的笔贴不住人物，就会虚假。写景，是制造人物生活的环境，写景处即是写人，景和人不能游离。常见有的小说写景极美，但只是作者眼中之景，与人物无关，这样有时甚至会使人物疏远。即作者的叙述语言也须和人物相协调，不能用知识分子的语言去写农民。我相信我的理解是对的。这也许不是写小说唯一的原则（有的小说可以不着重写人，也可以有的小说只是作者在那里发议论），但是是重要的原则。至少在现实主义的小说里，这是重要原则。

沈先生每次进城（为了躲日本飞机空袭，他住在昆明附近呈贡的乡下，有课时才进城住两三天），我都去看他。还书、借书，听他和客人谈天。他上街，我陪他同去，逛寄卖行，旧货摊，买耿马漆盒（一种圆筒形的竹胎绘红黑两色花纹的缅甸漆盒），买火腿月饼。饿了，就到他的宿舍对面的小铺吃一碗加一个鸡蛋的米线（用米粉压制的面条）。有一次我喝得烂醉，坐在路边，他以为是一个生病的难民，一看，是我！他和几个同学把我架到宿舍里，灌了好些酽茶，我才清醒过来。有一次我去看他，牙疼，腮帮子肿得老高，他不说一句话，出去给我买了几个大橘子。

我读的是中国文学系，但是大部分时间是看翻译小说。当时在联大比较时髦的是 A. 纪德，后来是萨特。我二十岁开始发表作品。外国作家我受影响较大的是契诃夫，还有一个西班牙作家阿左林。我很喜欢阿左林，他的小说像是覆盖着阴影的小溪，安安静静的，同时又是活泼的，流动的。我读了一些弗吉尼亚·伍尔芙的作品，读了普鲁斯特小说的片段。我的小说有一个时期明显地受了意识流方法的影响，如《小学校的钟声》《复仇》。

离开大学后，我在昆明郊区一个联大同学办的中学教了两年书。《小学校的钟声》和《复仇》便是这时写的。当时没有地方发表。后来由沈先生寄给上海的《文艺复兴》，郑振铎先生打开原稿，发现上面已经叫蠹虫蛀了好些小洞。

1946 年初秋，我由昆明到上海，经李健吾先生介绍，到一个私立中学教了两年书，1948 年初春离开。这两年写了一些小说，结为《邂逅集》。

到北京，失业半年，后来到历史博物馆任职。陈列室在午门城楼上，展出的文物不多，游客寥寥无几。职员里住在馆里的只有我一个人。我住的那间屋据说原是锦衣卫值宿的屋子。为了防火，当时故宫范围内都不装电灯，我就到旧货摊上买了一盏白磁罩子的古式煤油灯。晚上灯下读书，不知身在何世。北京一解放，我就报名参加了四野南下工作团。

我原想随四野一直打到广州，积累生活，写一点儿刚劲的作品，不想到武汉就被留下来接管文教单位，后来又被派到一个女子中学当副教导主任。一年之后，我又回到北京，到北京市文联工作。1954 年，调中国民间文艺研究会。

自 1950 年至 1958 年，我一直当文艺刊物编辑。编过《北京文艺》《说说唱唱》《民间文学》。我对民间文学是很有感情的。民间故事丰富的想象和农民式的幽默，民歌的比喻新鲜和韵律的精巧使我惊奇不已。但我对民间文学的感情被割断了。1958 年，我被划成右派，下放到长城外面的一个农业科学研究所劳动。将近四年。

这四年对我来说是很重要的。我和农业工人（即是农民）一同劳动，吃一样的饭，晚上睡在一间大宿舍里，一铺大炕上（枕头挨着枕头，虱子可以自由地从最东边一个人的被窝里爬到最西边的被窝里）。我比较切实地看到中国的农村和中国的农民是怎么回事。

一九六二年初，我调到北京京剧团当编剧，一直到现在。

我二十岁开始发表作品，今年六十八岁，写作时间不可谓不长，但我的写作一直是断断续续，一阵一阵的，因此数量很少。过了六十岁，就听到有人称我为“老作家”，我觉得很不习惯。第一，我不大意识到我是一个作家；第二，我没有觉得我已经老了。近两年逐渐习惯了。有什么办法呢，岁数不饶人。杜甫诗：“座下人渐多”，现在每有宴会，我常被请到上席。我已经出了几本书，有点影响，再说我不是作家，就有点矫情了。我算个什么样的作家呢？

我年轻时受过西方现代派的影响，有些作品很“空灵”，甚至很不好懂。这些作品都已散失。有人说翻翻旧报刊，是可以找到的，劝我搜集起来出一本书。我不想干这种事。实在太幼稚，而且和人民的疾苦距离太远。我近年的作品渐趋平实。在北京市作协讨论我的作品的座谈会上，我作了一个简短的发言，题为“回到民族传统，回到现实主义”，这大体上可以说是我现在的文学主张。我并不排斥现代主义。每逢有人诋毁青年作家带有现代主义倾向的作品时，我常会为他们辩护。我现在有时也偶尔还写一点儿很难说是纯正的现实主义的作品，比如《昙花、鹤和鬼火》。就是在通体看来是客观叙述的小说中有时还夹带一点儿意识流片段，不过评论家不易察觉。我的看似平常的作品其实并不那么老实。我希望能做到融奇崛于平淡，纳外来于传统，不今不古，不中不西。

我是较早意识到要把现代创作和传统文化结合起来的。和传统文化脱节，我以为是新中国成立以后，五十年代文学的一个缺陷。——有人说这是中国文化的“断裂”，这说得严重了一点儿。有评论家说我的作品受了老庄思想的影响，可能有一点儿。我在昆明教中学时案头常放的一本书是《庄子集解》。但是我对庄子感到极大的兴趣的，主要是其文章，至于他的思想，我到现在还不甚了了。我自己想想，我受影响较深的，还是儒家。我觉得孔夫子是个很有人情味儿的人，并且是个诗人。他可以发脾气，赌咒发誓。我很喜欢《论语·先进篇·子路曾皙冉有公西华侍坐章》。

> “点，尔何如？”
>
> 鼓瑟希，铿尔，舍瑟而作，对曰：“异乎三子者之撰。”
>
> 子曰：“何伤乎，亦各言其志也！”
>
> 曰：“暮春者，春服既成，冠者五六人，童子六七人，浴乎沂，风乎舞雩，咏而归。”
>
> 夫子喟然叹曰：“吾与点也。”

这写得实在非常的美。曾点的超功利的率性自然的思想是生活境界的美的极致。

我很喜欢宋儒的诗：

> 万物静观皆自得，
> 四时佳兴与人同。

说得更实在的是：

> 顿觉眼前生意满，
> 须知世上苦人多。

我觉得儒家是爱人的，因此我自许为“中国式的人道主义者”。

我的小说似乎不讲究结构。我在一篇谈小说的短文中，说结构的原则是：随便。有一位年龄略低我的作家每谈小说，必谈结构的重要。他说："我讲了一辈子结构，你却说：随便！"我后来在谈结构的前面加了一句话："苦心经营的随便"，他同意了。我不喜欢结构痕迹太露的小说，如莫泊桑，如欧·亨利。我倾向"为文无法"，即无定法。我很向往苏轼所说的："如行云流水，初无定质，但常行于所当行，常止于所不可不止，文理自然，姿态横生。"我的小说在国内被称为"散文化"的小说。我以为散文化是世界短篇小说发展的一种（不是唯一的）趋势。

我很重视语言，也许过分重视了。我以为语言具有内容性，语言是小说的本体，不是外部的，不只是形式、是技巧。探索一个作者气质，他的思想（他的生活态度，不是观念），必须由语言入手，并始终浸在作者的语言里。语言具有文化性。作品的语言映照出作者的全部文化修养。语言的美不在一个一个句子，而在句与句之间的关系。包世臣论王羲之字，看来参差不齐，但如老翁携带幼孙，顾盼有情，痛痒相关。好的语言正当如此。语言像树，枝干内部液汁流转，一枝摇，百枝摇。语言像水，是不能切割的。一篇作品的语言，是一个有机的整体。

我认为一篇小说是作者和读者共同创作的。作者写了，读者读了，创作过程才算完成。作者不能什么都知道，都写尽了。要留出余地，让读者去捉摸，去思索，去补充。中国画讲究"计白当黑"。包世臣论书以为当使字之上下左右皆有字。宋人论崔颢的《长干行》"无字处皆有字"。短篇小说可以说是"空白的艺术"。办法很简单：能不说的话就不说。这样一篇小说的容量就会更大，传达的信息就更多。以己少少许，胜人多多许。短了，其实是长了。少了，其实是多了。这是很划算的事。

我这篇"自报家门"实在太长了。

WANG ZENGQI DE XIAOSHUO KE

汪曾祺的小说课

（下册）

汪曾祺—著　刘玉浦—编选

天津出版传媒集团
百花文艺出版社

目录

两栖杂述

我是两栖类。写小说，也写戏曲。我本来是写小说的。二十年来在一个京剧院担任编剧。近二三年又写了一点儿短篇小说。我过去的朋友听说我写京剧，见面时说：“你怎么会写京剧呢？——你本来是写小说的，而且是有点‘洋’的！”他觉得这简直不可思议。有些新相识的朋友，看过我近年的小说后，很诚恳地跟我说：“您还是写小说吧，写什么戏呢！”他们都觉得小说和戏——京剧，是两码事，而且多多少少有点觉得我写京剧是糟踏自己，为我惋惜。我很感谢他们的心意。有些戏曲界的先辈则希望我还是留下来写戏，当我表示我并不想离开戏曲界时，就很高兴。我也很感谢他们的心意。曹禺同志有一次跟我说：“你还是双管齐下吧！”我接受了他的建议。

我小时候没有想过写戏，也没有想过写小说。我喜欢画画。

我的父亲是个画画的，在我们那个县城里有点名气。我从小就很喜欢看他画画。每当他把画画的那间屋子打开（他不常画画），支上窗户，我就非常高兴。我看他研了颜色，磨了墨，铺好了纸；看他抽着烟想了一会儿，对着雪白的宣纸看了半天，用指甲或笔杆的一头在纸上比画比画，画几个道道，定了一幅画的间架章法，然后画出几个“花头”（父亲画写意花卉的），然后画枝干、布叶、勾筋、补石、点苔，最后再“收拾”一遍，题款、用印，用摁钉钉在壁上，抽着烟对着它看半天。我很用心地看了全过程，每一步都看得很有兴趣。

我从小学到中学，都“以画名”。我父亲有一些石印的和珂罗版印的画谱，我都看得很熟了。放学回家，路过裱画店，我都要进去看看。

高中毕业，我本来是想考美专的。

我到四十来岁还想彻底改行，从头学画。

我始终认为用笔、墨、颜色来抒写胸怀，更为直接，也更快乐。

我到底没有成为一个画家。

到现在我还有爱看画的习惯，爱看展览会。有时兴之所至、特别是运动中挨整的时候，还时常随便涂抹几笔，发泄发泄。

喜欢画，对写小说，也有点好处。一个是，我在构思一篇小说的时候，有点像我父亲画画那样，先有一团情致，一种意向。然后定间架、画“花头”、立枝干、布叶、勾筋……一个是，可以锻炼对于形体、颜色、“神气”的敏感。我以为，一篇小说，总得有点画意。

我是怎样写起小说来的呢？

除了画画，我的“国文”成绩一直很好。从小学五年级到初中三年级，我的国文老师一直是高北溟先生。为了纪念他，我的小说《徙》里直接用了高先生的名字。他的为人、学问和教学的方法也就像我的小说里所写的那样，——当然不尽相同，有些地方是虚构的。在他手里，我读过的文章，印象最深的是归有光的《项脊轩志》《先妣事略》。

有几个暑假，我还从韦子廉先生学习过。韦先生是专攻桐城派的。我跟着他，每天背一篇桐城派古文。姚鼐的、方苞的、刘大櫆、戴名世的。加在一起，不下百十篇。

到现在，还可以从我的小说里看出归有光和桐城派的影响。归有光以清淡之笔写平常的人情，我是喜欢的（虽然我不喜欢他正统派思想），我觉得他有些地方很像契诃夫。“桐城义法”，我以为是有道理的。桐城派讲究文章的提、放、断、连、疾、徐、顿、挫，讲“文气”。正好中国画讲“血脉流通”“气韵生动”。我以为，“文气”是比“结构”更为内在，更精微的概念，和内容、思想更有有机联系。这是一个很好的、很先进的概念，比许多西方现代美学的概念还要现代的概念。文气是思想的直接的形式。我希望评论家能把“文气论”引进小说批评中来，并且用它来评论外国小说。

我好像命中注定要当沈从文先生的学生。

我读了高中二年级以后，日本人打到了邻县，我“逃难”在乡下，住在我的小说《受戒》里所写的小和尚庙里。除了高中教科书，我只带了两本书，一本屠格涅夫的《猎人日记》，一本上海一家野鸡书店盗印的《沈从文小说选》。我于是翻来覆去地看这两本书。

我到昆明考大学，报了西南联大中国文学系，就是因为这个大学中文系有朱自清先生、闻一多先生，还有沈先生。

我选读了沈先生的三门课：“各体文习作”“中国小说史”和“创作实习”。

我追随沈先生多年，受到教益很多，印象最深的是两句话。

一句是：“要贴到人物来写。”

他的意思不大好懂。根据我的理解，有这样几层意思。

第一，小说是写人物的。人物是主要的，先行的。其余部分都是次要的，派生的。作者要爱所写的人物。沈先生曾说过，对于兵士和农民“怀了不可言说的温爱”。“温爱”，我觉得提得很好。他不说“热爱”，而说“温爱”，我以为这更能准确地说明作者和人物的关系。作者对所写的人物要具有充满人道主义的温情，要有带抒情意味的同情心。

第二，作者要和人物站在一起，对人物采取一个平等的态度。除了讽刺小说，作者对于人物不宜居高临下。要用自己的心贴近人物的心，以人物哀乐为自己的哀乐。这样才能在写作的大部分的过程中，把自己和人物融为一体，语之出自自己的肺腑，也是人物的肺腑。这样才不会做出浮泛的、不真实的、概念的和抄袭借用来的描述。这样，一个作品的形成，才会是人物行动逻辑自然的结果。这个作品是“流”出来的，而不是“做”出来的。人物的身上没有作者为了外在的目的强加于他身上的东西。

第三，人物以外的其他的东西都是附属于人物的。景物、环境，都得服从于人物，景物、环境都得具有人物的色彩，不能脱节，不能游离。一切景物、环境、声音、颜色、气味儿，都必须是人物所能感受到的。写景，就是写人，是写人物对于周围世界的感觉。这样，才会使一篇作品处处浸透了人物、散发着人物的气息，在不是写人物的部分也有人物。

另外一句话是：“千万不要冷嘲。”

这是对于生活的态度，也是写作的态度。我在旧社会，因为生活的穷困和卑屈，对于现实不满而又找不到出路，又读了一些西方的现代派的作品，对于生活形成一种带有悲观色彩的尖刻、嘲弄、玩世不恭的态度。这在我的一些作品里也有所流露。沈先生发觉了这点，在昆明时就跟我讲过；我到上海后，又写信给我讲到这点。他要求的是对于生活的“执着”，要对生活充满热情，即使在严酷的现实的面前，也不能觉得“世事一无可取，也一无可为”。一个人，总应该用自己的工作，使这个世界更美好一些，给这个世界增加一点儿好东西。在任何逆境之中也不能丧失对于生活带有抒情意味的情趣，不能丧失对于生活的爱。沈先生在下放咸宁干校时，还写信给黄永玉说，“这里的荷花真好！”沈先生八十岁了，还每天工作十几个小时，完成《中国服饰研究》这样的巨著，就是靠这点对于生活的执着和热情支持着的。沈先生的这句话对我的影响很深。

我是怎样写起京剧剧本来的呢?

我从小爱看京剧，也爱唱唱。我父亲会拉胡琴，我初中一年级的时候就随着他的胡琴唱戏，唱老生，也唱青衣。到读大学时还唱。有个广东同学听到我唱戏，就说：“丢那妈，猫叫！”

因为读的是中文系，我后来又学唱了昆曲。

我喜欢看戏，看京剧，也爱看地方戏，特别爱看川剧。

我没有想到过写戏曲剧本。

因为当编辑，编《说说唱唱》，想写作，又下不去，没有生活，不免发牢骚。那年恰好是纪念世界名人吴敬梓，有人就建议我在《儒林外史》里找一个题材，写写京剧剧本，我就写了一个《范进中举》。这个剧本演出了，还在北京市戏曲会演中得了一个奖。

一九五八年，我戴了右派帽子下去劳动，摘了帽子，想调回北京，恰好北京京剧团还有个编剧名额，我就这样调到了京剧团，一直到现在。二十年了。

搞文学的人是不大看得起京剧的。

这也难怪。京剧的文学性确实是很差，很多剧本简直是不知所云。前几个月，我在北京，每天到玉渊潭散步，每天听一个演员在练《珠帘寨》的定场诗：

李白斗酒诗百篇，

长安市上酒家眠。

摔死国舅段文楚，

唐王一怒贬北番！

李克用和李太白有什么关系呢？

《花田错》里有一句唱词：

桃花不比杏花黄……

桃花不黄，杏花也不黄呀！

可是，京剧毕竟是我们的文化遗产呀！而且，就是京剧，也有些很好的东西。比如大家都知道的《四进士》，用了那样多的典型的细节，刻画了宋士杰这样一个独特的人物，这就不用说了。我以为这出戏放在世界戏剧名作之林中，是毫不逊色的。再如《打渔杀家》里萧恩和桂英离家时的对话：

萧恩　开门哪！（出门介）

桂英　爹爹请转。

萧恩　儿呀何事？

桂英　这门还未曾上锁呢。

萧恩　这门喏，关也罢不关也罢。

桂英　里面还有许多动用家具呢。

萧恩　傻孩子呀，门都不要了，要家具则甚哪！

桂英　不要了？

萧恩　不明白的冤家！……

我觉得这是小说，很好的小说。我觉得写小说的，也是可以从戏曲里学到很多东西的。

戏曲、京剧，有些手法好像很旧。但是中国人觉得它很旧，外国人觉得它很新。比如"自报家门"，这就比用整整一幕戏来介绍人物省事得多。比如布莱希特的"间离效果"说，是受了中国戏曲的启发而提出来的，这很新呀！

我觉得我们不要妄自菲薄，数典忘祖。我们要“以故为新”，从遗产中找出新的东西来。特别是搞西方现代派的同志，我建议他们读一点儿旧文学，用比较文学的方法研究研究中国的古典文学。我总是希望能把古今中外熔为一炉。

我搞京剧，有一个想法，很想提高一下京剧的文学水平，提高其可读性，想把京剧变成一种现代艺术，可以和现代文学作品放在一起，使人们承认它和王蒙的、高晓声的、林斤澜的、邓友梅的小说是一个水平的东西，只不过形式不同。

搞搞京剧还有一个好处，即知道戏和小说是两种东西（当然又是相通的）。戏要夸张、要强调；小说要含蓄，要淡远。李笠翁说写诗文不可说尽，十分只能说二三分，写戏剧必须说尽，十分要说到十分。这是很有见地的话。托尔斯泰说人是不能用警句交谈的，这是指的小说；戏里的人物是可以用警句交谈的。因此，不能把小说写得像戏，不能有太多情节，太多的戏剧性。如果写的是一篇戏剧性很强的小说，那你不如干脆写成戏。

以上是一个两栖类的自白。

除了搞戏，我还搞过曲艺，编过《说说唱唱》；搞过民间文学、编了好几年《民间文学》。“文化大革命”以后，我发表的第一篇作品不是小说，而是民间文学的论文，而且和甘肃有点关系，是《“花儿”的格律》。我觉得这对写小说没有坏处。特别是民间文学，那真是一个宝库。我甚至可以武断地说，不读一点儿民歌，民间故事，是不能成为一个好小说家的。

我这个两栖类，这个“杂家”有点什么经验？一个是要尊重、热爱祖国的文学艺术传统；一个是兼收并蓄，兴趣更广泛一些，知识更丰富一些。

我希望有更多的两栖类，希望诗人、小说家都来写写戏曲。

我的文学观

我对文学讲究社会物质效益表示不耐烦。文学是严肃的，文学不能玩儿，作品完成后放在抽屉里是个人的事，但发表出来就是社会的事，必然对读者产生影响。

但文学的影响是潜在的，不具体的，用一句话来说就是潜移默化的，它不是直接的立竿见影的作用，不是简单的立刻显出物质影响的作用。像过去说的看过一个戏就去扛枪打鬼子。这样的事不可能，这也不是文学的使命。

文学的使命和作用可用那句古诗形容，“随风潜入夜，润物细无声。”文学的作用主要在于提高读者的人格品位，提高人类的整体素质。现在有一些年轻人的确趣味不高，要提高人类的趣味，我认为唯一有效的是文学，或者说文学是最有效的。

不要没烟抽了就写篇文章换烟钱，要把文学看成庄严的事业。

我上面说的是我的文学观，也是说给文学青年的话，如果还要说，我想有一点很重要，那就是思索。

现在流派很多，不要去理会，主张感受生活，观察生活是对的，但仅仅有所触动就动笔，马上写，是不能出现深层次的作品的，要想很多，整个创作过程思索很重要。有些年轻人没想好就写，自己还没想圆又怎么能写出好文章。之所以浮泛，是因为对生活没有更深的理解。

认识到的和没有认识的自己

作家需要评论家。作家需要认识自己。“文章千古事，得失寸心知。”但是一个作家对自己为什么写，写了什么，怎么写的，往往不是那么自觉的。经过评论家的点破，才会更清楚。作家认识自己，有几宗好处。一是可以增加自信，我还是写了一点儿东西的。二是可以比较清醒，知道自己吃几碗干饭，可以心平气和，安分守己，不去和人抢行情，争座位。更重要的，认识自己是为了超越自己，开拓自己，突破自己。我应该还能搞出一点儿新东西，不能就是这样，磨道里的驴，老围着一个圈子转。认识自己，是为了寻找还没有认识的自己。

我大概算是一个现实主义的作家。现实主义，本来是简单明了的，就是真实地写自己所看到的生活。后来不知道怎么搞得复杂起来了。大概是苏联提出了社会主义现实主义。而将以前的现实主义的前面加了一个“批判的”。“批判的现实主义”总是不那样好就是了。什么是“社会主义的现实主义”呢？越说越糊涂。本来“社会主义”是一个政治的概念，“现实主义”是文学的概念，怎么能搅在一起呢？什么样的作品是“社会主义现实主义”的呢？标准的作品大概是《金星英雄》。中国也曾经提过社会主义现实主义，后来又修改成革命的现实主义和革命的浪漫主义相结合，叫作“两结合”。怎么结合？我在当了右派分子下放劳动期间，忽然悟通了。有一位老作家说了一句话：有没有浪漫主义是个立场问题。我琢磨了一下，是这么一个理儿。你不能写你看到的那样的生活，不能照那样写，你得“浪漫主义”起来，就是写得比实际生活更美一些，更理想一些。我是真诚地相信这条真理的。而且很高兴地认为这是我下乡劳动、思想改造的收获。我在结束劳动后所写的几篇小说：《羊舍一夕》《看水》《王全》，以及后来写的《寂寞和温暖》，都有这种“浪漫主义”的痕迹。什么是“革命的现实主义和革命的浪漫主义相结合”？咋“结合”？典型的作品，就是“样板戏”。理论则是“主题先行”“三突出”。从“两结合”到“主题先行”“三突出”是历史发展的必然。“主题先行”“三突出”不是有样板戏之后才有的。“十七年”的不少作品就有这个东西，而其滥觞实为“社会主义现实主义”。我是在样板团工作过的，比较知道一点儿什么叫两结合，什么是某些人所说的“浪漫主义”，那就是不说真话，专说假话，甚至无中生有，胡编乱造。我们曾按江青的要求写一个内蒙草原的戏，四下内蒙，作了调查访问，结果是“老虎闻鼻烟，没有那八宗事”。我们回来向于会泳作了汇报，说没有那样的生活，于会泳答复说：“没有那样的生活更好，你们可以海阔天空。”物极必反。我干了十年样板戏，实在干不下去了。不是有了什么觉悟，而是无米之炊，巧妇难为。没有生活，写不出来，这是最简单不过的事。样板戏实在是把中国文学带上了一条绝径。从某一方面说，这也是好事。十年浩劫，使很多人对一系列问题不得不进行比较彻底的反思，包括四十多年来文学的得失。“四人帮”倒台后，我真是松了一口气。我可以按照自己的方法写作了。我可以不说假话，我怎么想的，就怎么写。《异秉》《受戒》《大淖记事》等几篇东西就是摆脱长期的捆绑的情况下写出来的。从这几篇小说里可以感觉出我的鸢飞鱼跃似的快乐。

我写的小说的人和事大都是有一点儿影子的。有的小说，熟人看了，知道这写的是谁。当然不会一点儿不走样，总得有些想象和虚构。没有想象和虚构，不成其为文学。纪晓岚是反对小说中加入想象和虚构的。他以为小说里所写的必须是亲眼所见，亲耳所闻：

小说既述见闻，即属叙事，不比戏场关目，随意装点。

他很不赞成蒲松龄，说是：

今嬿昵之词，媟狎之态，细微曲折，摹绘如生。使出自言，似无此理，使出作者代言，则何从而闻见之。

蒲松龄的确喜欢写媟狎之态，而且写得很细微曲折，写多了，令人生厌。但是把这些嬿昵之词、媟狎之态都去了，《聊斋》就剩不下多少东西了。这位纪老先生真是一个迂夫子，那样的忠于见闻，还有什么小说呢？因此他的《阅微草堂笔记》实在没有多大看头。不知道鲁迅为什么对此书评价甚高，以为“叙述复雍容淡雅，天趣盎然”。

想象和虚构的来源，还是生活。一是生活的积累，二是长时期的对生活的思考。接触生活，具有偶然性。我写作的题材几乎都是可遇而不可求的。一个作家发现生活里的某种现象，有所触动，感到其中的某种意义，便会储存在记忆里，可以作为想象的种子。我很同意一位法国心理学家的话：所谓想象，其实不过是记忆的重现与复合。完全没有见过的东西，是无从凭空想象的。其次，更重要的是对生活的思索，长期的，断断续续的思索。井淘三遍吃好水。生活的意义不是一次淘得清的。我有些作品在记忆里存放三四十年。好几篇作品都是一再重写过的。《求雨》的孩子是我在昆明街头亲见的，当时就很感动。他们敲着小锣小鼓所唱的求雨歌：

小小儿童哭哀哀，
撒下秧苗不得栽。
巴望老天下大雨，
乌风暴雨一起来。

这不是任何一个作家所能编造得出来的。我曾经写过一篇很短的东西，一篇散文诗，记录了我的感受。前几年我把它改写成一篇小说，加了一个人物，望儿。这样就更具体地表现了中国农村的孩子从小就知道稼穑的艰难，他们用小小的心参与了农田作务，休戚相关。中国的农民从小就是农民，小农民。《职业》原来只写了一个卖椒盐饼子西洋糕的，这个孩子我是非常熟悉的。我改写了几次，始终不满意。到第四次，我才想起先写了文标街上六七种叫卖声音，把“椒盐饼子西洋糕”放在这样背景前面，这样就更苍凉地使人感到人世多苦辛，而对这个孩子过早地失去自由，被职业所固定，感到更大的不平。思索，不是抽象的思索，而是带着对生活的全部感悟，对生活的一角隅、一片段反复审视，从而发现更深邃、更广阔的意义。思索，始终离不开生活。

我是一个极其平常的人。我没有什么深奥独特的思想。年轻时读书很杂。大学时读过尼采、叔本华。我比较喜欢叔本华。后来读过一点儿萨特，赶时髦而已。我读过一点儿子部书，有一阵对庄子很迷。但是我感兴趣的是其文章，不是他的思想。我读书总是这样，随意浏览，对于文章，较易吸收；对于内容，不大理会。我大概受儒家思想影响比较大。一个中国人或多或少，总会接受一点儿儒家的影响。我觉得孔子是个很有人情的人，从《论语》里可以看到一个很有性格的活生生的人。孔子编选了一部《诗经》（删诗），究竟是为了什么？我不认为“国风”和治国平天下有什么关系。编选了这样一部民歌总集，为后代留下这样多的优美的抒情诗，是非常值得感谢的。“国风”到现在依然存在很大的影响，包括它的真纯的感情和回环往复、一唱三叹的形式。《诗经》对许多中国人的性格，产生很广泛的、潜在的作用。“温柔敦厚，诗之教也。”我就是这样的诗教里长大的。我很奇怪，为什么论孔子的学者从来不把孔子和《诗经》联系起来。

我的小说写的都是普通人，平常事。因为我对这些人事熟悉。

> 顿觉眼前生意满，
> 须知世上苦人多。

我对笔下的人物是充满同情的。我的小说有一些是写市民层的，我从小生活在一条街道上，接触的便是这些小人物。但是我并不鄙薄他们，我从他们身上发现一些美好的、善良的品行。于是我写了淡泊一生的钓鱼的医生，“涸辙之鲋，相濡以沫”的岁寒三友。我写的人物，有一些是可笑的，但是连这些可笑处也是值得同情的，我对他们的嘲笑不能过于尖刻。我的小说大都带有一点儿抒情色彩，因此，我曾自称是一个通俗抒情诗人，称我的现实主义为抒情现实主义。我的小说有一些优美的东西，可以使人得到安慰，得到温暖。但是我的小说没有什么深刻的东西。

现实主义在历史上是和浪漫主义相对峙而言的。现代的现实主义的对立面是现代主义。在中国，所谓现代主义，没有自己的东西，只是摹仿西方的现代主义。这没有什么不好。

我年轻时受过西方现代主义的影响，也可以说是摹仿。后来不再摹仿了，因为摹仿不了。文化可以互相影响，互相渗透，但是一种文化就是一种文化，没有办法使一种文化和另一种文化完全一样。我在美国几个博物馆看了非洲雕塑，惊奇得不得了。都很怪，可是没有一座不精美。我这才明白为什么有人说法国现代艺术受了非洲艺术很大的影响。我又发现非洲人搞的那些奇怪的雕塑，在他们看来一点儿也不奇怪。他们以为雕塑本来就应该是这样，只能是这样，他们对世界的认识就是这样。他们并没有先有一个对事物的理智的、现实的认识，然后再去“变形”，扭曲、夸大、压扁、拉长……他们从对事物的认识到对事物的表现是一次完成的。他们表现的，就是他们所认识的。因此，我觉得法国的一些摹仿非洲的现代派艺术也是“假”的。法国人不是非洲人。我在几个博物馆看了一些西洋名画的原作，也看了芝加哥、波士顿艺术馆一些中国名画，比如相传宋徽宗摹张萱的《捣练图》。我深深感到东方的——主要是中国的文化和西方文化绝对不是一回事。中国画和西洋画的审美意识完全不同。中国人插花有许多讲究，瓶与花要配称，横斜欹侧，得花之态。有时只有一截干枝，开一朵铁骨红梅。这种趣味，西方人完全不懂。他们只是用一个玻璃瓶，乱哄哄地插了一大把颜色鲜丽的花。中国画里的折枝花卉，西方是没有的。更不用说墨绘的兰竹。毕加索认为中国的书法是伟大的艺术，但是要叫他区分一下王羲之和王献之，他一定说不出所以然。中国文学要全盘西化，搞出“真”现代派，是不可能的。因为你是中国人，你生活在中国文化的传统里，而这种传统是那样的悠久，那样的无往而不在。你要摆脱它，是办不到的。而且，为什么要摆脱呢?

最最无法摆脱的是语言。一个民族文化的最基本的东西是语言。汉字和汉语不是一回事。中国的识字的人，与其说是用汉语思维，不如说用汉字思维。汉字是象形字。形声字的形还是起很大作用。从木的和从水的字会产生不同的图像。汉字又有平上去入，这是西方文字所没有的。中国作家便是用这种古怪的文字写作的，中国作家对于文字的感觉和西方作家很不相同。中国文字有一些十分独特的东西，比如对仗、声调。对仗，是随时会遇到的。有人说某人用这个字，不用另一个意义相同的字，是“为声俊耳”。声“俊”不“俊”，外国人很难体会，但是作为一个中国作家是不能不注意的。

有一个法国记者到家里来采访我。他准备了很多问题。一上来就说：“首先我要问你一个你自己很难回答的问题：你认为你在中国文学里的位置是什么？”我想了一想，说：“我大概是一个文体家。”“文体家”原本不是一个褒词。伟大的作家都不是文体家。这个概念近些年有些变化。现代小说多半很注重文体。过去把文体和内容是分开的，现在很多人认为是一回事。我是较早地意识到二者的一致性的。文体的基础是语言。一个作家应该对语言充满兴趣，对语言很敏感，喜欢听人说话。苏州有个老道士，在人家做道场，斜眼看见桌子下面有一双钉靴，他不动声色，在诵念的经文中加了几句，念给小道士听：

台子底下，
有双钉靴。
拿俚转去，
落雨着着，
也是好格。

这种有板有眼，整整齐齐的语言，听起来非常好笑。如果用平常的散文说出来，就毫无意思。我们应该留意：一句话这样说就很有意思，那样说就没有意思。其次要读一点儿古文。“熟读唐诗三百首”，还是学诗的好办法。我们作文（写小说式散文）的时候，在写法上常常会受古人的某一篇或某几篇的影响，自觉或不自觉。老舍的《火车》写火车着火后的火势，写得那样铺张，没有若干篇古文烂熟胸中，是办不到的。我写了一篇散文《天山行色》，开头第一句：

所谓南山者，是一片塔松林。

我自己知道，这样的突兀的句法是从龚定盦的《说居庸关》那里来的。《说居庸关》的第一句是：

居庸关者，古之谈守者之言也。

这样的开头，就决定这篇长达一万七千字的散文，处处有点龚定盦的影子，这篇散文可以说是龚定盦体。文体的形成和一个作家的文化修养是有关系的。文学和其他文化现象是相通的。作家应该读一点儿画，懂得书法。中国的书法是纯粹抽象的艺术，但绝对是艺术。书法有各种书体，有很多家，这些又是非常具体的，可以感觉的。中国古代文人的字大都是写得很好的。李白的字不一定可靠。杜牧的字写得很好。苏轼、秦观、陆游、范成大的字都写得很好。宋人文人里字写得差一点儿的只有司马光，不过他写的方方正正的楷书也另有一种味道，不俗气。现代作家不一定要能写好毛笔字，但是要能欣赏书法。“我虽不善书，知书莫若我”，经常看看书法，尤其是行草，对于行文的内在气韵，是很有好处的。我是主张“回到民族传统”的，但是并不拒绝外来的影响。多少读了一点儿翻译作品，不能不受影响，包括思维语言，文体。我的这篇发言的题目，是用汉字写的，但实在不大像一句中国话。我找不到更恰当的语言表达我要说的意思。

我是沈从文先生的学生，有人问我究竟从沈先生那里继承了什么。很难说是继承，只能说我愿意向沈先生学习什么。沈先生逝世后，在他的告别读者和亲友的仪式上，有一位新华社记者问我对沈先生的看法。在那种场合下，不遑深思，我只说了两点。一，沈先生是一个真诚的爱国主义者；二，他是我见到的真正淡泊的作家，这种淡泊不仅是一种“人”的品德，而且是一种“人”的境界。沈先生是爱中国的，爱得很深。我也是爱我们这个国的。“儿不嫌母丑，狗不厌家贫。”中国尽管有这样那样的问题，这样那样的缺点，但它是我的国家。正如沈先生所说，在任何情况下，都不应丧失信心。我没有荒谬感、失落感、孤独感。我并不反对荒谬感、失落感、孤独感，但是我觉得我们这样的社会，不具备产生这样多的感的条件。如果为了赢得读者，故意去表现本来没有，或者有也不多的荒谬感、失落感和孤独感，我以为不仅是不负责任，而且是不道德的。文学，应该使人获得生活的信心。淡泊，是人品，也是文品。一个甘于淡泊的作家，才能不去抢行情，争座位；才能真诚地写出自己所感受到的那点生活，不耍花招，不欺骗读者。至于文学上我从沈先生继承了什么，还是让评论家去论说吧。我自己不好说，也说不好。

我是一个中国人
——散步随想

我实在不想说话，因为没有什么话可说。我对文艺界的情况很不了解。这几年精力渐减，很少读作品，中国的，和外国的。我对自己也不大了解。我究竟算是哪一“档”的作家？什么样的人在读我的作品？这些全都心中无数。我一直还在摸索着，有一点儿孤独，有时又颇为自得其乐地摸索着。

在山东菏泽讲话，下面递上来一个条子：“汪曾祺同志：你近年写了一些无主题小说，请你就这方面谈谈看法。”因为时间关系，我当时没有来得及回答。到了平原，又讲话，顺便谈了谈这个问题。写条子的这位青年同志（我相信是青年）大概对“无主题小说”很感兴趣，可是我对这方面实在无所知。我不知道有没有这个提法，这提法是从哪里来的。我只听说过“无主调音乐”，没有听说过“无主题小说”。我说：我没有写过“无主题小说”。我的小说都是有主题的。一定要我说，我也能说得出来。这位递条子的同志所称“无主题小说”，我想大概指的我近年发表的一些短小作品，如在《海燕》上发表的《钓人的孩子》，《十月》上发表的一组小说《晚饭花》里的《珠子灯》。这两篇小说都是有主题的。《钓人的孩子》的主题是：货币使人变成魔鬼。《珠子灯》的主题是：封建贞操观念的零落。

不过主题最好不要让人一眼就看出来。

李笠翁论传奇，讲“立主脑”。郭绍虞解释主脑即主题，我是同意郭先生的解释的。我以为李笠翁所说“主脑”，即风筝的脑线。风筝没有脑线，是放不上去的。作品没有主题，是飞不起来的。但是你只要看风筝就行了，何必一定非瞅清楚风筝的脑线不可呢？

脑线使风筝飞起，同时也是对于风筝的限制。脑线断了，风筝就会不知道飞到哪里去了。主题对作品也是一种限制。一个作者应该自觉地使自己受到限制。人的思想不能汗漫无际。我们不能往一片玻璃上为人斟酒。

鸟飞在天上，
影子落在地下。[①]

任何高超缥缈的思想都是有迹可求的。

捉摸捉摸一个作品的主题，捉摸捉摸作者想说的究竟是什么，对读者来说，不也是一种乐趣吗？“好读书，不求甚解；每有会意，便欣然忘食”，这是一种很惬意的读书方法。读小说，正当如此。

不要把主题讲得太死，太实，太窄。

也许我前面所说的主题，在许多人看来不是主题（因此他们称我的小说为“无主题小说”）。在有些同志看来，主题得是几句具有鼓动性的、有教诲意义的箴言。这样的主题，我诚然是没有。

我是一个中国人。

① 蒙古族民歌。

中国人必然会接受中国传统思想和文化的影响。我接受了什么影响？道家？中国化了的佛家——禅宗？都很少。比较起来，我还是接受儒家的思想多一些。

我不是从道理上，而是从感情上接受儒家思想的。我认为儒家是讲人情的，是一种富于人情味儿的思想。《论语》里的孔夫子是一个活人。他可以骂人，可以生气着急，赌咒发誓。

我很喜欢《论语·先进篇·子路曾皙冉有公西华侍坐章》。“暮春者，春服既成，冠者五六人，童子六七人，浴乎沂，风乎舞雩，咏而归。”我以为这是一种很美的生活态度。

我欣赏孟子的“大人者，不失其赤子之心”。

我认为陶渊明是一个纯正的儒家。“暧暧远人村，依依墟里烟。狗吠深巷中，鸡鸣桑树颠。”我很熟悉这样的充满人的气息的“人境”，我觉得很亲切。

我喜欢这样的诗：“万物静观皆自得，四时佳兴与人同”，“顿觉眼前生意满，须知世上苦人多”。这是蔼然仁者之言。这样的诗人总是想到别人。

有人让我用一句话概括出我的思想，我想了想，说：我大概是一个中国式的抒情的人道主义者。

我不了解前些时报上关于人道主义的争论的实质和背景。我愿意看看这样的文章，但是我没有力量去作哲学上的论辩。我的人道主义不带任何理论色彩，很朴素，就是对人的关心，对人的尊重和欣赏。

讲一点儿人道主义有什么不好呢？说老实话，不是十年“文化大革命”的惨痛教训，不是经过三中全会的拨乱反正，我是不会产生对于人道主义的追求，不会用充满温情的眼睛看人，去发挖普通人身上的美和诗意的。不会感觉到周围生活生意盎然，不会有碧绿透明的幽默感，不会有我近几年的作品。

我当然反对利用“人道主义”来诋毁社会主义，诋毁我们伟大的祖国。

关于现代派。

我的意见很简单：在民族传统的基础上接受外来影响，在现实主义的基础上吸收现代派的某些表现手法。

最新的现代派我不了解。我知道一点儿的是老一代的现代派。我曾经很爱读弗吉尼亚·伍尔芙和阿左林的作品（通过翻译）。我觉得在社会主义现实主义的旗帜下的某些苏联作家是吸收了现代派的表现手法的。比如安东诺夫的《在电车上》，显然是用意识流的手法写出来的。意识流是可以表现社会主义内容的，意识流和社会主义内容不是不相容，而是可以给社会主义文学带来一股清新的气息的。

我的一些颇带土气的作品偶尔也吸取了一点儿现代派手法。比如《大淖记事》里写巧云被奸污后第二天早上的乱糟糟的、断断续续、飘飘忽忽的思想，就是意识流。我在《钓人的孩子》一开头写抗日战争时期昆明大西门外的忙乱纷杂的气氛，用了一系列静态的，只有名词，而无主语、无动词的短句，后面才说出“每个人带着他一生的历史和半个月的哀乐在街上走”，这颇有点现代派的味道。我写过一篇《求雨》(将在《钟山》第四期发表)，写栽秧时节不下雨，望儿的爸爸和妈妈一天抬头看天好多次，天蓝得要命，望儿的爸爸和妈妈的眼睛是蓝的。望儿看着爸爸和妈妈，望儿的眼睛也是蓝的。望儿和一群孩子上街求雨，路上的行人看着这支幼弱、褴褛、有些污脏而又神圣的小小的队伍，行人的眼睛也是蓝的。这也颇有点现代派的味道（把人的眼睛画蓝了，这是后期印象派的办法）。我觉得这没有什么不可以。而且我觉得只有这样写才能达到预期的效果。也可以说，这样写是为了主题的需要。

我觉得现实主义是可以、应该，甚至是必须吸收一点儿现代派的手法的，为了使现实主义返老还童。

但是我不赞成把现代派作为一个思想体系原封不动地搬到中国来。

爱护祖国的语言。一个作家应该精通语言。一个作家，如果是用很讲究的中国话写作，即使他吸收了外来的影响，他的作品仍然会具有鲜明的民族风格。外来影响和民族风格不是对立的矛盾。民族风格的决定因素是语言。五四以后不少着力学习西方文学的格律和方法的作家，同时也在着力运用中国味儿的语言。徐志摩（他是浙江硖石人）、闻一多（湖北浠水人），都努力地用北京话写作。中国第一个有意识地运用意识流方法，作品很像弗吉尼亚·伍尔芙的女作家林徽因（福州人），她写的《窗子以外》《九十九度中》，所用的语言是很漂亮的地道的京片子。这样的作品带洋味儿，可是一看就是中国人写的。

外国的现代派作家，我想也是精通他自己的国家的语言的。

用一种不合语法，不符合中国的语言习惯的，不中不西、不伦不类的语言写作，以为这可以造成一种特殊的风格，恐怕是不行的。

我的作品和我的某些意见，大概不怎么招人喜欢。姥姥不疼，舅舅不爱。也许我有一天会像齐白石似的“衰年变法”，但目前还没有这意思。我仍将沿着这条路走下去。有点孤独，也不赖。

致刘锡诚

锡诚同志：

师大学报的文章我实在写不出来。写什么呢？我想了几天，还订了个很有针对性的题目：《我是个中国人》。我想说我的思想受了儒家思想的影响。我很欣赏“暮春者，春服既成，冠者五六人，童子六七人，浴乎沂，风乎舞雩，咏而归”这样的境界。我的生活态度和创作态度可以说是这样：“万物静观皆自得，四时佳兴与人同”“顿觉眼前生意满，须知世上苦人多”。我大概可以说是一个中国式的、抒情的人道主义者。我的理想是：“致君尧舜上，再使风俗淳”，是换人心，正风俗。但是这些话怎么可以讲呢？这岂不是自我暴露，把自己给卖了吗？这些思想怎么可以和马克思主义扭在一起？特别是在“人道主义”这个问题现在正在“热火朝天”的时候，怎么可以提出这样的问题呢？我真希望有人写写这样的文章：中国的传统思想和马克思主义及现代思潮的关系。你等我再想想吧，也许有一天我能把儒家的“赤子之心”和马克思主义之间的墙壁沟通。至于文章的后一部分倒是好办的，就是我提出过的：回到现实主义，回到民族传统。然而，民族传统又怎能和民族的传统思想不发生关系？

这是个很伤脑筋的问题，真不如写小说省力气。我不是个搞抽象东西的人。学报是严肃的刊物，不能用创作经验谈之类的文章塞责。我再想想，再想想吧！

敬礼！

汪曾祺

我的创作生涯

我生在一个地主家庭。祖父是清朝末科的拔贡——从他那一科以后，就“废科举，改学堂”了。他对我比较喜欢。有一年暑假，他忽然高了兴，要亲自教我《论语》。我还在他手里“开”了“笔”，做过一些叫作“义”的文体的作文。“义”就是八股文的初步。我写的那些作文里有一篇我一直还记得：“‘孟之反不伐’义。”孟之反随国君出战，兵败回城，他走在最后。事后别人给他摆功，他说：“非敢后也，马不进也。”为什么我对孟之反不伐其功留下深刻的印象呢？现在想起来，这一小段《论语》是一篇极短的小说：有人物，有情节，有对话。小说，或带有小说色彩的文章，是会给人留下深刻的印象的。并且，这篇极短的小说对我的品德的成长，是有影响的。小说，对人是有作用的。我在后面谈到文学功能的问题时还会提到。我的父亲是个很有艺术气质的人。他会画画，刻图章，拉胡琴，摆弄各种乐器，糊风筝。他糊的蜈蚣（我们那里叫作“百脚”）是用胡琴的老弦放的。用胡琴弦放风筝，我还没有见过第二人。如果说我对文学艺术有一点儿“灵气”，大概跟我从父亲那里接受来的遗传基因有点关系。我喜欢看我父亲画画。我喜欢“读”画帖。我家里有很多有正书局珂罗版影印的画帖，我就一本一本地反复地看。我从小喜欢石涛和恽南田，不喜欢仇十洲，也不喜欢王石谷，我当时还看不懂倪云林。我小时也“以画名”，一直想学画。高中毕业后，曾想投考当时在昆明的杭州美专。直到四十多岁，我还想彻底改行，到中央美术学院从头学画。我的喜欢看画，对我的文学创作是有影响的。我把作画的手法融进了小说。有的评论家说我的小说有“画意”，这不是偶然的。我对画家的偏爱，也对我的文学创作有影响。我喜欢疏朗清淡的风格，不喜欢繁复浓重的风格，对画，对文学，都如此。

一个人成为作家，跟小时候所受的语文教育，跟所师事的语文教员很有关系。从小学五年级到初中三年级，教我们语文（当时叫作“国文”）的，都是高北溟先生。我有一篇小说《徙》，写的就是高先生。小说，当然会有虚构，但是基本上写的是高先生。高先生教国文，除了部定的课本外，自选讲义。我在《徙》里写他“所选的文章看来有一个标准：有感慨，有性情，平易自然。这些文章有一个贯串性的思想倾向，这种倾向大体上可以归结为‘人道主义’”，是不错的。他很喜欢归有光，给我们讲了《先妣事略》《项脊轩志》。我到现在还记得他讲到“世乃有无母之人，天乎痛哉”“庭有枇杷树，吾妻死之年所手植也，今已亭亭如盖矣”的时候充满感情的声调。有一年暑假，我每天上午到他家里学一篇古文，他给我讲的是《板桥家书》《板桥道情》。我的另一位国文老师是韦子廉先生。韦先生没有在学校里教过我。我的三姑父和他是朋友，一年暑假请他到家里来教我和我的一个表弟。韦先生是我们县里有名的书法家，写魏碑，他又是一个桐城派。韦先生让我每天写大字一页，写《多宝塔》。他教我们古文，全部是桐城派。我到现在还能背诵一些桐城派古文的片段。印象最深的是姚鼐的《登泰山记》。“苍山负雪，明烛天南。望晚日照城郭，汶水、徂徕如画，而半山居雾若带然。”“苍山负雪，明烛天南”，我当时就觉得写得非常的美。这几十篇桐城派古文，对我的文章的洗炼，打下了比较坚实的基础。

一九三八年，我们一家避难在乡下，住在一个小庙，就是我的小说《受戒》所写的庵子里。除了准备考大学的数理化教科书外，所带的书只有两本，一本屠格涅夫的《猎人日记》，一本《沈从文小说选》，我就反反复复地看这两本书。这两本书对我后来的写作，影响极大。

一九三九年，我考入西南联大的中国文学系，成了沈从文先生的学生。沈先生在联大开了三门课，一门“各体文习作”是中文系二年级必修课，一门“创作实习”，一门“中国小说史”。沈先生是凤凰人，说话湘西口音很重，声音又小，简直听不清他说的是什么。他讲课可以说是毫无系统。没有课本，也不发讲义。只是每星期让学生写一篇习作，第二星期上课时就学生的习作讲一些有关的问题。“创作实习”由学生随便写什么都可以，“各体文习作”有时会出一点儿题目。我记得他给我的上一班出过一个题目：“我们的小庭院有什么”。有几个同学写的散文很不错，都由沈先生介绍在报刊上发表了。他给我的下一班出过一个题目，这题目有点怪：“记一间屋子的空气”。我那一班他出过什么题目，我倒记不得了。沈先生的这种办法是有道理的，他说：先得学会车零件，然后才能学组装。现在有些初学写作的大学生，一上来就写很长的大作品，结果是不吸引人，不耐读，原因就是“零件”车得少了，基本功不够。沈先生讲创作，讲得最多的一句话，是“要贴到人物写”。我们有的同学不懂这话是什么意思。照我的理解，他的意思是：小说里，人物是主要的，主导的；其余部分都是次要的，派生的。作者的感情要随时和人物贴得很紧；和人物同呼吸，共哀乐。不能离开人物，自己去抒情，发议论。作品里所写的景色，只是人物生活的环境。所写之景，既是作者眼中之景，也是人物眼中之景，是人物所能感受的，并且是浸透了他的哀乐的。环境，不能和人物游离脱节。用沈先生的说法，是不能和人物“不相粘附”。他的这个意思，我后来把它说成为“气氛即人物”。这句话有人觉得很怪，其实并不怪。作品的对话得是人物说得出的话，如李笠翁所说：“写一人即肖一人之口吻”，我们年轻时往往爱把对话写得很美，很深刻，有哲理，有诗意。我有一次写了这样一篇习作，沈先生说：“你这不是对话，是两个聪明脑壳打架。”对话写得越平常，越简单，越好。托尔斯泰说过：“人是不能用警句交谈的。”如果有两个人在火车站上尽说警句，旁边的人大概会觉得这二位有神经病。沈先生这句简单的话，我以为是富有深刻的现实主义精神的。沈先生教写作，用笔的时候比用口的时候多。他常常在学生的习作后面写很长的读后感（有时比原作还长）。或谈这篇作品，或由此生发开去，谈有关的创作问题。这些读后感都写得很精彩，集中在一起，会是一本很漂亮的文论集。可惜一篇也没有保存下来，都失散了。沈先生教创作，还有一个独到的办法。看了学生的习作，找了一些中国和外国作家用类似的方法写成的作品，让学生看，看看人家是怎么写的。我记得我写过一篇《灯下》（这可能是我发表的第一篇小说），写一个小店铺在上灯以后各种人物的言谈行动，无主要人物，主要情节，散散漫漫。是所谓“散点透视”吧。沈先生就找了几篇这样写法的作品叫我看，包括他自己的《腐烂》。这样引导学生看作品，可以对比参照，触类旁通，是会收到很大效益，很实惠的。

创作能不能教，这是一个世界性的争论的问题。我以为创作不是绝对不能教，问题是谁来教，用什么方法教。教创作的，最好本人是作家。教，不是主要靠老师讲，单是讲一些概论性的空道理，大概不行，主要是让学生去实践，去写，自己去体会。沈先生把他的课程叫作“习作”“实习”，是有道理的。沈先生教创作的方法，我以为不失为一个较好的方法。

我二十岁开始发表作品，今年七十岁了，写作生涯整整经过了半个世纪。但是写作的数量很少。我的写作中断了几次。有人说我的写作经过一个三级跳，可以这样说。四十年代写了一些。六十年代初写了一些。当中“文化大革命”，搞了十年“样板戏”。八十年代后小说、散文写得比较多。有一个朋友的女儿开玩笑说“汪伯伯是大器晚成”。我绝非“大器”——我从不写大作品，“晚成”倒是真的。文学史上像这样的例子不是很多。不少人到六十岁就封笔了，我却又重新开始了。是什么原因，这里不去说它。

有一位评论家说我是唯美的作家。“唯美”本不是属于“坏话类”的词儿，但在中国的名声却不大好。这位评论家的意思无非是说我缺乏社会责任感、使命感，我的作品没有强烈的现实意义和教育作用。我于此别有说焉。教育作用有多种层次。有的是直接的。比如看了《白毛女》，义愤填膺，当场报名参军打鬼子。也有的是比较间接的。一个作品写得比较生动，总会对读者的思想感情、品德情操产生这样那样的作用。比如读了“孟之反不伐”，我不会立刻变得谦虚起来，但总会觉得这是高尚的。作品对读者的影响常常是潜在的，过程很复杂，是所谓“潜移默化”。正如杜甫诗《春夜喜雨》中所说：“随风潜入夜，润物细无声。”我曾经说，我希望我的作品能有益于世道人心。我希望使人的感情得到滋润，让人觉得生活是美好的，人，是美的，有诗意的。你很辛苦，很累了，那么坐下来歇一会儿，喝一杯不凉不烫的清茶——读一点儿我的作品。我对生活，基本上是一个乐观主义，我认为人类是有前途的，中国是会好起来的。我愿意把这点朴素的信念传达给人。我没有那么多失落感、孤独感、荒谬感、绝望感。我写不出卡夫卡的《变形记》那样痛苦的作品，我认为中国也不具备产生那样的作品的条件。

一个当代作家的思想总会跟传统文化、传统思想有些血缘关系。但是作家的思想是一个复合体，不会专宗哪一种传统思想。一个人如果相信禅宗佛学，那他就出家当和尚去得了，不必当作家。废名晚年就是信佛的，虽然他没有出家。有人说我受了老庄思想的影响，可能有一些。我年轻时很爱读《庄子》。但是我自己觉得，我还是受儒家思想影响比较大一些。我觉得孔子是个通人情、有性格的人，他是个诗人。我不明白，为什么研究孔子思想的人，不把他和"删诗"联系起来。他编选了一本抒情诗的总集——《诗经》，为什么？我很喜欢《论语·先进篇·曾皙冉有公西华侍坐章》，"暮春者，春服既成，冠者五六人，童子六七人，浴乎沂，风乎舞雩，咏而归"，曾皙的这种潇洒自然的生活态度是很美的，这倒有点近乎庄子的思想。我很喜欢宋儒的一些诗："万物静观皆自得，四时佳兴与人同""顿觉眼前生意满，须知世上苦人多"。"生意满"，故可欣喜，"苦人多"，应该同情。我的小说所写的都是一些小人物、"小儿女"，我对他们充满了温爱，充满了同情。我曾戏称自己是一个"中国式的抒情人道主义者"，大致差不离。

前几年，北京市作协举行了一次我的作品的讨论会，我在会上作了一个简短的发言，题目是"回到现实主义，回到民族传统"。为什么说"回到"呢？因为我在年轻时曾经受过西方现代派的影响。台湾一家杂志在转载我的小说的前言中，说我是中国最早使用意识流的作家，不是这样。在我以前，废名、林徽因都曾用过意识流方法写过小说。不过我在二十多岁时的确有意识地运用了意识流。我的小说集第一篇《复仇》和台湾出版的《茱萸集》的第一篇《小学校的钟声》，都可以看出明显的意识流的痕迹。后来为什么改变原先的写法呢？有社会的原因，也有我自己的原因。简单地说：我是一个中国人。我觉得一个民族和另一个民族无论如何不会是一回事。中国人学习西方文学，绝不会像西方文学一样，除非你侨居外国多年，用外国话思维。我写的是中国事，用的是中国话，就不能不接受中国传统，同时也就不能不带有现实主义色彩。语言，是民族传统的最根本的东西。不精通本民族的语言，就写不出具有鲜明的民族特点的文学。但是我所说的民族传统是不排除任何外来影响的传统，我所说的现实主义是能容纳各种流派的现实主义，比如现代派、意识流，本身并不是坏东西。我后来不是完全排除了这些东西。我写的小说《求雨》，写望儿的父母盼雨，他们的眼睛是蓝的，求雨的望儿的眼睛是蓝的，看着求雨的孩子的过路人的眼睛也是蓝的，这就有点现代派的味道。《大淖记事》写巧云被奸污后错错落落、飘飘忽忽的思想，也还是意识流。不过，我把这些融入了平常的叙述语言之中了，不使它显得“硌生”。我主张纳外来于传统，融奇崛于平淡，以俗为雅，以故为新。

关于写作艺术，今天不想多谈，我也还没有认真想过。只谈一点：我非常重视语言，也许我把语言的重要性推到了极致。我认为语言不只是形式，本身便是内容。语言和思想是同时存在，不可剥离的。语言不仅是所谓“载体”，它是作品的本体。一篇作品的每一句话，都浸透了作者的思想感情，我曾经说过一句话：写小说就是写语言。语言是一种文化现象。谁也没有创造过一句全新的语言。古人说：无一字无来历。我们的语言都是有来历的，都是从前人的语言里继承下来，或经过脱胎、翻改。语言的后面都有文化的积淀。一个人的文化修养越高，他的语言所传达的信息就会更多。毛主席写给柳亚子的诗“落花时节读华章”，“落花时节”不只是落花的时节，这是从杜甫《江南逢李龟年》里化用出来的。杜甫的原诗是：

岐王宅里寻常见，
崔九堂前几度闻。
正是江南好风景，
落花时节又逢君。

“落花时节”就包含了久别重逢的意思。

语言要有暗示性，就是要使读者感受到字面上所没有写出来的东西，即所谓言外之意，弦外之音。朱庆余的《近试上张水部》，写的是一个新嫁娘：

洞房昨夜停红烛，
待晓堂前拜舅姑。
妆罢低声问夫婿，
画眉深浅入时无？

诗里并没有写出这个新嫁娘长得怎么样，但是宋人诗话里就指出，这一定是一个绝色的美女。因为字里行间已经暗示出来了。语言要能引起人的联想，可以让人想见出许多东西。因此，不要把可以不写的东西都写出来，那样读者就没有想象余地了。

语言是流动的。

有一位评论家说：汪曾祺的语言很怪，拆开来没有什么，放在一起，就有点味道。我想谁的语言都是这样，每一句都是平常普通的话，问题就在“放在一起”，语言的美不在每一个字，每一句，而在字与字之间，句与句之间的关系。包世臣论王羲之的字，说他的字单看一个一个的字，并不觉得怎么美，甚至不很平整，但是字的各部分，字与字之间“如老翁携带幼孙，顾盼有情，痛痒相关”。文学语言也是这样，句与句，要互相连带，互相顾盼。一篇作品的语言是一个整体，是有内在联系的。文学语言不是像砌墙一样，一块砖一块砖叠在一起，而是像树一样，长在一起的，枝干之间，汁液流转，一枝动，百枝摇。语言是活的，中国人喜欢用流水比喻行文，苏东坡说“大略如行云流水”“吾文如万斛泉源”。说一个人的文章写得很顺，不疙里疙瘩的，叫作“流畅”，写一个作品最好全篇想好，至少把每一段想好，不要写一句想一句。那样文气不容易贯通，不会流畅。

却顾所来径，苍苍横翠微

我一九四〇年开始发表小说，那年我二十岁。屈指算来，已经有半个世纪了。最初的小说是沈从文先生“各体文习作”和“创作实习”课上所交的课卷，经沈先生寄给报刊发表的。四十年代写的小说曾结为《邂逅集》，一九四八年由文化生活出版社出版，以后是一段空白。一九四九年到六十年代，我没有写小说。一九六二年写了三个短篇，在中国少年儿童出版社出了一个小集子《羊舍的夜晚》。以后又是一段空白。到八十年代初，我忽然连续发表了不少小说，一直到现在。

我家的后园有一棵藤本植物，家里人都不知道是什么东西，因为它从来不开花。有一年夏天，它忽然暴发似的一下子开了很多很多白色的、黄色的花。原来这是一棵金银花。我八十年代初忽然写了不少小说，有点像那棵金银花。

为什么我写小说时作时辍，当中有那样长的两大空白呢？

我的小说《受戒》发表后引起一点儿震动。一个青年作家睁大了眼睛问：“小说也是可以这样写的？”他以为小说只能“那样”写，这样写的小说他没有见过。那样写的小说是哪样的呢？要写好人好事，写可以作为大家学习的榜样的先进人物、模范、英雄，要有思想性，有明确的主题……总之，得“为政治服务”。我写不了“那样”的小说，于是就不写。

八十年代为什么又写起来了呢？因为气候比较好。当时强调要解放思想，允许有较多的创作自由。“这样写”似乎也是可以的，于是我又写了。

北京市作家协会举行过我的作品的讨论会，我作了一次简短的发言，题目是《回到现实主义，回到民族传统》。为什么说“回到”？因为我的小说有一个时期是脱离现实的，受西方文学的影响比较大。

我年轻时写小说，除了师承沈从文，常读契诃夫，还看了一些西方现代派的作品，如阿左林、弗吉尼亚·伍尔芙，受了一些影响。我是较早的，也是有意识地运用意识流方法写作的中国作家之一。

有一次，我和一个同学从西南联大新校舍大门走出来。对面的小树林里躺着一个奄奄一息的士兵。他就要死了，像奥登诗所说，就要“离开身上的虱子和他的将军”了。但还有一口气。他的头缓慢地向两边转动着。我的同学对我说：“对于这种现象，你们作家要负责！”我当时想起一句里尔克的诗：“他眼睛里有些东西，绝非天空。”

以后我的作品里表现了较多的对人的关怀。我曾自称为“中国式的抒情的人道主义者”。

我是一个中国人。一个人是不能脱离自己的民族的。“民族”最重要的东西是它的文化。一个中国人，即使没有读过什么书，也是在文化传统里生活着的。有评论家说我受了道家思想的影响，有可能，我年轻时很爱读《庄子》。但我觉得我受儒家思想影响更大一些。我所说的“儒家”是曾点式的儒家，一种顺乎自然、超功利的潇洒的人生态度。因为我写的人物身上有传统文化的印迹，有的评论家便封我为“寻根文学”的始作俑者。看来这顶帽子我暂时只得戴着。

小说里最重要的是什么？我以为是思想。是作家自己的思想，不是别人的思想。是作家用自己的眼睛对生活的观察（我称之为“凝视”），自己的感受，自己的思索，自己对人生的独特的感悟。思索是非常重要的。接触到生活，往往不能即刻理解这个生活片段的全部意义。得经过反复的，一次比一次深入的思索，才能汲出生活的底蕴。作家和常人的不同，无非是对生活想得更多一点儿，看得更深一点儿。我有的小说重写过三四次。重写一次，就是一次更深的思索。

与此有关的是文学的社会功能问题。作家的使命感、社会责任，或艺术良心，这些还要不要？有一些青年作家对这一套是很腻味的。我以为还是要的。作品写出来了，放在抽屉里，是作家自己的事。拿出去发表了，就是社会的事。一个作品对读者总会产生这样那样的影响，这事不能当儿戏。但是我觉得作品的社会影响不能看得太直接，要求立竿见影。应该看得更宽一点儿。我以为一个作家的作品是引起读者对生活的关心、对人的关心，对生活、对人持欣赏的态度，这样读者的心胸就会比较宽厚，比较多情，从而使自己变得较有文化修养，远离鄙俗，变得高尚一点儿、雅一点儿，自觉地提高自己的人品。

我六十岁写的小说抒情味儿较浓，写得比较美，七十岁后就越写越平实了。这种变化，不知道读者是怎么看的。

要有益于世道人心

要有一个清楚、明确的世界观。

我新中国成立前的小说是苦闷和寂寞的产物。我是迷惘的，我的世界观是混乱的，写到后来就几乎写不下去了。近二年我写了一些小说，其中一部分是写旧社会的，这些小说所写的人和事，大都是我十六七岁以前得到的印象。为什么我长时期没有写，到了我过了六十岁了，才写出来了呢？大概是因为我比较成熟了，我的世界观比较稳定了。有一篇小说（《异秉》）我在一九四八年就写过一次，一九八〇年又重写了一次。前一篇是对生活的一声苦笑，揶揄的成分多，甚至有点玩世不恭。我自己找不到出路，也替我写的那些人找不到出路。后来的一篇则对下层的市民有了更深厚的同情。我想把生活中美好的东西、真实的东西，人的美、人的诗意告诉别人，使人们的心得到滋润，从而提高对生活的信念。如果我的世界观是混乱的，我自己对生活缺乏信心，我怎么能使别人提高信心呢？我不从生活中感到欢乐，就不能在我的作品中注入内在的欢乐。写旧生活，也得有新思想。可以写混乱的生活，但作者的思想不能混乱。

要对读者负责。

新中国成立前我很少想到读者。一篇小说发表了，得到二三师友称赞，即为已足。近二年写小说，我仍以为我的读者面是很窄的。最近听说，我的读者不像我想的那样少，有一些知识青年，青年工人和公社干部也在读我的小说。这使我觉得很惶恐，产生一种沉重的责任感。觉得这不是闹着玩儿的事。社会主义国家的作家写作，还是得考虑社会效果，真不该是作者就是那样写写，读者就是那样读读。“文章千古事，得失寸心知”，得失，首先是社会的得失。我有一个朴素的、古典的想法：总得有益于世道人心。

我究竟给了读者一些什么呢？我应该向读者拿出一些更好的作品。因此，《讲话》的基本精神，今天还是对我们有指导意义的。

一个爱国的作家
——怀念沈从文老师

近十年来，沈从文忽然受到重视，他的作品正在产生越来越广泛、越来越深刻的影响，特别是在青年读者当中，这是一个不得不承认的事实。但是在这以前，在一个相当长的时期，沈先生是一个受冷遇、被误解，甚至遭到歧视的作家。现代文学史里不提他，或者把他批判一通。沈先生已经去世，现在是时候了，应该对他的作品做出公正的评价，在中国现代文学史里给他一个正确的位置。

对沈先生的误解之一，是说他“不革命”。这就奇怪了。难道这些评论家、文学史家没有读过《菜园》，没有读过《新与旧》吗？沈先生所写的共产党员是有文化素养的，有书卷气的，也许这不太“典型”，但是这也是共产党员的一种，共产党员的一面，这不好吗？从这两篇小说，可以感觉到沈先生对于那个时期的共产党员和知识分子有多么深挚的感情，对于统治者的残酷和愚蠢怀了多大的义愤！这两篇作品是在国民党“清党”以后，白色恐怖覆压着全中国的时候写的。这样的作品当时并不多，可以说是两声沉痛的呐喊。发表这样的作品难道不要冒一点儿风险吗？

对沈先生的误解之二，是说他没有表现劳动人民。请问：《牛》写的是什么？《会明》写的是什么？《贵生》最后放的那把火说明了什么？《丈夫》里的丈夫为了生计，让妻子从事一种

“古老的职业”，终于带着妻子回到贫苦的土地，这不是写的农民对“人”的尊严的觉醒吗？沈先生说他对农民和士兵怀着不可言说的温爱，这绝对不是假话。把这些作品和《绅士的太太》《王谢子弟》对照着看看，便可知道沈先生对劳动者和吸血寄生者阶级的感情是多么不同。

误解之三，是说他美化了旧社会的农村，冲淡了尖锐的阶级矛盾。这主要指的是《边城》。旧社会的中国农村诚然是悲惨的，表现为超经济的剥削，灭绝人性的压迫，这样的作品当然应有人写，而且这是应该表现的主要方面，但不一定每篇作品都只能是这样，而且各地情况不同。沈先生美化的不是悲惨的农村，美化的是人，是明慧天真的翠翠，是既是业主也是水手的大老、二老，是老爷爷、杨马兵。美化这些人有什么不好？沈先生写农村的小说，大都是一些抒情诗，但它不是使人忘记现实的田园牧歌。他自己说过：你们能欣赏我文字的朴素，但是不知道朴素文字后面隐伏的悲痛。他的《长河》写得很优美，他是怕读者对残酷的现实受不了，才故意做出牧歌的谐趣。他的小说的悲痛感情是含蓄的，但是散文如《湘西》《湘行散记》，就是明明白白的大声地控诉了。

沈先生小说的一个贯串性的主题是民族品德的发现与重造。他把这个思想特别体现在一系列农村少女的形象里。他笔下的农村女孩子总是那样健康，那样纯真，那样聪明，那样美。他以为这是我们民族的希望。他的民族品德重造思想也许有点迂。但是，我们建设精神文明，总得有个来源。如果抛弃传统的美德，从哪里去寻找精神文明的根系和土壤？沈先生的作品有一种内在的忧伤，但是他并不悲观，他认为我们这个民族是有希望的，有前途的，他的作品里没有荒谬感和失落感。他对我们这个国家，我们这个民族，对中国人，是充满感情的。假如用一句话对沈先生加以概括，我以为他是一个极其真诚的爱国作家。

沈先生五十年代以后不写文学作品，改业研究文物，对服饰、陶瓷、丝绸、刺绣……都有广博的知识。他对这些文物的兴趣仍是对人的兴趣。他对这些手工艺品的赞美是对制造这些精美器物的劳动者的赞美。他在表述这些文物的文章中充满了民族自豪感。这和他的文学作品中的爱国主义是完全一致的。

沈从文和他的《边城》

《边城》是沈从文先生所写的唯一的一个中篇小说，说是中篇小说，是因为篇幅比较长，约有六万多字；还因它有一个有头有尾的故事——沈先生的短篇小说有好些是没有什么故事的，如《牛》《三三》《八骏图》……都只是通过一点点小事，写人的感情、感觉、情绪。

《边城》的故事甚美也很简单：茶峒山城一里外有一小溪，溪边有一弄渡船的老人。老人的女儿和一个兵有了私情，和那个兵一同死了，留下一个孤雏，名叫翠翠，老船夫和外孙女相依为命地生活着。茶峒城里有个在水码头上掌事的龙头大哥顺顺，顺顺有两个儿子，天保和傩送，两兄弟都爱上翠翠。翠翠爱二老傩送。不爱大老天保，大老天保在失望之下驾船往下游去，失事淹死；傩送因为哥哥的死在心里结了一个难解疙瘩，也驾船出外了。雷雨之夜，渡船老人死了，剩下翠翠一个人。傩送对翠翠的感情没有变，但是他一直没有回来。

就这样一个简单的故事，却写出了几个活生生的人物，写了一首将近七万字的长诗！

因为故事写得很美，写得真实，有人就认为真有那么一回事。有的华侨青年，读了《边城》，回国来很想到茶峒去看看，看看那个溪水、白塔、渡船，看看渡船老人的坟，看看翠翠曾在哪里吹竹管……

大概是看不到的。这故事是沈从文编出来的。

有没有一个翠翠?

有的。可她不是在茶峒的碧溪岨，是泸溪县一个线绒铺的女孩子。

《湘行散记》里说：

> ……在十三个伙伴中我有两个极好的朋友。……其次是那个年纪顶轻的，名字就叫“傩右”，一个成衣人的独生子，为人伶俐勇敢，希有少见。……这小孩子年纪虽小，心可不小！同我们到县城街上转了三次，就看中一个绒线铺的女孩子，问我借钱向那女孩子买了三次白棉线草鞋带子……那女孩子名叫“翠翠”，我写《边城》故事时，弄渡船的外孙女，明慧温柔的品性，就从那绒线铺小女孩脱胎而来。[①]

她是泸溪县的吗?也不是。她是山东崂山的。

看了《湘行散记》，我很怕上了《灯》里那个青衣女子同样的当，把沈先生编的故事信以为真，特地上他家去核对一回，问他翠翠是不是绒线铺的女孩子。他的回答是：“我们（他和夫人张兆和）上崂山去，在汽车里看到出殡的，一个女孩子打着幡。我说：这个我可以帮你写个小说。”

幸亏他夫人补充了一句：“翠翠的性格、形象，是绒线铺那个女孩子。”

沈先生还说：“我生平只看过那么一条渡船，在棉花坡。”那么，碧溪岨的渡船是从棉花坡移过来的。……棉花坡离碧溪岨不远，但总还有一小距离。

---

① 见《老伴》。

读到这里，你会立刻想起鲁迅所说的脸在那里，衣服在那里的那段有名的话。是的，作家酝酿人物形象和故事情节是一个很复杂的过程。一九五七年，沈先生曾经跟我说："我们过去写小说都是真真假假的，哪有现在这样都是真事的呢。"有一个诗人很欣赏"真真假假"这句话，说是这说明了创作的规律，也说明了什么是浪漫主义。翠翠，《边城》，都是想象出来的。然而必须有丰富的生活经验，积累了众多的印象，并加上作者的思想、感情和才能，才有可能想象得真实，以至把创造变得好像是报导。

沈从文善于写中国农村的少女。沈先生笔下的湘西少女不是一个，而是一串。

三三、夭夭、翠翠，她们是那样的相似，又是那样的不同。她们都很爱娇，但是各因身世不同，娇得不一样。三三生在小溪边的碾坊里，父亲早死，跟着母亲长大，除了碾坊小溪，足迹所到最远处只是堡子里的总爷家。她虽然已经开始有了一个少女对于"人生"的朦朦胧胧的神往，但究竟是个孩子，浑不解事，娇得有点痴。夭夭是个有钱的橘子园主人的幺姑娘，一家子都宠着她。她已经订了婚，未婚夫是个在城里读书的学生。她可以背了一个特别精致的背篓，到集市上去采购她所中意的东西，找高手银匠洗她的粗如手指的银练子。她能和地方上的小军官从容说话。她是个"黑里俏"，性格明朗豁达，口角伶俐。她很娇，娇中带点野。翠翠是个无父无母的孤雏，她也娇，但是娇得乖极了。

用文笔描绘少女的外形，是笨人干的事。沈从文画少女，主要是画她的神情，并把她安置在一个颜色美丽的背景上，一些动人的声音当中。

……为了住处两山多竹篁，翠色逼人而来，老船夫随便给这个可怜的孤雏，拾取了一个近身的名字，叫作翠翠。

…………

翠翠在风日里长养着，把皮肤变得黑黑的，触目为青山绿水，一对眸子清明如水晶，自然既长养她且教育她。为人天真活泼，处处俨然如一只小兽物。人又那么乖，和山头黄麂一样，从不想到残忍事情，从不发愁，从不动气。平时在渡船上遇陌生人对她有所注意时，便把光光的眼睛瞅着那陌生人，做成随时都可举步逃入深山的神气，但明白了面前的人无机心后，就又从从容容来完成任务了。

…………

风日清和的天气，无人过渡，镇日长闲，祖父同翠翠便坐在门前大岩石上晒太阳，或把一段木头从高处向水中抛去，嗾使身边黄狗从岩石高处跃下，把木头衔回来；或翠翠与黄狗皆张着耳朵，听祖父说些城中多年以前的战争故事；或祖父同翠翠两人，各把小竹做成的竖笛，逗在嘴边吹着迎亲送女的曲子，过渡人来了，老船夫放下了竹管，独自跟到船边去横溪渡人。在岩上的一个，见船开动时，于是锐声喊着：

"爷爷，爷爷，你听我吹，你唱！"

爷爷到溪中央于是很快乐地唱起来，哑哑的声音，振荡寂静的空气里，溪中仿佛也热闹了些。实则歌声的来复，反而使一切更加寂静。

篁竹、山水、笛声，都是翠翠的一部分，它们共同在你们心里造成这女孩子美的印象。

翠翠的美，美在她的性格。

《边城》是写爱情的，写中国农村的爱情，写一个刚刚进入青春期的农村女孩子的爱情。这种爱是那样的纯粹，那样不俗，那样像空气里小花、青草的香气，像风送来的小溪流水的声音，若有若无，不可捉摸，然而又是那样的实实在在，那样的真。这样的爱情叫人想起古人说得很好，但不大为人所理解的一句话：思无邪。

沈从文的小说往往是用季节的颜色、声音来计算时间的。

翠翠的爱情的发展是跟几个端午节联在一起的。

翠翠十五岁了。

端午节又快到了。

传来了龙船下水预习的鼓声。

> 蓬蓬鼓声掠水越山到了渡夫那里时，最先注意到的是那只黄狗。那黄狗汪汪地吠着，受了惊似的绕屋乱走；有人过渡时，便随船渡过河东岸去，且跑到那小山头向城里一方面大吠。
>
> 翠翠正坐在门外大石上用粽叶编蚱蜢、蜈蚣玩儿，见黄狗先在太阳下睡着，忽然醒来便发疯似的乱跑，过了河又回来，就问它骂它：
>
> “狗、狗，你做什么！不许这样子！”

“可是一会儿那远处声音被她发现了，她于是也绕屋跑着，并且同黄狗一块儿渡过了小溪，站在小山头听了许久，让那点迷人的鼓声，把自己带到一个过去的节日里去。”两年前的一个节日里去。

作者这里用了倒叙。

两年前，翠翠才十三岁。

这一年的端午，翠翠是难忘的。因为她遇见了傩送。

翠翠还不大懂事。她和爷爷一同到茶峒城里去看龙船，爷爷走开了，天快黑了，看龙船的人都回家了，翠翠一个人等爷爷，傩送见了她，把她还当一个孩子，很关心地对她说了几句话，翠翠还误会了，骂了人家一句："你个悖时砍脑壳的！"及至傩送好心派人打火把送她回去，她才知道刚才那人就是出名的傩送二老，"记起自己先前骂人那句话，心里又吃惊又害羞，再也不说什么，默默地随了那火把走了。"到了家，"另外一件事，属于自己不关祖父的，却使翠翠沉默了一个夜晚。"这写得非常含蓄。

翠翠过了两个中秋，两个新年，但"总不如那个端午所经过的事甜而美"。

十五岁的端午不是翠翠所要的那个端午。"从祖父和那长年谈话里，翠翠听明白了二老是在下游六百里外沅水中部青浪滩过端午的。"未及见二老，倒见到大老天保。大老还送他们一只鸭子。回家时，祖父说："顺顺真是好人，大方得很。大老也很好。这一家人都好！"翠翠说："一家人都好，你认识他们一家人吗？"祖父不明白这句话的意思所在，聪明的读者是明白的。路上祖父说了假如大老请人来做媒的笑话，"翠翠着了恼，把火炬向路两旁乱晃着，向前快快地走去了。"

> "翠翠，莫闹，我摔到河里去了，鸭子会走脱的！"
>
> "谁也不希罕那只鸭子！"
>
> 翠翠向前走去，忽然停住了发问：
>
> "爷爷，你的船是不是正在下青浪滩呢？"

这一句没头没脑的问话，说出了这女孩子的心正在飞向什么所在。

端午又来了。翠翠长大了，十六了。

翠翠和爷爷到城里看龙船。

走之前，先有许多曲折。祖父和翠翠在三天前业已预先约好，祖父守船，翠翠同黄狗过顺顺吊脚楼去看热闹。翠翠先不答应，后来答应了。但过了一天，翠翠又翻悔，以为要看两人去看，要守船两人守船。初五大早，祖父上城买办过节的东西。翠翠独自在家，看看过渡的女孩子，唱唱歌，心上浸入了一丝儿凄凉。远处鼓声起来了，她知道绘有朱红长线的龙船这时节已下河了。细雨下个不止，溪面一片烟。将近吃早饭时节，祖父回来了，办了节货，却因为到处请人喝酒，被顺顺把个酒葫芦扣下了。正像翠翠所预料的那样，酒葫芦有人送回来了。送葫芦回来的是二老。二老向翠翠说："翠翠，吃了饭，和你爷爷到我家吊脚楼上去看划船吧？"翠翠不明白这陌生人的好意，不懂得为什么一定要到他家中去看船，抿着小嘴笑笑。到了那里，祖父离开去看一个水碾子。翠翠看见二老头上包着红布，在龙船上指挥，心中便印着两年前的旧事。黄狗不见了，翠翠便离了座位，各处去寻她的黄狗。在人丛中却听到两个不相干的妇人谈话。谈的是砦子上王乡绅想把女儿嫁给二老，用水碾子作陪嫁。二老喜欢一个撑渡船的。翠翠脸发火烧。二老船过吊脚楼，失足落水，爬起来上岸，一见翠翠就说："翠翠，你来了，爷爷也来了吗？"翠翠脸还发烧，不便作声，心想"黄狗跑到什么地方去了呢？"二老又说："怎不到我家楼上去看呢？我已经要人替你弄了个好位子。"翠翠心想："碾坊陪嫁，希奇事情咧。"翠翠到河下时，小小心腔中充满一种说不分明的东西。翠翠锐声叫黄狗，黄狗扑下水中，向翠翠方面泅来。到身边时，身上全是水。翠翠说："得了，狗，装什么疯！你又不翻船，谁要你落水呢？"爷爷来了，说了点疯话。爷爷说："二老捉得鸭子，一定又会送给我们的。"话不及说完，二老来了，站在翠翠面前微微笑着。翠翠也不由不抿着嘴微笑着。

顺顺派媒人来为大老天保提亲。祖父说得问问翠翠。祖父叫翠翠，翠翠拿了一簸箕豌豆上了船。“翠翠，翠翠，先前那个人来作什么，你知道不知道？”翠翠说：“我不知道。”说后脸同脖颈全红了。翠翠弄明白了，人来做媒的是大老！不曾把头抬起，心忡忡地跳着，脸烧得厉害，仍然剥她的豌豆，且随手把空豆荚抛到水中去，望着它们在流水中从从容容流去。自己也俨然从容了许多。又一次，祖父说了个笑话，说大老请保山来提亲，翠翠那神气不愿意；假若那个人还有个兄弟，想来为翠翠唱歌，攀交情，翠翠将怎么说。翠翠吃了一惊，勉强笑着，轻轻地带点恳求的神气说：“爷爷，莫说这个笑话吧。”翠翠说：“看天上的月亮，那么大！”说着出了屋外，便在那一派清光的露天中站定。

…………

有个女同志，过去很少看过沈从文的小说，看了《边城》提出了一个问题：“他怎么能把女孩子的心捉摸得那么透，把一些细微曲折的地方都写出来了？这些东西我们都是有过的——沈从文是个男的。”我想了想，只好说：“曹雪芹也是个男的。”

沈先生在给我们上创作课的时候，经常说的一句话，是：“要贴到人物来写。”他还说：“要滚到里面去写。”他的话不太好懂。他的意思是说：笔要紧紧地靠近人物的感情、情绪，不要游离开，不要置身在人物之外。要和人物同呼吸，共哀乐，拿起笔来以后，要随时和人物生活在一起，除了人物，什么都不想，用志不纷，一心一意。

首先要有一颗仁者之心，爱人物，爱这些女孩子，才能体会到她们的许多飘飘忽忽的，跳动的心事。

祖父也写得很好。这是一个古朴、正直、本分、尽职的老人。某些地方，特别是为孙女的事进行打听、试探的时候，又有几分狡猾，狡猾中仍带着妩媚。主要的还是写了老人对这个孤雏的怜爱，一颗随时为翠翠而跳动的心。

黄狗也写得很好。这条狗是这一家的成员之一，它参与了他们的全部生活，全部的命运。一条懂事的、通人性的狗——沈从文非常善于写动物，写牛、写小猪、写鸡，写这些农村中常见的，和人一同生活的动物。

大老、二老、顺顺都是侧面写的，笔墨不多，也都给人留下颇深的印象。包括那个杨马兵、毛伙，一个是一个。

沈从文不是一个雕塑家，他是一个画家，一个风景画的大师。他画的不是油画，是中国的彩墨画，笔致疏朗，着色明丽。

沈先生的小说中有很多篇描写湘西风景的，各不相同。《边城》写酉水：

> 那条河水便是历史上知名的酉水，新名字叫作白河。白河下游到辰州与沅水汇流后，便略显浑浊，有出山泉水的意思。若溯流而上，则三丈五丈的深潭，清澈见底。深潭中为白的所映照，河底小小白石子，有花纹的玛瑙石子，全看得明明白白。水中游鱼来去，全如浮在空气里。两岸多高山，山中多可以造纸的细竹，长年作深翠颜色，逼人眼目。近水人家多在桃杏花里，春天时只需注意，凡有桃花处必有人家，凡有人家处必可沽酒。夏天则晒晾在日光下耀目的紫花布衣裤，可以作为人家所在的旗帜。秋冬来时，酉水中游如王村、岔莱、保靖，里邪和许多无名山村。人家房屋在悬崖上的，滨水的，无不朗然入目。黄泥的墙，乌黑的瓦，位置却那么妥帖，且与四周环境极其调和，使人迎面得到的印象，实在非常愉快。

描写风景，是中国文学的一个悠久传统。晋宋时期形成山水诗。吴均的《与朱元思书》是写江南风景的名著。柳宗元的《永州八记》，苏东坡、王安石的许多游记，明代的袁氏兄弟、张岱，这些写风景的高手，都是会对沈先生有启发的。就中沈先生最为钦佩的，据我所知，是郦道元的《水经注》。

古人的记叙虽可资借鉴，主要还得靠本人亲自去感受，养成对于形体、颜色、声音，乃至气味儿的敏感，并有一种特殊的记忆力，能把各种印象保存在记忆里，要用时即可移到纸上。沈先生从小就爱各处去看，去听、去闻嗅。“我的心总得为一种新鲜声音，新鲜颜色、新鲜气味儿而跳。”（《从文自传》）

> 雨后放晴的天气，日头炙到人肩上、背上已有了点力量。溪边芦苇水杨柳，菜园中菜蔬，莫不繁荣滋茂，带着一种有野性的生气。草丛里绿色蚱蜢各处飞着，翅膀搏动空气时作声。枝头新蝉声音虽不成腔，却也渐渐宏大。两山深翠逼人的竹篁中，有黄鸟和竹雀、杜鹃交递鸣叫。翠翠感觉着，望着、听着，同时也思索着……

这是夏季的白天。

> 月光如银子，无处不可照及，山上竹篁在月光下变成一片黑色。身边草丛中虫声繁密如落雨，间或不知从什么地方，忽然会有一只草莺“嘘！”转着它的喉咙，不久之间，这小鸟儿又好像明白这是半夜，不应当那么吵闹，便仍然闭着那小小眼儿安睡了。

这是夏天的夜。

> 小饭店门前长案上常有煎得焦黄的鲤鱼豆腐，身上装饰了红辣椒丝，卧在浅口杯子里，钵旁大竹筒中插着大把朱红筷子……

这是多么热烈的颜色！

> 到了买杂货的铺子里，有大把的粉条，大缸的白糖，有炮仗，有红蜡烛，莫不给翠翠一种很深的印象，回到祖父身边，总把这些东西说个半天。

粉条、白糖、炮仗、蜡烛，这都是极其常见的东西，然而它们配搭在一起，是一幅对比鲜明的画。

> 天已经快夜，别的雀子似乎都休息了，只杜鹃叫个不息，石头泥土为白日晒了一整天，草木为白日晒了一整天，到这时节各放散一种热气。空气中有泥土气味儿，有草木气味儿，还有各种甲虫气味儿。翠翠看着天上的红云，听着渡口飘响生意人的杂乱声音，心中有些儿薄薄的凄凉。

甲虫气味儿大概还没有哪个诗人在作品里描写过！

曾经有人说沈从文是个文体家。

沈先生曾有意识地试验过各种文体。《月下小景》叙事重复铺张，有意模仿六朝翻译的佛经，语言也多四字为句，近似偈语。《神巫之爱》的对话让人想起《圣经》的《雅歌》和沙孚的情诗。他还曾用骈文写过一个故事。其他小说中也常有骈偶的句子，如：“凡有桃花处必有人家，凡有人家处必可沽酒。”“地方像茶馆却不卖茶，不是烟馆却可以抽烟。”但是通常所用的是他的“沈从文体”。这种“沈从文体”用他自己的话，就是“充满泥土气息”和“文白杂糅”[1]。他的语言有一些是湘话，还有他个人的口头语，如“即刻”“照例”之类。他的语言里有相当多的文言成分……文言的词汇和文言的句法。问题是他把家乡话与普

① 见一九五七年版《沈从文小说选集》题记。

通话，文言和口语配置在一起，十分调和，毫不“格生”，可是就形成了沈从文自己的特殊文体。他的语言是从多方面吸取的。间或有一些当时的作家都难免的欧化的句子，如“……的我”，但极少。大部分语言是具有民族特点的。就中写人叙事简洁处，受《史记》《世说新语》的影响不少。他的语言是朴实的，朴实而有情致；流畅的，流畅而清晰。这种朴实，来自于雕琢；这种流畅，来自于推敲。他很注意语言的节奏感，注意色彩，也注意声音。他从来不用生造的，谁也不懂的形容词之类，用的是人人能懂的普通词汇。但是常能对于普通词汇赋予新的意义。比如《边城》里两次写翠翠拉船，所用字眼不同。一次是：

> 有时过渡的是从川东过茶峒的小牛，是羊群，是新娘子的花轿，翠翠必争着做渡船夫，站在船头，懒懒地攀引缆索，让船缓缓地过去。

又一次是：

> 翠翠斜睨了客人一眼，见客人正盯着她，便把脸背过去，抿着嘴儿，不声不响，很自负地拉着那条横缆。

“懒懒地”“很自负地”都是很平常的字眼，但是没有人这样用过，用在这里，就成了未经人道语了。尤其是“很自负地”。你要知道，这“客人”不是别个，是傩送二老呀，于是“很自负地”就有了很多很深的意思。这个词儿用在这里真是最准确不过了！

沈先生对我们说过语言的唯一标准是准确（契诃夫也说过类似的意思）。所谓“准确”，就是要去找，去选择。一去比较也许你相信这是“妙手偶得之”，但是我更相信这是“梦里寻他千百度，蓦然回首，那人却在灯火阑珊处”。

《边城》不到七万字，可是整整写了半年。这不是得来全不费功夫。沈先生常说：人做事要耐烦。沈从文很会写对话。他的对话都没有什么深文大义，也不追求所谓“性格化的语言”，只是极普通的说话。然而写得如闻其声，如见其人。比如端午之前，翠翠和祖父商量谁去看龙船：

见祖父不再说话，翠翠就说：“我走了，谁陪你？”

祖父说：“你走了，船陪我。”

翠翠把一对眉毛皱拢去苦笑着，“船陪你，嗨，嗨，船陪你。爷爷，你真是，只有这只宝贝船！”

比如黄昏来时，翠翠心中无端端地有些薄薄的凄凉，一个人胡思乱想，想到自己下桃源县过洞庭湖，爷爷要拿把刀放在包袱里，搭下水船去杀了她！她被自己的胡想吓怕起来了。心直跳，就锐声喊她的祖父：

“爷爷，爷爷，你把船拉回来呀！”

请求了祖父两次，祖父还不回来，她又叫：

“爷爷，为什么不上来？我要你！”

有人说沈从文的小说不讲结构。

沈先生的某些早期小说诚然有失之散漫冗长的。《惠明》就相当散，最散的大概要算《泥涂》。但是后来的大部分小说是很讲结构的。他说他有些小说是为了教学需要而写的，为了给学生示范，“用不同方法处理不同问题”。这“不同方法”包括或极少用对话，或全篇都用对话（如《若墨医生》）等等，也指不同的结构方法。他常把他的小说改来改去，改的也往往是结构。他曾经干过一件事，把写好的小说剪成一条一条的，重新拼合，看看什么样的结构最好。他不大用“结构”这个词儿，常用的是“组织”“安排”，怎样把材料组织好，位置安排得更妥帖。他对结构的要求是：“匀称”。这是比表面的整齐更为内在的东西。一个作家在写一局部时要顾及整体，随时意识到这种匀称感。正如一棵树，一个枝子，一片叶子，这样长，那样长，都是必需的，有道理的。否则就如一束绢花，虽有颜色，终少生气。《边城》的结构是很讲究的，是完美地实现了沈先生所要求的匀称的，不长不短，恰到好处，不能增减一分。

有人说《边城》像一个长卷。其实像一套二十一开的册页，每一节都自成首尾，而又一气贯注——更像长卷的是《长河》。

沈先生很注意开头，尤其注意结尾。

他的小说的开头是各式各样的。

《边城》的开头取了讲故事的方式：

> 由四川过湖南去，靠东有一条官路，这官路将近湘西边境，到了一个地方名叫“茶峒”的小小城时，有一小溪，溪边有座白色小塔，塔下住了一户单独的人家。这人家只一个老人，一个女孩子，一只黄狗。

这样的开头很朴素，很平易亲切，而且一下子就带起该文牧歌一样的意境。

汤显祖评董解元《西厢记》，论及戏曲的收尾，说“尾”有两种，一种是“度尾”，一种是“煞尾”。“度尾”如画舫笙歌，从远地来，过近地，又向远地去；“煞尾”如骏马收缰，忽然停住，寸步不移。他说得很好。收尾不外这两种。《边城》各章的收尾，两种兼见。

翠翠正坐在门外大石上用粽叶编蚱蜢、蜈蚣玩儿，见黄狗先在太阳下睡觉，忽然醒来便发疯似的乱跑，过了河又回来，就问它骂它：

> “狗，狗，你做什么！不许这样子！”
>
> 可是一会儿那远处声音被她发现了，于是也绕屋跑着，并且同黄狗一块儿渡过了小溪，站在小山头听了许久，让那

点迷人的鼓声，把自己带到一个过去的节日里去。

这是“度尾”。

……翠翠感觉着，望着，听着，同时也思索着：

“爷爷今年七十岁……三年六个月的歌——谁送那只白鸭子呢？……得碾子的好运气，碾子得谁更是好运气……”

痴着，忽地站起，米簸箕豌豆便倾倒到水中去了。伸手把那簸箕从水中捞起时，隔溪有人喊过渡。

这是“煞尾”。

全文的最后，更是一个精采的结尾：

到了冬天，那个圮坍了的白塔，又重新修好了。那个在月下歌唱，使翠翠在睡梦里为歌声把灵魂轻轻浮起的年轻人，还不曾回到茶峒来。

这个人也许永远不回来了，也许明天回来。

七万字一齐收在这一句话上。故事完了，读者还要想半天。你会随小说里的人物对远人作无边的思念，随她一同盼望着，热情而迫切。

我有一次在沈先生家谈起他的小说的结尾都很好，他笑眯眯地说：“我很会结尾。”

三十年来，作为作家的沈从文很少被人提起（这些年他以一个文物专家的资格在文化界占一席位），不过也还有少数人在读他的小说。有一个很有才华的小说家对沈先生的小说存着偏爱。他今年春节，温读了沈先生的小说，一边思索着一个问题：什么是艺术生命？他的意思是说：为什么沈先生的作品现在还有蓬勃的生命？我对这个问题也想了几天，最后还是从沈先生的小说里找到了答案，那就是《长河》里的夭夭所说的：“好看的应该长远存在。”

现在，似乎沈先生的小说又受到了重视。出版社要出版沈先生的选集，不止一个大学的文学系开始研究沈从文了。这是好事。这是春天里的“百花齐放”的一种体现。这对推动创作的繁荣是有好处的，我想。

又读《边城》

请许我先抄一点儿沈先生写给三姐张兆和（我的师母）的信。

> 三三，我因为天气太好了一点儿，故站在船后舱看了许久水，我心中忽然好像彻悟了一些，同时又好像从这条河中得到了许多智慧。三三，的的确确，得到了许多智慧，不是知识。我轻轻地叹息了好些次。山头夕阳极感动我，水底各色圆石也极感动我，我心中似乎毫无什么渣滓，透明烛照，对河水，对夕阳，对拉船人同船，皆那么爱着，十分温暖地爱着！……我看到小小渔船，载了它的黑色鸬鹚向下流缓缓划去，看到石滩上拉船人的姿势，我皆异常感动且异常爱他们。……三三，我不知为什么，我感动得很！我希望活得长一点儿，同时把生活完全发展到我自己的这份工作上来。我会用自己的力量，为所谓人生，解释得比任何人皆庄严些与透入些！三三，我看久了水，从水里的石头得到一点儿平时好像不能得到的东西，对于人生，对于爱憎，仿佛全然与人不同了。我觉得惆怅得很，我总像看得太深太远，对于我自己，便成为受难者了，这时节我软弱得很，因为我爱了世界，爱了人类。三三，倘若我们这时正是两人同在一处，你瞧我眼睛湿到什么样子！

这是一封家书，是写给三三的“专利读物”，不是宣言，用不着装样子，做假，每一句话都是真诚的，可信的。

从这封信，可以理解沈先生为什么要写《边城》，为什么会写得这样美。因为他爱世界，爱人类。

从这里也可以得到对沈从文的全部作品的理解。也许你会觉得这样的解释有点不着边际。不吧。

《边城》激怒了一些理论批评家，文学史家，因为沈从文没有按照他们的要求，他们规定的模式写作。

第一条罪名是《边城》没有写阶级斗争，“掏空了人物的阶级属性”。

是不是所有的作品都要写阶级斗争？

他们认为被掏空阶级属性的人物第一个大概是顺顺。他们主观先验地提高了顺顺的成分，说他是“水上把头”，是“龙头大哥”，是“团总”，恨不能把他划成恶霸地主才好。事实上顺顺只是一个水码头的管事。他有一点儿财产，财产只有“大小四只船”。他算个什么阶级？他的阶级属性表现在他有向上爬的思想，比如他想和王团总攀亲，不愿意儿子娶一个弄船的孙女，有点嫌贫爱富。但是他毕竟只是个水码头的管事，为人正直公平，德高望重，时常为人排难解纷，这样人很难把他写得穷凶极恶。

至于顺顺的两个儿子，天保和傩送，“向下行船时，多随了自己的船只充伙计，甘苦与人相共，荡桨时选最重的一把，背纤时拉头纤二纤”，更难说他们是“阶级敌人”。

针对这样的批评，沈从文作了挑战性的答复：“你们多知道要作品有‘思想’，有‘血’有‘泪’，且要求一个作品具体表现这些东西到故事发展上，人物言语上，甚至一本书的封面上，目录上。你们要的事多容易办！可是我不能给你们这个。我存心放弃你们……”

第二条罪名，与第一条相关联，是说《边城》写的是一个世外桃源，脱离现实生活。

《边城》是现实主义的还是浪漫主义的？《边城》有没有把现实生活理想化了？这是个非常叫人困惑的问题。

为什么这个小说叫作《边城》？这是个值得想一想的问题。

“边城”不只是一个地理概念，意思不是说这是个边地的小城。这同时是一个时间概念，文化概念。

“边城”是大城市的对立面。这是“中国另外一个地方另外一种事情”（《边城题记》）。沈先生从乡下跑到大城市，对上流社会的腐朽生活，对城里人的“庸俗小气自私市侩”深恶痛绝，这引发了他的乡愁，使他对故乡尚未完全被现代物质文明所摧毁的淳朴民风十分怀念。

便是在湘西，这种古朴的民风也正在消失。沈先生在《长河·题记》中说：“一九三四年的冬天，我因事从北平回湘西，由沅水坐船上行、转到家乡凤凰县。去乡已十八年，一入辰河流域，什么都不同了。表面上看来，事事物物自然都有了极大进步，试仔细注意注意，便见出在变化中的堕落趋势。最明显的事，即农村社会所保有的那点正直朴素人情美，几乎快要消失无余，代替而来的却是近二十年实际社会培养成功的一种唯实唯利的人生观。”《边城》所写的那种生活确实存在过，但到《边城》写作时（一九三三——一九三四）已经几乎不复存在。《边城》是一个怀旧的作品，一种带着痛惜情绪的怀旧。《边城》是一个温暖的作品，但是后面隐伏着作者的很深的悲剧感。

可以说《边城》既是现实主义的，又是浪漫主义的，《边城》的生活是真实的，同时又是理想化了的，这是一种理想化了的现实。

为什么要浪漫主义，为什么要理想化？因为想留驻一点儿美好的，永恒的东西，让它长在，并且常新，以利于后人。

《从文小说习作选·代序》说：

> 这世界上或有想在沙基或水面上建造崇楼杰阁的人，那可不是我。我只想造希腊小庙。选山地作基础，用坚硬石头堆砌它。精致，结实，匀称，形体虽小而不纤巧，是我的理想的建筑。这庙里供奉的是“人性”。
>
> 我要表现的本是一种“人生的形式”，一种“优美，健康，自然，而又不悖乎人性的人生形式”。

喔！“人性”，这个倒霉的名词！

沈先生对文学的社会功能有他自己的看法，认为好的作品除使人获得“真美感觉之外，还有一种引人‘向善’的力量，……从作品中接触另外一种人生，从这种人生景象中有所启示，对人生或生命能作更深一层的理解”（《小说的作者与读者》）。沈先生的看法“太深太远”。照我看，这是文学功能的最正确的看法。这当然为一些急功近利的理论家所不能接受。

《边城》里最难写，也是写得最成功的人物，是翠翠。翠翠的形象有三个来源。

一个是泸溪县绒线铺的女孩子。

> 我写《边城》故事时，弄渡船的外孙女，明慧温柔的品性，就从那绒线铺小女孩印象得来。（《湘行散记·老伴》）

一个是在青岛崂山看到的女孩子。

> 故事上的人物，一面从一年前在青岛崂山北九水看到的一个乡村女子，取得生活的必然……（《水云》）

这个女孩子是死了亲人，戴着孝的。她当时在做什么？据刘一友说，是在“起水”。金介甫说是“告庙”。“起水”是湘西风俗，崂山未必有。“告庙”可能性较大。沈先生在写给三姐的信中提到“报庙”，当即“告庙”。金文是经过翻译的，“报”“告”大概是一回事。我听沈先生说，是和三姐在汽车里看到的。当时沈先生对三姐说：“这个，我可以帮你写一个小说。”

另一个来源就是师母。

> 一面就用身边新妇作范本，取得性格上的朴素式样。（《水云》）

但这不是三个印象的简单的拼合，形成的过程要复杂得多。沈先生见过很多这样明慧温柔的乡村女孩子，也写过很多，他的记忆里储存了很多印象，原来是散放着的，崂山那个女孩子只是一个触机，使这些散放印象聚合起来，成了一个完完整整的形象，栩栩如生，什么都不缺。含蕴既久，一朝得之。这是沈先生的长时期的“思乡情结”茹养出来的一颗明珠。

翠翠难写，因为翠翠太小了（还过不了十六吧）。她是那样天真，那样单纯。小说是写翠翠的爱情的。这种爱情是那样纯净，那样超过一切世俗利害关系，那样的非物质。翠翠的爱情有个成长过程。总体上，是可感的，坚定的，但是开头是朦朦胧胧的，飘飘忽忽的。翠翠的爱是一串梦。

翠翠初遇傩送二老，就对二老有个难忘的印象。二老邀翠翠到他家去等爷爷，翠翠以为他是要她上有女人唱歌的楼上去，以为欺侮了她，就轻轻地说：“你个悖时砍脑壳的！”后来知道那是二老，想起先前骂人的那句话，心里又吃惊又害羞。到家见着祖父，“另一件事，属于自己不关祖父的，却使翠翠沉默了一个夜晚。”

两年后的端午节，祖父和翠翠到城里看龙船，从祖父与长年的谈话里，听明白二老是在下游六百里外青浪滩过的端午。翠翠和祖父在回家的路上走着，忽然停住了发问：“爷爷，你的船是不是正在下青浪滩呢？”这说明翠翠的心此时正在飞向谁边。

二老过渡，到翠翠家中做客。二老想走了，翠翠拉船。“翠翠斜睨了客人一眼，见客人正盯着她，便把脸背过去，抿着嘴儿，很自负地拉着那条横缆……”“自负”二字极好。

翠翠听到两个女人说闲话，说及王团总要和顺顺打亲家，陪嫁是一座碾坊，又说二老不要碾坊，还说二老欢喜一个撑渡船的……翠翠心想：碾坊陪嫁，希奇事情咧。这些闲话使翠翠不得不接触到实际问题。

但是翠翠还是在梦里。傩送二老按照老船工所指出的“马路”，夜里去为翠翠唱歌。“翠翠梦中灵魂为一种美妙歌声浮起来，仿佛轻轻地各处飘着；上了白塔，下了菜园，到了船上，又复飞窜过悬崖半腰——去作什么呢？摘虎耳草！”这是极美的电影慢镜头，伴以歌声。

事情经过许多曲折。

天保大老走“车路”不通，托人说媒要翠翠不成，驾油船下辰州，掉到茨滩淹坏了。

大雷大雨的夜晚，老船夫死了。

祖父的朋友杨马兵来和翠翠作伴，“因为两个必谈祖父以及这一家有关系的事情，后来便说到了老船夫死前的一切，翠翠因此明白了祖父活时所不提到的许多事，二老的唱歌，顺顺大儿子的死，顺顺父子对祖父的冷淡，中寨人用碾坊作陪嫁妆奁诱惑傩送二老，二老既记忆着哥哥的死亡，且因得不到翠翠理会，又被家中逼着接受那座碾坊，意思还在渡船，因此赌气下行，祖父的死因，又如何与翠翠有关……凡是翠翠不明白的事，如今可都明白了。翠翠把事情弄明后，哭了一个夜晚。”哭了一夜，翠翠长成大人了。迎面而来的，将是什么？

"我平常最会想象好景致，且会描写好景致"（《湘行集·泊缆子湾》）。沈从文对写景可算是一个圣手。《边城》写景处皆十分精彩，使人如同目遇。小说里为什么要写景？景是人物所在的环境，是人物的外化，人物的一部分。景即人。且不说沈从文如何善于写景，只举一例，说明他如何善于写声音、气味儿："天快夜了，别的雀子似乎都在休息了，只杜鹃叫个不息。石头泥土为白日晒了一整天，到这时节皆放散一种热气。空气中有泥土气味儿，有草木气味儿，且有甲虫气味儿。翠翠看着天上的红云，听着渡口飘来乡生意人的杂乱的声音，心中有些薄薄的凄凉。"有哪一个诗人曾经写过甲虫的气味儿？

《边城》的结构异常完美。二十一节，一气呵成；而各节又自成起讫，是一首一首圆满的散文诗。这不是长卷，是二十一开连续性的册页。

《边城》的语言是沈从文盛年的语言，最好的语言。既不似初期那样的放笔横扫，不加节制；也不似后期那样过事雕琢，流于晦涩。这时期的语言，每一句都"鼓立"饱满，充满水分，酸甜合度，像一篮新摘的烟台玛瑙樱桃。

《边城》，沈从文的小说，究竟应该在文学史上占一个什么地位？金介甫在《沈从文传》的引言中说："可以设想，非西方国家的评论家包括中国的在内，总有一天会对沈从文作出公正的评价：把沈从文、福楼拜、斯特恩、普罗斯特看成成就相等的作家。"总有一天，这一天什么时候来？

读《萧萧》

我很喜欢这篇小说，觉得它写得好。但是好在哪里，又说不出。我把这篇小说反反复复看了好多遍，看得我的艺术感觉都发木了，还是说不出好在哪里。大概好的作品都说不出好在哪里。我只能随便说说。想到哪里说到哪里。

萧萧这个名字很美。沈先生喜欢给他的小说的女孩子起叠字的名字：三三、夭夭、翠翠。“萧萧”也许有点寓意，让人想到“无边落木萧萧下”。中国妇女的一生，也就树叶一样，绿了一些时候，随即飘落了。比比皆是，无可奈何。但也许没有什么寓意，只是随便拾取一个名字。不过是很美的。沈先生给这个女孩子起这样一个美丽的名字，说明他对这个女孩子是很喜欢的，很有感情的。

《萧萧》写的是一个童养媳的故事。提起童养媳，总给人一个悲惨的印象。挨公婆的打骂，吃不饱，做很重的活。尤其痛苦的是和丈夫年龄的悬殊。中国民歌涉及妇女生活最多的是寡妇，其次便是童养媳。守着一个小丈夫，白耗了自己的青春。有的民歌里唱道：“不是看在公婆的面，一脚踢你下床去。”有的民歌想到等到丈夫成年，自己已经老了。这是一个极不合理的制度。但是《萧萧》的命运并不悲惨，简直是一个有点曲折的小小喜剧。

萧萧做媳妇时年纪十一岁，有个小丈夫，年纪还不到三岁。

十五岁时被一个叫花狗的长工引诱，做了一点儿糊涂事，怀了孕，被家里知道了，要卖到远处去，但没有主顾。次年二月，萧萧生了一个儿子。生下的既是儿子，萧萧不嫁别处了，到萧萧圆房时，儿子已经十岁。儿子名叫牛儿。牛儿十二岁也接了亲，媳妇年长六岁。萧萧生了第二个儿子，她抱了才满三月的小毛毛看热闹，同十年前抱丈夫一个样子。萧萧的生活平平常常。这种生活是被许多人，包括许多作家所忽略的。

作为萧萧生活的对比与反衬的，是女学生。小说中屡次提到女学生，这是随时出现，贯彻小说的全篇的。把女学生从小说里拿掉，小说就会显得单薄，甚至就不复存在。女学生牵动所有人物的感情，成为她们生活的重要内容。“女学生这东西，在本乡的确永远是奇闻。”“说来事事都稀奇古怪，和庄稼人不同，有的简直还可说岂有此理。”“女学生由祖父方面所知道的是这样一种人：‘她们穿衣服不管天气冷热，吃东西不问饥饱，晚上交到子时才睡觉，白天正经事全不作，只知唱歌打球，读洋书。她们都会花钱，一年用的钱可以买十六只水牛。她们在省里京里想往什么地方去时，不必走路，只要钻进一个大匣子中，那匣子就可以带她到地。城市中还有各种各样的大小不同匣子，都用机器开动。她们在学校，男女在一处上课读书，人熟了，就随意同那男子睡觉，也不要媒人，也不要财礼，名叫‘自由’……”祖父对女学生的认识似是而非，是从一个不知什么人的口中间接又间接地得知的，其中有许多他自己的想象，到了萧萧，就把这点想象更发展了。她“做梦也便常常梦到女学生，且梦到同这些人并排走路。仿佛也坐过那种自己会走路的匣子，她又觉得这匣子并不比自己跑路更快。在梦中那匣子的形体同谷仓差不多，里面还有小小灰色老鼠，眼珠子红红的，各处乱跑，有时钻到门缝里去，把个小尾巴露在外边”。在小说中，女学生意味着什么呢？这说明另一世界、另一阶级的人的生活同祖父、萧萧之间，存在多大的反差。女学生成天高唱的“自由”又离他们有多远。

沈先生对女学生的描述是颇为不敬的。这也难怪，脱离农村的现实，脱离经济基础，高喊进步的口号，是没有用的。沈先生在小说中说及这些人时，永远是嘲讽的态度。

这是一个偏僻、闭塞的乡下，如沈先生常说的中国的一角隅。偏僻闭塞并没有直接描写，是通过这里的人对城里人的荒唐想象来完成的。这里还停留在男耕女织、自给自足的自然经济状态（种瓜、绩麻、抛梭子织土机布）。这里的人还没有受到商品经济的影响，孔夫子对他们的影响也不大，因此人情古朴，单纯厚道。

萧萧非常单纯。“她是什么事也不知道，就做了人家的新媳妇了。”过门后，尽一个做姐姐的责任，日夜哄着弟弟（小丈夫）。花狗对她说“我全身无处不大”，她还不大懂这话的意思，只觉得憨而好笑。花狗对萧萧“生了另外一种心，萧萧有点明白了，常常觉得惶恐不安”。“平时不知道萧萧所在，花狗就站在高处唱歌逗萧萧身边的丈夫；丈夫小口一开，花狗穿山越岭就来到萧萧面前了。”“花狗想方法支使萧萧丈夫到远处去，便坐到萧萧身边来，要萧萧听他唱那使人开心红脸的歌。萧萧有时觉得害怕，不许丈夫走开；有时又像有了花狗在身边，打发丈夫走去反倒好一点儿。”对农村少女这点微妙心理，作者写得非常精细，非常准确，也非常有分寸。萧萧的恋爱（假如这可叫作恋爱）实无任何浪漫可言。花狗唱了许多歌，到后却向萧萧唱“娇家门前一重坡……”，她心里乱了，她要花狗对天赌咒，赌过了咒，“一切好像有了保障”，她就一切尽他了。事后，“才仿佛明白自己做了一点儿不大好的糊涂事”。她怀了孕，花狗逃走了，萧萧对他并没有什么扯不断的感情，只是丈夫常常提起几个月前被毛毛虫蜇手（她做糊涂事那天丈夫被毛毛虫蜇了）的旧话，使萧萧心里难过，她因此极恨毛毛虫，见了那小虫就想用脚去踹。这感情有点复杂。但很难说这是什么“情结”，很难用弗洛伊德来解释。

小说里一个活跃人物是祖父。祖父是个有趣人物，除了摆龙门阵学古，就是逗萧萧，几次和萧萧作关于女学生的近乎无意义的扯谈，且喊萧萧不喊“小丫头”，不喊萧萧，却唤作“女学生”。在不经意中萧萧答应得很好。祖父是个好心肠的人，他很爱萧萧。

萧萧的伯父是个忠厚老实人。萧萧出事后，祖父想出个聪明主意，请萧萧本族人来说话。萧萧只有一个伯父，去请他时还以为是吃酒。到了才知道是这样丢脸的事，弄得这老实忠厚的家长手足无措。伯父临走，萧萧拉着伯父衣角不放，只是幽幽地哭。“伯父摇了一会儿头，一句话不说。”寥寥几笔，就把一个老实种田人写出来了。

花狗也很难说是个坏人。他“面如其心，生长得不很正气”，但“花狗是男子，凡是男子的美德恶德都不缺少”，他“个子大，胆子小。个子大容易做错事，胆量小做了错事就想不出办法”。他把萧萧的肚子弄大了，不辞而行，可以说不负责任，但是除了一走了之，他能有什么办法呢？

沈先生的小说的开头大都很精彩。一个比较常用的方法是用一个峭拔的短句作为一段，引出全篇。如：

把船停顿到岸边，岸是辰州的河岸。（《柏子》）

落了春雨，一共有七天，河水涨大了。（《丈夫》）

《萧萧》也用的是这方法：

乡下人吹唢呐接媳妇，到了十二月是成天会有的事情。

这个起头是反起。先写被铜锁锁在花轿里的新媳妇照例要在里面荷荷大哭，然后一转，“也有做媳妇不哭的人，萧萧做媳妇就不哭。”“她又不害羞，又不怕。她是什么事也不知道，就做了人家的新媳妇了。”这样才能衬托出萧萧什么事也不知道。这以后，就是很“顺”的叙述，即基本上是按事情的先后顺序叙述的。这里没有什么“时空交错”。为什么叙述一定要交错呢？时空交错和这种古朴的生活是不相容的。

沈先生是长于写景的，但是这篇小说属于写景的只有一处：

夏夜光景说来如做梦。大家饭后坐到院中心歇凉，挥摇蒲扇，看天上的星同屋角的萤，听南瓜棚上纺织娘子咯咯咯拖长声音纺纱，远近声音繁密如落雨，禾花风翛翛吹到脸上……

恬静的，无忧无虑的夏夜。这是萧萧所生活的环境，并且也才适于引出祖父关于女学生的话来。小说对话很少，不多的对话有两段，都是在祖父和萧萧之间进行的。说这是“近乎无意义的扯谈”，是说这些对话无深意，完全没有什么思想，更无所谓哲理，但对表现祖父的风趣慈祥和萧萧的浑朴天真，是很有必要的。并且这烘托出小说的亲切气氛。

小说穿插了三首湘西四句头山歌。这三首山歌在沈先生别的小说里也出现过，但是用在这里很熨帖。

这篇小说的语言是非常、非常朴素的。所有的叙述语言都和环境、人物相协调，尽量不用城里人的语言。比如对萧萧，不用“天真”“浑浑噩噩”这类的字眼，只是说：“萧萧十五岁时已高如成人，心却还是一颗糊糊涂涂的心。”语言中处处不乏发自爱心的温暖的幽默（照先生的习惯，是“谐趣”）。

新媳妇“像做梦一样，将同一个陌生男子汉在一个床上睡觉，做着承宗接祖的事情。这些事想起来，当然有些害怕，所以照例觉得要哭哭，于是就哭了”。

萧萧嫁过了门，……“风里雨里过日子，像一株在园角落不为人注意的蓖麻，大叶大枝，日增茂盛，这小女人简直是全不为丈夫设想那么似的，一天比一天长大起来了”。

“丈夫早断了奶。婆婆有了新儿子，这五岁儿子就像归萧萧独有了。不论做什么，走到什么地方去，丈夫总跟在身边。丈夫有些方面很怕她，当她如母亲，不敢多事。他们俩实在感情不坏。”

家中明白“这个十年后预备给小丈夫生儿子继香火的萧萧肚子已被另一个人抢先下了种。这在一家人生活中真是了不得的一件大事！一家人的平静生活为这件新事全弄乱了。生气的生气，流泪的流泪，骂人的骂人，各按本分乱下去”。这个“各按本分”真是绝妙！

“丈夫知道了萧萧肚子中有儿子的事情，又知道因为这样萧萧才应当嫁到远处去。但是丈夫并不愿意萧萧去。萧萧自己也不愿意去。大家全莫名其妙，只是照规矩像逼到要这样做，不得不做。”

小说的结尾急转直下，完全是一个喜剧：

> 萧萧次年二月间，十月满足，坐草生了一个儿子，团头大眼，声响洪壮。大家把母子二人，照料得好好的，照规矩吃蒸鸡同江米酒补血，烧纸谢神，一家人都喜欢那儿子。
>
> 生下的既是儿子，萧萧不嫁别处了。
>
> 到萧萧正式同丈夫拜堂圆房时，儿子已经年纪十岁，有了半劳动力，能看牛割草，成为家中生产者一员了。平时喊

萧萧丈夫做大叔，大叔也答应，从不生气。

这儿子名叫牛儿。牛儿十二岁时也接了亲，媳妇年长六岁。媳妇年纪大，方能诸事作帮手，对家中有帮助。唢呐到门前时，新娘在轿中呜呜地哭着，忙坏了那个祖父，曾祖父。

但是，在喜剧的后面，在谐趣的微笑的后面，你有没觉察到沈从文先生隐藏着的悲哀？

沈从文作品题解、注释、赏析

《边城》

【题解】

“边城”是边远、偏僻的小城的意思。这里的县治在镇筸，亦称凤凰厅，所以沈先生在履历表上“籍贯”一栏里填的是“湖南凤凰”。有的作家（如施蛰存先生）称沈先生为“沈凤凰”——以地名作为称呼，表示对这人的倾倒尊敬，这是中国过去的习惯。《边城》所写的小城，地名叫作“茶峒”。

“边城”不只是一个地理概念，它表示这地方离开大城市，离开现代文明都很远。离开知识分子很远，离开当时文学风尚也很远。沈先生当时的文学界“为一些理论家，批评家，聪明出版家，以及习惯于说谎造谣的文坛消息家，通力协作造成一种习气所控制所支配，他们的生活，同时又实在与这个作品所提到的世界相去太远了。他们不需要这种作品，本书也就并不希望得到他们”。沈从文是有意识地和这一些不沾边的。

但是沈先生并不抛弃所有的读者。“我这本书只预备给一些‘本身已离开学校，或始终就无从接近学校；还认识些中国字，置身于文学理论、文学批评以及说谎造谣消息所达不到的那种职务上，在那个社会里生活，而且极关心全个民族在空间与时间下所有的好处与坏处’的人去看。他们真知道当前农村是什么，想知道过去农村是什么，他们必也愿意从这本书上同时还知道世界上一小角隅的农村与军人。我所写到的世界，即或在他们全然是一个陌生的世界，然而他们的宽容，他们向一本书去求取安慰与知识的热忱，却一定使他们能够把这本书很从容读下去的。”

“我的读者应是有理性，而这点理性便基于对中国现社会变动有所关心，认识这个民族的过去伟大处与目前堕落处，各在那里很寂寞的从事与民族复兴大业的人。这作品或者只能给他们一点儿怀古的幽情，或者只能给他们一次苦笑，或者又将给他们一个噩梦，但同时也说不定，也许尚能给他们一种勇气同信心。”

这是理解《边城》的一把钥匙，也是理解沈老其他作品的钥匙。

希望香港的中学同学从《边城》感受、了解他们完全不熟悉的另一世界生活，并且从这个小说里得到一种生活的勇气与信心。

【注释】

〔1〕茶峒：“峒”音洞（dòng）。部分少数民族如苗族、侗族、壮族聚居地区的泛称。茶峒因为沈从文小说《边城》出了名，而许多人又不认识这个“峒”字，现在有人干脆把“茶峒”写成了“茶洞”。

〔2〕悖：是违反的意思。

〔3〕黄麂：小型鹿类动物。

〔4〕吊脚楼：房子一半着陆，一半用木柱支撑着，上铺木板，悬空在水面，叫作“吊脚楼”。

〔5〕紫花布衣裤：本色的白布，并不是染了紫色图案的布。

〔6〕厘金局：旧中国在水陆关卡设立机关征收商业税，叫作

收厘金。这些关卡便称为厘金局。

〔7〕幡信：幡是旗帜，可以传令，故称幡信。

〔8〕双料的美孚灯罩：过去中国点灯用煤油。煤油多是美孚洋行进口，于是一般人把点美孚煤油的灯叫作“美孚灯”。美孚灯上罩的玻璃灯罩叫“美孚灯罩”。“双料的美孚灯罩”是加厚的。

〔9〕“自己既在粮子里混过日子”：即当过兵。过去把“当兵”叫作“吃粮”。

〔10〕傩送：“傩”读 nuó。古时驱逐疫鬼的仪式。“大傩”是驱鬼逐疫的舞蹈，源于原始巫舞。湘西人信巫，对傩神很崇拜。“傩送”表示这是傩神送来的儿子，一定会得到傩神的保佑，诸事顺遂。

〔11〕岳云：岳飞的儿子，地方戏的岳云扮相很英俊。

〔12〕梁红玉老鹳河水战擂鼓：韩世忠阻击金兵，梁红玉擂鼓助战，实在黄天荡，不在老鹳河。沈先生此处是误记。又此句字序似有小误。

〔13〕牛皋水擒杨幺：事见小说《精忠说岳传》。

〔14〕本篇的引文都摘自《边城题记》。

〔15〕“摆渡的张横”：张横是《水浒传》里的人物，外号“浪里白条”。

〔16〕洛阳桥并不是一个晚上造得好的：洛阳桥一称“万安桥”，在福建省泉州市东北同惠安县交界的洛阳江上。由北宋政治家蔡襄主持修建，历时六年始告竣工（1053—1059）。关于这座桥有许多传说故事。

〔17〕穿了白家机布汗褂：“家机布”是自己家用机织的白布。

〔18〕虎耳草：多年生草本，有匐枝，全株有细毛。叶沿地丛生，状如心，下面紫红色。供观赏。

〔19〕“王祥卧冰”“黄香扇枕”：这是“二十四孝”里的故事。王祥的母亲病了，冬天想吃鱼，王祥就脱光了衣服卧在冰上，冰化了，跳出了一对鲤鱼。王祥的母亲喝了鱼汤，病就好了。黄香的父亲怕热，黄香就在父亲睡觉之前，用扇子把枕头扇凉。一说是黄香躺在席子上让蚊子咬。蚊子吸饱了血，就不会再咬他的父亲了。

〔20〕下殡：殡音四，是埋棺的坑。

【赏析】

《边城》可以说是沈先生的代表作。

故事很简单。

茶峒有一个渡口，渡口有一条渡船。渡船不用篙桨，船头竖了一枝小竹竿，挂着一个可以活动的铁环，溪岸两端水面横牵了一段竹缆，有人过渡时把铁环挂在竹缆上，船上人就引手攀缘那条缆索，慢慢地牵船过对岸去。管理渡船的是一个老人。老人身边有一个孙女，叫翠翠，还有一只黄狗。

镇筸有个管水码头的，名叫顺顺。顺顺有大小四只船，日子过得很宽绰。他仗义疏财，乐于助人。河边船上有一点儿小小纠纷，得顺顺一句话，即刻就解决了。因此很得人望，名声很好。

顺顺有两个儿子，老大叫天保，老二叫傩送。一个十八岁，一个十六。

两兄弟都喜欢弄船老人的孙女翠翠。

翠翠爱二老，不爱大老。

大老因为得不到翠翠的爱，负气坐船往下水去。船到险滩，搁在石包子上，大老想把篙子撇着，人就弹到水里去。

大老淹坏了，二老傩送觉得大老是因为翠翠死的，心里有了障碍。

他还是爱翠翠的。在和父亲拌了两句嘴之后，也坐船下行了。

大雷雨之夜，弄船的老爷爷死了。

二老还不回来。

“这个人也许永远不回来了，也许‘明天’回来！”

这是一个爱情故事，但是写得很含蓄，很纯净，很清雅。

小说生活气息很浓，不断穿插许多过端午、划龙船、追鸭子、新娘子、花轿等等细节，是一幅一幅的湘西小城的风俗画。甚至粉丝、红蜡烛……都呈现出浓郁的色彩。

沈从文是写景的圣手。他对景色似乎有一种特殊的记忆能力。他说：“我想把我一篇作品里所简单描绘过的那个小城，介绍到这里来。这虽然只是一个轮廓，但那地方一切情景，欲浮凸起来，仿佛可用手去摸触”(《从文自传·我所生长的地方》)。如：

> ……若溯流而上，则三丈五丈的深潭皆清澈见底。深潭为白日所映照，河底小小白石子，有花纹的玛瑙石子，全看得明明白白。水中游鱼来去，全如浮在空气里。两岸多高山，山中多可以造纸的细竹，长年作深翠颜色，逼人眼目。近水人家多在桃杏花里，春天时只需注意，凡有桃花处必有人家，凡有人家处必可沽酒。夏天则晾晒在日光下耀目的紫花衣裤，可以作为人家所在的旗帜。秋冬来时，房屋在悬崖上的，滨水的，无不朗然入目。黄泥的墙，乌黑的瓦，与四周环境极其调和，使人迎面得到的印象，实在非常愉快。

沈先生不是一个工笔重彩的肖像画家，不注意刻画“性格”，他写人，更注重人的神态、气质。如写翠翠：

> 翠翠在风日里长养着，把皮肤变得黑黑的，触目为青山

> 绿水，一对眸子清明如水晶。自然既长养她且教育她，为人天真活泼，处处俨然如一只小兽物。人又那么乖，如山头黄麂一样，从不想到残忍事情，从不发愁，从不动气。平时在渡船上遇陌生人对她有所注意时，便把眼睛瞅着那陌生人，作成随时皆可举步逃入深山的神气，但明白了人无机心后，就又从从容容在水边玩耍了。

《边城》是二十“开”淡设色册页，互相连续，而又自为首尾，各自成篇的抒情诗。这种结构方法比较少见。这是现代中国难得一见的牧歌。沈先生说这篇故事中“充满了五月中的斜风细雨，以及那点六月中夏雨欲来时闷人的热和闷热中的寂寞”。我们还可以说这里充满了春秋两季的飘飘忽忽的轻云薄雾。《边城》是一把花，一个梦。

《牛》

【题解】

这是一篇写人与牛的关系的小说。

大牛伯在荞麦田里为一点儿小事生了他的心爱的小牛的气，用榔槌不知轻重地打了小牛的后脚一下，把牛脚打坏了，牛脚瘸了，不能下田拉犁。

牛脚不好，大牛伯只好放小牛两天假，让它休息休息，玩儿两天。

可是田里的活儿耽误不得。五天前刚下过一阵雨，田里的土都酥软了，天气又很好，正是犁田的好时候。

大牛伯到两里外场集上找甲长——这甲长既是地方小官，也是本地牛医。偏偏甲长接到通知，要叫他办招待筹款，他骑上马走了。

大牛伯打听到十里远近得虎营有个师傅会治牛病，就专诚去请。这位名医给小牛用银针扎了几针，把一些草药用口嚼烂，敷到扎针处，把预许的一串白铜制钱扛到肩上，走了。

小牛的脚不见好。

大牛伯就去向有牛的人家借牛用两三天，人家都不借。

大牛伯只好到附近庄子里去请帮工，用人力拖犁。两个帮工，加上大牛伯自己，总算趁好天气把土翻好了。

到第四天，小牛的脚好了，可以下田了。大牛伯因为顾恤到小牛的病脚，不敢悭吝自己的力气；小牛也因为顾虑主人的缘故，特别用力气只向前奔。他们一天耕的田比用人工两倍还多。

【注释】

〔1〕荞麦：一年生草本农作物，叶戟形，花白色或淡红色，结实三棱卵圆形，磨粉可擀面条或压饸饹，爽滑耐饥。名为麦，实非麦类。

〔2〕榔槌：木制的槌，一般打草鞋槌软稻草时用。

〔3〕簟（diàn）：晒谷物用的粗竹席。

〔4〕腰门：南方有些地方农村在大门外还有两扇只有半截的门，叫作“腰门”。

〔5〕印子钱：旧中国的一种高利贷。放债人以高利放出贷款，限借债人分期偿还，每次偿款都在预立的折子上加盖一印，故名“印子钱”。

【赏析】

除几个穿插性的角色，这篇小说只有两个“人物”，大牛伯和他的小牛。这只小牛是通人性的。它对大牛伯有很深的感情。它尽力地为大牛伯犁田。他们的思想感情是可以交流的。大牛伯的心思，小牛完全体会得到。它跟大牛伯说话，用它的水汪汪的大眼睛。他们真是莫逆无间。

牛会做梦。

这牛迷迷糊糊时就又做梦，梦到它能拖了三具犁飞跑，犁所到处土皆翻起如波浪，主人则站在耕过的田里，膝以下皆为松土所掩，张口大笑。

大牛伯会同时和小牛做梦。

当到这可怜的牛做着这样的好梦时，那大牛伯是也在做着同样的梦的。他只梦到用四床大晒谷簟铺在坪里，晒簟上新荞堆高如小山。抓了一把褐色荞子向太阳下照，荞子在手上皆放乌金光泽。那荞就是今年的收成，放在坪里过斛上仓，竹筹码还是从甲长处借来的，一大捆丢到地下，哗的响了一声。而那参预这收成的功臣——那只小牛，就披了红站在身边，他于是向它说话，神气如对多年老友。他说，“伙计，今年我们好了。我们可以把围墙打一新的了；我们可以换一换那两扇腰门了；我们可以把坪坝栽一点儿葡萄了；我们……”他全是用“我们”的字言，仿佛这一家的兴起，那牛也有分，或者是光荣，或者是实际。他于是俨然望到那牛仍然如平时样子，水汪汪的眼睛中写得有四个大字：“完全同意”。

小牛对大牛伯提出的意见，总是表示“好商量”。大牛伯梦到牛栏里有四只牛，就大声告给“伙计”说：

“伙计，你应该有个伴儿才是事。我们到十二月再看吧。”

伙计想十二月还有些日子就点点头，“好，十二月吧。”

小说把小牛人化了，因此就有颇浓的童话色彩。这童话色彩其实是丰富的人情。

小说的语言带喜剧色彩，这是大牛伯的善良幽默的性格所致。比如：

> 见到主人，主人先就开口问他是不是把田已经耕完。他告主人牛生了病，不能做事。主人说，“老汉子，你谎我。耕完了就借我用用，你那小黄是用木榔槌在背脊骨上打一百下也不会害病的。”
>
> “打一百下？是呀，若是我在它背脊骨上打一百下，它仍然会为我好好做事。”
>
> “打一千下？是呀也挨得下，我算定你是捶不坏牛的。”
>
> “打一千下？是呀，……”
>
> “打两千下也不至于……”
>
> “打两千下，是呀，……”
>
> 说到这里两人都笑了，……

这样的时候，还能这样的说笑，中国农民的承受弹力真了不起！他们不是小小的挫折可能压垮的。

一切本来是很顺利，很圆满的。小牛的脚好了，荞麦田耕出来了，看样子十二月真可能给小牛找个伴儿，可是故事却来了个出人意料的结尾：到了十二月，荡里所有的牛全被衙门征发到一个不可知的地方去了，大牛伯只有成天到保长家去探询一件事可做。顺眼中望到自己屋角的大榔槌，就后悔为什么不重重的一下把那畜生的脚打断。

这就是中国的农民。他们没有自己的财产权，衙门中可以任意征用农民的耕牛，只要一句话！

小说的结尾是悲剧。因为前面充满童话色彩，喜剧色彩，就使得这悲剧让人感到格外的沉痛。

《丈夫》

【题解】

题目是《丈夫》，别有意味。为什么是“丈夫”？因为这是一个有点特别的丈夫。这不是娶了老婆居家过日子的丈夫。这是从事“古老职业”的女人——妓女的丈夫。

湘西水上的妓女有两种，一种是在吊脚楼上做“生意”的。长期的包占也可以，短时间的“关门”也可以。“婊子爱钞”，对到楼上来烧烟胡闹的川东客人，常常会掏空他们的荷包，但对有情有义的水手，则银钱就在可有可无之间了。《柏子》所写的便是这种妓女。这种妓女的爱是强烈的，美丽的。一种，是在船上做“生意”的，这种船被称为“花船”。

> 船上人，她们把这件事也像其余地方一样，这叫做“生意”。……她们从乡下来，从那些种田挖园人家，离了乡村，离了石磨和小牛，离了那年青而强健的丈夫，跟随到一个熟人，就来到这船上做生意了。
>
> ……事情非常简单，一个不亟亟于生养孩子的妇人，到了城里，能够每月把从城里两个晚上所得的钱，送给那在乡下诚实耐劳种田为生的丈夫处去，在那方面就可以过了好日子，名分不失，利益存在，所以许多年青的丈夫，在娶妻以后，把妻送出来，自己留在家里耕田种地安分过日子，也竟是极其平常的事。

然而这毕竟不是平常的事。有的丈夫不要过这样的生活，不要当这样的“丈夫”！他们的心不平静。照现在流行的说法：他们觉得很“失落”。

这篇小说写的就是一个丈夫的“失落”。

【注释】

〔1〕灯笼子认不得人：灯笼子，子弹的暗语。

〔2〕孤王酒醉桃花宫，韩素梅生来好貌容：1930年在《小说月报》上发表时本无此二句，这是1957年校改时加上的。这是刘鸿声唱的京剧《斩黄袍》里的唱词。湖南地方戏（湘剧、花鼓戏）有没有《斩黄袍》这出戏、戏里有没有“孤王酒醉桃花宫”这样的唱词，待考。不过刘鸿声的《斩黄袍》当时唱得很红，全国各地爱哼哼京剧的人都会唱这两句，那两个喝醉了的兵痞子唱这两句风行一时的京剧，是有可能的。沈先生在北京住了很久，正是刘鸿声大红的时候，街头巷尾听熟了这两句《斩黄袍》，以至写进小说，也是可能的，正如同鲁迅把“先帝爷白帝城叮咛就”（《空城计》唱词）写进小说里一样。

〔3〕归一：一切准备妥当，叫作“归一”，西南诸省都有此说法。

【赏析】

这些丈夫逢年过节有时会从乡下来到城里，见见自己的媳妇，好像走一趟远亲。

有一个丈夫（不知道他叫什么名字）从乡下来看他的媳妇，媳妇名叫老七。

丈夫在船上只住了两天，可是在这两天内，一个乡下男人的感情历程是复杂的。

夫妻的感情是和睦的，也不缺少疼爱。见了面，老七就问起

“上次的五块钱得了没有”“我们那对小猪生儿子没有”这一类的家常话。丈夫特为选了一坛特大的栗子送来，因为老七爱吃这个。丈夫有口含冰糖睡觉的习惯，老七在接客过程中还悄悄爬进丈夫睡觉的后舱，在他嘴里塞一片冰糖……

但是丈夫对这样的生活很不习惯。

首先是媳妇变了样：大而油光的发髻，用小镊子扯成的细细眉毛，脸上的白粉同绯红的胭脂，以及那城市里人神气派头，城市里人的衣裳，都一定使从乡下来的丈夫感到极大的惊讶，有点手足无措。

晚上，来了客（嫖客），喝过一肚子烧酒，摇摇荡荡地上了船。一上船就大声地嚷，要亲嘴要睡。于是这丈夫不必指点，也就知道怯生生地往后舱钻去，躲在那后梢舱上去低低地喘气。

来了一个大汉，是“水保”，老七的干爹。这水保对丈夫发生了兴趣，和他东拉西扯地扯了许多闲话。这水保和气得很，但是临行时却叫他告诉老七：“告她晚上不要接客，我要来。”

“他记忆得到那嘱咐，是当到一个丈夫面前说的！”该死的话，是当到一个丈夫面前说的！

两个喝得烂醉的兵上了船，大呼小叫撒酒疯，连领班的大娘也没有办法。老七急中生智，拖着醉兵的手，安置到自己的大奶上。醉鬼这才安静了下来。

半夜里，水保领着四个武装警察来查船（他们是来查“歹人”的）。查完了，一个警察回来传话：“你告老七，巡官要回来过细考察她一下。”

丈夫不明白：为什么巡官还要回来考察老七。

丈夫是年轻强健的男人，当然会有性的欲望。

老七有意地在把衣服解换时，露出极风情的红绫胸褡。老七也真不好，你干吗逗丈夫的“火”！

丈夫愿意同老七在床上说点家常私话，商量件事情，就傍床沿坐定不动。

大娘像是明白男子的心事，明白男子的欲望，也明白他不懂事，故只同老七打知会，“巡官就要来的！”

老七咬着嘴唇不作声，半天发痴。

男子一早起就要走路。“干爹”家的酒席也不想去吃，夜戏也不想看，“满天红”的荤油包子也不想吃。

一定要走了，老七很为难，走出船头呆了一会儿，回身从荷包里掏出昨晚上那兵士给的票子，又向大娘要了三张，塞到男子手心里去。

男子摇摇头，把票子撒到地上去，像小孩子那样莫名其妙地哭起来。

这个丈夫为什么要哭？他这两天受了很大的屈辱，他的感情受了极其严重的伤害。他是个男人，是个丈夫，是个人。他有他的尊严，他的爱。有的评论家说：这篇小说写的是人性的回归，可以同意。

这篇小说的结尾非常简单：

> 水保来船上请远客吃酒，只有大娘同五多在船上。问到时，才明白两夫妇一早都回转乡下去了。

一个非常耐人寻味的结尾。

《贵生》

【题解】

这篇小说写的是命运。

贵生是一个单身汉子，以砍柴割草为生，活得很硬朗自重。他常去城里卖柴卖草，就把钱换点应用东西。他买了猪头、挂在柴灶上熏干。半夜里点了火把，用镰刀砍了十几条大鲤鱼，也揉了盐风得干干的。“两手一肩，快乐神仙。”

桥头有一个浦市人姓杜的开的小杂货铺。杂货铺的地点很好。门外有三棵大青树，夏天特别凉快。冬天在亭子里烧了树根和油枯饼，火光熊熊，引得过路人一边买东西，一边就火边抽烟谈话，杜老板人缘很好。

贵生常到小铺里来坐坐，和铺子里大小都合得来。杜老板有个女儿名叫金凤。贵生对金凤很好。山上多的是野生瓜果，栗子榛子不出奇，三月里给她摘大莓，八九月还有本地特有的，样子像干海参，瓤白如玉如雪的八月瓜，尤其逗那女孩子喜欢。

杜老板有心把金凤许给贵生，招婿上门，影影绰绰，旁敲侧击地和贵生提过。贵生知道杜老板是在装套子捉女婿，但是拿不定主意是不是往套子里钻。贵生有点迷信：女的脸儿红中带白，眉毛长，眼角向上飞，是个“剋”相，不剋别人得剋自己，到十八岁才过关。金凤今年满十六岁，贵生往后退了一步，决定暂时不上套。

但是他又想，一切风总不会老向南吹，不定什么时候杜老板改变主意，也说不定一个贩运黄牛、水银的贵州客人会把金凤拐走，这件事还得热米打粑粑，得快。贵生上街办了一点儿货，准备接亲。

这一带二里之内的山头都归张家管业。山上种着桐子树。张家非常有钱，两弟兄——四老爷、五老爷都极其荒唐。四爷好嫖，把一个实缺旅长都嫖掉了。五爷好赌，一夜能输几百上千大洋。四爷劝五爷，不能这样老输，劝他弄一个“原汤货”冲一冲晦气。

桐子熟了，四爷、五爷带着长工伙计上山打桐子。

回来的时候路过杜家铺子，进去坐坐，四爷一眼看见金凤，对五爷说："眉毛长，眼睛光，一只画眉鸟，打雀儿！"

五爷要娶金凤做小。

贵生听到别人议论，好像挨了一闷棍。

他问杜老板："听说你家有喜事，是真的吧？"

他去找金凤，金凤正在桥下洗衣。他见金凤已经除了孝（她原来戴着娘的孝），乌光的大辫子上插了一朵小红花。一切都完了。

半夜里，忽然围子里的狗都狂叫起来，天边一片红，着火了。有人急忙到围子里来报信：桥头杂货铺烧了；贵生的房子也走了水。一把火两处烧，十分蹊跷。

鸭毛伯伯心里有点明白：火是贵生放的。

贵生一肚子怨气，他只有用这活办法来泄愤。

鸭毛回头见金凤哭着，心里说："丫头，做小老婆不开心？回去一索子吊死了吧，哭什么！"

鸭毛对金凤的责备有欠公平。金凤曾经对贵生说过："什么四老爷、五老爷，有钱就是大王，糟蹋人，不当数……"她今天就被糟蹋了！这事大概是老子做的主，但从辫子上的那朵小红花，可以想见她是点了头的。你叫她有什么办法呢？一只眉毛长，眼睛光的画眉鸟，在这二里内，是逃不出老爷的手心的！

【注释】

〔1〕王大娘补缸匠：《锔大缸》是一出武打神怪戏。旱魃化为王大娘，取死人噎食罐化为黄磁缸，用以抵御雷劫。后为巨灵

神撞裂。王大娘找人补缸。观音乃遣土地幻化为补缸匠人，假作修锅，故意将王大娘的缸打破。

〔2〕卖柴耙的程咬金：故事见《隋唐演义》程咬金没有发迹的时候，曾靠卖柴耙（此字正写应作“筢”）为生，此剧即演此事。

〔3〕油枯饼：油料植物的子实，经榨油后剩下的残渣，一般成饼状。

〔4〕塍：田地间较宽的路界，这是湖南特有的说法。

〔5〕花骨头迷心：花骨头指麻将牌。但这位五老爷是什么牌都赌的。如“字牌”是纸制的，并非“花骨头”。

〔6〕〔7〕“挂衣”“开苞”：都是花钱使妓女第一次接客的意思。

〔8〕“山上竹雀要母雀，还自己唱歌去找”：杜鹃和竹雀鸣叫声——作者注。

【赏析】

这是一个悲剧，但沈先生有意写得很轻松。

贵生是一个知足的人，活得无忧无虑。他认为什么都很有意思。土坎上的芭茅草开着白花，在风里摇，仿佛向人招手，说：“来，割我，乘天气好磨快你的刀，快来割我，挑进城里去，捌佰钱担，换半斤盐好，换一斤肉也好，随你的意！”

贵生打算结亲了，他做了一点儿简单而又平常的梦：把金凤接过来，他帮她割草喂猪，她帮他在桥头打豆腐。就是这点简单平常的梦，也被五老爷打破了。

这篇小说的特点是人物比较多，对话也比较多。长工、仆人一边喝酒，一边闲聊。他们所说的话题除一些关于新娘子出嫁的粗俗笑话之外，主要是对“命”的看法。四爷的狂嫖，五爷的滥赌，他们都认为是命里带来的。鸭毛伯伯对“命”有一番精辟议论：“花脚狗不是白面猫，各有各的脾气。银子到手哗啦哗啦花，你说莫花，这哪成！这些人一事不做偏有钱，钱财像是命里带来的。命里注定它要来，门板挡不住；命里注定它要去，索子链子缚不住。……你我是穷人，和黄花姑娘无缘，和银子无缘，就只和酒有点缘分。我们喝了这碗酒，再喝一碗罢。”

这些长工佣人不明白他们的命为什么不好，这是谁造成的，能不能把自己的命改变改变，怎样改变？

与友人谈沈从文

——给一个中年作家的信

××：

春节前后两信均收到。

你听说出版社要出版沈先生的选集，我想在后面写几个字，你心里“咯噔一跳”。我说准备零零碎碎写一点儿，你不放心，特地写了信来，嘱咐我“应当把这事当一件事来做”。你可真是个有心人！不过我告诉你，目前我还是只能零零碎碎地写一点儿。这是我的老师给我出的主意。这是个好主意，一个知己知彼、切实可行的主意。

而且，我最近把沈先生的主要作品浏览了一遍，觉得连零零碎碎写一点儿也很难。

难处之一是他已经被人们忘记了。四十年前，我有一次和沈先生到一个图书馆去，在一列一列的书架面前，他叹息道：“看到有那么多人，写了那么多书，我什么也不想写了。”古今中外，多少人写了多少书呀，真是浩如烟海。在这个书海里加进自己的一本，究竟有多大意义呢？有多少书能够在人的心上留下一点儿影响呢？从这个方面看，一个人的作品被人忘记，并不是很值得惆怅的事。

但从另一方面看，一个人写了那样多作品，却被人忘记得这样干净——至少在国内是如此，总是一件很奇怪的事。

原因之一，是沈先生后来不写什么东西——不搞创作了。沈先生的创作最旺盛的十年是从一九二四到一九三四这十年。十年里他写了一本自传、两本散文（《湘西》和《湘行散记》）、一个未完成的长篇（《长河》）、四十几个短篇小说集。在数量上，同时代的作家中很少有能和他相比的，至少在短篇小说方面。四十年代他写的东西就不多了。五十年代以后，基本上没有写什么。沈先生放下搞创作的笔，已经三十年了。

新中国成立以后不久，我曾看到过一个对文艺有着卓识和具眼的党内负责同志给沈先生写的信（我不能忘记那秀整的字迹和直接在信纸上勾抹涂改的那种“修辞立其诚”的坦白态度），劝他继续写作，并建议如果一时不能写现实的题材，就先写写历史题材。沈先生在一九五七年出版的小说选集的《题记》中也表示：“希望过些日子，还能够重新拿起手中的笔，和大家一道来讴歌人民在觉醒中，在胜利中，为建设祖国、建设家乡、保卫世界和平所贡献的劳力，和表现的坚固信心及充沛热情。我的生命和我手中这枝笔，也自然会因此重新回复活泼而年青！”但是一晃三十年，他的那枝笔还在放着。只有你这个对沈从文小说怀有偏爱的人，才会在去年文代会期间结结巴巴地劝沈先生再回到文学上来。

这种可能性是几乎没有的了。他“变”成了一个文物专家。这也是命该如此。他是一个不可救药的“美”的爱好者，对于由于人的劳动而创造出来的一切美的东西具有一种宗教徒式的狂热。对于美，他永远不缺乏一个年轻的情人那样的惊喜与崇拜。直到现在，七十八岁了，也还是那样。这是这个人到现在还不老的一个重要原因。他的兴趣是那样的广。我在昆明当他的学生的时候，他跟我（以及其他人）谈文学的时候，远不如谈陶瓷、谈漆器、谈刺绣的时候多。他不知从哪里买了那么多少数民族的挑花布。沏了几杯茶，大家就跟着他对着这些挑花图案一起赞叹了一个晚上。有一阵，一上街，就到处搜罗缅漆盒子。这种漆盒，大概本是奁具，圆形，竹胎，用竹笔刮绘出红黑两色的云龙人物图像，风格直接楚器，而自具缅族特点。不知道什么道理，流入昆明很多。他搞了很多。装印泥、图章、邮票的，装芙蓉糕萨其玛的，无不是这种圆盒。昆明的熟人没有人家里没有沈从文送的这种漆盒。有一次他定睛对一个直径一尺的大漆盒看了很久，抚摸着，说："这可以做一个《红黑》杂志的封面！"有一次我陪他到故宫去看瓷器。一个莲子盅的造型吸引了人的眼睛。沈先生小声跟我说："这是按照一个女人的奶子做出来的。"四十年前，我向他借阅的谈工艺的书，无不经他密密地批注过，而且贴了很多条子。他的"变"，对我，以及一些熟人，并不突然。而且认为这和他的写小说，是可以相通的。他是一个高明的鉴赏家。不过所鉴赏的对象，一为人，一为物。这种例子，在文学史上不多见，因此局外人不免觉得难于理解。不管怎么说，在通常意义上，沈先生是改了行了，而且已经是无可挽回的了。你希望他"回来"，他只要动一动步，他的那些丝绸铜铁就都会叫起来的："沈老，沈老，别走，别走，我们要你！"

沈从文的"改行"，从整个文化史来说，是得是失，且容天下后世人去作结论吧，反正，他已经三十年不写小说了。

三十年。因此现在三十岁的年轻人多不知道沈从文这个名字。四五十岁的呢？像你这样不声不响地读着沈从文小说的人很少了。他们也许知道这个人，在提及时也许会点起一枝烟，翘着一只腿，很潇洒地说："哈，沈从文，这个人的文字有特点！"六十岁的人，有些是读过他的作品并且受过影响的，但是多年来他们全都保持沉默，无一例外。因此，沈从文就被人忘记了。

谈话，都得大家来谈，互相启发，才可能说出精彩的、有智慧的意见。一个人说话，思想不易展开。幸亏有你这样一个好事者，我说话才有个对象，否则直是对着虚空演讲，情形不免滑稽。独学无友，这是难处之一。

难处之二，是我自己。我“老”了。我不是说我的年龄。我偶尔读了一些国外的研究沈从文的专家的文章，深深感到这一点。我不是说他们的见解怎么深刻、正确，而是我觉得那种不衫不履、无拘无束、纵意而谈的挥洒自如的风度，我没有了。我的思想老化了、僵硬了。我的语言失去了弹性，失去了滋润、柔软。我的才华（假如我曾经有过）枯竭了。我这才发现，我的思想背上了多么沉重的框框。我的思想穿了制服。三十年来，没有真正执行“百花齐放”的方针，使很多人的思想都浸染了官气，使很多人的才华没有得到正常发育，很多人的才华过早的枯萎，这是一个看不见的严重的损失。

以上，我说了我写这篇后记的难处，也许也正说出了沈先生的作品被人忘记的原因。那原因，其实是很清楚的：是政治上和艺术上的偏见。

请容许我说一两句可能也是偏激的话：我们的现代文学史（包括古代文学史也一样）不是文学史，是政治史，是文学运动史，文艺论争史，文学派别史。什么时候我们能够排除各种门户之见，直接从作家的作品去探讨它的社会意义和美学意义呢？

现在，要出版《沈从文选集》，这是一件好事！这是春天的信息，这是“百花齐放”的具体体现。

你来信说，你春节温书，读了沈先生的小说，想着一个问题：什么是艺术生命？你的意思是说，沈先生三十年前写的小说，为什么今天还有蓬勃的生命呢？你好像希望我回答这个问题。我也在想着一个问题：现在出版《沈从文选集》，意义是什么呢？是作为一种“资料”让人们知道五四以来有这样一个作家，写过这样一些作品，他的某些方法、某些技巧可以“借鉴”，可以“批判”地吸取？推而广之，契诃夫有什么意义？拉斐尔有什么意义？贝多芬有什么意义？演奏一首D大调奏鸣曲，只是为了让人们“研究”？它跟我们的现实生活不发生关系？……

我的问题和你的问题也许是一个。

这个问题很不好回答。我想了几天，后来还是在沈先生的小说里找到了答案，那是《长河》里夭夭所说的：

“好看的应该长远存在。”

一个乡下人对现代文明的抗议

沈从文是一个复杂的作家。他不是那种“让组织代替他去思想”的作家[①]。从内容到形式，从思想到表现方法，乃至造句修辞，都有他自己的一套。

有一种流行的、轻率的说法，说沈从文是一个“没有思想”“没有灵魂”“空虚”的作家。一个作家，总有他的思想，尽管他的思想可能是肤浅的，庸俗的，晦涩难懂的，或是反动的。像沈先生这样严肃地，辛苦而固执地写了二十年小说的作家，没有思想，这种说法太离奇了。

沈先生自己也常说，他的某些小说是“习作”，是为了教学的需要，为了给学生示范，教他们学会“用不同方法处理不同

---

① 海明威语。

问题”。或完全用对话，或一句对话也不用……如此等等。这也是事实。我在上他的“创作实习”课的时候，有一次写了一篇作业，写一个小县城的小店铺傍晚上灯时来往坐歇的各色人等活动，他就介绍我看他的《腐烂》。这就给了某些评论家以口实，说沈先生的小说是从形式出发的。用这样的办法评论一个作家，实在太省事了。教学生“用不同方法处理问题”是一回事，作家的思想是另一回事。两者不能混为一谈。创作本是不能教的。沈先生对一些不写小说，不写散文的文人兼书贾却在那里一本一本地出版“小说作法”“散文作法”之类，觉得很可笑也很气愤（这种书当时是很多的），因此想出用自己的“习作”为学生作范例。我到现在，也还觉得这是教创作的很好的，也许是唯一可行的办法。我们，当过沈先生的学生的人，都觉得这是有效果的，实惠的。我倒愿意今天大学里教创作的老师也来试试这种办法。只是像沈先生那样能够试验各种“方法”，掌握各种“方法”的师资，恐怕很不易得。用自己的学习带领着学生去实践，从这个意义讲，沈先生把自己的许多作品叫作“习作”，是切合实际的，不是矫情自谦。但是总得有那样的生活，并从生活中提出思想，又用这样的思想去透视生活，才能完成这样的“习作”。

沈先生是很注重形式的。他的“习作”里诚然有一些是形式重于内容的。比如《神巫之爱》和《月下小景》。《月下小景》摹仿《十日谈》，这是无可讳言的。“金狼旅店”在中国找不到，这很像是从塞万提斯的传奇里借用来的。《神巫之爱》里许多抒情歌也显然带着浓厚的异国情调。这些写得很美的诗让人想起萨孚的情歌、《圣经》里的《雅歌》。《月下小景》故事取于《法苑珠林》等书。在语言上仿照佛经的偈语，多四字为句；在叙事方法上也竭力铺排，重复华丽，如六朝译经体格。我们不妨说，这是沈先生对不同文体所作的尝试。我个人认为，这不是沈先生的重要作品，只是备一格而已。就是这样的试验文体的作品，也不是完全不倾注作者的思想。

沈先生曾说："这世界上或有想在沙基或水面上建造崇楼杰阁的人，那可不是我。"他对称他为"空虚"的，"没有思想"的评论家提出了无可奈何的抗议。他说他想建造神庙，这神庙里供奉的是"人性"——什么是他所说的"人性"？

他的"人性"不是抽象的。不是欧洲中世纪的启蒙主义者反对基督的那种"人性"。简单地说，就是没有遭到外来的资本主义的物质文明和精神文明的侵略，没有被洋油、洋布所破坏前中国土著的抒情诗一样的品德。我们可以鲁莽一点儿，说沈从文是一个民族主义者。

沈先生对他的世界观其实是说得很清楚的，并且一再说到。

沈先生在《长河》题记中说："……用辰河流域一个小小的水码头作背景，就我所熟习的人事作题材，来写写这个地方一些平凡人物生活上的'常'与'变'，以及在两相乘除中所有的哀乐。"他所说的"常"与"变"是什么？"常"就是"前一代固有的优点，尤其是长辈中妇女，祖母或老姑母行勤俭治生忠厚待人处，以及在素朴自然景物下衬托简单信仰蕴蓄了多少抒情诗气分"。所谓"变"就是这些品德"被外来洋布煤油逐渐破坏，年轻人几乎全不认识，也毫无希望从学习中去认识"。"常"就是"农村社会所保有那点正直素朴人情美"；"变"就是"近二十年实际社会培养成功的一种唯实唯利庸俗人生观"。"常"与"变"，也就是沈先生在《边城》题记提出的"过去"与"当前"。抒情诗消失，人的生活越来越散文化，人应当怎样活下去，这是资本主义席卷世界之后，许多现代的作家探索和苦恼的问题。这是现代文学的压倒的主题。这也是沈先生全部小说的一个贯串性的主题。

多数现代作家对这个问题是绝望的。他们的调子是低沉的，哀悼的，尖刻的，愤世嫉俗的，冷嘲的。沈从文不是这样的人。他不是一个悲观主义者。一九四五年，在他离开昆明之际，他还郑重地跟我说："千万不要冷嘲。"这是对我的做人和作文的一个非常有分量的警告。最近我提及某些作品的玩世不恭的倾向，他又说："这不好。对现实可以不满，但一定要有感情。就是开玩笑，也要有感情。"《长河》的题记里说："横在我们面前许多事都使人痛苦，可是却不用悲观。骤然而来的风雨，说不定会把许多人的高尚理想，卷扫摧残，弄得无影无踪。然而一个人对于人类前途的热忱，和工作的虔敬态度，是应当永远存在，且必然给后来者以极大鼓励的！"沈从文的小说的调子自然不是昂扬的，但是是明朗的，引人向上的。

他叹息民族品德的消失，思索着品德的重造，并考虑从什么地方下手。他把希望寄托于"自然景物的明朗，和生长在这个环境中几个小儿女性情上的天真纯粹"。

沈先生有时在他的作品中发议论。《长河》是个有意用"夹叙夹议"的方法来写的作品。其他小说中也常常从正反两个方面阐述他的"民族品德重造论"。但是更多的时候他把他的思想包藏在形象中。

《从文自传》中说：

> 我记得狄更斯的《冰雪因缘》《滑稽外史》《贼史》这三部书反复约占去了我两个月的时间。我欢喜这种书，因为他告给我的正是我所要明白的。他不如别的书说道理，他只记下一些现象。即使他说的还是一种很陈腐的道理，但他却有

本领把道理包含在现象中。

沈先生那时大概没有读过恩格斯的书，然而他的认识和恩格斯的倾向性不要特别地说出，是很相近的。沈先生自己也正是这样做的。他把他的思想深深地隐藏在人物和故事的后面。以至当时人就有很多不知道他要说什么。他们不知道沈从文说的是什么，他们就以为他没有说什么。沈先生有些不平了。他在《从文小说习作选》的题记里说："你们能欣赏我的故事的清新，照例那作品背后蕴藏的热情却忽略了，你们能欣赏我文字的朴实，照例那作品背后隐伏的悲痛也忽略了。"他说他的作品在市场上流行，实际上近于"买椟还珠"。这原是难怪的，因为这种热情和悲痛不在表面上。

其实这也不错。作品的思想和它的诗意究竟不是"椟"和"珠"的关系，它是水果的营养价值和红、香、酸甜的关系。人们吃水果不是吃营养。营养是看不见，尝不出来的。然而他看见了颜色，闻到了香气，入口觉得很爽快，这就很好了。

我不想讨论沈先生的民族品德重造论。沈先生在观察中国的问题时用的也不是一个社会学家或一个主教的眼睛。他是一个诗人。他说：

> 我看一切，却并不把那个社会价值搀加进去，估定我的爱憎。……我永远不厌倦的是"看"一切。宇宙万汇在动中，在静止中，我皆能抓定它的最美丽与最调和的风度，但我的爱好却不能同一切目的相合。我不明白一切同人类生活相联结时的美恶，另外一句话说来，就是我不大能领会伦理的美。接近人生时我永远是个艺术家的感情。

有诗意还是没有诗意，这是沈先生评价一切人和事物的唯一标准。他怀念祖母或老姑母们，是她们身上"蕴蓄了多少抒情诗气分”。他讨厌“时髦青年”，是讨厌他们的“唯实唯利的庸俗人生观”。沈从文的世界是一个充满乡土气息的抒情诗的世界。他一直把他的诗人气质完好地保存到七十八岁。文物，是他现在陶醉在里面的诗。只是由于这种陶醉，他却积累了一大堆吓人的知识。

水边的抒情诗人

大概每一个人都曾在一个时候保持着对于家乡的新鲜的记忆。他会清清楚楚地记得从自己的家走到所读的小学沿街的各种店铺、作坊、市招、响器、小庙、安放水龙的“局子”、火灾后留下的焦墙、糖坊煮麦芽的气味儿、竹厂烤竹子的气味儿……他可以挨着门数过去，一处不差。故乡的瓜果常常是远方的游子难忍的蛊惑。故乡的景物一定会在三四十岁时还会常常入梦的。一个人对生长居住的地方失去新鲜感，像一个贪吃的人失去食欲一样，那他也就写不出什么东西了。乡情的衰退的同时，就是诗情的锐减。可惜呀，我们很多人的乡情和诗情在累年的无情的生活折损中变得迟钝了。

沈先生是幸福的，他在三十几岁时写了一本《从文自传》。

这是一本奇妙的书。这样的书本来应该很多，但是却很少。在中国，好像只有这样一本。这本自传没有记载惊天动地的大事，没有干过大事的历史人物，也没有个人思想感情上的雷霆风暴，只是不加夸饰地记录了一个小地方，一个小小的人的所见、所闻、所感。文字非常朴素。在沈先生的作品中，《自传》的文字不是最讲究、最成熟的，然而却是最流畅的。沈先生说他写东西很少有一气呵成的时候。他的文章是“一个字一个字地雕出来的”。这本书是一个例外（写得比较顺畅的，另外还有一个《边城》）。沈先生说他写出一篇就拿去排印，连看一遍都没有，少有。这本书写得那样的生动、亲切、自然，曾经感动过很多人，当时有一个杂志（好像是《宇宙风》），向一些知名作家征求他本年最爱读的三本书，一向很不轻易地称许人的周作人，头一本就举了《从文自传》。为什么写得那样顺畅，而又那样生动、亲切、自然，是因为：

> 我就生长到这样一个小城里，将近十五岁时方离开。出门两年半回过那小城一次以后，直到现在为止，那城门我还不再进去过。但那地方我是熟习的。现在还有许多人生活在那个城市里，我却常常生活在那个小城过去给我的印象里。

这是一本文学自传。它告诉我们一个人是怎样成为作家的，一个作家需要具备哪些素质，接受哪些“教育”。“教育”的意思不是指他在《自传》里提到的《辞源》、狄更斯、《薛氏彝器图录》和索靖的《出师颂》……沈先生是把各种人事、风景，自然界的各种颜色、声音、气味儿加于他的印象、感觉都算是对自己的教育的。

如果我说：一个作家应该有个好的鼻子，你将会认为这是一句开玩笑的话。不！我是很严肃的。

> 薄暮的空气极其温柔，微风摇荡大气中，有稻草香味儿，有烂熟了山果香味儿，有甲虫类气味儿，有泥土气味儿。一切在成熟，在开始结束一个夏天阳光雨露所及长养生成的一切。

我最近到沈先生家去，说起他的《月下小景》，我说：“你对于颜色、声音很敏感，对于气味儿……”

我说：“‘菌子已经没有了，但是菌子的气味儿留在空气里’，这写得很美，但是我还没有见到一个作家写到甲虫的气味儿！……”

我的师母张兆和，我习惯上叫她三姐，因为我发现了这一点而很兴奋，说：

“哎！甲虫的气味儿！”

沈先生笑眯眯地说：“甲虫的分泌物。”

我说：“我小时玩儿过天牛。我知道天牛的气味儿，很香，很甜！……”

沈先生还是笑眯眯地说：“天牛是香的，金龟子也有气味儿。”

师母说：“他的鼻子很灵！什么东西一闻……”

沈从文是一个风景画的大师，一个横绝一代，无与伦比的风景画家。——除了鲁迅的《故乡》《社戏》，还没有人画出过这样的中国作风，中国气派的风景画。

他的风景画多是混合了颜色、声音和气味儿的。举几个例：

> 从碾坊往上看，看到堡子里比屋连墙，嘉树成荫，正是十分兴旺的样子。往下来，夹溪有无数山田，如堆积蒸糕；因此种田人借用水力，用大竹扎了无数水车，用椿木做成横轴同撑柱，圆圆的如一面锣，大小不等竖立在水边。这一群水车，就同一群游手好闲人一样，成日成夜不知疲倦的咿咿呀呀唱着意义含糊的歌。(《三三》)

“辰河中部小吕岸吕家坪，河下游约有四十里一个小土坡上，名叫“枫树坳”，坳下有个滕姓祠堂。祠堂前后十几株老枫木树，叶子已被几个早上的严霜，镀上一片黄，一片红，一片紫。枫树下到处是这种彩色斑驳的美丽落叶。祠堂前枫树下有个摆小摊子的，放了三个大小不一的簸箕，簸箕中零星货物上也是这种美丽的落叶。祠堂位在山坳上，地点较高，向对河望去，但见千山草黄，起野火处有白烟如云。村落中为耕牛过冬预备的稻草，傍近树根堆积，无不如塔如坟。银杏白杨树成行高矗，大小叶片在微阳下翻飞，黄绿杂彩相间，如旗纛，如羽葆。又如有所招邀，有所期待。沿河橘子园尤呈奇观，绿叶浓翠，绵延小河两岸，缀系在枝头的果实，丹朱明黄，繁密如天上星子，远望但见一片光明，幻异不可形容。河下船埠边，有从土地上得来的萝卜，薯芋，以及各种农产物，一堆堆放在那里，等待装运下船。三五个孩子，坐在这种庞大堆积物上，相互扭打游戏。河中乘流而下行驶的小船，也多数装满了这种深秋收获物，并装满了弄船人欢欣与希望，向辰溪县、浦市、辰州各个码头集中，到地后再把它卸到干涸河滩上去等待主顾。更远处有皮鼓铜锣声音，说明某一处村中人对于这一年来人与自然合作的结果，因为得到满意的收成，正在野地上举行谢土的仪式，向神表示感激，并预约“明年照常”的简单愿心。

土地已经疲倦了，似乎行将休息，灵物因之转增妍媚，天宇澄清，河水澄清。[《长河·秋（动中有静）》]

在小说描写人物心情时，时或插进景物的描写，这种描写也无不充满着颜色、声音与气味儿，与人的心情相衬托，相一致。如：

到午时，各处船上都已经有人在烧饭了。湿柴烧不燃，烟子到处窜，使人流泪打嚏。柴烟平铺到水面如薄绸。听到河街馆子里大师傅用铲子敲打锅边的声音，听到邻船上白菜落锅的声音，老七还不见回来。(《丈夫》)

在同一地方，另外一些小屋子里，一定也还有那种能够在小灶里塞上一点儿湿柴，升起晚餐烟火的人家，湿柴毕毕剥剥的在灶肚中燃着，满屋便窜着呛人的烟子。屋中人，借着灶口的火光，或另一小小的油灯光明，向那个黑色的锅

里，倒下一碗鱼内脏或一把辣子，于是辛辣的气味儿同烟雾混合，屋中人皆打着喷嚏，把脸掉向另一方去。(《泥涂》)

对于颜色、声音、气味儿的敏感，是一个画家，一个诗人必须具备的条件。这种敏感是要从小培养的。沈先生在给我们上课时就说过：要训练自己的感觉。学生之中有人学会一点儿感觉，从沈先生的谈吐里，从他的书里。沈先生说他从小就爱到处看，到处听，还到处嗅闻。“我的心总得为一种新鲜声音，新鲜气味儿而跳。”一本《从文自传》就是一些声音、颜色、气味儿的记录。当然，主要的还是人。声音、颜色、气味儿都是附着于人的。沈先生的小说里的人物大都在《自传》里可以找到影子。可以说，《自传》是他所有的小说的提要；他的小说是《自传》的长编。

沈先生的最好的小说是写他的家乡的。更具体地说，是写家乡的水的。沈先生曾写过一篇文章，题为《我的写作和水的关系》。“我幼小时较美丽的生活，大部分都与水不能分离。我的学校可以说是在水边的。我认识美，学会思索，水对我有极大关系”(《自传》)。湘西的一条辰河，流过沈从文的全部作品。他的小说的背景多在水边，随时出现的是广舶子、渡船、木筏、荤烟划子，磨坊、码头、吊脚楼……小说的人物是水边生活，靠水吃水的人，三三、夭夭、翠翠、天保、傩送、老七、水保……关于这条河有说不尽的故事。沈先生写了多少篇关于辰河、沅水、酉水的小说，即每一篇都有近似的色调，然而每一篇又各有特色，每一篇都有不同动人的艺术魅力。河水是不老的，沈先生的小说也永远是清新的。一个人不知疲倦地写着一条河的故事，原因只有一个：他爱家乡。

如果说沈先生的作品是乡土文学，只取这个名词的最好的意义，我想也许沈先生不会反对。

《废名小说选集》代序

冯思纯同志编出了他的父亲废名的小说选集，让我写一篇序，我同意了。我觉得这是义不容辞的事，因为我曾经很喜欢废名的小说，并且受过他的影响。但是我把废名的小说反复看了几遍，就觉得力不从心，无从下笔，我对废名的小说并没有真的看懂。

我说过一些有关废名的话：

> 废名这个名字现在几乎没有人知道了。国内出版的中国现代文学史没有一本提到他。这实在是一个真正很有特点的作家。他在当时的读者就不是很多，但是他的作品曾经对三十年代、四十年代的青年作家，至少是北方的青年作家，产生过颇深的影响。这种影响现在看不到了，但是它并未消失。它像一股泉水，在地下流动着。也许有一天，会汩汩地流到地面上来的。他的作品不多，一共大概写了六本小说，都很薄。他后来受了佛教思想的影响，作品中有见道之言，很不好懂。《莫须有先生传》就有点令人莫名其妙，到了《莫须有先生坐飞机以后》就不知所云了。但是他早期的小说，《桥》《枣》《桃园》和《竹林的故事》写得真是很美。他把晚唐诗的超越理性，直写感觉的象征手法移到小说里来了。他用写诗的办法写小说，他的小说实际上是诗。他的小说不注重写人物，也几乎没有故事。《竹林的故事》算是长

篇，叫作“故事”，实无故事，只是几个孩子每天生活的记录。他不写故事，写意境。但是他的小说是感人的，使人得到一种不同寻常的感动。因为他对于小儿女是那样富于同情心。他用儿童一样明亮而敏感的眼睛观察周围世界，用儿童一样简单而准确的笔墨来记录。他的小说是天真的，具有天真的美。因为他善于捕捉儿童的思想和情绪，他运用了意识流。他的意识流是从生活里发现的，不是从外国的理论或作品里搬来的。……因为他追随流动的意识，因此他的行文也和别人不一样。周作人曾说废名是一个讲究文章之美的小说家。又说他的行文好比一溪流水，遇到一片草叶都要去抚摸一下，然后又汪汪地向前流去。这说得实在非常好。

我的一些说法其实都是从周作人那里来的。谈废名的文章谈得最好的是周作人。周作人对废名的文章喻之为水，喻之为风。他在《莫须有先生传》的序文中说：

> 这好像是一道流水，大约总是向东去朝宗于海，他流过的地方，凡有什么汊港弯曲，总得灌注潆洄一番，有什么岩石水草，总要披拂抚弄一下子，再往前走去，再往前去，这都不是他的行程的主脑，但除去了这些，也就别无行程了。

周作人的序言有几句写得比较吃力，不像他的别的文章随便自然。“灌注潆洄”“披拂抚弄”，都有点着力太过。有意求好，反不能好，虽在周作人亦不能免。不过他对意识流的描绘却是准确贴切且生动的。他的说法具有独创性，在他以前还没有人这样讲过。那时似还没有“意识流”这个说法，周作人、废名都不曾使用过这个词儿。这个词儿是从外国移译进来的。但是没有这个名词不等于没有这个东西。中国自有中国的意识流，不同于普鲁斯特，也不同于弗吉尼亚·伍尔芙，但不能否认那是意识流，晚唐的温（飞卿）李（商隐）便是。比较起来，李商隐更加天马行空，无迹可求。温则不免伤于轻艳。废名受李的影响更大一些。有人说废名不是意识流，不是意识流又是什么？废名和《尤利西斯》的距离诚然较大，和伍尔芙则较为接近。废名的作品有一种女性美，少女的美。他很喜欢“摘花赌身轻”，这是一句“女郎诗”！

冯健男同志（废名的侄儿）在《我的叔父废名》一书中引用我的一段话，说我说废名的小说“具有天真的美”以为“这是说得新鲜的，道别人之所未道”。其实这不是“道别人之所未道”。废名喜爱儿童（少年），也非常善于写儿童，这个问题周作人就不止一次地说过。我第一次读废名的作品大概是《桃园》。读到王老大和他的害病女儿阿毛说：“阿毛，不说话一睡就睡着了”，忽然非常感动。这一句话充满一个父亲对一个女儿的感情。“这个地方太空旷吗？不，阿毛睁大的眼睛叫月亮装满了”，这种写法真是特别，真是美。读《万寿宫》，至程小林写在墙上的字：“万寿宫丁丁响”，我也异常的感动，本来丁丁响的是四个屋角挂的铜铃，但是孩子们觉得是万寿宫在丁丁响。这是孩子的直觉。孩子是不大理智的，他们总是直觉地感受这个世界，去“认同”世界。这些孩子是那样纯净，与世界无欲求、无争竞，他们对世界是那样充满欢喜，他们最充分地体会到人的善良、人的高贵，他们最能把握周围环境的颜色、形体、光和影，声音和寂静，最完美地捕捉住诗。这大概就是周作人所说的“仙境”。

另一位真正读懂废名，对废名的作品有深刻独到的见解的美学家，我以为是朱光潜。朱先生的论文说：“废名先生不能成为一个循规蹈矩的小说家，因为他在心境原型上是一个极端的内倾者。小说家须得把眼睛朝外看，而废名的眼睛却老是朝里看；小说家须把自我沉没到人物性格里面去，让作者过人物的生活，而废名的人物却都沉没在作者的自我里面，处处都是过作者的生活。”朱先生的话真是打中了废名的“要害”。

前几年中国的文艺界（主要是评论家）闹了一阵“向内转”“向外转”之争。“向内转、向外转”与“向内看、向外看”含义不尽相同，但有相通处。一部分具有权威性的理论家坚决反对向内，坚持向外，以为文学必须如此，这才叫文学，才叫现实主义；而认为向内是离经叛道，甚至是反革命。我们不反对向外的文学，并且认为这曾经是文学的主要潮流，但是为什么对向内的文学就不允许其存在，非得一棍子打死不可呢？

废名的作品的不被接受，不受重视，原因之一，是废名的某些作品确实不好懂。朱光潜先生就写过：“废名的诗不容易懂，但是懂得之后，你也许要惊叹它真好。”这是对一般人而言，对平心静气、不缺乏良知的读者，对具有对文学的敏感的解人而言的。对于另一种人则是另一回事。他们感觉到废名的文学对他们是一种潜在的威胁，会危及他们的左派正宗，一统天下。他们不像十年前一样当真一棍子打死，他们的武器是沉默，用不理代替批判。他们可以视若无睹，不赞一词，仿佛废名根本不存在。他们用沉默来掩饰对废名，对一切高雅文学的刻骨的仇恨。他们是一些粗俗的人，一群能写恶札的文艺官。但是他们能够窃踞要津，左右文运。废名的价值被认识，他在中国现代文学史上的地位被真正的肯定，恐怕还得再过二十年。

漫评《烟壶》

叫我来评介邓友梅的《烟壶》，其实是不合适的。我很少写评论。记得好像是柯罗连科对高尔基说过，一个作家在谈到别人的作品时，只要说：这一篇写得不错，就够了，不需要更多的话。评论家可不能这样。一个评论家，要能一眼就看出一篇作品的历史地位。而我只能就小说论小说，谈一点儿读后的印象和感想。

友梅最初跟我谈起他要写一个关于鼻烟壶的小说的时候，我只是听着，没有表示什么。说老实话，我对鼻烟壶是没有什么好感的。这大概是受了鲁迅先生反对小摆设和“象牙微雕”的影响。我对内画尤其不感兴趣，特别是内画戏装人物，我觉得这是一种恶劣的趣味。读了《烟壶》，我的看法有些改变。友梅这篇小说的写法有点特别，开头一节是发了一大篇议论。他的那一番鼻烟优越论我是不相信的。闻鼻烟代替不了抽烟。蒙古人是现在还闻鼻烟的，但是他们同时也还要抽关东烟。这只能是游戏笔墨。但是他对作为工艺品的鼻烟壶的论赞，我却是拟同意的，因为这说的是真话，正经话。友梅好奇，到一个地方，总喜欢到处闲遛，收集一些具有民族特色、地方特色的工艺品。这表现了一个作家对于生活的广博的兴趣，对精美的工艺的赏悦，和对于制造工艺的匠师的敬爱。我想这是友梅写作《烟壶》的动机。他写这样的题材并不是找什么冷门。即使是找冷门，如果不是平日就有对于工艺美术的嗜爱，这样的冷门也是找不到的。

《烟壶》里的聂小轩师傅有一段关于他所从事的行业的具有哲理性的谈话：

> 打个比方，这世界好比个客店，人生如同过客。我们吃的用的多是以前的客人留下的。要从咱们这儿起，你也住我也住，谁都取点什么，谁也不添什么，久而久之，我们留给后人的不就成了一堆瓦砾了？反之，来往客商，不论多少，每人都留点什么，您栽棵树，我种棵草，这店可就越来越兴旺，越过越富裕。后来的人也不枉称我们一声先辈。辈辈人如此，这世界不就更有个恋头了？

乍一听，这一番话的境界似乎太高了。一个手艺人，能说得出来吗？然而这却是真实的，可信的。手工艺人我不太熟悉。我比较熟悉戏曲演员。戏曲演员到了晚年，往往十分热衷于授徒传艺。他们常说："我不能把我从前辈人学到的这点玩意儿带走，我得留下点东西。""文化大革命"中冤死了一些艺人，同行们也总是叹惜："他身上有东西呀！"

"给后人留下点东西"，这是朴素的哲理，是他们的职业道德，也是他们立身做人的准则。从这种朴素的思想可能通向社会主义，通向爱国主义。许多艺人，往往是由于爱本行的那点"玩意儿"，爱"中国人勤劳才智的结晶"，因而更爱咱们这个国的。聂小轩的这一思想是贯串全篇的思想。内画也好，古月轩也好，这是咱们中国的玩意儿，不能叫它从我这儿绝了。这才引出一大篇曲曲折折的故事。我想，这篇小说真正的爱国主义的"核"，应该在这里。

《烟壶》写的是庚子年间的事，距现在已经八十多年，邓友梅今年五十多岁，当然没有赶上。友梅不是北京人。然而他竟然写出一篇反映八十年前北京生活的小说，这简直有点不可思议！这还不比写历史小说（《烟壶》虽写历史，但在一般概念里是不把它划在历史小说范围里的）。历史小说，写唐朝、汉朝的事，死无对证，谁也不能指出这写得对还是不对。庚子年的事，说近不近，说远也不远。这最不好写。八十多岁的人现在还有健在的，七十多岁的也赶上那个时期的后尾。笔下稍稍粗疏，就会有人说："不像。"然而友梅竟写了那个时期的那样多的生活场景，写得详尽而真切，使人如同身临其境。友梅小说的材料，是靠平时积累的，不是临时现抓的。临时现抓的小说也有，看得出来，不会有这样厚实。友梅有个特点，喜欢听人谈掌故，聊闲篇。三十多年前，我认识友梅时，他是从部队上下来的革命干部、党员，年纪轻轻的，可是却和一些八旗子弟、没落王孙厮混在一起。当时是有人颇不以为然的。然而友梅我行我素。友梅对他们不鄙视，不歧视，也不存什么功利主义。他和所有人的关系都是平等的。也正因为这样，许多老北京才乐于把他所知的掌故轶闻、人情方俗毫无保留地说给他听。他把听来的材料和童年印象相印证，再加之以灵活的想象，于是八十多年前的旧北京就在他心里活了起来。

《烟壶》是中篇小说，中篇总得有曲折的、富于戏剧性的情节、故事。情节，总要编。世界上没有一块天生就富于情节的生活的矿石。我相信《烟壶》的情节大部分也是编出来的。编和编不一样。有的离奇怪诞，破绽百出；有的顺理成章，若有其事。友梅能把一堆零散的生活素材，团巴团巴，编成一个完完整整的故事，虽然还不能说是天衣无缝，无可挑剔，但是不使人觉得如北京人所说的："老虎闻鼻烟——没有那八宗事。"这真是一宗本事。我是不会编故事的，也不赞成编故事。但是故事编圆了，我也佩服。因此，我认为友梅的《烟壶》是一篇“力作”。

友梅写人物，我以为好处是能掌握分寸。乌世保知道聂小轩轧断了手，“他望着聂小轩那血淋淋的衣袖和没有血色的、微闭双眼的面容惊呆了，吓傻了。从屋里走到院子，从院子又回到屋里。想做什么又不知该做什么。想说话又找不到话可说。”这写得非常真实。这就是乌世保，一个由“它撒勒哈番”转成手工艺人的心地善良而又窝窝囊囊的八旗子弟活生生的写照。乌世保蒙冤出狱，家破人亡，走投无路，朋友寿明给他谋划了生计，建议他画内画烟壶，给他找了蒜市口小客店安身，给他办了铺盖，还给他留下几两银子先垫补用，可谓周到之至。乌世保过意不去，连忙拦着说：“这就够麻烦您的了，这银子可万万不敢收。”寿明说：“您别拦，听我说。这银子连同我给您办铺盖，都不是我白给你的，我给不起。咱们不是搭伙做生意吗？我替您买材料卖烟壶，照理有我一份回扣，这份回扣我是要拿的。替您办铺盖、留零花，这算垫本，我以后也是要从您卖货的款子里收回来的，不光收回，还要收息，这是规矩。交朋友是交朋友，做生意是做生意，送人情是送人情，放垫本是放垫本，都要分清。您刚做这行生意，多有不懂的地方，我不能不点拨明白了。”好！这真是一个靠为人长眼跑合为生的穷旗人的口吻，不是一个为朋友两肋插刀的侠客。他也仗义，也爱财。既重友情，也深明世故。这一番话真是小葱拌豆腐，如刀切，如水洗，清楚明白，嘎嘣爽脆。这才叫通过对话写人物。邓友梅有两下子！

友梅很会写妇女。他的几篇写北京市井的小说里总有一个出身卑微，不是旗人，却支撑了一个败落的旗人家庭的劳动妇女。她们刚强正直，善良明理，坦荡磊落。《那五》里那位庶母、《烟壶》里的刘奶奶，都是这样。《烟壶》写得最成功的人物，我以为是柳娘（我这样说友梅也许会觉得伤心），她俊俏而不俗气，能干而不咋唬，光彩照人，英气勃勃，有心胸，有作为，有决断，拿得起，放得下，掰得开，踢得动，不论遇到什么事都能沉着镇定，头脑清醒，方寸不乱，举措从容。这真是市井中难得的一方碧玉，挺立在水边的一株雪白雪白的马蹄莲，她的出场就不凡：

……这时外边大门响了两声，脆脆朗朗响起女人的声音："爹，我买了蒿子回来了。"寿明和乌世保知道是柳娘回来，忙站起身。聂小轩掀开竹帘说道："快来见客人，乌大爷和寿爷来了。"柳娘应了一声，把买的蒿子、线香、嫩藕等东西送进西间，整理一下衣服，进到南屋，向寿明和乌世保道了万福说："我爹打回来就打听乌大爷来过没有，今儿可算到了。寿爷您坐！哟，我们老爷子这是怎么了？大热的天让客人干着，连茶也没沏呀！您说话，我沏茶去！"这柳娘干嘣楞脆说完一串话，提起提梁宜兴大壶，挑帘走了出去。乌世保只觉着泛着光彩，散着香气的一个人影像阵清清爽爽的小旋风在屋内打了个旋又转了出去，使他耳目繁忙，应接不暇，竟没看仔细是什么模样。

寿明为乌世保做媒，聂小轩征求柳娘的意见，问她："咱们还按祖上的规矩，连收徒再择婿一起办好不好呢？"柳娘的回答是："哟，住了一场牢我们老爷子学开通了！可是晚了，这话该在乌大爷搬咱们家来以前问我。如今人已经住进来，饭已经同桌吃了，活儿已经挨肩做了，我要说不愿意，您这台阶怎么下？我这风言风语怎么听呢？唉！"

这里柳娘有点"放刁"了，当初把师哥接到家里来住，是谁的主意呀？你可事前也没跟老爷子商量过就说出口了！

友梅这篇小说基本上用的是叙述，极少描写。偶尔描写，也是插在叙述之间，不把叙述停顿下来，作静止的描写。这是史笔，这是自有《史记》以来中国文学的悠久的传统。但是不完全是直叙，时有补叙、倒叙，这也是《史记》笔法。因为叙述方法多变化，故质朴而不呆板，流畅而不浮滑，舒卷自如，起止自在。有时洋洋洒洒，下笔千言；有时戛然收住，多一句也不说。友梅是很注意语言的。近年功力大见长进。他的语言所以生动，除了下字准确，词达意显，我觉得还因为起落多姿，富于“语态”。“语态”的来源，我想是，一、作者把自己摆了进去了，在描叙人物事件时带着叙述者的感情色彩，如梁任公所说“笔锋常带感情”；同时作者又置身事外，保持冷静和客观，不跳出来抒愤懑，发感慨。二、是作者在叙述时随时不忘记对面有个读者，随时要观察读者的反应，他是不是感兴趣，有没有厌烦？有的时候还要征求读者的意见，问问他对斯人此事有何感想。写小说，是跟人聊天，而且得相信听你聊天的人是个聪明解事、通情达理、欣赏趣味很高的人，而且，他自己就会写小说，写小说的人要诚恳，谦虚，不矜持，不卖弄，对读者十分地尊重。否则，读者会觉得你侮辱了他！

这篇小说的不足之处，我觉得有这些：

一、对聂小轩以及乌世保、柳娘对古月轩的感情写得不够。小说较多写了古月轩烧制之难，而较少写这种瓷器之美。如果聂小轩的爱国主义感情是由对于这门工艺的深爱出发的，那么，应该花一点儿笔墨写一写他们烧制出一批成品之后的如醉如痴的喜悦，他们应该欣赏、兴奋、爱不释手，笑，流泪，相对如梦寐，忘乎所以。这篇小说一般只描叙人物的外部动作，不作心理描写。但是在写聂小轩想要砍去自己的右手时，应该写一写他的“广陵散从此绝矣”的悲怆沉痛的心情。因为聂小轩的这一行动不是正面描写的，而是通过柳娘和乌世保的眼睛来写的，不能直接写他的心理活动，但是事后如果有一两句揪肝抉胆、血泪交加的话也好。

二、乌世保应该写得更聪明，更有才气一些。这个人百无一用，但是应该聪明过人。他在旗人所玩儿的玩意儿中，应该是不玩儿则已，一玩儿则精绝。这个人应该琴棋书画什么都能来两下。否则聂小轩就不会相中他当徒弟，柳娘也不会无缘无故地爱这样一个比棒槌多两个耳朵的凡庸的人了。柳娘爱他什么呢？无非是他身上这点才吧。

三、九爷写得有点漫画化。

林斤澜的矮凳桥

林斤澜回温州住了一段，回到北京，写出了一系列关于矮凳桥的小说。他回温州，回北京，都是回。这些小说陆续发表后，有些篇我读过。读得漫不经心。我觉得不大看得明白，也没有读出好来。去年十月，我下决心，推开别的事，集中精力，读斤澜的小说，读了四天。苏东坡说他读贾岛的诗，“初如食小鱼，所得不偿劳”。读斤澜的小说，有点像这样：费事。读到第四天，我好像有点明白了。而且也读出好来了。不过叫我写评论，还是没有把握。我很佩服评论家，觉得他们都是胆子很大的人。他们能把一个作家的作品分析得头头是道，说得作家自己目瞪口呆。我有时有点怀疑。子非鱼，安知鱼之乐。你没有钻到人家肚子里去，怎么知道人家的作品就是怎么怎么回事呢？我看只能抓到一点儿，就说一点儿。言谈微中，就算不错。

林斤澜的桥

矮凳桥到底是什么样子？搞不清楚。苏南有些地方把小板凳叫作矮凳。我的家乡有烧火凳，是简陋的长凳而矮脚的。我觉得矮凳桥大概像烧火凳。然而是砖桥还是石桥，不清楚——不会是木板桥，因为桥旁可以刻字。这都没有关系。

舍伍德·安德森写了一系列关于温涅斯堡的小说。据说温涅斯堡是没有的，这是安德森自己想出来的，造出来的。林斤澜的矮凳桥也有点是这样。矮凳桥可能有这么一个地方，有一点儿影子，但未必像斤澜所写的一样。斤澜把他自己的生活阅历倾入了这个地方，造了一座桥，一个小镇。斤澜在北京住了三十多年，对北京、特别是北京郊区相当熟悉。“文化大革命”以前他写过不少表现“社会主义新人”的小说，红了一阵。但是我总觉得那个时候，相当多的作家，都有点像是说着别人的话，用别人也用的方法写作。斤澜只是写得新鲜一点儿，聪明一点儿，俏皮一点儿。我们都好像在“为人做客”。这回，我觉得斤澜找到了老家。林斤澜有了自己的思想，自己的感情，自己的语言，自己的叙述方式，于是有了真正的林斤澜的小说。每一个作家都应当找到自己的老家，有自己的矮凳桥。

斤澜的老家在温州，他写的是温州。但是他写的不是乡土文学。乡土文学是一个恍恍惚惚的概念。但是目前某些标榜乡土文学的同志，他们在心目中排斥的实际上是两种东西，一是哲学意蕴，一是现代意识。林斤澜不是这样。

林斤澜对他想出来的矮凳桥是很熟悉的。过去、现在都很熟悉。他没有写一部矮凳桥的编年史。他把矮凳桥零切了。这样的写法有它的方便处。他可以从不同角度来审视。横写、竖写都行。他对矮凳桥的男女老少可以呼之即来，挥之则去。需要有人写几个字，随时拉出了袁相舟；需要来一碗鱼丸面，就把溪鳗提了出来。而且这个矮凳桥是活的。矮凳桥还会存在下去，笑翼、笑耳、笑杉都会有她们的未来。官不知会“娶”进一个什么样的后生。这样，林斤澜的矮凳桥可以源源不竭地写下去。这是个巧法子。

幔

“世界好比叫幔幔着，千奇百怪，你当是看清了，其实雾腾腾……”(《小贩们》)。

幔就是雾。温州人叫“幔”，贵州人叫“罩子”，——“今天下罩子”，意思都差不多。北京人说人说话东一句西一句，摸不清头绪，云里雾里的，写成文章，说是“云山雾沼”。照我看，其实应该写成“云苫雾罩”。林斤澜的小说正是这样：云苫雾罩。看不明白。

看不明白有两方面的原因。

一个是作者自己就不明白。斤澜在南京曾说：“我自己都不明白，怎么能让你明白呢？”斤澜说：“比如李地，她的一生，她一生的意义，我就不明白。”我当时在旁边，说：“我倒明白。这就是一个人不明白的一生。”有的作家自以为对生活已经吃透，什么事都明白，他可以把一个人的一生，来龙去脉，前因后果，源源本本地告诉读者，而且还能清清楚楚地告诉你一大篇生活的道理。其实人为什么活着，是怎么活过来的，真不是那样容易明白的。“君子于其所不知，盖阙如也”，只能是这样。这是老实态度。不明白，想弄明白。作者在想，读者也随之而在想。这个作品就有点想头。

另一方面，是作者故意不让读者明白。作者写的是什么，他心里是明白的，但是说得闪烁其辞，含糊其辞，扑朔迷离，云苫雾罩。比如《溪鳗》，还有《李地》里的《爱》，到底说的是什么？

在林斤澜作品讨论会上，有两位青年评论家指出：这里写的是性。我完全同意他们的说法。

写性，有几种方法。一种是赤裸裸地描写性行为，往丑里写。一种办法是避开正面描写，用隐喻，目的是引起读者对于性行为的诗意的、美的联想。孙犁写的一个碧绿的蝈蝈爬在白色的瓠子花上，就用的是这种办法。还有一种办法，就是林斤澜所用的办法，是把性象征化起来。他写得好像全然与性无关，但是读起来又会引起读者隐隐约约的生理感觉。

林斤澜屡次写鱼。鳗、泥鳅。闻一多先生曾著文指出：中国从《诗经》到现代民歌里的“鱼”都是“廋辞”。“鱼水交欢”嘛。不但是鱼，水，也是性的廋辞。

“袁相舟端着杯子，转脸去看窗外，那汪汪溪水漾漾流过晒烫了的石头滩，好像抚摸亲人的热身子。到了吊脚楼下边，再过去一点儿，进了桥洞。在桥洞那里不老实起来，撒点娇，抱点怨，发点梦呓似的呜噜呜噜……”（《溪鳗》）。这写的是什么？

《爱》写得更为露骨：

> 三更半夜糊里糊涂，有一个什么——说不清是什么压到身上，想叫，叫不出声音。觉得滑溜溜的在身上又扭又袅袅的，手脚也动不得。仿佛“袅”到自己身体里去了。自己的身体也滑溜了，接着，软瘫热化了。

《溪鳗》最后写那个男人瘫痪了，这说的是什么？说的是性的枯萎。

《溪鳗》的情况更复杂一些。这篇小说同时存在两个主题，性主题和道德主题。溪鳗最后把一个瘫痪男人养在家里，伺候他，这是一种心甘情愿也心安理得的牺牲，一种东方式的道德的自我完成。既是高贵的，又是悲剧性的。这两个主题交织在一起。性和道德的关系，这是一个既复杂而又深邃的问题。这个问题还很少有作家碰过。

这个问题林斤澜也还没有弄明白，他也还在想。弄明白了，就没有什么意思了。有意思的不是明白，是想。弄明白，是心理学家的事；想，是作家的事。

斤澜的小说一下子看不明白，让人觉得陌生。这是他有意为之的。他就是要叫读者陌生，不希望似曾相识。这种做法不但是出于苦心，而且确实是“孤诣”。

使读者陌生，很大程度上和他的叙述方法有关系。有些篇写得比较平实，近乎常规；有些篇则是反众人之道而行之。他常常是虚则实之，实则虚之；无话则长，有话则短。一般该实写的地方，只是虚虚写过；似该虚写处，又往往写得很翔实。人都是有话则长，无话则短。斤澜常于无话处死乞白咧地说，说了许多闲篇，许多废话；而到了有话（有事，有情节）的地方，三言两语。比如《溪鳗》，“有话”处只在溪鳗收留照料了一个瘫子，但是着墨不多，连溪鳗和这个男人究竟有过什么事都不让人明白（其实稍想一下还不明白么）；但是前面好几页说了鳗鱼的种类，鱼丸面的做法，袁相舟的诗兴大发，怎么想出“鱼非鱼小酒家”的店名……比如《小贩们》，“事儿”只是几个孩子比别的纽扣小贩抢先了一步，在船不靠码头的情况下跳到水里上岸，赶到电镀厂去镀了纽扣；但是前面写了一大堆这几个小贩子和女舵工之间的漫谈，写了幔，写了“火雾”（对于火雾的描写来自斤澜和我们同到吐鲁番看火焰山的印象，这一点我知道），写了三兄弟往北走的故事，写了北方撒尿用棍子敲、打豆浆往绳子上一浇就拎回家去了……这么写，不是喧宾夺主吗？不。读完全篇，再回过头来看看，就会觉得前面的闲文都是必要的，有用的。《溪鳗》没有那些云苫雾罩的，不着边际的闲文，就无法知道这篇小说究竟说的是什么。花非花，鱼非鱼，人非人，性非性。或者可以反过来：人是人，性是性。袁相舟的诗："今日春梦非春时"，实在是点了这篇小说的题。《小贩们》如果不写这几个孩子的闲谈，不写出他们的活跃的想象，他们对于生活的充满青春气息的情趣，就无法了解他们脱了鞋袜跳到冰冷的水里的劲儿是从哪里来的，他们就成了心灵手快的名副其实的小商贩，他们就俗了，不可爱了。

"无话则长，有话则短"，这个话我当面跟斤澜说过。他承认了。拆穿了西洋景，有点煞风景，他倒还没有不高兴。他说："有话的地方，大家都可以说，我就少说一点儿；没有话的地方，别人不说，我就多说说。"

斤澜是很讲究结构的。我曾在一篇文章里写过：小说结构的特点是"随便"。斤澜很不以为然。后来我在前面加了一句状语：苦心经营的随便，他算是拟予同意了。其实林斤澜的小说结构的精义，我看也只有一句：打破结构的常规。

斤澜近年小说还有一个特点，是搞文字游戏。"文字游戏"大家都以为是一个贬词。为什么是贬词呢？没有道理。斤澜常常凭借语言来构思。一句什么好的话，在他琢磨一团生活的时候，老是在他的思维里闪动，这句话推动着他，怂恿着他，蛊惑着他，他就由着这句话把自己飘浮起来，一篇小说终于受孕、成形了。蚱蜢舟、蚱蜢周、做蚱蜢舟的木匠姓周、老蚱蜢周、小蚱蜢周、李清照的"只恐双溪蚱蜢舟，载不动许多愁"……这许多音同形似的字儿老是在他面前晃，于是这篇小说就有了一种特殊的音响和色调。他构思的契机，我看很可能就是李清照的词。《溪鳗》的契机大概就是白居易的诗：花非花，鱼非鱼。这篇小说写得特别迷离，整个调子就是受了白居易的诗的暗示。白居易的"花非花，雾非雾"是一个到现在还没有解破的谜，《溪鳗》也好像是一个谜。

林斤澜把小说语言的作用提到很多人所未意识到的高度。写小说，就是写语言。

人

我这样说，不是说林斤澜是一个形式主义者。矮凳桥系列小说有没有一个贯串性的主题？我以为是有的。那就是："人"。或者：人的价值。这其实是一个大家都用的，并不新鲜的主题。不过林斤澜把它具体到一点："皮实"。什么是"皮实"？斤澜解释得清楚，就是生命的韧性。

> 石头缝里钻出一点儿绿来，那里有土吗？只能说落下点灰尘。有水吗？下雨湿一湿，风吹吹就干了。谁也不相信，谁也不知觉，这样的不幸，怎么会钻出一片两片绿叶，又钻出紫色的又朴素又新鲜的花朵。人惊叫道："皮实"。单单活着不算数，还活出花朵叫世界看看，这是"皮实"的极致。(《舴艋舟》)

他们当中有人意识到，并且努力要实证自己的存在的价值的。车钻冒着危险"破"掉矮凳桥下"碧沃"两个字，"什么也不为，就为叫大家晓得晓得我。"笑杉在坎肩上钉了大家都没有的古式的铜扣子，徜徉过市，又要一锤砸毁了，也是"我什么也不为，就为叫你们晓得晓得我"。有些人并不那样意识到自己的价值，但是她们各个用自己的所作所为证实了自己的价值，如溪鳗，如李地。

李地是一位母亲的形象。《惊》是一篇带有寓言性质的小说。很平淡，但是发人深思。当一群人因为莫须有的尾巴无故自惊，炸了营的时候，李地能够比较镇静。她并没有泰然自若，极其理智，但是她慌乱得不那么厉害，清醒得比较早。她所以能这样，是因为她经历的忧患较多，有一点儿曾经沧海了。这点相对的镇静是美丽的。长期的动乱，造就了这样一位沉着的母亲。李地到供销社卖了一个鸡蛋，六分钱。她胸有成竹地花了这六分钱：两分盐；两分线——一分黑线一分白线；一分石笔；一分冰糖（冰糖是给笑翼买的）。这本是很悲惨的事（林斤澜在小说一开头就提明这是六十年代初期的故事，我们都是从六十年代初期活过来的人，知道那年代是怎么回事），但是林斤澜没有把这件事写得很悲惨，李地也没有觉得悲惨。她计划着这六分钱，似乎觉得很有意思。这一分冰糖让她快乐。这就是"皮实"。能够度过困苦的、卑微的生活，这还不算，能于困苦卑微的生活觉得快乐，在没有意思的生活中觉出生活的意思，这才是真真的"皮实"，这才是生命的韧性。矮凳桥是不幸的。中国是不幸的。但是林斤澜并没有用一种悲怆的或是嘲弄的感情来看矮凳桥，我们时时从林斤澜的眼睛里看到一点儿温暖的微笑。林斤澜你笑什么？因为他看到绿叶，看到一朵一朵朴素的紫色的小花，看到了"皮实"，看到了生命的韧性。"皮实"是我们这个民族的普遍的品德。林斤澜对我们的民族是肯定的，有信心的。因此我说：《矮凳桥》是爱国主义的作品。——爱国主义不等于就是打鬼子！

林斤澜写人，已经超越了"性格"。他不大写一般意义上的、外部的性格。他甚至连人的外貌都写得很少，几笔。他写的是人的内在的东西，人的气质，人的"品"。得其精而遗其粗。他不是写人，写的是一首一首的诗。溪鳗、李地、笑翼、笑耳、笑杉……都是诗，朴素无华的，淡紫色的诗。

涩

斤澜的语言原来并不是这样的。他的语言原来以北京话为基础（写的是京郊），流畅，轻快，跳跃，有点法国式的俏皮。我觉得他不但受了老舍，还受了李健吾的影响。后来他改了，变得涩起来，大概是觉得北京话用得太多，有点“贫”。《矮凳桥》则是基本上用了温州方言。这是很自然的，因为写的是温州的事。斤澜有一个很大的优势，他一直能说很地道的温州话。一个人的“母舌”总会或多或少地存在在他的作品里的。在方言的基础上调理自己的文学语言，是八十年代相当多的作家清楚地意识到的。语言是一种文化现象。语言的背景是文化。一个作家对传统文化和某一特定地区的文化了解得愈深切，他的语言便愈有特点。所谓语言有味、无味，其实是说这种语言有没有文化（这跟读书多少没有直接的关系。有人读书甚多，条理清楚，仍然一辈子语言无味）。每一种方言都有特殊的表现力，特殊的美。这种美不是另一种方言所能代替，更不是“普通话”所能代替的。“普通话”是语言的最大公约数，是没有性格的。斤澜不但能说温州话，且能深知温州话的美。他把温州话融入文学语言，我以为是成功的。但也带来一定的麻烦，即一般读者读起来费事。斤澜的语言越来越涩了。我觉得斤澜不妨把他的语言稍为往回拉一点儿，更顺一点儿。这样会使读者觉得更亲切。顺和涩我觉得是可以统一起来的。斤澜有意使读者陌生，但还不是拒人于千里之外。陌生与亲切也是可以统一起来的。让读者觉得更亲切一些，不好吗？

董解元云：“冷淡清虚最难做。”斤澜珍重！

从哀愁到沉郁

——何立伟小说集《小城无故事》序

我最初读到的何立伟的小说是《小城无故事》。发表在《人民文学》上的。当时就觉得很新鲜。这样的小说我好像曾经很熟悉，但又似乎生疏了多年了。接着就有点担心。担心作者会受到批评，也担心《人民文学》因为发表这样的作品而受到批评。我担心某些读者和评论家会看不惯这样的小说，担心他们对看不惯的小说会提出非议。然而我的担心是多余了。看来我的思想还是相当保守的，对读者和评论家的估计过低了。何立伟和《人民文学》全都太平无事。——也许有一点儿“事”，但是我不知道。我放心了。何立伟接着发表了不少小说，有的小说还得了奖。我听到一些关于何立伟小说的议论，都是称赞的，都说何立伟是一个值得注意的、有自己的特点的青年作家。何立伟得到社会的承认，他在文艺界站住脚了，我很高兴。为立伟本人高兴，也为中国多了一个真正的作家而高兴。何立伟现在的情况可以说是“崭露头角”，他的作品也预示出他会有很远大的前程。从何立伟以及其他一些破土而出、显露不同的才华的青年作家身上，我们看到中国文学的一片勃勃的生机，这真是太好了。

但是我以前看过立伟的小说很少，——我近年来不大看小说，好像只有《小城无故事》这一篇。

蒋子丹告诉我，何立伟要出小说集，要我写序。有一次见到王蒙，我告诉他何立伟要我写序（我知道立伟的小说有一些是经他的手发出去的）。王蒙说："你写吧！"我说我看过他的小说很少，王蒙说："看看吧，你会喜欢的。"我心想：好吧。

何立伟把他的小说的复印件寄来给我了，写序就由一句话变成了真事。复印件寄到时，我在香港。回来后知道他的小说集发稿在即，就连日看他的小说。这样突击式地看小说，囫囵吞枣，能够品出多少滋味儿来呢？我于是感到为人写序是一件冒险的事。如果序里所说的话，全无是处，是会叫作者很难过的。但是我还是愿意来写这篇序。理由就是：我愿意。

子丹后来曾陪了立伟和另外一位湖南青年作家徐晓鹤到我在北京的住处来看过我。他们全都才华熠熠，挥斥方遒，都很快活。我很喜欢他们的年轻气盛的谈吐。因为时间匆促，未暇深谈。谈了些什么，我已经不记得了。只记得我大概谈起过废名。为什么谈起废名，大概是我觉得立伟的小说与废名有某些相似处。

立伟最近来信，说："上回在北京您同我谈起废名，我回来后找到他的书细细读，发觉我与他有很多内在的东西颇接近，便极喜欢。"

那么何立伟过去是没有细读过废名的小说的，然而他又发觉他与废名有很多内在的东西颇接近，这是很耐人深思的。正如废名，有人告诉他，他的小说与英国女作家弗吉尼亚·伍尔芙很相似，废名说："我没有看过她的小说"，后来找了弗吉尼亚·伍尔芙的小说来看了，说："果然很相似。"一个作家，没有读过另一作家的作品，却彼此相似，这是很奇怪的。

但是何立伟是何立伟，废名是废名。我看了立伟的全部小说，特别是后来的几篇，觉得立伟和废名很不一样。我的这篇序恐怕将写成一篇何立伟、废名异同论，这真是始料所不及。

废名是一位被忽视的作家。在中国被忽视，在世界上也被忽视了。废名作品数量不多，但是影响很大，很深，很远。我的老师沈从文承认他受过废名的影响。他曾写评论，把自己的几篇小说和废名的几篇对比。沈先生当时已经成名。一个成名的作家这样坦率而谦逊的态度是令人感动的。虽然沈先生对废名后期的小说十分不以为然。何其芳在《给艾青先生的一封信》提到刘西渭（李健吾）非常认真地读了《画梦录》，但“主要地只看出了我受了废名影响的那一点”。那么受了废名影响的这一点，何其芳是承认的。我还可以开出一系列受过废名影响的作家的名单，只是因为本人没有公开表态，我也只好为尊者讳了。“但开风气不为师”，废名是开了一代文学风气的，至少在北方。这样一个影响深远的作家，生前死后都很寂寞，令人怃然。

我读过废名的小说，《桃园》《竹林的故事》《桥》《枣》……都很喜欢。在昆明（也许在上海）读过周作人写的《怀废名》。他说废名的小说的一个特点是注重文章之美。说他的小说如一湾溪水，遇到一片草叶都要抚摸一下，然后再汩汩地向前滚去（大意），这其实就是意识流，只是当时在中国，“意识流”的理论和小说介绍进来的还不多。这也是很有意思的事。西方的意识流的理论和小说还没有介绍进来，中国已经有用意识流的方法写的小说，并且比之西方毫无逊色，说明意识流并非是外来的。人类生活发展到一定阶段，对意识的认识发展到一定阶段，就会产生意识流的作品。这是不能反对、无法反对的。废名也许并不知道“意识流”，正像他以前不知道弗吉尼亚·伍尔芙。他只是想真切地反映生活，他发现生活、意识是流动的，于是找到了一种新的对于生活的写法，于是开了一代风气。这种写法没有什么奥秘，只是追求：更像生活。

周作人的文章还说废名之貌奇古，其额如螳螂。一九四八年我住在北京大学红楼，时常可以看到废名，他其时已经写了《莫须有先生坐飞机以后》，潜心于佛学。我只是看到他穿了灰色的长衫，在北大的路上缓慢地独行，面色平静，推了一个平头。我注意了他的相貌，没有发现其额如螳螂，也不见有什么奇古。——一个人额如螳螂，是什么样子呢？实在想象不出。

何立伟与废名的相似处是哀愁。

立伟一部分小说所写的生活是湖南小城镇的封闭的生活，一种古铜色的生活。他的小说有一些写的是长沙，但仍是封闭着的长沙的一个角隅。这种古铜有如宣德炉，因为镕入了椎碎了的乌斯藏佛之类的贵重金属，所以呈现出斑斓的光泽。有些小说写了封闭生活中的古朴的人情。《小城无故事》里的吴婆婆每次看到癫姑娘，总要摸两个冷了的荷叶粑粑走出凉棚喊拢来那癫子。“莫发癫！快快同我吃了！”萧七罗锅侧边喊：“癫子，癫子，你拢来！”“癫子，癫子，把碗葱花末豆腐你吃！”霍霍霍霍喝下肚，将那蓝花瓷碗往地上一掷，啪地碗碎了。萧七罗锅也不发火，只摇着他精光的脑壳蹲身下去一片一片拣碎瓷。还有用，回去拿它做得甑片子，刨得芋头同南瓜。这实在写得非常好。拣了碎瓷，回去做得甑片子，刨得芋头同南瓜，这是一种非常美的感情，很真实的感情。

但是这种封闭的古铜色的生活是存留不住的，它正在被打破，被铃木牌摩托车，被邓丽君的歌唱所打破。姚笃正老裁缝终于不得不学着做喇叭裤、牛仔裤（《砚坪那个地方》）。这是有点可笑的。然而，有什么办法呢？

面对这种行将消逝的古朴的生活，何立伟的感情是复杂的。

这种感情大体上可以名之为“哀愁”。鲁迅在评论废名的小说时说：“……在一九二五年出版的《竹林的故事》里，才见以冲淡为衣，而如著者所说，仍能‘从他们当中理出我的哀愁’的作品。”从立伟的一些前期的小说中，我们都可觉察到这种哀愁。如《荷灯》，如《好清好清的杉木河》……这种哀愁出于对生存于古朴世界的人的关心。这种哀愁像《小城无故事》里癫子姑娘手捏的栀子花，“香得并不酽，只淡淡有些幽远。”“满街满巷都是那栀子花淡远的香。然而用力一闻，竟又并没有。”何立伟的不少篇小说都散发着栀子花的香味儿，栀子花一样的哀愁。

鲁迅论废名文中说：“可惜的是大约作者过于珍惜他有限的‘哀愁’，不久就不欲像先前一般的闪露，于是从率直的读者看来，就只见其有意低徊，顾影自怜之态了。”老实说，看了一些立伟的短篇，我是有点担心的。一个作者如果停留在自己的哀愁中，是很容易流于有意低徊的。

立伟是珍惜自己的哀愁的。他有意把作品写得很淡。他凝眸看世界，但把自己的深情掩藏着，不露声色。他像一个坐在发紫发黑的小竹凳上看风景的人，虽然在他的心上流过很多东西。有些小说在最易使人动情的节骨眼上往往轻轻带过，甚至写得模模糊糊的，使人得捉摸一下才明白是怎么回事。如《搬家》，如《雪霁》。但是他后来的作品，感情的色彩就渐渐强烈了起来。他对那种封闭的生活表现了一种忧愤。他的两个中篇，《苍狗》和《花非花》都是这样。像《花非花》那样窒息生机的生活，是叫人会喊叫出来的。但是何立伟并没有喊叫，他竭力控制着自己的激情，他的忧愤是没有成焰的火，于是便形为沉郁。也仍然是不动声色的，但这样的不动声色而写出的貌似平淡的生活却有了强烈的现实感。

我很高兴何立伟在小说里写了希望。谁是改造这个封闭世界的力量？像刘虹（《花非花》）这样追求美好、爱生活的纯净的人（刘虹写得一点儿都不概念化，是很难得的）。“那世界，正一天天地、无可抗拒地新鲜起来，富于活力与弹性”，是这样！

对立伟的这种变化，有人有不同意见，但我以为是好的。也许因为立伟所走过来的路和我有点像。

废名说过：“我写小说同唐人写绝句一样”，立伟很欣赏他这句话。立伟的一些小说也是用绝句的方法写的，他和废名不谋而合。所谓唐人绝句，其实主要指中晚唐的绝句，尤其是晚唐绝句。晚唐绝句的特点，说穿了，就是重感觉，重意境。“小城无故事”，立伟的小说不重故事，有些篇简直无故事可言，他追求的是一种诗的境界，一种淡雅的，有些朦胧的可以意会的气氛，“烟笼寒水月笼沙”。与其说他用写诗的方法写小说，不如说他用小说的形式写诗。这是何立伟赢得读者，受到好评的主要原因。我也是喜欢晚唐绝句的。最近看到一本书，说是诗以五古为最难写，一个诗人不善于写五古，是不能算做大诗人的。我想想，这有道理。诗至五古，堂庑始大，才厚重。杜甫的《北征》，我是到中年以后才感到其中的苍凉悲壮的。我觉得，立伟的《苍狗》和《花非花》，其实已经不是绝句，而是接近五古了。何立伟正在成熟。

何立伟的语言是有特色的。他写直觉，没有经过理智筛滤的，或者超越理智的直觉，故多奇句。这一点和日本的新感觉派相似，和废名也很相似。废名的名句：“万寿宫丁丁响”，即略去万寿宫有铃铛，风吹铃铛，直接写万寿宫丁丁响。这在一群孩子的感觉中是非常真切的。立伟的造句奇峭似废名，甚至一些虚词也相似，如爱用“遂”“乃”。立伟还爱用“抑且”，这也有废名的味道。立伟以前没有细读过废名的作品，相似乃尔，真是奇怪！我觉得文章不可无奇句，但不宜多。龚定盦论人：“某公端端，酒后露轻狂，乃真狂。”奇句和狂态一样，偶露，才可爱。立伟初期的小说，我就觉得奇句过多。奇句如江瑶柱，多吃，是会使人“发风动气”的。立伟后来的小说，语言渐多平实，偶有奇句。我以为这也是好的。

立伟要我写序，尽两日之功写成，可能说了一些杀风景的话，不知道立伟会不会难过。

《到黑夜我想你没办法》读后

这几篇小说我是在一个讨论会开始的时候抓时间看的。一口气看完了，脱口说："好！"

这是非常真实的生活。这种生活是荒谬的，但又是真实的。曹乃谦说："我写的都是真事儿。"我相信，荒谬得可信。

这是苦寒、封闭、吃莜面的雁北农村的生活。只有这样的地方，才有这样的生活。这样的苦寒，形成人的价值观念，明明白白，毫无遮掩的价值观念。"人家少要一千块，就顶把个女儿白给了咱儿"，黑旦就同意把老婆送到亲家家里"做那个啥"，而且"横竖一年才一个月"，觉得公平合理。温孩在女人身上做那个啥的时候，就说："日你妈你当爷闹你呢，爷是闹爷那两千块钱儿。"温孩女人也认为应该叫他闹。丑哥的情人就要嫁给别人了，她说"丑哥保险可恨我"，丑哥说"不恨"，理由是"窑黑子比我有钱"。由于有这种明明白白的，十分肯定的价值观念，温家窑的人有自己的牢不可破的道德标准。黑旦的女人不想跟亲家去，而且"真的来了"，黑旦说："那能行？中国人说话得算话。"他把女人送走，就走就想，还要重复一遍他的信条："中国人说话得算话。"丑哥的情人提出："要不今儿我就先跟你做那个啥吧"，丑哥不同意，说："这样是不可以的。咱温家窑的姑娘是不可以这样的。"为什么不可以？温家窑的人就这样被自己的观念钉实、封死在这一片苦寒苦寒小小天地里，封了几千年，无法冲破，也不想冲破。

但是温家窑的人终究也还是人。他们不是木石。黑旦送走了女人，忍不住扭头再瞭瞭，瞭见女人那两只萝卜脚吊在驴肚下，一悠一悠的打悠悠，他的心也一悠一悠的打悠悠。《莜麦秸窝里》是一首很美的，极其独特的抒情诗。这种爱情真是特别：

"有钱我也不花，悄悄儿攒上给丑哥娶女人。"

"我不要。"

"我要攒。"

"我不要。"

"你要要。"

这真是金子一样的心。最后他们还是归结到这是命。她哭了，黑旦听她真的哭了，他也滚下热的泪蛋蛋，"'扑腾扑腾'滴在她的脸蛋蛋上。"也许，他们的眼泪能把那些陈年的习俗浇湿了，浇破了，把这片苦寒苦寒的土地浇得温暖一点儿。

作者的态度是极其冷静的，好像完全无动于衷。当然不是的。曹乃谦在会上问："我写东西常常自己激动得不行，这样好不好？"我说：要激动。但是，想的时候激动，写的时候要很冷静。曹乃谦做到了这一点。他的小说看来不动声色，只是当一些平平常常的事情叙述一回，但是他是经过痛苦的思索的。他的小说贯串了一个痛苦的思想：无可奈何。对这样的生活真是"没办法"。曹乃谦说：问题是他们觉得这样的生活很好。他们不觉得这样的生活是可悲的。然而我们从曹乃谦对这样的荒谬的生活作平平常常的叙述时，听到一声沉闷的喊叫：不行！不能这样生活！作者对这样的生活既未作为奇风异俗来着意渲染，没有做轻浮的调侃，也没有粉饰，只是恰如其分地作如实的叙述，而如实地叙述中抑制着悲痛。这种悲痛来自对这样的生活、这里的人的严重的关切。我想这是这一组作品的深层内涵，也是作品所以动人之处。

小说的形式已经不是一般意义上的朴素，一般意义上的单纯，简直就是简单。像北方过年夜会上卖的泥人一样的简单。形体不成比例，着色不均匀，但在似乎草草率率画出的眉眼间自有一种天真的意趣，比无锡的制作得过于精致的泥人要强，比塑料制成的花仙子更要强得多。我想这不是作者有意追求一种稚拙的美，他只是照生活那样写生活。作品的形式就是生活的形式。天生浑成，并非“返朴”。小说不乏幽默感，比如黑旦陪亲家喝酒时说：“下个月你还给送过来，我这儿借不出毛驴。”读到这里，不禁使人失声一笑。但作者丝毫没有逗笑的意思，这对黑旦实在是极其现实的问题。

语言很好。好处在用老百姓的话说老百姓的事。这才是善于学习群众语言。学习群众语言不在吸收一些词汇，首先在学会群众的“叙述方式”。群众的叙述方式是很有意思的，和知识分子绝对不一样。他们的叙述方式本身是情致的，有感情色彩，有幽默感的。赵树理的语言并不过多地用农民字眼，但是他很能掌握农民的叙述方式，所以他的基本上是用普遍话的语言中有特殊的韵味。曹乃谦的语言带有莜麦味儿，因为他用的是雁北人的叙述方式。这种叙述方式是简练的，但是有时运用重复的句子，或近似的句式，这种重复、近似造成一种重叠的音律，增加叙述的力度。比如：

> 温孩女人不跟好好儿过，把红裤带绾成死疙瘩硬是不给解，还一个劲儿哭，哭了整整一黑夜。
>
> ……温孩从地里受回来，她硬是不给做饭，还是一个劲儿哭，哭了整整儿一白天。（《女人》）

比如：

愣二妈跨在锅台边瞪着愣二出神地想。想一会儿撩起大襟揉揉眼，想一会儿撩起大襟揉揉眼。

……愣二妈跨在锅台边就看愣二裱炕席就想。想一会儿撩起大襟揉揉眼，想一会儿撩起大襟揉揉眼。(《愣二疯了》)

对话也写得好。短得不能再短，简单到不能再简单，但是非常有味道：

“丑哥。”

“嗯。”

“这是命。”

“命。”

“咱俩命不好。”

“我不好，你好。”

“不好。”

“好。”

“不好。”

“好。”

“就不好。”

我觉得有些土话最好加点注解。比如“不楔扁她要她挠”，这个“挠”字可能是古汉语的“那”。

曹乃谦说他还有很多这样的题材，他准备写两年。我觉得照这样，最多写两年。一个人不能老是照一种模式写。曹乃谦已经意识到自己的写法，别人又指出了一些，他是很可能重复一种写法的。写两年吧，以后得换换别样的题材，别样的写法。

长篇小说《玫瑰门》研讨会发言纪要

铁凝这部小说把我看懵了。看到四分之三处我还不甚明白，小说的新尝试、新探索是有冒险性的，这种小说我写不出来，小说的主题写的是人，人就是这样的，女人就是这样的，生活就是这样的。小说没对任何人进行判断，无所谓真诚、虚伪、善良、丑恶，这种对生活绝对冷静的态度很难得。司猗纹的形象比较丰满、复杂，“文革”中，她的整个行为动机就是挤入革命队伍，这也是“文革”所以形成后来局面的原因。苏眉比较单一，竹西是个真实、健壮的女人。小说的结构特别，大闪回，却不让人眼花缭乱。小说的语言也特别，让人想起废名的小说。有些语言思维让人怀疑是否用汉语思维，名词当形容词，形容词当动词用等。而英语“玫瑰”有光明、充满希望之意，“门”则是通道。

总之，铁凝应当承认写了一部小说，有些人写了等于没写。

推荐《孕妇和牛》

为什么要写一个孕妇？

写孕妇的小说我还没有见过。

这篇小说没有故事。就是写一个孕妇和一头牛（也是有孕的）作伴，去逛了一趟集，在回家的路上走。一路上人自在，牛也自在。后来，看见一个白花花的大石牌坊。后来，有一块“文化大革命”中被城里的粗暴的年轻人推倒的石碑。石碑上刻着字：忠敬诚直勤慎廉明和硕怡贤亲王神道碑。石碑被屁股们磨得很光滑。孕妇在石碑上坐下休息。后来，她向小学生要了一张纸、一枝铅笔，把十七个字描了下来。后来，孕妇和牛就回家了。神道碑肯定是有的。铁凝可能在光滑的石碑上坐过。铁凝也可能看到过一个孕妇。她于是坐在石碑上胡思乱想起来。一个大字不识，从来没有拿过笔的农村媳妇能够把这十七个笔画复杂的字照猫画虎地描下来，不大可能。然而铁凝愿意叫小媳妇描下来，为她肚子里的孩子描下来，她硬是描下来了，你管得着吗？

评论家会捉摸：这篇小说写的是什么？

再清楚不过了：写的是向往。或者像小说里明写出来的，“希冀”。或者像你们有学问的人所说的，“憧憬”。或者直截了当地说，写的是幸福。

古人说：“穷苦之言易好，欢愉之辞难工。”铁凝能做到“人所难言，我易言之”。这是一篇快乐的小说，温暖的小说，为这个世界祝福的小说。

人们爱用两个字形容铁凝的语言风格："清新"。我不太喜欢这两个字，因为被人用得太滥了。而且用于这篇小说也不太贴切(《哦，香雪》倒可说是清新)。我找不出合适的字眼来摹状这篇小说。吴语里有一个字：糯，有些近似。曾有一位上海女记者说过我的文章很糯。北方人不能体会这种感觉。吴语区的人是都懂的。上海卖糖炒热白果的小贩吆喝："阿要吃糖炒热白果，香是香来糯是糯"(其实是用铁丝编的小笼，把白果放在里面，在炭火上不停地晃动，烤熟了的，既不放糖，也不是炒)。"糯"只可意会，难以言传。细腻、柔软而有弹性……我也说不清楚。铁凝如果不能体会，什么时候我们到上海去，我买一把烤白果让你尝尝。不过听说上海已经没有卖"糖炒热白果"的了。

我说了半天，等于什么也没有说。也许什么都说了。科罗连柯说过：一个作家谈起另一个作家的小说，只要说"这一篇写得不错"，就够了。我也只要说一句话就够了：我很喜欢这篇小说。

这篇小说"俊得少有"。

贾平凹其人

贾平凹是当代中国作家里的奇才。他今年三十七岁，写了三十八本书。短篇、中篇、长篇都写。散文自成一格。间或也写诗。他的书摆在地下，可以超过他的膝盖。写得多的作家也有。有人长篇不过月，中篇不过周，短篇不过夜。写得多，而不滥，少。

平凹是商州人，对于中国古代文物古迹，尤其是秦汉时期的，有相当广博的知识，极高的鉴赏力，和少见的热情，平凹的书斋静虚村里就有好些坛坛罐罐，他朝夕和这些东西相对，摩挲拂拭，乐在其中。平凹是农家子，后来读了西北大学中国文学系，比较系统地泛览过中国古典文学。这样，他就不是一般意义上的“农民作家”。他读老子，读庄子，也读禅宗语录。他对三教九流、医卜星相都有兴趣，都懂一点儿。这些，他都是视为一种文化现象来理解，来探究的。他的《浮躁》写的是一条并不存在的州河两岸土著居民在开放改革的激变中的形形色色的文化心理的嬗递，没有停留在河上的乡镇企业、商业的隆替上。他把这种心理状态概括为“浮躁”，是具有时代特点的。这样，这本小说就和同类的写改革的小说取了不同的角度，也更为深刻了。

平凹的小说取名《浮躁》，他的书斋却叫作“静虚村”，这很有意思。“静虚”是老子思想。唯静与虚，冷冷淡淡，作者才能看清世态，洞悉人心。平凹确实是一个很平易淡泊的人。从我和他的接触中，他全无“作家气”。在稠人广众之中，他总是把自己缩小到最小限度。他很寡言，但在闲谈中极富机智，极富幽默感。作为“飞马奖”的评委，我觉得我们选了一本好书，也选了一个好人，我很高兴。

平凹的爱人小韩问平凹：你在创作上还有多少潜力？平凹说：我还刚刚才开始呢！他这样年轻，又有写不尽的、源源不竭的商州生活，这真是值得羡慕。但是我希望平凹重新开始时，写得轻松一点儿，缓慢一点儿，不要这样着急。从另一方面说，《浮躁》确实又写得还有些躁，尤其是后半部。人物心理，景物，都没有从容展开，忙于交代事件，有点草草收兵。作为象征的州河没有自始至终在小说里流动。

平凹将要改变“似乎严格的写实方法”“去干一种自感受活的事”。我也觉得这种严格的写实方法对平凹是一种限制。我希望他以后的写作更为“受活”。首先，从容一点儿。

愿他多多实验各种招数

——毕四海印象

一九八七年，中国作协组织一些作家到云南访问。山南海北，老中青都有。我是那一次认识毕四海的。他算是小字辈，每次上汽车总是钻到颠簸得很厉害的最后一排。他给我的印象是一条山东汉子，很豪爽，也很谦虚。有一次他和我同一个时间给业余作家讲课，他讲得很平易，只是说他写几个作品的心得体会，没有那些云苫雾罩、叫人莫测高深的话，从闲谈中，我知道他正在写，或者已经写完了两部表现山东商人的长篇，其中一篇是写瑞蚨祥的。我很感兴趣，写商人的小说我还没有见过，很想看看。

一别几年。去年年底，四海专程从枣庄来，带来一包他的中短篇小说选的样稿，希望我看看，写一篇序。为了照顾我的时间和精力，带来的只是一部分，两个中篇，几个短篇。

四海所写的环境，鲁中地区农村，或者更具体地说，亚圣公留下的一支后裔聚族而居的孟家庄，我是完全不熟悉的。这些小说写的是什么呢？有没有一个贯串性的主题？我以为写的是这个小小地区的人和事的变与不变。有几篇从题目上就可以看出作者的立意，如《古月·今人》《家雀子楼春秋》。变与不变是相对的。变，才能看得出不变；不变，才能看出变。这要付出很大的痛苦。四海给我看的小说，除了《白云上的红樱桃》，其余大都可称为痛苦的小说。

我很喜欢《石乡》。这是一篇写得饱满、结实、匀称的作品，没有多余和欠缺的东西。土子为了当新一代的农民，从一个细皮嫩肉的白面书生，熬练成一个粗犷强悍的石工，并成了石料场的场长，一个不大的农村企业的负责人，变得很精明，很有魄力。他的性格发展是可信的，也是令人感动的。他受过很多挫折，最后还不得不和一个女人较量一下。这个女人不是别人，是外号拉拉秧他的未来的丈母娘。他是她的对手吗？

“试试看吧！人活着，就要敢试试看。”

拉拉秧是个“年青青守寡，命苦，命苦而又不向命运低头的一个少见的女人”。野马了一辈子，英雄了一辈子。“主意来得快，定得也果断。”这个女人写得栩栩如生，她是可以理解的，甚至是可爱的。

《古月·今人》读了叫人不舒服。尚书花园是个古怪地方，似乎不断在发出霉味儿。住在花园的人都是一些不肖子弟，坐吃山空，百无聊赖。他们的性格是窝窝囊囊的，扭曲的，正如这家一个年轻媳妇所说：“她觉得这个大院子有点儿神神乎乎，大院子的人有点怪怪诞诞。”我觉得这个中篇写得比较杂乱。材料太多，很多情节都没有展开。如照白的掘藏，照白照青被日本兵烧死，都过于简单了。有些地方简直像是提纲。这样多的材料，其实是可以写成一个长篇的。

四海的叙述语言有时是动情的，但有时又极冷静。他一般不对人物作评价。不但对拉拉秧没有什么贬词，就是对四爷（《鱼鹰》）也是如此。他到底是一个威武不能屈的族长，还是一个落水的汉奸呢？都是。他就是那么一个人！

四海是很能编故事的（要不他怎能写长篇），但是，也有些完全没有什么故事。如《家雀子楼春秋》，如《蛙鸣》。《蛙鸣》本身就是一首散文诗。槐爷和香爷是变中的不变。但他们终于会变的，变得没有了。这是两首哀婉的挽歌，一抹历史的落日余辉。它们引起的不是对消逝的时代的依恋，而是更深远的遐思。我是很喜欢这两篇东西的，这当然只是我的偏爱。

四海是在语言、文体上下功夫的。他的语言一般是朴实的，顺畅的，但有时也要一点儿花招。比如把形容词当名词来使用：它有过三层藏书楼的巍峨；有过一个养鱼池的秀美；有过一片荷花淀的妖娆；有过许多钟乳石的灵奇；有过一棵白果树的悠久……（《古月·今人》）。我觉得偶一为之，未尝不可。他也写过一些把词语之间应有的逗号抽掉，变得很长的句子。如："夜里，老双脱了裤子赤条条睡在光溜溜滑油油黑秋秋却让人火辣辣急悠悠难忍难熬的席上……"（《魔钥》）四海这样写是有着他的道理的，这样不喘气的连片子嘴可以增加一点儿调侃的效果。事实上《魔钥》这篇小说就是带有讽刺揶揄意味的。（老双的那条短了三寸的腿忽然会棒子拔节一样长长了，这可能吗？）而且我觉得四海写这样长句子是在跟一些完全不用标点的青年作家开一个玩笑：你们那样干，谁都会，这没有什么奥妙！四海还算年轻，文体的可塑性还很大。我倒愿意他多多实验各种招数，不要过早地规矩老实起来。

日子就这么过来了
——徐卓人小说集《你先去彼岸》代序

是的，日子就这么过来了。

初读了这篇小说，我有点奇怪。为什么说是“斑斓的日子”？表嫂的日子过得实在很平淡，说不上有什么斑斓。但是稍想一想，觉得徐卓人是有道理的。表嫂的日子是斑斓的。一方面，很平淡，同时，又是斑斓的。平淡中的斑斓。这篇短短的小说写出了中国妇女巨大的承受力，什么困难也吃得消。就像那些土方，“总归要挑完的”。表嫂从来没有被日子压倒过，从来没有失去信心，并且充满了对生活的希望，对生活感到欣喜，对照片，也是对生活快活地叫着，“彩色的呢！哎呀，地里这么好！”

当然，“日子就这么过来了”，也溢出了对生活沉沉的感慨。逝者如斯夫。往事不堪回首。一个承受了那样多生活的重负的妇人有权利平平静静地说出这样的话。

日子之所以是斑斓的，是因为这世界上有女人。正如草地上有花。

女人是各色各样的。

喊家是很特殊的风俗，喊家的词句也很别致：“好哉……好放人哉……”只有江南水乡才会有这种又软又糯又酸溜溜的悠长的歌声。为什么要喊家？凤嫂的文不对题的话是最好的回答：

"我们女人……唉……""我们女人"怎么啦？"我们女人"需要被人爱，这有啥不对？

《湖塘里人》是一幅崇惠小景。做男人"一个常熟叫化鸡"这样的恶作剧只有孙二娘这样的江南水乡的泼辣女人才干得出来。给浑身泥浆，烤得难受的憨三盖上一大叠荷叶的水蛇腰不仅斯文、善良，而且很美，形神都美。不知哪位男客，自言自语咕了半句："唉，我们这些湖塘里人……"结尾宕开了一句，使这幅小景概括了更多的东西。这，就是湖塘里人。只有湖塘里，才有这样的人。

辣嫂真辣。为了庇护一个柔弱的男人，大撒其泼，为明心迹（实际上是掩盖心迹）竟用剪刀戳进了自己的胸膛。一个性格如此强烈的女人为什么会钟情于一个柔弱无用的光棍呢，这真是说不清楚。然而这是一个活生生的人。

《流年》是一篇非常温馨的小说。这篇小说里有一片奶香。几乎觉不出一点儿技巧的痕迹，只是一片真情汪汪地流动。作者毫不着力，无意感人。于是感人至深。

我忽然发现：徐卓人是个女作家。我感觉到作品中的女性。这本小说写了这样多的女人，各个不同，真成了"女性系列"。有些男作家也是擅长写女性的，但多少是从欣赏角度出发，多少是旁观的，多少有点男子气。徐卓人不是这样。她不是欣赏者，而是亲验者。只有女人才真正了解女人。只有女作家才能不费吹灰之力就能一下子把握住女人性格的美，和诗意。

有好几篇是怀旧之作，是对黄昏夕照的挽歌。过去的终归要过去的。这是无可奈何的事。有些陈旧的东西也真该扔掉，不能让它成为不堪承受的负累，像坤伯阁楼上那些坛坛罐罐。在无可奈何之中，便有新的希望在生长。因此，作者的态度是超脱的，并不低回。

《你先去彼岸》是本集中写得最深刻的。难怪作者用这篇小说的题目作为书名。这是一篇很沉痛的小说。小说写的是知青（南方叫“插青”）的心态，可以说是“心态小说”。这一代的知识青年是被抛弃的一代。他们是时代的流浪儿，他们的价值被糟毁了。他们失去了昨天，也失去了明天。他们没有寄托、没有追求、没有希望。他们有的是一腔怨恨，但又还有对生活的热爱，于是痛饮狂歌度日。他们要通向彼岸，彼岸是死。谁为为之？孰令致之？这一代知青的精神状态应该谁来负责？笼统地说：社会。包括“大队那个头头”那样的基层干部。他们手里有一个叫作“权”的东西，可以为所欲为，做尽伤天害理的事。勤妹为了不去大西北插队，把户口弄回来，竟然把自己“卖”了，答应嫁给大队干部的生麻风病的侄子？明天就是婚日。这样勤妹才请三个“插兄”来喝一顿酒，以致纵饮而死。这样的悲剧实在太惨了！

这篇小说的写法和其他各篇不同。小说的结构不是“故事结构”而是“情绪结构”。故事在这里是不重要的。小说并没有贯串性的故事。有些情节或细节都似乎与主题关系不大。比如打麻雀，烹制“肖郎头”等。但是这些情节和细节都写了人物的情绪。人的情绪总是忽起忽落，忽来忽去，飘飘忽忽，错错落落的。比如：

> 阿勇嘴上说只管看麻雀，却觉得看到的只是竹梢摇曳。阿勇这时心头一怔忽然想到慧觉和尚拜师的故事。老和尚那日讲经就叫全体徒子徒孙看佛门一面迎风飘动的旌幡，喝声

“看！什么在动？”徒子徒孙哇啦啦呼着“旗动！”“不，风动！”“旗动风动旗动风动……”老和尚猛喝一声：“都是尔等心动！”

阿勇打麻雀，为什么会忽然想到慧觉和尚的故事？这真是没来由，没道理。但是人的思绪就是没道理的，为什么不能忽然想起毫不相干的事？如果你一定要问：这表现人物性格的一个什么侧面，有什么寓意？我就要问问你：你的心目中是不是还有一个关于小说的传统的观念，你的阅读习惯一下子改不过来？

有时作者的叙述和人物的思绪同时活动，以至于分不出第一人称和第三人称。比如：

勤妹一怔，月光下脸色苍白，眼里沁出泪水来，阿勇呆了几秒钟，心里一阵懊恼，是你蛮横，是你无理，是你自己请人家来的，你神枪手的枪下跑丢了马，可你屙屎屙不出怪茅坑！好了，现在你心里嘟哝着沮丧地叫小女人“你回去，否则到天亮也打不到一个麻雀。”你就把枪搭上肩潇潇洒洒大步跨出去，可你又犹豫着回过头来莫名其妙地说一句“反正谁娶了你做老婆是运气！”你前言不对后话，说这些没头没尾的话，你居然自己也不懂到底为了什么！这小女人本与你桥归桥，路归路，与“老婆”两字毫无牵连，可你怎么突然想出了“老婆”两个字？

这就是所谓“意识流”。

小说多处写了感觉。有的感觉是超常的，然而是真实的。比如：

阿勇意想不到，勤妹的眼中此刻映着两个月亮！

这样徐卓人的小说就跨进了另一个时期，从抒情进入“现代”。一个新的徐卓人正在露头。

如果用最简短的语言来概括徐卓人的风格，可以赠之以一个字：秀。当然，《你先去彼岸》已经不是一个秀字所能覆盖，这篇小说比此前的一些淡彩小景要丰富得多，复杂得多。然而，成篇依然透出一股秀气。

吴语地区的作家大都遇到一个困难：他们赖以思维和表现的语言是普通话，但这和他们的母语有相当大的距离。因此，吴语地区作家的小说往往缺少语言美。卓人也是用普通话思维的，但语言中保留了吴语的韵味，这是很难得的。我希望卓人能深入研究吴语的魅力，保持自己的特点。当然，不要为了具有江南特点，过多地装点吴语的句式和词汇。

卓人的语言是清新流畅的，不"玩儿"语言，偶尔有些段落标点用得很少，比如《流年》的结尾。我看这样写不但是可以的，甚至是必要的，不是玩儿什么花样，不是把应当省的标点抽掉，而是作者的思维中本没有标点。作者的感情的激流一泻而下，不能切断。这样痛快淋漓的宣泄，到我要去找，是了，我要去找！收住，就非常有力度。

要说缺点，是有些篇失之冗长。《他带着遗憾离去》，这个缺点最明显。篇幅长的，易于冗长，短的，尤其要注意。字数只有那么多，多一句，就会显得累赘。尤其是结尾。《湖塘里人》《斑斓的日子》结尾都是很好的，很俏，而有余味儿。《铜匠担》结尾就有点拖沓。最后一段可以不要，到"我离婚了……"就够了。

近二年我给好几个青年作家的集子写了序，成了写序专业户。徐卓人要我为她的短篇小说集写一篇序，我有点踌躇，因为我没有看过她一篇小说。我会不会说一些言不由衷、不负责任的话？读卓人的小说集两遍，我很乐意为之写序。我愿意负责地向读者推荐这本小说，推荐这个很有才华的女作家。请相信一个从事写作半个世纪，今年已经七十二岁的老人的诚意。

是为序。

忙中不及作草

“家贫难办蔬食，忙中不及作草。”我很想杜门谢客，排除杂事，花十天半个月时间，好好地读读阿成的小说，写一篇读后记。但是办不到。岁尾年关，索稿人不断。刚把材料摊开，就有人敲门。好容易想到一点儿什么，只好打断。杨德华同志已经把阿成的小说编好，等着我这篇序。看来我到明年第一季度也不会消停。只好想到一点儿说一点儿。

我是很愿意给阿成写一篇序的。我不觉得这是一件苦事。这是一种享受。并且，我觉得这也是我的一种责任。

我把阿成的小说选稿通读了一遍（有些篇重读过），慨然叹曰：他有扎扎实实的生活！我很羡慕。

我曾经在哈尔滨待过几天。我只知道哈尔滨有条松花江，有一些俄式住宅、东正教的教堂，有个秋林公司，哈尔滨人非常能喝啤酒，爱吃冰棍……

看了阿成的小说，我才知道圈儿里，漂漂女，灰菜屯……我才知道哈尔滨一带是怎么回事。阿成所写的哈尔滨是那样的真实，真实到近乎离奇，好像这是奇风异俗。然而这才是真实的哈尔滨。可以这样说：自有阿成，而后世人始识哈尔滨。——至少对我说来是这样。

一个小说家第一应该有生活，第二是敢写生活，第三是会写生活。

阿成的小说里屡次出现一个人物：作家阿成。这个阿成就是阿成自己。这在别人的小说里是没见过的。为什么要自称“作家阿成”？这说明阿成是十分意识到自己是一个作家，意识到自己作为一个作家的责任的：要告诉人真实的生活，不说谎。这是一种严肃的，痛苦入骨的责任感。阿成说作家阿成作得很苦，我相信。

《年关六赋》赢得声誉是应该的。这篇小说写得很完整，很匀称，起止自在，顾盼生姿，几乎无懈可击。这标志着作者的写作技巧已经很成熟，不只是崭露头角而已了。现在的青年作家不但起步高，而且成熟得很快。这是五十年代的作家所不能及的。

但是这一集里我最喜欢的两篇是《良娼》和《空坟》。这两篇小说写得很美，是两首抒情诗，读了使人觉得十分温暖（冰天雪地里的温暖）。这是两个多美的女性呀，这是中国的，北国的名姝，是我们这个民族的无价的珠玉。这两个妇女的生活遭遇很不相同，但其心地的光明澄澈则一。

这两篇小说都是散发着浪漫主义的芳香的。因为他对这两个妇女以及其他一些人物怀着很深的爱，他看到她们身上全部的诗意，全部的美，但是阿成没有说谎。这些诗意，这些美，是她们本来有的，不是阿成外加到她们身上的。这是人物的素质，不是作者的愿望。

一个作家能不能算是一个作家，能不能在作家之林中立足，首先决定于他有没有自己的语言，能不能找到一种只属于他自己，和别人迥不相同的语言。阿成追求自己的语言的意识是十分强烈的。

阿成的句子出奇的短。他是我所见到的中国作家里最爱用短句子的。句子短，影响到分段也比较短。这样，就会形成文体的干净，无拖泥带水之病，且能跳荡活泼，富律动，有生气。

谁都看得出来，阿成的语言杂糅了普通话、哈尔滨方言、古语。他在作品中大量地穿插了旧诗词、古文和民歌。有一个问题我还没有捉摸清楚：阿成写的是东北平原，这里有些人唱的都是西北民歌，晋北的、陕北的，阿成大概很喜欢《走西口》这样的西北民歌，读过很多西北民歌。让西北民歌在东北平原上唱，似乎没有不合适。民歌是地域性很强的，但是又有超地域性。这很值得捉摸。

阿成有点“语不惊人死不休”，他用了一些不常见的奇特的字句。这在年轻人是不可避免的，无可厚非。但有一种意见值得参考。宋人范晞文《对床夜语》云：

> 诗用生字，自是一病。苟欲用之，要使一句之意，尽于此字上见工，方为稳帖。

他举出一些唐人诗句中的用字，说：……皆生字也，自下得不觉。

诗文可用奇字生字，但要使人不觉得这是奇字生字，好像这是常见的熟字一样。

阿成的叙述态度可以说是冷峻。他尽量控制自己的感情，不动声色。但有时会喷发出遏止不住的热情。如：

> 宋孝慈上了船，隔着雨，俩人都摆着手。
>
> 母亲想喊：我怀孕了——汽笛一鸣，雨也颤，江也颤，泪下来了。

冷和热错综交替，在阿成的很多小说中都能见到。这使他的小说和一些西方现代作家（如海明威）的彻底冷静有所不同。这形成一种特殊的感人力量。这使他的小说具有北方文学的雄劲之气。我觉得这和阿成的热爱民歌是有关系的。

阿成很有幽默感。

《年关六赋》老三的父亲年轻时曾和一个日本少女相爱。

新中国成立后若干年，这事被红色造反派知道了。说老三的父亲是民族的败类，是狗操的日本翻译，一定是日本潜伏特务。来调查老三的母亲时，母亲说："怎么，干了日本娘们不行？我看干日本娘们是革命的，大方向是正确的。"

看到这里，没有人不哈哈大笑的。

老三是诗人，爱谈性，以为"无性与中性，阴性与阳性，阳性与阴性，阴阳二者构成宇宙，宇宇宙宙，阴阴阳阳，公公母母，雄雄雌雌，如此而已"。老三的阴性，在机关工作，是党员，极讨厌老三把业余作家引到家里大谈其性。骂他没出息，不要脸，是流氓教唆犯："准有一天被公安局抓了去，送到玉泉采石场，活活累死你！"

我最近读了几位青年作家（阿成我估计大概四十上下，也还算青年作家），包括我带的三个鲁迅文学院的研究生的作品。他们的作品的写法有的我是熟悉的，有的比较新，我还不大习惯。这提醒我：我已经老了。我渴望再年轻一次。

我对青年作家的评价也许常常会溢美。前年我为一个初露头角的青年作家的小说写了一篇读后感，有一位老作家就说："有这么好吗？"老了，就是老了。文学的希望难道不在青年作家的身上，倒在六七十岁的老人身上吗？"君有奇才我不贫"，老作家对年轻人的态度不只是应该爱护，首先应该是折服。有人不是这样。

在读着阿成和另几位青年作家的作品的过程中，一天清早，迷迷糊糊地做了一个梦，梦见一头骆驼在吃一大堆玫瑰花。

一个荒唐的梦。

野人的执着

野莽的小说有不少篇是写乌山人的。这些人被封闭在大山里，过着基本上是与世隔绝的生活。那里的山、水、人，都没有被污染。没有被现代文明和商品经济所污染。他们生活在亘古不变的自给自足的小农经济形态之中。似乎这是一个被时代遗忘的角落。他们生活得很简单，很真实，很高尚，很美。一种原始的、粗糙的美。就像山，像石头，像树。这是一些野人。

到底有没有野人？《故事》写得扑朔迷离。“说是四十多年前徐氏被一红毛野人背去深山古洞里住了半年”，“说是”而已。但又说“徐氏时常登峰去望。她两眼锐利如同少年，望得见洞口，却望不见背她入洞的红毛野人以及寻杀野人的男人”。这是作者用自己的口说出的话，红毛野人似乎是有。中国的大山里有没有野人，一直是一个谜。但我们宁可相信，野莽这篇小说是一个寓言。

《杀天》里，作者着力刻画了一个具有超常的蛮力气、蛮性情的蛮汉。也许作者要把他写得很突出，看起来有点用力太过了。我倒对那个没有名字的吴家大女子印象很深。大女子原来同意当蛮牛的媳妇子，但大女子的父亲瘸腿老汉得了一担彩礼、一头猪，把女儿嫁给了一个没长齐全的小人儿，蛮牛身上有大火烧，心里有野兽吼，他用弯刀砍核桃树，砍猪，砍自己，他倒在地上，猪血和人血染了一身。大女子跪在他身边，为他洗去脸上的血，一边洗，一边哭，一边哀哀地诉说：

好人，恩人，蛮人，你听我说，我这辈子对不起你，对不起你娘，我下辈子一定给你做女人。你变牛，我变牛，给你下牛崽；你变鸡我变鸡，给你下鸡蛋，抱鸡娃！蛮牛哥，我这回说话一定要作数……

我不知道世界上还能不能找得到比这更真纯，更诚恳，更死心塌地的誓言！

《领土》是一个传奇故事，华家女娃子是个传奇人物（野莽笔下的乌山人物都带点传奇性）。华家女娃子（他是个男的）为什么要弃绝人世，一个人跑到大山里过绝对孤独的狩猎生活呢？谁也不得其解。但是华家女娃子是可爱的。那个从山上摔下去，被华家女娃子救活，在他们石屋里住了三个月的放牛女也很可爱。她天真到极点：她说过年在石屋里吃得极好，尽是野物肉，用盆舀，用手撕，过了十八个年，数这个年快活。

《乌山人物》（三题）的《三夫》写得很干净，很顺，很轻松。恶女小红，从小出村要饭。“虽然叫化，却与世上大多叫化子不同，人骂她，她骂人。人打她，她打人。人唆狗咬她，她拣石打狗。”她克死了两个丈夫。第三个遇到的是养公猪给人家母猪配对做种的“脚猪佬”。脚猪佬要她“跟他”，她大骂了几个回合，“与脚猪佬对看良久，见那双乌黑大眼火光闪闪直要将人心燃烧冒烟，心便萌然动了，偌壮个身子一时支撑不住，一头扎进脚猪佬怀中，说出一句一辈子未曾说过的温柔的话语：我八字硬，克死了两个男人。”

这话说得可真是温柔！

我很喜欢《黄帽子》。这是一篇现代小说，写得平铺直叙。平铺直叙是现代小说的一个重要的特点。不搞突出，不搞强调，不搞波澜起伏，只是平平常常地，如实地，如数地把生活写出来。作者不泄露感情，甚至看不出对这种生活的态度。而态度自在其中，可以意会。《黄帽子》写的是一个极其平常的生活片段。乌山少年跟他们父亲乌山汉子从乌山到大地方来修路。他们戴上了黄帽子。小黄帽子听说中国人要和外国人比武，他想看看，要看看中国人赢还是输。路修完了，他不回去。比武的票价要一百多块，他不考虑。没地方睡，睡桥洞，他一点儿都不犹豫。回去时没车费了，他没想过。他一门心思就是要看比武。他的念头非常执着，雷也打不动。这种超乎功利，完全不为钱物所役累的执著，是山里人，野人的，极其可贵的性格。这种执著是坚贞的，超脱的，远离一切俗气和市侩主义的。

为什么野莽要写这些野人，写这些野人的真实、高尚和执著，写他们身上的原始、粗糙的美？我想这是对于在浮躁扰攘的现世中行将失去的先民的道德标准、价值观念回归的呼唤。“礼失而求诸野”，在铸造民族感情、民族心理的过程中，这种呼唤，我以为是有意义的。这，我想就是野莽小说可能产生的社会效益。至于它是不是属于“主旋律”，那另说。

说实在的（这是近年来北京人流行的口头语），读野莽的小说（我大概通读了四遍），我有时有点“起急”，我觉得有点什么东西还不够。缺点什么呢？我想是悲凉感。这种悲凉不是源于封闭的深山，而是出于对现实生活的抗议。

野莽的小说还涉及另外的生活面。如《红裤子》可以说是两种文化的撞击；《临街的坟》写当代青年的失落感……这些我都没有深思过，说不出所以然，故不论；今只就其写乌山人物诸篇略抒所见。强作解人，可笑可笑！

我是不喜欢小说中大量写景的，但是我对乌山有一种强烈要求，希望野莽能把乌山景色好好写一写。

野莽的语言有特色，不止一体。有些篇的语言有文言成分，颇有拗句，如：

> 恶女只不容这般诬蔑，每逢如此情况，便吵便骂。亦极会骂，形容生动，骂声悦耳，且配之姿式，左手提捆稻草，右手握柄菜刀，口骂手剁，寸草落地，将这断草比作挨骂人该剁的脑壳。遇有答言者，干劲儿倍加，手拍屁股拍得山响，双脚蹦离地皮，且拍且跳且骂。……

这种语言可以产生陌生化的效果，嘲谑的效果，无可厚非。但只宜因所写之人、之事而异。篇篇都是这样的语言，即恐流于游戏。

《花帜》印象

我最近很忙，梁凤仪赠给我的书没来得及看。昨天下定决心，用一天时间突击读书，不想一天客人不断，只看了一本《花帜》，还没有看完。这样跑百米式的看书，是说不出什么来的。我只能谈一点儿印象。

梁凤仪的小说主要是写香港的。这是一个花花世界。小说所写的生活、环境、人物，股票、地皮，醉涛小筑、豪华酒店，金融大亨、豪商巨贾、名花艳妇、乃至黑社会人物……这些都是大陆读者所不熟悉的。但是从梁凤仪的叙述描写中，我们可以感受到这个大商港的声音、颜色、气味儿，觉得还是可以了解的。梁凤仪的小说具有很大的认识作用。将来香港回归，梁凤仪的小说是有参考价值的。

《花帜》所写的主要人物是杜晚晴，这是一个很独特的典型，她是一个交际花，一个高级的妓女。她的外祖母是“老辈”，母亲是红舞女，这一家可谓“娼妓世家”。但是杜晚晴的品格很高，美而不俗，可以说是“出淤泥而不染”。

她靠她的“服务”挑起了几代人的生活，忍辱负重，无矜色，无怨言，很难得。

她身在花国，却有侠气。她在顾世均濒于破产的时候拉了他一把，不图什么，只是为了友情。她保护了误杀黑社会头子的儿子的罗某，甚至因此而被歹徒洒了镪水。照北京话说，这个女人很“仗义”。

杜晚晴很聪明。她周旋于众多的金融巨头之间，应付裕如，大大方方，举止言谈很得体，很有分寸，而且很诚恳，不是像上海话所说的“灌米汤”。她为了帮助顾世均而向许劲借钱，小说写她和许劲的对话是很精彩的。

> 真是个明白人，许劲暗暗称赞。且忽然感动了，握着晚晴的手，说：
>
> “如果我有一天也蒙尘落难，你也一样如此待我。”
>
> “但愿没有那么一天！”
>
> 许劲知道杜晚晴并不滑头，不会巴巴的卖弄一张只会逗人的嘴。她跟顾世均的情分不同，任何人都知道是谁带杜晚晴出身。如果晚晴轻率地答：
>
> “劲哥如果有难，晚晴赴汤蹈火，在所不惜，一定救你于水深火热之中。”
>
> 这么一说，反而是巴结之辞，而缺真诚。
>
> 杜晚晴不是这么低装的一块料子。她的义气是千真万确的，是踏实的，这才惹人好感。

梁凤仪的小说是情节性小说，但在情节的进行中时常会出现一些带哲理性的议论。比如：

> 任何人赚到手的钱都是血泪钱，不因人从事的贵贱职业而异，苦力如是，娼妓如是，财阀如是。

比如：

> 她从未思考过这样深入的，却苛刻得令她微微感到痛楚的问题。
>
> 她望出车窗之外，甩一甩头，不打算再钻牛角尖。
>
> 彼此都是没有选择的人。

司机不能走出去。

晚晴不能走回来。

于是，都只有心平气和，循着命运的安排好好地生活下去。

长城在望了。

这些对于人生的感喟都是夹叙夹议，水到渠成，顺理成章，不是生硬地卖弄哲理，因此很自然。这些议论提高了小说的思想深度。

梁凤仪的语言有其特点，很快。句子、段落都很短，有跳动感。这是符合生活节奏，也是符合人物的心理节奏的。

梁凤仪写作惊人地快。太快了，有些地方就难免稍欠推敲，不够凝练。

致宋志强（一）

宋志强同志：

你寄给我的《大同市文学作品选》我一直没有看，——我收到的书刊较多，来不及看。昨天偶然翻翻，才发现书里还夹着你的一封信。信末署明的日期是一九八四年十二月二十四日，距现在已经半年多了！

从信中知道《作品选》里有你的一篇《花鸟情趣》。我看了两遍，总的印象是：有点意思，不够理想。

主要问题是没有写出铁林这个人来。或者说，没有把铁林这个人写透。小说结尾处写了铁林的性格特征，也是思想特征，也可以说是他的人生哲学："咱们人嘛，活的无非就是一口气。"这是点了题了。但是前面写他养花、养鱼、养鸟这点特征写得不够。《庄子》记庖丁解牛，庖丁说："臣之所好者道也，进乎技矣。"铁林应该有他的关于花、鸟、鱼的"见道之言"。比如："人要强，花也就要强。花是知道养花人的心的，它知道你要它开得比谁家的花都大，都好，都香。花就说：'好，我就给你开！'""你给鸟多下一分心，鸟就给你多长一分本事。鸟是不吃昧心食的。多喂一口活食，它就给你多哨一点儿玩意儿"……之类。更重要的是，通过他的行动，表现他的独特性格。比如，他养鸟的笼子是自己做的。见人家有好笼子，他会要求人家借给他看两天，然后就选材、破料、刮篾，做揜底、笼圈、"葫芦"（北京人把笼上安钩的曲头叫作“葫芦”，大同不知叫什么）……磨光、上蜡，照样做出一个，比借来的那个还好。他的笼钩是“洋金”的，他的鸟食罐都是旧货，“全堂”（即一套），“粉彩”鸡罐、“油红彩”的金鱼罐、康熙青花……他的笼罩不能是背心、秋裤改制的，他会把老伴新买的的确良裤料裁成几布笼罩，而且安了镀铜的拉锁……总之，要通过各种细节，把这个人不同于“常人”之处写足，把他写得更丰满一些。你现在的材料不少，但都是开流水账似的“数”过去了。要“抻”得开，“铺”得到，要把人物写得更丰满一些。你当然明白我的意思，不是叫你没话找话说，加进很多水分。写小说，要简练，但简练不等于简单。一方面，要控制得住，能少说就少说；另一方面又要“撒”得开。否则，味道不浓。

建议你把叙述次序颠倒一下，先说花，次说鱼，再说鸟。本来他的爱好也是“先是花，后是鱼，完了是鸟”。而且重点是鸟，花和鱼只是陪衬，不能轻重倒置。

鸽子事件不够突出。段长怎么报复他了？我觉得段长除了唆使造反派斗他，打他，最毒辣的一招是带了一伙小将把他的花拔了好些，鱼缸砸破了几口，鸟笼踩扁了几只，鸽屋捣毁了几间，而且给他定的罪名是“搞四旧”，“提笼架鸟，——地主老财的生活方式”……他应该在一气之下，把花盆全砸了，鸽子送了人，鸟都开笼放了。

“文革”之后，那位段长应该遭到一点儿惩罚，可以把他的段长“抹”了。

“文革”之后，人心舒畅，应该稍写两笔。铁林之恢复养鸟，应该也是受了别人的影响。——北京“文革”期间即无人养鸟，养鸟人都是“四人帮”粉碎后再恢复爱好的。

我的意见未必妥当，供参考。——小说最后的一段可以不要，太“白”了。

题目不好，这写的不是“情趣”，可以改为《花·鸟·鱼·人》或别的。

你送给我的酒和醋都收到了。酒早已喝光，醋还有一瓶未动。谢谢你。以后望勿给我捎东西。

《晚饭花集》早该出来了，出版社搞了一个荒唐的错误，把封面上作者的姓名印错了，不是“汪曾祺”，而是“常规”，真是莫名其妙！现在只好把印出的书的封面全部撕掉，重印，重订！这一拖恐怕又得两三个月。

《汉武帝》还未动笔。很难。

我身体还好。七月以后，可能要随中国作家团到香港去一趟。

匆复，信写得很草率，望谅。

即候

时绥！

汪曾祺

致宋志强（二）

宋志强同志：

昨天看到来信和稿子。我近日事忙，只能简单说点意见。

直率地说：这篇东西不行。首先，你要表达的是一种什么思想？你要写的是一个什么人？你对他持什么态度？你可以把他写成一个看起来很积极，但实在毫无头脑，属于“浅思维”型的那种人，从而反映出中国矿工的愚昧的一面，并透视出隐藏在平淡生活下面的历史的悲剧性；也可以写成是一个外表憨愚，浑浑噩噩，迟钝、蹒跚，说不出一句整话的使人失笑的庸常汉子，然而却在灵魂深处闪耀着高贵的微光，闪耀着人性的美。现在却什么也不是。读后印象模糊，不能唤起悲悯、同情、喜悦和深思。

因为你没有把握住这个人物的“核”，所以他的一系列行动便缺乏内在的联系，显得不相连属，可有可无。他出席群英会后，回来汇报，讲吃得好，讲主席老汉吃得好，应该是有特点的。但是因为你自己没有一个角度，缺乏你的“主体意识”，所以并不那样使人失笑。他为什么是个斜眼？斜眼对他的生活造成什么影响？特别是在他的最高动作的瞬间造成什么影响？假如让我写，我就会写在主席老汉出场的时候，摄影记者要拍英模鼓掌欢迎他的镜头。主席老汉还和大家握了手，也和李福贵握了手，摄影记者抢了一个镜头。这张照片应该是很珍贵的，报纸要发表。但是经领导审查，扣压了，因为照片上他的眼睛不是看着主席老汉，而是看着别处。不但缺乏热情，而且很不敬！并且，把记者送给他的照片也没收了。

每一个细节都应该是有用的，对完成你的思想直接或间接有作用。都应该浸透你的主体意识。并且在每一个细节上都要注入你自己的想象。否则细节就是平淡的。

那三个青年和这个“人物”有什么关系？是不是从他们的谈论中反射出这个人物的性格？现在没有。

为什么这个故事要写成发生在汽车上？汽车和这个人有什么关系？要不，把汽车写成一种象征，有某种寓意。比如，象征着时间的飞驰……要不，这辆汽车曾经送李富贵去开会，又曾接他回来。汽车的女售票员见过李富贵，她有她的看法，并且也断断续续参加了三个青年的谈话。

仅仅凭一点儿见闻，就写小说，是不够的。小说，要经过作者思考。要把一点儿事从宏观上、微观上反复审视，直到真正从中攫出某种生活的意义，真正“发现”了一点儿什么，才能动笔。现在，这篇东西材料已经够了，但是缺乏思考。

建议你看看陈建功写矿工的小说。找两本美国的斯坦贝克的小说——如《人鼠之间》看看。

不要着急。应该承认，你现在距离成为作家，还有相当长的路程。

小说稿暂留我处，如需要，请来信，当寄还。

问好！

汪曾祺

“春兰·世界华文微型小说大赛”作品评语

《小站歌声》

这是一篇凄凉的小说。

苗老师要离开山村、离开学校了。老师原想在深夜里悄悄走的，没想到全班四十个学生都站在车站上为她送行。

班长说：“咱们为苗老师唱一首《好人一生平安》吧！”

歌声表达了孩子们对老师的爱戴、不舍，也寄托了四十个孩子对老师的祝福。

火车徐徐开动，孩子追着火车唱。

苗老师在车上失声痛哭。

小说的结尾出人意料的。苗老师告诉学生，说她要到千里之外的地方和男朋友结婚，以后不回来了。她没有让孩子知道，她不是去结婚，而是三天前体检，查出了她患了白血病，她的“一生”就要结束了。

孩子们不知道老师得了白血病，他们还祝福老师一生平安。这增加了这篇小说的凄凉。

小说的感情是含蓄的，眼泪是尽可能地深藏着的。

这是一首用小说形式写的抒情诗，或者可以说是一篇抒情诗体的小说。这样的诗体小说，在目前的小说里是不多见的。

《除法》

这是一篇奇特的小说。从思想（内容）到形式，都很奇特。因为奇特，所以叫作“荒诞小说”。什么是“荒诞”？就是不知道说的是什么。

分蚊子，这种事在生活里是没有的，非现实的。但是这种人却是有的，是现实的：他们热爱除法，竭力保卫除法的原则，除法的科学性。蚊子咬是次要的（当然也不好受），但除得尽除不尽是更重要的。他们是政治家。

这篇荒诞小说是我这次仅见的一篇。但是小说不可没有荒诞。如果没有荒诞，就没有现代文学。

《新式扑克游戏》

这当然是一篇讽刺小说。

名片这东西不知始于何时，大概很早了，原来是木头削成的，上面写字，叫作“名刺”，汉朝以后改用纸，但也还叫“名刺”，或叫“谒”，或叫“名帖”。名帖比较大，有四指宽，一拃长。后来改小了，由软纸改为卡片。名刺原来是手写的，而且多半是“投刺”的人自己书写的。后改为铅字印刷，也缩小到扑克牌大小，就成了现在通用的名片。“名刺”原来所起的作用是自我介绍而已，一般只是写上自己的名字。偶尔也有写出官职的，但较少。现在的名片都印了“片主”的官衔职务。有的名片在左上角印了好多称呼，好几行，一大排。名片官衔多，反映了当前一定程度内的价值观。

到了一个地方去办事，开会，乃至应酬吃饭，都会接到好些名片，越积越多。好多“片主”的姓名、模样、在何处高就，我早就没有印象，可是又不能丢掉，真不知如何处理。

有两位坐火车的老兄想出一个高招：用名片打扑克。这主意不错。打这种新式扑克，也得立点规矩：官大的“牌”（名片）压官小的，大官可以把小官吃掉。

但是这也有困难，因为“片主”不属于一个系统，谁的官大，谁的官小，不好确定。一个地区文联办公室主任和一个饭店的特一级厨师，谁的官大？

名片并不能反映一个人的价值。

因此我对越积越多的名片，无法处理，只好把它们堆在抽屉里。

《中国寻根小说选》序

“寻根”是一个模糊的，混乱的概念。一人一个说法，谁也说不清楚。提出“寻根”的几位青年小说家，谈论“寻根”的评论家，都说不清这究竟是怎么一回事，他们把自己都说糊涂了。这种糊涂，也许倒是好事。“寻根”本来就是一种愿望，一种追求，一种冲动，没有一个统一的规格和尺度。不可能有一杆公平秤，能约出来这是“寻根”，这不是。反正，这是中国有过的，谁也不能否认的一个文学现象。并且，这不像一阵风一样，刮过去就完了，它的影响是深远的。

“寻”什么“根”？寻文化的根。简单地说，就是企图疏通当代文学和传统文化的血脉，我以为。

新时期的文学屡次易帜，从“伤痕文学”“反思文学”到“寻根文学”是合乎逻辑的历史发展。从反思文学引起对文学的反思，是很自然的。反思的结论之一，是当代文学缺少一点儿东西——文化。

有人说“五四”是中国文化的断裂。未必是这样。五四时期，对文化问题有过一些偏激的提法，但是事实上五四运动的主将并没有彻底否定传统文化。真正的断裂可能是从四十年代起。相当长时期以来，我们只是强调一定的文化是一定的政治经济的反映，而比较忽视文化的相对的独立性和继承性。对于传统文化多谈批判，少谈继承。文化是一个宽泛的概念。文化有阶级的属性，但是它又能突破阶级的局限，成为全民族的东西。文化要受时代的制约，但是它的生命力又可以延续到产生它的时代以后。封建时代的文化不都是封建文化。而在我们一些人的头脑里，这二者几乎是等同的。这就形成了断裂。三十多年的文学不重视传统文化对现实生活的影响，在人物心理上，在生活场景的表现上。这是事实。这就使一些作品停留在外部事件的表述上，削弱了作品的深度。这是四五十年代的文学的一个缺陷。是一些敏感的青年作者发觉了这一点，他们要在现实生活中去捕捉依然活脱的文化传统。这种努力，我以为未可厚非。

对于“寻根”不能讲得太死。一定说某个作家，某篇作品寻的是什么根，有时就会流于胶柱鼓瑟，刻舟求剑。不同的作家寻根意识的深浅也不一样。寻根小说受到指摘的一点，是这些人寻根寻到了深山老林，蛮荒时代，意思是逃避现实。这是一种误解。韩少功有几篇小说是有意去寻找远古的湘鄂文化的，突出的代表是《爸爸爸》。但是韩少功并没有把那样的生活当作羲皇盛世来歌颂，引导读者缅怀向往那样的时代，返璞归真，脱离尘世。这篇小说读了之后，是叫人非常痛苦的。这种依然保留杀人头祭谷神风俗的巫鬼文化是叫人颤栗的噩梦。但是我们相信，韩少功所写的那样的生活是真实的。这是我们民族的胎记，有什么可讳言的？为什么不能写？有人对这样的小说反感，是因为他们心中还横亘着一个“两结合”的方法，他们害怕真实，需要说谎的浪漫主义，愿意听一些吉祥如意的“拜年话”。寻根小说的作者的确很少说“拜年话”。他们一般是怀着沉重的心情看过去的。他们的作品会引起读者对于民族文化的憬悟。我认为这些作者是入世的。他们是立足于现实看过去的。有些寻根小说与古代哲学思想有关系。人们很愿意在这些小说寻找老庄、寻找禅宗佛学。

但不是人人如此，篇篇如此。阿城的《树王》把人和自然融为一体，树死了，人也死了，这种“天人合一”的思想诚然和道家思想有关。但是《孩子王》就看不出有多少道家思想。贾平凹的“商州系列”是闪烁着秦汉文化的斑斓色泽的，但是究竟哪里是秦，哪里是汉，谁也无法确指。秦耶？汉耶？将近代耶？他写的仍是活生生的当代生活，不能说贾平凹的立意就是在寻找秦汉文化。李杭育的“葛川江系列”也很难说与断发纹身的越文化有多少直接的关联。本集所选《最后一个渔佬儿》，就是这样。“最后一个……”是一个世界性的题目，这样题目的作品大都是挽歌，写的是一种文化，一种风俗的消逝。《最后一个渔佬儿》写的只是在社会的（渔霸垄断）和自然的（环境污染）压迫下，渔民的安定自足的生活方式的消逝，不一定就是越文化的消逝。王安忆的《小鲍庄》可以说是寻根小说的“外围”作品。说它是寻根小说也可以，说不是寻根小说也可以。有人说安忆这篇小说寻的是汉文化的根，儒家思想的根，我以为这不无勉强。把王安忆和儒家拉在一起，有些滑稽。如果说这跟儒家思想有一点儿关系，那是间接又间接的。不能因为小说里出现“仁义”字样，就说这是儒家。这种茄子辣椒式的分类法，未免过于简单。“寻根”是一个流动的，不固定的概念，我希望评论家“毋意、毋必”，不要搞得“日凿一窍，七日而混沌死”。

有人埋怨寻根小说的作者故意把故事的时间搞得很含糊，不知道这是什么时代的事。这种埋怨是什么意思呢？为什么小说的时间一定要交代得很清楚呢？意思无非是说这样的作品脱离时代，缺乏现实感。第一，并不是所有的寻根小说都是这样；第二，时间有其变动的一面，也有其恒常的一面。“山中无甲子，寒尽不知年”，这样的地区有的是。时间在这里爬行得很迟缓。

用在皮绳上挽扣来计日的人，几乎还处在“绳语”时代，怎么能有清晰的时间观念呢？只有在被拖拉机“咬了一口”的时候，才会感到这世界变了。这一点儿不稀奇。前几年，河北省农村的一架手扶拖拉机脱了钩，机头单独跑出去了，一个农民挥舞着赶车的大鞭追它，一面大声地喊：“吁——！”在他看来，拖拉机也是一头牲口。寻根小说注意表现历史文化的积淀，这是寻根小说作者共有的觉悟，也是一种优势。这样的小说的生命力往往较长，不太容易因为世事的沉浮而成为明日黄花。我倒是觉得只有现实感而缺乏历史感的作品往往显得单薄。寻根小说大都具有鲜明的地域性。作者往往用很多笔墨刻画自然环境。他们不是静态的，纯客观地表现自然，而是把自然当着人格的一部分来描绘的。只有那样的环境，才有那样的性格。我们可以说某种性格是山的性格、江的性格、草原的性格、沙漠的性格。表现自然，本来是一般小说都不缺少的一个构成部分，但不像寻根小说的作者对这一点更为自觉，赋予自然以更多的人性。复次，寻根小说十分注意对风俗的描写，几乎无一例外。风俗是一种文化，或者可以说是某种文化的集中表现。我们对于日本民族性格的了解是从他们的节日歌舞中获得的。看了泼水节，才知道傣族少女的性格是多么开朗，多么珍爱易于消逝的青春。曾见一篇评论，说某人的小说只具有民俗学的价值，没有艺术价值。我有些迷惑了。对风俗的描写，本身就是有艺术价值的，除非这种描写不精确，不生动。当然寻根小说是小说，不是风土志或民俗志。寻根小说写的是人，是在某种特定风俗的雨露中生活的人。

寻根小说作者的语言意识是很强的。他们不把语言只看作是表现的手段，而是看作作品的本体，是内容。他们的写作是刻苦的，很少有轻率的，滑俗的句子。他们企图从土语和古汉语中汲取精华，重新铸造，成为自己的独特的“雅言”。对于这种苦心，我是欣赏的。但是希望他们不要把自己的语言搞得过于奇崛，过于古奥。我希望他们能够融会今古，折衷雅俗，不要脱离一般读者的欣赏习惯过远。

“寻根热”的高潮好像暂时退去了。有些人有点幸灾乐祸地说：他们寻不下去了！谁也无权指令小说作者一条道走到黑。何况这样一些先生是希望寻根小说作者只写他们自己想象出来的寻到“深山老林，蛮荒时代”，希望他们碰到南墙，低头认输，然后说：“你们不行吧！”这种人的心理有点点像鲁迅小说里的衍太太。寻根小说的作者也许不再寻找湘鄂文化、葛川江文化，但是他们的寻根意识是不会熄灭的。他们在写似乎不是寻根的小说的时候，他们的文化意识是会灌注在所有作品里的。

我近年很少读小说，“寻根小说”读得尤少。本书编者把写序的差事摊给我，我深感力不从心，只能写一点儿感想，如上。

读一本新笔记体小说

这一册小说里有一部分是可以称为笔记体小说的。笔记体小说是前几年有几位评论家提出的。或称为新笔记体小说，以别于传统的笔记小说。我觉得这个概念是可以成立的，因为确实有那么一类小说存在，并且数量相当多，成了一时的风气，这是十年前不曾有的。笔记体小说是个相当宽泛、不很明确的概念，谁也没有给它科学地界定过：它有些什么素质，什么特点，但是大家就这么用了。说哪一篇小说是笔记体，大体上也不会错。

中国短篇小说有两个传统，一是唐传奇，一是宋以后的笔记。这两种东西写作的目的不一样，写作的态度不同，文风也各异。传奇原来是士人应举前作为“行卷”投送达官，造成影响的。因此要在里面显示自己的文采，文笔大都铺张华丽，刻意求工。又因为要引起阅览者的兴趣，情节多很曲折，富戏剧性。笔记小说的作者命笔时不带这样功利的目的。他们的作品是写给朋友看的，茶后酒边，聊资谈助。有的甚至是写给自己看的，自己写着玩玩儿的，如《梦溪笔谈》所说：“所与谈者，唯笔砚而已”，因此只是随笔写去，如“秀才家写家书”，不太注意技巧。笔下清新活泼，自饶风致，不缺乏幽默感，也有说得很俏皮的话，则是作者性情的自然流露，不是做作出来的。大概可以这样说：传奇是浪漫主义的，笔记是现实主义的。前几年流行笔记体小说，我想是出于作者对现实主义精神的要求。读者接受这样的小说，也是对于这种精神的要求。说得严重一点儿，是由于读者对于缺乏诚意的、浮华俗艳的小说的反感。笔记体小说所贵的是诚恳、亲切、平易、朴实。这一册小说中的若干篇正是这样。

但是我要对四位小说家说一句话：不要过早地归于平淡。郑板桥有一副对子：“删繁就简三秋树，领异标新二月花。”由繁入简，由新奇到朴素，这是自然规律。梅兰芳说一个演员的艺术历程一般要经过三个阶段：“少—多—少。”年轻时苦于没有多少手段可用，中年时见的多，学的多了，就恨不得在台上都施展出来，到了晚年，才知道有所节制，以少胜多。你们现在年纪还轻，有权利恣酣放荡一点儿，写得放开一点儿。如果现在就写得这样俭约，到了我这个岁数，该怎么办呢？我倒觉得你们现在缺少一点儿东西：浪漫主义。

故乡和童年是文学的永恒主题。本书多篇是写童年往事的，这是非常自然的。一个人写小说，总离不开他所生活的环境。陆文夫说他决不离开苏州，因为他对苏州的里巷生活非常熟悉，一条巷子里所住的邻居，他们的祖宗三代，他都能倒背下来，写时可以信手拈来。我居住过比较久的地方是我的家乡高邮、昆明、北京、张家口的沙岭子，我写的小说也只能以这些地方为背景。我曾为调查一个剧本的材料数下内蒙古，也听了不少故事，但是我写不出一篇关于内蒙古的小说，因为我对蒙古族生活太不熟悉，提起笔来捉襟见肘，毫无自信。但是我觉得你们应该走出小十字口和蚂蚁湾，到处去看看。五岳归来，再来观察自己的生身故土，也许能看得更真切、更深刻一些。

四位对生活的态度是客观的，冷静的，他们隐藏了激情，对于蚁民的平淡的悲欢几乎是不动声色的。亚宝和小林打架，一个打破了头，一个头颅被切了下来，这本来是很可怕的，但是作者写得若无其事。好的，坏的，都不要叫出来，这种近似漠然的态度是很可佩服的。但是我希望你们能更深刻地看到平淡的、止水一样的生活中的严重的悲剧性，让读者产生更多的痛感，在平静的叙述中也不妨有一两声沉重的喊叫。能不能在你们的小说里注入更多的悲悯、更多的忧愤？

写作的初期阶段，受某个人的影响，甚至在文章的节奏、句式上有意识地学某个人，这都是难免的，或者可以说是青年作家的必经之路，但是这一段路应该很快地走过去，愿四位作家能早早发现自己，认识自己的气质，找到自己的位置，自成一家，不同于别人。

四位都还年轻，他们都还会变，不会被自己限制住。希望在不远的将来，他们的创作个个步入一个新的天地。

话说“市井小说”

作家出版社要出一本《市井小说选》，“市井小说”这个词儿我还是头一回听说。

“市井小说”写的多半是市民，为什么不就叫“市民小说”？我想大概是要和“市民文学”区别开来。“市民文学”是一个历史的概念，这是产生在封建时代，应手工业者和商人的需求而兴起的文学，反映他们的社会生活和家庭生活的悲欢离合。唐人小说开其端，宋人话本达到高潮。“市井小说”和这些不一样。“市井小说”不是《今古奇观》《三言二拍》。主要的分别在思想。“市民文学”对封建秩序有所抨击，但本身具有很大的封建性。“市民文学”的作者的思想和他们所描写的人物是在一个水平上的，作者的思想常常就是人物的思想，即市民思想。“市井小说”作者的思想在一个更高的层次。他们对市民生活的观察角度是俯视的，因此能看得更为真切、更为深刻。

“市井小说”没有史诗，所写的都是小人小事。“市井小说”里没有“英雄”，写的都是极其平凡的人。“市井小民”嘛，都是“芸芸众生”。芸芸众生，大量存在，中国有多少城市，有多少市民？他们也都是人。既然是人，就应该对他们注视，从“人”的角度对他们的生活观察、思考、表现。

现代市民的生活和他们的思想意识与历史上的市民有一定的继承性。他们社会地位不高，财力有限，辛苦劳碌，差堪温饱。

他们有一些朴素的道德标准，比如安分、敬老、仗义爱国。他们中的一些人，有的时候会表现出难能的高贵品质。但是贤愚不等，流品很杂。正因如此，才有所谓“市井百态”，才值得一看。他们的生活是平淡的，但因时势播迁，他们也会有许多奇奇怪怪、坑坑洼洼的遭遇。“市井小说”的作者的笔下，往往对他们寄予同情。但是这些人是属于浅思维型的。他们只能想：怎么活着（这对他们是不易的），而想不到人为什么活着（这对他们来说，太深奥了），他们的思想上升不到哲学的高度。他们是庸俗的。他们的行事往往是可笑的，因此“市井小说”大都带有喜剧性，有些近于“游戏文章”。有谐谑，但不很尖刻；有嘲讽，但比较温和。市民是一个不活跃的阶层，他们是封闭的，保守的。他们缺乏冒险、探索，特别是缺乏叛逆精神，他们大都是“当了一辈子顺民”。他们既是社会稳定的因素，又是时代的负累。但是这是怎样造成的？有什么办法能使他们改变这种情况？谁也开不出一个药方。因此，“市井小说”在轻松玩世的后面隐伏着悲剧。

“市井小说”和“市民文学”是有渊源的。两者都爱穿插风物节令的描写，可作民俗学的资料。所不同处是“市民文学”中有大量的色情描写，而“市井小说”似乎没有继承这个传统。“市井小说”的语言一般是朴素、通俗的。多数“市井小说”的语言接近口语，句式和词汇都与所表现的人物能相协调。在叙述方法上比较注意起承转合，首尾呼应。“时空交错”“意识流”很少运用。上乘的“市井小说”力避“市民文学”的套子。这些作者以俗为雅，以故为新，他们在探索一种具有浓厚的民族色彩但并不陈旧的文体。

“市井小说”和“军事文学”“农村文学”……是并行的。如果它们有对立面，那可能是贵族文学或书斋文学，是普鲁斯特、亨利·詹姆斯、弗吉尼亚·伍尔芙。“市井文学”的作者不用他们的方法写作，虽然他们并不排斥普鲁斯特、詹姆斯、伍尔芙。

《水浒》人物的绰号

鼓上蚤和拼命三郎

由“旱地忽律”想到《水浒》一百零八将的绰号。

有的绰号是起得很精彩的，很能写出人物的气质风度，很传神，耐人寻味。

如“鼓上蚤时迁”。曾看过一则小资料，跳蚤是世界动物中跳高的绝对冠军，以它的个头和能跳的高度为比例，没有任何动物能赶得上，这是有数据的。当时想把这则资料剪下来，忙乱中丢失了，很可惜。我所以对这则资料感兴趣，是因为当时就想到“鼓上蚤”。跳蚤本来跳得就高，于鼓上跳，鼓有弹性，其高可知。话说回来，谁见过鼓上的跳蚤？给时迁起这个绰号的人的想象力实在令人佩服。

时迁在《水浒》里主要做了三件事：一偷鸡，二盗甲，三火烧翠云楼。偷鸡无足称，虽然这是武丑的开门戏。写得最精彩的是盗甲。时迁是“神偷”型的人物。中国的市民对于神偷是很崇拜的。凡神偷都有共同的特点，除了身轻、手快，一双锐利的眼睛，更重要的是举重若轻，履险如夷，于间不容发之际能从容不迫。《水浒》写盗甲，一步一步，层次分明，交代清楚。甲到手，时迁“悄悄地开了楼门，款款地背着皮匣，下得胡梯，从里面直开到外门来，真是神不知鬼不觉”。“款款地”是不慌不忙的意思，现在山西、张家口还这么说。“款款”下加一“儿”字“款款儿地”，更有韵味。火烧翠云楼是打北京城的一大关目，这两回书都写得不精彩，李卓吾评之曰“不济不济”。时迁放火，写得很马虎。不过我小时看石印本绣像《水浒》，时迁在烈焰腾腾的翠云楼最高一层的檐角倒立着——拿起一把顶，印象还是很深刻的。

时迁在《水浒》里要算个人物，但石碣天书却把他排在地煞星的倒数第二，连白日鼠白胜都在他的前面，后面是毫无作为的“金毛犬段景住”，这实在是委屈了他。

如“拼命三郎石秀”。“拼命”和“三郎”放在一起，便产生一种特殊的意境，产生一种美感。大郎、二郎都不成，就得是三郎。这有什么道理可说呢？大哥笨、二哥憨，只有老三往往是聪明伶俐的。中国语言往往反映出只可意会的、潜在复杂的社会心理。

拼命三郎不只是不怕死，敢拼命，路见不平，拔刀相助，为朋友两肋插刀，更重要的是说他办事脆快，凡事不干则已，干，就干净利落，绝不拖泥带水。这是个工于心计的人，绝不是莽莽撞撞。看他杀胡道、杀海阇黎、杀潘巧云、杀迎儿，莫不经过详实的调查，周密的安排，刀刀见血，下手无情。这个人给人的印象是未免太狠了一点儿。

石秀上山后无大作为，只是三打祝家庄探路有功，但《水浒》写得也较平淡，倒是昆曲《探庄》给他一个“单出头”的机会。曾见过侯永奎的《探庄》，黑罗帽，黑箭衣，英气勃勃。侯永奎的嗓子奇高而亮，只是有点左，不大挂味儿，但演石秀，却很对工。

浪子燕青及其他

“浪子燕青”的“浪子”是一个特定概念，指的是风流浪子。张国宝《罗李郎》杂剧：“人都道你是浪子，上长街百十样风流事。”此人一出场，但见：

> 六尺以上身材，二十四五年纪，三牙掩口细髯，十分腰细膀阔。……腰间斜插名人扇，鬓畔常簪四季花。

这个“人物赞”描写如画，在《水浒》诸“赞”之中是上乘。

> 这人是北京土居人氏，自小父母双亡，卢员外家中养的他大。为见他一身雪练也是白肉，卢俊义叫一个高手匠人，与他刺了这一身遍体花绣，却似玉亭柱上铺着软翠。若赛锦体，由你是谁，都输与他。不则一身好花绣，那人更兼吹的、弹的、唱的、舞的，拆白道字，顶真续麻，无有不能，无有不会。亦是说的诸路乡谈，省的诸行百艺的市语。更且一身本事，无人比的：拿着一张川弩，只用三枝短箭，郊外落生，并不放空，箭到物落。晚间入城，少杀也有百十个虫蚁。若赛锦标社，那里利物，管取都是他的。亦且此人百伶百俐，道头知尾，本身姓燕，排行第一，官名单讳个青字，北京城里人口顺，都叫他做“浪子燕青”。

《水浒》里文身绣体的有两个人。一个是史进，一个是燕青。史进刺的是九纹龙，燕青刺的大概是花鸟。“凤凰踏碎玉玲珑，孔雀斜穿花错落。”“玉玲珑”是什么，曾有人考证过，结论勉强。一说玉玲珑是复瓣水仙。总之燕青刺的花是相当复杂的。史进的绣体因为后来不常脱膊，再没有展示的机会。燕青在东岳庙和任原相扑，脱得只剩一条熟绢水裤儿，浑身花绣毕露，赢得众人喝彩，着实地出了风头。

《水浒传》对燕青真是不惜笔墨，前后共用了一篇赋体的赞，一段散文的叙述，一首“沁园春”，一篇七言古风，不厌其烦。如此调动一切手段赞美一个人物，在全书中绝无仅有。看来作者对燕青是特别钟爱的。

写相扑一回，章法奇特。前面写得很铺张，从燕青与宋江谈话，到燕青装作货郎担儿，唱山东货郎转调歌，到和李逵投宿住店，到用扁担劈了任原夸口的粉牌，到众人到客店张看燕青，到燕青游玩岱岳庙，到往迎恩桥看任原，到相扑献台的布置，到太守劝阻燕青，到“部署”再度劝阻，一路写来，曲折详尽，及至正面写到相扑交手，只几句话就交代了。起得铺张，收得干净，确是文章高手。相扑原是“说时迟，那时快”的事，动作本身，没有多少好写。但是《水浒》的寥寥数语却写得十分精彩。

> ……任原看看逼将入来，虚将左脚卖个破绽，燕青叫一声“不要来！”任原却待奔他，被燕青去任原左肋下穿将过去。任原性起，急转身又来拿燕青，被燕青虚跃一跃，又在右肋下钻过去。大汉转身，终是不便，三换换得脚步乱了。燕青却抢将入去，右手扭住任原，探左手插入任原交裆，用肩膊顶住他胸脯，把任原直托将起来，头重脚轻，借力便旋四五旋，旋到献台边，叫一声“下去！”，把任原头在下脚在上，直蹿下献台来，这一扑名叫“鹁鸽旋”，数万香官看了，齐声喝采。

《容与堂刻本水浒传》于此处行边加了一路密圈，看来李卓吾对这段文字也是很欣赏的。这一段描写实可作为体育记者的范本。

燕青不愧是“浪子”。

《水浒》一百零八人多数的绰号并不是很精彩。宋江绰号“呼保义”，不知是什么意思。龚开的画赞称之曰“呼群保义”，近是“增字解经”。他另有个绰号“及时雨”是个比喻，只是名实不符。宋江并没有在谁遇到困难时给人什么帮助，倒是他老是在危难之际得到别人的解救。“黑旋风李逵”的绰号大概起得较早，元杂剧里就有几出以“黑旋风”为题目的，但这个绰号只是说他爱向人多处排头砍去，又生得黑，也形象，但了无余韵。“霹雳火”只是说这个人性情急躁。“豹子头”我始终不明白是什么意思。倒是“菜园子张青”虽看不出此人有多大能耐，却颇潇洒。

不过《水浒》能把一百零八人都安上一个绰号，配备齐全，也不容易。

绰号是特定的历史时期的文学现象和社会现象。其盛行大概在宋以后、明以前，即《水浒传》成书之时。宋以前很少听到。明以后不绝如缕，如《七侠五义》里的“黑狐狸智化”，窦尔墩“人称铁罗汉”，但在演义小说中不那么普遍。从文学表现手段（虽然这是末技）和社会心理，主要是市民心理的角度研究一下绰号，是有意义的。

高英培的相声和埃林·彼林的小说

埃林·彼林是保加利亚的小说家。我很喜欢他的小说。他的小说大都没有强烈的戏剧性，淡淡的，然而有着深沉的悲愤和爽朗的幽默感。他有一篇《得心应手的打猎》，写的是：三个打兔子的人，打了一天，毫无所获，疲惫不堪，聚会在一家小酒店里发牢骚、诉苦。来了一个他们一伙打猎的第四个人，叫作黄胡子，他举起一只大兔子在空中挥动着。接着，黄胡子就详详细细讲起他打到这只兔子的经过。正讲得起劲儿，从路旁灌木丛里钻出了一个衣衫褴褛，肩上背着一支老式步枪的庄稼汉来。他手里挥着一只兔子对黄胡子喊道：

"喂，先生，买去吧，连这一只也买下吧！比那一只还便宜些。你给五十个列瓦，这是最后的买卖啦！"

这篇小说和高英培所说的相声《钓鱼》何其相似乃尔！——据说《钓鱼》原是郭启儒说的单口相声，但现在人们听熟了的是高英培的那一段。由此，我想起了许多事。

《钓鱼》，我以为是这几年出现的相声里格调最高的一段。它对社会上那么一种人，爱吹牛的人，讽刺得那样尖刻，但又并不严厉，或者可以说颇有温情。——爱吹牛的不是坏人，他也不害人。它不是穷逗，而有很隽永的幽默，而且很有生活气息。"二他妈，给我烙两张糖饼"，如闻其声，如见其人。说实在话，我觉得其刻画入微之处，较之《得心应手的打猎》还更胜一筹。可是，为什么埃林·彼林的作品算是文学，《钓鱼》就不算是文学呢？看来，雅、俗、高、低之别，在人们心中还是根深蒂固的。

为什么没有人写出像《钓鱼》这样十分有趣的小说呢？看来文学作家还有直接为政治服务、写重大题材这样的框框。中国文学需要幽默，不论是黑色的还是别种颜色的。

埃林·彼林和高英培这种不谋而合的相似，是世界文学中很值得注意的现象。今年成立了比较文学研究会，这是值得庆幸的事，这弥补了文学研究的一个空白。我希望有像钱钟书、杨宪益这样的学贯中西的学者，更盼望有熟悉书本文学也熟悉活着的文艺，如戏曲、曲艺的同志参加比较文学的研究。我希望戏曲、曲艺界有人来钻研外国的文学。中国的戏曲、曲艺，完全可以，而且应该从外国文学，特别是现代外国文学中吸取营养。

建议高英培同志读一读埃林·彼林的这篇小说。

关于现阶段的文学

——答《当代文艺思潮》编辑部问

一、新时期文学与十七年文学，有无明显的区别，它的主要特点是什么？

我确实有个实际情况，我对当代文学很陌生，也不是一无所知，但是比较陌生。因为我长期脱离文学创作，搞了二十年的戏曲，而且搞了一段“样板戏”，我说我算个“两栖类”。因为我的本职工作是搞戏曲，是搞京剧编剧的，所以在戏曲的圈子里活动比较久，文学创作就比较陌生。另外，我的精力有限，岁数也比较大了，我看的作品很少。往往看的作品，都是熟人给我说这个作品值得一看，比如今天上午说的高晓声的小说。另外，我的孩子们是博览群书，特别是他们对所谓站在时代前面的作品看得很多，他们有时给我说，这个作品您看一看，我才看一看，所以我实在很无知。

刚才谈到《受戒》,《受戒》写出来其实是很偶然的。从我个人来说，我这十七年是在“三突出”统治之下过了很多时候，深受其苦，我的痛苦是别人所不能理解的，因为逼得我非得按那办、按那写不可。什么“主题先行”啦，我都尝受过，对我来说它不是理论问题，也不是一个概念，而是你必须这样去搞。原来我有个很朴素的想法，在个别发言或者文章里都讲到从生活出发，后来有的同志说，现在不是这个提法了，现在是从主题出发。他说于会泳有一个发言，已经发表出来了，他第一次提出“主题先行”。因为当时我们是三结合的创作方法，就是领导出思想，群众出生活，作家出技巧。他出一个思想、出一个主题，然后我们下去到处去找生活素材，来演绎这个主题思想。有时他那个思想就不对。记得那个时候，我们样板团的创作选题必须是江青亲自定，她忽然说她看中了原来的《草原烽火》（后来《草原烽火》否定了），她说你们下去写这样一个题材，就是说一个八路军的工作人员打到草原上去，打入王府，发动王府里头的奴隶，反抗日本帝国主义和汉奸王爷。我们就按照她规定的找这个题材，到处去找，哪有这个事啊。因为当时党中央对内蒙少数民族地区提出来的是内蒙古的王公贵族和牧民团结起来一致抗日，就没有把王爷和牧民截然分开。我们访问许多地方回来后，向当时的于会泳汇报说，没有这样的材料。于会泳回答一句话很妙，他说没有这样的材料更好，你们可以“海阔天空”，就是说可以任意瞎编。

也许这十年之苦受得太厉害了，我说去他的，我就不理那一套，所以以后就写了那么个小说，写出来没有打算发表，曾和个别同志说过我写了这么一篇小说。那个同志说写这样小说干什么，写出来有什么地方给你发表？他拿去看了以后，当时表示写得好，但是他理智上认为这东西不行。那就是说从他的艺术趣味上或是从他的感情上，他是喜欢这篇小说，但是从沿袭下来的正统的观点上说，他又觉得这玩意儿不行。所以这个作品的发表，有人说有这样的作者敢写这样的作品，也有这样的主编敢发这样的作品。当时我说发表这样的作品是需要有一定的胆量的。还有人说，不知从什么时候起，文学和胆量连在一起了。所以，这一点，经过“四人帮”以后，三中全会以后，对某些人的艺术趣味、艺术欣赏、艺术爱好和当时的某些教条的分裂状态有所改变。像刚才说的，他很喜欢这个作品，但从道理上又不行。到三中全会以后，比较开放，就是大家喜欢的作品能够不太受理论观念的限制而发表了，人们的艺术趣味与理论倡导之间的距离比较小了，因此，很大的一个区别就是题材大大广泛了，不受一时的某种政治口号或某种政策的约束。事实上打破了这种约束，或者说是开始恢复文学正常的创作道路、创作规律。我觉得从这方面说，恢复现实主义的传统，在当时是符合实际情况的，因为“四人帮”搞的那一套，是根本违反现实主义的基本规律的。以后可能有许多新的现象，但是我觉得一开始，文学必须在现实主义基础上去发展，这个道路我觉得还是对的，这是由从理念出发，从思想出发，开始回到从生活出发。因此，这就使开拓文学领域的广阔天地的这种发展要求变成了可能，这个十七年一段——我说得比较冒昧——我觉得十七年如果说文学有什么问题的话，可能就是文学从属政治这个东西束缚着它，打倒“四人帮”以后，在创作实践上，冲破了这个东西。胡乔木同志前不久提出来这一问题，说文学不从属于政治，不是为政治服务的。其实在当时，一些作者在创作实践上已经开始突破文学从属于政治、服从于具体政策这样一个东西。譬如《受戒》，你要文学从属于政治，为具体政策服务，我那受戒的小和尚，实在没法服务。这一点我当时是明确的。虽然当时还没有提高到从理论上加以认识的高度，但是大家在创作实践上，实实在在已经向这方面迈进了，已经摆脱了那个东西。我觉得乔木同志的论点实际上是总结了一个历史时期的经验，而不完全是在他的口号提出后，大家才开始冲破文学从属于政治的约束的。事实上，现在所谓新时期很多作品，你用这个标准来衡量，从属于政治，直接为什么政策服务，那都不能存在了。所以我是感觉到，如果说有一点儿区别（我说不上明显的区别），我觉得事实上已开始突破这样一个东西，也就是开始向现实主义为主潮的这样一个广阔的道路上发展。我觉得现实主义不能把它看得很狭窄，现实主义可以有许多流派，但是恢复到现实主义的基础上，才有可能再发展，使得新的流派产生出来。

二、近两年来的文学主题是否有什么变化？为什么会发生这种变化？

主题有什么变化，说老实话，这两年作品看得很少，这个主题原来是什么样，后来又有什么变化，我不清楚。更说不出来为什么会发生这种变化。我认为文学的主题是个很严肃的问题，应该研究，不过我觉得历史的年限应放得宽一些，这两年究竟有什么变化，那当然也可以说了，但作为主题，一个是一定时期的现实生活在作者思想的反映，形成为主题。同时也结合一定时期的读者特别是青年读者所关心的问题，也形成主题。不要过分地强调在文学创作现象里边的主题问题，因为一个主题是作者思想的反映，作者思想也不能是两年一变、三年一变。我倒觉得一个作者应该有自己的贯串始终的主题，就是它所谓的倾向性。比如契诃夫，他每个作品都清楚反映了这个东西：反庸俗的小市民。现在是否可以这样的研究，从历史发展上研究一个作者的思想，观察他的作品主题的一些变化。假如两年就去研究一个普遍性的主题，就会变成大家一窝蜂地去赶浪潮。一个作者对社会对生活的思索，我觉得应该是有他自己独特的东西，当然总的应该是在马列主义、毛泽东思想指导之下去观察生活，观察社会。因此，我就觉得现在有些作者往往说你这个作品观点或者思想又落后了，好像赶一种什么浪潮似的。青年的思想是不稳定的，他可以一会儿相信存在主义，一会儿又回到朦胧哲学，他可以回到其他东西上去，要跟他跑就没完了，这种追随青年的某种不很稳定的倾向是有的。我觉得作者还是自己在马列主义、毛泽东思想指导之下，独立思考地去看社会、看问题，不一定形成一个时期的普遍性的所谓浪潮式东西。我并不主张无主题论，一个作者是有思想的，是需要有他自己的思想，而这种思想也许融化在作品中，不是那么表露，这也就是贯串它的主题，因此，我觉得最好时间放长一些。文学史家勃兰兑斯写的《十九世纪文学主潮》，它是就一个世纪整个文学状况来说的。我是不太倾向于把这个时期划分为伤痕文学，那个时期划分为反思文学，它是一个大的主要的潮流。主流什么东西，这样一个须从较长时期，从历史条件来看的问题，我实在回答不上来。

要说我自己的作品，与主流的变化不发生太大的关系，因为我没有考虑过如何去迎合当时的某种浪潮。有时我自己也想了，我自己写的是什么东西。前几个月我在大连的一个地方刊物《海燕》上，发表了三篇很短的小说，题目是《钓人的孩子》，写一个小孩儿叫昆明，他扔了一张钞票在街上，拴一条黑线，有人路过一捡，他就一抽，抽过去钓人。第二个故事，写常常跑警报，有一个学哲学搞逻辑的，他推论跑警报的时候，大家一定把值钱的东西带上，值钱的东西是金子；既然带金子就会有人丢掉金子；丢掉就会有人捡到；人可以捡到金子；我是人，故我可以捡到金子。第三个故事，买航空奖券。国民党人发一种航空奖券，每年中奖的时候，就可以成为一个小富翁。有一个大学文学系的人，很清高，读的都是十九世纪的雪莱的诗，李商隐的诗，自己也写那种漂亮的散文。他喜欢一个女同学，他听人说这位女同学已经许配人了，与人订婚了，因为她家比较贫穷，她的未婚夫拿钱供她上学。这位抒情诗人下定决心，要把她从这种境地中救出来，他就每年买航空奖券，后来发现蛮不那么回事，是瞎编的，那个女的和她的未婚夫关系很好，未婚夫在旅馆里送那女朋友，他也在隔壁旅馆里，听到女同学同她未婚夫放浪的笑声，他觉得如遭电殛，但是航空奖券他继续买下去，因为已买成习惯。要问我这主题是什么，我的主题是“人与金钱”。虽然也是这两年发表的，但是和那文学主流不相干。但是我还是比较严肃地来考虑这个问题，当然这写的是过去的事情。不过我觉得可以按照作家的思想倾向、思想发展或是他的主题某些不同的表现来研究。一个断代，在一定的时期里边，也可以研究一下。如果我觉得把它分得比较细，就是刚才说的，这两年往往是把主题和题材混为一谈，过分地强调主题，就可能导致“题材决定论”。

我再接着说一点。现在所谓主要变化，实际上指的是问题小说。它所提出问题的变化，实际上是这样一个东西，或是更具体地说，提出青年思想问题的变化。这问题要注意，但是也不要过分地强调。

三、请谈谈“乡土文学”的现状。

“乡土文学”这个词儿，好像是有过，可能过去美国斯坦贝克的作品被称作“乡土文学”，不知为什么在美国说他是“乡土文学”，我也不太理解。也许和别的作家比起来，他是专门写森林的工人，而且局限于南美这一带，地方色彩比较鲜明，要是这样的话，我觉得是可以的，你们这里不是也提出了敦煌学派吗？

无非是地方色彩比较鲜明一些，我觉得也是可以的。

刚才说到我的老师——沈老，他主要写湘西，但不是专门写湘西，他也写青岛、武汉、上海、北平，他也写知识分子、农民、士兵、小职员，虽然有人把他与蹇先艾归在一起，他自己从不说我是“乡土文学”。

我觉得“乡土文学”的概念不明确，不稳定，因此，我准备奉劝绍棠，不要老提这东西。有一件事情很有意思，他请他的老师孙犁写关于他的小说的序，要求他顺便谈谈“乡土文学”，孙犁给他回了封信，说你最好不要考虑这个东西。

我觉得有它的不好处，至少是把自己局限住了。你老是写那三十里路运河滩，你把你的视野是否放开一些，你为什么就不能写青年知识分子，写写工人或是一般市民？因为他写“乡土文学”把他框住了。他说过，我就是通县那块土地。我倒是同意孙犁的主张，不要让“乡土文学”把自己框住。

至于刚才说的，具有中国气派、作风、地方色彩，所谓泥土气，这是可以的。另外，好像在人们心目中把乡土文学跟比较洋的东西对立起来。我觉得这也不必，可以并存。今天上午的会上我就主张：古今中外，熔为一炉。这是我的想法。

四、现代主义对新时期文学有何影响，前景如何，是否正在形成某种流派？

我倒是和现代派有点关系，有点一知半解。我在大学读书时，受了现代派的影响。

现代派，它也是一个比较广泛的概念。现代派，大概最初是绘画里面提出来的。这是印象派后期以后，比如毕加索、马蒂斯。他们有统一的东西，但是一个人有一个人的表现方法，如马蒂斯他是野兽派，也是现代派。毕加索前面搞了一个青色时期、红色时期，后来他也搞立体构成主义，也是现代派，现代派从美术上说，大体上就是等于古典的现实主义的反动，就是不同于用那种办法来表现。它要追求一种新的方法，它也不是瞎胡闹。

另外，在文学上，现代的西方现代派是什么样？我是比较陌生的。四十年代，在文学上比较有代表性的是英国诗人彼沃德、皮埃尔、海伦，这是现代派的。另外，德国的里尔克①，包括西班牙的什么阿多里，以及包括后来的存在主义大师萨特，也可以把它归到现代派里头。

我觉得从文学上说，现代派有它的特点。我现在也说不上现代派的特点是什么。西班牙的阿多里，英国的伍尔芙，有它一致的地方，但是，不完全一样。我是受了一些影响。你看我集子的第一篇《复仇》，就是有点受现代派影响，中国四十年代有一批主要是大学里面写诗的，受了一些影响。

我觉得接受一些现代派的影响，借鉴于他们的一些表现手法，是可以的。但是，我和写《九叶集》的好些人比较熟，我就跟他们说，你们能不能把外国的现代派变变样，把它中国化了。我说，你们写现代派的诗，是不是用现代派手法写些中国诗、中国词，写一写我这一行——京剧。他们说，这我们办不到。因此，我就对他们不服。我主张，现代派也要中国化。这是我的看法，我说可以吸收一些东西，吸收一些表现方法。

另外，我觉得有些现代派的表现方法，中国古已有之，我随便举些例子。中唐、晚唐以后，有些诗的表现方法就和现代派的

① 奥地利人，德语诗人。

某些表现方法是比较一致的。如王昌龄的《长信秋词》中：“奉帚平明金殿开，暂将团扇共徘徊。玉颜不及寒鸦色，犹带昭阳日影来。”“寒鸦”和“玉颜”本来是两码事，怎么放在一起呢，怎能作比较呢？“犹带昭阳日影来”，昭阳日影显然是表现皇帝的恩宠，寒鸦还能从昭阳殿里带太阳影子过来，可是我这玉颜就没法接触昭阳日影。它这个表现方法是很曲折的，这个应该说是唐朝的朦胧诗，它不是很直接的，但还是可以理解的。比如，民间有类似的东西，我曾经看过上海一个滩簧剧本，第一句是“春风弹动半天霞”，表现方法是很现代的。把霞比喻是棉絮，春风比喻成弹棉花的弓子。但是，他不这样说，他直接说“春风弹动半天霞”，这就把它抽象化了。离开语言现象把它抽象化，用抽象化方法把它概括起来了。现代派的表现方法很重要的一点，就是把它抽象化。就是它的视象接触到主体和物体关系有所变化，它不是直接地造成普通一般的，把它抽象起来。我觉得既然中国古已有之，就不能说这东西不合理。现代派中有印象派的诗，就是几个概念，或是几种形象排在一起，不组成句子，然后你自己独特组织。因此，我觉得所谓现代派的表现方法就是不完全按照普遍的古典的现实主义的表现方法反映生活，这是可以吸收的，而且群众是可以接受的。我倒是不主张把现代派搞得完全不能懂，就是你这个作品表现的东西跟群众的接受能力距离太大。现代派可以借鉴，但不是完全模仿西方，因为西方的抽象，往往是我们东方人所不能理解、不能接受的。比如艾略特写的诗“黄昏像一个病人躺在手术床上”。这个东西在英国人可能是比较容易理解的，中国人就不理解了，这么比喻，距离太大。闻先生讲唐诗时，用比较文学的办法讲，他把晚唐的某些诗包括李贺的诗（李贺的诗应该说相当朦胧，或者相当的“现代”），和法国的画派比较来谈，他还没有意识到毕加索，他就是意识到印象派后期，他就是说造成一种印象，表面上看起来不真切，他特别举出法国印象派后期的点彩派，一个一个点子，远看这些点子都是闪动发光造成一种印象。他说，唐诗有一些写法就是这样的写法，表面上看语言不是很对的，但是看了给人产生一种印象。因此，我觉得是可以借鉴中国一些古的东西。另外，我还是觉得更让它中国化，学外国的东西让人瞧不出来。这是我的看法，而且我就这么干了。“意识流”之类，我那作品中都能找出来，我可以老实招供，哪个地方用的“意识流”。但是，我自己后来越来越明确了，还是回到民族传统上来，但要吸收外来的东西，不排除外来的东西，不然老是那么一点儿。要善于融化吸收。

能不能形成一种流派？恐怕这是一种广泛的东西。较多地接受西方现代派影响的某些作家，或是较少一些，或者不吸收，都可能存在。很显然，年轻一代比较容易接受西方的影响，我觉得是可以的。但是，我希望这些同志要带点中国味儿，把它中国化。不能完全是西方现代派，在中国式的现实主义基础上，要学现代派的表现手法，或有较多的这种东西，我觉得是可以的。也可能形成某种趋向，倒不一定是流派。因为四十年代以后，我就不太看这种东西了。四十年前我倒是看这种作品比较多。我倒是奉劝绍棠同志要看看现代派作品，我对学现代派的同志，往往说你要读一点儿中国古文，这是我的主张。

另外，坚持中国的民族传统，很重要的一点，要精通祖国语言。我觉得有人是受了西方现代派影响的。有些人往往是外文系的学生，他们甚至是用外文来思维中文，用汉字来写的，我说这个不灵，所以他们有很大的弱点，语言不是很精神的，特别是中国的语言的传统里边韵律感、音乐感、节奏感这个东西，他们不像咱们搞戏曲的那么内行，他写出像翻译的诗，那东西总是不行。我说，要是这样，你干脆拿外文去发表，到大西洋杂志去发表。

五、是否存在乡土派与现代派的竞争？

刚才斤澜说，乡土派在城圈外农村吃得开，现代派在大城市里吃得开，可能有这种倾向。在大城市吃得开不如说在青年知识分子中吃得开，或者是在能够花钱买杂志的那部分读者中吃得开。从西方现代派看，他们也发现读者是比较少的，它就是写的知识分子，尽管它的地位很高，读者面不是很广，因此，有一个问题，现代派新的表现手法，能不能为群众所接受，这个是需要一定的努力。比如智利的聂鲁达是个现代派，据聂鲁达说，他的诗在铜矿朗诵得到很强烈的反应，也许智利铜矿的工人和我们中国西北的农民欣赏习惯或文化教养不一样，聂鲁达自己说，他原来也没想到。因此，某些个现代派的手法要想办法使群众一般能接受。我觉得还需要追求这种表现方法的同志作一番努力，我觉得不是不能办到，有一些东西虽然是现代派的，还是可以懂的，比如年轻女诗人舒婷有一句诗："踩熄了一路的虫声"，我觉得这种表现方法比较新，她把那虫声，想象成小灯火，一路走过去，虫声停了，像踩熄了似的，她不啰唆，直接说踩熄一路的虫声，我觉它很美。我觉得如果倾向于学习这种比较新鲜的手法，应想办法让它接近群众，为一般人所能理解，至少为有初步的文学修养的群众所能理解。另外，我觉得刚才斤澜说得对，可以相互竞争，各自存在。我也觉得竞争是存在的，可以竞争，但不要有门户之见，特别是不要意气用事，一瞧你那带土味儿的，我就看不起；一瞧洋味儿的，什么玩意儿呀，不必这样。我觉得，事实上好像有某种对立情绪，我觉得不必这样，它也不是已经到剑拔弩张的程度。

另外，还有一点，我觉得，作为一个刊物的编辑，不能对哪一派带过多的倾向的色彩，他要有比较冷静的公平的态度。不管什么表现手法，什么流派，我要看你的思想深度，表现手法所能达到的水平。现在某些刊物的确有一种倾向，某种流派倾向的作品比较多，甚至它的主编就喜欢这样的作品，主编他不喜欢的作品就嗤之以鼻，这种现象虽不是很严重的，但也还是多多少少存在，作为文艺的领导——因为刊物左右一代文风——我觉得还是持一种比较冷静公平的态度为好。

六、您比较留心哪些作家的创作动向？您有空看外国文学作品吗，近年读了哪些，印象如何？

我也是比较留心熟人的作品。我看书向来是东一榔头西一棒子，也许上午看了关于王羲之的《兰亭考》，下午也许看海明威的小说，蛮不相干。作家的创作动向，我是没有太留心。外国文学作品，也有的看过了，过些年再找来看一看。例如，海明威的《老人与海》就看过几遍了。这几年我看的作品印象比较深的，除了海明威之外，大概是卡夫卡。卡夫卡的《变形记》，真是写得好，但是海明威的思想和卡夫卡的思想不一样，我觉得他的表现方法，很有他的独到之处。苏联的作品很久没看了，偶尔也看看舒克申的作品，但看的不多，我觉得这个作家很有特点。我觉得苏联的作品不像“四人帮”时期所咒骂的那样，人家还是探索新的东西，而且道路是比较健康的。舒克申我觉得是很有才华，充满诗意，也充满哲理。我只是零零碎碎，不是有目的去看，不像有些人这个时期专门看库普林，那个时期看另一个作家的作品，我倒是前几年我看的最多的是契诃夫，过去有几年我是每年把契诃夫通读一次，现在因为很忙，也没时间去读他了。安东诺夫的作品，我也比较喜欢。大概我看的作品，一个是随便碰到的，一个可能是跟我气质比较接近的，或是表现方法比较接近的那些作家，比如现在让我看巴尔扎克，我是怎么也看不下去，我对巴尔扎克没什么缘分，当然我还是硬着头皮读了几本。比如像狄更斯，我年青时很喜欢，现在又不想看。我看外国作品倒是比较倾向于有点现代的作品，因为它跟我们时代，比较容易接近，虽然他是外国的东西。我看东西没什么目的，我觉得杂乱无章地读书也有好处，因为作家他不是研究工作者，对味儿我就看，舒服我就看，从兴趣出发。

我再说一点儿对我们这个刊物的希望。

我希望这个刊物能把古今中外沟通起来，一个就是用比较文学的方法把中国的当代的这个作品或者带有某些思潮性的作品，跟外国的当代文学放在一起看，就是把中国作品放在世界范围里看，怎么评论它，外国作品有时不一定很好，中国的某些个作家或某些作品，放在世界范围里，我们怎么看，这个工作你要不做外国人就做。

另外就是，我希望把古今沟通起来，我很希望大学里讲中国文学史的人，你联系到当前的文艺创作，你就说，中国某些人在当代文学创作上有些什么影响，某些个作家是受了哪些个人的影响，要不成了没有祖宗的人了。所以，我倒设想，能不能有人写一个魏晋文学对鲁迅作品的影响，或者是从郦道元起中国的游记对当代小说景物描写的影响。我总觉得你大学讲文学史，讲作品，没有一个人，也没想过，也没点胆量，说我就把邓友梅的作品跟古代哪一个作品联在一块儿讲。我觉得否则总是停留在研究者的案头，它不直接影响当前的创作。

二十一世纪的文学？

我能不能活到二十一世纪，没有把握。但是文学是会永存的。文学已经存在了若干世纪，它还会存在很多世纪，文学是不会消失的。

下一世纪的文学会是个什么样子，不好预言。但是我想还是会沿着二十世纪文学的道路发展下去。会有所改变，但是不会变得叫我们完全不认得。

二十世纪的中国文学，从现代文学到当代文学，翻来覆去，无非是两个方面的问题。一个是现实主义和现代主义的问题，一个是继承民族传统与接受外来影响，主要是西方影响的问题。这两方面的问题是互相关联的。我想现实主义和现代主义是可以并存，并且是可能融合的。继承民族传统与接受西方影响也是并不矛盾的。文学的潮流本不是泾渭分明、井水不犯河水。作家也不必自立门户，不归杨，则归墨，自己在一棵树上吊死。

有一次在北京举行的讨论我的作品的座谈会，我作过一个简短的发言，题目是“回到现实主义，回到民族传统”，这好像是我的文学主张。为什么用“回到”这个词儿，是因为我年轻时较多地吸收西方现代派的影响。我写过象征派的诗，在小说也有意地运用过现代派的表现方法，比如意识流。我认为现实主义仍然很有生命力，一个作家是不能脱离本民族的文化传统的。所谓“祖国”，重要的内容，是本民族的文化。没有祖国，没有自己民族的文化传统，是很痛苦的。我接触到几位美国的黑人学者，完全能体会到他们的没有历史，没有自己文化传统的深刻的悲哀。我在一篇文章里称他们为“悬空的人”。

为了恐怕引起误会，我在另一次发言里做了一点补充，说我所说的现实主义是能够吸收一切流派的现实主义，我所说的继承民族文化传统是不排斥任何外来影响的文化传统。

针对大陆近年的文学现状，我觉得有强调吸收现代主义和西方影响的必要，不是需要削弱甚至是摒弃。

我想二十一世纪的中国文学可能是更加现实主义的，同时也是更加现代主义的；更多地继承民族文化传统，也更多地吸取外来影响的。

台湾文学和大陆文学我觉得是一体的。从和台湾作家的接触中，我不觉得有陌生感，和与大陆作家相接触没有什么两样。当然，由于长期的隔离，会有些地方还不那样熟悉，加强交流是非常必要的。台湾文学可以从大陆文学借鉴一些东西；大陆作家一定也会从台湾作家的作品中得到很多教益。台湾的许多作家的文化素养是我所敬佩的。他们对中国古典文学和西方文学的熟悉程度是大陆一些作家，至少是我，所不及的。

文化的异国

我年轻时就很喜欢桑德堡的诗，特别是那首《雾》。我去参观桑德堡的故居，在果园里发现两棵凤仙花，我很兴奋，觉得很亲切，问陪同我们参观的一位女士："这是什么花？"她说："不知道。"在中国到处都有的花，美国人竟然不认识。

美国也有菊花，我所见的只有两种，紫红色的和黄色的，都是短瓣、头状花序，没有卷瓣的、管瓣的、长瓣的，抱成一个圆球的。当然更不会有"懒梳妆""十丈珠帘""晓色""墨菊"……这样许多名目。美国的插花以多为胜，一大把插在一个广口玻璃瓶里，不像中国讲究花、叶、枝、梗，倾侧取势，互相掩映。

美国也有荷花，但美国人似乎并不很欣赏。他们没有读过周敦颐的《爱莲说》，不懂得什么"香远益清""出淤泥而不染"。

美国似乎没有梅花。有一个诗人翻译中国诗，把梅花译成杏花。美国人不了解中国人为什么那样喜爱梅花，他们不懂得"疏影横斜水清浅，暗香浮动月黄昏"。不懂得这样的意境，不懂得中国人欣赏花，是欣赏花的高洁，欣赏在花之中所寄寓的人格的美。

中国和西方的审美观念是有很大的不同的。

比较起来，中国对西方的了解比西方对中国的了解要多一些。

我在芝加哥参观美术馆，正赶上后期印象派专题展览，我看了莫奈、梵·高、毕加索的原作，很为惊异，我自信我对莫奈、梵·高、毕加索是能看懂的、会欣赏的。

我看了亨利·摩尔的雕塑，不觉得和我有不可逾越的距离。

但是西方人对中国艺术是相当陌生的。

中国“昭陵六骏”的“拳毛騧”“飒露紫”都在美国的费城大学博物馆展出，我曾特意去看过，真了不起！可是除我之外，没有别人驻足赞叹。

波士顿博物馆陈列着两幅中国名画，关仝的《雪山行旅图》和传宋徽宗摹张萱《捣练图》。《雪山图》气势雄伟，《捣练图》线条劲细，彩墨如新，堪称中国的国宝。但是美国参观的人似乎不屑一顾。

要一般外国人学会欣赏中国的书法，真是太难了，让他们体会王羲之和王献之有什么不同，那是绝对办不到的，文学上也如此。

中国人对美国的作家，从惠特曼、霍桑、马克·吐温到斯坦贝克、海明威……都是相当熟悉的。尤其是海明威，不少中国作家是受了海明威的影响的，包括我。但是美国人知道几个中国作家？有多少人知道鲁迅、沈从文？这公平吗？

是不是中国作家水平低？不见得吧！拿沈从文来说，他的作品比日本的川端康成总还要高一些吧！但是川端康成得了诺贝尔奖，沈从文却一直未获提名通过。这公平吗？

中国文学没有在世界范围内得到公平的评价，一方面是因为缺乏了解，另一方面，不能不说，全世界的文学界对中国文学存在着偏见。有人甚至说：“中国无文学”，这不仅是狂妄，而且是无知！

我在国外时间极短，与一般华人接触甚少，不能了解他们的心态。与在国外的文化、文学工作者也少交谈，但我可以体会，在不公平的、存偏见的环境中，华人作家、艺术家，他们的心情是寂寞的，而且充满了无可申说的愤懑。

谁叫咱们是中国人呢！

西窗雨

很多中国作家是吃狼的奶长大的。没有外国文学的影响，中国文学不会像现在这个样子，很多作家也许不会成为作家。即使有人从来不看任何外国文学作品，即使他一辈子住在连一条公路也没有的山沟里，他也是会受外国文学的影响的，尽管是间接又间接的。没有一个作家是真正的“土著”，尽管他以此自豪，以此标榜。

高中三年级的时候，我为避战乱，住在乡下的一个小庵里，身边所带的书，除为了考大学用的物理化学教科书外，只有一本《沈从文小说选》，一本屠格涅夫的《猎人日记》。可以说，是这两本书引我走上文学道路的。屠格涅夫对人的同情，对自然的细致的观察给我很深的影响。

我在大学里读的是中文系，但是课外所看的，主要是翻译的外国文学作品。

我喜欢在气质上比较接近我的作家。不喜欢托尔斯泰。一直到一九五八年我被划成右派下放劳动，为了找一部耐看的作品，我才带了两大本《战争与和平》，费了好大的劲儿才看完。不喜欢陀思妥耶夫斯基那样沉重阴郁的小说。非常喜欢契诃夫。托尔斯泰说契诃夫是一个很怪的作家，他好像把文字随便丢来丢去，就成了一篇作品。我喜欢他的松散、自由、随便、起止自在的文体；喜欢他对生活的痛苦的思索和一片温情。我认为契诃夫是一个真正的现代作家。从契诃夫后，俄罗斯文学才进入一个新的时期。

苏联文学里，我喜欢安东诺夫。他是继承契诃夫传统的。他比契诃夫更现代一些，更西方一些。我看了他的《在电车上》，有一次在文联大楼开完会出来，在大门台阶上遇到萧乾同志，我问他："这是不是意识流？"萧乾说："是。但是我不敢说！"五十年代，在中国提起意识流都好像是犯法的。

我喜欢苏克申，他也是继承契诃夫的。苏克申对人生的感悟比安东诺夫要深，因为这时的苏联作家已经摆脱了斯大林的控制，可以更自由地思索了。

法国文学里，最使当时的大学生着迷的是A.纪德。在茶馆里，随时可以看到一个大学生捧着一本纪德的书在读，从优雅的、抒情诗一样的情节里思索其中哲学的底蕴。影响最大的是《纳蕤思解说》《田园交响乐》。《窄门》《伪币制造者》比较枯燥。在《地粮》的文体影响下，不少人写起散文诗日记。

波特莱尔的《恶之花》《巴黎之烦恼》是一些人的袋中书——这两本书的开本都比较小。

我不喜欢莫泊桑，因为他做作，是个"职业小说家"。我喜欢都德，因为他自然。

我始终没有受过《约翰·克里斯朵夫》的诱惑，我宁可听法朗士的怀疑主义的长篇大论。

英国文学里，我喜欢弗吉尼亚·伍尔芙。她的《到灯塔去》《浪》写得很美。我读过她的一本很薄的小说《狒拉西》，是通过一只小狗的眼睛叙述伯朗宁和伯朗宁夫人的恋爱过程，角度非常别致。《狒拉西》似乎不是用意识流方法写的。

我很喜欢西班牙的阿左林。阿左林的意识流是覆盖着阴影的，清凉的，安静透亮的溪流。

意识流有什么可非议的呢？人类的认识发展到一定阶段，就会发现人的意识是流动的，不是那样理性，那样规整，那样可以分切的。意识流改变了作者和人物的关系。作者对人物不再是旁观，俯视，为所欲为。作者的意识和人物的意识同时流动。这样，作者就更接近人物，也更接近生活，更真实了。意识流不是理论问题，是自然产生的。林徽因显然就是受了弗吉尼亚·伍尔芙的影响。废名原来并没有看过伍尔芙的作品，但是他的作品却与伍尔芙十分相似。这怎么解释？

意识流造成传统叙述方法的解体。

我年轻时是受过现代主义、意识流方法的影响的。

太阳晒着港口，把盐味儿敷到坞边的杨树的叶片上。

海是绿的，腥的。

一只不知名的大果子，有头颅那样大，正在腐烂。

贝壳在沙粒里逐渐变成石灰。

浪花的白沫上飞着一只鸟，仅仅一只。太阳落下去了。

黄昏的光映在多少人的额头上，在他们的额头上涂了一半金。

多少人逼向三角洲的尖端。又转身，分散。

人看远处如烟。

自在烟里，看帆篷远去。

来了一船瓜，一船颜色和欲望。

一船是石头，比赛着棱角。也许——

一船鸟，一船百合花。

深巷卖杏花。骆驼。

骆驼的铃声在柳烟中摇荡。鸭子叫，一只通红的蜻蜓。

惨绿的雨前的磷火。

一城灯！

——《复仇》

这是什么？大概是意识流。

我的文艺思想后来有所发展。八十年代初，我宣布过“回到现实主义，回到民族传统”。但是立即补充了一句：“我所说的现实主义是能容纳各种流派的现实主义，我所说的民族传统是能吸收任何外来影响的民族传统。”

抗日战争时期。昆明大西门外。

米市，菜市，肉市。柴驮子，炭驮子。马粪。粗细瓷碗，砂锅铁锅。焖鸡米线，烧饵块。金钱片腿，牛干巴。炒菜的油烟，炸辣子呛人的气味儿。红黄蓝白黑，酸甜苦辣咸。

每个人带着一生的历史，半个月的哀乐，在街上走。……

(《钓人的孩子》)

这大概不能算是纯粹的民族传统。中国虽然也有“鸡声茅店月，人迹板桥霜”，有“古道西风瘦马，枯藤老树昏鸦”，但是堆砌了一连串的名词，无主语，无动词，是少见的。这也可以说是意识流。有人说这是意象主义，也可以吧。总之，这样的写法是外来的。

有一种说法：越是民族的，就越是世界的。这话我不知道是什么意思。如果说越写出民族的特点，就越有世界意义，可以同意。如果用来作为拒绝外来影响的借口，以为越土越好，越土越洋，我觉得这会害了自己，也害了别人。

我想对《外国文学评论》提几点看法。

希望能研究一下外国文学研究的最终目的是什么？我以为应

该是推动、影响、刺激中国的当代创作。要考虑刊物的读者是什么人，我以为应是中国作家、中国的文学爱好者，当然，也包括中国的外国文学研究者。不要为了研究而研究，不要脱离中国文学的实际，要有的放矢，顾及社会的和文学界的效应。

评论要和鉴赏结合起来，要更多介绍一点儿外国作家和作品，不要空谈理论。现在发表的文章多是从理论到理论。评介外国的作家和作品，得是一个中国的研究者的带独创性的意见，不宜照搬外国人的意见。

可以考虑开一个栏目：外国作家对中国作家的影响，比如魏尔兰之于艾青，T.S. 艾略特、奥登之于九叶派诗人……这似乎有点跨进了比较文学的范围。但是我觉得一个外国文学研究者多多少少得是一个比较文学研究者，否则易于架空。

最后，希望文章不要全是理论语言，得有点文学语言。要有点幽默感。完全没有幽默感的文章是很烦人的。

待遣春温上笔端

僻处南郊，孤陋寡闻。耳目所接，我觉得近年来文学创作的情况是好的。好在哪里？好在出现了一些优秀的新人新作。

新人新作的可贵，在于新。思想、语言、表现方法，都有超越前人，异于同辈处。新，往往就有点奇，有点不合常规。于是引出各种议论。说好的，说坏的，都有。这不足怪。新人新作，难免有这样那样的不足、缺点，乃至失误（我不喜欢“失误”这个词儿，这让人想起“马失前蹄”），这不要紧。有人提出：要引导。引导引导也好。问题是：谁来引导？一个作家的路是他自己走出来的。只要他对生活、对写作的态度是诚恳的，他会走得很稳当的。

淡化现实，和现实保持距离，有意疏远，以为这样的作品才有永久性，不知道有没有这样形诸文字的理论。如果有，我以为是不对的。但是对现实需要有一个熟悉的过程、思索的过程、沉淀的过程。要求今天有伟大的现实，明天就有伟大的作品，这想法本身是不现实的。

我认为一个作家是应该有社会责任感的，写作的时候应该考虑社会效果。一个作品总会对人的精神产生这样那样的影响。想到这一点，我就觉得很惶恐。但是我不主张把社会效果看得太死、太直、太窄。随风潜入夜，润物细无声。我们需要研究读者的欣赏心理学。

我希望青年作家能写一点儿叫人欢悦的作品。改鲁迅诗的一个字，作为我对年轻人的祝愿：待遣春温上笔端。

作家五人谈

昨天心武说，现代西方小说的语言比较冷静，我觉得这是现代文学和传统文学的重要区别之一。语言简练朴素，用一般的叙述语言，尽量不带感情色彩，不动声色，而且不像屠格涅夫的语言有很多词藻，有很多定语状语。它的许多比喻、句式都非常简单，句子也很短，都是生活中的语言。而我们现在的许多小说，作者本身的倾向、爱憎、感情流露过于明显。即使如此，可能有些编辑同志觉得还不够热情，感情还不足，还要求作者把他想说的完全写出来，完全告诉读者。这样确实叫读者没有回味余地，有点耳提面命，就是我要说的话，我的思想感情，读者你得好好听着！可现在的读者不吃这一套。我认为作者写作当然要有很深的感情，很强烈的爱憎，不能说作家本身是无动于衷，没有态度和感觉的，但最好是不要表露出来，一露就浅，一浅就没有意思。作者的倾向性不要说出来，感情当然也得流露出来，但要通过作品的字里行间含蓄地流露。即使有褒贬，也在叙述中自然出现，不要单独说出来。我有个折中的想法，叙述语言是否也带一定的抒情性？自己有个切身体会，我对《大淖记事》里的主人公很有感情，可我并没有多去夸奖他，尽管如此，我觉得还是扣住了自己的感情写。我这样结尾——“十一子的伤会好吗？会。当然会！”这两句话就是我对这个人物的全部态度。也许最好连这个也不说。海明威是很厉害的，连这种感情也不流露，完全客观、冷静地叙述。我当然不能完全像他，各人的气质不一样。这就是所谓态度冷静、语言控制、感情节制的问题。我并不反对有时发点议论，我认为这要以题材而异，有些题材不发议论，有些我就要发议论。弗朗西斯的小说就主要是发议论，故事很简单，不占主要成份，你不能说它不是好小说。

另外，我觉得好的语言，首先是朴素，越朴素的语言越好。我赞成用大众一听就懂的，凡是只有翻翻字典方知道意思的词儿最好不用。有个评论家评我的小说，说我的语言很奇怪，每句话拆开看很平淡，搁在一块儿就很有味道了。当然是过奖了，但我确实是想追求这种语言。每句话拆开来平平淡淡，关键在这句话和那句话之间的关系。古人所谓的文气，就是指语言的内在结构。

另外，小说的语言要和你所写的那个人物贴切，如果你写大学生的生活，就尽量用接近大学生的语言，以此类推。不仅对话，叙述也如此。这几年我比较注意这个问题。最近写了我中学时代的一个语文教员，语言就和前几篇完全不一样，用语半文不白，甚至整段整段用文言文。因为这个人物需要这种语言来刻画他。

人们往往有个误解，认为对话要有哲理，再加一点儿诗意，和普通人说话不一样。其实对话就是普通说话。我记得大学二年级时写小说反映大学生活，人物说话都很机智、很俏皮、很有诗意，再加些哲理等等，我的老师说那不是对话，是两个聪明脑袋在打架，实际生活里没有那么说话的。托尔斯泰和高尔基都说过类似的话：人是不能用警句交谈的。有人老想在对话中说出警句，这不行。当然，戏剧语言和小说语言有区别，如果我想写个史诗剧，朗诵本身就诗化了。戏剧机动性高，可以有格言、警句，像莎士比亚“活着，还是去死”之类的话。生活里如果有谁在那儿高叫："活着，还是去死"，那就可笑了。

要赋予普通语言以新的意义，把通用词变成自己独创的词。例如有位作家写一棵大树倒下——"大树叹息着，庄重地倒下了。"庄重这词儿谁都能用，但用在大树倒下，我觉得再贴切没有了。用普通的词给人一个独特的形象，这就是独创了词。这叫"人人心里有，笔下除我无"。

补充一点。一个地区出现文艺的繁荣，和刊物关系很大。举个例子，这几年我又重新写作，跟发表《受戒》有关系。《受戒》的发表是很偶然的，我说写出来没人敢发，我写着自己看，束之高阁。后来有人告诉《北京文学》当时的主编，说有这么个人写了这么篇小说。主编同志很想看看，我说这种东西是不能发表的，发表需要很大的胆量。可他看完后很快就发表了。他说不管什么时候，文学都必须和胆识联在一块儿。的确如此，一个刊物的编辑，尤其是主编，是要有胆识，而且要独具慧眼，要做伯乐。一种小说已发表很多了，再发表有什么意思。往往发表一篇新东西，就会给创作打开一个新天地。

访汪曾祺实录

张：请先谈谈您创作经历的简单情况。记得八十年代初，我们这辈青年人首次读到您的《受戒》，印象很新鲜而深刻，而对您的名字却感到很陌生，似乎是“新”作者，但从作品本身看，又很有一股独特的“老”作家的功底在。后来才知道您确实是早在四十年代初就已从事创作的老作家……

汪：是的，大约在一九四〇年，我二十岁时，在云南昆明，上西南联大的中文系，从师沈从文先生。沈先生开的一门“各体文习作”，是必修课。我最早的创作就是这些习作，其中一些篇什，经沈先生推荐到一些文艺报刊上发表了。我的经历也不复杂：四十年代，在昆明生活了七年；四六年到了上海，当过一年的中学教师；后来就到了北京，当过几年刊物编辑，很少写作了；五七年“反右”时我先还没挨上，但后来还是逃不脱，补戴上了“右派”帽子，放到张家口去劳动，有四个年头。六二年回到北京后，原单位不接受，后经北京市文联有关同志帮忙联系到了北京京剧团（现改称“北京京剧院”），干编剧工作，前几年退休，后又返聘回去，所以现在也还在京剧院工作……

张：不少读者似乎都以为您是作协的专业作家。

汪：我的作品不算多，当个业余作家就觉得很好，比较超脱些，不须太多介入复杂的文学界。

张：您在一些文章里说过“长期脱离文学创作”，想必就是指新中国成立后二十多年时间里几乎都不搞文学（只写过很少的几篇小说、散文小品），而是搞起了戏曲。那么，这一段从事戏曲编剧的经历，对于您在七十年代后期重新搞文学创作，是否有些什么影响？

汪：影响是有的。从正面看，大概主要是：在创作时，腹稿考虑比较成熟。因为戏曲编剧在构思过程中花的时间很多，要反复酝酿，整体构思完全成熟后才能动笔。我现在写作，基本上也保持这一习惯。比较短的作品，几乎是可以通篇背得下来后才动笔写。我不习惯在草稿上改来改去，基本上是一遍稿。往往开头较难，写得不顺时我就撕去重写，直至开头写顺了，通篇就能一气写成。当然，构思完整了，但有些细节在动笔中也难免有所改动。我的作品，基本上都是在构思时间比较长的情况下写成的。

张：从一些文章中看到，您多次表示过不大同意“乡土文学”的提法。但在许多读者的印象中，您的作品里有着浓厚的乡土风俗味儿，似乎就属于人们观念里“乡土文学”的范畴。对此，您自己的想法如何？

汪：我是不同意“乡土文学”这个提法。当然，作品里有乡土风俗味儿，表现地域特色、民族特色等等，都是可以的、正常的，但这与“乡土文学”并不是一回事。现在文坛上人们说的“乡土文学”概念很含混。究竟什么叫“乡土文学”，都说不清楚。但有一点似乎很明显：标榜“乡土文学”口号，往往是表示与文学中一些“新潮”的东西相对立的。“乡土文学”这个口号，排他性、封闭性很强，把自己局限了起来。有人说“乡土文学”在外国文学中也有的。依我看，中国的“乡土文学”，与外国的“乡土文学”概念也不一样。如美国的斯坦贝克，他的作品是被称为“乡土文学”的，但他的“乡土文学”，并不仅只是一个地域特色的概念。至少有两点：一是坚持现实主义；二是思想内容中表现人道主义的东西，如他的《人鼠之间》等作品。而我们这里提“乡土文学”，似乎只是强调写地域特色，这样的“乡土文学”太简单了些。

张：不过，现在人们谈“乡土文学”在概念内涵上也有些新的理解，比如似乎特别强调它的“民族性”……

汪：实际上，标榜“乡土文学”者，也并不真正强调民族的传统文化，而只是强调宋元以后的市井文化。

张：是否可以说，它强调一种“民间性”的东西？

汪：市民性。是从宋元话本开始的市民文化的东西。

张：撇开“乡土文学”这个泛概念，现在文坛上似乎还有种种加上地域性标签的文学群体、流别之说，比如“京味小说”“海派文学”等等。您认为自己是否属于“京味小说”作家之列？前不久举行的“京味”作品讨论会，以及即将出版的京味小说八家作品集，是把您已列入“京味”作家群的。

汪：我对“京味小说”这个概念也不理解。在讨论会上对这个概念的界定，说了半天也说不清楚。为什么要提出这个东西？我不喜欢把一些作品标上地域性的标签，称为“什么什么文学”的。至于把我列入“京味”作家，大概因为我有几篇小说写北京的生活，用北京话言，有点北京味道。其实这都不算我的主要作品。

张：您的许多作品都是写故乡江苏高邮的乡俗人情旧事的，也可以说是您创作的主要部分。似乎您的作品基本上都是写自己生活经历中的实有的人物、事件……

汪：大部分是有生活根据的，当然也有一些想象、虚构，而这也需要两条：一是靠生活的长期积累；二是要有对生活的独特看法，也就是现在常说的作者的主体性。我很同意法国一位心理学家说过的一段话，大意是：所谓想象，不外是记忆的一种重现或复合。我的一些作品就是写有关故乡旧事的记忆。如果在生活中没有真实的感受，从何想象？

张："现实主义"现在已经被理解成一种宽泛的东西。您自己也曾经认为，现实主义的基本规律就是从生活出发。在这个意义上，是否可以说，您的创作的总体追求，是属于现实主义的？

汪：可以大体上这样说。但也不绝对。因为现实主义这个概念是在变化发展的。十九世纪时，现实主义的对立面似乎就是浪漫主义，二十世纪以来，它的对立面似乎就是现代主义了。我坚持现实主义，但也不排斥现代主义。年青时开始接触文学，就曾读过不少现代主义的东西……

张：从您当时以至现在的创作中，似乎都不难看出现代主义的影响。在总体上看，您对现实主义确实有着自己的独特追求。

汪：在文学上我的经历也独特。对"伪现实主义""伪浪漫主义"的东西体会尤深。在"四人帮"时期，现实主义和浪漫主义都被糟踏得一塌糊涂。我参加过搞"样板戏"的编剧，当时的创作，什么"两结合"创作方法，完全是说谎，无中生有，胡编乱造，我从这种创作经历过来，对这一点感受很深。也是"物极必反"吧。粉碎"四人帮"后精神上松了绑，我重新搞起文学来，就完全不信那一套了。我恢复了自己在四十年代曾经追求的创作路子，就是说，我在八十年代前后的创作，跟四十年代衔接了起来。

张：这么说，新中国成立后二十多年里中断了您自己的文学创作，既是一种不幸，似乎也是一种"大幸"？

汪：中断那一段时期的创作，对我来说无形中是有好处。因为十七年时期和“文革”时期的文学中，是“左”的东西占上风的，写政策，写好人好事。这时期我不搞创作，受这些东西的影响也就不深。所以我就等于避开了这个时期，续接回到了四十年代的创作路子。

张：这很有意思。您自己独特的创作路子，显然是有自己独特价值的。对于您的作品的研究，如果撇开一些具体的角度（比如题材、内容、语言、结构、技巧等），而从整体上看，我觉得，您通过文学创作，更多地表达出了一种特定的生活态度，一种关于人生、关于世界的基本信念和价值观念。也就是您在《自选集》的自序中所表述的：“总起来说，我是一个乐观主义者。对于生活，我的朴素的信念是：人类是有希望的，中国是会好起来的。我自觉地想要对读者产生一点儿影响的，也正是这点朴素的信念。”在这之前，您也曾经说：“一个作家总要使人民感到生活是美好的，感到生活中有真实可贵的东西，要滋润人的心灵，提高人的信心。”……是否可以认为，这些话基本概括了您的人生观念和文学观念？

汪：可以这么说。

张：您能否更具体地谈谈对文学观念基本方面的一些看法。比如：文学的本质特征问题（“文学是什么？”）；文学的功能价值问题（“文学有什么用？”）；作家在社会生活中的位置问题（“作家是干什么的？”）等等。当前文坛上作家们在这些观念方面似乎有两种极端的倾向——一种是强烈参与型的，讲“责任感”“使命感”“忧患意识”等等；另一种是自觉或不自觉的超脱型，讲“纯文学”“感官消遣”，以至“玩文学”等等——您的看法如何？

汪：我同意说文学对社会是有作用的。同意作家讲“责任感”“使命感”。有些人对此反感，恐怕是一种意气用事。但如果冷静地看，作家完成一部分作品后，只放在抽屉里，当然是自己的事。但一旦把作品拿出来，变成社会的东西，就不能不对世道人心有所影响。

当然，我也不同意像过去那样把文学的作用、功能看得那么浅近、直接，以前常常说“文学是生活的教科书”，还有“灵魂工程师”等等，提法也不科学。我不同意说文学有直接的“教诲”作用，但也不主张没有一点儿“教诲”意义。一部作品所表达的思想感情是健康的、使人对生活有信心的，还是相反，这其中总蕴含一定的“教诲”意义。我觉得文学应该让人感觉到生活是有意义的，而不应使人们对生活有一种悲观绝望情绪。现在一些作品里表现人生的“痛苦”“失落感”“荒谬感”“孤独感”等等，很时髦。其实在我们社会里，还不具备产生这么多“感”的条件。不过，也确实有些作家感到生活没有意义，很荒谬，如果这些思想感情是真诚的，我也不反对他真诚地表现一下。但问题是，现在不少人是“为赋新词强说愁”。

张：这要区别不同情况。我想，在年青一辈的作家里，感到人生痛苦和荒谬并把它表现出来的，一部分确实来自真实的现实体验，另一部分则可能来自西方现代派的影响，比如卡夫卡……

汪：就我个人来说，我也很喜欢卡夫卡的作品，但我觉得，中国总不可能真正产生“卡夫卡”。中国现实里是有荒谬的东西，但问题在于对它抱怎样的态度。我很赞成一些作家主张要有“忧患意识”，在荒谬的现实里寻找出路，我认为是好的。而对于那种完全在抽象概念里玩“荒谬感”之类的游戏，我不以为然。

张：那么，对人们议论的那种“玩文学”，或者“探索文学”

令人“看不懂”等现象，您怎么看？

汪：“玩文学”，玩儿一下也未尝不可以。让他玩儿一阵，恐怕就不一定玩儿得下去了。对这种现象可以放松一点儿，不要把作家都“管”起来，现在文学界还是有些人总想当作家的“婆婆”。

“探索文学”跟“玩文学”恐怕不是一回事。我对“探索文学”了解也不多，但觉得，它作为一种艺术探索现象，还是值得尊重的。比如残雪的出现，不能说没有道理。

关于“当代文学四十年”的回答

我认为文学四十年，最重要的经验是放弃了“文艺为政治服务”的口号。最重要的教训是提出这个口号，并且坚持了很长的时间。

不取消这个口号，就不可能有文学的“新时期”。

随着这个口号的放弃，就自然地带来一个公式的消失：政治标准第一，艺术标准第二。

因此就带来文艺理论和批评的解放。

但是，有一些人并未真的放弃这样的口号、公式，他们认为，这样一来，岂不是就“乱了套”吗？

与马原、张炜对谈

马：我们都离家大老远地到杭州来了。这个片子的情况你们已经知道，还是先给观众们谈谈个人创作情况吧，当然主要是新时期的这段。您到西南联大是哪年？

汪：一九三九年到一九四三年，我的创作是从一九四〇年开始的，二十岁开始发东西。我开始很早，但中间缺了一大块，所以大家都说我是大器晚成。四十年代到现在写东西的人不多了……

马：您好像是唯一的一个，实际有创作能力的人已经没有了。

汪：我年轻的时候一开始写诗，我念的中文系受西方现代派的影响比较大，当时写的那些诗受象征派的影响比较明显，所以有一次我在我们西南联大的校园看到前面两个人说：谁叫汪曾祺呀，另外一个人就回答：就是写那首别人不懂他自己也不懂的诗的那个人。虽然我读的是中文系，但主要是受西方现代派的影响，也受唯美的新感觉派的影响。台湾有个杂志介绍我的作品，他说我是中国最早用意识流方法写作的人，写得最好的是我，其实不是。用意识流方法写作绝对不是从今天，从王蒙开始的，老早就有了。废名的小说就是意识流，林徽因的小说也是，她是中国的绝代才女。意识流这个东西，是人类对生活的认识发展的必然结果。

马：那时候很多人都说您是沈从文弟子，在西南联大听过他的课。

汪：应该说我是他的入室弟子，不仅上过课而且是得意高徒。

马：在当时就跟沈先生关系非常好，是他得意的学生。

张：沈先生批改过他的作业，看他的小说。

汪：后来我问沈先生我是不是你的得意弟子呢？沈先生说，就认我一个。这个确实，我们过去听过他的课，后来还写东西的人确实没有了。

马：张炜，汪老是二十来岁写东西的，你差不多也是这个年龄吧。

张：我写东西早，发是一九八〇年，二十三岁，汪老，他那时候搞京剧呢。

马：你当时一九八〇年时已经写过几年了？

张：我从十七岁开始写的。

马：就是连续不断地写。

张：我写过二三百万字才开始发表第一篇作品。

马：咱们俩情况有点一样，写了许多年才出来，我快三十了才发表作品。汪老，您四十年代的小说总共有多少？

汪：不知道了，保留下来的，收在我集子里的只有两篇，一篇叫《复仇》，一篇是在台湾一个集子里面，其他就没了。据说他们有个什么地方选散文篇，居然找到了我二十多岁写的一篇散文，我说你们在哪找到的呢，我都不记得了。

马：汪曾祺是您的本名吗？

汪：是，我是行不改名，坐不改姓。

马：张炜也是本名，我还听你说过对你的本名不太满意，因为用的人比较多。

张：但发表文学作品的就我一个，有个体育记者叫张炜。

汪：你这个名字看起来好像你命里八字五行缺火，一般用火字旁这个炜就是八字里缺火。

马：您没有再想办法把四十年代散失的作品收集一下？

汪：香港有个人不知道他怎么把我早期的作品收集了一多半，他说要在香港出个集子，我是不愿出。

马：这个从整个文学的大角度来考虑还比较要紧。

汪：我四十年代，到一九四八年，我出了一本集子，是巴金办的文化周刊出的，是我的第一个集子。

马：那这个集子现在还有吗？

汪：原来我手里有一本，很难找到了，但是有些人手里有。有十二三万字。

……我写东西有个三级跳，四十年代写一些东西，也是现代派味道的，当时我还没到上海，上海就有一些人知道有个汪曾祺写这样的作品。有一本刊物就是郑伯农和李健吾编的，叫《文艺复兴》，我的老师沈从文就把我的两篇小说寄给郑伯农，当时这种写法的小说还是很少的。

马：那就等于中间断了几十年，这中间搞些别的。

汪：从一九四九年到一九六二年或一九六三年，二十多年吧。当时我那种写法的人不多，郑伯农看了很激动。那个稿子都放在那好多年了，上面都有蛀虫的眼了，而且是毛边纸，是用老笔写的……

……我为什么和年轻人在精神上比较相通呢，他们也有一些搞现代派的，我说过搞现代派我是过来人，我现在也在搞，他看不出来。

马：我对新时期文学是唱高调的，有的人觉得并没好到哪去。我觉得八十年代的中国小说是哪个朝代也没法比的。你是以《古船》闻名新时期的，能不能稍微谈一谈……

汪：……我是到六十岁开始重新写小说的。

张：但汪老一开始就不是问题小说，接受起来不习惯。

汪：我这里也是个尝试，大家都知道我搞了十年样板戏，我认为此路不通简直没法写下去，这个笑话很多，这里不谈了，简直弄得我苦不堪言。当时我们搞样板戏的好像钦差大臣似的。另外有人很奇怪，你怎么这么大年纪又想写现实性小说了。我说我是受党的十一届三中全会感召而写作的人。人家说和这有什么关系。我说有关系的，十一届三中全会主要精神就是解放思想创作自由，要是当时没有这样一个大环境，我是不可能想起写东西的。当时有人问我，你写这个往哪发表，我说自己写着玩儿嘛。后来《北京文学》的主编李清泉，他听说有人写幽默小说，当时有人汇报是作为一个文艺创作中一个值得注意的不好倾向在会上提出来的，他说想看看这样的小说。这个李清泉是很有眼力的，他看了以后他不用通过什么一审、二审，他是主编嘛，他马上写个稿签就发表了……

马：张炜，你读不读同时代同行的作品？比较喜欢读哪几个人的？

张：我读得不多。我读得相对多一点儿是张承志的、韩少功的、王安忆的。

马：汪老您读不读？您在新时期文学里是个主将，又是前辈，新时期比较活跃的作家更多的是五十多岁的、四十多岁的和三十多岁的，您比这些人都大出一截，您读不读他们的作品？

汪：总的说起来，新时期这些作家的作品我觉得成就是很大的。有的人说新时期这个十年文学是群魔乱舞，我觉得这是非常不对的，我认为新时期的作家，新时期这十年的文学成就，特别是一些中青年作家的起步比三十年代的作家的水平要高，而且高得多。

马：那么您比较喜欢读谁的作品？

汪：我现在不读，因为我现在没多少时间。偶尔碰到我的眼睛前我才看看。我总写序，人家要我写序，我得看一看，很难有一个公平的看法，我是东看一点儿西看一点儿。我觉得铁凝的小说写得还不错，我觉得她那个《玫瑰门》挺好。《玫瑰门》的座谈我参加了，她从《哦，香雪》到最近发表的很短的《尴尬风流》，我觉得她的小说很有特点，她的小说你说不出她到底表现什么。

马：要让您推荐一本书，您一生中哪本书对您影响比较大或者说您愿意把哪本书推荐给读者？

汪：我是很有偏见的人，有些历史上很有名的巨著我是望而生畏，包括像《战争与和平》，幸亏我打成右派了，在那种时候我才把《战争与和平》通读一遍，但是我还是不大喜欢。我比较喜欢的，也是我受益不浅的两个作家，一个是契诃夫，还有一个西班牙的阿左林，这个作家中国人不大了解。我年轻时受过一点儿意识流作家的影响，我很喜欢英国那个女作家弗吉尼亚·伍尔芙，她的一些书应该重印，她的讲文学问题的长篇演讲，还有一些很短的小说，有一篇小说从一个狗的眼睛看到的这个角度写白朗宁跟白朗宁夫人的恋爱，非常别致的。

张：要说一本的话是《卡拉马佐夫兄弟》。

马：差不多，可能我们俩的选择差不多。现在文学中有大量的关于性的描写，因为性观念开始逐渐开放，你对性进入文学怎么看。

张：我觉得搞文学不可能回避性描写，这个很重要，往往是那些很有深度的严肃的作家写得更好，但是它需要更大的才能来理解和处理，而现在我们出现的写性的作品恰恰相反，搞得比较肤浅，更多的形象是向读者妥协的……

马：汪老您怎么样看？

汪：我投赞成票。我觉得性有很多写法，可以写得很粗俗、很丑恶，也可以把它写得很美，英国劳伦斯的《查泰莱夫人的情人》，我年轻时看觉得很抒情、很美。有的不是性文学，是性交文学。

马：在新时期众多的文学刊物里，张炜你觉得哪本办得最好？

张：这在不断地变化，总体上看还是《收获》。

汪：我也同意。只有《收获》一直到现在还坚持自己的主张。

张：我要是再添一本，就是《上海文学》。

汪：要是不得已而其次，我倒是觉得长春那个《作家》作为一个省级刊物办得真不错。

张：尤其是它在北边，在关外。

汪：我和《作家》的关系是不错的，我是他们经常的撰稿人。

马：对，汪老的很多散文都是在《作家》发的。要是让你重新选择的话，你还会干作家吗？

张：还干这个，还写小说。我觉得现在离开文学这些人，轻易离开的不多。按说是好事，在社会里面各种冲击比较大，有的人本来就不觉得做个作家更好，大家都拥挤在这里也没意思，还不如下海，而真正热爱文学的人反而更坚定，我想我是个很坚定的人。我们很多人其实是做一个作家，我对作家这个要求是很高的，从人格力量到他的才华和成就，是综合的。

马：那么现在商品大潮的冲击，大家都在想下海赚钱，你有没有想法？

张：没有，一点儿也没心动。好多动了，写得真正好的没有一个动的。当然我也不能说动的都不好，也不是这样，我觉得在这个时代，在社会的转型期更需要好多优秀分子来思考问题，我觉得好好思考是我们这一代作家非常重要的使命，也是我们最高的道德原则，我讲的不是一般意义上的道德。

马：你心里要是还有文学偶像的话，你觉得谁是你的偶像？

张：托尔斯泰。

马：单独拿出一本书，你是《卡拉马佐夫兄弟》……

张：再推荐一本就是《复活》。

马：那么就是说你希望你写得像《复活》一样。

张：在高度上。

马：有没有信心，觉得自己行不行？

张：不一定，不一定是我。

马：（笑）我问得有点咄咄逼人。

张：有点不好回答。

马：但是我说艺术家内心里总有一些愿望，这种愿望在你能达到一种什么程度？

张：这不太好回答。但是起码我能承认，我不是那种作家。我的要求蛮高的，但是不能具体化，具体化没法讲。

马：你对同时代还在写作的作家信心足不足？

张：我觉得蛮有希望的，我觉得我们的文学到现在才真正走到了一个有希望的时期，这个时期对我们每一个作家构成了真正的刺激条件，我个人很乐观，对文学本身很乐观，对文学乐观并不表示我对其他的也很乐观。

马：但是你能低估商品大潮的影响吗，很难吧？这个时代文学这么不景气……

张：我觉得文学很好，没有发生什么足以让作家胆战心惊的事情，就文学本身来讲是这样。

马：但事实上文学显得不太重要了，在公众的社会生活当中。

张：像过去那么重要也是不正常的，我觉得每一位作家总是对社会上的一部分人是重要的，这个事实本身就很重要。

马：你这么说我特别高兴。我故意说了些让你很难回答的问题，我想这样话题有点挑战性。汪老，您对我们这一代比较年轻的作家的状况是不是满意，您作为一位前辈作家比我们大那么多……

汪：我是很满意。我最讨厌上了岁数对年轻人横加指责，而且是非常无知的指责。我觉得上了一点儿岁数的人对年轻人不仅是一般说的关心、爱护、培养，我觉得是废话，上了岁数的人首先应承认不如年轻人，我说对年轻人不是教育人家而是从年轻人那接受教育，对年轻人的态度首先应该是折服，自己老了不行了，你还……现在很多人毫无自知之明。

马：我以前跟您没有太多接触，我听说好多年轻的作家跟您私人关系都非常好。……

汪：比如说过去的阿城，就是钟阿城，黑龙江的王阿成、何立伟，还有他们硬说是我把他提起来的曹乃谦、刘云龙。我这个人的感情是很真实的，只要发现一个有才华的人、有奇才的人，“君有奇〔才〕我不贫”，你有奇才我就不穷。我是很真实的，我确实是从心里愿意这些人前途无限。我在鲁迅文学院讲课，我说前途不在年轻人身上难道还在你六七十岁的身上，这也真太无自知之明了。

杭州·西湖国宾馆

作为抒情诗的散文化小说

对谈者：施叔青女，香港作家。

一、中国的各种运动，我是全经历过的

施：你是江苏高邮人，出身当地的书香人家？

汪：祖父是有功名的，还是个会治眼病的大夫，我父亲种花养鸟，斗蟋蟀，注重生活情趣，自己有画室，从小我也学着涂鸦，日后把绘画里的留白用到小说里来了。

母亲去世得很早，记得父亲糊了全套冥衣，用各色花纸，单夹皮棉，讲究得很。启蒙老师就是高北溟，《徙》里写的都是真事，他教我们读归有光、五四时期作家的作品。

高中毕业，本想考杭州艺专，怕让人瞧不起。十九岁独自到香港，经越南坐滇越铁路到昆明。得了疟疾，差点没能参加考试。我读的是中文系，选了沈从文先生三门课，他教过我的事迹在《沈从文先生在西南联大》一文提过。记得沈先生曾把我二年级的作业拿给四年级学生去学去看，他也公开说我是他最得意的学生。

施：西南联大，的确出了不少人才……

汪：美国有人专门研究西南联大的校史，才短短八年出的人才比清华、北大、南开三十年出的人才都多。当时宿舍、教室条

件都很差，宿舍是草棚顶，土墙，窗户上也没有玻璃，就是土墙上开个洞。抗战期间，大家生活都很不安定，学生穷得不可想象，裤子破了拿根麻线扎扎。为什么能出这么多人才？我想当时集中了北方几个大学最好的教授，学校校风自由，你爱讲什么就讲什么，谁也不管你。还有是很多教授对学生实行天才教育。

施：像沈从文先生的作文课。

汪：还有闻一多先生。

教授当中，只有朱自清先生上课是很认真的，他很不喜欢我，他说我不上他的课。我当时在学校里经常不上课，老是晚上到系图书馆去看书到三四点钟，早上起来也不上课。

朱自清教宋诗，他的教书方法很正规，每次都带一叠卡片，照着讲，还留作业，月考。

施：记得你写的第一篇文章吗？

汪：前几年有同学找了出来，其中有一篇《花园》，写我们家废弃的花园，带点回忆性质，也有点描写景色气氛。最近编本集子，找出了一篇在二十四岁时候写的小说，叫《小学校的钟声》，就是写离开我们的县里，在小镇上遇到一个小学的女同学，含含糊糊一种情绪。当时很多人不同意我这种写法，说这有什么社会意义？我的女儿说我这一篇写得非常坦率。二十岁到二十三岁期间的作品，一个是不容易找，一个是太幼稚了。

施：《职业》是何时写的？

汪：大约一九四五年，已经毕业了。

施：你是一九五八年才被打成右派，这很不寻常。

汪：当时每个单位都有指标，算算不够，把我补上去了，就那么简单。我写过一篇很短的黑板报的稿子，对人事工作提出一点儿意见，这稿子还是当时党支部动员我写的，引蛇出洞嘛！

施：当了戴帽右派，让你下地劳动？

汪：嗯，到张家口附近农业科学研究所劳动，我主要分配到果园里工作。《看水》那篇东西里的小孩儿实际上就是我。

施：四年的下放，谈谈你的感受？

汪：从某个角度看当然是很倒霉了，不过，我真正接触了中国的土地、农民，知道农村是怎么一回事。晚上就在一个大炕上，同盖一个被窝，虱子很多，它们自由自在，从东边爬到西边的被窝去。农民和我无话不谈，我确实觉得中国的农民，一身很沉重的负担，他们和中国大地一样，不管你怎么打法，还是得靠他们，我从农民那儿学到了许多东西。

施：真正下去改造自己啰？！

汪：对，当时的右派言论，让我从心里觉得是错的，应当下放劳动改造。我体力不是很好，但尽力去做，能扛两百七十斤重的麻袋，现在要我扛二十七斤，我也扛不动。我这个人在逆境中还能感受生活的快乐，比较能适应。

施：你一直有亲民思想……

汪：主要是我小时候的环境，就是生活在这些人当中，铺子里店员、匠人、做小买卖的这些人。你发现没有，我笔下的小民百姓，没有坏人，有人写评论，说我将所有人物雅化。

施：你一生当中没遇见坏人？

汪：当然有，但我不愿去写他。为什么？这跟我儒家的思想宗旨有关。我下放劳动，艰苦受难，也就是那么一回事，捱过了。

施：听说你还是个马铃薯品种专家？

汪：我是治晚瘟病的能手，硫酸铜加石灰水喷在马铃薯叶子上，不能太稀，要恰巧留在叶子上，才能起作用。劳动是很辛苦的，克服了，也挺有意思。我有本书没出版，挺遗憾，我画过一本马铃薯图谱，现在还很怀念那种生活，每天天刚亮起来，地上全是露水，摘几片马铃薯叶子，采一朵盛开的马铃薯花，对着画。那时没人管我，也不用开会，也不用检查，自由自在，正巧碰到三年自然灾害，也没怎么挨饿，画完了就把它吃掉了。（笑）

施："文革"时，你的遭遇尤其传奇。

汪：你也听说了，"文革"一开始，我是老右派，自然跑不掉，江青亲自下命令把我解放的。

施：为什么？

汪：因为她要用我，是在一九六八年，"文革"开始不久，所以我在牛棚里待的时间不是很长。一九六二年初我到了京剧团，从张家口回北京，原来单位不接收我，恰巧我写了《范进中举》的剧本，京剧团有名额，我就去了。

后来，我写《沙家浜》，江青说唱词写得不错，她就记得我了。

我的解放是非常富于戏剧性的，白天我还在劳动抬煤，有人跟我说，你不用抬煤了，回去写个检查，下午开会，你讲一讲，我就回去。后来又说你不用检查了，上去表个态，几分钟就行了。"京剧团要使用我，我一定鞠躬尽瘁，死而后已，完了。"接着通告，你解放了，今天晚上江青要审查《山城旭日》这个戏，你坐在江青旁边看戏。（大笑）我当时囚首垢面，临时去买了一件新衣裳穿上。

施：那时候的感觉？

汪：只觉得如在梦中，不真实，弄不清楚究竟这是怎么回事，中国的各种运动，我是一个全过程。江青垮台之后，我还得检查一次。（大笑）审查我跟"四人帮"的关系，还给我立一个专案。我说，我是工作人员，她要我写戏，要我怎么写，我就怎么写，那时候我不写，不这样写，不可能嘛。

施：你对于“文革”的否定是从什么时候开始的？

汪：很明确的时候，还得是中央对“文革”的否定。

施：你比较后知后觉。

汪：那个时候有些现象你觉得莫名其妙，你也是跟它跑。另外，我一开头被关在牛棚里，外面什么事都不知道。

施：你的作品中，直接反映“文革”的，好像极少？

汪：写了一点儿，后来没选入集子里。写了一篇九百字的小小说《虐猫》，背景是“文革”搞运动，贴大字报，开批判会，孩子们也跟着起哄，学校的玻璃打碎了，路灯的灯泡打破了，能玩儿的大都试过了，后来想出法子去虐待一只猫，把胡子剪掉了，猫爪放入瓶子盖……最后想从六楼把猫扔下摔死，一看宿舍前面围了一圈人，其中一个孩子的父亲从六楼跳下去，尸体被搬走了，这几个孩子以后不再摔猫了，把猫放了。

施：这是写“文革”对孩子心理的一种摧毁，总的来说，你的作品还是远离政治的！

汪：我不会写政治，《虐猫》里政治只是一个背景，不是题材本身。有些作家现在还误解，写改革文学，还是本末倒置。

你看我写作也是断断续续，一九四七年出版《邂逅集》；六十年代初期，写过一本《羊舍的夜晚》，以后停笔；一直到一九七九年。长期以来，强调文艺必须服从政治，我做不到，因此我就不写，逻辑是很正常的。

那时你要搞创作，必须反映政策，图解政策，下乡收集材料，体验生活，然后编故事，我却认为写作必须对生活确实有感受，而且得非常熟悉，经过一个沉淀过程，就像对童年的回忆一样，才能写得好。

二、《受戒》是写初恋的感觉

施：你写童年，写故乡，写记忆里的事物与人，是因为……

汪：因为印象深，记得很清楚，时间久了，慢慢琢磨，对人物掌握比较准确，对那个社会也有我自己的看法。

施：在这么冷硬的制度下，你的作品却令人感到温馨。

汪：这与个人的气质有关系。世界上都是悲剧作家也不恰当。有人说我从来没有对现实生活进行过严格的拷问，我是没有这个劲头儿，我承认这样的作家是伟大的作家，但是我不属于这类作家，这点我很有自知之明。我追求的不是深刻，而是和谐，但是我不排斥冷峻思考的作品。有一位学化工的大学生看了我的《七里茶坊》后给我写了封信说："你写的那些人就是我们民族的支柱。"我要写的就是这些东西，朴素的、有希望的。

施：沈从文笔下写的主要是农民、士兵，你从小在市镇上长大，你写的是——

汪：小市民，我所熟悉的市民。好些行业我真的非常熟悉。像《异秉》里的那个药店"保全堂"，就是我祖父开的，我小时候成天在那里转来转去。写这些人物，有一些是在真的基础上稍微夸张一点儿。和尚怎么还可以娶个老婆带到庙里去，小和尚还管她叫师娘，和尚赌钱打牌，过年的时候还在大殿上杀猪，这都是真的，我就在这小庙里住了半年，小英子还当过我弟弟的保姆。

施：想到《受戒》，你说过是写你的初恋，一个几十年前的梦……

汪：不是写我的初恋，是我初恋的一种朦胧的对爱的感觉。

施：你企图在《受戒》里表现什么？

汪：我有一种看法，像小英子这种乡村女孩，她们感情的发育是非常健康的，没有经过扭曲，跟城市教育的女孩不同，她们比较纯，在性的观念上比较解放。《大淖记事》里那些姑娘媳妇敢于脱光了下河洗澡，有人说怎么可能呀？怎么不可能，我都亲眼看到过。

施：农村妇女心理比较健康，摆脱礼教束缚。

汪：这是“思无邪”，《诗经》里的境界。我写这些，跟三中全会思想解放很有关系，多年来我们深受思想束缚之害。

施：《受戒》的和尚庙有无任何影射意义？

汪：有很多人说我是冲破宗教，我没这意思。和尚本来就不存在什么戒律，本来就很解放。很简单，做和尚是寻找一个职业。

我在张家口戴右派帽子下放劳动，当地的青年媳妇很多，经常跟小和尚有关系，那个地方有个口头语：“石头垒墙墙不倒，大官跑了娘不找，和尚进门哥不饶。”

施：《大淖记事》里，贞操观念也颇淡薄，是不是和妇女从事挑夫的行业有关？

汪：可能是。那里娶媳妇没有拿花轿抬的，都是自己走来的。姑娘在家生私孩子，一个媳妇，在丈夫之外，再“靠”一个，不是稀奇事。

施：你这样写出，人家不会以为你在侮辱工农兵的形象？性开放的现象，在你小说里，只限于劳动阶层，对知识分子从不触及，为什么？

汪：读书人表面上清规戒律，没乡下人健康，其实他们暧昧关系还是很多。我写《受戒》，主要想说明人是不能受压抑的，应当发掘人身上美的诗意的东西，肯定人的价值，我写了人性的解放。有一个公社的书记，他说很奇怪，老中青三代都喜欢你的作品，还告诉我一件事情，有一天开公社干部会议，第二天整理会场准备再开会，看见桌上的胶台布上写的，是《受戒》里小英子跟小和尚的对话，一个人写一句，全能背下来，可见人人追求一种优美、自然的情绪。

施：引发你创作的，是先有意象的触动，或是人物？

汪：作家想写一篇作品，总有他创作的契机，不完全是一样的，可能是一句语言而引起，可能是某个时刻，可能是一个愿望。一般来说，引发我的还是人物，先有人物，可加上想象，没有情节可编情节，没有细节可编细节，最后决定作品的是作家的思想。

三、小说的散文化

施：你说过“我的一些小说不太像小说，有些只是人物的素描……”谈谈你对小说下的定义？

汪：一定要我下个定义，小说应该就是跟一个可以谈得来的朋友很亲切地谈一点儿你所知道的生活。

施：散文也有这种功能，何必动用小说。

汪：它总是有点人为的热情，有点故事，小说总是允许有些虚构，总是有些编造。

施：你说过“散文诗和小说的分界处只有一道篱笆，并无墙壁”。

汪：我一直以为短篇小说应该有一点儿散文诗的成分，把散文、诗融入小说，并非自我作古，屠格涅夫的《猎人笔记》有些近似散文，契诃夫有些小说写得轻松随便，实在不大像小说，阿左林的小说称之为散文未尝不可，小说的散文化似乎是世界小说的一种（不是唯一的）趋势。

施：你的《钓人的孩子》《职业》《求雨》这几篇作品，真有散文诗的味道——印象派诗的写法。

汪：这和我的气质有关。拿绘画来说，我也爱看金碧山水和工笔重彩人物，但我画不来，我的调色碟里没有颜色，只有墨，从渴墨焦墨到浅得像清水一样的淡墨，我的小说逸笔草草，不求形似。

施：中国作家中，具有散文化的小说，近代废名该是开先河者吧？

汪：废名的《竹林的故事》可以说是具有连续性的散文诗。萧红的《呼兰河传》全无故事。沈从文的《长河》是一部相当特别的长篇，没有大起大落、没有强烈的戏剧性，没有高潮、悬念，只是平平静静，漫漫向前流，这是一部散文化的长篇小说。

如果说，传统的、严格意义的小说有一点儿像山，而散文化的小说则像水。

施：再往上推，跟中国古代的散文有渊源吧？

汪：对。我喜欢宋人笔记胜于唐人传奇，除了短，它还不像唐人传奇那样偏重讲故事。

施：你似乎很强调小说的重点不在于讲故事，因此情节的安排被认为很次要？

汪：我承认我不善于讲故事。散文化的小说最明显的特征就是结构松散，你拿莫泊桑和契诃夫的小说比较一下，就可看出结构上的异趣。莫泊桑、欧·亨利耍了一辈子结构，但他们显得很笨，实际是被结构耍了。这两个作家的小说，人为的痕迹很重。倒是契诃夫，他好像完全不考虑结构，写得轻轻松松，随随便便，潇潇洒洒，他超出了结构，于是结构转变多样。

打破定式，是这类小说结构的特点，古今中外作品，不外是伏应和断续，超出了，便在结构上得到大解放。

施：你不喜欢在小说里说故事，所以故意把外在的情节打散，而专写些你经历过的人与事。

汪：对。我觉得情节可以虚构，细节绝不能虚构，必须有生活的感受。

施：散文化的小说，还具有哪些特性？

汪：一般不写重大题材。在散文化小说作者的眼里，题材无所谓大小，他们所关注的往往是小事，生活的一角落、一片段。即使有重大题材，他们也会把它大事化小。

散文化的小说不大能容纳过于严肃的、严峻的思想，这类作者大都是性情温和的人，不想对这世界做拷问和怀疑。许多严酷的现实，经过散文化的处理，就会失去原有的硬度。鲁迅是个性格复杂的人，他的《故乡》《社戏》里有一种说不出来的惆怅和凄凉，如同秋水黄昏，沈从文的《长河》，牧歌式抒情成分大大冲淡了描绘农民灵魂被扭曲的痛苦。

散文化小说是抒情诗，不是史诗，它的美是阴柔之美、喜剧之美，作用是滋润，不是治疗。

施：对人物的塑造刻画呢？

汪：这类作者不大理解，也不大理会典型论。我同意海明威的说法：不存在典型，典型是说谎。要求一个人物吸进那样多的社会内容，是很困难的，透过一个人物看出一个时代，这只是评论家分析出来的。

散文化小说的人像要求神似，轻轻几笔，神全气足，《世说新语》就是最好的范本，这类作品所写的常常是一种意境。

四、字里行间，无字处皆有字

施：“常常是一种意境”，有人评你的小说没有主题？

汪：我没写过无主题的小说。我用散文式的语言来说明我的主题。作者完成一篇作品的深、浅色调，决定于作者对生活本身的思索。我不同意用几句话就把主题说清楚，我认为应该允许主题相对的不确定性和相对的未完成性。“文革”时我搞的样板戏，江青每一个戏都规定这个戏的主题是什么，必须明确，形成我后来对“明确”这两个字很反感，主题一明确就简单化了、肤浅化了。

施：都说得很清楚了，就表面化了，你好像要给读者留下回想的余地？

汪：作者写完了这篇作品，他对这段生活的思考并未结束，不能一了百了，只能说思索到这里。剩下的，读者可继续对我所提供的生活思索下去。作者不是上帝，什么都知道。我最反对从一个概念出发，然后去编一个故事，去说明这概念，这本身是一种虚伪的态度，作品要容许一定的模糊性，不是故弄玄虚。我这个说法可能两种人都不同意，正统派的那些人认为怎么可以说得不清楚；另外年青的也不同意，他们就是不要那个思想。

施：你说过“除了语言，小说就不存在”。谈谈对语言的要求？

汪：我是继承了中国传统语言表达特点，语言本身是一种文化现象，我也受到西方语法的影响，但更多的是晚唐诗的影响。

我愿意把平淡和奇崛结合起来，一般来说，我的语言是流畅自然的，但时时会跳出一两个奇句、古句、拗句，甚至带点洋味儿，叙述方法上有点像旧小说，但是有时忽然来一点儿现代派的手法。但我追求的是和谐，希望融奇崛于平淡，纳外来于传统，能把它们揉在一起。

施：你的文风很平淡——

汪：老年之后才逐渐平淡，但不能一味地平淡，流于枯瘦，枯瘦是衰老的迹象。年轻时的语言是很浓的，而且很怪。我要求语言要准确、朴素。我下去生活那段期间，和老百姓混一起，惊讶地发觉群众的语言能力不是一般知识分子所能表达的，很厉害，往往含一种很朴素的哲理，用非常简朴的语言表达出来。我觉得新潮派的年青作家，要补两门课，一门是古典文学的课，一门是民间文学。

施：民间文学……

汪：比如说佛经的文体，它并不故作深奥，相反的，为了使听经的人能听懂，它形成独特的文体，主要以四个字为主体，我尝试用通俗佛经文体写了一篇小说《螺蛳姑娘》，其实各种文体都可以试试。

施：你认为字里行间，无字处皆有字，是否太玄了？

汪：一点儿也不。清朝的包世臣，有个精辟的比较，他以赵子昂跟王羲之的书法来比，他说赵子昂的字写得很平均，好像是跟夫人过窄胡同，彼此互相依赖，但是争先恐后，扯着往前走。王羲之的字像老头带着小孙子，顾盼有情，痛痒相关。单独的语言是没有美的，必须组织在一起，产生一种运动，产生一种关系，产生内在的流动。

施：怎样才能使你的文字功夫达到那个境界？是否天生的？

汪：可能有天赋的成分，但主要是后天涵育的功夫，我妻子常说，怎么不把我这套功夫传授给我儿子，怎么传授呢？

我认为作者叙述的语言和他创作的气氛一定要跟人物本身协

调。文学和绘画永远不能等同。我到桂林去，我觉得桂林“宜画不宜诗”，文字是靠感觉的，起的作用不一样，各有所长，各有所短。

施：你作品中不少是组合式的，一般都是三篇，是否有一定的联系？思想上或题材上？

汪：原来也不是有意识写那种组合式的小说，通常有内部的联系，就是三篇的思想有它一定的关系。比方说《钓人的孩子》《捡金子》《航空奖券》，其实都是写的货币，写货币对人的影响，这三个故事没什么关系。

施：三个故事都极短？

汪：我对短小说兴趣很大，也不是自我独创的。听人说，中国现在写笔记型小说的，一个是孙犁，一个是我。对这桂冠我不准备拒绝，真是可以这样说，而且影响了一些人。我希望小说不要写得很长，短并不只是篇幅上的问题，也不是说现在读者太忙了，读不了长的作品，这个逻辑不能成立。当代作家对小说形式希望有所突破，尝试新的文体、新的写法，写得少了其实是写得多，写得短了其实是写得长，短了容量就更大了，留给读者余地，读者可以在你的基础上进行他们的创作。作者跟读者共同完成的，应该留给他一部分创作的余地，你都给他说了，还要读者干什么，就没有用了。

施：小小说是——

汪：是短篇小说越来越讲究留白，像绘画一样，空白的艺术，小小说本来就是空白的艺术。

施：总结一下你小说、散文所传导的感情。

汪：归纳一下，可分三种，一种属于忧伤，比方《职业》；另一种属于欢乐，比方《受戒》，体现了一种内在的对生活的欢乐；再有一种是对生活中存在的有些不合理的现象发出比较温和的嘲讽。

我的感情无非忧伤、欢乐、嘲讽这三种，有些作品是这三种感情混合在一起的。

施：你写小说也编京剧剧本，两者异同在哪里？

汪：剧本、戏剧和小说不一样，戏剧是不容深思的艺术，它当场给人感受，不可能供人思索。“写诗文不能写尽，只能说二三分，写戏必须说尽，十分就得说出十分”，这是很有道理的。戏剧的结构是属于一种建筑，小说的结构是树木。

施：最近上演的京剧《一捧雪》，本子是你改的，因你不满意别人曲解这个戏，变成斗争什么的。

汪：我改这个本子，目的很清楚。为什么莫成轻易从死，很简单，奴才应该替主人去死。我改的时候，基本没大动，只在莫成替主人去死，狱卒给他喝酒时，加了大段唱工，把莫成的心理层次一层层揭开。另外我在这戏里加了两个报幕，让他们对剧情有所评述……

施：非常布莱希特的手法……

汪：这样让看老戏的过瘾，也吸引年轻观众。京剧的出路，就是要吸收现代主义的东西，老的东西不能一下改，改得面目全非，我在演出之前的告观众书上写道：

“望你们一面看这个戏，欣赏唱腔、做工的同时，能思索一下历史，为什么会发生这样的现象，莫成为什么作出这样的决定？希望你们想一想过去，也想一想今天。”

结果上座很好，观众大叫好，这在改编的戏是少有的现象。京剧的问题很严重，编导人才太缺乏，艺术观念太狭隘，没有追求，一代不如一代，十分危险。

汪曾祺漫谈四十年代流行文学

张国祯

一九九〇年五月八日下午，我曾到北京城南蒲黄榆访问汪曾祺先生，说明个人作为北大博士研究生，正在研究中国现代小说七十余年来的文化内涵、审美形态上的演变，愿就四十年代以来一些被忽略或遗忘的文学现象请教汪老先生，请汪老师漫谈。汪老欣然应允。

汪：现代小说的演变，是很值得研究的。我自己是在四十年代开始小说创作的。四十年代就有一些作家作品，后来是被遗忘或忽视的，数量不少。

（我提起徐訏和无名氏）

汪：徐訏的作品数量相当大，出手很快，自称为“三思楼月书”，月出一书。他的小说主要注重传奇性、故事性，文笔流利清秀。他非左非右，与敌伪无关，基本以卖文为生。怎么能写得那么快、那么多？当时有人说他的小说实际上是法国“黄皮书”（法国流行小说）改头换面。我没有考证，不见得（是）。他比较有影响的作品是《鬼恋》等。我想他因为要卖文为生，所以不得不写得那么快。他那时的创作属于“孤岛”文学。

无名氏的创作受了徐訏的影响，而又变本加厉，更怪、更离奇。他是在后方——国统区写，和徐（的作品）又不一样。

张：近年有的研究者认为无名氏是“现代派”。

汪：我不认为他是“现代派”。那种创作倾向可以说是伪浪漫主义。

张：当年是否有这么一种评论？我也听人这样讲过。

汪：不，没有。这是我个人的想法。

张：徐訏后来（一九四二年以后）也到了国统区，算当过报人吧？

汪：他的经历我也不大清楚。徐訏他们的作品大体上是在大学一、二年级以下的学生中流行。

四七年（一九四七）我到上海，（喜欢看我小说的）女孩们对我讲，你的小说很像张爱玲（指心理描写）。我这时还不知道张爱玲是谁，到上海之后才知道她的文章在这里流行，而且她这个人也引人注目，她搞时装设计，据说很独特，比如设计的旗袍据说下摆一边方的一边圆的。

我看现在（中国）台湾和海外他们把张爱玲捧得太高了（指将张爱玲和鲁迅并列等那样的评价——作者注），怎么能捧得那么高？我认为该是第二流作家（汪老解释是指一般说的“名作家”，而非一流大家——作者注），相当于美国的流行小说家。

张：我个人觉得张爱玲的一些作品比徐訏他们写得精细、厚实，只是她的创作总体好像并不平衡，像《传奇》里的那些中短篇，是不是能说是优秀的呢？

汪：是的。我认为他们（指张爱玲等流行小说作家）总的来说缺乏深刻的哲学思索，他们对人生的感受不外乎悲欢离合，比较浅；就是有命运感，但又不像莎士比亚、乔叟。他们大多数总的风格带有媚俗的一面。

张：在这方面，您认为张爱玲的代表作和徐訏、无名氏他们的作品，可否具体地作些比较呢，比如说，谁的作品在哪一方面更强？

汪：是的。张爱玲有沧桑感，她是豪门之后，经历了大的变故磨难，这种沧桑感表现在她的作品中。

张爱玲的一个特点是俏皮，这种俏皮正是现在我们几乎所有（现当代）女作家都普遍缺少的，看不到，是一种英国式的俏皮，表现出相当的机智，这是很难得的。

行文上她绝不滥写，非常简练，简练到超乎平常的地步，可说是惜墨如金。她的描写是非常节省、恰到好处的，可以说是文字家。

张：当时是不是有人把她看成是鸳鸯蝴蝶派那一路的作家？

汪：她跟鸳鸯蝴蝶派是两回事。只不过她是在上海“孤岛”上写作，所以大后方这边文学界都不怎么了解她。柯灵是她早期发表作品的刊物《万象》的编辑，他是了解她的，所以为她说了公道话。

张：您是不是也看了她后来写的《秧歌》和《赤地之恋》？

汪：不，我没有看到。倒是看到她用英文写的小说，这是很不简单的，说明她有很深的英文功底。

张：您对鸳鸯蝴蝶派作家好像比较熟悉，您怎么看他们的写作呢？

汪：是的，我和他们中有些较年轻的人曾经共事，新中国成立初在一起编辑曲艺刊物的时候，有一位以前在他们小报刊物上写过不少东西的编辑，他懂很多地方戏曲。（说着汪老忽然说了两句福州话民谣，令原籍福州的采访者大为吃惊，张忽然想起汪师母原籍也是福州——）

张：（笑）您这是跟师母学的吧，还是新中国成立初到福州采过风？

汪：（笑）不是。这就是从刚才讲的那位旧同事那听来的，他是福建人，会唱很多地方戏和好多地方的民谣，赋诗作词，全都来得。

说到鸳鸯蝴蝶派，我认为对其中一些作家评价不公平，研究太少。鸳鸯蝴蝶派（作家）基本上是旧文人，可几乎又都懂外语。他们传统文化的积淀确实很深厚的，显然优于徐訏和无名氏这些人。比如他们都工于赋诗填词，以至即席酒令。他们编杂志小报，卖文、出书，宴饮酬会，也逛堂子，过的是都市旧文人的生活。可是他们写得极快、极多，文字功夫也很强，后来的文人是比不上的；比徐、无名氏和现今台湾琼瑶这些人都更强。如周瘦鹃，他同时编七种杂志，能源源不断地出来。张恨水创作更是多产。

从一开始，社会小说、言情小说就是南北都有，不光是上海，沦陷期间好长时间就占领着北京（北平）的小报，如《陋巷斜阳》（陈恨雨的）等等。基本倾向还是较好的，写众生相，带一点儿人道主义色彩。这些人的小说应该与另一些称为“方块小说”的低级东西区别开来，后者有冯亦琦等。陈恨雨他们的产量也是很大的，可是几乎被遗忘，这一段（在现代文学史上）成为空白。他们虽然只写市民，可爱憎比较分明，不媚上，不宣扬什么坏的东西，作品没有什么哲学意识，就是同情下层市民。我认为是值得研究的。

对张恨水的评价，我认为很久一直是不公平的。其实四〇年

（一九四〇年）张恨水五十岁时《新华日报》还发过一期专刊为他祝寿，是按周恩来的意思安排的；茅盾还评论说他是“中国的狄更斯”。张恨水的《金粉世家》《落霞孤鹜》都写得好。语言文字有的也写得相当好，比如写某老谋深算的政客在茶馆里运筹：“闭目抽烟，烟灰自落”，非常传神。

当然他们写得那么多，未免有写得滥的。张恨水等人当时都有秘书，也有不少是他口述给秘书、由秘书代笔来写的。

四十年代还有刘延林的诗，骆黑子的小说也都风行过一时，后来都被淡忘。

张：您觉得台湾文学是不是和四十年代后方文学更接近？

汪：有关系。台湾文学界前几年在那争吵，什么“乡土派”、“现代派”的吵什么。我不明白他们有什么好吵的。陈映真、王祯和写的和白先勇他们写的有什么根本区别？我就这样对他们说，陈映真来了，我也这样（跟他）讲。

（我提起参加台湾那边评文学奖的事）

汪：文学创作有他们的基础，评奖什么的也认真。请我当评委的是《中国时报》散文奖，隔海评文可是难评，他们就用长途电话向我介绍初评情况；那次他们那边的评委本来拟将一等奖空缺，我说（既然）大陆、台湾作家都参加了，为什么一等奖要空缺？还是评上了。

文学如果脱离了本土，就不可能有深厚的传统。大陆这十来年的创作不可否认成就巨大，年轻作家写乡土，是前所未有的真实。

上面这些都是随便闲扯，是个人交谈，回去请不要公开发表，务必不要（在评论文章里）引用。

张：非常感谢汪老师指教，谈了很多重要史实和难得的宝贵看法，一定遵嘱，一定认真学习。

二十四年前的这次难忘访谈，汪曾祺先生的宝贵谈话，当年遵其嘱谈话记录只给导师看过、迄未示人和公开发表。个人理解，汪老先生当时要求不要公开发表，主要是诚守一家之见、避免公开评论隔海同代作家。而今二十四年之后，汪老一代人均已走入历史；如同历史档案若干年应当解密一样，访谈记录作为具有研究价值之资料，将之发表供业内同人参考，应不违背访主初衷之精神。

谨此纪念我所尊敬的汪老先生和汪师母。

编后记

汪曾祺的小说观述略

当了大半辈子小说编辑，时不常地也看看关于小说的理论书。看得最多的还得属汪曾祺谈写作的文章。因为汪曾祺谈小说，“干货”多，概念少，比较实在，容易消化。年轻时，能见到汪曾祺的书只有寥寥几种,《晚翠文谈》《晚饭花集》《蒲桥集》，能看的都看了。近些年，汪曾祺作品出版热，散佚在报章、书信中的文字也被发掘出来,《汪曾祺全集》《汪曾祺别集》相继出版，这使我看到了更多的他谈小说的文章。久而久之，我萌发了把他这类文章汇编成集的想法。

待到编成，吓了我一跳，汪曾祺谈小说的文章皇皇六十余万言。篇幅多，观点分散，大多是自由漫谈似的。如何快速阅读快速了解其精华呢？我想了三个办法，一是分类，谈技法的放一起，谈思想性的放一起，赏析他人作品的放一起；二是画重点，金句下边加波浪线；三是写个编后记当导读，把汪曾祺小说观点的大致轮廓勾描出来，抛砖引玉，抛出我常识性的理解，引发读者深度的阅读和感悟。

汪曾祺在《我的创作生涯》中说：“教创作的，最好本人是作家。教，不是主要靠老师讲，单是讲一些概论性的空道理，大概不行。主要是让学生去实践，去写，自己去体会。”

我要讲清楚，如果把这本书比喻成课堂的话，在这里给大家上小说课的是汪曾祺汪老师，我只是那个擦黑板、递教鞭的留级生，偶尔老师看我面熟，让我领读一次。为保持原貌只做了必要修改，文本参照《汪曾祺全集》（人民文学出版社，2021 年 1 月北京第 2 版）。

一、小说是什么？

关于小说的定义，文学理论家下的次数多了，而汪曾祺却下了一个最不像定义的定义。他在《随笔写下的生活》一文说：“依我看，小说是一种生活的样式或生命的样式。”

马克思说，人是一切社会关系的总和。而小说是以写世道人世、风俗伦理为主旨，以世间可能有的一般事实为素材，来揭示种种复杂的社会关系。汪曾祺的小说定义就是从揭示社会关系角度下的，偏重于小说的环境性。生活的样式也好，生命的样式也罢，说来说去，无不指的是社会关系。汪曾祺书写的社会关系是去掉谎言的关系，具体说，是去掉政治谎言、道德谎言、商业谎言、谄媚谎言、愚民谎言的社会关系，“谎言去尽谓之纯”，汪曾祺呈现出来的小说成品和审美追求具备纯粹的艺术性。

汪曾祺甚至把小说的形式与生活的样式合二为一，“生活的样式，就是小说的样式”。套用黑格尔“形式即内容”的句式，那就是，生活即形式。

重要的事情说三遍，汪曾祺何止说了三遍。他在《道是无情却有情》中说：“生活是第一位的。有生活，就可以头头是道，横写竖写都行；没有生活，就会捉襟见肘，或者，瞎编。”

他在《张家口市小说创作座谈会上的发言》中说：“作家永

远保持对生活的新鲜感，保持对生活的惊奇。‘多愁善感’，多愁不说，要善感。”

他在《传神》一文中说：“这些写神情、画眼睛，从观赏者的角度反映出人的姿媚，都只是方法，是‘用’，而不是‘体’。‘体’，是生活。没有丰富的生活积累，只是知道这些方法，还是写不出好作品的。反之，生活丰富了，对于这些方法，也就容易掌握，容易运用自如。”

阿·托尔斯泰赞扬列夫·托尔斯泰：“列夫·托尔斯泰只消看到一个庄稼汉的后脑勺在颤抖，他就知道，这个人是因为痛苦在哭泣。”汪曾祺与两大托尔斯泰很合拍。他也明确小说修辞学与人类文化学的关系，他在《谈谈风俗画》中说：“小说里写风俗，目的还是写人。不是为写风俗而写风俗，那样就不是小说，而是风俗志了。”

汪曾祺的这种强调是感性的，他毕竟不是理论家，为什么生活和生命对小说家重要，怎样的生活和生命对小说家重要，其哲学价值和思想流变，他未作出过文字阐释。这一点，李敬泽有篇文章，叫《为小说申辩》，讲得倒是透彻。他讲，现代小说之于古代小说的不同是，古代小说讲述的是对世界和人生的普遍看法。现代小说讲述的是对世界、对生活的个别的、殊异的感觉和看法。小说是一种感受方式，也是一种生活理想，凡拒绝承认生命和生活只有一条路、一种表达的人，凡不愿让精神僵硬的人们，他们就是小说天然的读者。小说所处理的对象是人类对自身生活和生命的认识、想象和选择，小说家在开始工作时所依据的基本前提，就是理解和尊重他人的真理，鉴赏人性的丰富和有趣。小说家追寻和展现的是你的真理，小说承认人的无限可能性，人的选择、行动和精神取向如此繁杂，如此差异多姿，小说家的根本热情就是探索你何以如此，求证你的那一套如何形成、如何发展、如何经受考验、如何成立或破产；我们说小说真实，要有说服力，其实就是小说家进入和领会他人的真理的能力问题。

那我们下边说说真实性。

二、小说细节的真与假

真是真实性，假是假大空。

汪曾祺有篇文章叫《〈大淖记事〉是怎样写出来的》，里面有这么一段话："也还会写到那里，涌出一些原来没有想到的细节，所谓'神来之笔'，比如我写道：'十一子微微听见一点儿声音，他睁了睁眼。巧云把一碗尿碱汤灌进了十一子的喉咙'之后，忽然写了一句：'不知道为什么，她自己也尝了一口。'这是我原来没有想到的，只是写到那里，出于感情的需要，我迫切地要写出这一句（写这一句时，我流了眼泪）。"

要想理解汪曾祺的"神来之笔"，还得借助恩格斯的那句经典名言："据我看来，现实主义的意思是，除细节的真实外，还要真实地再现典型环境中的典型人物。"这句话我不拆解，关于它的论述汗牛充栋。在这里我们只需将汪曾祺的"神来之笔"往上一套，问题就会迎刃而解。用汪曾祺的话就是，体察人物对周围世界的感受，用他对周围世界感受的语言写出他的感受。

可是美国小说家亨利·詹姆斯出了一个难题，他说："不言而喻，除非你具有真实的感觉，否则你就不会写出一部好小说来；但是很难给你一个让你产生那种感觉的秘方。人性是无边无际的，而真实也有着无数的形式。"真实是必须的，真实无边无际，怎么搞？写哪个真实？看来无解了，细节的真实性走进了死胡同。汪曾祺给出了一个这样的方法。他在《沈从文和他的〈边城〉》里说："笔要紧紧地靠近人物的感情、情绪，不要游离开，不要置身在人物之外。要和人物同呼吸，共哀乐，拿起笔来以后，要随时和人物生活在一起，除了人物，什么都不想，用志不分，一心一意。"他在《揉面——谈语言运用》又说："不单是对话，就是叙述、描写的语言，也要和所写的人物'靠'。""写景，就是写人。"一九八三年他在新疆一次文学座谈会上发言中说："意识流这个东西无论如何是作家所设想的那个人物意识的流动，不是当真的一个人，他的意识就是这么流，你又没有钻到他肚子去看过，无非是你设想的那个流动。我不赞成专门去搞意识流，你在作品里可以有一点儿，整篇从头到尾搞意识流就不一定有什么道理了。"汪曾祺的办法说白了，两个字：取舍。凡是有利于人物塑造，取；不利于，舍。

有一个关于汪曾祺与头条的段子广为传播。说的是汪曾祺、林斤澜、程鹰三人在新安江边的大排档吃喝。吃着吃着，林斤澜问程鹰，《花城》是不是最近要发你一个小说？程鹰说是。林斤澜认真地说，你再写一个，我给你在《北京文学》发头条。汪曾祺一听撂下酒杯，望着林斤澜，说："你俗不俗？难道非要发头条？"接着汪老又说："我的小说就发不了头条，有时还是末条呢。"汪曾祺的小说还真的很少发头条。头条是文学期刊用来表达核心价值的，汪曾祺的小说不规训，不主流，自然难以上头条。写小说的汪曾祺甘当末流是他的主动选择，写戏曲的汪曾祺写成样板是他的被动接受，正因为有他前十年被动的样板戏生涯，才会有他新时期对高大全的反拨。反其假，求其真；反其宏大，求其平凡。

汪曾祺求的这个真，多体现在细节的真实，细节真实如何求呢？路径两个字：具体。不是“一条狗”，而是“一条大白耳朵狗”；不是“一杯饮料”，而是“一杯带汽的雪碧”；不是“一束花”，而是“一束滴着露水的百合花”；不是“一个女子”，也不是“一个吊儿郎当的女子”，而是“一位口嚼泡泡糖、锁骨文朵玫瑰的少女”。要想方设法调集视、听、触、味、嗅五觉参与写作，全勇先写赵尚志就着炉火烤鞋垫，我当时看时，似乎闻到了酸臭味儿一般，具体到上头。

但我要说明一下，这里说的具体，是名词、动词的具体，要尽量力避形容词，因为形容词容易造成语言模糊，横生歧义。这就是不是“一个吊儿郎当的女子”的原因。什么样算吊儿郎当？不具象。写《奇境》的美国小说家乔伊斯·卡罗尔·欧茨也告诫过初学写作者，要尽量用“简单的、熟悉的词”，来代替那些“多音节的大词”。“多音节的大词”比照中国的成语较为合适，别看成语大多数只有四个字，包含的信息量却是繁复巨大的，说成语是大词儿，也不为过。汪曾祺认为乱用成语，会造成似是而非，模模糊糊，成语用多了，文章也容易有市井气，有伤文体的庄重。

三、小说意韵的丰与枯

讲清楚这个问题，先谈汪曾祺对故事的观点。

汪曾祺谈小说与故事的区别：“我也不喜欢太像小说的小说，即故事性很强的小说。故事性太强了，我觉得就不大真实。”汪曾祺的小说，无论是他人，还是他自己，都说是散文化，也叫无主题，事实上是开放式的主题。故事是小说的基本面，讲故事的方式有好多种。许荣哲有本书叫《故事课》，通俗易懂，教了很多写故事的方法，比如信息不对称引发矛盾，欧·亨利《最后一片叶子》就是用的这个方法，老伯曼全知，苏知道一半，乔安娜啥也不知道。三个人都可以是主述人，就是讲故事的人。一个人讲，这个故事就是主题集中的，多个人讲，讲多重观点就是开放式主题或者是多元主题。就像一棵大树，有主干，有分枝，枝外两层有侧枝，层层叠叠。汪曾祺追求的就是这种多元的意味。

但不管何种方式讲故事，都应该像徐福伟提出的，好的故事要“双有”，有意思，有意义。徐则臣对好的故事有更深入、更文学化的阐释。他认为，过去小说的完成度取决于故事的完成度，说白了就是故事讲好了，小说就成了。现在的小说不一样了，时代发展，生活饱和多义，需要多样的文学为之匹配、为之丰富，故事的切片与断面可以自成世界，产生意韵，产生意韵间的关系，小说的完成度不再单纯看故事的完成度了。意韵丰赡，就是现代小说；意韵枯槁，就是通俗故事。无论故事讲得多么的强剧情、大翻转，也是故事。故事的赓续变易应顺时代之势，小说家应保持着对时代的洞察，寻找更适合于这个时代的文体形态、语言样式。像汪曾祺说的那样，“做一只假寐的狗，在迷迷糊糊的状态中，听到一点儿声音就突然惊醒。”

有人问写作是否要经过训练，单纯靠生活经验或者想象行不行？李敬泽认为，写作是要经过一定的训练的，有了训练，能否成为一个伟大的讲故事的人，不好说，但至少不会成为一个愚蠢的、不合格的讲故事的人。人生经验构成文学想象生发的基础，刘庆邦说，小说不是让读者通过阅读重回经验世界，而是让读者超越经验世界，得到审美享受和思想启迪。因此，认识经验，超越经验，比陈述经验更重要。汪曾祺在指导作家宋志强的信中说：“仅仅凭一点儿风闻，就写小说，是不够的。小说，要经过作者思考。”“你现在的材料不少，但都是开流水账似的‘数’过去了。要‘抻’得开，‘铺’得到，要把人物写得更丰满一些。你当然明白我的意思，不是叫你没话找话说，加进很多水分。写小说，要简练，但简练不等于简单。一方面，要控制得住，能少说就少说；另一方面又要‘撒’得开。否则，味道不浓。”丰与枯，辩证关系，汪曾祺讲得再清楚不过了。

四、小说开头的起与伏

我再说说开头。开头就要见全篇的起伏。起是生成叙事，是全篇的依托和支点。伏是发展动力。

美国有个文学理论家，他发现了一个关于小说开头的悖论："既然是开头，就必须有当时在场和事先存在的事件，由其构成故事生成的源泉或支配力，为故事的发展奠定基础。这一事先存在的基础自身需要先前的基础作为依托，这样就会没完没了地回退，小说家甚或不得不一步步顺着叙事线条回溯，但永远也找不到任何线外之物来支撑该叙事线条。”开头要有依托，可是这个依托也需要依托，那就得不断地后退，头就永远开不成。否则就是河中架桥，两头不靠。怎么才能给出一个最准确的时间节点呢？Long long ago，很久很久以前，就是最好的开头。马尔克斯差不多就是这么干的，只不过他在时间上是反着来的："许多年后，当奥雷连诺上校面对行刑枪队时，他便会想起他父亲带他去找冰块的那个遥远的下午。”好在哪里？好多书都讲过了，我看就是这个句子中给了一前一后两个时间节点，那个遥远的下午和许多年后，前后各有桥头连着匝道，主述人好像站在河中桥上，左右都有故事讲。

汪曾祺读《萧萧》说："沈先生的小说的开头大都很精彩。一个比较常用的方法是用一个峭拔的短句作为一段，引出全篇。

《萧萧》也用的是这方法：乡下人吹唢呐接媳妇，到了十二月是成天会有的事情。”这个起头是反起。先写被铜锁锁在花轿里的新媳妇照例要在里面荷荷大哭，然后一转，“也有做媳妇不哭的人，萧萧做媳妇就不哭。”“她又不害羞，又不怕。她是什么事也不知道，就做了人家的新媳妇了。”这样才能衬托出萧萧什么事也不知道。这以后，就是很“顺”的叙述，即基本上是按事情的先后顺序叙述的。

汪曾祺还说：“我觉得一篇小说的开头很难，难的是定全篇的调子。如果对人物的感情、态度把握住了，调子定准了，下面就会写得很顺畅。如果对人物的感情、态度把握不稳，心里没底，或是有什么顾虑，往往就会觉得手生荆棘，有时会半途而废。”奥雷连诺摸冰块就是马尔克斯控制感情控制得好。

五、小说叙事的相与实

有了好的开头，下边就是要开始叙事部分了。汪曾祺是这样阐释叙事的：“应该允许主题相对的不确定性和相对的未完成性。”

汪曾祺说这个泛主题或是散文化无主题的写法，是相，表相的相。它与“文革”有关。“文革”时汪曾祺搞样板戏，江青把每一个戏都规定了主题，用当时的话说叫“必须明确”。整得汪曾祺对“明确”二字很反感，他说主题一明确就简单化了、肤浅化了。

汪曾祺认为作者写完了这篇作品，他对这段生活的思考并未结束，不能一了百了，只能说思索到这里。剩下的，读者可继续对作家所提供的生活思索下去。作者不是上帝，什么都知道。他最反对从一个概念出发，然后去编一个故事，去说明这概念，这本身是一种虚伪的态度，作品要容许一定的模糊性，不是故弄玄虚。他说，“我的小说有主题，而且我认为小说主题很重要。但主题不要让人一下看出来，一露了，就浅了，浅露、浅露、没有琢磨劲儿，不要这样，才能使作品思想深一些，广阔一些。”这才是他的实。他追求的是貌似松散的意韵之间的关联。

汪曾祺没详细说怎么样才能达到效果，我还得“码”三个人，替汪曾祺增加一下实现的可能性。

一是巴尔加斯·略萨，我们知道他是结构现实主义作家，他的小说结构复杂到了极致，“花式”叙事的业务水平堪称顶级。他在普林斯顿大学开过文学课，他是这么告诉他的学生的：“因为叙事者在讲述故事的时候会穿插着许多出场人物各自的声音。有一个主要的叙事声音，但其中又会出现其他许多不同的声音，每一个都有自己的个性特点。然后叙事声音再次把它们吞没，展现在读者面前的声音只剩下一个。这种叙事视角的突然转变，效果是很好的，它会在读者所了解的世界中制造一种巨大的不确定性，所有的事情都变得不那么清晰了，因为交杂在一起的不同声音都在讲述着故事。”这种形式本身也是内容，把二维变成三维。

一个是希拉里·曼特尔，《提堂》《狼厅》的作者。她提醒后学，要将叙述能量集中于变化点。当人物进入一个新环境，或人物周围事物改变时，那就是需要在人物的世界里填充细节的时候。

另一个是王干，他受过汪曾祺亲自提携和教诲，他也搞了多年的汪曾祺研究。他在《汪曾祺十二讲》中说：“他秉承的是沈从文那一路的‘现代性’，以人性的弘扬和人的自由发展为小说的内动力。”在他看来，只要抓住“人性的弘扬”和“人的自由发展”这两大关键，思想自然就“深一些，广阔一些”了。王干曾保存有一份小说手稿，上有汪曾祺的批注，在这份手泽上，有这么一段边批："结构可以是松散的，但是平铺的细节，都应直接和间接地流向主要事件。"这就是汪曾祺说的小说叙事的相与实的关系，他一对一地给王干传的经，同样适用于所有作家。

六、小说结尾的徐与疾

汪曾祺谈过两次结尾。一次是在《文学语言杂谈》中，一次是在《沈从文作品题解、注释、赏析》中。

《文学语言杂谈》中，汪曾祺谈到结尾有两种方式。他说："汤显祖批《董西厢》，说结尾不外乎是两种，一种叫作'煞尾'，一种叫作'度尾'。他说煞尾好像'骏马收缰，寸步不离'，咔！就截住了。'度'就好像'画舫笙歌，从远处来，过近处，又向远处去'。"煞尾就是疾，度尾就是徐。

《沈从文作品题解、注释、赏析》中，他说："小说的结尾是悲剧。因为前面充满童话色彩，喜剧色彩，就使得这悲剧让人感到格外的沉痛。"

好多作家印证了这一观点，王尔德说："我不喜欢小说有快乐的结尾。这会让我非常沮丧。"约翰·福尔斯说："为什么不快乐的结尾被认为比快乐的结尾更有艺术性？……从某种方面来说，不快乐的结尾让小说家高兴。他已开启一段旅程并宣布自己已失败，并且必须重新启程。如果创造出的是快乐的结尾，那就会让人产生几分错觉，认为已经解决了人生的难题。"

我们来看看汪曾祺是如何实践"度尾"，"悲剧的度尾"又是什么样的呢？毕飞宇的《小说课》里有优秀的赏析：

> 划了一气，小英子说："你不要当方丈。"
> "好，不当。"

“你不要当沙弥尾！”

“好，不当。”

又划了一气，看见那一片芦花荡子了。

小英子忽然把桨放下，走到船尾，趴在明子的耳朵旁边，小声地说：

“我给你当老婆，你要不要？”

明子眼睛鼓得大大的。

“你说话呀！”

明子说：“嗯。”

“什么叫‘嗯’呀！要不要，要不要？”

明子大声地说：“要！”

然后呢？然后两个年轻人兴冲冲地划船，把小船划进了芦花荡，也就是水面上的“高粱地”。再然后他们就有了爱的行为，“惊起一只青桩（一种水鸟），擦着芦穗，扑鲁鲁鲁飞远了。”

这个结尾太美了，近乎诗。正如我们的古人所说的那样，言已尽而意无穷。

为什么是悲剧结尾呢？毕飞宇分析说，明海将来做不做方丈，做不做沙弥尾，小英子的决定不算数，明海也说了不算。小英子能不能给明海当老婆，天知道，也许天也不知道。这不是一个荡气回肠的大悲剧，它是一个轻逸的、唯美的、诗意的、令人唏嘘的小悲剧。小说早就结束了，可是，小说留给我们的，不只是鸟类欢快的飞翔，还有伤感的天空，它无边无际。

七、小说思想藏与露

我讲的这个思想，不是汪曾祺的思想倾向，是汪曾祺讲如何在小说里贯注思想，是技术层面的问题。

第一，他认为，“思想是作者自己的思想，不是别人的思想，不是从哪本经典著作里引伸出来的思想。”

第二，他认为思想的表现方法是，作者的态度、感情是要表现出来的，但是不能自己站出来说，倾向性不要特别地说出的。这就是思想的藏与露，他说：“小说不宜点题。”“话到嘴边留半句，在一点就破的地方，偏偏不要去点。在‘裉节儿’上，‘七寸三分’的地方，一定要‘留’得住。”

这就是像纳博科夫批评托尔斯泰时说的那样：“托尔斯泰的风格有一个特征，即不管他使用什么样的对比、什么样的明喻或暗喻，其中大多数是为了伦理道德而非美学的目的。换言之，他的对比是功利的、实用性的。使用这些手法并不是为了提升意象，让我们对这一场景或那一场景的美学感受有一个新倾斜；这些修辞手法的使用是为了揭示某个道德观点。所以，我称之为托尔斯泰的道德式暗喻或道德式明喻，即以对比的方式表达出的伦理观念。我再重申一下，这些明喻和暗喻是不折不扣的实用性的，因而十分刻板，是根据一种反复出现的模式构建的。”

那怎么操作呢？汪曾祺说：“只能在你的叙述之中，在你的描写里面，把你的感情、你的思想溶化进去，在字里行间让读者感觉到你的感情，你的思想。”“小说的感情是含蓄的，眼泪是尽可能地深藏着的。”

同情是需要控制的，叙述者需要与叙述对象保持距离。乱用议论，甚至作者冲到文字里代替人物发言，是蹩脚的，是说明叙述不起作用了，是失败的。蹩脚的议论往往是为增加同情或者是为缺点辩护。这样会使读者失去身临其境之感，失去阅读耐心。控制的一大技巧说来也简单，就是把思想感情控制在人物的理解力范围内，这就是汪曾祺所说的“溶化进去”。《小说修辞学》的作者布斯，谈这个问题时，他举了安妮·波特的名篇《灰色马，灰色的骑手》，他说：“安妮·波特的视角被严格地限制在米兰达所看见、了解和感受到的事物中。”这个显著的例子说得又具体又可行。

当然也有特例，比如阿成，这个阿成不是钟阿城，不是钟惦棐的儿子写《棋王》的阿城，是王阿成，是写《年关六赋》的王阿成。王阿成的小说里屡次出现一个人物：作家阿成。汪曾祺说：“这是一种严肃的，痛苦入骨的责任感。阿成说作家阿成作得很苦，我相信。”这表面上是说阿成，可又何尝不是汪曾祺夫子自道呢。这种罕见的手法，用起来是险崛的，他是故意告诉读者真实的生活，不说谎的生活，客观上制造出了阅读时的间离感，不是为了帮腔。阿成是通过冷峻的叙述完成的。他尽量控制自己的感情，不动声色。如：

> 宋孝慈上了船，隔着雨，俩人都摆着手。
>
> 母亲想喊：我怀孕了——汽笛一鸣，雨也颤，江也颤，泪下来了。

这种手法过于奇崛，句子要锯得超短，对文字的把控能力要超强，不建议使用这种冒险方式。

八、小说语言的雅与俗

思想的载体是语言，汪曾祺认为语言的粗俗就是思想的粗俗，语言的鄙陋就是内容的鄙陋。语言问题几乎是汪曾祺最重视的技术问题。他甚至说："写小说就是写语言。"

他有很多金句、很多心得，可以直接拿来使用。

比如："语言要来要去的奥妙，还不是长句子跟短句子怎么搭配？"

"对话要少，要自然。对话要和叙述语言衔接，就像果子在树叶里。"

小说好手都知道，情节紧张，句子越短越有力，能用短语用短语，能一个字说清楚，绝不用两个字，少用陈述语，不用虚词，形容词也尽量不用，写得突如其来，表达却干净利索。汪曾祺还换一个说法："干净"。"干净"不等于不细致，词只要准确，意义直给，戒掉泥泞，大块留白，留有想象空间，看上去着墨少，实则是多，反倒细致。

汪曾祺很看重语言之间的碰撞和关联，他说："单独的语言是没有美的，必须组织在一起，产生一种运动，产生一种关系，产生内在的流动。""语言的美不在一句一句的话，而在话与话之间的关系。""语言像树、树干树叶、汁液流转，一枝摇了百枝摇，它是'活'的。"

当代有些作者追求文中出奇句，他在谈何立伟的小说时告诫说："我觉得文章不可无奇句，但不宜多。奇句和狂态一样，偶露，才可爱。"

他也不是一味追求平淡，他说语言"一味平淡，就会流于枯瘦。枯瘦是衰老的迹象"。根据符号学的观点，枯瘦指的就是丧失了意义变化的可能性。语言"不能像橘子皮一样，可以剥下来，扔掉。世界上没有没有语言的思想，也没有没有思想的语言"。

可能是因为汪曾祺写过多年戏的原因，他很在意语言的音乐美。为此他甚至号召写小说的后学去研究中国的四声，学写一点儿旧体诗词。他说："由于有对仗、平仄，就形成中国话的特有的语言美，特有的音乐美。有人写诗，两个字意思差不多，用这个字、不用那个字，只是'为声俊耳'。"

汪曾祺说的声俊，俊除了指音律之美，还指什么？美国文学批评家詹姆斯·费伦说："声音是文体、语气和价值观的融合。"显然光是好听是不够的，美女有节奏地哼哼也不难听，但就谈不上艺术性了。关键是价值观要合拍，发出的声音落到读者心坎上，声自然就俊了。"好的声调并不拘泥的，是自自然然的。"这是车尔尼雪夫斯基谈果戈理时说到的关于语言的观点。

汪曾祺给语言定了标准："诉诸直觉，忠于生活。"藏感情于叙述之中的语言，是最好的小说语言。

他也掏心掏肺地告诫年轻作家："一个作者最重要的是要有自己的语感。感觉到这种语言是好的才能写出好的语言。"

他也列举了三条行之有效的语言学习路径：首先是在生活里学习，向群众学习；其次是从书本里学习语言；第三，向多种艺术形式学习。

九、小说风格的庄与谐

汪曾祺深受宋人笔记的影响，《阅微草堂笔记》《聊斋志异》对他也有某种程度的启发。这是他自己承认了的，他说："宋人笔记无功利的目的，多是写给朋友们看看的，聊助谈资。有的甚至是写给自己看的。"用他的话说，是"无意为文"，追求的是"清淡自然"。

冲淡、清淡、平淡，意思一个样。他有一句关键的话："平淡是苦思冥想的结果。"为什么这么说呢？因为他的小说观是非功利的审美倾向，他把作者、人物、故事和风俗“物我两忘”地熔为一炉，力图呈现生生不息的永恒的生命光彩。不苦思冥想，怎么能办得到？

一个作家当然要形成自己的风格，怎么才能形成呢？他说大体要经过三个阶段：一、摹仿；二、摆脱；三、自成一家。郭小川在“文革”后期碰到汪曾祺，说：“你说过的一句话，我到现在还记得。”汪曾祺问郭小川是什么话。郭小川说：“你说过，凡是别人那样写过的，我就决不再那样写！”汪曾祺后来说，随着年龄的增长，已经无意于使自己的作品像谁，也无意使自己的作品不像谁了。怎么合适，怎么写。“风格，往往是因为所写的题材不同而有差异的。或庄、或谐，看得出是一个的手笔，文备众体，又自成一家。”

汪曾祺是很欣赏张爱玲的，他是这么夸张爱玲的：“张爱玲的一个特点是俏皮，这种俏皮正是现在我们几乎所有（现当代）女作家都普遍缺少的，看不到，是一种英国式的俏皮，表现出相当的机智，这是很难得的。”“行文上她绝不滥写，非常简练，简练到超乎平常的地步，可说是惜墨如金。她的描写是非常节省、恰到好处的，可以说是文字家。”

汪曾祺说的俏皮就是幽默。他的观点是，“中国文学需要幽默，不论是黑色的还是别种颜色的。”“富于幽默感的人大都存有善意，常在微笑中。左派恶人，不懂幽默。”别林斯基说：“从第一眼看来，陀思妥耶夫斯基的才能并不是讽刺的，也不是描写的，而是高度地创造的，他的才能的主要特色是幽默。”幽默这种特性对于小说而言有多么重要，连别林斯基这样的评论家也那么重视它，他居然能在二十多岁的陀氏身上看到幽默的潜质，确实是慧眼独具。

汪曾祺说如何捕捉幽默："有时一个人坐着，想一想，觉得很有意思，会噗噗笑出声来。把这样的事记下来或说出来，便挺幽默。"

十、小说文体的长与短

汪曾祺很有意思，他坦然自若地宣称："我大概是一个文体家。"文体家可不得了，文体家是对文学家、文章家的最高尊称。严格意义上说，文体家的地位高于文学家。文体家是文学家的集合和提升。中国历史上的文学家比比皆是，但并不是所有文学家都能称文体家，只有在文体上有较高造诣并能独领风骚者方可称文体家。

汪曾祺在文体上的领悟确实高出同时代作家一大截，我们来看看他怎么理解文体。这里我要讲清楚一个概念，汪曾祺说的文体不单指文学体裁，而是更宽泛的文本构成的规格和模式。

他在《谈风格》一文中说："从戏剧化的结构发展为散文化的结构，于是才有了真正的短篇小说，现代的短篇小说。"他对短篇小说建设最巨，三十年来，他是最有资格谈短篇小说的人。他说短篇小说的本质就是"用最经济的文学手腕，描写事实中最精彩的一段或一面"。"如果长篇小说的作者与读者的地位是前后，中篇是对面，则短篇小说的作者是请他的读者并排着起坐行走的。"为了增进理解何谓并排起坐，我再引用一段汪曾祺评《烟壶》的一段话："写小说，是跟人聊天，而且得相信听你聊天的人是个聪明解事，通情达理，欣赏趣味很高的人，而且，他自己就会写小说，写小说的人要诚恳，谦虚，不矜持，不卖弄，对读者十分地尊重。否则，读者会觉得你侮辱了他！"乔纳森·弗兰岑也有如此观点可以印证："读者是朋友，不是对手，不是观众。”

只要是短，只要是写法经济，他都研究。

他专门有一篇文章——《说短》，他说：“我牺牲了一些字，赢得的是文体的峻洁。”

他连小小说都研究。他反对小小说这种提法。他说，小小说是什么？小小说是小的。小的就是小的。从里到外都是小的。“小中见大”，是评论家随便说说的。他是不同意的。小小说不能写得很干，很紧，很局促。越是篇幅有限，越要从容不迫。有蜜，即有诗意；有刺，即有所讽喻；当然，还要短小精致。

他说：“要使小说写得很‘小’，一是能不说的话，就不说；二是作者要控制自己的感情，在叙述语言上要尽量冷静，不要带很多感情色彩，尽量说得平平淡淡，好像作者完全无动于衷。越是好像无动于衷，才能使读者感觉出作家其实是有很深的感触的。”

关于大小，他讲过一个故事，他的小说《职业》第四稿交给《人民文学》后，刘心武说：“为什么这样短的小说用这样大的题目？”后来，他读了原稿，说：“是得用这样大的题目。”

因为像他自己阐释的那样：“职业是对人的框定，是对人的生活无限可能的限制，是对自由的取消。一个人从事某种职业，就会死在这个职业里，他的衣食住行，他的思想，全都是职业化了的。”

这里的“职业”二字就是另外的一层意思了。对自由的取消，是关键词。这样的意义当然不宜写长。

他还说：“有人说，我的某些小说，比如《大淖记事》，稍微抻一抻就是一个中篇。我很奇怪：为什么要抻一抻呢？抻一抻，就会失去原来的完整、原来的匀称，就不是原来那个东西了。我以为一篇小说未产生前，即已有此小说的天生的形式在，好像宋儒所说的未有此事物，先有此事物的‘天理’。”

他也研究戏剧，尤其是戏剧与小说的关系，他说，中国戏曲和小说是有血缘关系的，戏曲和文学不是要离婚，而是要复婚。中国戏曲的问题，是表演对于文学太负心了！听着解气。

他说，小说对生活是一度概括，戏剧是二度概括，戏曲是三度概括，高度概括。如果用戏剧的概念写小说，搞什么悬念，危机，高潮，写出的小说准不像样。小说贵淡雅，戏剧要凝练；小说要分散，戏剧要集中。

戏剧的结构像建筑，小说的结构像树。

十一、写作态度的诚与诈

讲了半天，汪曾祺作为一个经典的文学存在，该给他一个定位了，有了这个定位，往下就好理解他小说主题或者价值观了。定位这种事，还是文学史家比较合适，孟繁华是当代文学史家，几乎是权威了。他在北大那本教材《中国当代文学发展史》中，专章讲解了汪曾祺。

他说，八十年代前期主流文学传承仍然是三四十年代中国现代文学中战斗的现实主义传统，它强调作家的历史使命感，主张积极地“干预生活”，表达广大人民群众的利益、愿望和思想情绪。但过分强烈的“主观意识”“参与意识”，也造成了单一化的文学局面，影响了它向丰富和纵深发展。汪曾祺的出现，尽管无法改变当时文学创作中主题重复、人物雷同、手法简单的现状，但他的小说意识、审美选择，却显露出一种难得的艺术自觉和成熟来。这对八十年代文学无疑是有特殊的参照意义的。

现在又何尝不是呢？

汪曾祺说："我对文学讲究社会物质效益表示不耐烦。"这是汪曾祺作为知识分子的担忧。他像几乎所有的文学工作者一样，担忧市场的实用性降解了思想的无形价值。这是汪曾祺在价值观上的诚，真诚的诚。我看了他全集、别集，在他的词典里是没有诈这个词儿的，他说："小说是写给读者看的，不能故意跟读者为难，使读者读起来过于费劲儿，修辞立其诚，对读者要诚恳一些。"

他不断地在各种场合重复这一种价值观。他在《致刘锡诚》的信中说：文学要"换人心，正风俗"。他在《认识到的和没有认识的自己》一文中说："文学，应该使人获得生活的信心。淡泊，是人品，也是文品。"他在《要有益于世道人心》中说："要有一个清楚、明确的世界观。""要对读者负责。""我有一个朴素的、古典的想法：总得有益于世道人心。"他怀念沈从文的文章中说："沈先生小说的一个贯穿性的主题是民族品德的发现与重造。"汪曾祺与他的老师沈从文的艺术气质是同构的，都是叙事上摒弃意识形态，或者说貌似摒弃意识形态，审美上追求抒情性描写。不同之处是，沈从文集中笔墨于农村，汪曾祺聚焦市井。

汪曾祺与马原、张炜有过一次对谈，他说："在社会的转型期更需要好多优秀分子来思考问题，我觉得好好思考是我们这一代作家非常重要的使命，也是我们最高的道德原则，我讲的不是一般意义上的道德。"

他有一篇文章专门讲《美学感情的需要和社会效果》，他说："作者要有'良心'，要对读者负责。""只要你忠于自己的美感需要，不去图解当前的某种口号，不是无动于衷，这个问题是可以避免的。"他说："你在写作时，所要考虑的就是把作品写好，不可能先想你该有怎样的社会责任感，这样的作品很难成功。"

你看，汪曾祺这两个观点似乎矛盾了。

其实不然。市场概括了大众口味儿，这种口味儿是个性需求、日常化需求，不是意识形态的需求。市场化使小说的功能这一最棘手的问题，简单化、本质化了。小说回到了小说本身，作家简化成了工匠、手艺人。小说成了一种可以享受的消费品，作家褪下了文化学者、社会学者的外衣，或者说是桎梏，成了小说制作者，或是文艺产品制造者。这一点王安忆在《小说家的十三堂课》讲得坦诚明白，她认为小说家无论迎合谁，目标要清晰和单纯，“你们不是人生的良药，亦非人民的喉舌，你们只是制作一样东西的创造者。然后再是：当我们在制作文学的时候我们应当做些什么，我们制作的是什么样的东西。”莫言有个“写小说如打铁，后手要低”的比喻，讲的是一个道理。美学追求上，要讲良心，不图解；实际操作时，心态要放平，脑子里不要一直萦绕着思想啊、道德啊等宏大的意识形态问题，而要后手放低，这样作业面才平整，小说才能成功。

王安忆、莫言门清儿，汪曾祺也不糊涂。

他说：“你们多知道要作品有‘思想’，有‘血’有‘泪’，且要求一个作品具体表现这些东西到故事发展上，人物言语上，甚至一本书的封面上，目录上。可是我不能给你们这个。”

“要求今天有伟大的现实，明天就有伟大的作品，这想法本身是不现实的。”

“‘皮实’是我们这个民族的普遍的品德。《矮凳桥》是爱国主义的作品。——爱国主义不等于就是打鬼子！”

“有一些人并未真的放弃这样的口号、公式，他们认为，这样一来，岂不是就‘乱了套’吗？”

毕竟是经历了特殊时期的风风雨雨起起伏伏，汪曾祺的清醒在同时代的作家里是鲜有人能比的，醒得早，醒得彻底。

那他是怎么把握的呢？

一是不搞“题材决定论”。不把主题和题材混为一谈，不过分地强调主题，这样就不容易导致“题材决定论”。

二是“我要写！我一定要把它写得很美，很健康，很有诗意”！

“我写的是美，是健康的人性。”

“小说的作用是使这个世界更诗化。”

三是搞“我的”人道主义，“不带任何理论色彩，很朴素，就是对人的关心，对人的尊重和欣赏”。

“小说不对任何人进行判断，无所谓真诚、虚伪、善良、丑恶，对生活绝对冷静。”

四是追求个性，“我与我周旋久，宁做我”。

盘了半天，我想我该在汪曾祺论述的基础上，试着找出一个文学的认知方向、一个精神坐标了。萨特有言：“做文学当然是有意义的，因为文学除了能制造快乐、激发想象力和刺激感官之外，还可以让读者乃至于全体大众对社会问题有更清楚的认识。”这个坐标无可辩驳。

马尔克斯说：“写作是人生最美好的事情。”汪曾祺是个执着的实践者，他为后世提供了很多成功的显例，值得学习。

刘玉浦